LE TOTEM DU LOUP

Collection dirigée par Jean-Jacques Augier

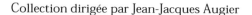

Ouvrage traduit avec l'aide de l'Office d'Information du Conseil d'État
de la République Populaire de Chine.

JIANG RONG

LE TOTEM DU LOUP

Roman traduit du chinois par
YAN Hansheng et Lisa CARDUCCI

bourin
éditeur

38, rue La Condamine, 75017 Paris

Les Quanrong prétendent descendre de deux chiens.
Aussi ont-ils adopté cet animal comme totem.

Précis d'histoire de Chine, vol. 1, Fan Wenlan

Le roi Mu des Zhou part en expédition contre les Quanrong,
il s'en retourne avec, comme butin, quatre loups blancs
et quatre daims blancs.

Histoire des Huns, Livre des Han

CHAPITRE 1

Chen Zhen découvrit soudain à l'extrémité de sa longue-vue un énorme loup dont les yeux semblaient le transpercer. Immédiatement, il eut la sensation qu'on lui lacérait sa chemise, et un long frisson secoua tout son corps. Il perçut la sueur exsudée par chacun de ses pores et sentit ses poils se dresser, raides, comme les piquants d'un porc-épic.

Malgré les deux années passées dans la steppe mongole et la présence du vieux Bilig à ses côtés, sa peur des loups ne l'avait pas quitté. Loin de leur camp, isolés en pleine montagne dans cette cachette enfouie sous la neige, les deux hommes se trouvaient face à une meute. Bilig et lui n'avaient pour se défendre que deux bâtons : pas un fusil, ni un sabre, ni une perche à lasso, pas même une paire d'étriers, pas le moindre objet en fer pour répondre à un éventuel assaut. Si par malheur la meute flairait l'odeur de l'homme, ils deviendraient la proie de l'« inhumation céleste ». Irrévocablement, et avant terme.

Chen respirait à peine, tant il tremblait. Il voyait presque frissonner son haleine avant qu'elle ne se transforme en givre. Il se tourna vers Bilig qui, de sa longue-vue, scrutait les loups tapis en cercle.

– Non, ne tremble pas ! Es-tu aussi faible qu'un mouton ? Vous, les Han, vous avez la peur du loup dans la moelle. C'est pourquoi dans la steppe vous êtes toujours battus, murmura le vieux chasseur.

Comme Chen Zhen ne disait rien, il ajouta rudement :

– Ne t'affole pas ! Au moindre bruit, ce serait la catastrophe.

Chen Zhen acquiesça d'un hochement de tête. Il prit une poignée de neige, la serra si fort entre ses doigts qu'elle devint une boule de glace.

Devant eux, sur la pente, un attroupement de près d'un millier de gazelles broutait. Elles fouillaient de leurs pattes antérieures la couche de neige afin d'exhumer les herbes ensevelies. Quelques mâles, tout en mâchant, observaient les alentours, tête relevée, humant longuement l'air, le flair aiguisé. Mais ils n'avaient toujours pas vu les loups qui s'apprêtaient à les prendre en tenailles. Chen Zhen se figea, comme si la boule compacte qu'il serrait avait transmis à son corps tout entier sa froideur, le transformant en statue de glace. C'était la deuxième fois qu'il rencontrait une meute de loups aussi importante dans la steppe.

Deux ans auparavant, quand Chen Zhen avait quitté Pékin pour s'installer dans ce pâturage près de la frontière[1], c'était la fin de novembre et la steppe Olon Bulag s'était déjà couverte d'un manteau blanc. Les « jeunes instruits », ces étudiants venus comme lui de Pékin, ne s'étaient pas encore vu attribuer leurs yourtes. Chen Zhen, qui s'apprêtait à devenir berger, logeait alors provisoirement chez Bilig. Un mois plus tard, il avait accompagné le vieux Mongol au siège de l'administration de la ferme, à quarante kilomètres de là. Ils devaient récupérer des documents d'étude et acheter différents objets pour le quotidien. Leur mission accomplie, les deux hommes s'apprêtaient à rejoindre leur camp lorsque le vieux Bilig, en sa qualité de membre du comité révolutionnaire, avait été retenu par une réunion. Chen Zhen avait dû rentrer seul. Bilig lui avait cédé sa propre monture, un grand cheval noir, très rapide, qui connaissait la route. Au moment de se séparer, le vieux Mongol avait réitéré sa recommandation :

– Il ne faut en aucun cas prendre un raccourci, mais suivre fidèlement le grand chemin où il y a des yourtes tous les dix ou quinze kilomètres. Ainsi, tu seras en sécurité.

Une fois sur le cheval de Bilig, Chen Zhen avait senti toute la force des meilleurs coursiers mongols. L'envie lui avait pris d'accélérer

---

1. La Mongolie-Intérieure, où se déroule l'action, est une région autonome du nord de la Chine, voisine de la république de Mongolie, État indépendant depuis 1945.

l'allure. Il avait grimpé au faîte d'une colline et aperçu aussitôt le tertre Chaganuul où s'étalait sa brigade de production. Il en avait oublié la recommandation du vieux Bilig et abandonné la voie que celui-ci lui avait conseillée pour s'engager sur une piste qui lui épargnerait une dizaine de kilomètres.

À mi-chemin, le disque frileux du soleil s'était éclipsé derrière l'horizon. Un air glacial était monté de la neige. Le manteau de fourrure de Chen, devenu rigide, crissait à chaque mouvement de ses bras. Le cheval, couvert d'une sueur qui se condensait en une pellicule de givre, s'était mis à ralentir à mesure que la neige se faisait plus épaisse. Devant eux, ondulaient des collines duveteuses formant un vaste désert blanc, vierge de toute présence humaine. Malgré ses efforts, le cheval ne semblait pas fatigué ; il trottinait à une allure raisonnable. Soudain, Chen Zhen avait tressauté, saisi par une sourde angoisse. Il avait eu peur de s'égarer ou d'être surpris par la tempête et de mourir dans cet univers de neige et de glace. Affolé, il avait passé en revue les plus terribles éventualités. Ou presque.

À l'approche d'une vallée, le cheval noir avait perdu de sa vivacité. Ses oreilles qui n'avaient cessé de remuer dans tous les sens s'étaient orientées vers le fond de la combe. Il s'était mis à renâcler. Ses pas étaient devenus désordonnés. C'était la première fois que Chen Zhen traversait la steppe en cavalier solitaire : il ne s'était pas rendu compte du danger qui l'attendait. Le cheval avait viré brusquement, les yeux écarquillés et les narines dilatées. Sans doute voulait-il prendre un autre chemin, mais Chen Zhen ne l'avait pas compris. Il avait tiré énergiquement sur la bride et remis sa monture en direction de la vallée. Le cheval avait obéi et était parti au galop, martelant le sol de ses sabots puissants. Son cavalier n'ayant pas prêté attention à son avertissement, il avait tourné de nouveau la tête vers lui et enfoncé ses dents dans ses bottes de feutre. Chen Zhen avait vu le regard effaré du cheval et deviné confusément le danger qui s'annonçait. Mais il était déjà trop tard pour rebrousser chemin. Le cheval était entré en frémissant dans la gueule de la sinistre vallée.

Soudain, Chen Zhen avait failli tomber de sa monture, quand il avait vu, à quarante mètres devant lui, une horde de loups dont le pelage étincelait sous la dernière lueur du soleil. Plus de trente bêtes se tenaient là, dont certaines avaient la taille d'un léopard. Au milieu trônait le roi des loups, reconnaissable à la fourrure blanchâtre qui, sur sa poitrine et son ventre, brillait d'un éclat de platine. Tout en lui respirait la puissance de son rang. Le groupe de bêtes sauvages fixait Chen Zhen, qui s'était senti comme criblé de pointes acérées. À un signal connu d'elle seule, la meute s'était levée d'un bond. La queue raidie à l'horizontale, les loups s'apprêtaient à s'élancer et à s'abattre sur leur proie comme autant de flèches projetées d'un arc bandé.

Durant un court instant, Chen Zhen avait perdu conscience de son existence. De ce trou de mémoire, il ne se rappellerait plus, par la suite, qu'un subtil tintement de carillon. Il avait eu alors l'impression de recevoir un coup sur le crâne et, l'espace de quelques secondes, ce fut comme si son âme l'avait quitté et que son corps était devenu un cadavre ambulant.

À ce moment crucial, le cheval avait fait montre d'un sang-froid étonnant. Il avait poursuivi sa route comme si de rien n'était : on aurait dit qu'il n'avait pas vu les loups, ou qu'il ne voulait pas les déranger. Il s'était imposé une allure ordinaire, avançant posément, sans se presser. À l'instar d'un acrobate qui jongle avec sa pagode de verres, il s'était déplacé avec précaution afin que Chen Zhen pût rester d'aplomb en selle.

Peut-être rasséréné par le courage et l'intelligence de son cheval – ou bien était-ce la miséricorde de Tengger le Ciel éternel déplorant la mort d'un homme si jeune ? –, Chen Zhen était revenu à lui. Comme ressuscité, il s'était forcé au calme, bien droit sur son cheval. Suivant l'exemple de sa monture, il avait rassemblé tout son courage pour se montrer imperturbable, lorgnant de temps à autre les loups les plus proches. Il savait qu'il ne leur faudrait que quelques secondes pour parcourir la dizaine de mètres qui les séparaient. Il s'était approché de plus en plus du roi de la meute, se répétant qu'il ne devait en aucun cas laisser voir sa crainte. Se grandissant encore un peu plus, il s'était donné l'air d'avoir derrière lui toute une armée de cavaliers cuirassés. C'était la seule façon de dominer les loups de la steppe mongole, à la méfiance légendaire.

De fait, Chen avait senti que le roi scrutait, le cou allongé, la pente derrière lui. Tous les autres avaient leurs oreilles pointues tournées dans sa direction : ils n'attendaient que l'ordre de passer à l'action. Comme leur roi, ils trouvaient insolite la présence d'un cavalier solitaire non armé. L'audace exceptionnelle de ce casse-cou leur paraissait plutôt suspecte. Le cheval avait fait encore quelques pas ; Chen Zhen avait senti qu'un loup s'était élancé pour remonter la pente derrière lui. Il avait deviné que la bête était partie voir si des renforts ne les suivaient pas. À cette pensée, un nouveau frisson avait fait frémir l'âme de Chen. La lueur du soleil couchant s'assombrissait à mesure qu'il s'approchait de la meute. Il ne restait plus que quelques dizaines de mètres à parcourir, le trajet le plus dangereux et le plus long de toute sa vie !

Le pas du cheval semblait moins assuré. Les jambes de Chen Zhen frissonnaient. L'homme et sa monture tremblaient au même rythme. Le cheval avait maintenant les oreilles orientées vers l'arrière : il suivait intensément la course du loup éclaireur. À son retour, l'homme et le cheval se trouveraient tout près de la meute. Chen Zhen se préparait à passer entre deux rangées de crocs prêts à se refermer sur lui. De son côté, tout en avançant, le cheval concentrait toutes ses forces dans son train arrière, pour livrer un ultime combat, malgré sa charge qui le mettait en position désavantageuse.

Intérieurement, Chen Zhen s'était mis à invoquer le Ciel éternel, comme le font tous les pasteurs de la steppe face à un danger imminent :

– Ô, Tengger, tendez-moi votre main secourable !

Puis il avait murmuré le nom de Bilig, qui signifie « intelligence » en mongol. Il espérait ainsi que le vieux chasseur lui insufflerait toute la sagesse de son peuple. Mais la steppe Olon Bulag était restée silencieuse. Il avait levé désespérément la tête vers le firmament d'un bleu glacial : son dernier regard, presque un adieu.

Soudain, une phrase du vieux Mongol lui était revenue à l'esprit : « Les loups ont une peur bleue du fusil, des perches à lasso et des outils en fer. » Il n'avait ni fusil ni perche à lasso, mais ses étriers étaient bel et bien en acier ! Il avait été transporté de joie.

Dès les premiers jours où Chen Zhen avait appris à monter à cheval, Bilig lui avait choisi une paire d'étriers de taille démesurée. Il lui avait dit :

– Les débutants ont du mal à se maintenir en équilibre quand le cheval trébuche. Si leurs étriers ne sont pas assez grands, ils risquent de rester accrochés et d'être traînés par le cheval au galop et blessés par des coups de sabots, souvent mortels.

Pour cette raison, les étriers de Chen avaient une grande ouverture, une pédale ovale, et pesaient deux fois plus que des étriers ordinaires.

La meute attendait encore le retour de son éclaireur quand le jeune cavalier et son cheval étaient arrivés à sa hauteur. D'un geste brusque, Chen Zhen avait retiré ses pieds des étriers qu'il avait saisis à deux mains et levés au-dessus de ses épaules. À cet instant, il savait que sa vie dépendait de ce qui allait suivre. Il avait pris une dernière aspiration et, de toutes ses forces, avait poussé un cri terrifiant, puis frappé l'un contre l'autre ses étriers : Dang ! Dang !... Le son était assourdissant. Il avait résonné entre les collines, envahissant de son écho cinglant l'air silencieux de la steppe. Pour les loups, ce bruit était pire que le tonnerre. Il leur inspirait une peur plus grande encore que les mâchoires d'acier des pièges dans lesquels ils tombaient parfois. Lorsque le premier coup avait retenti, ils avaient sursauté, comme déconcertés, mais au deuxième et au troisième, assénés de façon plus énergique encore par Chen, ils s'étaient enfuis vers le fond de la vallée en suivant leur roi. Les oreilles rabattues, ils avaient dévalé la pente à la vitesse d'une bourrasque. Le loup éclaireur avait aussi abandonné sa mission pour rejoindre au plus vite la horde.

Chen Zhen n'en avait pas cru ses yeux : une meute de loups mise en déroute par le bruit des étriers ! Le courage lui était revenu. Tout en continuant de frapper, il avait agité les bras à l'instar des pasteurs de la steppe :

– « *Hurdal ! Hurdal[2] !* Il y a des loups ! » avait-il hurlé à tue-tête.

Le cri était celui des Mongols appelant à la chasse. En l'entendant, les loups qui s'étaient rassemblés à distance raisonnable s'étaient cru encerclés. Ils avaient quitté rapidement les lieux, mais leur retraite était ordonnée, comme celle d'un escadron de cuirassés mongols d'antan. Les loups les plus puissants étaient partis les premiers, suivis de leur roi, tandis que les plus gros fermaient la marche.

L'immense horde avait disparu en un clin d'œil ; ne restait plus dans la vallée qu'une longue traînée de brume neigeuse. Le jour s'était obscurci. Chen Zhen n'avait pas encore remis les pieds dans les étriers que son cheval était parti en flèche vers le camp le plus proche. Le vent s'engouffrait dans ses vêtements par le col et les manches. La sueur froide qui couvrait son corps avait commencé à geler.

Réchappé de justesse de ce danger mortel, Chen Zhen avait vu naître en lui la même vénération pour Tengger le Ciel éternel que celle que lui vouait le peuple de la steppe. Mais en même temps, une peur indicible, presque une hantise, s'était emparée de son être, lui inspirant à la fois respect et horreur. Elle lui venait du loup de Mongolie. Comment celui-ci pouvait-il dégager une telle force à la fois invisible et impalpable, pourtant bien réelle et si puissante ? Cette peur venait-elle d'un culte profondément enraciné dans le cerveau humain depuis les temps primitifs ? À la faveur de cette rencontre aussi périlleuse qu'imprévue, Chen Zhen avait le sentiment d'avoir entrouvert une porte sur le monde spirituel du peuple mongol.

Pour l'instant, allongé dans sa cachette de neige à côté de Chen Zhen, Bilig ne faisait plus le moindre mouvement. Il avait les yeux rivés sur les gazelles et la meute de loups qui s'approchait d'elles. Tout juste tourna-t-il la tête pour dire à Chen Zhen, à mi-voix :

– Pour chasser, il faut d'abord apprendre la patience.

Le jeune étudiant se sentait toujours rassuré en compagnie du vieux Mongol. Il se frotta le visage pour faire tomber le givre de ses cils, cligna

---

2. « Vite ! Vite ! », en mongol (note des traducteurs, comme toutes celles de l'ouvrage).

des yeux pour toute réponse et prit sa longue-vue. Il discerna clairement les gazelles sur la pente, ainsi que les loups qui les cernaient. Mais rien ne se passait encore. En voyant le profil de Bilig, il songeait aux Mongols qui l'avaient accueilli.

Le mode de vie des nomades conservait des aspects primitifs, et c'est sans doute ce qui lui conférait toute sa valeur aux yeux de Chen. Ils étaient comme une armée en marche, se déplaçant avec le simple nécessaire. Les campements étaient construits avec les charrettes, des armatures en bois démontables et des pièces de feutre. On disposait le tout en demi-cercle contre le vent. L'entrée, qui donnait sur le sud, était défendue par les chiens et les femmes qui montaient la garde durant la nuit. Si des loups réussissaient à y pénétrer, ce qui n'était pas rare, on assistait alors à un combat acharné entre eux et les chiens, assaillants et défenseurs se heurtant lourdement sur la paroi de la yourte, le *hala*. Les bruits et les coups réveillaient en sursaut les pasteurs endormis. Chen Zhen avait déjà vécu cette expérience. Sans la paroi *hala*, un loup aurait certainement atterri dans ses bras ! Autant dire que les Mongols vivaient à deux doigts des loups : l'épaisseur du feutre.

Depuis son accrochage malencontreux avec la meute, Chen Zhen s'était rendu compte que les gens de la steppe restaient en permanence au contact des loups. Durant les deux années qui suivirent cet événement, il ne revit jamais une meute aussi importante, mais dans la journée, quand il sortait avec son troupeau, il voyait sur la neige, à quelques pas de sa yourte, des traces toutes fraîches de l'animal. Elles se multipliaient sur le versant de la colline et sur la prairie, parmi des excréments grisâtres et, parfois, les cadavres de bêtes domestiques portant d'horribles blessures, éparpillés çà et là dans la steppe. Quand la nuit tombait, les loups rôdaient tels des spectres. Au cœur de l'hiver en particulier, des paires d'yeux sinistres dansaient dans les ténèbres, phosphorescents, à plusieurs dizaines de mètres autour du campement. Une fois, il en avait compté vingt-cinq à la lumière de sa torche électrique.

Les nuits où une apparition probable des loups était annoncée, il se forçait à dormir l'esprit en éveil. Il priait aussi Gasma, la bru de Bilig, de le réveiller s'ils attaquaient, lui promettant de l'aider à les combattre. Dans ces moments-là, Chen ne manquait pas de ravir le vieux Mongol, qui souriait en caressant sa barbiche, songeant que ce jeune étudiant de Pékin était le premier Han à éprouver un tel intérêt pour les loups.

Chen se remémora un incroyable combat dont il avait été témoin entre les hommes, les loups et les chiens. C'était, là aussi, au cours de son premier hiver dans la steppe. Cela s'était passé dans la profondeur de la nuit, lors d'une tempête de neige. Il avait été tiré en sursaut de son profond sommeil par les appels répétés de Gasma et les aboiements furieux des chiens.

– Chen Zhen !... Chen Zhen !

Il avait chaussé ses bottes et endossé en vitesse sa pelisse en peau de mouton. Muni d'un bâton, il s'était précipité hors de la yourte. La scène qui s'était offerte à ses yeux était si terrible qu'il s'était mis aussitôt à trembler de tous ses membres.

À la lumière de la torche, à travers la danse des flocons de neige, il avait vu Gasma aux prises avec un loup de la taille d'un homme. Elle le tirait par la queue et s'efforçait de l'éloigner des moutons serrés les uns contre les autres. Le loup essayait de se retourner pour mordre la jeune femme tandis que les moutons affolés se ruaient vers l'enclos en masse compacte. Immobilisé, le loup était arc-bouté, labourant le sol de ses pattes antérieures et donnant sans cesse des coups de dents, tâchant de se frayer un passage parmi les moutons, de se retourner et contre-attaquer. Chen Zhen était arrivé en trébuchant, mais n'avait pas su comment s'y prendre. À vrai dire, les deux chiens qui se trouvaient derrière Gasma étaient dans la même situation : ils se contentaient d'aboyer férocement. Le vieux Bilig et ses voisins disposaient encore de cinq ou six chiens, mais ils étaient occupés à repousser les loups qui attaquaient l'enclos de l'autre côté. Les aboiements des chiens, les hurlements des loups, les cris et les pleurs d'hommes et de femmes formaient un boucan de tous les diables. Chen Zhen avait voulu donner un coup de main à Gasma, mais ses jambes tremblaient tellement qu'il était resté cloué sur place, glacé d'horreur, oubliant totalement son désir ardent de toucher un loup vivant. Croyant sans doute qu'il allait engager le combat, Gasma lui avait crié :

– Ne t'approche pas, je t'en prie ! Le loup va te mordre ! Disperse les moutons et fais venir les chiens !

Le front couvert de sueur, tirant de toutes ses forces, Gasma avait saisi la queue du loup à sa base et tiré énergiquement : le loup avait hurlé de douleur, la gueule grande ouverte. Incapable d'avancer, il avait reculé brusquement de quelques pas et s'était retourné pour se jeter sur Gasma, lui arrachant un pan de sa robe. Mais la jeune femme avait refusé de lâcher prise. Un regard menaçant brillait dans ses yeux mi-clos. Elle avait fait un saut en arrière et le corps du loup avait été de nouveau ramené vers les chiens qui attendaient l'instant propice pour s'élancer.

Incertain, Chen Zhen avait braqué sa torche dans la direction de Gasma pour qu'elle distingue bien le loup et évite ainsi d'être blessée. En même temps, il avait donné des coups de bâton aux moutons, provoquant une grande bousculade. Mais les animaux, craignant les ténèbres où se cachaient les loups, s'étaient groupés éperdument autour du cercle lumineux de la torche. Chen Zhen avait désespéré de pouvoir les disperser. Jetant un regard vers Gasma, il avait compris qu'elle commençait à faiblir et à céder du champ au loup.

– *A'ma* ! *A'ma*[3] !, avait soudain crié une voix enfantine.

C'était Bayar, le fils de Gasma, âgé de neuf ans, qui était sorti en trombe de la yourte. La tension avait dénaturé sa voix. Il s'était précipité vers sa mère. En quelques sauts, passant par-dessus les moutons, il s'était trouvé à ses côtés.

– Attrape une patte et tire ! avait commandé sa mère.

L'enfant avait aussitôt exécuté l'ordre en saisissant à deux mains l'une des pattes arrière du loup, atténuant ainsi la force de la bête qui essayait toujours d'avancer. Unissant leurs efforts, mère et fils avaient réussi à l'immobiliser. Les aboiements des chiens provenant de l'autre côté de l'enclos indiquaient que, là aussi, la lutte était très acharnée.

3. « Mère ! Mère ! »

C'est d'ailleurs l'une des tactiques des loups que d'attirer sur eux la plupart des chiens pour faciliter la tâche de celui qui se trouve dans l'étable. Mère et fils avaient tenu bon, conscients que le sort des moutons dépendait d'eux. C'est alors que le vieux Bilig était arrivé en criant :

– Bars ! Bars !

Bars était le chien le plus puissant, le plus gros et le plus féroce de toute la brigade. Ce n'était pas pour rien qu'il portait ce nom qui signifiait « tigre » en mongol. Il était reconnu comme un grand tueur de loups. Moins volumineux qu'eux, il était néanmoins plus haut et arborait un poitrail plus large. À l'appel de son maître, il s'était retiré du combat engagé et avait accouru. La gueule en sang, il s'était arrêté devant le vieux Mongol qui avait pris la torche de la main de Chen Zhen et l'avait braquée sur le loup mêlé aux moutons. Bars avait fait un mouvement brusque de la tête comme s'il avait regretté d'avoir failli à sa tâche. Puis il s'était dirigé vers le loup en sautant par-dessus les moutons, tandis que Bilig criait à l'adresse de Chen :

– On va presser les moutons vers le loup pour l'empêcher de s'échapper !

Tout d'abord, Chen n'avait pas été sûr d'avoir compris. Quelques minutes plus tôt, il s'agissait de disperser les moutons et maintenant il fallait les pousser vers le loup ! Mais il s'était laissé guider par le vieux Mongol. Main dans la main, les deux hommes avaient poussé les moutons, s'efforçant de se rapprocher le plus possible de Gasma et de son fils.

Le loup était désormais pressé de tous côtés par les moutons qu'il ne songeait plus à dévorer. Il voulait fuir. Le piège s'était refermé sur lui. Bars s'était posté aux côtés de Gasma. En bon chien de chasse, il savait comment agir : il ne mordrait pas le dos pour garder intact le pelage. Comme le loup refusait de lui livrer sa gorge, il piétinait et grondait d'impatience. Mais en voyant arriver ce chien fidèle, Gasma s'était ragaillardie. Elle avait serré à deux mains la queue du loup et appuyé un genou contre son arrière-train. Puis, aidée de son fils, elle avait poussé un cri de guerre et, d'un grand coup sec, elle lui avait arraché la queue ! Le loup avait hurlé de douleur et ses pattes avaient fléchi. Et tandis qu'il tournait instinctivement la tête vers sa blessure, Bars avait bondi et enfoncé ses crocs dans sa gorge. La bête avait tressauté, gigoté de ses quatre pattes tandis que Bars s'écrasait sur elle et serrait énergiquement sa mâchoire. Du sang avait giclé, et le loup s'était débattu encore deux minutes avant de tomber inerte, sa langue pendant entre deux rangées de crocs.

Gasma, haletante, s'était redressée en essuyant le sang du loup qui maculait son visage. Chen Zhen l'avait regardée intensément. Elle était là, debout, barbare, fière, magnifique dans sa beauté sauvage.

Les aboiements à l'autre bout de l'enclos avaient cessé brusquement. Les loups avaient battu en retraite et disparu dans les ténèbres. On avait bientôt entendu les hurlements funèbres de la meute pleurant la mort héroïque de l'un des siens. Les plaintes avaient erré longtemps sur la prairie du Nord-Ouest.

L'énorme loup de la steppe Olon Bulag était resté là, gisant au milieu de l'étable redevenue étonnamment calme. Chen Zhen avait touché de sa main son corps encore tiède. S'il avait eu le courage d'aider Gasma, il aurait attrapé la queue du loup et aurait lutté à mains nues contre lui ! Une occasion rare pour un Han.

– Je ne suis qu'un bon à rien, un lâche peureux comme les moutons, avait-il soupiré. Je suis plus faible qu'un chien. Une femme, même un enfant de la steppe, sont plus forts que moi.

– Oh non, avait souri Gasma en secouant la tête. Sans toi, le loup aurait mangé nos moutons.

– Toi, un étudiant han, ajouta le vieux Bilig souriant aussi, tu as su nous aider en éclairant l'enclos de ta torche. Ce n'est pas mal, et c'est bien la première fois que je vois ça !

À peine réconforté par ces paroles, Chen s'était tourné de nouveau vers le loup. Il avait écarté son pouce et son index pour mesurer la longueur du museau jusqu'à la pointe de la queue : un mètre quatre-vingts ! La bête dépassait de quelques centimètres sa propre taille. Appliquant sa main contre la patte de l'animal, il avait vu que leurs deux paumes se superposaient. Pas étonnant que cet animal fasse preuve d'un tel équilibre sur les pentes enneigées ou les collines rocheuses, s'était-il dit.

Chen avait aidé Bilig à tirer le corps inerte dans la yourte, afin d'empêcher les chiens de venir décharger leur rancœur sur lui. Le vieux Mongol avait annoncé :

– Demain, je te montrerai comment on écorche un loup.

Puis il avait examiné ses moutons à la lumière de la torche. Quatre d'entre eux avaient perdu leur queue dodue, arrachée par le loup. Leurs plaies couvertes de sang congelé étaient horribles à voir. Le pasteur dit avec satisfaction :

– J'ai troqué quelques queues de mouton contre un loup, c'est quand même ça de gagné.

Gasma était sortie de la yourte avec une cuvette à demi remplie de viande crue. C'était une récompense pour Bars et les deux autres chiens. Chen Zhen l'avait suivie et caressé le dos de Bars, large comme une petite table rectangulaire. Dévorant bruyamment sa viande, le molosse avait agité la queue. Chen Zhen n'avait pu s'empêcher de demander à la jeune femme :

– As-tu eu peur tout à l'heure ?

– Oui, une peur bleue ! Si le loup avait réussi à sortir nos moutons de l'étable, nous aurions perdu tous nos points de travail. Je suis responsable de notre équipe ; la perte des moutons m'aurait couverte de honte. Puis elle s'était baissée pour tapoter la tête du tueur de loups :

– Ah, mon bon Bars !

Le chien avait abandonné tout de suite sa viande pour répondre à cette caresse. Il avait secoué énergiquement sa grosse queue, essayant de glisser son museau dans la manche de la jeune femme : malgré le vent glacial et la faim, l'affection de sa maîtresse était plus précieuse que la récompense. Gasma avait repris :

– Écoute-moi, Chen Zhen. Après la fête du Printemps, je te trouverai un chiot. Il faut toute une technique pour nourrir et élever un chien. Je t'apprendrai à l'éduquer correctement, il sera ton Bars à toi quand il grandira.

Chen Zhen s'était confondu en remerciements, mais il n'avait cessé de penser à la peur qui l'avait empêché de prendre part au combat. Il était retourné dans la yourte auprès du vieux Bilig.

Chen n'avait pas caché ses sentiments, tant ce qu'il considérait comme une lâcheté lui pesait.

– Oh, ça a été un moment terrible pour moi !

– Je l'ai senti en prenant ta main dans la mienne, lui avait répondu le pasteur. Pourquoi ce tremblement ? Pourras-tu saisir ton sabre quand viendra la guerre ? Pour vivre dans la steppe, il faut être plus terrible que les loups. Il paraît que, désormais, je dois t'emmener avec moi quand je pars pour la chasse. À son époque, c'est parmi les meilleurs chasseurs de loups que Gengis Khan choisissait ses guerriers !

Chen Zhen avait hoché la tête en signe d'approbation.

– C'est vrai. Je le sais. Si Gasma monte à cheval et part en guerre, elle sera une belle et héroïque amazone, plus terrifiante que Hua Mulan, l'héroïne qui dirigea autrefois nos armées.

– Une femme comme Hua Mulan est rare chez les Han, avait dit le vieux Bilig. Nous autres, Mongols, avons beaucoup de Gasma. On en trouve dans toutes les familles !

Et il s'était mis à rire de bon cœur.

Après deux rencontres aussi mémorables, le désir de Chen de s'approcher du loup pour mieux l'observer n'avait cessé de grandir. Un rapport mystique semblait exister entre cet animal et les Mongols. C'est à travers le loup qu'il pourrait découvrir la steppe et ses habitants qui étaient encore pour lui des énigmes. À coup sûr, les loups constituaient le maillon le plus insaisissable de toute une chaîne. Avide de réponses à ses questions, Chen Zhen souhaitait un contact plus concret avec eux. Il songeait même à fouiller de ses propres mains une tanière et à dénicher un louveteau qu'il élèverait. À mesure qu'approchait le printemps, seule période à laquelle il pourrait réaliser ce rêve, son désir se faisait plus ardent. Mais, pour l'heure, la neige qui l'entourait et la compagnie silencieuse de Bilig le rappelaient à la réalité.

Le vieux Mongol était le chasseur le plus célèbre de la steppe Olon Bulag. Pourtant, il chassait très peu et, quand il partait avec son fusil, c'était pour rapporter un renard ou du petit gibier. On le voyait rarement revenir avec un loup abattu. Sans compter que, ces dernières années, la Révolution culturelle avait bouleversé la vie traditionnelle de la steppe. Il faudrait attendre que de grandes hordes de gazelles franchissent de nouveau la frontière sino-mongole et envahissent la steppe Olon Bulag, pour que le vieux emmène Chen Zhen à la chasse aux loups : il le lui avait promis. Aujourd'hui, Chen Zhen était tout près d'une meute, un endroit idéal pour faire son éducation : il augmenterait ainsi son courage et son intelligence. Mais ce n'était pas encore une véritable chasse.

Le vieux Bilig le heurta du coude et lui indiqua la pente qui leur faisait face. Chen Zhen braqua sa longue-vue : les gazelles broutaient toujours. Un loup quitta la ligne d'encerclement et se dirigea vers la montagne de l'Ouest. Chen, anxieux, chuchota à l'oreille du vieux chasseur :

– Est-ce qu'ils vont abandonner ? Nous avons attendu dans le froid pour rien ?

– Crois-tu qu'ils accepteront d'abandonner une telle occasion ? Je parie que leur chef va faire venir d'autres loups, parce qu'il y a trop de gazelles. C'est une chance qu'ils ne rencontrent que tous les cinq ans peut-être. Nous allons voir se dérouler sous nos yeux une véritable bataille. Et c'est aussi une chance pour toi, mon garçon ! Mais sois patient ! Dans la chasse, la récompense arrive toujours à celui qui sait attendre.

CHAPITRE 2

Le roi des Huns donna naissance à deux filles. Son peuple les éleva au rang de déesses vu leur beauté exceptionnelle. Le roi dit : « Mes filles sont si belles que je ne peux les marier à un homme ordinaire. Il faut les offrir au Ciel. » Il fit construire une haute terrasse dans le nord du pays, un endroit inhabité. Puis, il y installa ses deux filles en disant : « Que le Ciel vienne les prendre lui-même... » Un an plus tard, un vieux loup vint et hurla jour et nuit. Puis il creusa un trou sous la terrasse, s'y établit pour ne plus quitter les lieux. La cadette dit à sa sœur : « Notre père nous a amenées ici pour nous offrir au Ciel. Maintenant, c'est un loup qui est venu. Peut-être est-il un être divin venant sur ordre du Ciel ? Je vais descendre et l'épouser. » L'aînée, fort surprise, répliqua : « Ce n'est qu'une bête ! Ne fais pas cela ! Nos parents en seraient couverts de honte ! » La cadette fit la sourde oreille et descendit. Elle se livra au loup et lui donna un enfant. Leurs descendants se multiplièrent pour former un pays. Les citoyens de ce pays chantent à pleins poumons, d'une voix qui rappelle le hurlement des loups.

Vie des Gaoche, branche ruru des Huns, Livre des Wei

Les gazelles étaient désormais cernées sur trois côtés. Plusieurs loups avaient rejoint les rangs de la meute. Chen Zhen se couvrit la bouche de sa manche et dit au vieux chasseur :

– A'bo[4], les loups vont-ils passer à l'action ?

– Pas encore. Quand ils chassent, les loups attendent toujours le meilleur moment et agissent plus prudemment que l'homme. Fais travailler ta matière grise pour savoir ce qu'attend le loup de tête.

Le vieux chasseur parlait doucement. Ses sourcils et sa barbe tressaillaient légèrement, faisant tomber des parcelles de givre. Sa coiffe, son cache-nez, sa robe en fourrure de renard et sa cape étaient blanchis par son haleine qui se condensait immédiatement. On ne voyait que ses yeux pétillant d'un éclat d'ambre jaune.

Cela faisait une demi-journée que les deux hommes étaient à l'affût, leurs regards fixés sur la pente. La prairie où les gazelles avaient fait halte appartenait à la brigade de production de Bilig et Chen. On la gardait intacte en prévision des rigueurs hivernales. Elle se perdait dans la montagne et s'étendait, face au vent, sur environ quinze kilomètres carrés. Les herbes y poussaient haut et dru, ne ployant ni sous le vent, ni sous la neige.

– Tu comprendras mieux si tu regardes avec attention, dit le vieux chasseur à voix basse. La prairie est exposée au vent du nord-ouest et la neige s'y pose d'autant plus difficilement qu'il souffle fort. Quand j'avais huit ans, une « calamité blanche » sans précédent a frappé la steppe Olon Bulag. Dans la plaine, toutes les yourtes furent ensevelies. Heureusement, quelques vieux pasteurs avaient tout prévu. Avant d'avoir de la neige à hauteur des genoux, ils avaient rassemblé plusieurs milliers de chevaux qu'ils avaient menés vers cette prairie. Le passage était ainsi ouvert aux centaines de bovins qui tasseraient ensuite solidement la voie. Après eux

4. Père.

ont été acheminés les moutons, puis les charrettes transportant les familles. Il a fallu trois jours et trois nuits pour que les hommes arrivent sains et saufs avec leurs bestiaux dans cette prairie. À cet endroit, la neige n'avait que soixante centimètres d'épaisseur et y pointaient, frémissant au vent, des herbes de dix centimètres. Les bêtes harassées, affamées, se sont jetées éperdument sur ces pousses miraculeuses. Les hommes et les femmes s'agenouillaient et pleuraient tout leur soûl, frappant du front le sol enneigé pour remercier Tengger le Ciel éternel. C'est ainsi que la plupart des bêtes ont réussi à survivre en attendant le dégel. Quant aux familles qui avaient réagi trop tard, elles se trouvaient dans un triste état: si les gens étaient sains et saufs, leurs troupeaux avaient péri sous la neige. Sans cette prairie, il n'y aurait aujourd'hui plus rien dans la steppe, ni homme ni bête. Depuis cet événement, la steppe Olon Bulag ne craint plus la «calamité blanche». On déménage ici à la première alerte.

Le vieux chasseur poussa un léger soupir avant de reprendre:

– Cette prairie, c'est un cadeau du Ciel éternel! Dans le passé, les gens allaient chaque année au mont sacré offrir des gazelles à Tengger et au dieu de la Montagne. Mais depuis deux ans, à cause de la Révolution culturelle, personne n'ose plus faire ces sacrifices que désapprouvent les autorités. Cette vénération reste pourtant ancrée dans notre cœur. Les loups, eux, continuent de remplir leur devoir. Malgré la sécheresse et la pénurie, cette prairie demeure inutilisée au printemps, en été et en automne, parce que les gardiens de chevaux font tout pour l'épargner. Cette montagne et sa prairie ne sauvent pas seulement les hommes mais aussi les loups qui ont fréquenté ces parages bien avant nous. Ils se cachent le jour derrière les roches près du sommet ou sur le versant opposé, là où la neige est profonde, mais la nuit, ils descendent chercher les bœufs ou les moutons morts de froid. Comme ils ont quelque chose à se mettre sous la dent, ils ne dérangent pas les hommes.

Le vieux Bilig se tut, puis leva les yeux vers le ciel d'un bleu glacial dans lequel dansaient quelques nuages. Ce regard infiniment dévot, Chen Zhen ne l'avait vu que dans les peintures religieuses de l'Occident, nulle part ailleurs.

Cette année-là, la neige était arrivée plus tôt que d'habitude et adhérait solidement au sol. La base des herbes, prise sous la neige, n'avait pas eu le temps de jaunir et gardait un parfum de fraîcheur. Les gazelles avaient fui la famine qui sévissait chez le voisin du Nord pour trouver refuge dans cette oasis d'hiver. Exténuées et affamées, elles refusaient d'aller plus loin. En un instant elles avaient eu l'estomac bien garni. Seuls les loups et le vieux Bilig savaient l'erreur fatale qu'elles avaient ainsi commise.

Cette bande de gazelles était sans commune mesure avec celles que l'on pouvait apercevoir dans la steppe des années auparavant. Les cadres de la ferme avaient expliqué à Chen qu'on pouvait alors en voir qui comptaient quelque dix mille têtes. Mais au début des années 1960, une famine sans précédent frappa la Chine. L'armée du Nord avait alors organisé des chasses à grande échelle. On utilisait même des chars militaires pour poursuivre les gazelles à la mitrailleuse ! Ces derniers temps, en raison de la tension qui régnait à la frontière, le massacre avait cessé. On pouvait de nouveau voir d'importants attroupements, même s'ils n'atteignaient jamais les chiffres d'antan. Quand il faisait paître ses moutons, Chen Zhen voyait souvent des gazelles passer en trombe, à la lisière de son troupeau. L'horizon s'en trouvait bouché et la steppe devenait jaune. Il les regardait, médusé, enviant ces animaux qui gamba-daient, rapides et libres, et disparaissaient en un clin d'œil.

Les gazelles qu'il avait devant lui étaient en nombre dispropor-tionné pour ces quelques dizaines de loups. Mais ceux-ci se déployaient méthodiquement, avec précaution. Ils se plaquaient au sol dès que des mâles levaient la tête, gardant une immobilité presque totale, leur haleine à peine perceptible.

Les gazelles broutaient, insatiablement. Les deux hommes patien-taient, eux aussi, comme des loups à la chasse. Le vieux Bilig dit à voix basse :

– Les gazelles sont un fléau pour la steppe. Elles sont rapides, gourmandes. Tu vois combien de belles herbes elles ont dévorées ! Notre brigade a fait un grand effort pour les repousser, en vain. Si d'autres bandes viennent, il ne restera plus rien de notre pâturage d'hiver. En cas de calamité blanche, c'en est fait de nous et de nos troupeaux. Heureusement, les loups sont là. Ils vont les tuer ou les chasser de cet endroit.

– Maintenant, j'ai compris pourquoi vous refusez de faire la chasse aux loups, dit Chen Zhen.

– Tu te trompes, nous faisons la chasse aux loups, mais dans une certaine mesure seulement. Il ne faut pas en tuer trop, car si les loups disparaissaient, la steppe mourrait à son tour. Et que deviendraient hommes et troupeaux ? Vous, les Han, impossible de vous faire comprendre cette réalité !

– Je commence à saisir, dit Chen Zhen.

Avant de quitter Pékin, il avait beaucoup lu sur les peuples de la steppe et découvert leurs croyances. Mais c'est à ce moment précis seulement qu'il commença à comprendre pourquoi ces nomades avaient fait du loup leur totem, alors que celui-ci n'était qu'une bête féroce et détestable aux yeux des Han et des autres peuples cultivateurs.

Le vieux Bilig reprit, en regardant Chen Zhen de ses yeux riants et mi-clos :

– Vous, les quatre étudiants de Pékin, habitez dans votre propre yourte depuis plus d'un an, mais sa paroi est trop mince. Cette fois, on va récolter des gazelles et les troquer à la coopérative. On rentrera avec des rouleaux de feutre pour vous tenir au chaud en hiver.

– Ce sera merveilleux, dit Chen Zhen. Notre yourte n'a effectivement que deux couches de feutre sur les parois. Même mon encre gèle dans la bouteille !

– Regarde ces loups, ce sont eux qui vous feront ce cadeau, dit le vieil homme toujours souriant.

Chen Zhen en était d'autant plus heureux qu'il n'aurait jamais dû se trouver là.

L'invasion des gazelles avait en effet suscité l'enthousiasme de la direction de l'échelon de base. On avait aussitôt fait de la place dans les dépôts de marchandises pour recevoir le produit de la chasse qu'on s'apprêtait à organiser. Dans la steppe Olon Bulag, une gazelle rapportait vingt yuans, le salaire de quinze jours pour un berger. Leur peau, très recherchée pour la confection de vestes, était destinée à l'exportation en Union soviétique ou dans les pays d'Europe de l'Est. Ce troc ramenait acier, camions et armes à la Chine. Le filet de gazelle partait également à l'étranger sous forme de conserves. Il ne restait plus pour les autochtones que la viande ordinaire et les os, produits suffisamment rares et appréciés néanmoins pour permettre de les échanger contre des coupons de rationnement dans les dépôts alimentaires des ligues et bannières de Mongolie-Intérieure, les divisions administratives propres à cette région autonome. Autant dire que les chasseurs et les gardiens de chevaux n'avaient pas été longs à se mobiliser lorsque les gazelles avaient été annoncées.

Chen Zhen n'avait pu s'empêcher de ressentir une profonde amertume, lui et ses trois camarades ayant dû se contenter de regarder les autres hommes du campement partir à la chasse. D'abord, il était retenu par ses moutons, n'avait ni fusil ni munitions et n'avait pas à sa disposition les bons chevaux pour se lancer dans cette aventure. Mais surtout les jeunes instruits étaient encore en proie à un certain ostracisme de la part des pasteurs, du moins quand il s'agissait de chasse. En deux ans, ils avaient appris à faire paître moutons et chevaux, mais ils n'entendaient encore rien à la chasse qui occupait une place importante dans la vie des populations du centre et de l'est de la région. Dans l'Antiquité, les Mongols chassaient sur le cours supérieur du fleuve Heilongjiang. Puis ils s'étaient déplacés vers ce qui deviendrait plus tard la Mongolie-Intérieure. Là, ils étaient devenus pasteurs, sans pour autant délaisser leur vieux métier qui représentait pour eux un revenu non négligeable, voire essentiel pour certaines familles. Parmi les pasteurs de la steppe Olon Bulag, les gardiens de chevaux occupaient une place d'honneur, et beaucoup d'excellents chasseurs étaient issus de leurs rangs. Rares étaient les jeunes instruits de Pékin à occuper cet emploi, et ceux qui y parvenaient restaient bien souvent de simples novices. Autant de raisons pour lesquelles ils étaient laissés à l'écart des chasses, rongeant leur frein de ne pouvoir accéder à cette partie essentielle de la vie nomade.

L'avant-veille, Chen avait rendu visite à Lamjav, un très bon chasseur qui, en quelques jours, avait tué onze gazelles. Les revenus qu'il en avait tirés équivalaient à trois mois de son salaire de gardien de chevaux, déjà le plus élevé de tous ceux de la brigade. Il dit à Chen, non sans satisfaction, qu'il avait déjà gagné assez pour se payer son tabac et son alcool de l'année à venir, et que, dans quelques jours, il aurait accumulé suffisamment d'argent pour s'offrir un transistor «Fanal Rouge» flambant neuf. Dans la yourte de Lamjav, le jeune instruit avait goûté pour la première fois la viande de gazelle et l'avait trouvée délicieuse: un vrai gibier de la steppe, fortifié par sa course contre les loups! Son repas terminé, Chen Zhen remercia Lamjav et partit, emportant sous son bras un gigot dont son hôte lui avait fait cadeau. Mais c'est le cœur gros qu'il entra chez Bilig.

Les jeunes instruits avaient déjà leur propre yourte, mais Chen Zhen continuait de fréquenter celle du vieux Mongol. Son intérieur respirait le confort et la chaleur. La paroi était décorée de tapis à motifs religieux et le sol couvert de peaux de daims blancs. Sur la table trônaient des bols d'argent, une cuvette de cuivre jaune et une grosse théière en aluminium, tous étincelants à force d'être astiqués. La brigade de production dont dépendait Bilig et les siens était encore épargnée par l'agitation provoquée par la Révolution culturelle. Les gardes rouges n'avaient pas encore eu le temps de venir détruire les «quatre vieilleries[5]», axiome fort du mouvement lancé par Mao et dont les tapis à motifs religieux n'auraient pas manqué de faire les frais. Des trois copains de Chen, tous venus de Pékin, deux étaient fils de «sommités académiques réactionnaires», selon l'expression consacrée, une situation qui exposait ces derniers à passer sous les fourches caudines des «révolutionnaires». Par contagion, leurs fils éprouvaient une véritable aversion à l'égard des gardes rouges pour leur action excessive. Unis par l'ostracisme dont ils

---

5. «Vieilles idées, vieille culture, vieilles coutumes, vieilles habitudes.»

étaient la cible, ils s'étaient portés volontaires pour quitter Pékin durant l'hiver 1967 et s'établir dans cette contrée, loin des villes emportées dans la tourmente. Ils partageaient les mêmes idées et s'entendaient bien dans cette vie calme, coupée de l'extérieur. La yourte de Bilig était, aux yeux de Chen, celle d'un chef de tribu. Le jeune homme avait l'impression d'être sous sa protection et l'affection que le vieux lui témoignait lui était précieuse.

Deux ans avaient passé depuis son arrivée, et la famille du vieux Bilig considérait désormais Chen comme l'un des siens. Les livres qu'il avait apportés de Pékin, rangés dans deux coffres, avaient encore resserré ses liens avec le vieil homme. Bilig était hospitalier, il avait des amis conteurs populaires et chanteurs de ballades qui faisaient le bonheur de Chen. Voyant les livres de celui-ci et surtout leurs illustrations et leurs cartes géographiques, le vieux chasseur manifesta un vif intérêt pour les ouvrages traitant de l'histoire de la Mongolie, rédigés par des auteurs chinois, russes ou persans. Il parlait un peu le chinois, et enseignait à Chen Zhen la langue mongole afin que ce dernier puisse mieux lui transmettre le contenu de ses ouvrages. Il lui racontait des histoires mongoles, engageait des discussions avec lui. Après deux ans, les deux hommes avaient franchi les barrières de leurs langues respectives et communiquaient facilement.

Mais Chen Zhen n'osait toujours pas évoquer avec Bilig l'hostilité envers le peuple mongol que recelaient ces livres écrits par des Chinois de l'époque ancienne ou par des historiens occidentaux. Lorsqu'il chevauchait dans la steppe, il s'interdisait de chanter la poésie de Yue Fei, grand général des Song qui avait combattu les « barbares du Nord », et de réciter des vers tels que « se désaltérer du sang des Huns ». Il avait d'ailleurs décidé de consacrer sa recherche aux origines historiques de l'inimitié entre les peuples nomades et sédentaires. Surtout, il voulait savoir comment et pourquoi les Mongols, si peu nombreux, avaient pu représenter une force aussi puissante et conquérante dans l'histoire de l'humanité.

Chen avait quitté à regret la yourte du vieux Bilig pour s'établir avec ses trois copains de Pékin. Il y avait été contraint car les troupeaux s'étaient incroyablement développés : celui qu'il gardait avec Yang, un autre étudiant, avait fini par dépasser les trois mille têtes ! Chen et Yang ne suffisant pas à la tâche, on avait décidé de diviser le troupeau pour en confier une partie à un autre berger. C'est ainsi que Chen avait dû suivre les moutons dans un autre pâturage et partager une yourte avec ses copains. Heureusement, les deux camps n'étaient pas éloignés et leurs habitants se voyaient matin et soir, quand ils sortaient et rentraient leurs bêtes. Ils se rendaient aussi très facilement visite, ce qui permettait à Chen Zhen de poursuivre ses conversations avec le vieux Bilig. Celle qu'il s'apprêtait à entamer, alors qu'il revenait de chez Lamjav, ne pouvait que concerner les gazelles, un sujet directement lié aux loups.

En pénétrant dans la yourte, il avait soulevé le rideau en poils de chameau décoré de motifs de bon augure. Le vieil homme l'avait invité à s'asseoir à même le tapis et lui avait servi un bol de thé au beurre. Comme s'il savait déjà ce qui tracassait le jeune Chen, il lui dit :

– Ne sois pas jaloux des autres pour leur butin de chasse. Demain, je t'emmènerai à un endroit d'où nous reviendrons avec toute une charrette de gazelles. Ces derniers jours, je suis allé faire un tour dans la montagne et je peux te dire que la chasse va être bonne. Et ce sera une nouvelle occasion pour toi de voir une énorme meute de loups. N'en parles-tu pas à tout propos, comme si la crainte se mêlait à ta curiosité ? Vous, les Han, vous êtes trop peureux, comme les moutons herbivores, tandis que nous autres, les Mongols, sommes carnivores comme les loups. Il est temps que tu fasses preuve d'un peu d'audace pour les affronter.

Le lendemain, Chen Zhen s'était levé de bonne heure pour suivre Bilig dans la montagne. Le vieux choisit un endroit où ils confectionnèrent leur cachette dans la neige et s'installèrent à l'affût. Ils ne disposaient que de leurs longues-vues, n'ayant emporté ni fusil ni chien. C'était la première fois que Chen sortait sans arme. Il en avait bien demandé la raison au vieil homme, mais celui-ci s'était contenté de sourire énigmatiquement : il aimait lui réserver des surprises, au motif que la curiosité l'incitait à mieux apprendre.

Lorsque Chen avait vu les loups s'approcher furtivement des gazelles, il avait compris de quelle façon le vieux Bilig allait mener sa chasse. Il s'était mis à rire intérieurement. Le vieux lui avait adressé un sourire malicieux. Tous deux avaient regardé la scène qui se mettait peu à peu en place. La panique qui s'était emparée de Chen à la première vue des loups s'était peu à peu estompée. Il en ressentait d'autant plus le froid sec qui envahissait son corps. «Si j'avais un matelas en peau de loup...», pensa Chen Zhen, et il posa soudain cette question à son compagnon :

– Tout le monde dit que la fourrure de loup est la plus recherchée pour se maintenir au chaud. Les chasseurs en tuent un grand nombre, mais je n'ai jamais vu un matelas fait de fourrure de loup. Même pas chez les gardiens de chevaux qui vivent pourtant dans un univers de neige et de glace. Pas plus dans l'étable où les bergers de garde passent la nuit. Ah si, je me souviens avoir vu une fourrure de loup chez Dorj. Son père porte même un pantalon en peau de loup pour calmer ses rhumatismes. A'bo, la vieille Eji, votre épouse, souffre aussi de rhumatismes. Pourquoi ne lui offrez-vous pas un pantalon en fourrure de loup ?

– Les Dorj sont des Mongols originaires du nord-est de la Chine. Ils étaient cultivateurs avant de quitter leur région, une contrée habitée en majorité par des Han où les Mongols se sont laissés influencer par les Chinois. Ils ont oublié depuis belle lurette leurs ancêtres et les divinités mongoles. Quand ils ont un mort dans la famille, au lieu de le donner en pâture aux loups, ils le mettent dans une caisse en bois et l'enterrent. Cela ne m'étonne pas qu'ils osent confectionner un pantalon en peau de loup ! Sur la steppe, c'est le loup qui fournit la meilleure fourrure pour se protéger contre le froid, c'est vrai. Mais c'est Tengger le Ciel éternel qui lui accorde cette faveur. Pour cette raison, les hommes de la steppe n'utilisent jamais cette peau, même s'ils doivent mourir de froid. Ceux qui ne respectent pas cette coutume ne sont pas de vrais Mongols. Dormir sur un matelas en peau de loup, c'est un blasphème contre les dieux ! Et ceux qui les offensent ne verront pas leur âme monter au Ciel éternel. Réfléchis bien : pourquoi Tengger prend-il les loups sous son aile ?

– Parce qu'ils protègent la steppe ?...

– C'est cela ! dit le vieux chasseur plissant les yeux dans un large sourire. Tengger est le père des Mongols, la steppe est notre mère. Les loups tuent les bêtes qui sévissent dans la steppe. Le Ciel éternel n'a-t-il pas raison de les protéger ?

Au premier bruit, les deux hommes braquèrent leurs longues-vues sur les loups de tête qui s'étaient déjà baissés pour ne plus donner signe de vie. Ces longues-vues étaient à l'origine des jumelles militaires à très longue portée, de fabrication soviétique. Bilig les avait ramassées, plus de vingt ans auparavant, sur les champs de bataille. Située au sud-ouest de la chaîne des monts Daxinganling, la steppe Olon Bulag est adossée à la frontière sino-mongole qui s'allonge au nord de Pékin. Elle forme un couloir qui relie le grand désert mongol et la Mandchourie. Cet emplacement stratégique en fait, depuis toujours, un théâtre où se sont affrontés les différentes ethnies ou les peuples nomades et sédentaires. Vers la fin de la Seconde Guerre mondiale, c'est ce corridor que l'armée soviétique emprunta pour aller combattre l'armée japonaise en garnison dans le nord-est de la Chine. Des années après, il n'était pas rare que les bergers aperçoivent les traces des chenilles de blindés qui avaient creusé des plaies larges comme des lits de rivière. On y trouvait aussi des chars détruits, des baïonnettes, des bidons, des gourdes, des pelles, des casques et... des jumelles. Les chasseurs avaient l'habitude de les séparer et d'en faire deux longues-vues, plus maniables et faciles à porter. « Grâce à cette lunette d'approche, disait le vieux Bilig, les chasseurs rentrent avec davantage de gibier, et les pasteurs retrouvent plus facilement les chevaux égarés. »

Six mois après son installation sous la tente du vieux chasseur, Chen Zhen avait reçu un cadeau de son hôte : l'autre moitié des jumelles. Le vieil homme avait fouillé longtemps dans une malle avant de la trouver. Ce cadeau faisait pourtant l'envie de Bat, son fils aîné, grand gardien de chevaux, qui devait se contenter de ses jumelles de fabrication chinoise.

Chen Zhen appréciait beaucoup sa longue-vue un peu rouillée. Il l'enveloppait dans une pièce de soie rouge et ne la sortait que lorsqu'il aidait les bouviers à chercher leurs bêtes égarées ou partait à la chasse avec Bilig.

Chen tenait aujourd'hui une belle occasion d'utiliser son objet fétiche. Il scrutait le terrain de chasse, et sentait se réveiller l'instinct du chasseur qui sommeillait en lui. Cet instinct, il en était désormais persuadé, était en chaque homme, mais la vie en société avait fini par l'étouffer. Lui qui avait quitté la capitale prospère de la Chine pour vivre dans la steppe, prenait un vif plaisir à retrouver des réflexes primitifs. Il regrettait de descendre d'un peuple de cultivateurs. Depuis des dizaines, voire des centaines de générations, les sédentaires se nourrissaient de légumes et de céréales et, avec le temps, ils s'étaient affaiblis. Ils avaient perdu le caractère fort de leurs ancêtres, les empereurs Huangdi et Yandi, des chefs de tribus nomades. Non seulement son peuple avait oublié son rôle de chasseur, mais il était devenu la proie convoitée de puissances étrangères.

Les loups ne manifestaient toujours aucune intention de passer à l'action. Chen commençait à s'ennuyer. Il demanda au vieux chasseur si les loups allaient attendre la nuit pour attaquer. Bilig lui répondit à voix basse :

– Comment gagner un combat sans la patience ? Gengis Khan n'avait qu'un effectif réduit, mais il a mis en déroute l'armée des Kin forte d'un million d'hommes. Puis il a vaincu des dizaines de royaumes. Comment a-t-il pu accomplir de tels exploits ? Il avait la force des loups, oui, mais il était aussi armé de leur patience. L'ennemi le plus courageux dévoile le défaut de sa cuirasse à un moment ou un autre. Quand un cheval relâche sa vigilance, même un jeune loup est capable de l'égorger. Sans patience, il n'y aurait eu ni loups, ni chasseurs, ni Gengis Khan. N'as-tu pas envie de mieux connaître les loups ? Alors, reste où tu es, et attends !

Chen Zhen sentit le ton de reproche dans la voix du vieil homme et se tut, s'efforçant de surmonter son impatience. Il pointa de nouveau sa longue-vue vers un loup qu'il observait depuis un certain temps : la bête était toujours aussi immobile, baissée, presque prosternée. Puis le vieux chasseur dit d'une voix adoucie :

– Sais-tu ce qu'attendent les loups ?

Comme Chen Zhen secouait négativement la tête, il reprit :

– Quand les gazelles seront repues, elles perdront de leur vigilance, tentées par un petit somme. Les loups n'attendent que cela !

Sidéré, Chen Zhen demanda à son tour :

– Vraiment ? Sont-ils si intelligents ?

– Décidément, vous, les Han, vous ne savez rien des loups ! Ils sont même plus malins que les hommes. À ton avis, un seul loup est-il capable d'attraper une gazelle ?

– Il faut qu'ils soient trois, dit Chen Zhen après réflexion. Si deux loups s'attachent à sa poursuite tandis que le troisième reste à l'affût pour lui couper la retraite, ils réussiront à l'attraper. Mais un seul loup, c'est impossible.

– Mais non ! Il y réussira tout seul, à condition qu'il soit assez expérimenté. Tu ne me crois pas ?

– Mais comment ? Je ne comprends pas.

– Il a sa technique. Il choisit dans la journée une proie qu'il ne quitte pas des yeux. Le soir venu, la gazelle trouve un endroit à l'abri du vent pour dormir. Mais le loup se retient de passer à l'attaque. Il sait que la gazelle dort les oreilles en éveil et le flair en alerte. À la moindre alarme, elle bondirait et prendrait la fuite, et le loup aurait toutes les chances de la manquer. Il reste donc en attente toute la nuit. Les gazelles ne quittent pas leur couche chaude pour uriner avant le jour. Le lendemain, à la première lueur de l'aurore, la gazelle aura la vessie pleine et le loup saisira ce moment pour foncer sur elle, sachant qu'elle court moins vite dans cet état. Très rapidement, la vessie éclatera et la gazelle ralentira, les pattes secouées de spasmes. Tu vois, si rapide que soit une gazelle, parfois elle ne peut plus courir. Les loups connaissent bien ce moment fatal. Et c'est pour cela que les chasseurs de la steppe se lèvent tôt pour leur disputer les gazelles.

– Oh! Ciel! s'écria Chen Zhen, en riant sous cape. Les loups sont astucieux, mais les chasseurs mongols le sont encore davantage!

– Nous sommes les apprentis des loups. Nous devons les surpasser! dit le vieux Bilig épanoui.

La plupart des gazelles avaient maintenant la tête haute, le ventre plein d'herbes, prêt à craquer. Certaines tenaient à peine sur leurs pattes écartées. Le vieux chasseur les observait de sa longue-vue:

– Tu vois, elles ne broutent plus. Les loups vont se jeter sur elles!

À ces mots, tout le corps de Chen Zhen se raidit. Les loups resserraient en effet leur encerclement sur les côtés est, nord et ouest, le sud étant coupé par une colline. Chen Zhen supposa que quelques-uns, tapis sur son versant invisible, attendaient le bon moment pour sortir de leur cachette.

– A'bo, combien y a-t-il de loups derrière la colline? S'ils ne sont pas en nombre suffisant, ils ne pourront pas barrer le chemin aux gazelles.

– Il n'y en a pas un seul là-bas... répondit le vieux chasseur avec un sourire énigmatique.

– Mais alors, comment vont-ils faire? interrogea Chen Zhen, sceptique.

– Derrière cette colline s'étend un marécage. Le versant devant nous fait face au vent. La neige n'y reste pas; elle est emportée entièrement dans le marécage en forme de cuvette et finit par le recouvrir et le dissimuler. À certains endroits, un homme s'y enfoncerait jusqu'à la taille, mais à d'autres il disparaîtrait complètement. Tout à l'heure, quand les gazelles fuiront dans la seule direction que leur permettra l'encerclement des loups, qu'est-ce que cela donnera?

Chen Zhen avait tout compris du carnage qui se préparait. Mais la réponse du vieux Bilig résonna d'un autre écho. Il se dit que s'il avait fait partie de l'armée d'invasion des Han, dans les temps reculés, il se serait aventuré dans cette contrée inconnue à l'aveuglette et serait sûrement tombé dans cet immense traquenard. Il pensa à Xu Da, général invincible de la Chine des Ming, qui avait réussi à repousser les Mongols vers leur steppe. Mais quand il avait commis l'erreur d'aller plus loin, il avait vu toute son armée cernée et exterminée. Et toujours sous la dynastie des Ming, le général Qiu Fu qui, à la tête d'une armée de cent mille hommes avait pénétré en Mongolie-Extérieure, jusqu'aux rives de la rivière Keroulen. Mais il était tombé dans une embuscade et y avait laissé la vie tandis que son armée en désarroi était anéantie jusqu'au dernier soldat.

Bilig avait-il compris les pensées qui traversaient l'esprit de Chen Zhen ? Toujours est-il qu'il glissa au jeune homme, à peine sorti de ses rêveries :

– Nous, les Mongols, avons appris des loups à nous battre et à chasser. Chez vous, il n'y a plus de meutes et vous n'avez donc pas de maîtres pour vous initier à l'art de la guerre. Pour combattre et vaincre, un vaste territoire et une population nombreuse ne sont pas d'une grande aide : c'est un loup qu'il faut être, pas un mouton !

Soudain, l'offensive fut donnée sur tout le front. Vifs comme l'éclair, deux gros loups conduits par leur roi foncèrent de l'extrémité de l'aile ouest vers un monticule qui formait la dernière brèche sur la ligne d'encerclement. Lorsqu'ils atteignirent le sommet, la boucle s'était refermée sur les gazelles. C'était le signal d'attaque générale. Tous les loups à l'affût sortirent de leur cachette et s'élancèrent vers les gazelles. Une scène terrifiante se déroula devant Chen, qui n'avait jamais vu une attaque de cette nature. Quand une armée charge, elle pousse des hourras ; quand une meute de chiens se lance sur le gibier, elle fait entendre de furieux aboiements. Tous ces cris aident les assaillants à se donner du courage et à terrasser l'ennemi par la terreur, mais ils trahissent aussi leur faiblesse et leur manque de confiance en eux. Au contraire, l'attaque des loups était silencieuse, de ce mutisme qui inspire à toutes les créatures de l'univers la panique primitive des affres de la mort.

Les loups rasaient les herbes hautes comme des torpilles sillonnant les vagues houleuses. Regard fulminant, crocs et griffes dehors, chacun se précipitait sur sa proie.

Du côté des gazelles, c'était la débandade générale. Leurs ventres alourdis leur faisaient perdre leur unique atout : la vitesse. Chen Zhen repensa à la panique qu'il avait ressentie lors de son premier accrochage avec les loups, lorsque son corps s'était comme vidé de son âme. La terreur des gazelles devait être la même. Nombre d'entre elles s'étaient mises à trembler de tout leur corps; certaines s'affaissèrent, pattes fléchies, queue tremblotante, langue tirée. Elles avaient abdiqué avant même que la lutte ne s'engage.

Chen Zhen voyait l'intelligence, la patience, la discipline et le sens d'organisation des loups en action. Malgré la faim et le désir de tuer qui les torturaient, ils gardaient la parfaite maîtrise de leur plan. L'endurance et la ténacité leur avaient permis de saisir cette occasion qu'ils attendaient depuis si longtemps: ils ne la gâcheraient pas par la précipitation.

Aussitôt, l'esprit de Chen remonta loin dans le temps. Comment Gengis Khan, mais aussi les chefs d'autres peuples du nord, les Quanrong, les Huns, les Xianbei, les Tujue et les Nüzhen avaient-ils pu pénétrer l'empire du Milieu, y installer leurs royaumes et mettre en déroute les armées commandées par des généraux instruits par *L'Art de la guerre* de Sunzi? La démonstration à laquelle assistait Chen Zhen lui en apprenait davantage que les ouvrages du maître chinois de l'art militaire ou ceux de Clausewitz. S'ils avaient pu conquérir la Chine, c'est que ces stratèges mongols, presque analphabètes, avaient été les disciples des loups! Passionné d'histoire depuis l'enfance, Chen en revenait toujours à cette énigme qu'il ne pensait qu'à éclaircir depuis son arrivée dans la steppe: comment ce petit peuple des Mongols avait-il pu fonder un grand empire eurasiatique? D'où lui venait ce talent militaire prodigieux? Souvent il interrogeait le vieux Bilig qui, bien que peu cultivé, ne manquait pas de connaissances, servies par une intelligence exceptionnelle. Si le vieux l'avait emmené dans cette classe en plein air, c'était bien pour lui apporter des réponses.

La guerre se poursuivit sous les yeux des deux spectateurs.

Les gazelles s'étaient ébranlées tant bien que mal. Seules les bêtes chevronnées et celles de tête avaient résisté à la tentation des herbes succulentes, ce qui leur permettait de courir aussi vite qu'à l'ordinaire.

Elles se tournèrent instinctivement vers l'arête de la colline et entraînè-rent dans leur sillage la plupart de leurs congénères. Celles qui traînaient leurs corps alourdis trébuchaient à chaque pas et grimpaient péniblement, pitoyables.

Quelques gazelles s'affaissèrent, l'estomac crevé à force d'avoir couru. Les loups les ignorèrent. Ils visaient les gazelles de tête, en abatti-rent quelques-unes, enfonçant leurs crocs dans la gorge de leurs victimes. La prairie se teinta de rouge. L'odeur de sang qui flottait sur la steppe ne fit qu'affoler davantage les gazelles au flair sensible. Elles coururent éperdument vers le faîte de la colline où les plus robustes d'entre elles les attendaient déjà. Elles tournaient en rond, n'osant pas descendre. Bien sûr, elles avaient aperçu le marécage qui s'étalait en bas, d'une blancheur immaculée, sans un brin d'herbe. Les plus vieilles d'entre elles ne tardèrent pas à percer l'intention des loups.

Soudain, comme si elles avaient discuté entre elles et étaient tombées d'accord sur le parti à prendre, elles tournèrent le dos au marécage et se ruèrent vers les loups qui venaient vers elles. Les plus courageuses étaient prêtes à livrer combat. Elles formèrent des équipes de choc à trois ou à cinq, pour essayer de se frayer un passage. Elles foncèrent tête baissée, bois en avant, suivies de celles qui pouvaient encore courir.

Chen Zhen savait les cornes de gazelle très acérées. Les pasteurs les utilisaient d'ailleurs comme aiguilles ou poinçons pour confectionner des ustensiles en peau de bœuf. Celle des loups, beaucoup moins épaisse, ne leur résistait pas. La première contre-attaque produisit aussitôt l'effet escompté : une large trouée fut ouverte dans la ligne d'encerclement. Le flot jaune des gazelles s'écoula comme un fleuve en crue. Chen Zhen avait l'esprit tendu à l'extrême : le plan si laborieuse-ment préparé par les loups serait-il déjoué à deux doigts de la réussite ? C'est alors qu'il vit le roi des loups se présenter sur la brèche, étonnam-ment calme, à la manière d'un homme travaillant à son écluse, ouvrant la vanne pour régler le débit, évacuant l'eau de surplus pour ne garder que la quantité nécessaire à son réservoir. Il observait la fuite des gazelles. Mais lorsque les plus rapides d'entre elles eurent réussi à sortir de l'encerclement, celui-ci se reforma, implacable. C'était comme si le roi des loups en avait donné le signal muet. Les gazelles, de nouveau prisonnières, restaient désemparées, sans aucune combativité. Sous la pression des loups se trouvant en contrebas, elles furent refoulées vers le faîte de la colline. Arrivées là, pressées par leurs assaillants, elles n'eurent d'autre choix que de dévaler la pente qui les menait tout droit vers la cuvette remplie de neige.

Lorsque les derniers loups poursuivant les gazelles eurent disparu à l'horizon entre le ciel et l'arête de la colline, un silence de mort enveloppa le terrain de chasse martelé quelques instants plus tôt par des milliers de sabots. Ne restaient plus que les corps de gazelles inertes ou tressautant de douleur. La scène avait duré une dizaine de minutes tout au plus. Chen Zhen en avait le souffle coupé, le cœur battant.

Le vieux Bilig se releva, s'étira, puis s'assit en tailleur sur une touffe d'herbe. Il sortit de sa botte une pipe à long tuyau au bec de jade, bourra de tabac le fourneau et l'alluma en tirant une grande bouffée. Ensuite, il sortit une pièce d'argent avec laquelle il aplatit consciencieusement les brins qui dépassaient. Chen savait que le vieux chasseur s'était procuré ce trousseau de fumeur dans sa jeunesse, moyennant vingt fourrures de renard. Le troc avait eu lieu avec un marchand chinois de Zhangjiakou. Les camarades de Chen Zhen prétendaient que Bilig avait perdu au change, mais cela ne gâchait pas le plaisir du vieux chasseur qui appréciait beaucoup sa pipe. « Il n'est pas du tout facile d'être un marchand, disait-il, compréhensif. Le voyage est long, et celui qui tombe sur des bandits de grand chemin risque d'y laisser sa peau. »

Il tira encore quelques bouffées et ajouta :

– Après cette pipe, nous pourrons rentrer.

– Pourquoi ne pas aller jeter un coup d'œil ? Je suis curieux de savoir combien de gazelles sont tombées dans le piège, s'empressa de dire Chen encore excité.

– Non, cela n'en vaut pas la peine. Il y en a plusieurs centaines au bas mot. À part les gazelles jeunes, maigres et celles qui auront eu de la chance, les autres sont toutes parties retrouver Tengger le Ciel éternel! Ne t'en fais pas. Les loups ne mangent pas beaucoup. Ce sera une mine inépuisable pour notre équipe de travail.

– Pourquoi les jeunes et les maigres ont-elles pu s'enfuir?

– Parce qu'elles sont légères, expliqua le vieil homme les yeux rieurs. Elles peuvent marcher sur la croûte de neige durcie sans la rompre, alors que les loups n'osent pas les poursuivre. Mon garçon, ce que tu viens de voir t'a montré combien ces derniers sont bienfaisants pour la steppe. Ils sont les gardiens de notre pâturage en même temps qu'ils nous apportent nos étrennes de nouvel an. Nous célébrerons les fêtes dans l'abondance. Dans le passé, les gazelles ainsi tuées appartenaient aux princes et aux propriétaires du pâturage et du bétail. Avant la libération, elles allaient aux pasteurs. Selon la tradition de la steppe Olon Bulag, ce gibier appartient aux premiers qui l'ont aperçu. Aujourd'hui, c'est nous qui avons vu se dérouler l'attaque des loups. Tu vas mobiliser tes copains pour transporter autant de gazelles que possible. Les Mongols savent récompenser leurs amis. Désormais, je te déconseille d'agir comme les Han et les familles venues de l'extérieur, qui ne pensent qu'à la chasse aux loups.

– Au cours de mes deux années passées dans la steppe, j'ai connu de durs moments avec les loups. Mais cette fois, c'est moi qui leur suis redevable!

– Les loups ont beaucoup donné aux Mongols, et nous en avons amplement profité, dit le vieux chasseur en ramassant son bâton.

Il montra les crêtes qui se profilaient à l'horizon et reprit:

– Regarde ces montagnes au-delà de notre pâturage! Les anciens Mongols parlaient souvent des batailles acharnées qu'y mena Mohlai, un des grands généraux de Gengis Khan. Il extermina des milliers de cavaliers cuirassés des Kin en les acculant dans cette grande cuvette de neige. Au printemps suivant, le Grand Khan y envoya des gens récolter le butin. Ils rentrèrent avec sabres et piques, cuirasses et selleries qu'ils entassèrent en monticules. Leur tactique était celle des loups! Si tu passes en revue les grandes batailles des Mongols, tu te rendras compte que, dans la plupart des cas, nous avons eu recours à leur art du combat.

– Vous avez raison, approuva Chen Zhen. Toloi, le fils cadet de Gengis Khan, commanda la bataille du mont aux Trois Sommets, au Henan. Il opposa une cavalerie de trente mille guerriers à deux cent mille combattants kin. Après en avoir écrasé un grand nombre, Toloi et ses cavaliers prirent position dans un endroit abrité, tandis que leurs ennemis se morfondaient dans la neige et mouraient de froid. Il attendit patiemment et passa à l'attaque lorsque l'armée des Kin, exténuée et transie, ne fut plus capable d'opposer qu'une faible résistance. Pourtant, les cavaliers kin étaient de redoutables guerriers. Ils avaient anéanti les Liao, occupé une grande moitié de l'empire des Song et fait prisonniers deux empereurs chinois ! Avec une armée numériquement inférieure, Toloi avait réussi une guerre d'encerclement alors que les écrits militaires chinois prétendent que pour y parvenir il faut une armée dix fois plus nombreuse que l'adversaire. Les cavaliers mongols sont aussi terribles que les hordes de loups : ils combattent à un contre cent !

Le vieux Bilig vida le fourneau de sa pipe en la frappant contre sa semelle et dit :

– Tu connais aussi cette bataille ? Mais je parie que tu ignores un détail. Il avait neigé trois jours de suite avant que Toloi ne donne l'ordre de passer à l'offensive. D'où venait cette neige ? C'était la volonté de Tengger le Ciel éternel ! Dans l'armée de Toloi se trouvait un chaman et le Ciel avait écouté ses prières. C'est en tout cas ce que dit la légende. Les Kin étaient les ennemis jurés des Mongols. Leur empereur et ses complices tartares avaient tué Yusuhei Khan, le père de Gengis Khan, et Ambagai, son oncle. Après cette victoire, les Mongols étaient vengés. Tu vois que les loups et ceux qui agissent comme eux sont dans les bonnes grâces du Ciel éternel !

Les deux hommes s'engagèrent dans la vallée où ils avaient laissé leurs montures. Le cheval noir hennit en apercevant Chen Zhen. Son maître lui tapota la tête en guise de reconnaissance, et sa monture lui répondit en frôlant ses épaules de sa tête. À ce moment-là, le jeune homme eut envie de caresser aussi la tête d'un loup. Bilig et lui débouclèrent les entraves des chevaux, montèrent et partirent au trot en direction du camp. Le vieux chasseur leva la tête et regarda le firmament:

– Grâce soit rendue au Ciel éternel ! Il n'y aura pas de tempête de neige demain.

CHAPITRE 3

Le roi de Wusun s'appelait Mokun. Son père avait été souverain d'un petit royaume à l'ouest du territoire des Huns. À la naissance de Mokun, les Huns attaquèrent son pays et tuèrent son père. L'enfant fut abandonné dans la campagne. Des corbeaux le couvrirent de morceaux de chair et une louve vint l'allaiter. Le Shanyu des Huns trouva insolite le phénomène et crut avoir affaire à un être divin. Il l'adopta. Lorsque l'enfant grandit, le Shan'yu le mit à la tête d'une armée. Puis il lui redonna le peuple de son père pour ses exploits militaires, et l'envoya en garnison dans la contrée de l'Ouest. Après la mort du Shan'yu, Mokun conduisit ses sujets au loin où il édifia un pays neutre, non plus soumis aux Huns. En vain ceux-ci lancèrent-ils contre lui une attaque éclair. Maintes fois défaits, les Huns crurent avoir affaire à un être divin et l'évitèrent de leur mieux.

Biographies du royaume de Dawan,
Mémoires historiques, Sima Qian

Le lendemain matin, le temps était clément. Le soleil avait chassé le froid de la nuit, et des yourtes s'élevaient des volutes de fumée de cuisine, verticales comme les bouleaux qui se dressaient vers le ciel. Le bétail ruminait en silence. Une brume laiteuse montait du dos des bêtes.

Chen Zhen avait demandé à Gombo de le remplacer pour la journée. Ancien propriétaire du pâturage, Gombo n'avait plus le droit de faire paître les troupeaux et vivait sous la surveillance des autorités révolutionnaires. Mais il offrait de bon cœur ses services aux quatre jeunes instruits. Gasma lui attribuait alors des points de travail selon la tâche fournie. Avec son copain Yang Ke, lui aussi berger, Chen Zhen monta dans une charrette et se dirigea vers la yourte du vieux Bilig.

Yang Ke était son «camarade de classe». Le père de Yang occupait une chaire de professeur dans une université réputée de Pékin. Il possédait une collection de livres qu'auraient enviée de nombreuses bibliothèques. Du temps où ils étaient à Pékin, Chen Zhen et Yang Ke échangeaient souvent des ouvrages, et ensemble ils discutaient de ce qu'ils avaient appris. C'est ainsi qu'ils étaient devenus amis. À l'époque, Yang Ke était de nature douce et timide, rougissant facilement quand il parlait avec des inconnus. Mais deux ans de vie dans la steppe, de côtelettes de mouton, de soleil et de vastes espaces avaient fait de lui un solide gaillard au teint bronzé. Son allure avait perdu sa gaucherie de lettré: il avait l'air d'un vrai gardien de troupeau. Pour le moment, il semblait plus excité que Chen Zhen. De son bâton il tapota légèrement l'omoplate du bœuf et dit:

– J'ai mal dormi la nuit dernière. À l'avenir, emmenez-moi avec vous quand vous irez à la chasse, Bilig et toi! J'accepterai de rester à l'affût pendant deux jours et deux nuits si nécessaire. En attendant, j'aimerais bien saisir une gazelle congelée de mes propres mains... Est-ce vrai que nous rentrerons avec la charrette pleine?

– Sans aucun doute, dit Chen Zhen souriant. A'bo l'a dit : « Si difficile que soit la besogne, il faut à tout prix que notre charrette soit bien remplie. Nous allons troquer le butin de chasse contre des ustensiles nécessaires, du feutre pour notre yourte, et ce qu'il faut pour le nouvel an. »

Dans son enthousiasme, Yang Ke ne cessait d'agiter son bâton et de le laisser retomber sur le bœuf qui, du coup, ne savait plus à quoi s'en tenir.

– Depuis deux ans tu n'as que les loups en tête, dit-il à Chen. Et ton opiniâtreté a fini par porter ses fruits. Tu en sais beaucoup sur eux. Je voudrais bien apprendre leurs stratagèmes afin de devenir un chasseur d'élite. Cela pourrait m'être utile en cas de guerre... Toutes ces choses dont tu m'as parlé forment peut-être une loi inéluctable : à force de vivre dans la steppe, tout peuple finit par rendre un culte aux loups. Il se laisse éduquer par eux comme l'ont fait les Huns, les Wusun, les Tujue, les Mongols. Pourtant les Han en sont incapables.

– J'ai passé à peine deux ans dans la steppe et je suis vraiment subjugué par les loups...

– Toi peut-être, mais les Han sont un peuple agricole. Ils ne pensent qu'à leurs cultures. Une fois dans la steppe, ils écorcheraient tous les loups pour obtenir leur peau ! Ils se nourrissent de céréales et ont une peur bleue de cet animal. Comment pourraient-ils le vénérer ? Ce qu'ils adorent, c'est le roi Dragon, le protecteur de l'agriculture. Ils le portent aux nues, l'encensent obséquieusement. Ils n'oseraient jamais agir comme les Mongols, qui se mettent à l'école des loups, les protègent et les respectent, même s'ils en tuent de temps en temps. Pour les Mongols, un tel totem insuffle du dynamisme dans l'esprit et le caractère de leur nation. Il y a un abîme entre les caractères de ces deux peuples. Je ne m'en rendais pas compte quand je vivais parmi les Han. Mais ici, j'ai commencé à voir nos lacunes. Mon père est professeur d'université, mais cela n'empêche pas que son père et son grand-père étaient des paysans, de même que ma mère et la mère de ma mère.

– Et pourtant, enchaîna Chen Zhen, aujourd'hui encore, aux yeux de beaucoup d'Occidentaux, nous descendons tous des Mongols ! Et nous

nous gardons bien de les démentir parce que les Mongols, avec une population qui n'a jamais dépassé le centième de celle de la Chine, ont ébranlé le monde. Les Chinois aiment construire de superbes enceintes comme la Grande Muraille pour se protéger et s'enorgueillissent du nom d'empire du Milieu. Mais pour les Occidentaux de l'époque, la Chine n'était que le pays de la soie, de la porcelaine ou du thé. D'ailleurs, les Russes croyaient que le petit pays des Qidan, au nord, constituait la Chine à lui tout seul ! C'est pourquoi ils continuent aujourd'hui encore d'appeler la Chine *Kitaï*.

– Tu te laisses charmer par les loups et moi, je me laisse entraîner dans ton sillage. Maintenant, quand je cherche quelque chose à lire, je choisis des livres sur l'histoire des Xirong, des Dongyi, des Beidi, des Nanman, tous ces peuples minoritaires du passé. J'ai envie de mieux connaître les loups, de me confronter à eux !

– Tu deviens de plus en plus mongol, ma parole ! Je te propose une transfusion de sang de loup. Un croisement te rendra supérieur !

– Je voulais te remercier de m'avoir encouragé à venir en Mongolie-Intérieure. Un jour, tu m'as dit : « Là-bas, se trouve la liberté la plus large, et à l'état primitif ! » Cette phrase a suffi à me décider.

Chen Zhen relâcha la bride et dit :

– Assurément elle n'est pas de moi. Tu l'as arrangée à ta façon !

Tous deux s'esclaffèrent de rire. Le bœuf, surpris, pressa le pas. La foule et les chiens formaient avec leurs charrettes une caravane joyeuse, bruyante comme celle de Bohémiens.

Toute l'équipe de travail de Gasma avait été mobilisée. De chacune des yourtes, les gens étaient sortis, remplissant leurs charrettes de pièces de feutre, de cordes, de pelles en bois, de bûches et de perches armées de crochets. Tous portaient des vestes en peau de mouton, usées et rapiécées. Mais hommes et chiens étaient de très bonne humeur, comme ces tribus qui, dans le passé, suivaient leur armée pour récolter le butin de guerre. En chemin, ils ne cessaient de chanter et de boire, se passaient les gourdes d'alcool enveloppées dans du feutre, qui circulaient d'un bout à l'autre de la troupe. Elles se vidaient à mesure que les femmes les présentaient à la bouche de leurs hommes. Tout le monde reprenait en chœur chants mongols, hymnes de guerre ou chansons d'amour et de libation, qui s'enchaînaient à n'en plus finir. Une cinquantaine de chiens au pelage fourni suivaient le cortège, excités par cette sortie exceptionnelle. Ils couraient en tous sens, s'amusant à se battre ou à se rouler par terre.

Au cours du trajet, Chen Zhen délaissa la charrette pour enfourcher un cheval. Bat, Lamjav, deux autres gardiens de chevaux et lui-même trottinaient auprès du vieux Bilig. Lamjav entama la conversation avec ce dernier :

– En tant que tireur d'élite, je vous présente mes respects parce que vous me surpassez à la chasse et que vous permettez à toutes les familles de passer le nouvel an dans l'abondance. Comment n'y ai-je pas pensé ? Les loups devaient nécessairement faire la chasse là-bas, et je les ai complètement oubliés !

Puis il ajouta :

– Vous avez pris comme apprenti Chen Zhen qui est un Han, mais il ne faut pas m'oublier, car moi aussi je veux apprendre de vous, et je suis un Mongol en plus !

Le vieux chasseur lui décocha un regard froid :

– Désormais, quand tu feras une bonne chasse, pense davantage aux personnes âgées et aux jeunes instruits installés chez nous ! Il ne faut pas qu'ils sentent le fumet de la viande sans la voir. Chen Zhen t'a rendu visite, mais tu ne lui as donné qu'un bout de cuisse ! C'est cela l'hospitalité mongole ? Dans ma jeunesse, la première gazelle et la première marmotte tuées à la chasse, je les offrais aux personnes âgées et aux invités. Ah, mon garçon, tu as oublié la règle de conduite transmise depuis le Grand Khan ! Réponds-moi, il te reste combien de loups à abattre pour rattraper Behee, le grand chasseur de la commune de Bayangobi ? Veux-tu vraiment qu'on parle de toi dans la presse et à la radio ? Es-tu réellement tenté par cette prime ? Après le massacre de tous les loups, où ira ton âme quand tu quitteras ce monde ? Est-ce que tu souhaites suivre l'exemple des Han, et être enterré dans une parcelle de steppe où les vers mangeront ton corps ? Ton âme errera alors comme celle des Han : elle n'ira pas rejoindre Tengger le Ciel éternel !

Il poussa un long soupir et reprit :

– Hier, je suis allé à une réunion dans la bannière. Les vieillards des communes du Sud sont inquiets. Ils m'assurent que dans leurs parages ils n'ont plus vu un loup depuis six mois et qu'ils pensent à s'installer chez nous.

Lamjav poussa son chapeau de fourrure en arrière et affirma :

– Bat est votre fils. Si vous n'avez pas confiance en moi, vous pouvez lui demander si j'ai jamais pensé tuer les loups pour devenir célèbre. Ma Qun, le journaliste de la ligue, est venu m'interroger sur le nombre de loups que j'avais tués, en présence de votre fils. J'ai volontairement minimisé le chiffre de moitié. Demandez à Bat, pour voir !

– Est-ce la vérité ? fit le vieux Bilig en se tournant vers son fils.

– Oui, c'est vrai. Mais Ma Qun ne le croit pas, car il s'est renseigné auprès du poste de commerce. Vous le savez aussi : la peau du loup se vend d'après la qualité de sa fourrure, et le chasseur obtient une prime de vingt yuans. Il suffit de consulter le livre de comptes du poste pour tout savoir. À son retour à la ligue, le journaliste a dit à la radio que Lamjav allait battre le record de Behee. Lamjav a maintenant si peur qu'il n'ose plus se présenter au centre d'achat et fait vendre ses peaux par un autre.

Le vieux Bilig fronça les sourcils :

– Quoi qu'il en soit, à vous deux, vous avez tué trop de loups !

– Notre pâturage est le plus proche de la frontière, se défendit Bat. Beaucoup de loups viennent de Mongolie-Extérieure. Si on arrête de les chasser, il en viendra d'autres et il ne nous restera plus beaucoup de poulains.

– Mais pourquoi êtes-vous venus tous les deux ? Zhang Jiyuan est seul à garder les chevaux ? demanda le vieux Bilig pour changer de sujet.

– Nous le remplacerons la nuit, quand il y a beaucoup de loups. Nous avons plus d'expérience que lui, dit Bat.

Il faisait jour depuis un moment mais, comme chaque hiver, le soleil semblait refuser de monter plus haut. Le ciel et les herbes fanées se confondaient avec le blanc de la neige qui renvoyait une lumière diaphane. Les gens, les chiens et les charrettes étaient devenus flous dans cette luminosité aveuglante. Les hommes sortaient leurs lunettes solaires, les femmes et les enfants se protégeaient les yeux avec la manche de leur veste. Quelques bouviers atteints de cécité des neiges fermaient leurs yeux larmoyants. Seuls les chiens gardaient les leurs écarquillés, scrutant le lointain où gambadaient des lièvres, ou flairant les bords du chemin à la recherche de traces de renards fraîches.

Les chiens furent les premiers à sentir qu'on approchait du terrain de chasse. Les bêtes affamées foncèrent en aboyant et se jetèrent sur les restes de gazelles abandonnés par les loups. Bars et quelques lévriers furetaient çà et là, le poil hérissé et l'air réfléchi. Ils jugeaient d'après l'odeur de l'urine et les excréments combien de loups étaient passés et lequel était leur chef. Le vieux Bilig dit que Bars connaissait la plupart des loups de la steppe, qui le connaissaient aussi.

Les cavaliers arrivèrent l'un après l'autre, examinant minutieuse-ment les alentours. Des gazelles mortes il ne restait plus que les squelettes et les têtes ; la chair avait été dévorée. Bilig montra des traces de pattes :

– Des loups sont encore venus la nuit dernière.

Puis il ajouta en indiquant les poils jaunes et gris :

– Il y a même eu un combat entre deux bandes. Il semble qu'attirée par l'odeur des gazelles, une seconde horde soit arrivée de l'autre côté de la frontière. Là-bas, elle n'avait pas beaucoup de nourriture ; affamée, elle s'est montrée féroce.

Les cavaliers grimpèrent au sommet de la colline. Ils poussèrent des cris de joie et agitèrent leurs chapeaux à l'adresse de la caravane. Gasma descendit de la charrette et courut en tirant son bœuf. Les autres suivirent son exemple et de leurs bâtons forcèrent leurs bêtes à accélérer le pas.

Le regard fixé sur le terrain de chasse, Lamjav ne put s'empêcher de crier son admiration :

– Ils sont formidables, ces loups ! Ils ont réussi à encercler des centaines de gazelles ! Nous, nous avons fini par en cerner une trentaine seulement, alors que nous étions une vingtaine de gardiens de chevaux. Nos bêtes étaient exténuées d'avoir tant couru.

Le vieux Bilig arrêta son cheval et observa le bassin de neige avec sa longue-vue. Les autres s'arrêtèrent net et attendirent. Chen Zhen leva aussi sa longue-vue. Au pied de la pente, sous l'immense linceul de la cuvette enneigée, étaient ensevelies d'innombrables gazelles. Le centre du bassin était relativement uniforme, comme un lac scellé de neige et de glace. Sur le bord en pente douce gisaient une quinzaine de dépouilles de gazelles. En y regardant de plus près, au beau milieu du bassin étaient éparpillés sept ou huit points jaunes, dont quelques-uns bougeaient : c'étaient des gazelles, pas encore totalement enfoncées dans la glace. Puis Chen aperçut quelques dizaines de trous noirs dont le nombre augmentait à mesure qu'il portait son regard au loin : le bassin de neige gardait la trace de tout ce qu'il absorbait.

Le vieux Bilig dit à son fils Bat :

– Avec tes copains, ouvre une voie pour faciliter l'approche des charrettes.

Cela dit, il fit signe à Chen Zhen et Lamjav de le suivre. Tous trois se dirigèrent lentement vers le bassin. Le vieux chasseur recommanda :

– Il faut marcher sur les traces laissées par les gazelles et les loups. Gare à ne pas mettre le pied aux endroits vierges, sans herbes ni empreintes.

Ils avançaient avec précaution, toujours à cheval. Les herbes se raréfiaient à mesure que la neige s'épaississait. Mais après une quinzaine de pas, les trois hommes virent que la surface blanche était criblée de petits trous, comme ceux qu'aurait percés une baguette. De chacun sortait la pointe d'une herbe rigide, jaune pâle, qui, en tremblant sous l'effet du vent, avait fini par agrandir les trous. Le vieux Bilig avait une explication bien à lui :

– Ce sont des soupiraux faits par Tengger le Ciel éternel pour que les loups retrouvent facilement les gazelles enfouies. Sinon, il leur serait impossible de les repérer dans cette neige profonde.

Chen Zhen acquiesça de la tête et sourit.

Guidés par ces trous et les pointes d'herbe, ils étaient donc, eux aussi, sur la bonne voie. Plus avant, ces indications disparurent, cédant la place aux traces seules de sabots de gazelles et de pattes de loups. Les puissants chevaux mongols soufflaient à chaque pas et s'enfonçaient profondément dans la neige. Ils s'acheminaient vers le premier tas de gazelles mortes. Lorsque les chevaux ne purent plus avancer, les cavaliers descendirent et ce fut leur tour de s'enliser. Ils piétinèrent sur place, finissant par tasser solidement la neige, ce qui leur permit de se tenir sur une parcelle ferme et de se retourner aisément. Chen Zhen vit à ses pieds une gazelle à moitié dévorée. Elle gisait dans la neige, ventre ouvert, exposant au grand jour son estomac rempli d'herbe et gelé. Une trentaine de bêtes avaient été massacrées à cet endroit. Les loups s'étaient également arrêtés ici, sans aller plus loin.

Détournant la tête de ce carnage, Chen Zhen vit quelque cent mètres plus loin huit ou neuf jeunes gazelles, tremblotantes. Chacune était cernée de trous noirs dans lesquels d'autres, moins chanceuses, avaient disparu. Les rescapées n'osaient plus bouger : leurs pattes frêles s'étaient enfoncées, mais leur corps restait au-dessus de la croûte glacée qui risquait à tout moment de céder. Prisonnières vivantes de la neige ! Elles qui avaient été les meilleures coureuses de la steppe, celles que les Mongols surnommaient parfois les «lutins de la liberté», étaient là, entravées, en proie à la faim et au froid, attendant la mort. Mais une autre scène encore plus épouvantable attira l'œil de Chen. À quelques pas de ces survivantes tétanisées, des têtes émergeaient de la surface neigeuse. Dans leur fuite, de jeunes gazelles s'étaient enfoncées jusqu'au cou, leurs sabots ayant probablement fini par toucher la terre ferme ou une saillie de roche, ou peut-être le cadavre d'une des leurs. Ressentant presque comme s'il était à leurs côtés la frayeur de ces créatures, Chen crut entendre leur appel au secours. Mais en les observant de plus près avec sa longue-vue, il réalisa que c'était peine perdue : elles étaient déjà mortes, étouffées probablement. Ce qu'il voyait, ce n'était que des statues que le gel avait figées au moment ultime de leur vie.

Les endroits les plus proches du bord offraient un autre spectacle, tout aussi cruel : les loups avaient extrait de la neige toutes les gazelles à leur portée et les avaient traînées vers un véritable abattoir. C'est là qu'ils s'étaient jetés sur leurs proies dont ils n'avaient dévoré que les tripes et la chair tendre.

Décidément, cette pente et ce marécage, magnifiques sous la croûte de neige étincelante, recélaient une arme meurtrière que Tengger le Ciel éternel avait inventée pour les hommes et les loups, défenseurs de la steppe. Ce piège était un chef-d'œuvre du « vent aux poils blancs » auquel le soleil avait apporté sa touche. Ce vent qui soufflait par intermittence emportait en effet la légère poudre de neige, tandis que les flocons un peu plus lourds retombaient pour former une couche dure. La surface fondait légèrement sous le soleil de midi, mais gelait quand s'élevait le vent froid de l'après-midi. Si le vent aux poils blancs s'acharnait à plusieurs reprises, la couche dure pouvait atteindre dix centimètres d'épaisseur. Mélange de neige et de glace, elle était plus résistante que la neige mais plus meuble que la glace. Sa surface était inégale : aux endroits où elle était le plus épaisse, elle pouvait supporter le poids d'un homme, mais en général elle cédait sous le martèlement des sabots de gazelles.

Les loups connaissaient manifestement bien la configuration de ce champ de bataille. Ils avaient délaissé les gazelles qui se trouvaient loin de la berge, enlisées dans la neige. L'absence de traces montrait qu'ils n'avaient même pas essayé de les repêcher, le nombre de gazelles sur la pente suffisant largement à de grandes ripailles. Quant à celles qui étaient ensevelies sous la neige, ils les conserveraient pour le printemps, après le dégel : ce marécage enneigé leur servait de réfrigérateur géant. D'après le vieux Bilig, les loups rôderaient constamment dans les parages et apporteraient encore du butin de chasse dans ce garde-manger en prévision de la pénurie printanière. Les gazelles qu'ils y laissaient aujourd'hui leur sauveraient la vie au printemps prochain quand ils seraient amaigris et que les moutons seraient moins appétissants, faute de graisse.

Chen n'en revenait pas de ces mystères de la nature. Il fut tiré de sa rêverie par Bars et quelques autres grands chiens qui accouraient en aboyant. Ils avaient aperçu des gazelles vivantes, et l'envie de les chasser les mettait dans tous leurs états. Mais ils s'arrêtèrent à la lisière des endroits les plus dangereux, tout comme l'avaient fait les loups, et se contentèrent de gronder à l'adresse des gazelles mourantes. Quelques-unes, effrayées, essayèrent bien de fuir, mais à peine avaient-elles fait quelques pas qu'elles s'écroulèrent dans les crevasses qu'elles ouvraient par le seul effet de leur poids. Elles tentaient alors de se débattre, mais tous leurs efforts ne faisaient que hâter leur fin : une à une, elles disparurent dans les trous en entonnoir. Il n'en restait qu'une qui avait pu s'accrocher, de ses pattes antérieures, à un bloc de neige plus résistant. Figée dans cette position, elle était plus morte que vive.

Pendant ce temps, l'équipe de travail avait ouvert une voie dans la neige. Les charrettes commencèrent la descente de la pente, puis s'immobilisèrent en bas, alignées les unes contre les autres. Hommes et femmes se mirent alors à déblayer un emplacement pour décharger les outils.

Les hommes se dirigèrent ensuite vers Bilig pour prendre ses instructions :

– Regardez du côté ouest ! La neige y est apparemment plus dure. On n'y voit pas de trous, seulement des traces de sabots. Cela veut dire qu'un nombre considérable de gazelles a réussi à fuir !

– Il y a quand même une lacune dans les calculs des loups, dit Sanja, un berger. Il suffit d'envoyer quelques hommes par là-bas pour les capturer.

– Si tu étais le loup de tête, toute ta bande mourrait de faim ! répliqua Bilig en reniflant. Que restera-t-il à manger l'année prochaine si vous prenez toutes les gazelles ? Les loups ne sont pas aussi cupides que l'homme. Ils ont leur façon de calculer et voient plus loin que le bout de leur museau.

Le berger se mit à rire et reprit :

– Il y a trop de gazelles cette année. On ne les exterminerait pas, même si on en tuait encore mille ! Moi, je veux faire de l'argent au plus vite, et j'attends une nouvelle yourte pour me marier.

Le vieux chasseur lui décocha un coup d'œil furibond :

– S'il n'y a plus de gazelles dans la steppe, que ferez-vous quand vos enfants et vos petits-enfants voudront se marier à leur tour ? Ah, vous, les jeunes ! Vous ressemblez de plus en plus aux Mongols de l'extérieur !

Une fois les charrettes déchargées, les femmes élargirent les passages ouverts par les loups. Le vieux Bilig, grimpé sur un amas de neige, observa le ciel en marmonnant quelques mots inintelligibles. Chen Zhen crut qu'il priait. D'une certaine manière, c'était le cas. En réalité, il demandait à Tengger la permission de prendre les gazelles ensevelies sous la neige. Puis il se recueillit, les yeux fermés. Un moment plus tard, il haranguait la troupe :

– Il y a suffisamment de gazelles gelées pour nous. Il ne faut pas nous montrer trop cupides. Une fois là-bas, laissez partir celles qui sont encore vivantes avant de creuser dans la neige pour sortir les mortes. Tengger ne veut pas qu'elles meurent, donc nous devons leur laisser la vie ! Puis il se pencha vers Chen Zhen et Yang Ke et leur dit en aparté, mais en s'adressant sans doute tout autant à certains des jeunes Mongols avides de gazelles :

– Chaque fois que Gengis Khan faisait une battue, il relâchait une petite partie du gibier. Si les Mongols, qui chassent depuis des centaines d'années, font une bonne prise tous les ans, c'est parce qu'ils suivent l'exemple des loups en ne décimant pas la race.

Bilig délimita ensuite pour chaque famille un endroit où travailler. Suivant la coutume, c'est à lui et à Chen Zhen que revint la partie la plus facile puisqu'ils avaient été les premiers, et uniques, témoins de cette chasse. Sur un geste d'invite du vieil homme, Yang Ke se joignit à eux.

Bilig conduisit les deux étudiants vers sa charrette dans laquelle il prit deux rouleaux de feutre raidi par le gel. Chaque pièce mesurait deux mètres sur cinq. Les jeunes en prirent chacun une qu'ils tirèrent sur le passage déblayé. Le vieux chasseur hissa sur son épaule une longue perche de bouleau terminée par un crochet de fer. Les trois hommes s'enfoncèrent aussitôt dans la neige. À quelques mètres d'eux, Bat et Gasma, suivis de leur fils, Bayar, avaient déjà entamé leur progression.

Quand la neige devint plus profonde, le vieux Bilig dit aux étudiants d'étendre un des morceaux de feutre sur la croûte de neige. Il demanda à Yang Ke, le plus lourd des deux, de sauter dessus pour éprouver sa solidité. Le matériau, rigide et coriace, crissait sous le poids du jeune homme mais résistait bien à ses piétinements. Lorsque l'étudiant se mit à faire des bonds, le vieux chasseur l'arrêta :

– Si tu continues, le tapis s'écroulera et nous serons tous congelés comme les gazelles ! On ne s'amuse pas avec ça. Bon, Chen Zhen pèse moins que toi. Je vais le prendre avec moi pour sortir les gazelles de leurs trous. Après ce sera ton tour !

À ces mots, Yang Ke descendit et aida le vieux chasseur à monter sur le tapis, suivi de Chen Zhen. Après quoi, Yang, dépité, rejoignit le bord.

Debout sur le premier feutre, Bilig et Chen tirèrent alors le second pour le placer devant. Puis ils recommencèrent la manœuvre à plusieurs reprises. Grâce aux deux feutres utilisés en alternance, les deux hommes purent progresser sur la fragile croûte de neige et d'atteindre les gazelles. Suivant les instructions du vieux, il s'agissait d'abord de libérer les bêtes vivantes avant de s'occuper des mortes.

Chen Zhen songea à cette arche qui aurait permis à Noé d'échapper au déluge. D'une certaine manière, ces pièces de feutre avaient joué le même rôle pour le peuple mongol pendant des centaines et même des milliers d'années. Grâce à cette technique, d'innombrables pasteurs et leurs familles avaient pu éviter la mort en tirant des profondeurs gelées le butin de chasse des loups. Au lieu de cacher ce secret aux étudiants venus de l'extérieur, le vieux Bilig le leur livrait en toute simplicité. Chen Zhen était fier d'être sans doute le premier Han à servir de matelot à bord de l'arche de Noé mongole.

Bilig et lui avançaient de plus en plus vite. On entendait régulièrement crisser le feutre qui raclait la croûte de neige. Chen avait l'impression d'être sur un tapis magique survolant la blancheur immaculée de l'univers. Il était tout excité, plein de reconnaissance pour cette steppe et ses habitants qui lui révélaient une vie à la fois primitive et surnaturelle. Sur le bassin, les quatre arches formées par huit feutres progressaient de front, soulevant de la poussière de neige à chaque déplacement. De partout fusaient les aboiements des chiens et les rires des hommes. Soudain, des nuages épais s'amoncelèrent et le ciel s'assombrit ; l'air devint subitement très froid. La surface de neige, molle tout à l'heure, durcit brusquement. On se sentit encore plus en sécurité. Des cris joyeux s'élevèrent et chacun enleva ses lunettes de soleil avant de lever les yeux : «Tengger le Ciel éternel ! Tengger le Ciel éternel !» criaient-ils tous en travaillant avec plus d'acharnement. Chen Zhen se laissa gagner par l'enthousiasme général et, pour la première fois de sa vie, il ressentit l'existence du Ciel éternel caressant affectueusement son âme purifiée.

Sous les directives de Bilig, le «vaisseau» de Chen s'approchait de la grosse femelle encore en vie qu'il avait aperçue plus tôt. Debout sur un bloc de neige durcie pas plus grand qu'une table, entourée de trous noirs, elle scrutait les alentours de ses yeux désespérés. Sa chute était imminente. Pourtant, dans son regard on percevait encore une faible lueur d'espoir. Le vieux chasseur dit :

– Pousse notre feutre vers elle, avec précaution mais vite. Il ne faut pas l'alerter ; elle porte un petit, probablement. La vie n'est pas facile dans la steppe ; s'il y a une chance qu'elle survive, il faut l'aider.

Chen Zhen approuva de la tête. Il s'accroupit et poussa le feutre jusque sous la gazelle, là où la croûte était ferme. La gazelle fit un bond et atterrit sur le tapis, comme si elle avait déjà vécu cette expérience, à moins que son courage ne lui eût été dicté par la volonté de sauver son petit. Elle s'affaissa aussitôt, exténuée, égarée, tremblant de tout son corps. Chen poussa un long soupir de soulagement. Les deux hommes s'engagèrent doucement sur le feutre de devant puis tirèrent celui qui portait la gazelle vers l'ouest, où la neige était plus ferme. Il leur fallut renouveler l'opération une dizaine de fois avant d'arriver à une pente où l'on ne voyait plus de trous. Les traces de sabots indiquaient que des gazelles avaient pris la fuite dans cette direction.

– Ça y est ! On peut la lâcher, dit le vieux Bilig. Si elle s'enlise encore, ce sera la volonté de Tengger le Ciel éternel !

Chen Zhen s'approcha lentement de la gazelle. Il se pencha sur cet animal faible et inoffensif: ses grands yeux et sa beauté le transpercèrent. Il lui caressa la tête; elle lui adressa un regard effaré et suppliant. Pourquoi refuser de protéger un animal si tendre et pacifique? Tout d'un coup, les contes qu'il avait entendus dans son enfance lui revinrent à l'esprit: il se rappelait *Mémé, le gros loup gris* ou encore *Monsieur Dongguo et le loup traître*, autant de récits hostiles aux loups qu'il aurait abjurés quelques heures plus tôt. Mais là, devant le spectacle de cette bête si fragile, miraculeusement sauvée du massacre et tellement attachée à la vie qu'elle portait en elle, son esprit bascula. Comment avait-il pu prendre position pour les loups assoiffés de sang? Il s'emporta:

– Ces gazelles font pitié! Les loups sont horribles de tuer des êtres aussi innocents. Ils mériteraient d'être dépecés de mille coups de couteau!

Le visage du vieux chasseur se renfrogna. Chen Zhen aurait voulu ravaler ses paroles, conscient qu'il venait de commettre une grave erreur, mais il était trop tard. Bilig était profondément offensé. C'était un sacrilège envers le totem du peuple de la steppe. Le vieux Mongol lui lança un regard étincelant de colère et tonitrua, la barbiche encore plus frémissante que la gazelle à ses pieds:

– Les herbes et la steppe représentent une vie infiniment plus précieuse que beaucoup d'autres! Même la vie des loups et des hommes est secondaire! Les herbivores sont bien plus détestables que les carnassiers! Tu éprouves de la pitié pour la gazelle? Et les herbes, alors? Les gazelles ont quatre pattes, elles courent plus vite que les loups. Quand elles ont soif, elles se désaltèrent au bord de l'eau; quand elles ont froid, elles se réchauffent sur la pente ensoleillée des collines. Et les herbes? Elles représentent une grande vie, et pourtant ce sont les plus déshéritées et les plus misérables de toutes les créatures de l'univers: leurs racines sont courtes, le sol est mince. Elles sont incapables de bouger. On les foule du pied, on les mange, on les assassine, on les noie dans l'urine. Ce sont les herbes qui doivent inspirer le plus de pitié, car en les broutant insatiablement, les gazelles tuent cette grande vie. Et quand toutes les grandes vies seront détruites, les plus petites disparaîtront à leur tour ! Les gazelles sont un grand fléau pour nous, bien plus terrible que les loups. Chez nous, on connaît la « calamité blanche » mais aussi la « calamité jaune ». Quand elle s'abat sur nous, elle mange les herbes en même temps que les hommes !

Chen Zhen était fortement ébranlé ; chaque mot du vieillard l'atteignait avec force. Le discours véhément du chasseur avait fini par le réduire au silence, lui qui ne manquait habituellement pas de répartie. Il se dit que, décidément, le peuple de la steppe l'emportait sur le peuple cultivateur, non seulement sur le plan militaire, mais également dans sa conception de l'existence. Ce que venait de lui exposer le vieux Bilig saisissait d'emblée l'essence des conflits opposant ces deux peuples depuis des millénaires. Né Han, Chen avait été éduqué selon les traditions d'un peuple agricole. Mais tout ce qu'on lui avait enseigné s'écroulait au contact de la culture des steppes. Il était de plus en plus convaincu que la loi céleste appartenait aux peuples nomades, défenseurs de la « grande vie », tandis que les peuples cultivateurs ne pensaient qu'à la « petite vie ». D'un côté, la steppe, la nature en général, et de l'autre, l'homme. La première est plus précieuse puisque, sans elle, la vie humaine ne perdurerait pas. En repensant à ce qu'il venait d'entendre, une douleur lancinante le traversa. Tout au long de l'histoire, les nomades n'avaient cessé de faire des incursions en Chine intérieure, ravageant les champs cultivés qu'ils s'efforçaient de convertir en savanes. Pour cette raison, on les avait considérés comme barbares et rétrogrades. Mais s'agissait-il vraiment de barbarie, alors que cette façon de faire, venue d'une civilisation ancienne, tendait à sauvegarder les conditions de vie les plus essentielles ? Le défrichage qu'avaient pratiqué les peuples cultivateurs, souvent en recourant au brûlage, à l'abattage de forêts et à la destruction des steppes, ne constituait-il pas la pire des barbaries ? La nature ainsi entamée, la « grande vie » s'en trouvait mortellement menacée. En Occident comme en Orient, des voix s'élevaient déjà afin de sauvegarder la planète, mais quel sens cela avait-il quand une civilisation s'en prenait aussi directement à la Terre, notre mère commune ?

Chen demanda d'un ton mal assuré :

– Dans ce cas, pourquoi avez-vous relâché les gazelles encore vivantes ?

– Elles seront de nouveau poursuivies par les loups, et pendant ce temps-là, ils délaisseront nos troupeaux. Mais nous pourrons également chasser les gazelles à notre tour. Elles représentent pour nous un revenu non négligeable. Beaucoup d'entre nous comptent là-dessus pour construire leurs nouvelles yourtes, prendre femme et nourrir leurs enfants. Mais surtout, sans la chasse, les Mongols se morfondent, perdent de leur vivacité d'esprit. Et c'est pour eux un moyen de protéger la steppe, leur « grande vie ».

Puis il ajouta en poussant un soupir :

– Vous, les Han, il y a trop de choses que vous êtes incapables de comprendre ! Tu as beaucoup étudié, mais souvent tes connaissances livresques sont mal fondées. C'est normal, les livres écrits par les Han plaident la cause des Han ! Le grand malheur des Mongols, c'est qu'ils n'écrivent pas leur histoire. J'espère que tu deviendras un jour l'un des nôtres et que tu écriras notre histoire ; ce serait merveilleux !

Chen Zhen acquiesça.

Le vieux Bilig aida la gazelle à se relever. Il la dirigea doucement vers un endroit d'où émergeaient quelques roseaux, rares en cette saison. La biche affamée se jeta dessus et s'en remplit la panse. Chen Zhen retira vite le feutre. La gazelle fit quelques pas chancelants, et découvrit les empreintes de ses congénères. Rapidement, elle s'élança vers la colline avant de disparaître à l'horizon.

Pendant ce temps, Bat et Gasma s'étaient aussi rapprochés de la pente au sol ferme. Ils transportaient sur leur feutre une jeune gazelle. Gasma la poussa vers la neige avec des paroles réconfortantes : « *Hkorhki ! Hkorhki*[6] ! ». Puis elle donna une petite tape à l'animal, qui s'enfuit vers la colline. Le pouce levé, Chen félicita Gasma :

---

6. « Pauvre petite ! Pauvre petite ! »

– Sa mère était prise dans la neige, lui dit-elle. Elle courait autour du trou et ne voulait pas la quitter. C'est à grand-peine que nous l'avons maîtrisée au moyen d'une longue perche.

Les autres «arches» avaient fini de glisser sur la neige et accostaient l'une après l'autre. Les gazelles rescapées qu'elles véhiculaient se regroupèrent en une petite troupe, qui disparut bien vite derrière la colline. Un sourire au coin des lèvres, le vieux Bilig marmonna :

– Après cette expérience, elles ne se laisseront plus jamais attraper par les loups !

CHAPITRE 4

Les Tujue forment une autre branche des Huns. Ils étaient à l'origine une tribu indépendante sous le nom d'Ashina. Celle-ci descendait d'un peuple écrasé par un pays voisin. Il n'en resta plus qu'un survivant : un enfant de dix ans. Les soldats l'avaient épargné à cause de son bas âge mais lui avaient coupé les pieds. L'enfant fut jeté dans les broussailles au bord d'un marécage et une louve vint le nourrir de viande. Devenu adulte, il s'accoupla avec la louve qui s'en trouva enceinte. Apprenant que l'enfant était encore en vie, le roi du pays voisin envoya un homme le tuer. L'envoyé vit la louve et voulut la tuer aussi. La bête se sauva et trouva refuge dans une caverne de la montagne au nord du royaume de Gaochang. Elle donna naissance à dix enfants qui, une fois adultes, s'établirent ailleurs et épousèrent des femmes qui conçurent à leur tour. Leur progéniture porte dix noms différents ; Ashina est l'un d'eux.

Les Tujue, Livre des Zhou

Enfin, on s'attaqua à la besogne qui rapporterait de quoi fêter le nouvel an. Sur le marécage, le froid s'intensifiait et la croûte durcissait davantage. Le vieux Bilig dit à ses chasseurs :

– Tengger le Ciel éternel nous presse ; mettons-nous au boulot !

À ces mots, chacun courut vers la parcelle qui lui était assignée et reprit son travail avec enthousiasme. De son côté, le chasseur conduisit Chen Zhen au bord d'un trou de taille moyenne.

– Évite les trous trop grands qui contiennent parfois plus de dix gazelles. Quand elles meurent étouffées ainsi, toutes ensemble, la chaleur qu'elles dégagent empêche que les corps soient congelés rapidement. Leur ventre se gonfle, leurs pattes se raidissent et leur chair en partie pourrie sent mauvais. On ne nous paie alors que le prix de la peau. Mais les loups ont un faible pour la viande faisandée. Laissons-leur ces morceaux de choix !

Bilig se coucha à plat ventre sur le feutre, enfonça la perche à crochet dans le trou dont la profondeur dépassait deux mètres. Il le sonda minutieusement. Puis brusquement il s'immobilisa :

– Ça y est ! J'en ai pris une. Tirons ensemble !

Les deux hommes se mirent à l'œuvre, s'arrêtant de temps en temps pour laisser la neige combler le vide laissé par la bête qui remontait peu à peu. Puis ils se levèrent, tirant avec douceur la gazelle, qui apparut enfin. Le crochet l'avait prise par la gorge, et son pelage était intact. Chen Zhen se pencha, saisit la tête à deux mains, et d'un coup de reins arracha l'animal du trou. La bête, d'une soixantaine de livres, fut allongée sur le feutre.

– En voilà une qui se vendra bien ! dit le vieux chasseur essoufflé. Il y en a d'autres. Veux-tu me relayer pour harponner ?

Chen Zhen fit un signe affirmatif et prit la perche. Le vieux lui expliqua en quelques mots :

– Procède de la même façon que si tu repêchais un seau tombé dans un puits. Il faut l'accrocher au bon endroit. Attention de ne pas abîmer son pelage, sinon elle ne vaudra pas grand-chose.

Chen plongea la perche dans le gouffre et sentit qu'il y avait là encore une ou deux gazelles. Il trouva enfin un cou dans lequel il planta le crochet. Il remonta la bête avec l'aide du vieux Bilig. Pour un débutant, c'était une belle prise, d'une cinquantaine de livres au moins. Il hurla son enthousiasme à l'adresse de son ami Yang Ke qui se tenait sur la berge.

Des cris analogues fusaient çà et là de la surface du marécage. L'une après l'autre, des gazelles étaient hissées des profondeurs. Elles étaient dodues, leur fourrure intacte. On les chargeait sur les vaisseaux de feutre que l'on ramenait vers la berge. Les plus rapides en étaient déjà à leur deuxième aller-retour. Ainsi Bat et Gasma qui formaient équipe et Lamjav qui travaillait seul se révélaient d'excellents récupérateurs. Les loups devaient étouffer de colère s'ils observaient la scène de loin, se dit Chen Zhen. Ces bêtes féroces, bandits de la steppe, dérobées à leur tour ! À cette pensée, il pouffa de rire.

Bilig et lui se dirigeaient maintenant vers la berge, rapportant sur leur bateau de feutre leurs deux prises. Ils furent accueillis par Yang Ke et Bayar qui aidèrent le vieux à descendre. Chen déchargea les gazelles qu'on traîna vers la charrette. Surpris de constater que leur véhicule était déjà chargé, Chen interrogea Yang Ke du regard :

– Avec Bayar, nous en avons pris une, répondit Yang en souriant. Les autres sont des cadeaux offerts par les premières familles qui ont réalisé une prise. C'est la coutume. Nous sommes avantagés, et tout cela, grâce à A'bo !

– Vous êtes maintenant des habitants de la steppe Olon Bulag tous les deux, ajouta Bilig. Retenez bien cette belle coutume et agissez en conséquence !

Le vieil homme avait l'air un peu fatigué. Il s'assit en tailleur près de la charrette et sortit sa pipe. Il en tira une bouffée et dit :

– Allez, continuez tout seuls ! Attention de ne pas tomber dans un trou ! Si par mégarde vous chutiez, retenez votre souffle et gardez bras et jambes écartés. Cela vous empêchera de trop vous enfoncer en attendant qu'on vienne à votre secours. Évitez surtout de vous faire harponner au niveau de la figure ! Avec une cicatrice au milieu du visage, vous auriez du mal à trouver une fille à épouser !

Le vieillard rit en hoquetant, puis dit à Bayar d'apporter des bûches et de faire du feu. On allait préparer le déjeuner.

Chen Zhen et Yang Ke en profitèrent pour se précipiter sur le vaisseau de feutre de Bilig, puis ils le firent glisser en avant. À un endroit où la neige était particulièrement épaisse, Chen Zhen vit ce qui ressemblait à l'entrée d'une galerie. Ayant suivi le regard de son ami, Yang Ke expliqua aussitôt :

– Je n'osais pas te le dire en présence du vieux Bilig tout à l'heure, mais Bayar et moi avons creusé cette galerie qui mène au centre du marécage et nous avons retiré une grosse gazelle sans utiliser de tapis de feutre. C'est Bayar qui a fait l'essentiel. Ce n'est encore qu'un petit garçon, mais il a du cran ! Comme il ne pèse pas lourd, il a pu avancer à quatre pattes sur la neige. Il a aperçu un trou à six mètres devant lui et il est revenu sur ses pas. À nous deux, nous avons creusé rapidement. Il est descendu dans le trou, a attaché une corde à la patte d'une gazelle avant de la remonter. Et moi, je n'avais plus qu'à tirer, mais je mourais de peur à l'idée qu'il soit enseveli vivant...

– Je connais son courage : je l'ai vu attraper un loup par l'une de ses pattes arrière ! Alors un trou dans la neige, ce n'est rien pour lui. Je peux imaginer facilement ce qu'il deviendra quand il sera grand ! Ah, les Mongols ! fit Chen Zhen, plein d'admiration.

– Il m'a raconté qu'il s'était même déjà introduit dans une tanière de loups à l'âge de sept ans ! Et il en est ressorti avec les petits louveteaux ! Tu n'aurais pas envie d'en explorer une ? Nous pourrions prendre Bayar avec nous...

Agitant négligemment la main, Chen fit mine de repousser cette idée qui ne cessait pourtant de le hanter.

Les deux étudiants reprirent leur navigation très particulière. En observant le visage jeune et épanoui de son ami, Chen remarqua qu'une ride, sans doute la première de sa vie, avait fait son apparition. Comme si la soudaine passion pour les loups qu'il sentait naître chez Yang lui apportait un signe de maturité.

– Chasser dans la steppe me plaît tant que je vais avoir du mal à reprendre ma vie de berger, dit Yang. On fait paître les moutons le jour, on monte la garde la nuit... C'est monotone. Mais quand on a affaire aux loups, la vie devient beaucoup plus exaltante.

– C'est vrai, ne put qu'approuver Chen Zhen. Sur ce plateau immense, la population est rare. On ne voit pas de yourte à plusieurs dizaines de li à la ronde. On mourrait d'ennui sans une partie de chasse ou l'arrivée des loups.

Les deux jeunes hommes semblaient animés d'une force inépuisable et s'acharnaient comme les rameurs des courses de bateaux-dragons. Il faut dire qu'au petit déjeuner, ils s'étaient remplis l'estomac de côtelettes de bœuf. Des jambes et des bras, ils plaçaient et replaçaient les deux feutres l'un devant l'autre, imprimant une telle vitesse à leur barque qu'elle semblait propulsée par un moteur. Quand Yang Ke réussit à repêcher une grosse gazelle à lui seul, il en sauta de joie au point qu'il menaçait d'endommager encore le feutre sous ses pieds. Chen le calma tant bien que mal. Pour autant, Yang se cramponnait à sa perche à crochet qu'il ne cédait plus à Chen Zhen. Celui-ci n'osait pas la lui disputer, se résignant à son rôle de coolie. Yang Ke pêcha encore trois gazelles avant de consentir à retourner vers la berge.

Il était près de midi, et la plupart des équipages avaient déjà fait deux ou trois allers-retours, si bien que chaque charrette contenait six, voire sept gazelles. Le vieux Bilig avait terminé sa pipe. Il était temps de déjeuner, et il rassembla tout le monde sur la terre ferme. Là, on élargit le terrain qui avait été sommairement déblayé à l'arrivée. Les femmes y placèrent des planches de bois pourries pour former deux bûchers sur lesquels on posa le bois rapporté par le jeune Bayar. On étendit enfin un vieux morceau de feutre sur lequel on déposa des pots de sel, des bols en bois, des gourdes d'eau-de-vie et des Thermos remplies de thé au lait. Auparavant, le berger Sanja et un autre garçon avaient égorgé deux gazelles encore vivantes qui s'étaient cassé les pattes dans des crevasses. Leurs entrailles avaient été jetées en pâture aux chiens, qui, rassasiés, demeuraient indifférents aux deux bêtes éventrées, vidées et écorchées, encore fumantes de chaleur. Un feu de bivouac ne tarda pas à monter. Le vieux Bilig, les hommes, les femmes et les enfants s'assirent autour et commencèrent à embrocher les morceaux de viande, après les avoir assaisonnés de sel et d'épices. Les arômes de viande, de thé, d'alcool et de lait se mêlaient aux volutes de fumée qui s'envolaient vers le lac de neige.

C'était la première fois que Chen Zhen et Yang Ke participaient en qualité de chasseurs à ce festin qui leur faisait oublier les meilleures rôtisseries de Pékin. Les espaces sauvages qui les entouraient, les squelettes des gazelles que les loups avaient dévorées et qui jonchaient les alentours semblaient inspirer aux convives le même plaisir animal qu'avaient éprouvé ces bêtes lorsque, quelques heures plus tôt, elles s'étaient jetées sur leurs proies pour les déchirer à belles dents et se désaltérer de leur sang. Soudain, comme grisés par cette ambiance, les deux étudiants arrachèrent une gourde d'alcool des mains de leurs copains et la vidèrent tête renversée en arrière, tout comme devaient le faire les guerriers de Gengis Khan au cours de leurs libations. Le vieux Bilig éclata de rire :

– Dans un an, je n'oserai même plus me présenter à vos parents à Pékin ! Vous serez tous deux transformés en barbares mongols, et ce sera ma faute !

Yang Ke s'écria, dans un relent d'alcool :

– Oh non ! C'est justement ce qui nous manque à nous les Han, la bravoure des Mongols ! Si nous avions votre fierté, Chen et moi, nous attellerions un char et passerions la Grande Muraille au col Juyong ; et de là, nous partirions à l'assaut du monde extérieur !

À trois reprises, Chen Zhen cria « A'bo ! » à l'adresse du vieux chasseur. Il leva haut la gourde, la présenta respectueusement à son « vieux chef de tribu » qui la prit et en but trois grandes lampées. Il était si content qu'il cria à son tour : « *Minihu* ! *Minihu* ! *Minisaihu*[7] ! »

---

7. « Mon enfant, mon enfant, mon bon enfant ! »

Bat, complètement ivre, donna une bourrade amicale dans le dos de Chen :

– Toi, tu... tu... n'es qu'un demi-Mongol !... Quand tu épouseras une... une femme mongole... et que tu auras... un... enfant d'elle... dans ta yourte... tu seras un Mongol à part entière ! Les femmes mongoles sont terribles... sous... sous la couverture... plus terribles que les loups. Elles nous inspirent une de ces frousses... beaucoup, beaucoup de frousse ! Nous, avec les femmes, on est poltrons comme des moutons...

Le berger Sanja s'empressa d'ajouter :

– Oui, la nuit, les hommes sont des moutons et les femmes des louves. Gasma est la plus terrible de toutes !

Toute l'assistance s'esclaffa. Tout aussi ivre, Lamjav prit Yang Ke dans ses bras et le jeta lourdement sur le sol. Il le regarda en bégayant :

– Quand... quand... tu seras de taille à me battre, tu seras un vrai Mongol !

Yang Ke releva le défi amical, concentra ses forces et se précipita sur son adversaire, qui l'envoya promener à terre. Il revint à la charge et fut renversé encore une fois. À la fin de la troisième manche, dont l'issue fut la même, Lamjav dit en riant :

– Les Han sont *nogo idne* et les Mongols sont *mah idne*[8] ! Nous sommes des loups !

Yang Ke s'épousseta et dit :

– Attends voir ! J'abattrai demain un bœuf et je le mangerai à moi tout seul ! Je finirai bien par te dépasser d'une tête, et à ce moment-là, tu ne seras plus qu'un mouton !

– Bravo ! l'approuvèrent à l'unisson les chasseurs.

Comme à leur habitude, les Mongols buvaient plus qu'ils ne mangeaient. Après quelques tournées, les grosses gourdes étaient vides. Chen Zhen et Yang Ke prirent les brochettes que leur tendait le vieux chasseur. Ils mâchaient si énergiquement que du sang de cette viande à peine cuite coulait à la commissure de leurs lèvres.

---

8. *Nogo idne* : « herbivores » ; *mah idne* : « carnivores ».

– A'bo, dit Chen à Bilig, c'est la première fois que je mange de la viande arrachée à la gueule du loup. C'est de loin le plus succulent repas que j'aie jamais pris de ma vie. Je commence à comprendre pourquoi les souverains de l'Antiquité étaient passionnés de chasse. L'empereur Taizong des Tang, un des plus puissants de l'histoire chinoise, aimait déjà beaucoup la chasse, mais son fils le surpassait : il lui vouait un véritable culte. Le jeune prince parcourait souvent la steppe à la poursuite du gibier avec sa garde tujue, un drapeau brodé d'une tête de loup déployé au vent. À son retour, il faisait dresser des tentes dans la cour du palais et faisait cuire son butin de chasse comme vous le faites en ce moment. Il était si attaché à cette vie au grand air qu'il ne voulait plus le trône qui l'attendait et qu'il perdit finalement son droit d'héritage : son père en avait eu assez de ce fils errant ! Vous voyez, la vie de la steppe est si attrayante qu'on peut la préférer au trône impérial !

– Tu ne me l'avais jamais racontée celle-là ! dit le vieux chasseur qui appréciait beaucoup les histoires de Chen Zhen. C'est intéressant, très intéressant ! Si vous, les Han, pouviez tous être comme ce dauphin des Tang ! Les empereurs des Qing aussi étaient passionnés par la steppe. Ils aimaient chasser chez nous et épouser nos femmes. Ils défendaient même aux Han de venir défricher nos terres, si bien qu'il n'y eut pas de guerre entre nos deux peuples à cette époque. Bilig, inspiré par les propos du jeune homme, ajouta :

– Chez nous, ceux qui ne savent pas disputer la nourriture aux loups ne sont pas de vrais Mongols. Mais, inversement, si la nourriture devait faire défaut aux loups, il n'y aurait plus de Mongols. Tout au long de notre histoire, c'est ce subtil équilibre qui nous a permis de subsister. Un des aïeuls de Gengis Khan fut ainsi contraint de vivre dans la montagne, réduit à l'état sauvage. Faute de mieux, il dut suivre les loups et se nourrir des restes de leur repas. Mais il survécut. Ce n'est que quelques années plus tard que son frère aîné le retrouva et l'accueillit sous son toit. Les loups sont bien les sauveurs des Mongols : sans eux, il n'y aurait pas eu le Grand Khan ni tous ses descendants. Ce que mangent les loups est bon et nourrissant. Regarde tous les cadeaux qu'ils nous ont offerts! Avec ça, nous célébrerons le nouvel an! Mais retiens bien que chacune de ces bouchées a un prix. Tu comprendras plus tard.

Les deux gazelles furent englouties jusqu'au dernier morceau. Le feu s'éteignait progressivement; on étouffa les dernières braises avec de grandes pelletées de neige. Les nuages s'amoncelaient, poussés par le vent qui soufflait de la montagne et soulevait de la poudre de neige. Une course contre la montre s'engageait: avant que les trous ne fussent comblés par la bourrasque, il fallait exhumer le plus grand nombre de gazelles possible et les charger sur les charrettes. Les chasseurs retournèrent précipitamment au lac enneigé.

Sur l'ordre du vieux Bilig, on rassembla les vaisseaux de feutre à l'endroit le moins profond du lac, où le repêchage se ferait plus facilement. On forma plusieurs équipes, les plus expérimentés maniant les harpons, les plus rapides s'occupant du transport. Afin d'augmenter la cadence, on équipa chacun des vaisseaux de deux longues cordes, et les hommes en charge du transport se répartirent en deux groupes. Les uns, sur le lac déposaient les gazelles sur les morceaux de feutre, les autres, sur la berge, les ramenaient vers eux à l'aide des cordes et les déchargeaient. Les vaisseaux faisaient la navette entre les deux groupes qui tiraient à tour de rôle. Ainsi organisé, le travail alla bon train tout au long de l'après-midi.

Les silhouettes des hommes finirent par se confondre avec l'ombre de la montagne. Le jour touchait à sa fin. Les charrettes étaient lourdement chargées, mais certains chasseurs auraient voulu continuer à la lumière des torches. Ils pensaient repêcher encore quelques gazelles, les entasser au bord du lac et les laisser sous la garde de quelques veilleurs de nuit pour revenir les prendre le lendemain. Le vieux Bilig vociféra:

– Non! Tengger le Ciel éternel nous a offert une belle journée. Il nous permet de prendre une quantité de gazelles correspondant au temps accordé. Il est équitable: les loups ont mangé notre bétail et nous avons récupéré ce qu'ils nous devaient. Maintenant que le vent se lève, c'est aussi la volonté de Tengger que le reste leur revienne. Vous voulez transgresser son désir ? Qui d'entre vous oserait rester ici, exposé au vent aux poils blancs et à l'attaque des loups ? Je serais curieux de voir qui pourrait sauver sa peau !

Personne n'osa répliquer, et le vieillard ordonna la retraite. Fatigués mais contents de leur journée, tous prirent le chemin du retour. On aida les bœufs à franchir le faîte de la colline en poussant les charrettes chargées de gazelles. Puis les cavaliers remontèrent à cheval. Le convoi s'ébranla.

Chen Zhen grelottait. La sueur qui imprégnait ses vêtements s'était refroidie. Jetant un dernier regard en arrière, il vit le bassin et sa berge parsemés de traces de pas, de bûches à demi consumées, de mégots et de bouteilles vides. Il remarqua également les profondes ornières que les roues des charrettes avaient creusées : elles mèneraient directement au campement de son équipe de travail... Chen avança aussitôt sa monture à la hauteur du vieux chasseur. Il lui demanda avec précipitation :

– A'bo ! Cette fois, ce sont les loups qui se sont fait voler. Ne voudront-ils pas se venger ? Vous m'avez bien dit qu'ils ont une bonne mémoire ?

– Mais la quantité que nous avons prise est insignifiante ! répliqua le vieux chasseur. Si j'étais cupide, je ferais planter des perches au-dessus des trous pour retrouver les gazelles plus facilement et les exhumer une fois que le vent aux poils blancs soufflera moins fort. Mais si je faisais ça, Tengger le Ciel éternel refuserait mon âme quand je quitterai ce monde ! Et puis j'ai agi dans l'intérêt de notre pâturage car l'année prochaine, au printemps, les loups auront suffisamment à se mettre sous la dent. D'ailleurs, puisqu'ils nous sont bénéfiques, il n'y a aucune raison de les priver de leur dû ! Sois tranquille, le roi des loups le sait bien.

La nuit venue, le vent aux poils blancs fit rage, balayant la steppe en mugissant. Heureusement, l'équipe de travail avait eu le temps de rejoindre le camp. C'est dans le confort et la chaleur de leur yourte que Chen Zhen referma *L'Histoire secrète des Mongols* et dit à Yang Ke :

– Le vieux Bilig nous a parlé de cet homme qui devait son salut aux restes de repas des loups. Il s'agit de Buduncher, un ancêtre de huitième génération de Gengis Khan. C'est à partir de lui que le clan des Borjigin, auquel appartenait Gengis Khan, a commencé à se faire un nom dans l'histoire.

– À en croire A'bo, sans les loups comme éducateurs et conseillers militaires, il n'y aurait eu ni Gengis Khan, ni sa famille, ni les vaillants cavaliers mongols ! Les loups ont donc joué un si grand rôle dans la vie de cette nation ?

– Pas seulement dans la vie des Mongols, reprit Chen Zhen. Ils ont eu une influence plus grande encore sur la Chine et le monde entier ! Gengis Khan et ses cavaliers ont changé l'histoire des empires chinois. Ils ont réussi à détruire les Xia de l'Ouest, qui avaient pourtant des centaines de milliers de soldats pour les défendre, et puis les Kin et les Song, dont les armées comptaient un million d'hommes. Ensuite, comme une coulée de fer, ils ont fondu sur l'Ouest, soumettant les Russes et leurs alliés les Kipchaks, et les chevaliers de l'ordre Teutonique. Pour amadouer les Mongols, le souverain de l'Empire romain d'Orient a même dû marier la princesse Marie à l'arrière-petit-fils de Gengis Khan. Sous cette poussée victorieuse sont tombés de grands pays civilisés comme la Perse, l'Inde, la Pologne, la Hongrie. Toute l'Asie centrale a été prise d'assaut et remodelée. Les Mongols ont bâti un empire sans précédent dans l'histoire humaine. Pourtant, à l'époque, ils n'en étaient encore qu'aux balbutiements de la civilisation, ne connaissant ni l'alphabet, ni le fer de flèche ! Mais la poudre à canon que les Chinois avaient inventée les a suivis le long du couloir eurasiatique jusqu'en Occident. Grâce à cette invention, ces guerriers ont ouvert une brèche dans le bastion féodal de l'Occident, déblayant ainsi le terrain au capitalisme occidental. Puis, entre les mains des Occidentaux, la poudre s'est transformée en dynamite et a été utilisée pour ouvrir une autre brèche, cette fois dans le bastion féodal de la Chine... Quelle ironie ! De même que celle qui veut que les cavaliers mongols – eux qui avaient bouleversé l'échiquier mondial – aient fini par disparaître dans la fumée de l'explosion. Et dans tout cela, personne n'a jamais mentionné le mérite historique des loups mongols. Ah, si

Tengger était le grand historien, ils auraient sûrement leur nom dans les annales !

Gao Jianzhong, l'un des jeunes instruits devenu bouvier, écoutait ses deux compères depuis un moment. Mais il était peu sensible à l'histoire des loups et des Mongols. Il était bien plus excité par les gazelles rapportées sur la charrette. Il s'empressa de dire :

– Laissons de côté le passé pour parler du présent ! L'urgent, c'est d'aller récupérer toutes les bêtes restées dans le marécage. Il y a gros à gagner !

– Mais le Ciel prend les loups sous sa protection, répliqua Chen Zhen. Nous avons une charrette remplie, c'est déjà bien. Le vent souffle fort. Il ne connaîtra pas de répit avant trois jours. Cinquante centimètres de neige recouvriront le marécage. Tu ne verras même plus les trous. Ce serait comme chercher une aiguille dans une botte de foin !

Gao Jianzhong sortit de la yourte. Il revint après avoir scruté la voûte céleste et dit avec dépit :

– Dommage que je ne sois pas allé avec vous ! J'aurais planté des perches pour marquer les trous les plus importants.

– Si tu avais fait ça, Gasma ne t'aurait plus jamais apporté de fromage, fit remarquer Yang Ke.

– Bon, je ne peux qu'attendre, conclut Gao dans un soupir de résignation. Au printemps, j'emprunterai un chariot et je transporterai les gazelles directement au poste de commerce. Personne ne le saura si vous ne vendez pas la mèche !

Mais d'autres allaient contrarier son plan. La veille du nouvel an en effet, la main-d'œuvre de la brigade de construction et des charretiers venus d'autres régions remarquèrent une animation exceptionnelle au poste commercial : les gens de l'équipe de Gasma étaient venus vendre les gazelles congelées. Jaloux, les charretiers s'efforcèrent de savoir où les pasteurs avaient pu réaliser une chasse si abondante. Mais tous ceux qu'ils interrogèrent se contentèrent de répondre vaguement que la « mine » était épuisée. Ils essayèrent alors d'amadouer Bayar avec des bonbons au malt, mais le garçonnet, rusé, ne se fit pas plus précis en pointant son doigt vers les montagnes... Ils finirent pourtant par trouver le bon appât : l'alcool. Ces Mongols originaires du nord-est de la Chine étaient tous des cultivateurs et d'excellents distillateurs. Ils firent boire le berger Sanja, qui, ivre mort, leur livra enfin le secret. Devançant les loups et Gao Jianzhong, ils allèrent aussitôt camper autour du terrain de chasse. En une seule journée, ils sortirent toutes les gazelles ensevelies, sans distinction : les petites comme les grosses, celles qui avaient été bien conservées comme celles dont la viande avait pourri. La nuit même, ils les transportèrent au centre d'achat de la commune de Bayangobi.

La réaction des loups affamés ne se fit pas attendre. Durant plusieurs nuits, on les entendit se lamenter. Leur voix sinistre et furieuse se répercutait en échos dans les montagnes désertes. Elle donnait la chair de poule. Les gardiens de chevaux de la brigade, pressentant une attaque imminente, restèrent jour et nuit auprès de leurs bêtes, sans relâche. Mais la riposte ne vint pas. D'après Bilig, les loups s'étaient probablement lancés à la poursuite des gazelles qui avaient survécu.

Pendant cette saison morte et monotone, Chen Zhen montait la garde toutes les nuits dans l'étable. Quand il en avait le temps, il recueillait des contes relatifs aux loups, fort populaires dans la steppe. C'est alors qu'il entendit de nouveau parler des « loups volants ». Ce n'était pas la première fois. Dès leur installation dans la steppe, on avait raconté aux étudiants que les loups étaient envoyés dans ce bas monde par Tengger le Ciel éternel. Depuis des millénaires, les pasteurs offraient leur corps aux loups après la mort. C'était l'« inhumation céleste », une coutume rituelle basée sur la croyance que les loups volent vers Tengger, emportant avec eux l'âme des morts. Chen connaissait bien cette tradition que le vieux Bilig évoquait souvent. Quand les jeunes instruits soutenaient qu'il s'agissait de pure superstition, les pasteurs leur opposaient une histoire assez récente, connue de tous et qui avait eu lieu dans la brigade de production où Chen travaillait. Une nuit, une bande de loups était entrée dans l'étable du vieux Tserendorj, pourtant entourée d'un mur d'enceinte. Ils en étaient ressortis après avoir dévoré plus de dix moutons et blessé près de deux cents autres bêtes. Or le mur d'enceinte était en pierre et haut de plus de deux mètres. Comment avaient-ils pu entrer et ressortir sans voler ? Pour les pasteurs, la réponse était évidente !

Chen Zhen ruminait sans cesse cette histoire. Son intérêt pour les loups augmentant de jour en jour, il décida de faire la lumière sur cette surprenante attaque. Il parcourut à cheval des dizaines de li pour arriver à cette fameuse étable. Il en fit le tour et examina attentivement les lieux sans trouver d'explication satisfaisante. Enfin, il trouva le vieux pasteur Tserendorj, qui lui dit :

– Je ne sais pas comment mon vaurien de fils a offensé Tengger le Ciel éternel. Mais la punition a été très dure pour moi et, aujourd'hui encore, on m'accable de médisance !

Mais son fils, étudiant, était d'un tout autre avis. Pour lui, la faute incombait à la direction de la ferme. Auparavant, il n'existait pas d'étable entourée d'enceinte en pierre, et la ferme devait payer en points de travail les bergers qui montaient la garde la nuit. Par souci d'économie, elle avait fait construire des murs en prétendant que cela protégerait efficacement les troupeaux et épargnerait la peine des veilleurs de nuit.

– À partir de ce moment-là, dit-il à Chen, nous avons fermé la porte de l'enceinte à la tombée du jour et nous avons dormi tout notre soûl. Une nuit, nous avons entendu aboyer les chiens et perçu quelque chose d'insolite. Mais en songeant au mur dans lequel la direction de la ferme avait une telle confiance, nous nous sommes rendormis, sans prendre la peine de jeter un coup d'œil. Le lendemain matin, lorsque nous avons ouvert la porte de l'étable, quelle vision épouvantable ! Partout des moutons gisant dans leur sang ! Le mur en était aspergé. On voyait même des mares rougeâtres à l'extérieur ! Les moutons portaient quatre trous à la gorge et dehors on a trouvé aussi des excréments de loup. À la suite de cet événement, la direction a demandé à tous les bergers de reprendre leurs gardes de nuit, que les enclos soient entourés d'un mur ou non. Et les loups n'ont plus jamais fait intrusion en volant par-dessus le mur !

Chen Zhen poursuivit ses investigations auprès des pasteurs, mais leur réponse était invariable : « Les loups volent ! » Il se rendit alors au commissariat voir Harbar, l'inspecteur qui avait suivi l'affaire, muni d'un cadeau : des cigarettes de grande marque de Pékin. Cette visite lui permit de tout tirer au clair. Harbar était diplômé de l'École de police de Mongolie-Intérieure. Il parlait couramment le chinois et savait manifestement s'y prendre pour mener à bien une enquête. D'après lui, l'énigme était éclaircie depuis belle lurette, mais sa conclusion rationnelle ne tenait pas aux yeux des pasteurs profondément entichés de leurs croyances. L'inspecteur dit à Chen en souriant :

– Il faut respecter les us et coutumes de notre ethnie. D'ailleurs, on n'a pas entièrement tort de prétendre que les loups volent. Du moins, les intrus ont-ils survolé une courte distance...

Satisfait de cette énigmatique entrée en matière, il reprit :

– Le jour de l'incident, toute la région fut alertée. On croyait que Tengger était entré dans un courroux céleste, qu'il allait frapper la steppe Olon Bulag d'une grande calamité. Les gardiens de chevaux délaissèrent leurs troupeaux pour venir voir. Les vieillards, les femmes s'agenouillaient pour prier le Ciel en frappant le sol du front. Les enfants n'osaient plus pleurer. Ulzii, le directeur de la ferme, se faisait du souci. Il m'a donné l'ordre d'éclaircir le tout en deux jours. J'ai demandé aux cadres de garder intact le lieu de l'incident. Mais beaucoup de gens étaient déjà entrés dans l'étable avant nous ; les traces au dehors avaient été piétinées et effacées par les troupeaux. Faute de mieux, j'ai examiné le mur d'enceinte à la loupe. Finalement, j'y ai découvert deux traces de sang laissées par des pattes de loup. Et, de fil en aiguille, j'ai enfin trouvé la solution de l'énigme. Savez-vous comment les loups ont réussi à s'introduire ?

Captivé, Chen se contenta de secouer la tête.

– Ce que je crois, reprit l'inspecteur de police, c'est qu'un loup, le plus gros de la meute sans doute, est resté à l'extérieur de l'enceinte. Il a appuyé ses pattes de devant contre le mur et, dans cette position, il a servi de tremplin aux autres qui, à quelques dizaines de pas derrière, ont pris leur élan, sauté sur son dos, grimpé sur ses épaules et, d'un bond, sont passés par-dessus le mur.

Chen Zhen était éberlué.

– Si vous dites vrai, les loups de la steppe Olon Bulag sont des génies ! Aussitôt les murs d'enceinte construits, ils ont trouvé une solution. D'une certaine manière, les pasteurs ont raison de dire qu'ils volent car c'est bien l'impression qu'ils devaient donner si on les regardait de l'intérieur : les moutons étaient sûrement terrassés de peur. Mais si les loups qui sont entrés ont tué et mangé à satiété, celui qui est demeuré à l'extérieur est resté à jeun ?

L'air satisfait, l'inspecteur secoua énergiquement la tête.

– Oh non, à mon avis, il n'a pas raté ce festin. Les loups de la steppe sont unis par un grand sens du groupe. Ils ne pouvaient laisser un de leurs congénères l'estomac vide. Une fois rassasiés, ils ont formé à l'intérieur un autre tremplin pour renvoyer à l'extérieur un autre loup qui agirait de la même façon pour que le loup resté sur sa faim puisse entrer à son tour. Les traces de pattes ensanglantées ont été laissées par le second loup qui a servi de tremplin au premier. Sinon, il n'y aurait pas eu de sang, puisque le premier loup avait les pattes immaculées quand il les a posées sur le mur... Le pire dans cette histoire, c'est que le mur de pierre a été construit contre les loups, mais que ce sont les chiens qui ont été empêchés d'agir contre les assaillants ! Je suis sûr que, cette nuit-là, les chiens de Tserendorj devaient être fous de rage, mais ils ne sont pas aussi intelligents que les loups !

– J'ai une dernière question, dit Chen Zhen : comment les loups se sont-ils retirés ?

– Plus tard, le directeur Ulzii est venu à l'étable. Il a pataugé dans les mares de sang et examiné minutieusement les lieux. Finalement, c'est lui qui a trouvé la solution. Il a remarqué que dans l'angle nord-est du mur étaient empilés des moutons morts, au moins six ou sept. Ulzii en a déduit que c'était l'œuvre du loup de tête, le plus puissant. Il a dû prendre un à un les moutons dans sa gueule et les entasser dans ce coin, formant ainsi un autre tremplin par lequel lui et ses congénères ont pu tous se sauver ! Après avoir résolu cette partie de l'énigme, le directeur de la ferme a fait venir sur les lieux les chefs des brigades de production et des équipes de travail. Il leur a exposé, séance tenante, son analyse et fait une démonstration de ce qui s'était passé. Il espérait sans doute couper court à toutes sortes d'explications, disons... moins rationnelles. Peine perdue, comme nous le savons tous les deux. Néanmoins, la région a retrouvé son calme. La famille de Tserendorj n'a été ni critiquée ni punie. C'est le directeur de la région lui-même qui a fait son autocritique pour n'avoir pas été suffisamment vigilant contre les loups.

Chen Zhen avait enfin éclairci cette histoire de « loups qui volent ». Il aurait dû se sentir rasséréné par cette version des faits qui, indépendamment de l'admiration qu'il portait aux loups, excluait tout phénomène surnaturel. Pourtant, dans les jours qui suivirent sa rencontre avec Harbar, ses rêves se peuplèrent de loups. Il se réveillait souvent en sursaut, couvert d'une sueur froide. C'était comme si l'explication de l'inspecteur de police, pour fondée qu'elle fût, avait négligé une dimension impalpable sur laquelle Chen aurait été bien en mal de mettre un nom.

Quelque temps plus tard, Chen Zhen voulut découvrir les deux principaux terrains d'inhumation céleste. De la bouche d'un fournisseur d'outils de travail, il apprit leur emplacement approximatif. L'un était situé au nord du mont Chagantolgai, l'autre au nord-est de la colline du Roc noir. Il les visita tous les deux. En apparence, ils n'avaient rien d'extraordinaire : ils se perdaient dans l'ondulation des collines. Mais si on les examinait avec plus d'attention, on se rendait compte qu'ils étaient sur le versant nord, dans la contrée reculée, loin des anciennes voies qu'empruntaient les troupeaux sans cesse en déplacement. Ils étaient plus près des endroits fréquentés par les loups, donc plus proches de Tengger le Ciel éternel.

L'inhumation céleste était à l'origine une tradition tibétaine. Chen Zhen le savait avant son arrivée en Mongolie-Intérieure, mais il ignorait son existence dans la steppe mongole et le fait que les loups y aient remplacé les vautours sacrés. Depuis mille ans, la tradition voulait que la famille dépouille le corps du défunt ou de la défunte de tous ses vêtements puis l'enroule dans un feutre tenu à l'aide d'une corde. On déposait ensuite le corps dans une charrette. À l'aube, on faisait venir deux anciens du clan familial pour conduire la charrette vers le terrain d'inhumation céleste. Une fois arrivés, ils fouettaient les chevaux afin qu'ils accélèrent sur le sol accidenté. L'endroit où tombait le corps sous l'effet des soubresauts devenait le point de départ du mort vers Tengger le Ciel éternel. La fin des secousses était symbolique pour un pasteur qui, ayant passé sa vie à cheval, parvenait au terme de son voyage. Une fois le mort à terre, les deux hommes descendaient de leur monture, déliaient le morceau de feutre puis étendaient le corps sur l'herbe, face au ciel, ce qui signifiait que le défunt, homme ou femme, était aussi simple et pur qu'à sa naissance. À ce moment-là, le corps appartenait aux loups, et donc aux dieux. Quant à savoir si le mort pouvait monter vers Tengger le Ciel éternel, cela dépendait de sa vie terrestre. En général, on le savait trois jours plus tard : s'il ne restait plus que le squelette, cela prouvait que l'âme avait été accueillie par le Ciel. Le contraire aurait provoqué un grand désarroi dans la famille du défunt ou de la défunte. Mais on n'avait jamais entendu parler d'une âme refusée par le Ciel éternel, sans doute parce que la steppe Olon Bulag était alors très fréquentée par les loups.

En approchant ce jour-là du second terrain d'inhumation, Chen était rempli d'une crainte mêlée de curiosité. Avec le dégel, il avait découvert des ornières et des empreintes de sabots toutes fraîches dans la neige. Elles le conduisirent jusqu'au corps d'un vieillard que les soubresauts d'une charrette avaient fait échouer là peu de temps auparavant. Il était étendu sur le sol, face au ciel, le corps saupoudré de neige. Son visage, comme voilé d'une mousseline, paraissait serein et pieux.

Chen Zhen fut très impressionné. L'inquiétude et la peur qui l'avaient tenaillé pendant le trajet faisaient maintenant place à un senti-ment de sublimité divine. Il lui semblait que le défunt se préparait pour le banquet d'accueil de Tengger le Ciel éternel, où il serait béni pour sa renaissance. Quand ils marchaient vers le terme de leur vie, c'est aux loups que les Mongols offraient leur corps en sacrifice, car c'est à eux qu'ils confiaient leur âme en se délivrant des entraves d'ici-bas. Devant cette réalité, qui aurait encore pu douter de la dévotion et du respect que les Mongols portaient aux loups de la steppe ? Ils étaient pour eux la seule et unique échelle leur permettant de grimper jusqu'en haut, vers Tengger le Ciel éternel !

C'eût été un blasphème envers ce peuple de trop s'attarder en ces lieux sacrés. Chen en était conscient et, pour ne pas déranger l'âme du défunt, il le salua en s'inclinant profondément et se retira avec sa monture. En s'éloignant, il songeait que, si la vie était éphémère, Tengger, lui, était éternel, à la mesure de son ciel incommensurable. Chen n'était pas loin non plus de penser que quelques loups volants attendaient son départ pour remplir leur office...

Cette année-là, le printemps fut exceptionnellement précoce et d'une douceur inhabituelle. Avec un mois d'avance, la steppe jaunissait, les herbes fanées émergeant de la neige fondue. Les versants ensoleillés présentaient, ici et là, quelques pousses dont le vert tendre se découpait sur le paysage blanc et jaune. Puis s'éleva un vent sec qui rageait constamment sous le soleil tiède. Les pasteurs se préparaient à accueillir les nouvelles naissances de leur bétail, tout en prenant des précautions contre l'incendie.

Au même moment, une circulaire officielle de l'administration de la ferme se répandit dans toutes les brigades de production. Il fallait reprendre le nettoyage de toutes les cavernes de loups pour tuer les nouveau-nés. Sur proposition du délégué militaire, Bao Shungui, une prime plus alléchante que les années précédentes fut promise aux chasseurs d'élite. On racontait que la fourrure du louveteau, légère et élégante, était très recherchée par les épouses de hauts fonctionnaires dans la région du Nord-Est pour se faire confectionner de belles vestes. Autant dire que les officiels de l'échelon inférieur qui voulaient avancer dans leur carrière avaient compris tout le bénéfice qu'ils pourraient retirer de l'opération.

À l'annonce de cette nouvelle, le vieux Bilig s'enferma dans un profond mutisme. Après le vol des gazelles congelées qu'il avait à dessein laissées dans le bassin enneigé, voilà que les autorités voulaient exterminer les nouvelles portées de louveteaux ! Il tirait sans arrêt sur sa pipe et murmurait de temps en temps : « Les loups vont frapper dur ! »

CHAPITRE 5

Selon une autre version, les ancêtres des Tujue sont issus du pays des Suo, situé au nord du territoire des Huns. Ils formaient une tribu dont le chef était Abangbu. Celui-ci avait seize frères dont l'un s'appelait Yizhi Nishidou, né d'une louve. Comme Abangbu et ses frères étaient tous de nature abrutie, leur tribu fut anéantie. Nishidou prit la fuite et fut doué du pouvoir surnaturel de faire venir le vent et la pluie. Il épousa deux femmes qui se prétendaient filles des dieux de l'Été et de l'Hiver. Elles lui donnèrent quatre enfants. Bien que différente, cette version a ceci en commun avec la précédente : les Tujue sont de la race des loups.

Les Tujue, Livre des Zhou

D'épais nuages noirs surgirent de l'horizon, montèrent en roulant dans le ciel bleu et, en peu de temps, engloutirent la silhouette des montagnes sur une centaine de li, puis dévalèrent les pâturages qu'ils écrasèrent de leurs tentacules gigantesques. Avant que le disque orange du soleil couchant ne fût complètement éclipsé, un vent boréal balaya l'immense steppe Olon Bulag, apportant des myriades de flocons de neige qui, sous les rayons obliques du soleil, comme une nuée de saute-relles affamées, s'abattirent sur le paysage que le printemps précoce avait rendu si beau et si florissant.

Les loups qui rôdaient au-delà de la frontière profitèrent de ce brusque changement de temps pour franchir les bornes de l'État et rejoindre la steppe Olon Bulag. En cela, ils ne faisaient pas mentir le dicton voulant que «les loups courent dans le sens du vent». Ils fuyaient la Mongolie-Extérieure où le froid persistait, où les herbes se faisaient rares et les gazelles peu nombreuses. Passé le fossé coupe-feu où patrouillaient les gardes-frontières, ils se dirigèrent vers ces lieux familiers. En cette saison printanière, la Mongolie-Intérieure connaissait également une grande pénurie. Dans le désert sans neige, les gazelles couraient avec une extrême agilité et les loups avaient beaucoup de mal à les attraper. L'estomac vide, les yeux injectés de sang, ils se regroupèrent en hordes nombreuses, s'apprêtant à tuer et dévorer tout ce qui passait à leur portée. Cette faim les tenaillait presque autant que la volonté de vengeance qu'ils entretenaient depuis qu'on leur avait volé les gazelles congelées dans le bassin enneigé: leur réserve de nourriture pour le printemps. Les loups se tenaient prêts à livrer un combat impitoyable. Tout occupés à visiter les antres pour prendre les louveteaux, les habitants de la steppe étaient à mille lieues de soupçonner l'attaque qui se préparait.

Le vieux Bilig avait bien manifesté son inquiétude à l'idée de mobiliser une main-d'œuvre aussi importante. Il n'ignorait pas non plus que cette opération de nettoyage des cavernes ne ferait que décupler la colère des loups. Il avait même tenté de dissuader quelques personnes, responsables comme exécutants, d'y prêter main-forte, mais l'on avait fait la sourde oreille. Personne n'avait prévu cette vague de froid et le parti que les loups en tireraient. Même les soldats en garnison à la frontière semblaient ne pas avoir envisagé cette éventualité. Pourtant, ils étaient bien placés pour savoir que la steppe Olon Bulag ne présentait que de faibles ondulations du côté nord et que, de ce fait, les vents violents s'y engouffraient sans obstacle. Et à maintes reprises, les loups avaient profité des intempéries pour organiser des guerres éclairs. Cette fois-ci, pourtant, les patrouilles n'avaient mentionné nulle trace de hordes, les officiers étant sans doute trop accaparés par leur mission proprement militaire.

La région était en effet en alerte en raison d'un éventuel risque d'affrontement avec le voisin du Nord. Pour remplir cette mission de sécurisation, la division des cavaliers de la milice de Mongolie-Intérieure avait envoyé des experts pour sélectionner des chevaux destinés à l'armée. Ils avaient jeté leur dévolu sur des Ujumchin pur-sang, parmi les plus nobles coursiers de bataille au monde. Bien charpentés, résistant à la fatigue, aux intempéries, à la faim et à la soif, c'étaient des chevaux endurants et capables de galoper très vite. Les quatre-vingts bêtes retenues avaient été regroupées quelques jours auparavant sur le versant ensoleillé d'une colline, au nord-ouest de la steppe, en attendant le résultat de l'examen vétérinaire. La garde de ces chevaux représentait donc une mission de première importance. Les délégués de l'armée et le comité révolutionnaire de la ferme avaient choisi quatre gardiens d'élite. Bat, chef de la milice de la brigade de production, avait été nommé responsable. Comme les chevaux fraîchement regroupés avaient tendance à quitter le groupe pour rejoindre leur ancien troupeau, le fils de Bilig les avait emmenés dans un pâturage isolé. À ce moment-là, le temps était encore beau, la source d'eau limpide et les herbes grasses. Les chevaux y restaient sagement ; les trois autres gardiens travaillaient consciencieusement. Depuis quatre jours, tout se déroulait sans accroc.

À la première rafale de vent froid succéda une accalmie. Puis une tornade de force dix, mêlée de neige, s'abattit sur la steppe. Les gens employés à nettoyer les cavernes, de jour comme de nuit, furent bloqués dans la montagne par les bourrasques. Les yourtes, d'abord gonflées d'air, se disloquèrent en se tordant comme de la paille. Les bâches des charrettes furent arrachées et emportées dans le ciel. Ceux qui restaient auprès des bestiaux – vieillards, femmes et enfants – s'épuisèrent à retenir les troupeaux affolés qui tentaient de sortir de l'étable. La neige qui tombait était si dense que les cavaliers discernaient à peine la tête de leur monture. Certains chasseurs finirent même par s'égarer. L'air était comme voilé d'un rideau blanchâtre tissé de mille petits traits : le « vent aux poils blancs » frappait en tourbillonnant. Un chaman racontait autrefois qu'il s'agissait de la chevelure éparse d'un monstre en délire, une vision qui faisait pâlir de terreur tous les êtres vivant dans la steppe.

Les loups qui avaient franchi la frontière choisirent comme première cible les chevaux destinés à l'armée. Croyant qu'ils étaient déjà partis, le vieux Bilig les pensa hors de danger mais ce n'était pas le cas : le planton chargé de transmettre le résultat de l'examen des chevaux avait dû suivre au dernier moment le délégué militaire Bao dans la montagne pour dénicher des louveteaux, si bien que les gardiens n'avaient pas reçu l'ordre de déplacer le troupeau. Le vieux Mongol n'en finissait pas de maugréer, d'autant qu'il apprit que plus d'une dizaine d'antres de loups avaient été visités, et que les louveteaux capturés dépassaient la centaine. Cette nouvelle n'était pas pour le rassurer. Non sans raison. Les louves privées de leurs petits étaient allées grossir les rangs de la horde fraîchement arrivée de Mongolie-Extérieure.

Au premier grondement du vent, Bat s'élança hors de sa petite yourte rudimentaire de gardien de chevaux. Après plusieurs nuits passées à veiller, il était exténué. Mais à la fin de cette journée de repos, il n'était toujours pas parvenu à s'endormir, en proie à une angoisse indicible. Ayant grandi au milieu des chevaux, il avait toujours été aux prises avec le vent aux poils blancs et les loups. Il était donc bien préparé aux dangers d'une attaque du troupeau. Mais ce pressentiment qui ne l'avait pas quitté les derniers jours, jamais encore il ne l'avait éprouvé. Ses nerfs étaient à vif. Au moindre indice inquiétant, il bondissait : l'expérience lui avait appris que sous une apparence paisible couvait toujours la crise, et qu'un danger ne venait jamais seul.

Une fois dehors, Bat sentit immédiatement l'odeur du vent aux poils blancs. Il scruta le ciel au nord. Son visage basané prit tout de suite un teint violacé et ses yeux d'ambre se durcirent. Il retourna dans sa yourte et réveilla d'un coup de pied son copain Shartseren. Il se précipita sur sa torche électrique, prit son fusil qu'il arma sur-le-champ et sa redoutable massue de gardien de chevaux. Puis il endossa sa pelisse et en attrapa deux autres pour ses copains, de garde à l'extérieur. Shartseren et lui montèrent à cheval sans même éteindre le feu. Les deux cavaliers se dirigèrent vers le nord.

Le soleil avait décliné derrière la montagne plongeant la steppe Olon Bulag dans les ténèbres. En descendant la pente, les deux pasteurs se heurtèrent à un vent d'une violence inouïe. Ils furent aussitôt engloutis dans un tourbillon de neige, étouffant, suffoquant à chaque pas. Leurs montures s'agitaient sans cesse comme si elles avaient pressenti un danger imminent qu'elles devaient fuir au plus vite. Les deux cavaliers avançaient côte à côte, sans se voir. Bat cria à pleins poumons, sans entendre la réponse de son compagnon. Leurs voix étaient emportées par le grondement du vent. Le fils de Bilig serra sa bride puis, de l'autre main, sortit sa longue torche. En temps normal, cette lampe de cinquante centimètres, très puissante, éclairait facilement jusqu'à cent mètres. Mais quand il l'alluma, son champ de visibilité se limita à quelque dix pas seulement. Dans le faisceau lumineux s'agitaient des millions de filaments blancs. Un instant après, une autre lumière était braquée sur lui : la réponse de Shartseren. Faiblement éclairés par ces halos de pâle lumière, les deux hommes maîtrisèrent tant bien que mal leurs montures affolées et réussirent à se rapprocher.

Bat empoigna son copain et s'approcha au plus près de lui pour se faire entendre :

– Reste ici, ne bouge surtout pas ! Quand les chevaux arriveront, tâche de les pousser vers l'est ! Il faut absolument qu'ils évitent le grand marécage ! Sinon, ce sera la catastrophe !

– Mon cheval est terrorisé ! cria Shartseren à son tour. Il y a sûrement des loups dans les parages et nous ne sommes que quatre. Que pouvons-nous faire ?

– Défendre notre troupeau ! Et à tout prix ! lança Bat.

Cela dit, ils brandirent leurs torches en direction du nord. C'était le seul moyen de se signaler aux deux autres gardiens restés avec le troupeau.

Quelques minutes plus tard, comme surgi du néant, un cheval gris pénétra dans le faisceau de la torche, crinière au vent. Il se précipita vers Bat et s'arrêta net. Tout dans son attitude trahissait un appel au secours. Il soufflait bruyamment, une blessure fumante au cou. Le sang qui s'écoulait formait des raies coagulées sur son poitrail. Affolée par cette vision sanglante, la monture de Shartseren se cabra puis retomba lourdement sur le sol. Paniqué, le cheval gris s'enfuit éperdument dans le sens du vent, disparaissant dans la tornade. Bat se lança aussitôt à sa poursuite. Lorsqu'il le rattrapa et le saisit en l'empoignant par la crinière, le gros du troupeau arrivait à leur hauteur.

Dans la lumière blafarde de leurs torches, les deux cavaliers virent alors les bêtes dont ils avaient la garde. Terrorisées, elles poussaient des hennissements funèbres, galopaient en tous sens, ruaient à tout va. Lorsqu'ils braquèrent leurs faisceaux vers le troupeau apeuré, c'est une scène de chaos qui émergea du tourbillon brumeux. La neige soulevée par les centaines de sabots formait un maelström duquel fusaient à intervalles réguliers de véritables torpilles rasant les flancs des chevaux : les loups ! Au milieu des chevaux déboussolés, les assaillants se livraient à une chorégraphie morbide et implacable. Chaque cheval avait à ses trousses une ou deux bêtes féroces. Le pelage des loups, zébré de neige, les faisait paraître encore plus énormes et leur donnait l'allure de fantômes blancs, telles des apparitions surnaturelles se mêlant au galop de leurs proies. Passé un moment de consternation, les cavaliers se mirent à agiter leurs torches qui, en temps normal, suffisaient à effrayer les loups. Mais cette meute-là, animée d'une haine inassouvie, n'en avait cure, redoublant d'ardeur dans ses poursuites, chaque clan se jetant dans une guerre vengeresse.

Bat était baigné de sueur froide. Cette apparition des loups ne pouvait être qu'un châtiment que lui infligeait Tengger le Ciel éternel. Si les pasteurs de la steppe Olon Bulag acceptaient sans regret de se livrer aux loups au moment de l'inhumation céleste, ils redoutaient au plus haut point leur rencontre quand ils étaient encore jeunes et respiraient la santé. Cette horde était prête à le dévorer avant terme. Cela, Bat le sentit tout de suite.

Shartseren et lui n'avaient toujours pas aperçu les deux autres gardiens. Peut-être avaient-ils été blessés par le vent aux poils blancs. À moins qu'ils n'aient déserté... Ils avaient été de quart toute la journée, sans fusil ni torche, et n'avaient pas pris leurs pelisses. L'inquiétude de Bat ne fit que croître. Puis il pensa aux quatre-vingts chevaux qu'il avait sous sa garde. Ces animaux d'exception faisaient la fierté des pasteurs qui s'en étaient séparés à contrecœur au profit de l'armée. S'ils finissaient dans la gueule des loups ou la boue du marécage, les pasteurs n'hésiteraient pas à le mettre en pièces, sans parler de la réaction des militaires. Bat se demanda encore ce que pouvaient bien faire les deux gardiens manquants, puis dit résolument :

– Laissons-les ! Sauver nos chevaux est le plus urgent !

Il regarda Shartseren dans les yeux et comprit que la volonté de son compagnon chancelait, qu'il hésitait encore. Le sang de Bat ne fit qu'un tour. Il se rua vers son copain, colla sa monture à la sienne, le saisit fermement par le col et lui braqua sa torche en plein visage :

– Si tu prends la fuite, je te loge une balle dans la nuque !

– Non ! Moi, je n'ai pas peur ! cria Shartseren. C'est mon cheval...

Le jeune gardien se ressaisit, et avec sa bride fouetta la tête de sa monture qu'il maîtrisait tant bien que mal dans ce tumulte. Puis il se dirigea vers les chevaux. Les deux cavaliers devaient unir leurs efforts pour calmer le troupeau. Ils braquèrent leurs torches vers le sud-est pour indiquer aux chevaux la direction à suivre, tout en donnant des coups de perche à ceux qui continuaient à courir dans le sens du vent. Celui-ci soufflait en effet du nord au sud tandis que le marécage s'étirait d'est en ouest : il serait très difficile de le contourner. Bat évalua rapidement qu'ils étaient à une vingtaine de li de ce piège naturel. Ces chevaux étaient des hongres hauts et larges de poitrail, tous en parfaite condition, capables de galoper à grande vitesse : ils risquaient de tomber dans le bourbier avant une petite demi-heure. Bat imaginait déjà la gueule béante attendant ce festin de chair apporté par le vent et les loups.

Canalisés par les faisceaux lumineux et les coups de perche, les chevaux retrouvèrent peu à peu leur calme, d'autant qu'un grand cheval blanc prit spontanément la tête du troupeau. Bat et Shartseren braquèrent aussitôt leurs torches sur lui. Quand les chevaux avaient un chef, ils renouaient avec leur sens du groupe. Rapidement, ils s'organisèrent en formation de guerre poussés par un instinct ancestral. Le cheval de tête poussa un long hennissement, et les bêtes formèrent des rangs compacts, épaule contre épaule, flanc contre flanc. Les centaines de sabots s'unirent dans une galopade énergique qui martelait, donnait des ruades et frappait, ripostant efficacement aux attaques de la meute. En un instant, les loups perdirent l'avantage. Quelques-uns, entraînés sous les chevaux, se retrouvèrent prisonniers des jarrets des coursiers, aussi solides que des barres de fer. Un loup eut la patte cassée, un autre l'échine brisée, un autre encore le crâne fendu. On les entendait hurler de douleur. Bat poussa un soupir de soulagement. Passé l'épreuve de force avec les loups, le troupeau se réorganisa : entourant les moins forts, les chevaux les plus puissants composaient une ligne de défense sur deux côtés, tandis que les plus combatifs fermaient la marche.

Le fils de Bilig était satisfait. Il lui suffisait de maîtriser le cheval de tête pour avoir le contrôle de tout le troupeau. Celui-ci se rapprochait du marécage, mais le jeune gardien aurait encore le temps d'éviter le piège. Il n'était pas pour autant hors de danger. Il savait quelle horde il avait à ses trousses. Des loups en furie. Et comme ils comptaient des morts et des blessés dans leurs rangs, leur soif de vengeance s'en trouvait décuplée. Bat était conscient de tout cela et du long chemin qu'il lui restait à parcourir. Il jeta un coup d'œil sur son troupeau : plusieurs chevaux portaient des morsures horribles. Mais c'étaient des coursiers rompus au combat contre les loups. Bien que gravement blessés, ils conservaient leur cadence.

Bat rattrapa le cheval de tête et le fouetta énergiquement pour le maintenir dans la bonne direction. Il plaça sa carabine en bandoulière sur sa poitrine et enclencha le cran de sûreté. S'il devait s'en servir, il ne le ferait qu'au dernier moment car il savait que ces chevaux nouvellement recrutés n'avaient pas encore reçu le baptême du feu : au premier coup de fusil, ils s'affoleraient et se disperseraient comme un essaim d'abeilles. Shartseren fit de même. Les deux pasteurs étaient si exténués qu'ils n'avaient plus la force d'agiter la perche à lasso. Les chevaux approchaient maintenant du marécage. En temps normal, l'odeur du sel dans l'air aurait suffi à les alerter, mais le vent aux poils blancs brouillait les effluves autant qu'il perturbait le flair des animaux. Bat cherchait désespérément un moyen de les prévenir quand il eut soudain une illumination : il se mit à pousser le sifflement aigu qu'il avait déjà utilisé pour les conduire se désaltérer précisément dans ce marécage ! Le cheval de tête et sa suite comprirent immédiatement.

Les jours précédents, en effet, Bat avait pris l'habitude de conduire le troupeau s'abreuver à ce marécage. Du fait de la sécheresse printanière, l'eau s'était retirée et les abords s'étaient transformés en un bourbier mouvant. Il n'existait que deux ou trois passages permettant d'accéder à l'eau sans risquer de s'enfoncer. Et Bat les y avait guidés par des sifflements.

Réitéré dans ces circonstances dramatiques, le sifflement produisit l'effet espéré. Les chevaux se mirent à hennir puis, après un court arrêt, virèrent au sud-est. Ils savaient que leur seule chance de survie se trouvait dans cette direction, les loups étant au nord et le marais au sud. Ils galopaient tout en haletant, yeux exorbités, tête basse. C'était une course contre la mort.

Mais ce virement risquait aussi d'être mortel pour le troupeau. En galopant ainsi, les chevaux prêtaient le flanc aux loups qui couraient dans le sens du vent alors qu'auparavant les attaquants se trouvaient derrière, donc vulnérables aux coups de sabots mortels. Les coups et les ruades ne servaient plus à grand-chose, sans compter que les chevaux avaient perdu un autre atout : la vitesse. Jusqu'ici, les loups n'avaient pas causé de grands dégâts. Maintenant que le troupeau avait changé de direction, la meute était dans les meilleures conditions pour se livrer à un carnage.

Les loups arrivèrent en masse, sautèrent sur les chevaux, s'agrippant, toutes griffes dehors, au dos, au cou ou aux reins de leurs proies. Ils enfonçaient leurs crocs dans les gorges offertes. Poussant des hennissements de douleur, les chevaux tombaient un à un, le flanc ouvert, le poitrail déchiré, des lambeaux de chair pendants. La férocité des loups décuplait à mesure que le massacre s'étendait. Ils s'acharnaient à tuer sans se donner la peine d'avaler la viande fraîche. Le nombre de bêtes blessées augmentait au rythme des vagues successives que les assaillants lançaient. Malgré tout, le gros du troupeau filait toujours, aspergeant de sang le sol couvert de neige.

Tout à la fois impuissants, furieux et bouillonnants de dégoût, Bat et Shartseren ne pouvaient qu'assister en témoins passifs à cette boucherie. Les deux pasteurs firent un effort suprême pour garder leur sang-froid, condition essentielle s'ils voulaient sauver le reste des chevaux. Bat, en particulier, était en proie à une profonde angoisse : il savait qu'il avait affaire à une horde peu commune, dont le roi, sans doute très expérimenté, devait bien connaître la steppe Olon Bulag. Les loups étaient pleins de rancune parce que leur réserve de nourriture avait été volée ; et si les louves étaient ivres de haine, c'était parce que leurs petits avaient été capturés. Mais leur chef ne se laissait pas guider par de tels sentiments. Il agissait selon un plan minutieusement établi : il pressait sans cesse les chevaux vers le sud, persistant dans son but de les acculer au marécage et de les anéantir. Pour ça, il était prêt à tous les sacrifices.

Bat fit signe à Shartseren de contourner avec lui le troupeau pour atteindre son flanc est, le plus exposé aux loups. Là, ils réussirent à leur tenir tête en agitant leurs torches électriques et en dessinant de grands moulinets avec leurs perches à lasso. Les deux gardiens galopaient en tous sens et distribuaient des coups ici et là. Cette diversion permit à leurs chevaux de prendre un peu de répit et de s'organiser avant d'effectuer la dernière percée vers le sud-est.

Les chevaux abordèrent bientôt la colline jouxtant le marécage. Derrière attendait le piège. Les bêtes le surent dès que leurs sabots soulevèrent une poussière de neige et de terre à l'odeur âcre qui irrita leurs yeux déjà brûlés par le vent. Dans les ténèbres de la nuit, il n'était pas possible de voir le marécage, mais tous, hommes et animaux, sentaient sa présence silencieuse. Ils savaient que c'était le moment critique, celui où leur vie se jouait. Malgré la poussière, les chevaux gardaient les yeux écarquillés et galopaient ventre à terre. Quand ils ne sentiraient plus l'odeur caractéristique, c'est qu'ils seraient sur la pente douce du côté est du marécage. Celui-ci contourné, ils n'auraient plus qu'à virer plein sud et à continuer tout droit, jusqu'au campement des pasteurs. Là, ils seraient accueillis par les gens des yourtes, les cris amicaux et les lumières pleines de chaleur, ainsi que leurs grands amis, les chiens de chasse, qui engageraient une lutte sans merci contre les loups. Ils seraient sauvés.

Pendant un court instant, hommes, chevaux et loups coururent de front. Puis les loups ralentirent et suspendirent leur offensive. C'était comme s'ils s'apprêtaient à renoncer. Mais Bat savait qu'ils n'abandonneraient pas une si belle occasion, à un tel moment. Ses dix ans d'expérience de pasteur lui disaient que l'attaque générale approchait. Peut-être reprenaient-ils leur souffle après avoir respiré cette poussière suffocante qui ne les avait certainement pas épargnés, eux non plus. Il serrait son fusil avec une telle force que sa paume était moite de sueur malgré le froid. Il se dit alors que si les loups se lançaient maintenant à la poursuite du troupeau, il ferait feu avant que les chevaux n'obliquent vers la pente douce. Bien sûr, il espérait abattre quelques assaillants mais surtout, il pensait que la détonation accélérerait la vitesse des chevaux tout en alertant les gens du campement. Bat fit encore un effort pour maîtriser ses mains qui n'en finissaient pas de trembler, et s'apprêta à tirer dans la direction où l'attroupement de loups lui semblait le plus compact.

Sa main tremblait toujours. Il n'avait pas encore posé le doigt sur la détente qu'une agitation s'empara du troupeau, suivie de hennissements funèbres. Bat sentit que son cheval était comme paralysé. Braquant sa torche dans la pénombre, il vit arriver quelques gros loups serrés les uns contre les autres : ils lui barraient le chemin ! Bat se retourna et vit que Shartseren était dans la même situation : il avait de plus en plus de mal à contrôler sa monture. Il fit signe à son copain de se rapprocher de lui. Mais d'énormes loups s'étaient déjà jetés sur le cheval de Shartseren qui, couvert de blessures, piaffait et distribuait des ruades en tous sens. Le cavalier jeta sa perche à lasso, brandit sa longue torche et en assena des coups sur la tête de quelques loups qu'il blessa. La torche se brisa et le verre tomba en éclats. Les loups repartirent à l'assaut et Shartseren eut un pan de son manteau arraché. Sa monture, une large plaie béante à la croupe, hennissait de douleur. Ignorant les ordres que lui hurlait son cavalier, elle prit le mors aux dents et déguerpit à toute allure. Shartseren avait définitivement perdu le contrôle de son cheval qui l'emporta avec lui dans les ténèbres. Débarrassés de cet adversaire et de son cheval, plusieurs loups les suivirent encore sur quelques mètres avant de s'arrêter net et de faire demi-tour pour se diriger vers Bat.

Sa monture, un guerrier aussi vaillant que son maître, reniflait bruyamment, les yeux écarquillés, donnant sans arrêt des ruades et des coups de dents, résistant bravement aux morsures. Le nombre de loups augmentait autour du cheval, mais celui-ci se cabra, tantôt fonçant de l'avant, tantôt faisant volte-face. Les bêtes l'attaquaient sur les deux flancs. Dans cette situation périlleuse, Bat n'abandonna pas. Il savait que toute tentative de fuite était vouée à l'échec et que son salut résidait dans la lutte ultime. Il jeta sa perche à lasso. D'une main, il se cramponna à sa selle tandis que, glissant l'autre dans la boucle de cuir, il dénoua rapidement sa massue de pasteur : il se tenait prêt au combat, comme les guerriers mongols d'autrefois. Cette massue, aussi longue qu'un sabre, de la grosseur d'un manche de pelle, était l'arme la plus efficace pour un homme aux prises avec les loups. Sa tête était munie d'anneaux en fer forgé encore tout noircis de sang de loup séché. C'est son père, le vieux Bilig, qui la lui avait donnée. Bat haut perché sur sa monture, dominait le spectacle de ses assaillants. Tout dépendait maintenant de son courage et de sa technique. Il inspira profondément.

Il leva la massue à la hauteur de ses épaules, à l'affût de la première tête de loup à fracasser. L'un d'entre eux surgit, crocs et griffes en avant. Il se heurta à la massue qui retomba lourdement sur la partie à la fois la plus dure et la plus vulnérable de son anatomie : sa denture. Crac ! Ses quatre crocs brisés net, le loup roula par terre. La bête aspirait son sang en poussant des hurlements déchirants, son cri lugubre exprimant l'horreur d'une vie désormais condamnée. Dans la steppe, un loup édenté n'était plus rien.

Bat sentit le vent se charger d'une odeur de sang de plus en plus prégnante. Sa victime n'y était pour rien : il comprit que le troupeau était devenu la proie de la horde. Sa fureur au combat décupla. Pour lui, la chose était entendue ; il opposerait la cruauté humaine à celle des loups. Le premier coup de massue avait provoqué la stupeur chez les bêtes furieuses, la deuxième frappe était déjà lancée. Cette fois, elle s'abattit sur le museau d'un gros loup qui s'écroula dans la neige, la gueule déchiquetée. Les deux loups au sol hurlaient de douleur ; les autres, stupéfaits, restaient figés sur place, n'osant plus repartir à l'assaut.

Bat en profita pour regarder son troupeau. Les loups aux prises avec les chevaux se rendirent compte de la défaite essuyée dans l'attaque contre le cavalier et comprirent qu'il était temps de jouer le tout pour le tout. Ils lancèrent un hurlement vibrant, comparable au sifflement du vent dans les fils électriques. Cette voix lugubre et exaltante était le signal du branle-bas de combat final. Sous la direction du roi, toute la horde, possédée, tel un essaim de guêpes, s'élança dans une attaque suicidaire. C'était la méthode la plus sanglante que les loups de la steppe mongole pouvaient mettre en œuvre. Ils sautèrent un à un sur les chevaux, plantant leurs griffes et leurs crocs dans le flanc, la partie la plus vulnérable, et y restèrent suspendus, jouant de la vitesse du cheval et de leur propre poids pour arracher le plus grand lambeau de chair possible. Mortelle pour les victimes dont les côtes blanches étaient mises à nu, cette technique pouvait aussi être fatale pour les attaquants : tandis qu'ils restaient accrochés au flanc du cheval, la partie inférieure de leur corps se balançait en l'air derrière la croupe du cheval, exposée aux ruades. Les sabots ferrés les éventraient facilement. Dans leur chute, des loups se rompaient l'échine ou se brisaient une patte. Seuls quelques-uns, de taille exceptionnelle et aux crocs particulièrement tranchants, furent capables de garder entre leur mâchoire un gros morceau de chair malgré la vitesse du galop. Mais finalement, les attaqués subirent davantage de pertes que leurs assaillants : en dépit de ruades souvent données à l'aveuglette, ils ne parvenaient pas à se débarrasser du loup rivé à leur corps. Le cheval qui traînait un tel fardeau perdait de sa rapidité, devenant aussitôt la proie de la meute.

Sur la colline transformée en champ de bataille, blessés et agonisants des deux camps gisaient sur le sol. Le combat n'en finissait pas pour autant. Un énorme loup affamé, le ventre crevé, rampait à l'aide de ses pattes avant en hurlant. Il s'approcha d'un cheval mourant et se mit à dévorer avec avidité de gros morceaux de chair encore frémissante de vie. C'était son dernier repas ici-bas, et son appétit était d'autant plus insatiable qu'il n'avait plus d'estomac. Tant qu'il avait ses mâchoires, ses crocs et ses molaires, un loup dévorait, et son avidité n'était pas assouvie avant qu'il ait tout englouti.

Au-dessus des mourants, la bataille faisait rage. La steppe était devenue un véritable charnier. La résistance organisée du troupeau s'était entièrement effondrée sous le choc de l'attaque massive lancée par les loups. Des chevaux, les flancs béants, continuaient de courir tandis que leur estomac et leurs intestins s'échappaient. Les bêtes, plus mortes que vives, trébuchaient dans leurs propres tripes, mais elles galopaient toujours, mues par l'énergie du désespoir. Traînant le contenu de leur abdomen, elles finissaient par le semer lamentablement derrière elles : foie, rate, poumons, bronches, cœur, tout était arraché et broyé par leurs sabots. Elles succombaient alors à ce suicide involontaire. Si l'attaque des loups était tragique pour eux-mêmes, le sort des chevaux était encore plus abominable, les loups imposant à leurs victimes une fin mille fois plus atroce, et on ne savait plus si les chevaux mouraient assassinés ou s'ils se donnaient eux-mêmes la mort.

Terrorisés par le spectacle de leurs congénères s'effondrant à leurs côtés, les chevaux encore en vie galopaient éperdument, chassés par de véritables bourrasques sanglantes toujours à leurs trousses pour les précipiter vers l'anéantissement absolu.

La rage des loups était effrayante. Bat en était frappé de stupeur. Il avait les mains et les pieds glacés d'effroi, et ses vêtements trempés de sueur ne tardèrent pas à raidir sous le vent glacial. Conscient que tout était irrévocablement perdu, il voulait pourtant sauver quelques chevaux de tête. Il tira sur la bride et, d'un saut, sa monture enjamba les loups qui l'encerclaient. Il fonça sur les quelques chevaux de tête mais, sous l'effet du sauve-qui-peut général, le troupeau s'était dispersé. Les rescapés fuyaient dans le sens du vent, indifférents au marécage qui se rapprochait.

La pente plus raide accéléra la galopade des chevaux, qui déboulèrent avec la force d'une avalanche droit sur l'immense bourbier. Ils foulèrent bientôt de leurs sabots la glace, qui se brisa en mille morceaux. Le marécage ouvrait grande sa gueule pour accueillir ces misérables créatures qui préféraient mourir asphyxiées plutôt que de devenir la proie des loups. Ce suicide collectif, c'était leur dernier acte de résistance, à la fois héroïque et poignant, parce qu'ils étaient des chevaux de la steppe mongole, une race dont l'endurance et la ténacité ne céderaient jamais rien aux loups

Le froid crépusculaire avait gelé la surface du marécage. Le bord était ferme, mais plus loin la boue devenait profonde et mouvante. Les chevaux allaient péniblement, trébuchant à chaque pas. Dès qu'un sabot s'arrachait de la surface visqueuse, le trou qu'il venait de creuser se remplissait de neige poudreuse. Au bout d'un certain temps, les chevaux exténués s'immobilisèrent ; ceux qui étaient en tête de la troupe s'enlisèrent jusqu'au cou, ceux qui les suivaient s'enfoncèrent jusqu'à l'échine, d'autres à la hauteur du ventre. On aurait dit des prisonniers amenés sur le terrain d'exécution, ligotés et mis au carcan. Ils n'étaient même plus capables de hennir, et le silence donnait à la scène une dimension encore plus pathétique. Leur haleine se condensait dans l'air et se déposait en givre sur leur corps cuirassé de sueur congelée. Ils semblaient implorer le coup de grâce. Ils savaient que leur fin était proche : les bourreaux ne tarderaient pas à arriver pour le carnage final.

Bat avança avec précaution vers le bord du marais. Son cheval noir se cabra au premier contact avec la boue. Il regardait intensément le marécage traître, n'osant plus faire un pas. Bat braqua sa torche au loin et entrevit quelques silhouettes, floues dans le vent aux poils blancs. Les chevaux les plus proches secouèrent la tête en direction de la torche, comme pour appeler au secours. Bat éperonna encore sa monture, qui fit quelques pas, mais ses pattes antérieures s'enfoncèrent aussitôt. Elle recula pour se planter sur la terre ferme, refusant de repartir. Bat songea à mettre pied à terre pour protéger le reste du troupeau avec sa carabine, mais il se garda de commettre cette folie : une fois à terre, il serait séparé de son cheval et exposé aux assauts des loups. Sa massue ne serait plus d'aucune utilité et lui comme son cheval seraient à la merci des attaques sanglantes. D'ailleurs, il n'avait que dix balles dans sa cartouchière. S'il parvenait par chance à tuer autant de loups, que ferait-il du reste de la meute ? Le vent aux poils blancs gagnait en force : bientôt, les chevaux gèleraient dans le marécage. Il pensa à retourner au campement pour demander du renfort, mais toute la brigade de production devait être occupée à lutter contre le vent. Quand bien même elle pourrait envoyer quelques hommes, c'est tout un contingent qu'il faudrait pour tirer ces chevaux du bourbier ! Bat avait le visage ruisselant de larmes. Il leva la tête vers l'Orient en priant :

– Ô, Tengger! Ô, Ciel éternel! Donnez-moi intelligence et force pour sauver le troupeau! Aidez-moi, Tengger!

Pour toute réponse, le grondement du vent emporta ses prières au loin, dans les ténèbres infinies.

De la manche de sa veste en fourrure d'agneau, Bat essuya ses larmes glacées. Lentement, il dénoua la bretelle de sa carabine. Il appuya la crosse contre son abdomen tout en maintenant sa torche allumée parallèle à l'arme. Il n'avait qu'une pensée en tête: attendre les loups, et en tuer le plus possible.

Bientôt, transi de froid, il commença à chanceler en selle. Et soudain, il aperçut la meute qui rasait le sol; légère comme un spectre, elle s'arrêta au bord du marais et observa la scène avant de disparaître furtivement. Un instant plus tard, un loup plus mince que les autres sortit de la brume et se dirigea vers le troupeau. Il tâtait la surface de la glace pour l'éprouver. Bat ne tira pas, le trouvant trop petit. Le loup fit encore une dizaine de pas puis accéléra vers le troupeau. Mais avant qu'il n'atteigne son but, s'éleva un coup de vent d'une violence inouïe. La colonne de neige qui se souleva s'abattit l'instant d'après sur le troupeau prisonnier. En quelques secondes, c'est tout le marais qui fut balayé par d'intenses vagues blanches. On aurait dit une tribu de cannibales aux cheveux blancs dansant et chantant en cercle autour de leurs proies avant de se livrer à la plus barbare des orgies.

Totalement aveuglé par la poussière de neige, Bat grelottait de froid. Son cheval tremblait de peur et poussait des cris étouffés. Sous le ciel noir, les poils blancs redoublaient de force, recouvrant la scène du massacre d'un linceul neigeux.

Bat éteignit sa torche d'une main raidie. Drapé de ténèbres, il ajusta son fusil. Il l'éleva encore d'une trentaine de centimètres et, sans se presser, appuya sur la détente. Un coup partit, puis un deuxième, un troisième...

CHAPITRE 6

Parmi les armes des Tujue, on compte arcs et flèches sifflantes, cimeterres et épées, cuirasses et casques. Parmi leurs ornements se trouvent poignard et stylet ; sur leurs drapeaux est brodée une tête de loup dorée. La garde se compose des guerriers qu'on appelle *Fuli*, c'est-à-dire «loups» dans les langues des Tujue et des Xia. La raison en est qu'ils descendent des loups et ne peuvent oublier leurs origines.

Les Tujue, Livre des Zhou

Un soleil frileux répandait ses rayons blafards sur l'immense steppe Olon Bulag. Le vent aux poils blancs avait fait rage durant deux jours et deux nuits. Les gens du pâturage avaient lutté avec acharnement pendant tout ce temps. Maintenant, quelques vautours planaient paresseusement dans le ciel moutonné. Une traînée de vapeur s'élevait de la terre tiédie, errant au gré de la brise matinale. Dans les touffes de tamaris apparaissaient des faisans qui, en voltigeant, faisaient tomber le duvet de neige accumulé sur les rameaux. La couleur rouge ocre des volatiles tranchait sur la blancheur immaculée des arbustes, dessinant un tableau féerique. Du côté de la frontière, les cimes enneigées se découpaient dans le ciel bleu où quelques nuages projetaient leur ombre sur les contreforts des montagnes. L'antique steppe avait retrouvé son calme habituel. Le beau temps était là, donnant au printemps, après cette tempête brutale, l'occasion de s'annoncer une nouvelle fois.

Chen Zhen respirait l'air frais du matin. Il sourit à la pensée que cette importante chute de neige serait au moins bénéfique au pâturage. Les jours secs étaient désormais révolus, et avec eux les irritations qui frappaient les yeux des hommes et des animaux. Avec le dégel, les rivières se rempliraient d'eau limpide, les pentes retrouveraient leur verdure et se parsèmeraient de fleurs. Le bétail reprendrait du poids. Selon le vieux Bilig, l'étape du printemps était décisive parce qu'elle était la base de l'engraissement d'été. Si, l'automne venu, un mouton n'avait pas trois doigts d'épaisseur de graisse, il ne survivrait pas aux sept mois d'hiver. On serait donc obligé de le céder à bas prix avant la fin des rigueurs hivernales. Oui, se dit Chen Zhen, cette neige abondante nous permettra de récupérer la perte causée par le vent aux poils blancs. À vrai dire, le jeune étudiant cherchait à distraire par une pensée positive son esprit obnubilé par la mission confiée au convoi dans lequel il avait pris place.

L'administration de la ferme et la brigade de production avaient organisé une équipe d'enquête pour élucider l'affaire qui avait eu lieu près du grand marécage, lorsque les chevaux recrutés par l'armée avaient trouvé la mort dans la bourrasque. Chen et d'autres jeunes instruits suivaient les enquêteurs jusqu'au lieu de l'incident. Les dirigeants du comité révolutionnaire de la ferme, le délégué militaire Bao Shungui, le directeur de la ferme, Ulzii et les représentants des masses populaires étaient présents. Bat et Shartseren étaient évidemment du voyage. Tous étaient sombres. Ils avaient le cœur lourd à l'approche du marécage et gardaient un silence opiniâtre. Le commandement militaire et la direction régionale étaient furieux. Comment ces superbes coursiers avaient-ils pu périr avant même d'être incorporés dans l'armée ? Chen Zhen était fort inquiet de ce qui s'ensuivrait.

Avec Shartseren, il avait passé toute la journée précédente au chevet de Bat pour que les deux gardiens lui racontent cette nuit terrible. Maintenant qu'il connaissait l'essentiel de leur aventure, il avait tout de même du mal à se représenter, en voyant la steppe si belle et si lumineuse, la bataille dont elle avait été le témoin.

Entraîné par son cheval, Shartseren avait échoué dans une étable abandonnée. Il n'avait retrouvé Bat que le lendemain après-midi. Son copain avait donc passé la nuit et presque toute une journée près du marécage. C'est là qu'il l'avait récupéré, plus mort que vif, son cheval noir figé sur place. Shartseren avait hissé Bat sur sa propre monture et l'avait ramené au camp où ils apprirent que les deux autres gardiens avaient été mis aux arrêts pour avoir manqué à leur devoir.

Harassé, prostré, silencieux, Bat trottinait aux côtés du délégué militaire, à la tête de la petite troupe. Il avait changé de monture, son fidèle cheval noir ayant été envoyé au poste vétérinaire. Après cette rude épreuve, la pauvre bête était devenue presque impotente. Bat avait le visage gercé et noir d'engelures qui sécrétaient un liquide jaune et visqueux. Une plaie de chair rose le défigurait complètement. Il portait au dos une grosse pelle de bois, le manche serré dans sa ceinture, qui l'aidait à se tenir droit.

Chen Zhen fermait la marche avec le vieux Bilig. Il lui demanda doucement :

– Croyez-vous que la direction leur infligera une punition ?

Le vieil homme essuya les gouttelettes de brume de sa barbiche. On lisait dans ses yeux d'ambre une profonde compassion à laquelle se mêlaient des sentiments que Chen ne sut interpréter. Le regard perdu vers les montagnes lointaines, Bilig lui dit :

– L'administration de la ferme et le délégué militaire accordent une grande importance à l'avis des jeunes instruits. Ils vous ont fait venir avec l'intention de vous consulter.

– Bat est brave, opina Chen Zhen. Il a tenté l'impossible pour sauver ces chevaux, et cela au risque de sa vie. Il n'a pas eu de chance. Malgré son échec, c'est un héros. J'ai vécu une bonne année dans votre yourte, et Bat est comme un grand frère pour moi. Mais je connais l'attitude du délégué militaire. Ce que je dirai ne servira à rien. Et, de plus, les opinions sont très partagées parmi les jeunes instruits. Vous êtes le représentant des pasteurs et un membre du comité révolutionnaire de la ferme ; à mon avis, tout le monde vous écoutera. J'approuverai tout ce que vous direz.

– Mais qu'est-ce qu'ils disent, les autres jeunes instruits ? s'inquiéta le vieux Bilig.

– La plupart considèrent Bat comme un héros, mais certains prétendent qu'il s'agit d'un sabotage contre-révolutionnaire perpétré à la faveur de la tempête de neige. Ils préconisent une enquête sur les origines familiales des quatre gardiens de chevaux.

Un nuage noir passa dans les yeux du vieil homme. Il replongea dans un silence absolu.

La troupe contourna le marécage pour arriver sur sa berge est. C'est là que Bat avait tiré sa dernière balle. Chen Zhen prit une profonde inspiration pour tenter de se représenter la scène tragique qui s'était déroulée en ce théâtre de plein air.

On ne voyait plus aucune de trace de sang. Tout était enseveli sous plus de trente centimètres de neige. On n'apercevait que des renflements blancs qui bosselaient irrégulièrement la surface marécageuse. Sous ces monticules étaient dissimulés les corps mutilés des chevaux. Chacun restait là, perdu dans la contemplation. Personne ne pensait à descendre de cheval. Nul ne voulait lever le sinistre linceul pour révéler ce qu'il cachait.

– Quel dommage ! fit le vieux Bilig pour rompre le silence. Il ne restait qu'un petit bout de chemin à parcourir pour sortir de ce mauvais pas. C'est déjà un grand exploit d'avoir conduit le troupeau jusqu'ici ! Cela représente une longue distance et une grande peine. Le vent faisait rage, la meute de loups était très nombreuse. Le cavalier n'a-t-il pas fait preuve d'un courage exemplaire ? Et sa monture, il l'a maîtrisée du début à la fin et est resté tout le temps auprès de son troupeau. Contre les attaques des loups, Bat a lutté jusqu'au bout : il a rempli son devoir de gardien !

Un Mongol ne recule jamais quand il s'agit de plaider la cause de la justice, et Bilig moins que tout autre. Mais chacun se disait que c'était moins le vieux sage qui parlait que le père.

Chen Zhen s'approcha de Bao Shungui et enchaîna :

– Pour sauver les biens de la collectivité, Bat a été aux prises avec les loups toute une nuit. C'est un acte héroïque qui mérite d'être cité à l'honneur. Il faut le rapporter à l'échelon supérieur.

– Tu appelles cela un acte héroïque ? Bao Shungui le fusillait des yeux en vociférant. Il serait un héros s'il avait sauvé le troupeau !

Puis il se retourna et s'adressa à Bat :

– Toi qui es gardien de chevaux depuis tant d'années, pourquoi, au lieu de placer les chevaux au sud du marécage, les as-tu conduits vers le nord ? Ne savais-tu pas que le vent serait capable de les pousser dans l'eau ? Voilà ta plus grande faute !

Bat n'osait pas le regarder en face. Il s'empressa de dire en baissant la tête :

– Oui, c'est ma faute. Si, le soir venu, j'avais mené les chevaux ailleurs, il n'y aurait pas eu ce grand malheur…

Face aux attaques du délégué, mais tout aussi dépité devant la molle défense de son ami, Shartseren protesta :

– C'est l'administration de la ferme qui a pris la décision de faire paître les chevaux dans cette partie du pâturage. D'après elle, il y avait là une grande réserve de fourrage récolté l'année précédente et les herbes y poussaient dru au début du printemps. Mais je me rappelle bien ce qu'a dit Bat : « Je me fais du souci pour la sécurité des chevaux si on les mène au nord du marais. » Et l'administration de la ferme lui a répondu : « Au printemps, le vent souffle nord-ouest la plupart du temps. Il n'y a pas de raison qu'il vire au sud les jours où le troupeau sera là ! » Et vous, camarade délégué militaire, vous avez approuvé. Pourquoi rejeter sur Bat tous les torts ?

Les dirigeants se turent, gênés. Seul Ulzii toussota pour s'éclaircir la voix avant de dire :

– Shartseren a raison. Mais la décision de la ferme a été prise dans une bonne intention : il fallait bien nourrir les chevaux avant qu'ils ne se mettent en route. Personne n'aurait pu prévoir ces bourrasques de neige soufflant du nord au sud. S'il n'y avait pas eu cette meute de loups, Bat aurait conduit le troupeau en lieu sûr. Le vent aux poils blancs a sévi en même temps que la horde, c'est un cas qu'on ne voit qu'une fois tous les cent ans. En tant que directeur de la ferme, je ne peux cacher ma part de responsabilité dans cette affaire.

Bao Shungui ne voulut pas perdre la face. Il pointa son fouet sur le nez de Shartseren et dit :

– Toi, tu as aussi ta part de responsabilité ! Le vieux Bilig l'a bien dit : « Il ne restait qu'un petit bout de chemin à parcourir pour sortir de ce mauvais pas. » Si vous n'aviez pas déserté, vous, les trois gardiens, nous n'aurions pas perdu la totalité du troupeau. Heureusement que tu as sauvé la vie de Bat, sinon tu serais aux arrêts comme les deux autres !

Le vieux Bilig allongea son bâton pour rabaisser le fouet de Bao et lui dit, l'air dur :

– Délégué militaire Bao, bien qu'issu de la région agricole vous n'en êtes pas moins mongol et vous devriez connaître cette règle de conduite chez nous, les pasteurs : dans la steppe, il est interdit de parler à quelqu'un en pointant sur lui son fouet. Seuls les princes et les propriétaires du pâturage, autrefois, se permettaient cette insolence.

Désarçonné, Bao passa son fouet dans la main gauche, mais ne voulut pas s'en laisser compter. Quelques instants après, l'index de la main droite dirigé vers Shartseren et Bat, il cria rudement :

– Vous deux, descendez de cheval et dégagez la neige ! Je veux vérifier de mes propres yeux à quel point les loups ont été terribles. Était-ce une meute aussi grosse que vous le dites ? N'essayez-vous pas d'accuser les loups pour vous innocenter ? Le président Mao nous l'enseigne : « De tous les facteurs agissant sur le monde, l'homme est primordial. »

Tout le monde mit pied à terre et commença à déblayer avec pelles en bois, bêches de fer et écouvillons de bambou. Resté sur son cheval, Bao sortit un appareil pour prendre les photos qui serviraient de pièces à conviction. Il ne cessait de crier :

– Il faut tout dégager ! Dans quelques jours, les gens de la ligue viendront avec leur équipe d'enquête.

Chen Zhen marchait péniblement dans la neige, suivant Ulzii, Bilig, Bat et Shartseren qui se dirigeaient vers les monticules les plus lointains. La glace était encore ferme, la neige crissait sous leurs pas. Bilig dit :

– Il suffit de savoir dans quelles conditions sont morts les chevaux de tête pour comprendre combien les loups étaient féroces.

– Pourquoi ? demanda Chen Zhen.

– C'est facile à imaginer, intervint Ulzii. Plus on avance, plus grand est le danger. La boue de cet endroit a été la dernière à geler. Si les loups y sont allés tuer au péril de leur vie, c'est qu'ils étaient vraiment enragés.

– Tu as tiré sur eux, et cela n'a servi à rien ? demanda Bilig à son fils.

– Peine perdue ! répondit Bat plein d'amertume. Je n'avais sur moi que dix balles, vite épuisées. En plus, le vent aux poils blancs faisait dériver mon tir. Quelques loups se sont sauvés au bruit des coups de feu, mais ils sont revenus à la charge quand mon arme a été vide. Il faisait noir, ma torche ne produisait qu'une faible lumière. Je ne voyais plus rien.

Il s'arrêta quelques secondes pour palper machinalement la blessure de son visage, puis il reprit :

– Il faisait noir et il neigeait beaucoup. J'avais peur de tuer un cheval par mégarde. Je me disais que si le vent s'arrêtait et que le marais ne gelait pas entièrement, je pourrais conserver encore quelques chevaux vivants parce que les loups n'auraient pas osé s'y aventurer. C'est pourquoi j'ai tiré plus haut que la cible.

À ces paroles, Bilig et Ulzii poussèrent un soupir de soulagement.

Arrivé à la dernière bosse, Bat eut un moment d'hésitation. Puis il se mit à déblayer hâtivement. Tout le monde eut le souffle coupé en voyant apparaître une tête de cheval tordue et affaissée sur un cou rongé par une vilaine blessure. Les yeux noirs et proéminents semblaient deux boules de glace. La panique de l'agonisant, un grand cheval blanc, avait été figée dans cette statue de glace. Sous lui s'étalait une flaque de sang gelée ; impossible de l'enlever à coups de pelle. On s'acharna à déblayer en silence. Chen Zhen se dit que les chevaux semblaient avoir été tués par une explosion qui leur aurait arraché les entrailles, brisé les côtes, déchiqueté la chair. Des débris de foie, d'intestins, d'os et de pelage étaient dispersés pêle-mêle. Chen n'avait pas manqué de rencontrer, dans les écrits historiques qu'il affectionnait, la sauvagerie dont l'homme est capable quand il décharge sa haine sur le cadavre de son ennemi. Il se demandait s'il l'avait héritée du loup ou si tous deux la portaient en eux. Face à ce massacre perpétré contre les chevaux, Chen Zhen se laissa emporter par ses propres instincts bestiaux : il aurait voulu capturer un loup, l'écorcher et lui arracher les nerfs. Il se garda bien, cette fois-ci, d'en faire part à Bilig. Mais une question le taraudait : devenait-on un loup à force de lutter contre eux ?

À mesure que le bourbier gelé cédait sous les coups des pelles, tous les hommes étaient frappés par la scène atroce qu'il révélait. Chen en avait les membres glacés. Le froid pénétrait le tréfonds de son être. Appuyé sur sa pelle de bois, le vieux Bilig dit, pensif :

– C'est sûrement une des plus grosses meutes de loups que j'aie jamais vues de ma vie. Quand le cheval de tête est réduit à cet état, inutile de voir les autres : ils ont sûrement été dépecés.

– Ce cheval blanc était à mon service depuis deux ans, soupira Ulzii. Avec lui, j'ai capturé trois loups au lasso. Il était l'un des plus rapides de notre ferme. Quand je combattais les bandits à la tête de ma compagnie de cavaliers, je n'en avais pas deux comme lui. Cette meute s'est vraiment bien servie de la tempête et de la disposition des lieux. Si j'avais été plus malin que les loups, les chevaux n'auraient pas connu ce triste sort.

Le terrain du carnage était maintenant presque entièrement dégagé. Sur la nappe gelée du marécage, des corps mutilés gisaient dans les mares de sang. Ces chevaux palpitants de vie, minutieusement sélectionnés quelques jours plus tôt, avaient été réduits à un tas de chair et d'os informe. Deux gardiens de chevaux s'accroupirent sur la glace, pleurant et essuyant avec le pan de leur robe la tête de ces montures qui avaient été leurs compagnes de tous les jours.

Cette scène rappelait à Chen des images de guerre, de champs de bataille jonchés de cadavres meurtris. Il songea au massacre de Nanjing perpétré par les envahisseurs japonais durant la Seconde Guerre mondiale. Sa pensée assimila la nature des loups à la cruauté du fascisme et à la violence de l'armée nipponne. Furieux, profondément dégoûté, il eut envie d'exterminer toutes ces bêtes abominables. Emporté par sa colère intérieure, il en oublia de se surveiller et laissa échapper devant le vieux Bilig :

– Ces loups sont plus détestables que les fascistes japonais ! Ils méritent d'être dépecés de mille coups de couteau !

Blême de colère, le vieux regarda Chen et dit péremptoirement :

– J'ai combattu les Japonais dans ma jeunesse et je sais ce qu'ils valent. Il n'y a pas de grande steppe au Japon, ni de grosses meutes dans leurs contrées. Mais ils tuaient sans hésiter ! Quand je servais de guide à l'Armée rouge soviétique, j'ai été témoin des crimes qu'ils ont commis. Sur le chantier de la route de pierre qu'ils construisirent de notre steppe au Jilin, au nord-est du pays, combien de coolies ont trouvé la mort ? Le chemin était bordé de catacombes, et innombrables étaient les ossements enterrés ! La moitié des morts étaient des Mongols, l'autre moitié, des Han.

– Les loups ne sont pas les seuls auteurs de ce massacre, dit Ulzii. Ils sont privés de leur réserve de nourriture parce qu'on les a volés ; ils n'ont plus leurs petits parce qu'on a nettoyé leurs tanières. Pas étonnant qu'ils se soient vengés. Nous n'avons pas bien gardé nos chevaux, c'est notre faute. D'ordinaire, le loup ne risque pas sa vie contre l'homme qu'il sait armé d'un fusil et d'une perche à lasso et aidé de ses chiens. La plupart d'entre eux ont d'ailleurs péri par la main de l'homme. Tu parles des envahisseurs japonais... Nous ne leur avions jamais fait de mal, et pourtant ils nous tuaient comme si de rien n'était !

Visiblement contrarié, le vieux Bilig jeta un coup d'œil à Chen Zhen. Il faillit s'emporter encore contre ce jeune qu'il appréciait tant, mais se ravisa.

Chen s'en voulut aussitôt de sa remarque, comme de son inconstance dans les sentiments qu'il éprouvait envers les loups. Il savait que le vieux Bilig croyait fermement au totem du loup, d'une foi inébranlable, à l'image d'un cavalier mongol qui reste soudé à sa monture malgré les cahots de la course. Elle ne pouvait être ébranlée par la mort de quelques dizaines de chevaux. Il pensa au Huanghe, le fleuve Jaune, qui tue les riverains et ravage les cultures lorsqu'il déborde. Mais les Chinois ne peuvent s'empêcher de le vénérer parce qu'il est en même temps bienfaisant, lui qui nourrit toute une nation. Le bien et le mal sont inséparables. Les peuples de la steppe doivent respect au totem du loup, tout comme la nation chinoise respecte son fleuve-mère.

Bao, de son côté, avait perdu de sa faconde et de sa hargne. Comme dégonflé, il ne tonitruait plus à tout propos. Toujours à cheval, il avait une vue panoramique du terrain. Il semblait ébahi ; jamais il n'aurait cru les loups capables d'une telle atrocité. Ses mains tremblaient quand il prenait des photos. C'est à peine s'il arrivait à maîtriser son appareil.

Plus loin, Bilig et Ulzii continuaient de creuser çà et là au milieu des corps mutilés, comme s'ils cherchaient des pièces à conviction. Chen Zhen s'approcha.

– Que cherchez-vous, A'bo ?

– La piste des loups, se contenta de répondre le vieux.

Chen Zhen se pencha aussi et marcha prudemment. Un instant plus tard, on trouva une trace de neige tassée. Elle avait quatre doigts d'épaisseur et était très ferme sur un fond de glace. Puis on découvrit d'autres empreintes. Les plus larges avaient la grandeur d'un sabot de bœuf, les petites dépassaient la patte d'un chien.

Bilig et Ulzii rassemblèrent les hommes pour déblayer la piste des loups : ils voulaient avoir une idée de l'envergure de la meute. En balayant, on s'aperçut que la piste dessinait une courbe qui se prolongeait en demi-cercle avant de s'arrondir pour former un cercle blanc mêlé de traces de sang. Le tracé lui-même avait plus d'un mètre de large tandis que la circonférence du cercle atteignait cinquante ou soixante mètres. À l'intérieur, des cadavres de chevaux serrés les uns contre les autres. La scène, effrayante, donnait à croire que les chevaux avaient été entassés là par des fantômes. Toute l'assistance était interloquée ; on murmurait sa surprise d'une voix tremblante, et chacun y allait d'une réflexion.

– Je croyais avoir tout vu à mon âge. Mais tant d'empreintes de loup, jamais ! disait l'un.

– Ce n'est pas une meute de loups, mais une bande de démons ! ajoutait un autre.

– Ils étaient quarante ou cinquante au bas mot !

– Bat, tu as un satané cran ! À ta place, je serais tombé de peur et me serais laissé dévorer par les loups !

– Il neigeait et il faisait nuit noire. Comment pouvais-je savoir qu'ils étaient si nombreux ? dit Bat qui n'était pas moins surpris que ses compagnons.

– On ne connaîtra plus de paix désormais dans notre ferme !

– Les jeunes filles oseront-elles encore sortir le soir ?

– La main-d'œuvre recrutée par l'administration de la ferme est vraiment une bande de voyous ! Ils ont vidé le garde-manger des loups et leur ont ainsi coupé les vivres du printemps. Si j'étais un loup, j'égorgerais leurs cochons et leurs volailles !

– Qui a bien pu décider d'envoyer des gens dans la montagne pour nettoyer les antres des loups et tuer leurs petits ? Normal que les louves soient folles de rage. Dans le passé, jamais autant de louveteaux n'ont péri que cette année !

– L'administration de la ferme ne sait plus quoi faire. Elle doit organiser la chasse aux loups, sinon nous serons tous dévorés !

– Elle devrait organiser moins de réunions et davantage de chasses ! Sinon nos troupeaux seront dévastés !

– Ce sont des gens de la région agricole qui sont venus prendre la direction de la steppe. Ils sont sans foi ni loi. Ces loups sont envoyés par Tengger le Ciel éternel !...

Les commentaires continuèrent bon train. Parfois visé, Bao préféra suivre Ulzii et Bilig pour examiner la piste. Il prenait des photos et s'arrêtait de temps à autre pour échanger quelques mots avec eux. Son visage s'était adouci. « Il commence à se laisser convaincre par le vieux Bilig, pensa Chen Zhen. Même les enquêteurs, quand ils seront sur le lieu du carnage, comprendront que ces loups forts et rusés, aidés par ce vent exceptionnel, étaient invincibles. » À cette pensée, il se sentit moins inquiet pour Bat et Shartseren.

Mais il était intrigué par ce tracé en rond large d'un mètre. Pourquoi les loups avaient-ils couru en cercle ? Pour se tenir au chaud parce que la nuit était trop froide ? Possible. Le vent glacial faisait rage, et les loups supportaient mal ses attaques. Bien rassasiés, ils couraient ensemble pour se réchauffer. Ou était-ce pour favoriser la digestion ? C'était aussi possible. Contrairement aux campagnols et aux rats de la steppe qui emmagasinent la nourriture glanée, les loups n'avalent que ce qu'ils peuvent sur place. Puis ils courent pour hâter la digestion, ce qui leur permet de libérer leur estomac pour dévorer davantage. Peut-être s'agissait-il d'un défilé militaire ? À en juger par les empreintes de pattes, les loups faisaient preuve d'un sens de l'organisation et de la discipline hautement développé. La largeur de la piste restait égale sur tout le parcours ; très peu d'empreintes se trouvaient au-delà du tracé. Par ailleurs, alors que les loups chassent individuellement, en groupe de trois ou cinq, ou au mieux en clan familial de huit ou dix, ces combattants solitaires s'étaient pour une fois organisés en armée de campagne

C'était donc une parade militaire! Mais il pouvait également s'agir d'une manifestation pour célébrer la victoire ou d'une cérémonie avant de se livrer à l'orgie. Leur victoire était complète puisqu'ils avaient exterminé les chevaux. Ayant assouvi leur haine, ils pouvaient se jeter sur leurs proies et s'en donner à cœur joie, d'autant plus qu'ils étaient affamés. Ils devaient être très excités et au comble de la jubilation, ils s'étaient sans doute mis à danser autour de leur butin. Et ils avaient dû tourner très longtemps pour que la neige piétinée et tassée finisse par former un cercle à la surface du marécage.

Toutes ses théories se mêlaient dans l'esprit de Chen, au rythme des loups autour de leurs victimes. Il se rendit compte qu'il raisonnait avec sa logique d'homme pour trouver une explication aux agissements des loups. Pourtant, des êtres humains auraient certainement agi de la même façon sur un terrain de chasse ou un champ de bataille, qu'ils fussent japonais, chinois, mongols ou de ces Occidentaux qui inventèrent même un concept tenant en trois mots: *Homo homini lupus.* Peut-être Chen devait-il inverser sa façon de penser? «Oui, pour bien connaître l'homme, il faut commencer par étudier le loup», se dit-il.

Une petite colonne était en train de rebrousser chemin vers le nord à la suite de Bat. En s'y raccrochant, Chen Zhen interrogea Bilig:

– A'bo, comment les loups ont-ils pu tracer un tel cercle?

Le vieux jeta un regard alentour et dit:

– Cela fait plus de soixante ans que je vis dans la steppe Olon Bulag. J'ai vu ce genre de cercle à plusieurs reprises et j'ai posé la même question à mon père. Sa réponse était que lorsque la steppe, la montagne et l'eau sont endommagées, Tengger envoie les loups dans ce bas monde pour protéger le mont divin Bayanwola et la steppe Olon Bulag. Les criminels leurs sont jetés en pâture, et le courroux céleste est ainsi apaisé. Chaque fois que les loups reçoivent le don du Ciel et de la Montagne, ils courent autour de leur butin dans la jubilation. Le cercle ainsi décrit est aussi rond que le ciel, le soleil et la lune. Il constitue un remerciement à Tengger le Ciel éternel. Après avoir rendu grâces, les loups peuvent manger à satiété. Ils ont l'habitude de crier, la tête levée vers Tengger. S'il apparaît une auréole autour de la lune, le vent se lèvera pendant la nuit et les loups passeront à l'action. Le loup prévoit le temps mieux que l'homme. Puisqu'il peut décrire des cercles parfaits, c'est qu'il communique avec le Ciel.

La colonne s'arrêta. On avait découvert d'autres chevaux morts, en groupe de quatre ou cinq. Certains pasteurs descendirent de cheval pour déblayer le terrain. On entendit crier au loin : « Il y a un loup mort ! » Chen Zhen devina que c'était ici que les loups avaient livré leur combat suicidaire contre les chevaux. C'était donc là que la bataille avait tourné en faveur des attaquants !

De nouveau, Bao trônait sur son cheval. Il cria en agitant son fouet :

– Ne courez pas ! Il suffit de creuser ici pour sortir les bêtes mortes ! Les chevaux d'abord, le loup ensuite ! Je vous rappelle la discipline : remettre tout à la collectivité sous peine de prison.

On se mit à l'œuvre autour des deux chevaux, qui ne tardèrent pas à apparaître, les tripes manifestement piétinées et broyées par leurs propres sabots. Les loups ne s'étaient pas acharnés sur leurs victimes parce qu'ils étaient partis assouvir leur haine dans le marécage. Chen Zhen creusait avec les autres, attristé par la mort tragique de ces chevaux à demi suicidés dont la panique se lisait encore dans leurs yeux globuleux.

Profondément indigné, Bao vociféra :

– Ces loups sont bien plus cruels que les diables japonais ! Ils savent qu'il suffit de les éventrer pour que les chevaux se vident de leurs tripes. Quelle perfidie ! Ils se comportent comme des samouraïs. Oh, je jure de les exterminer tous, radicalement !

– La cruauté n'est pas un privilège des samouraïs japonais, ne put s'empêcher de contredire Chen Zhen. Nous avons aussi nos héros qui ont été sans pitié avec les envahisseurs, mais ce n'est pas le bushido qui les a poussés à cet héroïsme. Sans esprit d'abnégation et de sacrifice, on se laisse asservir et gouverner ; cela vaut pour un homme comme pour une nation. On peut s'armer de l'esprit du loup pour accomplir des exploits admirables d'éloges, comme pour perpétrer des crimes fascistes. Le bon ou mauvais usage qu'on en fait dépend de l'homme.

Mais une chose est sûre : à défaut de cet esprit inflexible, on n'est pas de taille à vaincre le fascisme ou le bushido !

– Je ne peux que te donner raison, renifla Bao pris de court.

Sombre et sévère, Ulzii s'adressa au délégué militaire :

– Face à cette terrible attaque, Bat pouvait-il résister ? Il a lutté inlassablement du pâturage nord jusqu'ici et il a fait preuve d'un courage exceptionnel ! C'est déjà quelque chose qu'il n'y ait pas laissé sa peau, grâce à Tengger le Ciel éternel ! On peut faire venir l'équipe d'enquête. Je suis sûr qu'elle en tirera une conclusion juste et adéquate.

Bao approuva d'un signe de tête. Pour la première fois depuis leur arrivée, il parla à Bat d'une voix égale et douce :

– Tu n'avais pas peur pour ton cheval ?

– J'étais si inquiet que j'ai tout oublié, répondit avec bonhomie le brave pasteur. Nous avons presque réussi à éviter le marécage, il s'en est fallu d'un cheveu !

– Tu n'as pas été attaqué par les loups ? demanda encore Bao.

– Avec ça, dit Bat en montrant sa grosse massue, j'ai brisé les crocs d'un loup et aplati le museau d'un autre. Sinon j'aurais été déchiré en mille pièces. Shartseren et ses copains n'étaient pas aussi bien armés que moi. Sans moyens de défense, ils ne pouvaient pas survivre. Ce ne sont pas des déserteurs !

Bao prit la massue et l'examina :

– C'est une arme terrible ! Tu frappes avec ça ? C'est formidable ! Tu es un as, Bat ! Il faudra que tu racontes cet exploit aux enquêteurs de la ligue.

Après avoir rendu son arme à son propriétaire, Bao dit à Ulzii :

– Maintenant, j'ai compris la tactique des loups pour refouler les chevaux dans le marécage. Mais alors, si je résume...

Il tendit sa main et compta sur ses doigts :

– Les loups connaissent la météo, la topographie ; ils savent choisir le moment propice pour attaquer, ils connaissent leur ennemi, la stratégie et les tactiques de la guerre. Ils sont versés dans le combat à brève distance, la guerre de nuit, la guérilla, la guerre de mouvement, l'attaque surprise, l'attaque éclair ; ils concentrent une force supérieure pour livrer une guerre d'extermination et sont capables d'exécuter un plan préétabli. Tout ce qu'ils ont fait est enseigné à l'Académie militaire. Toi et moi, nous sommes d'anciens soldats. J'ai eu tort de croire que les loups ne sont que de petits voleurs ou des assassins.

– Depuis ma démobilisation, je travaille dans cette ferme, dit Ulzii, mais c'est comme si j'étais constamment sur la ligne de front. Au long des quatre saisons, je ne quitte pas mon fusil parce que je suis sans cesse aux prises avec les loups. Je continue mon entraînement au tir et je fais mouche plus souvent que lorsque j'étais soldat. Tu as raison : les loups sont des maîtres dans l'art de la guerre. J'ai beaucoup appris d'eux ces dernières années, et je crois que je me battrais mieux qu'avant si je devais encore combattre des ennemis.

La conversation prenait un tour qui ne pouvait que susciter l'intérêt du jeune Chen.

– D'après vous, est-ce que l'homme a appris l'art de la guerre auprès des loups ? demanda-t-il.

– Sans nul doute, répondit Ulzii les yeux brillants. Autrefois, les peuples de la steppe ont imité les loups pour combattre les peuples cultivateurs vivant au sud de la Grande Muraille. Puis les Han ont suivi notre exemple en abandonnant la longue robe qui les gênait pour monter à cheval. Ils se sont alors habillés en « barbares » et se sont exercés à bander les arcs. Ils se sont inspirés de notre art de la guerre que nous-mêmes tenions des loups.

– Mais pourquoi les écrits militaires ont-ils passé sous silence les peuples de la steppe et des loups ! s'indigna Chen Zhen.

– Le grand défaut de notre peuple, c'est qu'il n'écrit pas et qu'il se contente de transmettre oralement sa culture, ses faits d'armes. À part *L'Histoire secrète des Mongols*, on ne connaît aucun ouvrage mongol ayant un certain impact, regretta Ulzii.

Bao commençait à s'impatienter. Cette discussion lui semblait futile, alors que tout ce qu'il retenait des loups et de leur art de la guerre, c'étaient les risques de pertes qu'ils faisaient encourir aux troupeaux et, donc, à sa carrière !

– Il est tard, dit-il, allons jeter un coup d'œil aux loups morts. Je dois les photographier aussi.

Après le départ des deux dirigeants, Chen Zhen resta songeur. Ce retour au lieu de l'incident avait renforcé son intérêt pour les prodiges militaires des peuples de la steppe. Ses deux ans de contact avec les loups, les récits et légendes récoltés à leur sujet, la tactique avec laquelle ils avaient réussi à exterminer la bande de gazelles et le troupeau de chevaux..., tout cela ne faisait que raffermir son intuition première. C'était bien chez les loups qu'il fallait chercher la réponse au génie militaire d'un guerrier comme Gengis Khan.

Mais il en arrivait maintenant à faire une différence entre la chasse et la guerre. Cette dernière est une action violente opposant des collectivités. Les parties belligérantes sont armées jusqu'aux dents et mènent des opérations défensives et offensives. Dans la chasse, au contraire, l'homme a l'initiative en tant que poursuivant, tandis que le gibier, les lièvres, blaireaux et gazelles sont poursuivis. Il n'y a pas à proprement parler d'épreuve de force. Si l'on peut s'initier à l'art de la guerre dans la chasse, la maîtrise complète de cet art ne s'acquiert que lors de vrais conflits.

S'il ne subsistait plus, dans la steppe mongole, de bandes de léopards, de chacals, d'ours, de lions, de tigres ou d'éléphants, se dit Chen, c'était parce qu'il leur avait été difficile de résister aux rigueurs de la nature. Mais à ces conditions naturelles s'était ajoutée l'impitoyable lutte pour la survie qu'avaient dû affronter les loups et les hommes. Vainqueurs des épreuves éliminatoires, loups et hommes s'étaient retrouvés seuls qualifiés pour la lutte finale, les loups demeurant les dernières bêtes sauvages capables de livrer une guerre organisée et coordonnée contre l'homme. Si l'on trouvait des loups partout dans le monde, ils s'étaient concentrés dans la steppe mongole parce qu'il n'existait pas d'enclos, ni de fortifications propres à la civilisation agricole. Pendant des milliers d'années, au cours de leurs guerres incessantes pour la survie, hommes et loups avaient fini par donner naissance aux principes qui seraient ensuite enseignés à l'Académie militaire et que Bao Shinguin avait tout à l'heure rappelés.

C'est ainsi que les Mongols étaient devenus un peuple de guerriers d'élite commandés par des stratèges de génie, sans compter qu'à la guerre contre les loups s'étaient ajoutés les conflits entre tribus et contre d'autres ethnies. Les grandes dynasties chinoises, basées sur l'économie agricole, avaient eu beau être supérieures en nombre et en armes, elles avaient souvent été défaites par les peuples nomades. Les Mongols de Gengis Khan avaient alors bâti un pouvoir qui avait régné un siècle en Chine, et la dernière dynastie féodale chinoise avait aussi été fondée par un peuple nomade. Les Han, essentiellement des cultivateurs, n'avaient pas été instruits par les loups : leur art de la guerre est celui de stratèges de salon, alors que les Mongols, eux, sont nés guerriers.

Chen Zhen avait l'impression d'avoir compris l'origine des malheurs qui avaient sans cesse frappé la nation chinoise. Et dire que le pays tout entier s'était saigné à blanc pour construire la Grande Muraille dans le seul but de se protéger des Mongols ! Subitement illuminé, il était en même temps abattu. Le talent militaire d'une nation était essentiel pour sa défense, pour son indépendance, voire son existence. S'il n'avait pas existé de loups dans la steppe mongole, se demanda-t-il, la Chine et le monde entier ne présenteraient-ils pas un aspect différent de celui qu'on leur connaît aujourd'hui ?

Soudain s'éleva un brouhaha qui attira les gens. Tiré de ses rêveries, Chen Zhen monta à cheval et suivit la foule.

Deux cadavres de loup avaient été découverts. C'était le prix payé par la meute pour avoir précipité le troupeau de chevaux dans le marécage. Chen Zhen s'approcha de l'un des deux, tandis que Bat et Shartseren retiraient encore la neige du corps de l'autre. Le loup déjà exhumé était plus petit, visiblement une femelle. Elle avait le ventre couvert de blessures. On distinguait encore ses mamelles gonflées, dont le lait mêlé au sang formait des gouttes roses et gelées.

– La pauvre ! fit le vieux Bilig. Sans doute son antre a-t-il été nettoyé et ses petits assassinés. Elle a appelé la meute pour la venger, mais elle n'a pas voulu survivre à ce malheur. Même un lièvre aux abois donne des coups de dents ; à plus forte raison une louve. Nous sommes allés trop loin !

Chen Zhen racontait aux jeunes instruits combien les louves étaient capables d'une grande affection maternelle. Leur instinct de mère les avait même poussées à allaiter des enfants humains. C'est pour cela que les Huns, les Gaoche et les Tujue prétendaient tous descendre d'enfants adoptés par les loups. Bao Shingui lui coupa la parole :

– Balivernes ! Les loups ne se font pas prier quand il y a de la chair humaine en vue ! Ils seraient bien incapables d'adopter un enfant humain. Entre les hommes et les loups, il n'y a que lutte sans merci. Il faut les exterminer tous ! J'ai donné l'ordre de nettoyer leurs cavernes, comme tous les ans, parce que cela atténue de beaucoup les pertes dans nos troupeaux. Pour extirper ce fléau, il faut être radical ! Quand les loups seront tous morts, pourront-ils se venger ? Mon ordre est toujours valable : après cet événement, nous continuerons de nettoyer les antres, de tuer les louveteaux et de rapporter leurs peaux aux autorités. À défaut des peaux des petits, celles des loups adultes feront l'affaire. Sinon, vous perdrez des points de travail !

Après avoir parlé, il prit d'autres photos et ordonna que l'on charge les loups gelés sur la charrette.

Chen s'approcha de l'autre loup. Pendant les deux ans passés dans la steppe, il en avait vu beaucoup, des morts comme des vivants, mais celui-ci était de loin le plus gros : il avait la taille d'un léopard, avec un tour de poitrine encore plus considérable. Il était plus imposant que celui tué lors de l'attaque de l'étable. On dégagea son corps de la gangue de neige, mettant au jour son pelage gris jaunâtre. Il avait le dos couvert de crins noirs, raides comme des aiguilles ; son ventre était criblé de coups de sabot et baigné de sang.

Bat siffla en écartant sa mâchoire.

– Regardez ses crocs ! Cet animal éventrerait facilement un cheval et s'en tirerait encore sain et sauf ! Mais cette fois-ci, il a été maladroit ou malchanceux. Peut-être a-t-il mordu dans un os solide.

Le vieux Bilig l'examina attentivement. Il s'accroupit et écarta au niveau du cou une touffe de poils teintés de sang. On vit deux morsures coagulées, deux trous de la grosseur d'un doigt. Bilig dit :

– Ce loup n'a été que blessé par le cheval ; il a été achevé par ses congénères.

Bao faillit s'étrangler :

– Mais ces loups sont des criminels ! Ils vont jusqu'à tuer les blessés de leurs propres rangs !

Bilig lui décocha un coup d'œil terrible et répliqua :

– Ce loup a été éventré par un cheval, il souffrait horriblement. Les autres lui ont donné le coup de grâce pour le délivrer et envoyer son âme vers Tengger le Ciel éternel ! C'est un acte de miséricorde ! Si le loup blessé était tombé entre les mains des hommes, son corps aurait été torturé. Tout comme son âme. Les loups préfèrent la mort à l'outrage. Tu es un Mongol cultivateur, et rares sont les vôtres qui préfèrent mourir plutôt que se rendre.

Bao, vivement choqué par cette attaque, ne savait quel parti prendre. Ulzii s'en aperçut et, pour l'empêcher d'en choisir un défavorable à son vieil ami, il s'empressa d'ajouter :

– Les loups de la steppe montrent une combativité exceptionnelle parce que leur chef tue les loups grièvement blessés qui ne seront plus une charge et ne gêneront pas leur mouvement. Maintenant que tu connais ce trait de caractère, tu pourras en tenir compte dans tes futures opérations.

Bao sauta sur la perche que lui tendait Ulzii. Pour se donner une contenance, il hocha la tête :

– En temps de guerre, nos troupes avaient pour s'occuper des blessés des chirurgiens, des infirmiers, des brancardiers ainsi qu'un hôpital de campagne et du personnel attaché à son service. Pour bien soigner un blessé, il faut l'intervention d'au moins une dizaine de personnes. C'est un lourd fardeau, qui nuit à l'efficacité d'une armée. À vous entendre, les loups sont plus mobiles que nos troupes. Mais les blessés peuvent redevenir de vaillants combattants, parfois, et les éliminer revient à s'amputer de forces utiles. Ils ne pensent pas à cela, vos loups ?

– Ils ont raison d'agir de la sorte, ajouta Ulzii avec un soupir. D'abord parce que les loups sont prolifiques. Une louve met au monde sept ou huit petits, voire plus d'une dizaine par portée, et le taux de survie est élevé. Les petits se déplacent aussi rapidement que leur mère ; ils ne sont pas un fardeau pour elle. Un louveteau né au printemps est adulte l'année suivante : un chien d'un an attrape un lièvre, mais un loup du même âge égorge déjà un mouton. Que peut faire un enfant d'un an ? Il ne quitte même pas le sein de sa mère. Et au bout de deux ans, les jeunes loups peuvent déjà procréer à leur tour. Comme ils possèdent l'avantage du nombre, les loups n'hésitent pas à supprimer les blessés de leurs rangs. Ils les tuent également parce qu'ils se savent trop nombreux. Ils suppriment ceux qui menacent la vigueur de leur race ; c'est pourquoi, depuis mille ans, ils sont invincibles dans la steppe !

– Maintenant, je me rends mieux compte de la force des loups, dit Bao. Nul ne pouvait prévoir leur attaque. Nous qui venons de la région agricole, nous avions une idée du fléau qu'ils représentent, mais nous étions bien loin de la réalité ! L'événement qui vient d'avoir lieu dépasse effectivement la force humaine. Il suffit de venir ici pour comprendre.

– Mais pour vraiment comprendre, il faut aussi faire preuve de lucidité, dit Ulzii.

– J'espère que les gens de l'échelon supérieur se déplaceront ! reprit Bao. Mais même s'ils ne viennent pas, moi, j'organiserai des chasses aux loups, pour tous les détruire, sinon nos troupeaux deviendront leur pâture. Je demanderai davantage de munitions aux autorités.

Un peu plus loin, la foule était lancée aussi dans une violente querelle. Li Hongwei, un jeune diplômé de Pékin et ancien chef de file des gardes rouges, pérorait avec excitation :

– Les loups sont nos ennemis de classe ! Tous les réactionnaires du monde sont des loups ambitieux et assoiffés de sang. Ils tuent les troupeaux du peuple et massacrent leurs congénères. Nous devons conduire les masses à exercer la dictature du prolétariat sur eux, et les exterminer radicalement. Nous devons aussi organiser des séances d'autocritique pour faire table rase de toutes les idées désuètes et compatissantes envers les loups, et interdire les vieilles mœurs et coutumes qui veulent que l'homme s'offre en sacrifice aux loups après la mort.

Il dirigeait sans doute ses attaques contre le vieux Bilig. Chen Zhen lui coupa la parole :

– La division des classes ne s'applique pas aux quadrupèdes. Mais si à tes yeux les loups ont leurs classes sociales, toi, es-tu un homme ou un loup ? Et le grand dirigeant de la classe prolétarienne, qu'est-il ? Il faut être aussi inconscient que toi pour tenir de tels propos ! D'ailleurs, les hommes aussi s'entretuent. Ils ont même commis des génocides dans lesquels des millions de personnes ont trouvé la mort. De par sa nature, l'homme est plus cruel que le loup. Je te conseille de lire davantage !

Li Hongwei pointa son fouet sur le nez de Chen Zhen et cria :

– Tu te crois plus instruit que moi parce que tu as terminé tes études secondaires, mais ton petit bagage littéraire ne me dit rien qui vaille ! Tout ce que tu lis appartient au bric-à-brac du capitalisme, du féodalisme et du révisionnisme ! Ce sont des idées pernicieuses ! C'est ton père qui t'a empoisonné l'esprit ! À l'école déjà, tu t'es montré indifférent à la révolution, mais dans la steppe, tu es dans ton élément en t'acoquinant avec les « quatre vieilleries » !

Chen faillit se jeter sur lui, mais il réussit à se contenir. Il se contenta d'évacuer une partie de sa colère en donnant un coup de fouet sur ses bottes avant de partir, sans un mot.

Ce fut bientôt le crépuscule, l'heure de prendre le second repas de la journée. Les jeunes instruits, pourtant habitués à ce régime, avaient faim et grelottaient. Avec les dirigeants de la ferme, ils suivirent les pasteurs et la charrette chargée de carcasses de loups. Chen Zhen préféra rester avec Bat et Shartseren, qui partaient à la recherche de leurs perches à lasso et espéraient aussi trouver d'autres loups morts. Pour sa part, le jeune étudiant souhaitait continuer de parler avec eux de ces mystérieux loups qui ne cessaient de hanter son esprit.

CHAPITRE 7

« Que les nôtres suivent la consigne du Loup gris ! »

À l'aube, une lumière semblait descendre du ciel et entrer dans la tente d'Uhu Khan. Un loup au pelage sombre et à la crinière grise perça la lumière et murmura à l'oreille d'Uhu Khan : « ... Je vous servirai de guide. »

Puis, Uhu Khan leva le camp. Il vit le loup marcher à la tête de son armée.

Ensuite, il revit ce loup, qui lui dit : « Montez à cheval comme le font vos officiers et soldats ! » Uhu Khan monta donc, et le loup ajouta : « Rassemblez les imams et la population. Je marcherai devant et vous indiquerai le chemin. »

Plus tard, Uhu Khan remonta à cheval et partit en expédition dans les pays de Xindou... Tangwu...

Épopée d'Uhu Khan, Recueil de la Voûte céleste
Han Rulin

Habituellement, les grandes chasses aux loups avaient lieu au début de l'hiver, quand les marmottes commençaient leur hibernation. Ces petits animaux, en nombre considérable dans la steppe, plus gros et plus gras que les lièvres, constituaient la nourriture préférée des loups. Mais quand elles hibernaient, les bêtes affamées redoublaient d'audace contre les troupeaux et, naturellement, l'homme contre-attaquait. À cette époque des grands froids, les loups avaient déjà fait peau neuve, arborant une fourrure épaisse, aux poils fins et luisants, très recherchée par la coopérative, qui l'achetait à bon prix. Les jeunes Mongols saisissaient cette occasion pour montrer leur courage et faire preuve de prouesses dans l'art équestre et le maniement de la perche à lasso. Tout se passait comme le voulait la tradition depuis mille ans, au temps des grands khans, où les tribus s'entraînaient aux opérations militaires. Avec les premières neiges, les empreintes laissées par les loups facilitaient leur pistage, sans compter qu'ils couraient moins vite et se laissaient rattraper plus aisément par les chevaux. Pour ce peuple de pasteurs, c'était le moment de décharger sa colère sur ces bêtes qui avaient tellement endommagé ses troupeaux.

Cette loi de la steppe n'avait de secret ni pour les loups, ni pour les hommes. La chasse ayant lieu chaque année à la même saison, les loups se réfugiaient dès la première chute de neige au-delà de la frontière ou dans la montagne. Là, ils se contentaient de gazelles et de lièvres, ou tout simplement d'os et de peaux pourries qu'ils rongeaient pour tromper la faim. Ils attendaient que la neige durcisse pour ressortir car, à ce moment-là, les hommes étaient épuisés d'avoir sillonné en vain la steppe. Mais cette année, les pasteurs s'apprêtaient à contrarier ce rituel millénaire.

Au siège de l'administration, la réunion battait son plein. C'est Ulzii, le directeur de la ferme, qui annonça la nouvelle :

– Ces dernières années, la chasse de début d'hiver n'a pas rapporté beaucoup de bêtes, sinon des louveteaux et des adultes de petite taille. Nous devons innover comme l'ont fait nos ennemis il y a quelques jours. Nous les prendrons au dépourvu, au moment et dans les lieux les plus imprévus, et cette fois-ci, la victoire sera nôtre. D'ordinaire, il n'y a pas de chasse au printemps, mais nous allons en faire une. Ce sera une attaque éclair, et le coup sera infaillible. La fourrure de loup n'est pas au mieux à cette époque de l'année, pourtant elle est encore bonne et ne se dégarnira pas de ses poils avant un mois. Bien sûr, elle se vendra moins cher qu'en hiver, mais nous toucherons en plus des munitions.

La décision de chasser fut ainsi prise pour compenser la perte des chevaux militaires mais également appliquer la directive de l'échelon supérieur appelant à extirper ce « fléau » de la steppe. On mobilisa tous les habitants de la région pour une grande campagne d'extermination. Le délégué militaire Bao, qui présidait la réunion, ajouta :

– Le printemps est la saison de reproduction des moutons. Malgré le manque de bras, nous devons lancer cette chasse maintenant. Sinon, il me sera impossible de suivre les instructions des dirigeants de l'instance supérieure !

– Mon expérience m'a appris, reprit Ulzii, qu'après une victoire les loups se replient par crainte d'une contre-attaque. Ils se sont certaine-ment réfugiés près de la frontière qu'ils franchiront à la première alerte. Je propose que nous ne bougions pas pendant quelques jours. Quand les loups auront digéré ce qu'ils ont dans le ventre, ils repenseront aux chevaux morts et gelés dans le marécage et ils y retourneront malgré le risque.

– Nous allons poser des traquenards près de ces chevaux, ajouta Bilig. En les apercevant, les loups penseront que nous avons décidé de capturer quelques-uns d'entre eux. Ils savent qu'habituellement, avant toute grande chasse collective, nous enlevons les pièges qui représentent aussi un danger pour nos chiens. Cette fois, en posant d'abord les pièges, nous leur dissimulerons notre intention, et encore plus si quelques-uns s'y font prendre. Ils tourneront alors autour des chevaux morts sans oser s'approcher. Nous profiterons de leur hésitation pour les surprendre et nous ferons une belle prise !

Le siège de l'administration avait pris des allures de conseil d'état-major. Bao se félicita d'avoir comme directeur de ferme Ulzii, ancien chef de compagnie des cavaliers, et de voir que le vieux Bilig leur apportait son inestimable expérience sans trouver à redire à cette vaste campagne d'extermination. Quant à lui-même, il se complaisait dans son rôle de général, qui le renvoyait au temps de sa carrière militaire. La réunion terminée, il frappa son pot de thé de son crayon et dit à l'assistance :

– Que toutes les brigades de production se tiennent prêtes pour une chasse collective organisée par l'administration !

Le branle-bas fut aussitôt donné. Les jours qui suivirent, chacun profita de ce temps destiné à endormir la méfiance des loups pour vaquer à ses préparatifs. On fit circuler la consigne que, sans permission, toute chasse était interdite dans la partie nord du pâturage. Il était surtout défendu d'utiliser les fusils, afin que les coups de feu n'alertent pas les loups. On se mit à choisir les meilleurs coursiers, à nourrir les chiens, à aiguiser les couteaux, à huiler les fusils et à réparer les perches à lasso, sans oublier la provision de munitions. Tout se faisait dans l'ordre et le calme.

Seuls les jeunes instruits, une fois de plus, étaient tenus à l'écart de cette veillée d'armes. Ils n'étaient pas pour autant oisifs, la plupart d'entre eux occupant les fonctions de berger qui, à cette époque cruciale pour les moutons, réclamaient toute leur attention.

Un matin, comme à son habitude, le jeune Chen sortit le premier de sa yourte. Il faisait sombre ce jour-là. Les sommets lointains étaient écrasés sous de lourds nuages. La steppe en paraissait plus vaste, et l'air, plus étouffant. Malgré le printemps, un fin duvet de neige dansait avec nonchalance dans le ciel. Les cheminées en fer-blanc toussotaient, crachant une fumée noire qui retombait sur le sol jonché de fientes et de plumes. Le froid persistait, sans un signe de renouveau. Heureusement, les moutons avaient encore une graisse suffisante pour subsister jusqu'au dégel complet. Alors ils pourraient brouter les premières pousses d'herbes, mais pour le moment, ils survivaient tant bien que mal, cherchant des germes sous la neige qu'ils labouraient de leurs sabots.

Le troupeau ruminait paresseusement, prostré au pied d'un mur de pisé, dans l'étable. Les trois chiens de berger se pressaient les uns contre les autres devant l'entrée de la yourte, affamés et frissonnants, épuisés d'avoir aboyé toute la nuit. À peine Chen fut-il dehors que Huanghuang se précipita vers lui en agitant la queue, posant ses pattes antérieures sur les épaules de son maître pour quémander une bouchée. Chen Zhen versa par terre le reste de son dîner de la veille. Les trois chiens se ruèrent dessus, chacun saisissant un os de mouton qu'ils rongèrent avec soin, allongés par terre. On entendait les os craquer sous la pression des mâchoires, et un instant après, il n'en restait pas une miette.

Chen Zhen servit en plus quelques lardons à Yir. C'était une chienne noire de la même race que Huanghuang, à la tête allongée, au corps fuselé, aux longues pattes et au pelage lisse. Les deux chiens, rapides et agiles, étaient durs au combat. À la vue d'un gibier, ils entraient dans un état de surexcitation. Ils étaient d'excellents chasseurs de renard, Huanghuang en particulier, qui appliquait une technique spéciale. Il attrapait le renard par la queue et l'immobilisait net. Il laissait le renard se débattre quelques instants, puis le relâchait brusquement : le renard culbutait en roulant par terre, offrant sa gorge ou son ventre. Huanghuang s'abattait alors sur lui et enfonçait ses crocs. Son maître n'avait plus qu'à ramasser le gibier au pelage intact. Yir et Huanghuang ne tremblaient pas non plus devant les loups : ils leur tenaient tête en sautant dans tous les sens, ne donnant aucune prise à leurs ennemis en attendant le renfort de chiens plus puissants.

Huanghuang était un cadeau de Bilig et de Gasma, alors que Yang Ke avait ramené Yir de chez son ancien propriétaire. Les pasteurs de la steppe Olon Bulag offraient toujours ce qu'ils avaient de mieux aux étudiants de Pékin ; c'est pourquoi, en grandissant, les deux chiens l'emportaient sur leurs frères et sœurs. Bat invitait régulièrement Chen

Zhen et Yang Ke à la chasse au renard parce qu'il comptait beaucoup sur leurs deux chiens. Ils avaient d'ailleurs attrapé cinq belles pièces pendant l'hiver, et les chapeaux des deux jeunes étaient confectionnés de la fourrure provenant de leur chasse. Après la fête du Printemps, qui marquait le début de la nouvelle année lunaire, Yir avait mis bas six chiots ; il n'en restait plus que trois, les autres ayant été adoptés par le vieux Bilig, Lamjav et un jeune instruit.

De nature délicate, Yang Ke manifestait une attention excessive à l'égard de sa chienne. Il la nourrissait de soupe épaisse faite de viande et de millet puisé dans sa propre ration. Les céréales des jeunes instruits étaient en effet rationnées, comme à Pékin, à trente livres par mois, soit trois livres de riz grillé, dix de farine de blé et dix-sept de millet. Les pasteurs mongols n'avaient, eux, droit qu'à dix-neuf livres de céréales par mois. Le millet étant consommé par les chiens, la viande constituait l'essentiel de la pitance quotidienne des garçons. Gasma avait initié Chen Zhen et Yang Ke à la préparation de la soupe de viande et de millet. Bien nourrie, Yir produisait du lait en abondance et ses petits étaient plus développés que ceux des voisins.

Erlang était le troisième chien des bergers. De race mongole également, c'était une grande bête noire et puissante de six ans, au corps et à la tête énormes, au poitrail large et aux pattes longues. Il inspirait la crainte par ses seuls grognements et les plaques pelées qui ornaient sa face et son corps. Ses yeux triangulaires étaient surmontés de deux rangées de sourcils jaunes dont une avait été arrachée au combat, ce qui lui donnait l'air d'avoir un œil supplémentaire. C'est pourquoi Chen Zhen et Yang Ke l'avaient appelé Erlang, du nom d'un dieu légendaire doté d'un troisième œil au milieu du front.

Chen Zhen l'avait recueilli sur la route de la coopérative. Ce jour-là, il avait eu une étrange sensation, et ses bœufs commençant à s'affoler, il s'était retourné. Il vit alors un chien particulièrement laid, de la taille d'un loup, la langue rouge pendante. Chen eut si peur qu'il faillit en tomber de sa charrette. Il essaya de l'écarter avec son bâton, mais la bête le suivit en silence jusqu'à sa yourte. Des gardiens de chevaux le reconnurent: c'était un chien abandonné par son maître deux ans plus tôt pour avoir volé des moutons. Depuis, il errait. Il passait ses journées à chasser lièvres et marmottes ou se nourrissait des restes de repas des loups et se réfugiait près d'une étable inoccupée la nuit. On l'avait vu aussi disputer du gibier aux loups. Il avait trouvé par la suite de nouveaux maîtres qui l'avaient vite expulsé pour un nouveau vol, mais, comme il avait aussi égorgé quelques loups, les pasteurs l'avaient épargné. Selon les règles de la steppe, un chien qui s'attaquait aux animaux domestiques était aussitôt condamné à mort. Les pasteurs considéraient qu'un tel crime plaçait le fautif entre le camp des loups et celui des chiens, car un chien voleur donnait un mauvais exemple à ses congénères en éveillant leurs plus bas instincts. Bref, c'était une bête à moitié sauvage. Les pasteurs conseillèrent à Chen Zhen de chasser Erlang, mais il eut pitié de lui. Il se dit qu'il n'était pas facile de survivre dans la steppe enneigée, fréquentée par les loups, et ce chien errant l'intriguait. Et puis le vieux Bilig lui avait raconté que des vagabonds venus de l'extérieur avaient abattu et mangé presque tous les chiens errants. Leur méthode était des plus cruelle: ils attiraient le chien avec un appât, le conduisaient dans un abri abandonné, le suspendaient à une poutre et l'étouffaient, avant de l'écorcher pour en garder la viande. Erlang avait peut-être échappé à un tel sort, ce qui, dans le doute, rendait ce chien touchant aux yeux de Chen. D'ailleurs, à l'époque, Chen Zen vivait déjà séparé de la famille de Bilig, et sans la protection de Bars, il ne se sentait pas toujours en sécurité. Il dit donc aux pasteurs qu'il essaierait de conserver Erlang comme gardien de la maison, et qu'il était prêt à payer les dommages s'il attaquait encore les moutons des voisins.

Quelques mois s'étaient écoulés sans qu'Erlang s'en prenne aux moutons. Il se contentait de les convoiter de loin, sans passer à l'action. Avec Chen Zhen, il se montrait fidèle à son devoir de gardien. Il restait la nuit près de l'étable, aboyant de sa voix tonitruante et fonçant sur les intrus. Quand on le voyait revenir la gueule en sang, on devinait ce qui s'était passé. Grâce à la fidélité d'Erlang, Chen Zhen et Yang Ke perdirent bien peu de moutons. Dans la steppe, la tâche d'un chien consistait à veiller la nuit, garder la maison et participer à la chasse. Il ne sortait pas le jour avec le troupeau, dont il était séparé, la nuit venue, par une enceinte de pierre. Chen Zhen espérait qu'avec le temps Erlang s'adapterait à ses nouvelles conditions de vie pour devenir un bon chien de berger.

Les autres jeunes instruits traitaient bien Erlang qui demeurait néanmoins un chien étrange détestant la compagnie des hommes. Il ne manifestait d'ailleurs pas plus d'enthousiasme à l'égard de son nouveau maître, et ne s'amusait ni avec Huanghuang, ni avec Yir. La journée, il déambulait seul dans la steppe ou s'allongeait près d'une touffe d'herbes, loin de la yourte, la tête levée vers le ciel, les yeux mi-clos, l'air méditatif. On sentait en lui un attachement infini à la steppe et à l'espace qu'elle offrait.

Un jour, Chen Zhen crut avoir trouvé l'explication de ce caractère étrange : il se dit qu'Erlang n'était pas un chien mais un loup ! Il y avait bien sûr une parenté entre les deux. D'ailleurs, dans l'Antiquité existait un peuple du nom de Quanrong, l'un des plus anciens de la steppe du Nord-Ouest, qui croyait descendre de deux chiens blancs dont ils firent leur totem. Chen Zhen doutait fort qu'un peuple au caractère puissant ait pu vénérer le chien, animal domestique et servile. Peut-être, à cette époque lointaine, les chiens sauvages étaient-ils aussi féroces qu'indomptables ? Ne s'agissait-il pas plutôt de deux loups blancs qui avaient quelque chose du chien ? Chen en arriva à la conclusion que c'était bien des loups que les Quanrong vénéraient alors. Mais il ne parvenait pas à décider si Erlang était un chien au caractère de loup ou un loup au caractère de chien.

Chen Zhen se torturait surtout l'esprit pour savoir ce à quoi Erlang pouvait bien penser et trouver le moyen de le ramener à la vie normale. Il se disait qu'il pourrait vivre sans souci comme Huanghuang et Yir qui travaillaient bien et savaient se faire aimer de leur maître. Mais il souhaitait peut-être retourner dans le monde des loups ? Non, impossible ! Erlang s'en prenait à eux comme s'il agissait d'ennemis jurés. Chen le plaignait de n'être accepté ni par les loups, ni par les chiens. Il décida de bien le traiter, de l'observer et de gagner sa confiance.

Ce matin-là, en attendant que Yang Ke et Gao Jianzhong se lèvent, Chen donnait à manger aux chiens et s'amusait avec leurs petits. Il s'approcha d'Erlang, s'accroupit à ses côtés, le caressa, le chatouilla à rebrousse-poil. Erlang garda le regard fixe et resta impassible. Il remuait à peine la queue, indifférent à la caresse de l'homme comme à la sympathie de ses semblables.

Ils étaient quatre camarades de classe à habiter la même yourte depuis plus d'un an. Parmi eux, on comptait un gardien de chevaux, un bouvier et deux bergers. Zhang Jiyuan était le plus costaud de tous. Avec Lamjav, il gardait un troupeau de cinq cents chevaux. D'ailleurs, à ce moment-là, Zhang Jiyuan était loin. Les chevaux consommant beaucoup d'herbe, on devait les emmener dans la montagne pour laisser la prairie environnante aux bœufs et moutons. Avec Lamjav, il logeait dans une petite yourte, menant une vie plus primitive que les autres jeunes instruits. Leur travail était dangereux et pénible. Mais ils ne l'auraient quitté pour rien au monde à cause de la responsabilité qui leur incombait et de la considération dont ils faisaient l'objet de la part des pasteurs. Zhang Jiyuan revenait à peine une fois par mois à la yourte et passait quelques jours avec ses copains. Il dormait comme une souche et, au réveil, racontait ses aventures avec les loups, les hommes et les chevaux de la steppe.

Les gardiens de chevaux voyaient beaucoup de choses parce qu'ils se déplaçaient rapidement. Outre les huit chevaux qui leur étaient affectés, ils profitaient de tous ceux de leur troupeau. Ils ne les épargnaient pas et changeaient de monture une ou deux fois par jour. Ils galopaient en toutes circonstances, fièrement et à toute allure. Ils étaient d'ailleurs très sollicités partout où ils allaient. On leur demandait une monture fraîche, de transmettre un message, d'amener un médecin, de raconter les bruits qui circulaient... Les jeunes filles leur souriaient, et cela faisait envie aux bergers et bouviers qui menaient une vie morne, coupée du monde. Mais garder les chevaux exigeait endurance et sagacité. La brigade de production choisissait toujours des garçons robustes, coura-geux et débrouillards pour cette tâche. De par une tradition millénaire, on n'affectait que deux gardiens à un troupeau. Depuis l'installation des étudiants dans la steppe, il avait été décidé d'adjoindre à l'habituel duo de gardiens un auxiliaire sélectionné parmi les nouveaux venus. Depuis deux ans, sur les quatre gardiens de chevaux étudiants de la brigade de production, l'un avait été blessé accidentellement, un autre s'était retiré de ce travail trop dur pour lui. C'était un honneur pour les jeunes instruits qu'un des leurs ait été choisi pour ce poste et garde sa place. Zhang aimait passionnément son travail. Pour lui, être gardien de chevaux, surtout dans la steppe mongole, représentait le métier le plus noble et le plus viril du monde : si les femmes mongoles ne manquaient pas de courage, aucune d'entre elles n'avait jamais occupé cette fonction. Zhang aspirait ardemment à ne plus être un simple auxiliaire mais à devenir pleinement gardien pour s'occuper de son troupeau au même titre que Lamjav ou Bat.

Grâce à Zhang Jiyuan, Chen Zhen avait pu rassembler de nombreux récits sur les loups. Tous deux s'entendaient bien. Avec Yang Ke, ils s'entretenaient souvent de ce sujet, tard la nuit, et leurs discussions étaient parfois très animées. Quand il devait repartir, Zhang Jiyuan empruntait toujours un livre à Chen Zhen pour meubler ses heures de solitude.

Gao Jianzhong, pour sa part, était bouvier, sans doute le travail le plus aisé de la steppe, raison pour laquelle certains pasteurs affirmaient préférer cette fonction à celle de responsable politique ! Le troupeau de Gao comptait plus de cent quarante bœufs et vaches, mais il pouvait s'en occuper seul. Le troupeau sortait le matin et rentrait le soir, et connaissait bien le chemin. Les veaux étaient attachés à des poteaux près de l'étable et les vaches venaient les allaiter ponctuellement. Seuls les bœufs manifestaient quelque résistance. Quand ils rencontraient une prairie accueillante, ils refusaient de rentrer et l'on devait alors les presser un peu. Vaches et bœufs étaient indispensables à la vie des pasteurs. Ces bêtes tiraient les charrettes et fournissaient les produits laitiers, la bouse comme combustible, la viande et le cuir. En un mot, tout le nécessaire. Les Mongols vivaient à cheval, mais ils comptaient sur les bovins pour entretenir leur famille.

Chen Zhen et Yang Ke, quant à eux, partageaient un troupeau de mille sept cents moutons à queue large et plate. Cette race, très réputée, fournissait une viande tendre et succulente, sans odeur, et la chair de la queue, presque transparente, fondait dans la bouche. Selon Ulzii, le mouton d'Olon Bulag était le meilleur de tout le pays. On le servait aux banquets offerts par les dirigeants du pays en l'honneur des chefs d'État du monde islamique. Les chèvres représentaient une partie réduite du troupeau. Comme elles broutaient l'herbe jusqu'à la racine, le pâturage s'en trouvait dévasté, mais leurs toisons se vendaient à prix d'or. Quant au bouc châtré, puissant et muni de cornes massives et acérées, il résistait bien aux attaques de loups solitaires. C'est pour cela que l'on voyait souvent une vingtaine de boucs marcher en tête du troupeau. Ils connaissaient le pâturage et conduisaient le troupeau dans une belle prairie. À la vue d'une horde de loups, ils se mettaient à bêler pour prévenir leur maître tandis que, stupides et peureux, les moutons se laissaient éventrer sans bruit. Les pasteurs savaient tirer le meilleur parti des contradictions de la nature, et maintenir ainsi un équilibre entre les différentes créatures de la steppe.

Chen Zhen et Yang Ke se relayaient au travail. L'un faisait paître le troupeau le jour, l'autre en assurait la garde la nuit. Au printemps, quand l'un avait à faire, l'autre pouvait travailler deux jours d'affilée sans trop se fatiguer parce qu'il réussissait à dormir en paix grâce à leur étable solide et à leurs chiens vigilants. Mais pendant les trois autres saisons, on se déplaçait sans arrêt ; l'étable n'était plus constituée que de quelques planches et de charrettes. Il fallait se lever après minuit et faire un tour d'inspection, torche en main. On criait sans répit, et les chiens aboyaient pour éloigner les loups. Les points de travail payés pour la veille nocturne représentaient le tiers du salaire annuel ; c'est une lourde charge imposée par les loups. Dans la brigade de production, c'étaient surtout les femmes qui assumaient cette tâche. Comme elles s'occupaient du foyer le jour et qu'elles dormaient peu une bonne partie de l'année, nombre d'entre elles étaient souvent malades : malgré leur caractère énergique et leur constitution robuste, les femmes mongoles mouraient jeunes. Cette guerre de harcèlement durait depuis des milliers d'années. Les attaques incessantes des loups au cours des siècles avaient fini par entraîner une pénurie de ressources humaines et matérielles nécessaires au développement du commerce, de l'agriculture, de l'artisanat, à plus forte raison de la grande industrie. Combien d'hommes et de femmes exténués, combien de familles ruinées ! C'était sous le joug des loups que l'on vivait dans la steppe.

Ces derniers jours, Chen avait perdu plusieurs agneaux. Yang Ke et lui crurent d'abord que c'était l'œuvre d'aigles ou de faucons. Ces voleurs ailés étaient rapides. Mais quand ils piquaient, ils provoquaient l'agitation dans le troupeau, et le berger s'en apercevait tout de suite. C'est pourquoi la perte des agneaux était restée énigmatique jusqu'à ce qu'ils découvrent, une fois de plus, que c'était l'œuvre de loups. La dernière fois, en effet, Chen en avait vu un foncer sur ses moutons, saisir un agneau par le cou et le rejeter sur son dos avant de disparaître en direction de la colline du Roc noir. Tout s'était passé en un clin d'œil sans un seul bêlement de la pauvre victime. Depuis, Chen ne pensait qu'à partir à la recherche de ce voleur d'agneaux. Surtout, il était de plus en plus pris par l'idée que, pour mieux connaître les loups et les combattre, il devait capturer un louveteau qu'il élèverait près de la yourte : il pourrait ainsi l'observer à volonté !

Cette idée tournait désormais à l'obsession. Chen caressait doucement le cou d'Erlang, impassible comme toujours. De légers flocons de neige voltigeaient. Il entra dans la yourte. Il s'assit avec Yang Ke et Gao Jianzhong près du poêle de fonte, et alimenta le feu d'une galette de bouse. Ils mangèrent leur petit déjeuner de mouton et de fromage d'un bon appétit. Chen Zhen leur exposa son projet de recueillir et d'élever un louveteau.

Tout en faisant griller la viande, Gao Jianzhong dit d'une voix hésitante :

– Mais on ne pénètre pas comme on veut dans l'antre d'un loup ! Il y a quelques jours, Lamjav et deux copains ont fait sortir une louve en l'enfumant. Elle s'est jetée sur lui, et c'est à grand-peine qu'il a sauvé son bras. Ils étaient accompagnés de huit chiens de chasse et ils ont pourtant eu du mal à tuer cette mère. Et l'antre des loups est profond ; Lamjav et ses copains ont dû creuser à tour de rôle pendant deux jours pour découvrir les louveteaux. Et nous n'avons même pas de fusil ! Ce n'est pas facile de creuser non plus ; j'ai aidé Sanja pendant plusieurs jours, et nous avons dû abandonner. Avant de colmater l'entrée, nous avions jeté un fumigène, mais nous ne sommes même pas sûrs de les avoir asphyxiés. D'après Sanja, la louve sait boucher la voie à la fumée. Et puis, les entrées vers la litière des louveteaux sont presque introuvables. Les loups s'y connaissent en simulacres : les pasteurs disent que sur dix tanières, neuf sont vides parce que les loups déménagent sans cesse. Même les chasseurs de la région ont du mal à les suivre. Et toi, tu crois que nous pourrions y réussir tout seuls ?

– Moi, j'irai avec toi, dit Yang Ke en s'adressant catégoriquement à Chen. J'ai une barre de fer bien aiguisée, en forme de pique. À deux, nous vaincrons bien une louve ! Nous emmènerons aussi un couperet et quelques chapelets de pétards. Nous chasserons la louve à coups de couteau et de pétards pour avoir ses petits. Si nous arrivions à tuer un gros loup, ça alors ! Imagine notre triomphe !

– Tu te crois malin ? fit Gao d'un ton acerbe. Si tu rentres avec un œil arraché, ou si tu attrapes la rage par une morsure, c'en sera fini de toi !

– J'ai foi en mon étoile, dit Yang Ke en branlant fièrement la tête. Soyons courageux ! Les nomades ont été à plusieurs reprises maîtres de la Chine parce qu'il y avait trop de Chinois poltrons comme toi. Lamjav prétend que je suis un mouton. Il changera de discours quand nous aurons nettoyé un antre de loups sans lui ! Il verra de quoi je suis capable, même si je dois sacrifier un œil !

– Chose promise, chose due ! cria Chen Zhen à son adresse. Il ne faut pas revenir sur ta parole !

Yang Ke posa lourdement son bol sur la table et déclara :

– Quand tu le voudras ! Mais il faut faire vite ! L'administration de la ferme va lancer la grande chasse. J'ai envie d'y participer aussi.

– Alors c'est tout de suite ! Allons inspecter les lieux, fit Chen Zhen en se levant.

Gao Jianzhong protesta en s'essuyant la bouche :

– Mais nous devons demander à Gombo de nous remplacer, sinon nous perdrons nos points de travail !

– Tu t'inquiètes pour tout ! répliqua Yang Ke. Pense aux gazelles que nous avons ramenées dans la charrette ; cela vaut cent fois les points de travail d'une journée !

Ils commençaient à préparer les selles quand le petit Bayar arriva, juché sur un grand cheval bai. Son grand-père priait Chen Zhen de passer chez lui.

– Il y a sûrement quelque chose d'urgent ! fit Chen.

– Vas-y ! dit Yang Ke. Tu pourras aussi lui demander comment s'y prendre avec les louveteaux.

Chen Zhen monta à cheval. Le petit Bayar peinait à enfourcher le sien d'un seul coup. Yang Ke s'apprêtait à le prendre dans ses bras pour le hisser en selle, mais le jeune garçon se dirigea vers une charrette, grimpa dessus et, de là, sauta sur le dos de sa monture. Un coup de talon, et ils filèrent à bride abattue.

CHAPITRE 8

Sous le règne de l'empereur Mingdi, de la dynastie des Han de l'Est, à l'ouest de la préfecture de Wenshan, vivaient les peuples Bailang, Panmu et d'autres. Ils comptaient plus de 1,3 million de familles totalisant 6 millions d'habitants. Ils manifestaient leur velléité de se soumettre à la Chine intérieure, et composèrent trois œuvres poétiques réunies sous le titre «Chants des loups blancs» qu'ils dédièrent à l'empereur, dans lesquelles ils exprimaient «l'envie qu'éprouvaient le roi des loups blancs et les siens pour la civilisation et la justice».

Précis d'histoire de la Chine antique, vol. 1
Zhang Chuanxi

En arrivant chez Bilig, Chen Zhen sentit, en provenance de la yourte, une odeur forte qui n'avait rien à voir avec celle du mouton. Il mit rapidement pied à terre et entra. Sans le voir, il entendit le vieil homme qui criait : « Doucement, doucement ! » Les tapis recouvrant habituellement le sol étaient roulés sur trois des côtés, révélant le large feutre qui se trouvait dessous. Des peaux de cheval étaient là, étendues, recouvertes de pièges en acier. Toute la famille s'affairait autour d'un grand four fumant de vapeur, installé au milieu de la yourte. Les effluves nauséabondes montaient de l'eau en ébullition sur laquelle flottait une couche de graisse noire. Un genou à terre et le front en sueur, Gasma était occupée à alimenter le feu et à ajouter de l'eau dans le chaudron. Sa fille de cinq ans s'amusait avec des rotules de mouton pendant que Bat, à ses côtés, essuyait les pièges. Le gardien de chevaux était en convalescence ; de nouveaux tissus se formaient, recouvrant peu à peu les blessures de son visage. Eji, l'épouse de Bilig, secondait son mari. Chen Zhen s'interrogeait sur la nature de cette besogne familiale quand le vieux Bilig lui fit signe de venir s'asseoir à côté de lui.

– Pourquoi faire bouillir les pièges ? demanda Chen Zhen.

– C'est pour duper les loups, répondit le vieux Mongol en montrant du doigt le chaudron. Mais il y a aussi de la viande là-dedans, la reconnais-tu à son odeur ?

Chen Zhen secoua négativement la tête.

– C'est du cheval, dit le vieil homme. Je l'ai prise sur les coursiers morts près du marécage. Je la fais bouillir avec les pièges pour enlever l'odeur de rouille.

– Ainsi, les loups alléchés se feront attraper, fit Chen Zhen vivement intéressé. Ils sont parfois moins malins que l'homme.

– Méfie-toi ! dit Bilig caressant sa barbiche. Ils ont le flair plus sensible que les chiens. Tout ce travail sera gâché s'il reste la moindre odeur de rouille ou d'homme sur les pièges. Il m'est arrivé une fois de rentrer les mains vides alors que j'avais bien nettoyé mon traquenard. J'ai réalisé alors qu'après l'avoir posé, j'avais craché par terre. Voilà ce qui m'avait trahi. C'est difficile de jouer au plus fin avec les loups, conclut le vieux Bilig. Ils sont aidés par les divinités, par les esprits...

Toujours ce monde surnaturel à propos duquel Chen aurait voulu lui poser toutes sortes de questions. Mais déjà le vieil homme s'agenouillait pour repêcher un piège en forme de mâchoire, lourd, énorme. Un grand chaudron ne pouvait en contenir qu'un à la fois. Il le retira avec un bâton pour le déposer sur un sac de jute. Puis il en prit un autre qu'il plongea dans l'eau.

– Hier, nous avons passé toute la journée à faire bouillir les pièges et à les essuyer. Aujourd'hui, nous recommençons. Mais cela ne suffit pas. Tout à l'heure, nous les enduirons de la graisse tirée de l'intestin grêle du cheval. Puis viendra une couche d'excrément. Et pour poser les pièges, nous devrons porter des gants. La chasse aux loups est un combat, tout doit être fait minutieusement, comme pour un ouvrage cousu par les femmes.

Gasma regarda Chen Zhen et dit en montrant le buffet:

– Je suis sûre que tu veux du thé au lait. Sers-toi, j'ai les mains sales.

Chen Zhen ne se fit pas prier. Comme il adorait le fromage de Gasma, il en prit quelques cubes qu'il mit dans son bol. Gasma reprit:

– A'bo songeait à emmener Bat avec lui pour poser les traquenards, mais il hésite à sortir avec son visage balafré. Toi, tu vas le remplacer parce que tu es le fils han de mon père.

Chen Zhen répondit en riant de bon cœur:

– Quand il s'agit de loups, A'bo ne m'oublie jamais!

Bilig le caressa du regard:

– Mon enfant! Tu as une passion pour les loups, cela saute aux yeux. Je suis vieux, je veux bien te transmettre mon savoir. Tu seras un bon chasseur si tu travailles consciencieusement. Mais il faut que tu retiennes ces paroles: les loups sont envoyés par Tengger pour protéger la steppe. Si les loups devaient être tous exterminés, la steppe serait dévastée, et l'âme des Mongols ne pourrait plus monter au ciel.

– Pourtant, j'ai entendu dire qu'à la réunion de l'administration de la ferme, vous étiez d'accord pour qu'on organise cette chasse de grande envergure ! Si les loups sont les protecteurs de la steppe, pourquoi voulez-vous les tuer ? demanda Chen.

– Quand les loups sont trop nombreux, ils ne sont plus des protecteurs mais des monstres. Nous avons raison de tuer ceux qui détruisent nos troupeaux. Sans eux, l'homme ne pourrait survivre, et ce serait la fin de la steppe. Nous, les Mongols, sommes aussi envoyés par Tengger dans la steppe pour la protéger.

Les mâchoires du piège apprêtées, Bilig dit à Chen Zhen :

– Approche et regarde ce que je vais faire.

Il prit une paire de gants et en donna une autre au jeune homme. Puis il transporta un des pièges sur la charrette près de la yourte, et le posa sur un feutre usé imbibé de graisse de cheval. Chen Zhen et Bayar se chargèrent des autres. À la vue des pièges, Bars et les autres chiens de chasse ne purent retenir leur élan. Ils voulaient partir avec leurs maîtres. Chen Zhen prit Bars par le cou tandis que Bayar prenait un autre gros chien dans ses bras. Bilig fit reculer les autres bêtes pour atteler le cheval, qui partit aussitôt au trot en direction du marécage, suivi des trois cavaliers, Bilig, Chen et Bayar.

Les cimes de la montagne étaient écrasées sous le ciel bas chargé de nuages sombres. De petits flocons de neige se remirent à voltiger, secs et presque transparents. Le vieil homme leva la tête, les laissant fondre sur son visage en fines gouttelettes. Il enleva son gant et recueillit de la neige qu'il passa sur sa figure.

– Ces jours-ci, j'ai été tellement pris que je n'ai pas eu le temps de me laver. J'étais constamment près du poêle et mon visage est enfumé. Cela fait du bien de se débarbouiller. Surtout, je ne sentirai plus la fumée, ce qui facilitera mon travail.

Chen Zhen en fit autant, puis renifla sa manche. Elle était encore imprégnée d'un filet d'odeur de fumier de mouton qui risquait de ruiner tous leurs efforts. Il posa la question au vieux Bilig.

– Non, ce n'est pas tellement important. Cela disparaîtra en cours de route. Mais attention de ne pas toucher la chair de cheval ! Même son contact avec tes vêtements est à éviter !

– C'est vraiment harassant d'avoir les loups comme adversaires, dit Chen. Toute cette nuit, par exemple, mes chiens ont aboyé et j'ai eu du mal à dormir.

– La vie dans la steppe est tout à fait différente de celle que vous meniez au sud de la Grande Muraille. Là-bas, vous dormiez tranquillement. Mais ici, c'est un champ de bataille, et les Mongols sont tous des guerriers. Nous sommes nés pour nous battre. Ceux qui espèrent dormir sur leurs deux oreilles ne font pas de bons soldats. Il faut que tu apprennes à t'endormir dès que tu te mets au lit et à te réveiller au premier aboiement d'un chien, comme les loups qui dorment les oreilles dressées et s'élancent au moindre bruit insolite. Moi, je suis né vieux loup.

Il hoqueta de rire et reprit :

– J'ai un appétit vorace, une énergie à toute épreuve, un sommeil solide. Je peux piquer un petit somme le temps pour les autres de fumer une pipe. Je suis la bête noire des loups de la steppe Olon Bulag ! À mon décès, ils dévoreront mon corps jusqu'au dernier morceau. J'irai vers Tengger plus rapidement que tous les autres, ha, ha, ha...

– Est-ce qu'il n'y a pas une autre raison à l'inhumation céleste ? Il suffit de regarder la steppe pour voir qu'il y a peu d'arbres ici. Vous manquez de bois pour fabriquer des cercueils ou même procéder à des incinérations...

– C'est vrai que les Mongols sont économes des biens de la nature, mais il y a une raison plus importante encore, ajouta le vieux, redevenu sérieux : c'est de rendre la viande qu'on a mangée de son vivant.

« Rendre la viande qu'on a mangée de son vivant ? », répéta intérieurement Chen Zhen. C'était la première fois qu'il entendait ce propos. Il demanda au vieux Bilig ce qu'il entendait par là.

– Les gens de la steppe consomment beaucoup de viande, expliqua Bilig. Ils tuent beaucoup dans leur vie pour cela, mais c'est un péché qu'ils doivent racheter. Pour être quittes, ils remboursent la steppe avec leur propre chair. Ainsi leur âme peut être reçue par Tengger le Ciel éternel.

– Solution équitable, dit Chen Zhen en souriant. Si je reste ici assez longtemps, je veux bien donner mon corps en pâture aux loups.

Le vieil homme afficha un sourire de satisfaction, mais il s'assombrit aussitôt :

– Auparavant, il y avait très peu de Han dans la steppe Olon Bulag. Notre pâturage, par exemple, comptait quelque cent quarante yourtes qui abritaient environ huit cents Mongols. Après le déclenchement de la Révolution culturelle, une centaine de jeunes instruits sont arrivés chez nous. Puis se sont ajoutés encore des soldats, des chauffeurs de camions, des charretiers, des constructeurs de maisons. Tous, sans exception, haïssent les loups, dont ils veulent la peau. À l'avenir, ils leur feront la chasse avec des fusils jusqu'à les exterminer tous. Alors, même si tu acceptes de leur donner ton corps en pâture, il n'y aura plus de loups pour te manger...

– Souci inutile ! s'écria Chen Zhen. Dans l'avenir, il y aura une guerre. Quand éclatera la bombe atomique, toutes les créatures disparaîtront sans distinction dans la fumée, les dévoreurs comme leurs proies !

Le vieux Bilig ne comprenait pas. Du doigt, il dessina un cercle dans l'air et demanda :

– Cette bombe, elle est comme ça, toute ronde ?

Chen Zhen se donna beaucoup de peine pour lui expliquer ce qu'était une bombe atomique. En vain.

À proximité du marécage, Bilig tira sur les rênes. Il demanda d'abord à Bayar de descendre pour qu'il immobilise la charrette. Puis il prit deux pièges, une pioche et un sac rempli de fumier de cheval. Il se dirigea vers les chevaux morts, suivi de Chen Zhen, se promena autour sans descendre de sa monture, s'arrêtant de temps à autre pour examiner. Des visiteurs étaient encore venus. Les chevaux morts portaient de nouvelles morsures et des traces de griffes. Le vieil homme poursuivit longtemps son observation, puis dit :

– Ils ne sont pas venus en meute, simplement quelques individus. Ulzii avait raison : le gros des loups est encore au nord de la frontière. Ils sont vraiment patients.

– Mais... et ces empreintes de pattes ? fit Chen Zhen en montrant le sol neigeux parsemé de traces.

– Ce sont celles de renards pour la plupart. Certaines appartiennent à des louves. En fait, il ne reste de ce côté de la frontière que des femelles solitaires avec leurs petits. J'aurais bien voulu prendre au piège quelques loups de tête ou un roi, mais ce sera très difficile à cause de la présence des renards.

Bilig fit encore deux fois le tour des lieux. Il choisit un endroit près d'un cheval mort pour poser son premier traquenard. Chen Zhen descendit de cheval puis dégagea le terrain avec une bêche. Bilig s'accroupit et piocha. Rapidement, il creusa un trou rond d'une quinzaine de centimètres de profondeur et de quarante de diamètre. Ensuite, de ses mains gantées et enduites de graisse de cheval, il y déposa le piège. Puis, du pied, il aplatit sur le socle le ressort qui reliait les deux rangées de dents tout en les ouvrant à deux mains. Enfin, il cala avec une petite barre d'acier la mâchoire qui restait largement ouverte vers le haut, avant de recouvrir le trou d'une pièce de gaze.

C'était un travail dangereux et pénible. Chen Zhen regardait le vieux Bilig l'exécuter méticuleusement. Le moindre geste raté aurait pu être catastrophique et entraîner une fracture terrible. Quand tout fut terminé, le vieil homme se laissa choir, haletant, la sueur au front. Il s'essuya avec beaucoup d'attention pour ne pas laisser tomber une seule goutte sur le sol. Pour la première fois, Chen Zhen suivait le vieux chasseur dans cette tâche, ce qui lui permettait de comprendre le fonctionnement de l'engin. Quand la pièce de gaze céderait sous la patte du loup, la petite barre glisserait d'elle-même, et les deux rangées de dents se refermeraient sous l'effet du ressort. Le loup aurait la patte cassée mais son tendon resterait pris dans la mâchoire. Voilà qui expliquait la crainte des loups pour tout ce qui est en acier et pourquoi Chen était sorti indemne de sa première rencontre avec une meute, grâce au tintamarre de ses étriers.

Il ne restait plus que le camouflage, qu'il fallait réussir sans la moindre erreur. Quand il eut repris des forces, Bilig dit :

– On ne peut couvrir le piège de neige, car c'est trop lourd : la gaze céderait. Et d'ailleurs, la neige fondrait au soleil, la mâchoire gèlerait et serait immobilisée. Passe-moi le sac de crottin de cheval !

Il y puisa une poignée d'excréments secs qu'il émietta sur la toile. Il passa la main sous la pièce de gaze et sur les dents de la mâchoire du piège. Un instant plus tard, tout était saupoudré de crottin de cheval, mais la toile demeurait tendue au-dessus du traquenard. Puis, il prit la chaîne de fer reliée au socle du piège et en fixa l'autre extrémité à la carcasse d'un cheval mort. Enfin, il ordonna à Chen Zhen de couvrir de neige le socle et la chaîne. Quant à lui, il répandit avec soin de la neige sur le crottin en balayant la surface avec un morceau de peau de mouton. Ainsi, le piège se fondait parfaitement dans le paysage.

Il neigeait toujours un peu. Quelques instants plus tard, toute trace de l'installation avait disparu. Chen Zhen demanda :

– Comment être sûr que la mâchoire se referme bien sur un loup ?

– Tout dépend de la tige d'acier. Je l'ai calée solidement pour qu'elle soit insensible au poids d'un renard. Mais le loup, qui est plus lourd, se fera prendre. C'est infaillible.

Le vieux chasseur observa les alentours et arpenta le coin. Il s'arrêta après seulement deux grandes enjambées et dit à Chen Zhen :

– On va installer ici le deuxième piège. À toi de le poser.

– Si près de l'autre ?

– Le loup est impitoyable envers lui-même. Quand il a une patte prise, il se la coupe pour s'enfuir sur les trois qui lui restent. Si les deux pièges sont rapprochés, l'animal pris dans l'un se débattra énergique-ment, mais retenu par la chaîne de fer, il tournera en rond. C'est alors qu'il se fera prendre par le deuxième. Avec deux pattes immobilisées, un loup ne peut plus fuir.

Chen Zhen ne put réprimer un tressaillement. La guerre entre l'homme et le loup était donc si atroce ? Tous les deux opposaient la cruauté à la cruauté, la ruse à la ruse. Sans cesse aux prises avec les loups, l'homme avait fini par épouser leur caractère au point de devenir aussi impitoyable qu'une bête féroce. Chen détestait le loup pour sa cruauté ; pourtant, en déposant cette machine, ses mains tremblaient. Ce piège lui semblait trop cruel, trop perfide. Posé tout près du cheval mort, seule nourriture des loups affamés, il était débarrassé de toute odeur susceptible d'éveiller leur méfiance. Le loup le plus rusé se ferait prendre : il aurait les pattes cassées, serait capturé vivant, puis écorché. Son corps serait jeté au rebut et sa peau gardée comme fourrure de qualité. Mais ce ne serait que le début d'une grande tragédie où toute la meute serait encerclée et assassinée !

Le vieux chasseur comprit le trouble de Chen. Il lui dit en riant :

– Tu as pitié des loups, n'est-ce pas ? Mais n'oublie pas que la steppe est le théâtre de luttes sans merci. Celui qui s'affole à la vue du sang n'est pas un guerrier. Les loups ont tué tout un troupeau de chevaux. Ne déplores-tu pas cette perte ? Pourrions-nous venger nos chevaux sans recourir à la ruse ?

Chen Zhen inspira profondément. Il se remit à creuser comme un automate. Quand arriva le moment de déposer le piège, ses mains recommencèrent à trembler mais, cette fois, c'était de peur pour ses doigts. Le vieux chasseur restait à ses côtés, lui dictant chaque étape du travail ; il avait introduit un bâton de bois dans la mâchoire de sorte qu'elle ne blesse pas son apprenti en cas de fermeture inopinée. Chen Zhen fut très touché par cette attention. Rassuré, il réussit à caler la mâchoire ouverte. Il fit alors une pause pour s'essuyer les mains et eut la surprise de voir le front de son maître perlé de sueur. Bilig soupira de soulagement :

– Mon enfant, je vais encore veiller sur toi quand tu poseras le suivant. Mais ensuite, tu le feras seul. Tu en es tout à fait capable !

Chen Zhen acquiesça. Il suivit le vieil homme qui retourna prendre deux pièges dans la charrette. Puis, ensemble, ils choisirent un endroit près d'un autre cheval mort et les enfouirent de la même façon. Quand il ne leur resta plus que quatre pièges, ils se séparèrent pour les poser chacun de son côté.

Le crépuscule finit par assombrir tout à fait la steppe. Le vieux Bilig vérifia scrupuleusement les traquenards posés par Chen Zhen et dit avec satisfaction :

– C'est bien, tu n'as rien laissé qui puisse nous trahir. Si j'étais un vieux loup, je me laisserais prendre dans tes pièges.

Puis il l'interrogea en le regardant dans les yeux :

– Que devons-nous faire maintenant ?

Après un moment de réflexion, Chen Zhen répondit :

– D'abord ramasser nos outils sans en oublier un, puis balayer le terrain pour effacer nos empreintes de pas.

– Tu deviens aussi malin qu'un Mongol, commenta le vieux chasseur satisfait.

Aidés de Bayar, tous deux se mirent alors à balayer lentement, se relevant parfois pour jeter un coup d'œil alentour. Enfin Chen ramassa les outils avant de retourner près de la charrette.

– A'bo, combien de loups pouvons-nous espérer prendre ?

– Quand on va à la chasse, on ne demande jamais combien de bêtes on va tuer, répondit le vieux chasseur. Si on prononce un chiffre, on est sûr de rentrer les mains vides. Il suffit de faire ce qu'il faut, et c'est à Tengger le Ciel éternel de décider de la suite.

Les trois cavaliers se remirent en croupe et s'engagèrent sur la route du retour, suivis du cheval qui tirait la charrette allégée des traquenards.

– On reviendra demain matin récolter le gibier ? demanda Chen Zhen.

– Oh, non ! dit le vieil homme. Même si un loup se fait prendre, on le laissera sur les lieux pour que ses semblables le voient. Le fait qu'aucun homme ne vienne récupérer le butin les surprendra. Ils tourneront alors autour du cheval mort, et c'est bien ce que nous voulons n'est-ce pas ? Notre tâche consiste à attraper toute une meute de loups, pas seulement quelques bêtes isolées. Et si aucun loup n'est pris dans le traquenard, nous attendrons. Tu n'auras pas besoin d'être là demain ; je reviendrai seul, mais uniquement pour épier de loin.

Les cavaliers retournèrent vers leur yourte. Chen Zhen repensa à son projet de visiter une tanière et de capturer un louveteau. Il ne pouvait oublier l'agneau qu'une louve lui avait arraché. Il avait en effet appris entre-temps qu'en cette saison, seules les femelles capturaient des agneaux. Celle qu'il avait surprise avait emporté l'agneau vivant sans le dévorer sur place. Il lui servirait à initier ses petits à la chasse. Et la chair tendre d'un agneau était aussi plus facile à digérer pour les louveteaux nouvellement sevrés. Chen était de plus en plus conscient des risques que comportait son entreprise, mais il était bien décidé à agir. Les jeunes instruits avaient déjà vécu deux printemps dans la steppe et aucun d'entre eux n'avait encore découvert un antre de loups sans être accompagné. Chen Zhen n'avait pas la vanité d'agir seul ; il avait seulement espéré que le vieux Bilig lui apprendrait comment faire. Mais après l'incident des chevaux militaires, Bilig n'avait plus le temps de s'occuper des louveteaux, et Chen ne pouvait attendre de lui que quelques bribes d'expérience.

– A'bo, il y a quelques jours, un agneau de mon troupeau a encore été enlevé malgré toute ma vigilance. Une louve l'a emporté en direction de la colline du Roc noir. Je pense qu'il y a sûrement là un antre avec des louveteaux. Je pars demain à sa recherche. J'aimerais que vous veniez avec moi...

– Non, dit le vieux chasseur. Je ne peux pas y aller demain. Mes pièges sont plus importants, et l'administration de la ferme attend de mes nouvelles. Es-tu sûr de la direction qu'a prise cette louve ?

– Ou, je l'ai vue de mes propres yeux.

– Tu t'es lancé à sa poursuite ? fit le vieux chasseur en caressant sa barbiche.

– Non. Elle s'en est allée trop vite et je n'ai pas eu le temps de monter à cheval.

– Tant mieux. Si elle s'était vue poursuivie, elle n'aurait pas couru directement vers sa tanière. Elle est maligne, cette louve, ajouta le vieux Mongol après réflexion. L'année dernière, notre brigade a nettoyé trois tanières dans la colline du Roc noir. C'est pourquoi personne n'y est allé cette année, et la louve en a profité pour y installer sa famille. Bon, vas-y demain. Mais prends avec toi des chiens, les plus courageux et disciplinés, et fais-toi accompagner! N'y va surtout pas seul avec Yang Ke, c'est trop dangereux!

– Qu'est-ce qui est le plus compliqué pour attraper un loup dans son antre?

– Tout, mais le plus difficile est encore de localiser l'antre lui-même. Écoute-moi. Si tu tiens à en trouver un, il faut que tu te lèves avant l'aube. Tu resteras à l'affût sur un tertre au pied de la colline. À la première lueur de l'aurore, tu chercheras avec tes jumelles. La louve rôde toute la nuit dans la montagne, c'est le moment où elle retourne allaiter ses petits. En cherchant minutieusement, tu la verras et tu la suivras jusqu'à ce qu'elle disparaisse. Avec l'aide d'un bon chien, tu pourras probablement trouver sa tanière. Ensuite, toute la difficulté sera d'en sortir les louveteaux. Les petits sont défendus par leur mère; vous devrez être très prudents.

Le regard de Bilig se ternit subitement.

– S'il n'y avait pas eu la perte du troupeau de chevaux, je ne vous laisserais jamais aller capturer des louveteaux dans leur antre. C'est la besogne qui répugne le plus aux vieux chasseurs de la steppe Olon Bulag.

Chen Zhen n'osa plus poser de questions. Il savait qu'au fond de lui, le vieux chasseur était furieux contre cette campagne d'extermination des louveteaux. S'il continuait de le questionner, Bilig finirait par l'empêcher d'y aller.

Découvrir une tanière était un exploit, Chen Zhen le savait, mais il voulait à tout prix recueillir un louveteau pour l'élever. S'il tardait trop, les petits seraient sevrés et ouvriraient les yeux; ils pourraient alors distinguer les amis des ennemis, le monde des loups de celui des hommes, et il deviendrait impossible de les apprivoiser. Il fallait agir vite.

Chen Zhen aimait les animaux depuis son enfance. Adolescent, il avait souvent attrapé des moineaux qu'il avait tenté d'élever en cage. Mais ils finissaient toujours par fermer les yeux, refuser de manger et de boire avant de se laisser mourir de faim. Et si le louveteau était aussi récalcitrant que les moineaux? S'il mourait en dépit de la bonne intention de Chen Zhen ? Il pensa à Bat de qui il espérait l'aide. Le fils de Bilig était le meilleur chasseur du pâturage et il en voulait aux loups. Il répondrait sûrement à sa demande avec plaisir.

Il faisait nuit noire quand les cavaliers atteignirent la yourte de Bilig. À l'intérieur, les tapis avaient retrouvé leur place. La lampe à graisse de mouton répandait sa lumière. Sur la table basse fumaient de grandes cuvettes remplies de boudins, d'intestins farcis et de viande de mouton dont les effluves creusèrent l'estomac de ceux qui avaient passé toute la journée à poser les pièges. Chen Zhen quitta hâtivement sa peau de mouton et s'assit sur un coussin, tandis que Gasma, qui connaissait son faible pour ce plat, poussait vers lui une cuvette de tripes farcies. Puis elle servit au vieux Bilig une autre cuvette qui contenait uniquement des côtelettes. Enfin, elle passa à Chen Zhen la sauce soja qui venait de Pékin et des champignons hachés, une spécialité de la steppe. Chen Zhen se servit un morceau de tripes trempé dans la sauce. Ce plat peu gras, truffé de morceaux d'estomac, d'intestin grêle et de plèvre coupés menu, constituait le délice des foyers mongols.

– Les Mongols consomment vraiment tout du mouton ! C'est délicieux, dit Chen.

Le vieux Bilig posa un regard attendri sur le jeune instruit.

– Quand les loups sont affamés, ils dévorent le mouton tout entier, sans épargner ni les poils, ni la corne des sabots. Les années de calamité, les loups comme les hommes ont du mal à trouver quelque chose à se mettre sous la dent. Alors ils engloutissent toutes les parties du mouton.

Gasma riait de bon cœur. Chen Zhen savait qu'elle appréciait de voir ses convives dévorer à belles dents. Mais il n'osait continuer de manger parce qu'il avait avalé en un clin d'œil la moitié d'un intestin, ce mets que toute la famille appréciait autant que lui. Gasma prit le couteau et fouilla dans la cuvette. Elle écarta les boudins et enfonça le couteau dans un autre tronçon d'intestin qu'elle retira en disant :

– Je savais que tu resterais dîner avec nous. Alors j'en ai fait cuire deux, dont l'un t'est réservé en entier ! Mange comme un loup, sans rien laisser !

Chen connaissait cette famille depuis plus de deux ans. Il appelait Gasma « Grande Sœur » et respectait profondément cette jeune femme ingénue et gaie, pure comme la verdure de la steppe. Il but une grande lampée de thé au lait et demanda à Gasma :

– Bayar n'est encore qu'un enfant, mais il a le courage de tirer un loup par la queue, de s'introduire dans l'antre d'une louve et de monter le cheval le plus rebelle ; tu n'as pas peur pour lui ?

– Les enfants mongols sont tous comme ça, répondit-elle. Quand mon mari était petit, c'était aussi un casse-cou. Bayar est entré dans une caverne où il n'y avait que des louveteaux, tout à fait inoffensifs. Il n'a eu qu'à les sortir un à un. Mais dans son enfance, Bat a réussi à tirer une grosse louve du fond de sa cachette !

Étonné, Chen Zhen se tourna vers le fils de Bilig :

– Tu ne m'as jamais parlé de cette histoire ! Raconte !

La joyeuse ambiance familiale l'ayant mis de bonne humeur, Bat avala une rasade d'alcool et raconta :

– J'avais douze ans. Mon père et ses copains avaient cherché des jours et des jours et fini par trouver un antre de loups où il y avait des louveteaux. La tanière était grande et profonde. Impossible de l'ouvrir à coups de pioche. Mon père pensait qu'une louve s'y cachait et il a proposé de la faire sortir en l'enfumant. On a allumé du fourrage mais, la fumée dissipée, on ne voyait toujours pas de louve. Moi, je pensais qu'il n'y avait pas de loup adulte à l'intérieur. Je suis entré avec une boîte d'allumettes et un sac de jute, afin de capturer les petits. Et là, surprise ! Arrivé à une profondeur de quatre mètres environ, je me suis retrouvé face à une paire d'yeux lugubres et phosphorescents. J'ai eu une belle frousse ! J'ai craqué une allumette. Je l'ai vue, la louve, dans la faible lumière. Mais comme moi, elle tremblait de peur, la queue entre les pattes. Je n'osais pas bouger. Elle s'est approchée quand le feu s'est éteint. Je pensais que c'en était fait de moi car je n'avais pas eu le temps de ressortir à reculons. Mais elle n'osait pas attaquer. Elle essayait seulement de passer par-dessus moi. Je me suis dit que si elle réussissait à sortir, ceux qui étaient à l'extérieur seraient pris au dépourvu. J'avais peur pour mon père. Quand elle a été au-dessus de moi, je me suis levé d'un coup, mettant ma tête contre sa gorge pour l'immobiliser contre le plafond de l'antre. De ses griffes elle a déchiré ma veste, mais elle était coincée. Je me suis efforcé de rester dans cette position. Comme elle ne pouvait pas me mordre, j'ai cherché à tâtons ses pattes de devant et je les ai prises dans mes mains. La louve était ainsi neutralisée, mais je ne pouvais pas bouger non plus. Petit à petit, mes forces m'abandonnaient...

Bat racontait, imperturbable, comme s'il s'agissait de l'histoire d'un autre. Tous ceux de sa famille la connaissaient par cœur sans se lasser de l'entendre, mais Chen était captivé, incapable de dire un mot. Il attendait la suite.

– Les gens à l'extérieur commençaient à s'inquiéter. Mon père est entré à son tour. Il a craqué une allumette et m'a aperçu, la tête enfoncée sous le menton de la louve. Il m'a dit de ne pas bouger, m'a saisi à bras le corps et m'a tiré très lentement vers lui tandis que je maintenais ma position. Petit à petit, nous nous sommes déplacés ensemble vers la sortie. Les autres avaient compris ce qui s'était passé. Sur un cri de mon père, ils se sont préparés. Lorsque la tête de la louve est apparue, ils lui ont aussitôt donné un coup de couteau. La louve s'est affaissée, inerte, et j'ai pu reprendre mon souffle. Puis je suis retourné dans l'antre, et j'ai atteint une galerie étroite qui ne permettait le passage qu'à un enfant. Plus j'avançais, plus c'était étroit, mais le passage s'élargissait au fond. Sur le sol tapissé de poils et de peaux de mouton se serraient, l'un contre l'autre, neuf louveteaux. Par précaution pour ses petits, la louve avait presque entièrement bouché avec de la terre l'entrée de la chambre des bébés, elle-même restant sur le seuil pour les nourrir. J'ai aussi vu des ouvertures au plafond. C'est comme cela que j'ai compris comment la louve avait pu résister à l'attaque de la fumée. J'ai démoli le muret de terre et ramassé les louveteaux que j'ai mis un à un dans mon sac avant de sortir à reculons.

Chen Zhen en avait le souffle coupé. En écoutant le récit, toute la famille avait revécu cette scène extraordinaire. Chen demanda :

– Mais on dit que pour défendre ses petits, une louve n'hésite pas à combattre jusqu'au bout. Pourquoi celle-ci n'a-t-elle rien fait ?

– En fait, les loups craignent l'homme, expliqua le vieux Bilig. Dans la steppe, il est leur seul prédateur. Cette louve était à demi asphyxiée par la fumée. Elle a eu peur en voyant un homme avec du feu. C'était une bête énorme mais qui n'avait que deux ans. C'était sa première portée. Cela fait pitié. Bat n'aurait pas reparlé de cette histoire si tu ne le lui avais pas demandé.

Les yeux de Gasma s'étaient embués de larmes.

Bayar dit alors à sa mère :

– Chen Zhen et ses copains vont aller chercher une tanière de loups demain matin. Je voudrais y aller avec eux. Chen Zhen est trop gros pour s'introduire dans le trou. Je vais passer la nuit chez eux et je les accompagnerai dans la montagne.

– Vas-y, acquiesça Gasma, mais sois prudent !

– Oh non, dit Chen en agitant la main. C'est ton fils unique, et je crains trop un accident.

– Nous n'avons nettoyé qu'un seul antre de loups ces jours-ci, répondit Gasma. Nous devons en faire au moins trois autres pour atteindre le quota demandé. Le délégué militaire Bao s'emportera contre moi si on ne continue pas.

– Je préfère renoncer plutôt que d'emmener ton fils, déclara fermement Chen Zhen.

Le vieux Bilig prit son petit-fils dans ses bras et dit :

– Non, Bayar n'ira pas. Je prendrai bien un ou deux gros loups avec mes traquenards. Je remettrai deux bonnes fourrures d'adultes. Bao ne trouvera rien à redire.

CHAPITRE 9

L'ancêtre des Yuan était né d'un loup gris et d'une daine pâle. Après l'accouplement, les deux animaux avaient traversé ensemble un cours d'eau nommé Tangis pour remonter jusqu'à la source de la rivière Onon et élire domicile au pied du mont Burhan. Là, ils avaient donné naissance à un fils, Batchagan.

Histoire secrète de la Mongolie,
traduite et annotée par Yu Dajun, d'après l'ouvrage du même titre traduit et compilé sous les Ming

Buduncher (ancêtre de Gengis Khan, huit générations plus haut – note de l'auteur du roman, par la suite *NdA*) galopa le long de la rivière Onon et descendit à l'île de Baljun. Il s'y établit en construisant une chaumière. Quand il avait faim, il scrutait les bêtes acculées au pied d'une falaise par les loups. Il bandait son arc et en tuait quelques-unes qu'il partageait avec les loups, ou ramassait les restes de repas des loups pour tromper sa faim et nourrir son faucon. C'est ainsi qu'il survivait au jour le jour.

Histoire secrète de la Mongolie,
nouvelle traduction, succinctement annotée par Daorun Tibu

Il était trois heures et demie du matin quand Chen Zhen et Yang Ke montèrent sur un tertre au pied de la colline du Roc noir. Ils avaient avec eux leurs deux gros chiens, Erlang et Huanghuang. Rompus à la chasse, les deux molosses savaient ce qui se préparait et restaient étendus sur la neige à scruter les alentours, vigilants. Point d'étoiles ni de clair de lune dans le ciel chargé ; pas âme qui vive à plusieurs kilomètres à la ronde dans la steppe glaciale. C'était l'heure à laquelle les loups sortent à la recherche d'une proie. Derrière le tertre, l'ombre dentelée du Roc noir faisait penser à un attroupement d'animaux monstrueux. Chen frissonna ; il s'inquiétait pour leurs deux chevaux, cachés là-bas derrière la colline, et de l'issue de cette aventure dont il avait pris l'initiative.

Soudain il entendit un hurlement de loup provenant du nord-est. La voix sinistre, évoquant le son traînard d'une flûte, planait dans les ténèbres, et se répercutait dans la vallée. Aussitôt après, une symphonie d'aboiements se mêla à l'écho et se propagea au loin. Les chiens de Chen Zhen, eux, restaient imperturbables. Ils connaissaient la règle : aboiement fort quand on garde l'étable, silence absolu à la chasse. Chen glissa une main sous Erlang pour profiter de sa chaleur et passa son autre bras autour du cou de son fidèle compagnon. Il avait nourri les chiens avant le départ, mais sans les rassasier. Un ventre bien garni enlevait la volonté de combattre, mais un ventre vide entraînait la défaillance. La main réchauffée, Chen Zhen la posa sur la truffe glacée d'Erlang qui remua la queue en signe de reconnaissance. Avec un chien tueur de loups, Chen se sentait rassuré.

Après plusieurs nuits sans sommeil, il était exténué. La veille, Yang Ke avait sollicité quelques jeunes pasteurs pour participer à leur aventure, mais ils s'étaient montrés plutôt réticents, ne croyant pas à l'existence d'un antre de loups dans la colline du Roc noir. Ils avaient même essayé de dissuader les deux jeunes instruits. Ceux-ci n'avaient pas renoncé pour autant, même s'ils savaient que deux hommes et deux chiens ne constituaient pas une troupe suffisante.

Yang Ke se serra contre Huanghuang et murmura à Chen Zhen :

– Oh, même lui a peur ! Il tremble. Je me demande s'il a flairé l'odeur du loup.

Chen Zhen tapota la tête de son chien :

– Ne t'inquiète pas, mon gars ! Il va bientôt faire jour, et à ce moment-là, les loups craindront l'homme. Et puis, nous sommes armés de perches à lasso !

Pourtant, ses mains tremblaient aussi. Il fit un effort pour se calmer.

Le ciel s'éclairait peu à peu retirant aux roches de la colline leur aspect effrayant. Une lueur pâle perçait les nuages effilochés et se répandait sur la steppe. Le champ de visibilité s'élargissait. Les deux hommes et leurs chiens s'étendirent à plat ventre sur la neige. De sa longue-vue, Chen Zhen scruta les alentours, mais l'épaisse brume qui s'élevait de la terre voilait tout. Si la louve rentrait à la faveur de ce brouillard, ils ne la verraient même pas. Heureusement, le rideau opaque s'évanouit bientôt, un léger voile seul persistant au ras du sol. La vapeur laiteuse déplacée par le passage d'un animal le trahirait probablement.

Huanghuang dressa soudain les oreilles vers l'ouest, muscles bandés et poil hérissé. Il rampa, suivi d'Erlang. Chen Zhen comprit que les chiens avaient entendu un bruit. Il braqua sa longue-vue dans la même direction. Une forêt de roseaux séchés s'étirait vers le nord-est entre le versant de la colline et la steppe. C'était l'endroit idéal pour construire un antre, à l'abri du vent et de la vue. Chen se souvint de ce que lui avait dit Bilig : « Les loups ne construisent pas leur abri dans la forêt de roseaux même, habituellement humide ou marécageuse, mais sur une élévation voisine. » Il fixa intensément la bordure des roseaux. Son cœur battait la chamade.

Une grosse louve apparut, qui examinait les environs le cou étiré. Les chiens comme les hommes s'aplatirent au sol. Après avoir observé avec soin le versant d'en face, elle s'élança hors des roseaux et courut le long de la vallée. Chen Zhen la suivit du regard ; elle ressemblait à celle qu'il avait aperçue l'autre jour. Elle courait lourdement, peut-être à cause de son estomac plein. « Une seule louve... je n'ai aucune crainte à avoir, pensa-t-il. Nous sommes deux, secondés par des chiens puissants ! Erlang pourrait à lui seul combattre une bête de cette taille. »

La louve grimpa la pente, se dirigeant sans nul doute vers son antre. Mais à ce moment précis, elle s'arrêta net, tournant son regard en direction des hommes et des chiens. Les garçons en avaient le souffle coupé. Tandis qu'elle montait encore de quelques pas, sans doute pour élargir son champ de vision, Chen Zhen se sermonnait : par manque d'expérience, ils s'étaient sûrement trop avancés. La louve allongea le cou, puis fit deux tours sur place, manifestement anxieuse. Après une brève hésitation, elle s'élança vers une autre pente, plus douce, avant de disparaître dans un trou.

– À cheval ! lança Chen Zhen en se relevant presque aussitôt.

Haletant, les deux chiens aussi excités que leurs maîtres gambadaient autour de Chen Zhen, attendant avec impatience son ordre. Chen pointa du doigt l'antre de loups et cria : « Sus ! » Rapides comme des flèches, les deux bêtes grimpèrent la pente douce. Pendant ce temps, les étudiants dévalaient le tertre, libéraient les chevaux de leurs entraves et montaient en selle, perche à lasso en main. Ils foncèrent vers la tanière où les chiens aboyaient déjà furieusement devant un grand trou. Apercevant son maître, Erlang s'élança vers l'orifice, ressortit à reculons avant de repasser à l'attaque. Manifestement, il hésitait à trop s'y enfoncer. Huanghuang aboyait derrière lui, tout en labourant de ses pattes la terre qui volait en éclats. Les jeunes hommes mirent pied à terre et se précipitèrent vers le trou ovale de près d'un mètre de diamètre. Ils virent alors la tête de la louve qui défendait l'entrée de sa tanière, tous crocs dehors. Elle avait même fait reculer Erlang ! Le corps à moitié hors de l'antre, elle luttait avec l'énergie du désespoir contre les chiens qui renouvelaient sans cesse leurs attaques.

Chen jeta sa perche à lasso et leva haut une bêche pour la laisser retomber sur la tête de la louve, qui recula prestement. Quand elle sortit de nouveau, Yang Ke brandit sa barre de fer. Cette fois encore, la louve esquiva le coup et contre-attaqua. Ce n'est qu'après plusieurs tentatives que Chen réussit à lui assener un coup de bêche tandis que la barre de Yang l'atteignait en plein crâne. Mais la louve tint bon, se défendant comme une forcenée. Elle recula dans l'antre, laissant avancer Erlang qui eut l'imprudence de s'y introduire d'un bon mètre : la louve s'élança et planta ses crocs dans le poitrail de l'attaquant. Erlang ressortit, ensanglanté, mais y retourna en rugissant. On ne voyait plus que sa grosse queue qui s'agitait hors de la tanière.

Chen Zhen fit demi-tour pour ramasser sa perche. Yang Ke comprit aussitôt ce que voulait faire son ami. Chen délia la boucle, l'appliqua sur l'ouverture et attendit. Quand la louve sortirait la tête, il resserrerait le nœud et la bête serait prise. Il la traînerait dehors et Yang aurait tout le loisir de l'assommer à coups de barre. Ce dernier se prépara. Chen Zhen attendit anxieusement, mais c'est Erlang qui apparut, ses pattes de derrière dérangeant la boucle du lasso. La vue de la perche à lasso inspira une telle frousse à la louve que, comme électrocutée, elle frissonna et se réfugia à la hâte dans son trou pour ne plus réapparaître. Quand Chen Zhen se pencha pour scruter le trou, il vit une galerie qui s'enfonçait brutalement vers le bas et descendait sur environ deux mètres avant de se perdre dans l'obscurité. Furieux, Yang Ke cria de toutes ses forces dans l'entrée de l'antre. Chen Zhen se laissa choir sur le sol :

– J'ai été stupide ! Si j'avais pensé à la perche à lasso dès le début, je l'aurais déjà, cette louve ! J'ai manqué de réflexe. La moindre erreur est impardonnable.

Yang Ke ne décolérait pas. Il planta sa barre dans le sol et tonitrua :

– Si j'avais un fusil, je lui brûlerais la cervelle !

– Les coups de feu sont absolument interdits, dit Chen Zhen. La situation à la frontière est trop tendue. Personne n'a le droit de tirer, c'est la consigne militaire !

– Et si on utilisait les gros pétards ?

– C'est du pareil au même, dit Chen qui avait repris son calme. En plus, les loups au-delà de la frontière entendraient la détonation et s'enfuiraient. La chasse organisée serait un échec, et tout le monde nous le reprocherait ! Et puis d'ailleurs, la louve ne serait pas tuée par des pétards.

– Elle n'en mourrait pas, c'est sûr, mais ça l'affolerait. Et la fumée de poudre est asphyxiante. Nous sommes à une trentaine de kilomètres de la frontière. Les autres loups n'entendront pas l'explosion. Je me servirai de ma robe de fourrure pour boucher l'ouverture après avoir lancé les pétards. On n'entendra rien, je te dis !

– Et si la louve refuse toujours de sortir ?

– Les gardiens de chevaux m'ont dit que les loups ont peur des coups de feu et de la fumée, fit Yang Ke en dénouant sa ceinture. Je jetterai dans la grotte six gros pétards dont l'explosion sera dix fois plus forte encore une fois l'entrée bouchée. L'antre est exigu et mal aéré ; la fumée sera suffocante. Je parie que la louve sortira au bout de trois détonations. Tu n'auras qu'à bien installer le lasso et tirer ! Elle sera probablement suivie de ses petits ; c'est le seul moyen de réussir.

– Comme tu veux ! Mais, cette fois, nous devons être prêts à toute éventualité. Je vais voir s'il existe une autre sortie. Même un lièvre possède trois terriers. Les loups sont trop malins pour avoir une seule issue à leur antre !

Chen Zhen enfourcha sa monture. Il fit le tour de la tanière, passant les lieux au peigne fin, suivi des deux chiens. Le terrain était couvert de neige, ce qui facilitait sa tâche, mais il ne trouva aucun trou dans un rayon de cent mètres. Revenu à son point de départ, il redescendit de son cheval qu'il attacha à l'écart. Puis il installa son lasso contre l'ouverture du trou, plaçant la bêche et la barre de fer de façon à pouvoir s'en saisir rapidement. Erlang léchait sa blessure sanguinolente, une mauvaise plaie large de deux doigts. La chair avait été arrachée en même temps que la peau. Faute de médicament ou de pansement, les deux hommes laissèrent le pauvre chien se soigner tout seul. Des spasmes agitaient de temps en temps la blessure : Erlang devait souffrir énormément même s'il ne laissait échapper aucun gémissement. «C'est un chien de chasse de race mongole, se disait Chen Zhen. Il est courageux.

Ce sont certainement les loups qui ont causé ces cicatrices sur son corps. »

Tout était prêt. Yang Ke revint, sa robe de fourrure jetée sur l'épaule, trois gros pétards en main et une cigarette au bec. Chen Zhen dit en riant :

– Tu n'as rien d'un chasseur. On dirait plutôt un soldat japonais attaquant des paysans chinois !

– Je suis de ceux qui s'adaptent aux circonstances ! Je m'apprête en barbare pour exercer la barbarie. La galerie des loups n'est pas bien aménagée contre la fumée, j'en suis sûr.

– Vas-y. Je suis curieux de voir si ta bombe fumigène est efficace !

Avec sa cigarette, Yang Ke alluma le premier pétard dont l'amorce crépita en projetant des étincelles. Il le lança énergiquement dans le trou et répéta l'opération avec les deux autres. Les trois projectiles suivirent la même trajectoire pour rouler vers la galerie inclinée. Yang boucha aussitôt l'entrée avec sa robe de fourrure. Les détonations assourdies firent légèrement trembler la terre sous leurs pieds. L'explosion avait dû être fatale pour tout ce qui vivait à l'intérieur, car Chen et Yang n'entendirent plus rien. Ils poussèrent un soupir de satisfaction : enfin, ils étaient vengés !

Frémissant de froid, Yang Ke se fit tout petit, les mains serrées sur les épaules. Il demanda :

– Quand pourrons-nous dégager l'ouverture ?

– Encore un moment, fit Chen Zhen. On va d'abord voir s'il y a de la fumée, puis on jettera un œil.

Il souleva un pan de la fourrure qui bouchait l'entrée de la tanière. Comme de la fumée s'en échappait, il referma. Voyant son ami trembler de tous ses membres, Chen s'apprêtait à délier sa ceinture et à partager sa fourrure avec lui, mais Yang refusa de la main :

– Non, je peux tenir encore un moment. Ta ceinture défaite entraverait tes mouvements.

À côté d'eux, Erlang et Huanghuang s'étaient redressés d'un bond. Ils allongeaient le cou et regardaient en grognant en direction du nord-est. Chen Zhen et Yang Ke suivirent leur regard et virent s'élever une volute de fumée bleue à vingt mètres de distance. Chen Zhen se releva et cria :

– Malheur ! Il y a une autre sortie ! Reste sur place et garde bien l'ouverture ! Je vais aller voir.

Il s'empara de la bêche et courut vers la fumée, devancé par les deux chiens. À peine était-il arrivé au bord du second trou qu'il aperçut la louve s'élancer comme une fusée pour atteindre en quelques sauts l'étendue de roseaux. En un clin d'œil, elle avait disparu. Erlang se lança à ses trousses tandis que Huanghuang se contentait d'aboyer en voyant s'agiter les roseaux. Chen Zhen craignait pour son chien et le rappela, mais Erlang fit la sourde oreille.

Yang Ke endossa sa robe de fourrure tout en courant vers la fumée et Chen. Tous deux constatèrent avec surprise que cette sortie était nouvellement ouverte, les mottes de terre et les cailloux fraîchement remués. C'était une sortie de secours camouflée, invisible, mais fort utile le moment venu.

Cramoisi de colère, Yang Ke laissa partir une bordée d'injures :

– Maudite louve ! Elle nous a eus encore une fois !

– Cette sortie a été réalisée sur une pente, à deux pas des roseaux où il est facile de disparaître. Choisir ce terrain pour construire son antre, cela dénote de l'intelligence.

– C'est vrai, approuva Yang Ke sur un ton désabusé. Il faut dire que les loups combattent de la même façon depuis au moins dix mille ans !

– Tu t'avoues vaincu ? demanda Chen Zhen.

Conscient de ne pouvoir poursuivre son entreprise, il craignait que son lieutenant ne l'abandonne.

– Oh non ! déclara Yang Ke. La conduite des troupeaux est monotone. C'est excitant, la chasse aux loups ! D'ailleurs, en tant que berger, c'est mon devoir.

Les deux jeunes hommes retournèrent à l'entrée de la tanière. De la fumée en sortait toujours mais moins intense. Une âcre odeur de poudre flottait dans l'air.

– Les louveteaux devraient sortir aussi, dit Yang Ke en scrutant l'intérieur. À moins qu'ils ne soient morts asphyxiés ?

– C'est possible. Attendons de voir. S'ils ne donnent pas signe de vie, ce sera difficile ! La tanière est d'une profondeur insondable. Pour atteindre les louveteaux, il nous faudrait creuser un puits. Trois jours de travail au bas mot. D'ailleurs, à quoi bon toute cette peine s'ils sont morts ? Faut-il que les griffes des loups soient dures et acérées pour qu'ils réussissent à construire un tel dédale dans les entrailles d'une pente rocheuse !

– Si seulement Bayar était avec nous, soupira Yang Ke. Il est le seul à pouvoir s'y introduire.

– Nous ne sommes pas sûrs qu'il n'y ait plus de loups adultes à l'intérieur. Mais il est vrai qu'un proverbe chinois dit : « Sans envoyer son enfant dans l'antre d'une louve, impossible de capturer ses petits. » Pour moi, ce dicton est plutôt mongol. Je l'avais mal interprété. Je croyais que l'enfant servait d'appât dans la chasse aux loups, et je trouvais cette méthode absurde. Maintenant, j'ai compris que l'enfant, grâce à sa taille, est le seul à pouvoir pénétrer dans les tanières. Gasma a laissé constamment Bayar aux prises avec les loups parce que la vie est dure. Si les femmes mongoles dorlotaient leurs enfants comme les mères han, la race mongole aurait disparu depuis longtemps de la surface de la Terre. Une fois adultes, leurs enfants sont aguerris et font de valeureux soldats ! N'empêche qu'il serait trop risqué de faire entrer Bayar là-dedans.

Yang Ke s'emporta :

– Ah ! ces loups ! Ils se multiplient plus rapidement que les Han. Et leur progéniture est jalousement gardée dans les entrailles de la terre, dans des ouvrages fortifiés... Bon, prenons un peu de répit. J'ai faim !

Chen Zhen se dirigea vers sa monture et défit une musette attachée à la selle. Huanghuang s'approcha en voyant le sac tacheté de graisse. Il secouait la queue en haletant, sachant qu'il aurait sa part. Chen lui donna la moitié de la viande crue et garda le reste pour Erlang qui ne revenait toujours pas.

Chen était inquiet. En hiver, la forêt de roseaux était le territoire des loups. Si Erlang tombait dans un guet-apens, l'issue serait catastrophique. Chen comptait beaucoup sur ce bon chien. Sa perte serait irremplaçable. Huanghuang, quant à lui, s'était déjà jeté sur sa pitance. Avisé, il faisait montre de bravoure quand il avait affaire à des renards, des lièvres et des gazelles. Mais face aux loups, il savait évaluer le rapport de forces : il était le premier à attaquer quand les chiens étaient les plus nombreux, mais refusait d'engager la lutte quand un renfort puissant faisait défaut. S'il avait refusé de suivre Erlang dans la forêt de roseaux, c'était précisément parce qu'il redoutait une embuscade. Cet instinct lui avait permis de sortir indemne de situations périlleuses. Chen Zhen l'aimait beaucoup pour son intelligence qui avait quelque chose d'humain. Mais il nourrissait néanmoins une préférence pour Erlang, d'un tempérament plus sauvage. Chen se disait que, dans le monde actuel, un caractère bien trempé comme celui d'Erlang était primordial pour l'existence d'une nation. Sans lui, l'intelligence et la culture n'étaient d'aucune utilité. L'affaiblissement du sentiment national finissait par avilir une nation, qui ne devait sa survie qu'à la servilité. Les Han n'avaient-ils pas traversé une grande partie de leur histoire en vivotant au jour le jour, retranchés derrière la Grande Muraille, quémandant la paix par le biais de mariages ou de tributs, quand ce n'était pas tout simplement par la capitulation ? Et le pire, c'est de compter uniquement sur la reproduction pour perpétuer la race !

Tout en réfléchissant, Chen Zhen essayait de repérer Erlang avec sa longue-vue. En vain. Il sortit alors de sous sa robe un sac en peau d'agneau que Gasma avait confectionné pour lui et qui permettait de garder les aliments au chaud sans salir ses vêtements. Il s'y trouvait une crêpe, un morceau de viande et quelques cubes de fromage qu'il partagea avec son ami. Tous deux mangeaient sans appétit, cherchant intensément une solution. C'est Yang qui se montra le plus prompt :

– Les tanières sont ingénieusement construites et camouflées, surtout quand elles abritent des louveteaux. C'est déjà avec beaucoup de peine que nous en avons déniché une, alors nous ne pouvons pas abandonner ! Après les pétards, nous avons d'autres moyens : que dirais-tu d'apporter des seaux d'eau et de les noyer tous, ces louveteaux ?

– La colline est faite de rochers reposant sur une base sablonneuse, répliqua Chen non sans ironie. Tu pourrais bien transporter ici un grand réservoir que l'eau sera absorbée en un instant.

– J'ai une autre idée, annonça Yang. Puisqu'il n'y a plus de louve dans l'antre, pourquoi ne pas envoyer Huanghuang ? Il prendra dans sa gueule les louveteaux et les sortira un à un.

– Si un chien était capable de capturer des louveteaux dans leur tanière, on n'aurait qu'à l'envoyer dans toutes celles abandonnées par les louves. La race des loups aurait été exterminée depuis longtemps ! Allons, voyons ! Crois-tu que les pasteurs soient assez sots pour n'avoir jamais pensé à utiliser ce moyen ?

– On peut toujours essayer ! insista Yang, qui ne se laissait pas démonter. Il appela Huanghuang et l'amena devant l'antre où l'odeur de la poudre s'était presque dissipée. Le jeune berger lui montra la caverne en lui criant : « Vas-y ! » Huanghuang comprit ce que voulait son maître. Il eut si peur qu'il recula. Yang l'immobilisa alors entre ses jambes, prit ses pattes avant dans ses mains et s'efforça de le tirer vers l'ouverture. Huanghuang se débattait en se lamentant et regardait Chen Zhen d'un air suppliant. Celui-ci intervint :

– Assez ! Laisse-le ! Les chiens domestiques ont perdu leur caractère sauvage pour se rapprocher de l'homme. La régression est aussi difficile que la progression. Il est impossible qu'un loup se comporte comme un chien, mais un chien est tout aussi incapable de retourner à son état initial de loup. Dans sa dégénérescence, le chien est devenu plus faible, plus paresseux et plus sot, tout comme l'homme.

Yang Ke relâcha Huanghuang et dit avec regret :

– Dommage qu'Erlang ne soit pas là. Il a davantage le caractère d'un loup. Peut-être accepterait-il d'y aller ?

– Sans doute, mais une fois à l'intérieur, il égorgerait tous les louveteaux. J'en veux un vivant !

– Tu as raison. Erlang tue tous les loups qu'il rencontre sur son chemin.

Après avoir dévoré sa viande, Huanghuang erra seul dans les environs, marquant d'urine les endroits qui lui paraissaient suspects. Ce faisant, il s'éloignait peu à peu de la tanière. Erlang ne donnait toujours pas signe de vie. Chen Zhen et Yang Ke ne trouvaient rien à faire. Aucun bruit ne s'échappait de l'antre. Les louveteaux devaient pourtant être sept ou huit, voire une dizaine. Ils ne pouvaient avoir tous péri ! Ou bien il n'y avait pas de louveteaux du tout. Mais comment le savoir ?

Dépités, les deux hommes commençaient à ramasser leurs affaires et s'apprêtaient à rentrer quand ils entendirent aboyer Huanghuang de l'autre côté de la pente. Ils sautèrent aussitôt sur leurs montures, galopèrent dans sa direction, puis grimpèrent au sommet de la colline. Mais ils ne voyaient toujours pas Huanghuang. Ils descendirent l'autre versant et s'arrêtèrent devant une étendue pierreuse, ravinée et couverte de ronces et de neige, où l'on apercevait des traces de lièvres, de renards, de rats et de loups. Herbes folles et arbrisseaux épineux poussaient dru dans les fentes des pierres, atteignant presque un mètre. Flétries, les plantes donnaient au lieu l'aspect d'un cimetière abandonné. Les deux bergers dirigeaient avec précaution leurs chevaux dont les sabots glissaient et trébuchaient à chaque pas. Ils se rapprochèrent de l'endroit d'où provenaient les aboiements de Huanghuang. Chen Zhen dit :

– Je parie que Huanghuang a attrapé un renard.

– Si tu dis vrai, au moins nous ne rentrerons pas les mains vides !

Ils descendirent au fond d'un ravin. Là, ils sursautèrent en voyant Huanghuang aboyer furieusement devant à un grand trou noir. Tout indiquait que l'endroit sombre et sinistre était fréquenté par des loups. L'espace d'un instant, Chen Zhen eut le sentiment diffus de n'être plus chasseur mais la proie d'une meute de loups qui l'auraient épié depuis leur cachette. Il en eut la chair de poule.

Ils mirent pied à terre, attachèrent leurs montures puis se précipitèrent vers l'antre, chacun armé d'un outil. La tanière, qui donnait au sud, était haute d'un mètre et large de soixante centimètres. Chen Zhen se rappela sa visite à Pingshan, dans la province du Hebei, d'une galerie souterraine utilisée par les partisans pendant la guerre de résistance contre le Japon. Mais celle qu'il avait sous les yeux était plus grande, creusée dans le repli d'une falaise. En voyant s'approcher ses maîtres, Huanghuang redoubla de zèle. Fier de sa découverte, il tournoyait autour de Chen, qui dit à son copain :

– Tu vois, il me demande une récompense ! Peut-être a-t-il vu des louveteaux ?

– Très certainement, répondit Yang. En tout cas, ce que nous avons devant nous est une tanière de loups.

– Oui, cette forte odeur ne laisse aucun doute, ajouta Chen.

Il examina l'entrée de la grotte. En creusant sa galerie, la louve avait formé un tas de terre et de pierres. Le volume des débris en disait long sur la profondeur de la tanière. On percevait également des empreintes de pattes et des débris d'os. Le cœur de Chen battit la chamade : il venait de trouver ce qu'il cherchait ! Tandis que Huanghuang surveillait les alentours, il s'agenouilla avec Yang pour regarder de plus près les traces. Ils parvinrent à distinguer trois empreintes de loup adulte et six autres laissées par les louveteaux. Les petites avaient la forme d'une fleur à six pétales et la largeur d'une pièce de monnaie. Leur fraîcheur indiquait que les louveteaux étaient sortis tout récemment, puis étaient rentrés sans doute en entendant aboyer le chien. La louve avait retiré la neige et aménagé une sorte de plate-forme pour en faire un terrain de jeu pour ses petits. À en juger par les poils et les morceaux de peau éparpillés çà et là, les débris d'os étaient ceux d'un agneau sur lesquels on apercevait les menues traces de dents des louveteaux. Plus loin, traînaient des excréments d'un noir luisant, épais comme une brindille et longs de deux centimètres.

Chen Zhen se tapa énergiquement les genoux :

– Ils sont là-dedans les louveteaux que nous cherchons ! Tout à l'heure, nous sommes tombés dans le panneau de la louve !

Yang Ke comprit à son tour.

– Quand elle a aperçu nos silhouettes ce matin, elle a changé de direction pour entrer dans une grotte abandonnée. Elle nous y a conduits volontairement, avant de simuler un combat acharné contre nos chiens comme si elle défendait sa famille. Quelle ruse !

– Quand elle a changé de direction, j'ai eu un doute, avoua Chen qui se rappelait la scène. Mais elle s'est battue si désespérément contre les chiens qu'elle a dissipé mes soupçons. Elle sait bien jouer son rôle ! Sans les pétards, nous serions encore devant la grotte abandonnée !

– Et sans l'aide de nos chiens, nous nous serions fait avoir ! ajouta Yang.

– Tu as raison, mais je ne vois toujours pas la solution, répondit son ami, soucieux. Nous avons perdu une bonne demi-journée, nos pétards ont explosé dans le vide, et les louveteaux se trouvent dans une tanière très profonde, sans doute un dédale inextricable.

Yang Ke réexamina l'entrée avant de proposer :

– Il est déjà tard. Tout ce que nous pouvons faire pour le moment, c'est de repérer toutes les autres sorties de la caverne et les colmater. Nous reviendrons demain matin avec des chasseurs chevronnés. De ton côté, tu pourras consulter le vieux Bilig.

Mais Chen Zhen ne voulait pas lâcher prise. Il répliqua catégoriquement :

– J'ai une autre idée. La grotte est assez large pour qu'un homme puisse y entrer. Pourquoi ne pas essayer ? La louve est dehors, poursuivie par Erlang, du moins j'espère. Il y a neuf chances sur dix pour qu'il n'y ait pas de gros loup dans la tanière. Je vais entrer en rampant et tu me tiendras par ta ceinture attachée à ma cheville. Qui sait, peut-être pourrai-je mettre la main sur un louveteau ? Sinon, j'aurai au moins une idée de l'intérieur de l'antre.

Yang Ke secoua énergiquement la tête :

– Non, c'est trop dangereux ! Et si par hasard un loup adulte t'attendait à l'intérieur ? La louve s'est déjà jouée de nous, ne l'oublie pas. Et qui te dit que c'est sa tanière ? Si ça se trouve, c'est celle d'une autre famille !

Cela faisait deux ans que Chen était hanté, chaque jour un peu plus, par le désir d'avoir un louveteau à lui. Et maintenant qu'il en avait toute une portée à quelques mètres de lui, il renoncerait ? Il en oublia le danger et dit en serrant des dents :

– Nous nous couvririons de honte en reculant alors qu'un enfant mongol a le courage d'entrer dans la tanière d'une louve ! J'irai, envers et contre tout ! Aide-moi, Yang. J'aurai la barre de fer et une torche électrique ; je résisterai bien au loup en cas de besoin.

– Si tu tiens tant que cela à récupérer un louveteau... soupira Yang Ke. Mais laisse-moi y aller ! Tu es trop frêle. Je suis plus costaud que toi.

– Mais c'est un avantage d'être mince ! Le passage est étroit, tu auras de la difficulté à avancer. Allez, pas de dispute ! Le plus gros de nous deux reste à l'extérieur !

Chen Zhen enleva sa robe de fourrure. À contrecœur, Yang Ke lui passa la lampe électrique, la barre de fer et la musette vide. Il défit sa ceinture mongole de sept mètres, l'attacha à l'une des chevilles de son ami et tint l'autre bout dans sa main.

– Si tu tombes sur un gros loup, préviens-moi en gigotant et en criant fort ! ordonna presque Yang Ke.

Chen Zhen acquiesça. Puis il alluma la torche, se mit à genoux et commença à ramper en s'aidant des coudes. La galerie avait une très forte inclinaison. Une puissante odeur de loup submergea Chen qui retenait son souffle. La paroi était très lisse, émaillée de poils gris-jaune. Le jeune homme avançait lentement, malgré l'excitation qui l'envahissait. Il était persuadé qu'il ne lui faudrait parcourir que quelques mètres avant d'apercevoir les louveteaux. De l'extérieur, Yang Ke le vit disparaître complètement, tout en continuant à relâcher la ceinture à mesure que progressait son ami. Il lui demandait sans cesse s'il voulait abandonner.

– Laisse-moi, ne tire pas la ceinture, hurla Chen Zhen, qui était déjà parvenu à une profondeur de presque deux mètres.

À cet endroit, la galerie dessinait une légère courbe au bout de laquelle l'obscurité se fit plus grande. Le passage rétrécissait. Chen se faufila en baissant la tête, et avança péniblement. La paroi devenait encore plus lisse, comme si elle avait été travaillée avec un outil d'acier. Du moins ne craignait-il plus un éboulement parce que peu de mottes de terre tombaient. Mais il était surpris par la profondeur de cette véritable galerie de mine creusée à la force des griffes ! À en juger par la pierre usée de la paroi, elle devait être centenaire. Par combien de générations de loups avait-elle été habitée ?

Une vague de terreur montait en lui à mesure qu'il pénétrait ce monde de bêtes sauvages. Il voyait des empreintes de loup adulte. Serait-il de force à résister à une attaque ? Sa barre de fer pourrait certes tenir le loup à distance parce que le passage était étroit, mais il savait les pattes de loup très longues. Il frissonna en imaginant les coups de griffes, puis s'arrêta, hésitant. Il n'avait qu'à agiter un pied pour que Yang Ke le fasse sortir. Mais à la pensée que les louveteaux étaient peut-être là, qu'il suffisait de tendre la main pour les prendre, il se ressaisit et poursuivit, les dents serrées. La galerie se rétrécissait de plus en plus, l'air se raréfiait, l'odeur de loup s'intensifiait. Chen fut presque pris de panique à l'idée de mourir étouffé comme tant de pilleurs de tombeaux dont les corps avaient été découverts dans les galeries funéraires datant de l'Antiquité.

Il dut s'arrêter devant une sorte de barrage qui ne permettait qu'à une louve de passer en rampant mais non à un homme. L'obstacle servait en outre de protection contre la fumée et l'eau. Chen Zhen était bloqué, mais il ne s'avoua pas vaincu. De sa barre de fer, il essaya d'agrandir l'ouverture. Après quelques coups contre ce bloc de roche d'une solidité d'airain, il dut pourtant abandonner. Il respirait un air vicié et peinait à continuer. En désespoir de cause, il allongea une main et passa la tête dans le col rétréci, espérant voir les louveteaux à la lumière de sa torche. Ce qu'il aperçut le laissa complètement désemparé : le passage allait s'élevant pour se perdre dans une obscurité complète, en aboutissant sans doute à une chambre aménagée pour les louveteaux, plus confortable et protégée contre toute intrusion ou inondation. Malgré la fatigue et l'abattement, Chen tomba en admiration devant ce système de défense si ingénieusement conçu.

Il prêta l'oreille : silence total. Les louveteaux dormaient-ils ? Ou par instinct s'étaient-ils imposé un silence absolu en entendant approcher un intrus ? Une envie folle lui prit de chanter *Ouvrez-moi, mes petits.*

C'était comme si les rôles dans les contes de son enfance avaient été inversés : à la place du gros loup gris qui s'insinuait chez les humains, c'était un Han qui rendait visite aux louveteaux mongols. Mais il avait déjà tant de peine à respirer qu'il renonça à cette fanfaronnade dérisoire. Rassemblant le peu de forces qui lui restait, il transmit une secousse énergique à la ceinture attachée à sa cheville. Yang Ke, tout excité, le tira rapidement hors de la tanière. Enfin à l'air libre, Chen Zhen se laissa retomber en respirant bruyamment.

– C'est un trou sans fond, le trou du diable ! balbutia-t-il.

Déçu, Yang Ke remit sans mot dire la robe de fourrure sur les épaules de son ami.

Ils s'accordèrent une pause avant d'effectuer une dernière inspection minutieuse des environs. Au bout d'une demi-heure, ils trouvèrent une autre sortie qu'ils bloquèrent, tout comme l'entrée principale, à l'aide de grosses pierres que la louve n'avait pas la force de déplacer. Puis ils colmatèrent les fissures à grand renfort de terre. Avant de quitter les lieux, Chen Zhen planta sa bêche devant l'entrée de la grotte en guise de message à la louve : « Nous reviendrons demain ! »

Les deux hommes attendirent jusqu'au crépuscule dans l'espoir de voir réapparaître Erlang. Toujours aussi vainement. Ils étaient très inquiets pour leur chien, d'autant plus qu'ils savaient maintenant à quel point cette louve était rusée. La mort dans l'âme, ils décidèrent pourtant de rentrer avec le fidèle Huanghuang. Il faisait nuit quand ils arrivèrent à leur campement. Chen Zhen laissa son copain rejoindre Gao Jianzhong qui devait les attendre anxieusement. Quant à lui, il se dirigea vers la yourte du vieux Bilig.

CHAPITRE 10

Les Taichuud descendaient de Charhai Lyanh, fils de Haidu Khan (ancêtre de Gengis Khan, six générations avant lui – *NdA*). Haidu Khan avait trois fils : l'aîné s'appelait Baishinhur (cinq générations avant Gengis Khan – *NdA*). À partir de lui commence la lignée familiale de Gengis Khan... Le deuxième fils de Haidu Khan était Charhai Lyanh, qui épousa sa belle-sœur après la mort de son frère aîné Baishinhur. Cette belle-sœur était déjà la mère de Tominai Setsen Khan (quatre générations avant Gengis Khan – *NdA*)...

Anthologie historique, vol. 1,
Rashid-al-Din (historien persan)

Tout en tirant sur sa pipe, le vieil homme écouta sans broncher Chen Zhen lui relater toutes les péripéties de la journée. Lorsqu'il eut terminé, Bilig le tança vertement, la barbiche frémissante de colère :

– Abominable ! Vous avez fait sortir la louve à coups de pétards ! Les Han sont décidément pires que les Mongols. Vous ne connaissez donc que la force de la poudre ? Bien sûr, dans la première tanière abandonnée, la louve n'a pas eu le temps de construire un mur contre la fumée ! Si les louveteaux avaient été dans l'antre, ils seraient tous sortis et se seraient fait prendre. Mais si on continue ainsi, on ne verra bientôt plus un seul loup dans notre steppe ! On peut organiser une chasse contre eux, mais pas de cette façon. Sinon Tengger le Ciel éternel s'emportera contre vous ! Désormais, je vous interdis d'utiliser la poudre. Et il ne faut absolument pas que les gardiens de chevaux soient au courant de votre méthode.

Chen Zhen ne s'attendait pas à cette réaction du vieux Mongol, mais peu à peu il mesura les conséquences possibles de sa faute. Dans la steppe, contrairement au reste du pays, on ne tirait pas de pétards les jours de fête. C'est pourquoi il n'existait aucun contrôle et qu'il était très facile d'apporter des pétards produits dans la Chine intérieure. Mais si jamais ces produits arrivaient en masse en Mongolie, les loups, maîtres de la steppe depuis des millénaires, seraient anéantis, et avec eux le totem, le caractère propre de tout un peuple, et finalement la steppe tout entière. Chen comprenait mieux la colère du vieux Bilig.

Accablé, il s'essuya le front et dit :

– Ne vous inquiétez pas, A'bo, je ne le ferai plus, je vous l'assure au nom de Tengger ! Et nous ne dirons rien de notre méthode.

Depuis l'époque du Grand Khan, quand un Mongol donnait sa parole d'honneur, tout le monde savait qu'il la tiendrait à la lettre. Même une promesse faite en état d'ivresse devait être respectée, et s'il ne remplissait pas son engagement, son auteur acceptait de perdre ce qu'il avait de plus précieux : un chien, un cheval de race, un couteau ou une perche à lasso de valeur, voire sa bien-aimée. Chen Zhen ayant promis, le vieux Bilig s'adoucit.

– Je comprends ta bonne foi. Tu fais la chasse aux loups pour protéger les moutons et les chevaux. Mais souviens-toi que la protection de la steppe est de la première importance ! Actuellement, de jeunes gardiens de chevaux se sont lancés un défi : lequel d'entre eux tuera le plus de loups ? On en parle beaucoup à la radio. En plus, ce sont des hommes de la région agricole qui sont nommés dirigeants de la région pastorale, mais ils ne connaissent pas le métier de pasteur. Ce sont les habitants de la steppe qui finiront par être victimes de cette situation.

Gasma apporta au jeune instruit un bol de pâtes au mouton et une assiette de ciboule salée. Elle remplit un autre bol qu'elle tendit à son beau-père et dit à Chen :

– Actuellement, les gens n'écoutent A'bo que d'une oreille car il leur déconseille de tuer trop de loups, alors que lui-même en tue. Comment pourraient-ils le croire si ses actes contredisent ses paroles ?

Avec un sourire amer, le vieil homme s'adressa à Chen Zhen :

– Et toi, tu crois à ce que je dis ?

– Bien sûr ! Sans les loups, la steppe dépérit, j'en suis maintenant persuadé. Vous savez, A'bo, en Australie il y a aussi une immense steppe. À l'origine, il n'y avait pas de lièvres. Et puis, on ne sait comment, il en est apparu, et ils se sont reproduits avec une vitalité étonnante. Non seulement ils ont consommé les herbes des pâturages, mais en plus ils ont creusé des terriers partout. Le gouvernement australien a eu recours à tous les moyens. D'immenses filets de fer ont finalement été tendus au ras du sol. Les herbes poussaient à travers les mailles, mais les lièvres ne pouvaient sortir de leurs terriers et mouraient de faim. Pourtant, cette méthode s'est soldée par un échec parce que la steppe est tellement vaste qu'il était impossible de la recouvrir complètement. En arrivant ici, je pensais trouver beaucoup de lièvres, mais j'en ai vu très peu. J'ai compris que c'était grâce aux loups !

Le vieux Bilig l'écoutait avec un vif intérêt. Il murmura :

– Australie ! Australie ! Apporte-moi ta carte du monde pour me montrer où se situe ce pays. Désormais, je raconterai l'histoire de l'Australie à ceux qui prônent l'extermination des loups. Le lièvre est un grand ennemi de la steppe. Une femelle met bas plusieurs fois par an ; elle est même plus prolifique qu'une louve. En hiver, les marmottes et les rats hibernent, pas les lièvres. Ils fournissent de la chair fraîche aux loups qui la préfèrent au mouton, et nos pertes s'en trouvent réduites. Sans les loups, on trébucherait sur un lièvre tous les trois pas.

– Je vous apporterai la carte demain, promis, s'empressa de dire Chen Zhen.

– Je vois que tu es épuisé. Retourne chez toi et repose-toi bien.

Comme Chen Zhen hésitait à le quitter, le vieux Bilig dit encore :

– Je suppose que tu veux savoir comment on peut faire sortir les louveteaux de leur trou ? Il semble que ta décision soit prise : tu veux avoir les petits de cette louve coûte que coûte, n'est-ce pas ?

– Oui. C'est ma première chasse. Il faut que vous m'aidiez à la réussir !

– Une fois n'est pas coutume, d'accord ?

– Certainement.

Le vieux avala une lampée de thé au lait et sourit malicieusement :

– Sans mes conseils, tu ne réussiras jamais ! Mais il faut épargner leur mère. En toute chose, éviter les extrêmes.

– Dites-moi, s'il vous plaît, comment attraper ces louveteaux !

Bilig lui répondit calmement :

– Vous avez presque fait sauter la première tanière. Puis tu t'es introduit dans la seconde, et avant de partir vous avez bouché ses deux sorties. Elle n'est plus habitable parce qu'elle garde l'odeur de l'homme. La louve se déplacera ce soir, j'en suis certain. Elle ouvrira une autre sortie pour aller chercher ses petits qu'elle cachera dans un trou provisoire. Dans quelques jours, elle les emportera dans une autre tanière que personne ne trouvera plus jamais !

Le cœur de Chen Zhen s'emballa.

– C'est facile à trouver, ce trou provisoire ?

– Impossible pour un homme, mais un chien y parviendra aisément. Vous avez Huanghuang et deux autres chiens noirs.

– Venez avec nous, A'bo ! Je crois que Yang Ke a fini par perdre confiance.

– Non, dit Bilig en souriant. Les pièges que nous avons installés ont attrapé un gros loup hier soir. Comme nous l'espérions, la meute errant au-delà de la frontière est revenue. Demain, je vais récupérer les pièges en l'attendant. Quant à toi, il faut que tu dormes bien ces jours-ci et que tu te prépares à cette grande chasse. Laisse de côté ta louve et ses petits, tu y retourneras plus tard.

Chen Zhen pâlit de désespoir. Le vieux Bilig s'en aperçut, réfléchit quelques secondes, puis reprit d'un ton adouci :

– D'accord, tu peux y aller avec Yang Ke demain ! Prenez vos chiens. L'odeur de loup doit être encore tellement forte qu'à force de chercher ils trouveront. Un trou provisoire est peu profond et facile à ouvrir. Si tu échoues encore, je t'accompagnerai avec Bayar. Je lui ai interdit de s'introduire dans un antre de loups en mon absence.

À sa yourte, Chen était attendu par Yang. Il répéta à son ami les paroles du vieux chasseur, mais Yang Ke ne semblait toujours pas rassuré en allant se coucher. Chen Zhen fut réveillé en pleine nuit par les aboiements effrénés des chiens. Erlang était finalement rentré, ce qui voulait sans doute dire qu'il avait réussi à briser l'encerclement des loups. Chen comprit qu'il reprenait sa tâche de sentinelle. Il aurait voulu lui donner à manger et soigner ses blessures mais, assommé de fatigue, il sombra dans un lourd sommeil.

Le lendemain matin, au réveil, Chen Zhen vit que Yang Ke et Gao Jianzhong prenaient leur petit déjeuner en bavardant avec un autre bouvier mongol. Dorj appartenait à l'équipe de travail numéro trois. Ce jeune homme de vingt-quatre ans, intelligent et sûr, avait terminé ses études secondaires du premier cycle, puis était revenu au pâturage. En plus de garder un troupeau de bovins, il était le comptable de la brigade de production. Chasseur expérimenté, il venait d'une zone mi-agricole, mi-pastorale du nord-est de la Chine, le Dongbei. À la fondation de la ferme, son père était venu s'y établir avec toute sa famille. Les Mongols originaires du Nord-Est étaient rares à la ferme. Leurs coutumes différaient de celles des autochtones et, bien qu'ils soient tous de la même ethnie, il y avait peu de mariages entre les deux camps. Les immigrés parlaient couramment chinois avec un accent très accusé. Ils servaient d'interprètes et de professeurs aux jeunes instruits à leur arrivée de Pékin. Mais les indigènes de la vieille génération, le vieux Bilig compris, hésitaient à les fréquenter. Si Yang Ke avait fait venir Dorj, c'est qu'il craignait d'être encore une fois dupe de la louve. Il se disait que le bouvier leur servirait de conseiller et les protégerait le cas échéant. Il en était sûr : sa présence assurerait le succès de leur opération.

Tout en s'habillant, Chen Zhen salua chaleureusement ce jeune Mongol, qui lui sourit en disant :

– Alors, comme ça, tu as eu le toupet de t'introduire dans l'antre de la louve pour avoir ses petits ? Mais fais attention maintenant ! Elle connaît ton odeur et te suivra partout où tu iras !

Chen Zhen tressaillit. Ses mains tremblantes l'empêchaient de se boutonner.

– Il faut la tuer, cette louve ! Sinon elle aura ma peau tôt ou tard !

Content de l'effet que sa tirade avait produit, Dorj éclata de rire :

– N'aie pas peur, mon ami ! Ce sont les loups qui craignent l'homme. La louve a beau pouvoir te reconnaître, elle t'évitera de son mieux. Le contraire m'étonnerait, parce que je suis entré dans un antre de loups à l'âge de treize ans et je suis toujours là, en chair et en os !

Chen Zhen poussa un soupir de soulagement :

– Tu es un grand tueur de loups. Combien en as-tu eus jusqu'ici ?

– Soixante-dix ; à cela s'ajoutent huit tanières nettoyées.

– Autant dire une soixantaine de louveteaux en plus ! Quelque cent trente loups à ton actif ! Les loups ne se sont pas vengés ?

– Si ! En dix ans, j'ai perdu huit chiens et beaucoup de moutons !

– Mais le jour où les loups disparaîtront de la steppe, que ferez-vous de la dépouille de vos morts ?

– Les Mongols du Nord-Est comme moi suivent la coutume des Han. Nous enterrons nos morts dans un cercueil. Les Mongols d'ici sont des arriérés.

– Ils suivent simplement leurs traditions, comme les Tibétains qui donnent en pâture aux vautours le corps de leurs défunts. Mais dis-moi, tu es un vrai massacreur de loups : les Mongols d'ici ne t'en veulent pas ?

– Il y a trop de loups dans la steppe Olon Bulag, répliqua Dorj. On n'arrivera jamais à les tuer tous. Le gouvernement nous appelle à les exterminer, sous prétexte qu'un loup tué, c'est cent moutons sauvés, et que dix tanières de loups nettoyées, c'est dix troupeaux de moutons protégés. Un héros de la commune de Bayangobi a vidé cinq tanières en un printemps, presque autant que moi en dix ans ! Là-bas, il y a davantage d'immigrés. Les chasseurs de loups y sont donc plus nombreux, comme les loups tués, d'ailleurs.

– Et le pâturage ?

– Pas tellement brillant. Leur steppe est détruite par les lièvres et les rats, qui se reproduisent d'une manière à peine croyable.

Une petite pensée pour son maître, et Chen Zhen endossa sa robe de fourrure avant de sortir. Erlang achevait d'avaler un morceau d'agneau. Les chiens ne touchaient jamais aux agneaux vivants, mais au printemps, il n'était pas rare que quelques bêtes du troupeau meurent de froid ou de faim ; on leur enlevait alors la peau et on les donnait en pâture aux chiens. Chen remarqua néanmoins que, tout en dévorant sa pitance, Erlang lorgnait de temps en temps vers les agneaux vivants. Sans doute la conséquence de son récent séjour sur le territoire des loups... Chen appela le molosse qui remua à peine la queue, entièrement concentré sur son repas. Yang Ke avait déjà pansé ses blessures, mais le chien s'acharnait à vouloir enlever le pansement avec ses dents, préférant se soigner en léchant ses plaies. Quant à Yir et Huanghuang, déjà rassasiés et en pleine forme, ils se précipitèrent sur Chen dès qu'ils le virent, posant leurs lourdes pattes sur ses épaules.

Après son petit déjeuner composé de thé au lait et de viande de mouton, Chen Zhen alla trouver son voisin Gombo pour lui demander

de les remplacer, lui et Yang, auprès de leur troupeau. L'ancien propriétaire du pâturage accepta, comme d'habitude, trop heureux de
retrouver son métier d'autrefois. Quant à leur camarade Gao Jianzhong,
sentant que Chen et Yang étaient sur le point de réussir, il voulut partir
avec eux, et se fit remplacer par le fils de Gombo.

Les quatre hommes se mirent en route, armés d'outils et de provisions
pour la journée. Ils se dirigèrent vers la colline du Roc noir suivis de leurs
deux chiens fidèles, Huanghuang et Erlang. La vague de froid qui avait
accompagné ce printemps précoce avait été soudaine, mais désormais, elle
régressait tout doucement. Il faisait néanmoins sombre depuis quatre
jours, le soleil ne parvenant toujours pas à percer les nuages. Les herbes
enneigées jaunissaient de jour en jour et perdaient leur valeur nutritive
pour les moutons. Dorj regarda le ciel lourd et dit, l'air épanoui :

– Il a fait froid pendant des jours. Les loups sont sûrement affamés.
Nos chiens ont aboyé toute la nuit, ce qui indique que la meute a bel et
bien franchi la frontière.

Ils suivirent les traces de sabots laissées la veille et, deux heures plus
tard, ils descendaient dans la vallée couverte de ronces. La bêche de fer
était toujours plantée là. Sur la plate-forme, quelques nouvelles
empreintes de gros loup. L'entrée de la tanière était intacte, les pierres
qui l'obstruaient n'avaient pas bougé. Sans doute la louve avait-elle eu
peur en voyant la bêche. Les deux chiens très excités, furetaient partout
aux alentours. Erlang, en particulier, avait les yeux injectés de sang,
signe de sa volonté de vengeance. Sur un geste de son maître, il s'élança
dans les broussailles, tandis que Huanghuang partait battre les
buissons dans la direction opposée. Les quatre hommes se dirigèrent
vers la sortie de la tanière où ils relevèrent aussi des empreintes de la
louve. Sur la proposition de Dorj, ils se séparèrent pour rechercher
d'autres sorties, mais entendirent bientôt aboyer les chiens. Ils
abandonnèrent aussitôt leur quête pour les rejoindre.

Du sommet de la pente, ils virent Erlang et Huanghuang labourer
énergiquement la terre de leurs pattes tout en continuant d'aboyer à
l'adresse des quatre hommes. Dorj cria triomphalement :

– Ça y est ! Les louveteaux sont là !

Ils dégringolèrent la pente à toute vitesse. Arrivés en bas, ils descendirent de cheval et observèrent les chiens qui ne cessaient de creuser. Dès qu'il le pouvait, Erlang plongeait le museau dans le trou, comme s'il voulait s'y introduire. Chen le retira pour voir ce qui l'excitait et se laissa aussitôt choir sur le sol, à la manière d'un ballon qui se dégonfle : c'était le trou le plus banal qui fût, d'un diamètre d'à peine trente centimètres. Gao Jianzhong grimaça de dédain :

– On dirait plutôt un terrier de lièvre. Ou de marmotte.

– Non, rétorqua Dorj sans s'énerver. Regarde ce tas de terre fraîche ! C'est nouvellement creusé. La louve y a transporté ses petits, c'est sûr !

– Mais c'est trop petit pour la louve, fit Chen Zhen sceptique.

– Il ne s'agit que d'un trou provisoire, affirma Dorj. C'est un peu juste pour la louve, mais elle est mince. Elle est entrée déposer ses petits et reviendra pour les emporter ailleurs, dans une vraie tanière.

Yang Ke agitait déjà la bêche et déclara :

– Lièvres ou louveteaux, peu m'importe pourvu qu'on attrape du gibier vivant ! Écartez-vous, je vais creuser !

– Un instant ! dit Dorj. Laisse-moi vérifier la profondeur et s'il y a vraiment quelque chose de vivant à l'intérieur.

Il introduisit le manche de sa perche à lasso, qui bloqua à un mètre de profondeur. Il releva la tête, joyeux, et s'adressa à Chen Zhen :

– Nous les tenons ! Ils sont au bout de ma perche ! Tu veux vérifier ?

Chen sonda à son tour. Il sentit quelque chose de mou. Un large sourire illumina son visage :

– Oui, ça y est ! Mais comment être sûr que ce sont des louveteaux ?

Yang Ke et Gao Jianzhong prirent la perche à tour de rôle et déclarèrent à l'unisson qu'il y avait bien là quelque chose, tout en émettant la même réserve que Chen.

Indifférent, Dorj enfonça la perche encore davantage et atteignit le fond. Il s'allongea sur le sol et déplaça sa perche à tâtons. Il se releva et indiqua du pied :

– C'est bien ici ! Vous pouvez creuser. Attention à ne pas blesser les petits !

Chen Zhen arracha la bêche des mains de Yang Ke et demanda :

– Quelle est la profondeur, d'après toi ?

– Soixante à soixante-dix centimètres, dit Dorj. La terre dégèle et se ramollit à cause de la chaleur des louveteaux. Il faut y aller doucement !

Chen Zhen déblaya une petite surface de neige. Il enfonça la bêche qu'il poussa du pied de plus en plus fermement. La terre céda d'un coup, attirant les deux chiens qui se précipitèrent en grondant. Bouleversé, Chen avait l'impression d'ouvrir une tombe millénaire. Dans le trou sablonneux apparaissaient bel et bien de petites bêtes au pelage gris foncé !

– Des louveteaux ! Des louveteaux ! crièrent en chœur les trois jeunes instruits.

Chen Zhen et Yang Ke restaient figés sur place, n'en croyant pas leurs yeux. Ils s'attendaient à un combat long et acharné, mais la victoire avait été si facile ! Ils avaient passé les derniers jours dans la crainte, la fatigue et la surexcitation, et un coup de bêche avait mis fin à tout cela ! Ces petits animaux pas plus gros que des rats étaient-ils vraiment les bébés de cette louve si rusée et si cruelle ? Et dire que c'était eux, étudiants de Pékin, qui avaient réussi à mettre la main sur ces louveteaux si bien protégés ! Ce succès inattendu les rendait fous de joie. Yang Ke demanda :

– Est-ce que je rêve tout éveillé ? Les avons-nous eus réellement ?

– Oui, mais nous avons eu de la chance ! glissa Gao Jianzhong. Vous deux, vous êtes comme deux chats qui errent à l'aveuglette. Et les louveteaux sont tombés du ciel sur votre chemin. Je me préparais au combat depuis plusieurs jours, et voilà la victoire obtenue sans coup férir !

Chen Zhen était trop ému pour relever le propos. Il s'accroupit pour enlever les mottes de terre et les cailloux tombés sur ces petites bêtes sauvages. Il compta. Ils étaient sept, immobiles, serrés les uns contre les autres. Un peu plus grands que la paume d'une main, ils avaient la tête noire, et les yeux voilés par une mince couche de peau à travers laquelle on apercevait une prunelle foncée. Chen Zhen se dit en son for intérieur : « Bonjour ! Je vous ai tellement cherchés, et finalement vous avez consenti à apparaître ! »

LE TOTEM DU LOUP

– Ils ont une vingtaine de jours, expliqua Dorj. Ils vont bientôt ouvrir les yeux.

– Mais ils ne bougent pas, demanda Chen. Est-ce qu'ils dorment ?

– Ils sont nés rusés. Ils ont été réveillés depuis belle lurette par l'aboiement des chiens. Maintenant, ils simulent la mort. Essaie d'en prendre un pour voir !

Chen Zhen n'avait encore jamais pris un louveteau dans ses mains. Il hésita une seconde avant de tendre le bras, puis avec deux doigts en saisit un par les oreilles. La petite chose restait inerte, comme un chaton noyé. Les trois jeunes hommes examinèrent intensément le louveteau : rien de commun avec un petit chiot, toujours couvert de duvet luisant. Le louveteau avait des poils gris tendre, entremêlés de crins noirs, longs et raides. On aurait dit une châtaigne dans sa bogue, mais la description enchanteresse s'arrêtait là : de petits crocs sortaient déjà de sa gueule minuscule et la petite boule de poils exhalait une forte odeur animale mêlée à celle de la terre. Bref, tout le contraire de petits chiots, mignons et adorables. Mais, aux yeux de Chen Zhen, c'était la plus belle et la plus précieuse de toutes les vies de la steppe.

Suspendu en l'air, le louveteau faisait toujours le mort. Chen appuya sur sa poitrine et sentit le battement fou du cœur.

– Dépose-le sur le sol et regarde ! lui conseilla doucement Dorj.

Le louveteau reprit peu à peu vie. Il rampa en s'éloignant des quatre hommes à la manière d'un jouet mécanique. Huanghuang bondit vers lui, mais fut arrêté par Yang au moment où il allait s'en saisir. Chen s'empressa de ramasser le louveteau qu'il mit dans sa musette. Huanghuang regarda Chen d'un air bourru : il aurait tant voulu enfoncer ses crocs dans ce corps minuscule et le déchirer. De son côté, Erlang semblait plongé en pleine méditation, agitant légèrement la queue.

Comme une bande de gamins survoltés qui auraient déniché des oisillons, les trois jeunes instruits placèrent un à un les louveteaux dans le sac de Chen Zhen, qui le boucla et l'accrocha à sa selle. Ils s'apprêtaient tous à regagner la yourte quand Dorj jeta un regard circulaire et dit :

– La louve rôde dans ces parages, c'est sûr. Au lieu de rentrer directement, nous ferons un grand tour. Sinon elle nous suivra jusqu'à notre campement.

Les trois jeunes reprirent conscience du danger : ce n'étaient pas des oisillons qu'ils avaient dans leur sac, mais des loups, ces bêtes qui font pâlir de peur tous les Han !

CHAPITRE 11

Charhai Lyanh épousa sa belle-sœur après la mort de son frère aîné. Elle lui donna deux fils : Delt Chono et Ulugchin Chono. En mongol, «Chono» signifie loup. Dans l'*Anthologie historique,* l'auteur note explicitement que les noms des deux fils signifient respectivement «loup» et «louve». Le clan des Chono est bien la descendance de ces deux fils.

Dans l'*Arbre généalogique impérial de l'histoire des Yuan,* Chono est écrit «Zhilus». Le «s» est la marque du pluriel de «Zhilu», qui prend ainsi le sens de «meute de loups».

Les Treize Ailes de Gengis Khan
Han Rulin

Les trois étudiants avaient enfourché prestement leur monture pour suivre Dorj. Ils traversèrent la forêt de roseaux, puis une étendue alcaline, faisant un grand crochet par des endroits où les sabots de leurs chevaux laisseraient le moins de traces possible. Étrangement, le retour triomphal ressemblait fort à la fuite d'une bande de voleurs. Privés de la joie de savourer leur réussite, ils déguerpirent au plus tôt afin de semer des poursuivants imaginaires.

Chen Zhen retrouva néanmoins son calme à la pensée des agneaux qui lui avaient été dérobés : en tant que berger, il avait le devoir de les venger et de les protéger. Une caverne de loups nettoyée, c'était un grand nombre de moutons sauvés, et capturer sept louveteaux s'avérait bien plus facile que de tuer sept loups adultes. Ce moyen n'avait pourtant jamais permis d'exterminer la race puisque les loups continuaient à sévir dans la steppe. Chen demanda à Dorj s'il en connaissait la raison.

– Avec les chiens, les loups formaient une même famille il y a des milliers d'années, mais ils sont incomparablement plus rusés. Sais-tu, par exemple, que les chiennes mettent bas fin février ou courant mars, alors que les louves, elles, attendent que les brebis fassent de même pour voler les agneaux et en nourrir leurs louveteaux. Le printemps est une saison de grands travaux qui occupent toute la main-d'œuvre du pâturage. Les pasteurs sont harassés de fatigue. Exténués, ils en oublient souvent de manger pour dormir. Comment veux-tu qu'ils trouvent encore la force de chasser les loups ? Passé cette saison, les gens retrouvent un peu de liberté, mais les louveteaux ont grandi et déjà quitté la tanière. Un bébé loup ouvre les yeux à un mois ; à deux mois, il court partout derrière sa mère. Les antres sont vides en été, car elles ne servent qu'aux louves qui ont des petits à nourrir. Les mâles n'y restent jamais. Si les louveteaux naissaient en automne ou en hiver, les hommes auraient tout le loisir de les tuer, et la race des loups serait éteinte depuis belle lurette !

Yang Ke et Chen Zhen, épuisés de fatigue après des nuits trop courtes, ne pouvaient s'empêcher de bâiller. Chen fit un effort pour poursuivre la conversation :

– Mais pourquoi les Mongols sont-ils si réticents quand on leur demande d'aller tuer les loups dans leur tanière ?

– Parce qu'ils sont lamaïstes, répondit Dorj. Dans le passé, presque toutes les familles comptaient un lama. Cette religion préconise la miséricorde et le respect de la vie. Moi, je ne suis pas croyant et je n'ai pas peur de mourir jeune. Nous, les Mongols du Nord-Est, nous ne donnons pas notre corps aux loups après la mort et nous ne craignons pas leur extinction. Depuis que nous avons appris à cultiver la terre comme les Han, nous nous sommes convertis à leurs mœurs et nous enterrons nos morts.

Tout en parlant, les quatre hommes s'éloignaient de plus en plus de l'antre, mais Chen Zhen sentait comme un spectre dans son dos. Au fond de lui, il éprouvait une inquiétude qui ne le quitterait plus. Étudiant d'une grande ville qui n'avait rien à voir avec les loups, il avait par caprice pris la vie de sept louveteaux ! Leur mère cruelle et rusée ne l'oublierait pas de sitôt. Sous la conduite de cette louve implacable, les meutes de la steppe Olon Bulag viendraient le chercher à la faveur des ténèbres. Et si leur père était un roi des loups ? Alors ces louveteaux seraient de la race la plus pure de la steppe mongole ! Ils auraient eu fière allure une fois adultes, songeait-il. Par sa faute, ils ne deviendraient jamais les rois de la steppe ! Et lui, rongé de remords, ne connaîtrait plus jamais la paix, poursuivi par la haine infinie des loups mongols. Chen sentit que son destin était désormais lié à la steppe. Il comprenait peu à peu la gravité de l'acte qu'il avait commis, mais il était trop tard.

De retour à sa yourte, Chen accrocha son sac au clou. C'était l'après-midi. Les quatre jeunes instruits s'assirent autour du poêle de fonte. Ils allumèrent un bon feu et mangèrent un morceau de mouton rôti en buvant du thé et en discutant du sort des louveteaux.

– Il n'y a pas à hésiter, dit Dorj. Après le thé, vous allez voir ce que je ferai d'eux !

Chen Zhen ne réagit pas tout de suite. Perdu dans ses pensées, il pressentait l'imminence d'un problème : comment élever un louveteau ? Il supposait déjà que tous les pasteurs et les cadres de la ferme seraient sans doute opposés à son projet. Au début de la Révolution culturelle, il s'en souvenait, un gardien du zoo de Pékin avait eu la fantaisie d'amener une chienne dans la cage d'un jeune tigre dont la mère était morte accidentellement. Privé de sa mère, le petit risquait de mourir à son tour. La chienne avait accepté de l'allaiter. Chose étonnante, les deux animaux avaient vécu en parfaite harmonie, mais le gardien avait été sévèrement critiqué pour avoir préconisé « la réconciliation des classes ». Et lui, Chen, il comptait élever un loup au milieu de ses moutons ? Autant dire qu'il s'apprêtait à commettre un crime impardonnable : effacer la ligne de démarcation entre l'ennemi et l'ami ! Dans la steppe, les loups étaient les ennemis jurés des pasteurs, mais pour les hommes les plus âgés, ils représentaient aussi une divinité, l'objet de leur totem ! Outre un blasphème impardonnable, le fait d'élever un louveteau pourrait tout simplement s'avérer dangereux pour les troupeaux. Ne serait-ce que pour ces raisons, le vieux Bilig serait sans doute furieux contre lui et cesserait de le considérer comme son fils han.

Pourtant, loin de Chen l'idée du sacrilège ! Il n'avait vraiment aucune raison de vouloir blesser le sentiment religieux des Mongols. C'était bien au contraire sa considération sincère pour le totem du loup et son attachement croissant pour cet animal qui l'avaient conduit à vouloir élever un louveteau. Le comportement des loups était pour lui une véritable énigme. Faute d'avoir à ses côtés un spécimen réel, palpable, qui se prêterait à son observation quotidienne, sa connaissance resterait superficielle et livresque, puisée dans les contes populaires et l'expérience commune. Il se disait qu'il ne pourrait jamais repousser les préjugés de ses compatriotes, les Han, contre les loups. Depuis qu'il avait quitté Pékin pour la steppe mongole en 1967, cela faisait deux ans, un grand nombre de nouveaux venus étaient arrivés, apportant avec eux fusils et munitions. La population des loups diminuait maintenant à un rythme rapide. Dans quelques années, on ne trouverait plus aussi facilement des portées entières de louveteaux dans une seule tanière. Et lui en avait sept dans son sac: il devait à tout prix en garder un! Mais par respect pour les sentiments des pasteurs, en particulier le vieux Bilig, il lui fallait trouver un argument qui justifie sa cause et la rende acceptable aux yeux de tous.

Il en vint à la conclusion que le moins invraisemblable était l'expérimentation scientifique. Il prétexterait un projet de croisement pour obtenir une nouvelle race de chien-loup. Ces bêtes étaient fort appréciées dans la steppe Olon Bulag. Au poste des gardes-frontières, on en possédait d'ailleurs quelques-uns: des chiens militaires gros et hauts, à la fois puissants et rapides. Un jour, le chef de la station était venu visiter la ferme avec deux d'entre eux. Chemin faisant, ses chiens avaient attrapé coup sur coup quatre renards que le chef avait écorchés devant les chasseurs restés bouche bée. Depuis, nombre d'entre eux mouraient d'envie de posséder un de ces chiens-loups. «Je promettrai les chiots issus du croisement aux pasteurs et ils approuveront mon projet d'élevage!» se dit Chen.

Il posa son pot de thé et, indifférent à la conversation en cours, dit à Dorj:

– Tu peux supprimer six louveteaux, mais il faut m'en garder un! Je veux un mâle, et le plus fort.

Dorj sursauta et le dévisagea pendant dix bonnes secondes:

– Tu veux l'élever?

– Oui, répondit Chen Zhen sans broncher. Quand il sera grand, je l'accouplerai avec une chienne. Peut-être pourrai-je obtenir un chien-loup plus puissant encore que ceux des gardes-frontières. Quand il aura des petits à son tour, les familles de pasteurs feront la queue pour m'en demander!

Les yeux de Dorj brillèrent d'excitation:

– Bonne idée! dit-il. J'espère que tu réussiras. Avec un chien-loup, la chasse au renard deviendra facile. En plus, ça rapporte beaucoup, la vente de tels chiens.

– Je crains quand même que la brigade de production ne nous l'interdise.

– Ne t'en fais pas ! C'est dans le but de combattre les loups que nous élèverons ces louveteaux. Et quiconque s'y opposera n'aura pas droit à sa progéniture.

– Si je comprends bien, tu penses en élever un toi aussi ? dit Yang Ke en riant.

– Pourquoi pas ? fit Dorj fermement.

– Superbe ! applaudit Chen. À deux, ce sera plus facile ! Mais j'ai encore un doute : un loup s'accouplera-t-il avec une chienne ?

– Ce n'est pas tellement difficile, affirma Dorj. J'ai de l'expérience. Il y a trois ans, j'avais une très bonne chienne que je voulais accoupler avec un chien rapide et puissant. J'en élevais une dizaine à la maison, des bons et des mauvais. Je craignais qu'elle ne tombe sur un des plus ordinaires. Finalement, j'ai trouvé une solution : à la saison du rut, j'ai creusé un puits sec, profond de trois ou quatre mètres et de la dimension d'une petite yourte. J'y ai mis la chienne, avec un mâle de qualité. Je leur apportais des vivres régulièrement, et la chienne s'est trouvée grosse au bout de vingt jours. Huit petits, qu'elle a eus, dont j'ai éliminé les quatre femelles. Maintenant, ces mâles sont les plus puissants de la meute ! Grâce à eux, mes chasses ont été particulièrement fructueuses cette année. Nous pouvons recourir à la même méthode. Mais il faut que le louveteau soit élevé avec une jeune chienne dès le début.

Chen Zhen et Yang Ke l'approuvèrent en chœur.

Le sac remua. Visiblement, les louveteaux étaient las de leur mauvaise posture. Ou bien ils avaient faim. Il y avait là sept vies dont cinq seraient bientôt supprimées. Chen songea combien étaient détestables la vanité et la cupidité de l'homme ! Il avait besoin d'un seul louveteau, le plus beau possible, pour réaliser son élevage, mais il en avait pris sept. Pourquoi ? N'était-ce pas parce que cet exploit ferait l'admiration des pasteurs ? Ces vies ne valaient-elles plus rien face à la célébrité et au gain matériel ?

Une douleur lancinante lui traversa le cœur. Depuis deux ans, il les voyait fréquemment dans ses rêves, ces petits louveteaux. Il aurait voulu les garder tous, mais c'était impossible. D'ailleurs, comment les aurait-il nourris alors que lui-même ne mangeait pas toujours à sa faim ? L'idée lui vint de les rendre à leur mère. Mais, à part Yang Ke, personne n'accepterait de l'accompagner, et il n'oserait y aller seul. Il fallait compter quatre heures pour faire l'aller-retour. Après cette journée épuisante, son cheval et lui étaient à bout. Et la louve qui les attendait quelque part, prête à bondir... Il sortit lentement, le sac dans les mains.

– Veux-tu attendre encore quelques jours, Dorj ? Je voudrais les examiner de plus près.

– Mais comment les nourrir ? fit remarquer celui-ci. Ils ne sont pas encore sevrés et ils mourront de faim d'ici peu.

– Nous avons une vache...

– Non, ce n'est pas possible, s'indigna Gao Jianzhong, renfrogné. Je l'ai élevée pour les hommes. Les loups attaquent les bovins, et toi, tu les nourrirais avec le lait de ma vache ? C'est absurde ! Si je te laissais faire, la brigade de production ne me confierait plus son troupeau !

Yang Ke tâcha d'intervenir en médiateur :

– Remets les cinq louveteaux à Dorj, Chen. Si l'équipe de travail les trouve, ils nous forceront à tous les tuer. Et puis Gasma est soucieuse parce que notre équipe de travail n'a pas encore atteint son quota. En donnant à la direction cinq peaux de louveteau, nous lui épargnerons des problèmes. Que Dorj fasse ce qu'il a à faire pendant qu'il est encore ici. Moi, je n'ai pas le cœur assez dur... et toi non plus !

Chen Zhen poussa un long soupir. Il avait les larmes aux yeux. D'un pas lent, il revint dans la yourte, vida le coffre de bouses séchées et y déposa les louveteaux. Ils rampèrent en tous sens, cherchant à s'évader, mais comprenant que c'était peine perdue, ils finirent par s'immobiliser dans les coins. Ils tremblaient de tous leurs membres, les crins noirs frémissants. Dorj allongea un doigt et les tripota un à un avant d'annoncer :

– Il y a trois femelles et quatre mâles. Le plus gros est à toi ; moi, je prends celui-ci !

Il remit les cinq autres un à un dans le sac puis marcha vers un terrain dégagé devant la yourte. Il tira un louveteau du sac, le regarda et dit :

– C'est une femelle ! Qu'elle parte la première vers Tengger !

Et d'un geste sec du bras, le genou droit fléchi, il lança la pauvre bête en l'air.

C'est de cette façon qu'après la fête du Printemps les pasteurs tuaient les chiots qu'ils ne voulaient pas garder. Ils faisaient de même avec les louveteaux tombés entre leurs mains : ils envoyaient ainsi leur âme vers le ciel, tandis que leur dépouille s'écrasait, vide de l'esprit qu'elle avait contenu. Chen Zhen et Yang Ke avaient été à maintes reprises témoins de cette scène. Pourtant, tous deux étaient blêmes d'émotion, car cette fois, c'étaient eux qui avaient amené les condamnés à l'exécution.

La mignonne petite femelle dodue était restée inerte d'abord, espérant échapper en simulant la mort. Une fois lancée, elle gesticula dans le vide et tenta l'impossible pour s'agripper à quelque chose. Chen Zhen aperçut ses yeux gris pâle, effarés, écarquillés, injectés de sang, aux prunelles dilatées. La gueule ouverte, elle décrivit une courbe sous la voûte céleste chargée de nuages, puis piqua droit pour aller s'écraser avec un bruit mat sur le sol dur tapissé de neige sale. Il ne restait plus qu'une petite boule sanguinolente. Cette scène atroce, Chen ne pourrait jamais l'oublier.

Les trois chiens se précipitèrent sur la dépouille. Dorj poussa un cri tonitruant et les arrêta en deux enjambées, sauvant ainsi la précieuse fourrure. S'étant ressaisi, Erlang se posta devant Yir et Huanghuang pour leur barrer le chemin. D'une certaine manière, sa noblesse l'empêchait de s'acharner sur le corps d'un mort, à plus forte raison s'il s'agissait d'un de ces loups pour lesquels il éprouvait une forme de respect.

Dorj sortait déjà un autre louveteau, qui semblait avoir senti sa mort imminente car il se débattit comme un possédé, labourant de ses jeunes griffes la main de son bourreau. Le pasteur s'adressa à Chen Zhen :

– Vas-y ! C'est ton tour. Cela te donnera du courage. Tous les bergers de la steppe tuent.

– Oh non, continue toi-même, je t'en prie ! dit Chen en reculant d'un pas.

– Vous, les Han, vous avez peur de tout ! Vous détestez les loups mais vous n'osez pas tuer un louveteau ! Je me demande comment vous vous comportez sur les champs de bataille. Vous ne savez que vous retrancher derrière la Grande Muraille. Regarde-moi… Et le deuxième louveteau fut aussitôt lancé en l'air. Dorj prit l'air dévot et récita sur un ton moqueur :

– Allez ! Vole vers Tengger le Ciel éternel ! Là se trouve la terre promise !

Les cinq petits cadavres étaient maintenant allongés sur le sol rougi de sang. Chen Zhen les ramassa avec une écope et regarda longuement le ciel couvert, espérant que Tengger ait bien reçu leur âme. Dorj s'essuyait les mains sur ses bottes et dit :

– C'est rare de pouvoir tuer cinq loups le même jour ! Mais le loup demeure plus fort que l'homme : si la chance lui sourit, il peut bien assassiner cent ou deux cents moutons dans sa vie. Ce que j'ai fait n'est rien en comparaison. Mais il est tard. Je dois aller rentrer mes bœufs, dit-il en ramassant le louveteau qu'il s'était gardé.

– Reste encore, pour nous aider à écorcher les louveteaux, demanda Chen Zhen.

– Bon, je veux bien, pour vous rendre service. Mais vous ne savez vraiment rien faire, vous, les étudiants !

Erlang grondait près des corps inertes, prêt à bondir sur Dorj qui approchait. Chen Zhen s'empressa de le prendre par le cou. Dorj travaillait rapidement. Il murmura :

– Tu vois, la peau de louveteau est toute petite. Alors c'est très facile !

Quand il eut terminé, il étala les cinq peaux sur la coupole de la yourte et ajouta :

– Ce sont des fourrures de la meilleure qualité. Avec une quarantaine, tu peux te confectionner une belle veste, légère, qui te tiendra bien au chaud. Elle te coûterait les yeux de la tête au marché !

Il se lava les mains avec une poignée de neige avant de prendre une bêche appuyée contre la charrette :

– Je vais enterrer la chair des louveteaux, non pas à cause des chiens qui la dédaignent, mais de la louve : si elle flairait l'odeur de ses petits, ce serait catastrophique pour ton troupeau !

Chen Zhen et ses copains suivirent Dorj à plusieurs dizaines de mètres de la yourte. Ils creusèrent un trou d'un mètre et y jetèrent les restes des louveteaux. Ils comblèrent la fosse avec la terre qu'ils tassèrent du pied, et terminèrent en répandant de l'insecticide.

– Faut-il construire une niche pour le louveteau ? demanda Yang Ke.

– Non, un trou creusé dans la terre fera son affaire, dit Dorj.

Chen Zhen et Yang Ke choisirent un endroit à quinze pas de la yourte. Un trou fut rapidement creusé, profond de soixante centimètres et large de cinquante, dans lequel ils déposèrent des lambeaux de peau de mouton sans couvrir entièrement le sol. Enfin ils y placèrent le louveteau.

Le petit animal reprit vie au premier contact avec la terre. Il tourna en rond et fureta dans tous les coins, comme s'il était dans sa tanière. Il se calma peu à peu et se recroquevilla. Ses babines se remirent bientôt en mouvement, probablement à la recherche de ses frères et sœurs. Chen pensa tout à coup à garder l'autre louveteau pour lui tenir compagnie, mais il était déjà dans les bras de Dorj qui s'éloignait au loin. Gao enfourcha aussi son cheval avant de jeter un regard dédaigneux au louveteau. Il devait ramener son troupeau à l'étable. Les deux amis restèrent accroupis au bord du trou, regardant anxieusement le petit animal sauvage.

– Je ne sais vraiment pas si nous pourrons l'élever. Il y aura des problèmes, j'en suis sûr, dit Chen.

– Ce genre de nouvelle se propage vite, enchaîna Yang. Tout le monde saura bientôt que nous avons un louveteau vivant, un ennemi du peuple !

– Je ne me fais pas de souci de ce côté-là. Ici, nous sommes aux confins du pays, et les révolutionnaires ignorent ce que nous faisons dans cette contrée lointaine. Ce que je crains, c'est que le vieux Bilig ne soit pas d'accord.

– Laissons tomber pour le moment. La vache est rentrée, je vais prendre un peu de lait. Il a sûrement faim.

– Non, mieux vaut lui donner du lait de Yir, dit Chen en agitant la main. À Pékin, une chienne a bien nourri un jeune tigre !

Il retira le louveteau du trou et palpa son ventre creux. Le pauvre petit était resté à jeun toute la journée. Ses pattes étaient glacées, il frissonnait de tout son corps. Le jeune étudiant le serra contre lui pour le réchauffer.

C'était presque le crépuscule, l'heure où Yir revenait allaiter ses petits. Chen Zhen et Yang Ke se dirigèrent vers la niche. Celle qu'ils avaient creusée dans la neige avait fondu au soleil avant la dernière vague de froid. Ils en avaient creusé une nouvelle devant la yourte dans le tas de bouse, avec une porte en peau de cheval. Des lambeaux de peau de mouton offraient un confort rudimentaire à Yir et ses trois petits. Après avoir avalé la bouillie de millet et de viande que lui avait donnée Yang Ke, Yir se glissa dans sa niche et s'allongea le long de la paroi. Les trois chiots se jetèrent sur ses mamelles.

Chen Zhen s'approcha de la chienne à pas feutrés, s'accroupit de manière à obstruer son champ de vision et la caressa doucement. Ainsi dorlotée, Yir, reconnaissante, lui lécha joyeusement la main. De son côté, Yang Ke écarta un des chiots et pressa la mamelle de la chienne. Du lait gicla qu'il recueillit dans le creux de sa main. Il en aspergea le louveteau que Chen venait de prendre. Cette méthode, très efficace quand on veut qu'une chèvre allaite un agneau qu'elle ne connaît pas, s'appliquait mal à une chienne dont l'odorat était bien plus développé. Yir réagit, flairant quelque anomalie. Elle leva la tête pour voir ses petits. Les deux jeunes hommes l'empêchèrent de bouger, sans la brusquer.

Le louveteau sortit de son piètre état dès qu'il sentit le lait. Il se dressa, toutes griffes dehors. Né un mois et demi après les chiens, il était beaucoup moins gros qu'eux mais plus fort. Il commença par repousser les trois chiots, puis goûta une à une toutes les mamelles, se comportant comme un brigand qui fait irruption dans une maison paisible. En un instant, tout fut sens dessus dessous et du lait gicla partout. Enfin, le louveteau choisit la plus gonflée des mamelles et se mit à sucer de toutes ses forces, ses pattes de devant allongées sur deux autres mamelles. Son despotisme avait eu raison des petits chiens qui s'étaient éloignés, laissant l'intrus maître du terrain.

Les deux étudiants suivaient la scène avec étonnement. Yang Ke s'indigna :

– Quelle sauvagerie ! C'est donc cela la nature du loup ? Ce petit louveteau commence à peine à ouvrir les yeux qu'il manifeste déjà une violence incroyable. Il était le plus gros de la portée de sept ; il devait faire de même avec ses frères et sœurs.

Chen Zhen était tout aussi intéressé mais pensif. Il garda longtemps le silence avant de parler lentement, en continuant de réfléchir :

– Cette niche est un peu à l'image de l'histoire humaine. Lu Xun a bien dit un jour qu'il y a chez les Occidentaux un côté bestial bien plus accusé que chez les Chinois, au caractère plus docile.

Il poursuivit en pointant du doigt le louveteau puis les petits chiens :

– Regarde ! Le louveteau incarne tout à fait cette nature bestiale, tandis que les chiens témoignent de cette docilité. Les Occidentaux d'aujourd'hui descendent en majorité des Teutons, des Germains et des Anglo-Saxons, des nomades barbares qui ne sont sortis des forêts qu'après les civilisations grecque et romaine, qu'ils ont d'ailleurs passées par le fer et le feu. Les Occidentaux mangent avec un couteau et une fourchette, dévorent du bœuf saignant, consomment du fromage et du beurre. C'est pour cela qu'ils ont conservé une grande part de leur nature primitive et animale, bien plus que les peuples cultivateurs. Il n'est pas étonnant que, pendant cent ans, les Chinois aient été malmenés par eux. C'est pour la même raison qu'au cours des millénaires les Han, pourtant infiniment supérieurs en nombre, ont été battus à plate couture par d'infimes minorités nomades. Le caractère d'un homme est décisif pour son destin personnel, poursuivit Chen Zhen en caressant la tête du louveteau, de même que le caractère d'une nation est déterminant pour son propre destin. Le caractère mou des peuples cultivateurs sera fatal pour leur avenir. Les quatre grandes civilisations antiques appartenaient aux peuples agricoles ; trois d'entre elles ont déjà disparu depuis longtemps ! La civilisation chinoise ne doit sa survie qu'aux deux plus grands bassins fluviaux du monde, ceux du Changjiang et du Huanghe. Cette immense étendue agricole qu'est la Chine a engendré la population la plus nombreuse du monde, un gros morceau trop difficile à avaler pour les autres civilisations. Mais jusqu'à quand ?

Yang Ke approuva de la tête.

– L'élevage d'un louveteau, reprit-il, présente deux avantages : non seulement il nous permet d'observer le loup, mais aussi d'étudier les caractéristiques de l'homme, des animaux sauvages et domestiques. La steppe nous offre des possibilités qu'on ne trouve pas en ville, ni dans les régions agricoles : là-bas, on ne voit que des gens civilisés et des animaux apprivoisés.

– Tu as raison, conclut Yang, en s'adressant à Chen, ce louveteau, nous l'élèverons !

La niche était de nouveau le théâtre d'une grande agitation. Les chiots mécontents s'étaient mis à grogner, si bien que Yir, alertée, voulut comprendre ce qui se passait. Elle se débattit pour se relever. Si elle découvrait la supercherie, elle tuerait aussitôt l'intrus d'un coup de dents. Chen Zhen la maintint au sol, et ne relâcha sa prise qu'une fois le louveteau rassasié. C'est alors que Yir aperçut le louveteau. Elle hésitait encore, car l'odeur du lait était très forte dans la niche. Elle essaya d'emporter le nourrisson suspect à l'extérieur pour l'examiner à la dernière lueur du jour, mais Chen Zhen la retint. Comprenant que toute résistance était inutile, la chienne grogna : celui qui venait de téter son lait était bien « un fils de garce », un des rejetons de ses ennemis jurés ! Une chienne d'une région agricole, qui ne voyait jamais ni loup ni tigre, pouvait très bien allaiter un intrus si son maître le lui donnait, mais Yir, en bonne chienne de la steppe constamment aux prises avec les loups, avait compris ce que ses maîtres lui avaient infligé. Elle se sentait victime d'une grande injustice. Neutralisée par Chen, elle se recoucha, cuvant sa colère en silence.

Dans la steppe, l'homme était le maître absolu de son chien. Il le dressait avec violence et ne lui permettait aucune révolte. Un chien rebelle était aussitôt expulsé ; il mourait alors de faim et de froid ou était dévoré par les loups. Privé de son caractère bestial, il dépendait absolument de son maître. Loin de l'homme, il ne pouvait survivre. Souvent, Chen Zhen s'attristait du destin de chiens comme Yir. Il pensait à la société humaine qui subissait la même règle : sous une dictature despotique, l'homme finissait par perdre son instinct sauvage et devenait servile. Et quand cette mentalité gagnait toute la nation, le dominateur pouvait alors donner libre cours à sa tyrannie.

Peu à peu, la niche retrouva son calme. Yir était la première chienne de Yang Ke, qui l'avait entourée de soins quand elle était grosse et la nourrissait bien maintenant qu'elle allaitait. Elle pouvait facilement nourrir un bébé de plus. Ses trois petits, tout à l'heure écartés, étaient revenus. Ils avaient dû se contenter de mamelles amaigries, mais n'avaient plus faim et s'amusaient à grimper sur leur mère. Le louveteau tétait toujours aussi éperdument. Chen Zhen pensa à sa vie dans l'antre. Là-bas, même s'il était plus fort que ses frères et sœurs, il ne s'était peut-être jamais totalement rassasié aux tétons de sa mère qui en avait sept à nourrir. Quelle aubaine pour lui que cette mamelle bien remplie ! Il tétait avec férocité, avalait en glougloutant, et grognait de satisfaction.

Chen Zhen aperçut le ventre du louveteau déjà gonflé comme un ballon ; en un rien de temps, le jeune loup paraissait plus vieux que les petits chiens. Chen l'attrapa par le cou, essayant de l'arracher du sein de Yir. Mais le louveteau refusa de lâcher prise, et Yir grogna de douleur. Yang Ke s'empressa d'enfoncer deux doigts dans les joues du louveteau pour le forcer à abandonner le téton étiré. Yang Ke siffla :

– Les pasteurs ont bien raison de dire que l'estomac des loups est élastique !

Chen Zhen dit sur un ton enjoué :

– Son solide appétit témoigne de sa vitalité. Ce ne sera pas difficile de l'élever.

Il était content de sa découverte : dans ce petit animal sauvage, il avait décelé une force compétitive et un caractère puissant et vorace. C'était cela, la nature primitive profondément enracinée dans cette espèce.

À la tombée de la nuit, Chen remit le louveteau dans son trou, avec une jeune chienne pour lui tenir compagnie. Les deux petites choses dormaient ensemble dans l'odeur du lait. Chen Zhen tourna la tête et vit Erlang, témoin de la scène, agiter la queue pour montrer à son maître qu'il approuvait sa bienfaisance. Afin d'assurer la sécurité du louveteau, Chen recouvrit l'ouverture du trou d'une lourde planche sur laquelle il plaça une grosse pierre.

Le vieux berger Gombo, toujours débonnaire et prévenant, arriva, torche électrique à la main. Il avait fermé l'étable et venait aux nouvelles : qu'était-il arrivé aux jeunes partis nettoyer une tanière ? Il fut très surpris en voyant les peaux sécher sur la yourte :

– Jamais les Han n'ont fouillé un antre de loups pour prendre leurs petits. C'est du jamais vu chez nous !

Les trois étudiants dînèrent autour du poêle de fonte sur lequel fumait une casserole de nouilles au mouton. Soudain, on entendit un bruit saccadé de sabots qui s'arrêta devant la porte. Zhang Jiyuan, leur camarade gardien de chevaux, parut sur le seuil en soulevant le rideau feutré. Il serrait dans sa main la bride de deux montures piaffant d'impatience. Il annonça aussitôt :

– Voici l'ordre de l'administration : la meute de loups s'est divisée en plusieurs groupes qui ont quitté la frontière pour se diriger vers notre pâturage. Une embuscade sera dressée pour la chasse à l'affût. Notre brigade attaquera au nord-ouest, sous la direction de Bilig, aidée par quelques chasseurs d'élite des deux autres brigades. Ce soir, une heure après minuit, que tous les membres de votre équipe se rassemblent. Nous, les gardiens, avons la tâche de fournir des chevaux aux familles qui en manquent. Nous serons les premiers en position embusquée. Et vous, tâchez de dormir quand même un peu ! Je vous quitte.

Il laissa tomber le rideau et s'éloigna au galop après avoir remis deux chevaux supplémentaires à ses amis.

Gao Jianzhong déposa son bol et s'apitoya :

– Après les louveteaux, c'est au tour des loups adultes ! Mais nous sommes à bout de forces !

– Dans quelques années, nous serons tous devenus des loups! affirma Yang Ke sentencieusement.

Ils expédièrent rapidement leur dîner pour commencer les préparatifs. Gao amena les chevaux près de l'étable et leur apporta du foin à l'aide d'une grande fourche en bois. Yang Ke se mit en devoir de nourrir les chiens et d'examiner les harnais et les perches à lasso. Chen Zhen et lui découvrirent deux colliers munis d'un anneau en cuivre. Ayant l'expérience des chasses collectives, les deux garçons connaissaient le rôle joué par cet instrument pour maîtriser les chiens. Chen en glissa un au cou d'Erlang, passa dans l'anneau une longue corde qu'il noua aux extrémités. Puis il promena son chien autour de la yourte, gardant les deux nœuds dans la main. Il pointa le nord du doigt et cria « Sus! », tout en relâchant un bout de la laisse. Erlang partit en flèche et disparut dans les ténèbres, tout en restant sous le contrôle de son maître. La longueur de la corde permettait à un cavalier d'accomplir cette manœuvre depuis sa monture. Yang Ke s'exerça de la même manière avec Huanghuang. Tout était prêt.

CHAPITRE 12

Dans ses directives, Gengis Khan demanda à ses fils de s'exercer à la chasse, qui était à ses yeux comparable à des manœuvres militaires. Quand ils ne combattaient pas les hommes, les Mongols s'imposaient des combats contre les animaux. Aussi la chasse est-elle pour eux un déploiement de forces militaires... Le Grand Khan, accompagné d'épouses et de concubines, ouvrit la chasse, s'amusant à tuer à coups de flèches un nombre considérable d'animaux et d'oiseaux... Des jours s'étaient passés ainsi, et le nombre de bêtes et oiseaux se trouvait très réduit. Des personnes âgées s'avancèrent vers le Grand Khan et lui demandèrent grâce au nom du reste du gibier, qui serait libéré et se multiplierait, et servirait aux chasses à venir.

Histoire de la Mongolie
Duosang, traduit par Feng Chengjun

Les rois tinrent une réunion. Puis ils avancèrent, chacun à la tête de son armée en formation de chasse, et prirent d'assaut les pays qui leur barraient la route. Munkh Khan (empereur Xianzong des Yuan – *NdA*) mena son armée sur la rive gauche de la Volga.

Anthologie historique, tome I
Rashid-al-Din (historien persan), traduit par Zhou Liangxiao

Toute la brigade de production suivait le vieux Bilig et s'enfonçait à un rythme soutenu dans les ténèbres, vers le nord-ouest de la steppe. Presque tous les pasteurs tenaient en laisse un chien de chasse, parfois deux. Ils galopaient face au vent. De lourds nuages dissimulaient les étoiles et la lune. Chen Zhen avait beau faire tous les efforts possibles pour garder les yeux ouverts, il ne voyait rien, pas même la neige sous ses pieds. Depuis deux ans, il avait marché à plusieurs reprises la nuit, mais c'était la première fois qu'il se retrouvait ainsi, enveloppé d'une obscurité aussi absolue. Il en arrivait à se demander s'il n'était pas atteint de cécité. Il s'approcha de Bilig qu'il savait juste à ses côtés et lui chuchota à l'oreille :

– Puis-je allumer ma torche dans ma manche ?

L'amorce de réponse du vieil homme – « Si tu oses le faire… ! » – suffit à le réduire au silence. Il perçut dans le ton de réprimande du vieux chasseur les signes d'une grande tension.

Cavaliers et chiens avançaient le plus discrètement possible. À l'image des loups, ils allaient livrer une guerre à la faveur des ténèbres. Les loups affamés avaient choisi un moment rare pour opérer leur retour dans la steppe et s'attaquer aux chevaux : le vieux Bilig leur opposerait un stratagème peu commun. Tout se passait selon le plan établi. Chen Zhen était très excité par le fait de participer aux joutes entre deux stratèges de la steppe, le roi des loups et le roi des chasseurs.

Après une légère descente, la troupe commença à grimper. Bilig s'approcha de Chen Zhen et lui chuchota, radouci :

– Pour devenir un bon chasseur, il faut avoir l'oreille fine. L'ouïe du loup est plus fine que son œil.

– Justement, vous n'avez pas peur que les loups nous entendent ? demanda Chen, une main devant la bouche.

– Non. On marche contre le vent maintenant, et à l'abri d'une pente abrupte.

– A'bo, nous avançons à l'aveuglette. Comment savez-vous que vous nous conduisez bien à l'endroit convenu ?

– Outre le bruit des pas, il y a aussi la mémoire. Le martèlement des sabots des chevaux me dit ce qu'il y a sous nos pas, des herbes, des cailloux, du sable ou de la neige. Le vent qui me souffle au nez m'apporte les odeurs de certaines roches et de terre ou le parfum de plantes qui ne poussent qu'à des endroits précis. Tout cela m'indique où nous sommes.

La troupe grimpait toujours. Chen Zhen posa une autre question :

– Existe-t-il quelqu'un d'autre dans notre ferme qui ait votre savoir ?

– Mais oui ! Quelques vieux pasteurs, comme moi et... de vieux loups, comme moi aussi ! Ah, ah ! Cela me fait d'ailleurs penser à un loup de tête très rusé qui a fait parler de lui, il y a longtemps. Il avait causé beaucoup de pertes aux troupeaux. Il eut même l'audace d'égorger la précieuse monture d'un roi mongol. Un fort contingent de chasseurs chevronnés s'était lancé à sa poursuite : il a fallu six mois pour le capturer vivant, et l'on a alors découvert qu'il ne voyait que d'un œil, d'ailleurs atteint de la cataracte !

Chen Zhen avait repris son aplomb en selle ; la troupe venait d'atteindre le sommet de la colline. Le vieux Bilig se tut, sachant qu'après la prochaine descente on se trouverait sur une étendue d'herbes. Il accéléra, suivi de ses compagnons. On avançait dans un silence absolu, comme une armée en manœuvre. Pourtant, parmi ces gens appelés au dernier moment, on comptait des personnes âgées, voire des femmes et même des enfants ! Chen Zhen était encore une fois admiratif devant la compétence militaire de ce peuple. Alors que la Révolution culturelle battait son plein, courait le slogan « Un Chinois, un combattant ». Mais chez les Mongols, se dit Chen, c'était chose faite depuis des millénaires !

La tension augmentait à mesure qu'on approchait du lieu de l'embuscade. Les loups avaient remporté une victoire totale, et les hommes de la steppe Olon Bulag concentraient maintenant toutes leurs forces dans la vengeance des chevaux militaires assassinés. Chen

Zhen sentait monter l'anxiété : contre ces princes des ténèbres, pouvait-on être sûr du succès en agissant dans la nuit profonde ? D'ailleurs, les chasses organisées ces dernières années s'étaient soldées par un résultat mitigé. On avait fait « buisson creux » cinq fois sur dix. Le charretier de l'administration de la ferme l'avait dit, non sans ironie : « La chasse collective ? Une guerre contre des fantômes ! »

L'enjeu était pourtant de taille. Si la présente campagne n'aboutissait pas au résultat escompté, les dirigeants de la ferme seraient évincés. Le bruit courait que des cadres des communes environnantes, qui s'étaient distingués dans leurs propres campagnes d'extermination, avaient déjà été choisis pour les remplacer. C'est pourquoi Ulzii, le directeur, Bilig et les gardiens de chevaux voulaient donner le meilleur d'eux-mêmes en infligeant une leçon cuisante aux loups de la steppe Olon Bulag. Le vieux chasseur avait insisté, à la réunion de mobilisation : « Comme trophée de chasse, nous remettrons aux autorités au moins quinze peaux de gros loups. Sinon, les meilleurs chasseurs des autres communes deviendront nos dirigeants ! »

La nuit refroidissait. Les rigueurs d'avant l'aube étaient telles qu'on se sentait pris dans un étau de fer. Yang Ke s'approcha de Chen Zhen et murmura :

– Quand les hommes se positionneront en formation d'encerclement, la distance entre eux augmentera, et ils ne se verront pas l'un l'autre. Les loups pourront très bien passer ! Bilig y a-t-il pensé ?

Faute de réponse, il jeta un coup d'œil sur sa montre et reprit :

– Nous avons marché plus de deux heures. Je pense que cela va bientôt être le moment de rompre les rangs.

Chen sentit son cœur s'emballer. Juste à ce moment, Bilig s'arrêta, et sa troupe fit de même. Il chuchota quelque chose à son état-major, composé de chefs d'équipe de travail et de chasseurs expérimentés. Ceux-ci se dispersèrent aussitôt, et le groupe d'une centaine de personnes se subdivisa, chaque effectif suivant son chef. Une ligne d'encerclement fut ainsi formée. Chen Zhen entendait s'éloigner le bruit des sabots. Il resta auprès de Bilig qui fut alors auréolé d'une lueur hallucinante dans ces ténèbres : c'était la colonne lumineuse formée par la torche électrique que le vieux Mongol venait d'actionner. À chaque extrémité de la ligne d'encerclement, au loin, d'autres lumières lui répondirent. Un échange de signaux s'ensuivit, puis les deux files de cavaliers s'étirèrent rapidement, dans un mouvement de tenailles.

Soudain, une voix sèche et forte retentit, vibrante dans l'air froid. La voix de Bilig : « Ho... ho... ! » Des deux côtés, les réponses fusèrent, perçant la nuit épaisse et silencieuse : « Ho... ho... ! » Aux cris rudes des hommes se mêlaient ceux, perçants, des femmes et des enfants. On reconnaissait l'équipe féminine de Gasma à son timbre aigu. Ces cris familiers, Chen Zhen les avait déjà entendus en pleine nuit, quand les loups rôdaient près du campement. Mais maintenant tout le monde hurlait à l'unisson, formant un grondement similaire au déferlement de vagues auquel se mêlaient les aboiements de plus de cent chiens en laisse. Tel un roulement de tonnerre, ces voix galopaient dans la même direction, pilonnant la position ennemie avec la force de la foudre.

Une myriade de colonnes lumineuses se mit à balayer la voûte céleste en tous sens : des fortes et des faibles, des longues et des courtes, des blanches et des jaunes, toutes braquées dans le sens où couraient hommes et chiens. Ces lumières froides, réfléchies par le sol enneigé, déchiraient le rideau nocturne comme autant d'épées.

Les vagues de cris et de lumières comblaient les espaces que les hommes et les chiens laissaient entre eux sur la ligne. Un immense filet était ainsi tissé, lancé sur la horde des loups.

Tout excités, Chen Zhen, Yang Ke et d'autres jeunes instruits hurlaient en gesticulant. Chen comprit qu'ils se trouvaient à la bordure nord-est du marais, là où étaient tombés les chevaux militaires... Les chasseurs qui avaient dépassé le marais n'auraient qu'à opérer un retour pour prendre les loups en tenailles.

Bilig galopa le long de la ligne, s'arrêtant de temps à autre pour vérifier une piste de loup ou replacer des hommes à des postes plus propices. Chen Zhen qui le suivait de près l'entendit pousser un grand soupir de soulagement avant de s'exclamer à l'adresse de son élève :

– Les loups viennent de quitter ces parages. Ils ont laissé des empreintes fraîches. Nous les tenons, cette fois! La victoire est à portée de main.

– Pourquoi n'avoir pas cerné les loups quand ils mangeaient dans le marais gelé? demanda Chen.

– Parce que c'était impossible! Les loups viennent dévorer les chevaux morts en pleine nuit et repartent avant l'aube. La nuit, ni les hommes ni les chiens ne peuvent les voir. Le lasso lui-même perd toute utilité. Les loups auraient facilement brisé l'encerclement. C'est pourquoi on part à la chasse après minuit: on bat les buissons avant l'aube et on cerne les loups à la pointe du jour.

Des signaux provenaient sans cesse des deux ailes. Debout sur ses étriers, une main appuyée à la selle, Bilig faisait de l'autre des signaux lumineux en forme de croix, traçant des traits horizontaux ou verticaux. Appliquant manifestement des consignes précises, les chasseurs formèrent un demi-cercle, avançant en bon ordre. Cris d'hommes, aboiements de chiens et hennissements de chevaux convergeaient en marée montante là où se croisaient les lumières des torches. La découverte des empreintes de loups avait stimulé la ferveur des hommes et des bêtes; tous étaient poussés au combat.

– Mais quels signaux avez-vous donnés? demanda encore Chen Zhen.

– Celui-ci, c'est pour que l'aile gauche ralentisse un peu, expliqua le vieux chasseur en répétant ses gestes. Celui-là, c'est pour que l'aile droite accélère et prenne contact avec ceux qui descendent de la montagne. Et ce signal-là, adressé à la ligne centrale, c'est pour qu'elle maintienne une allure moyenne.

Chen Zhen regarda la voûte céleste qui avait perdu sa couleur de rideau de fer. Il entrevoyait maintenant des nuages blanchâtres, qui se déplaçaient lentement vers le sud-est. La meute de chiens, ayant flairé l'odeur du loup, perdait patience. Elle aboyait de plus belle. Erlang essaya de rompre sa laisse pour foncer en avant, mais son maître le rappela à l'ordre en le tapant légèrement de sa perche.

On voyait distinctement sur le sol enneigé des rangées d'empreintes de loups orientées vers le nord-ouest. Certaines bifurquaient. Bilig les examinait, et sans cesse donnait de nouveaux ordres à l'aide de sa lampe.

– Et dans le passé, quand on ne connaissait pas encore la torche électrique ? demanda encore Chen Zhen.

– Nous avions la torche à graisse de bœuf, répondit le vieux Bilig. Autour d'un bâton, on enroulait des lanières de feutre enduites de graisse. Non seulement cette torche éclairait bien, mais en plus elle faisait peur aux loups à cause du feu. Une belle arme en cas de besoin !

Dans la lueur du jour naissant, Chen Zhen commençait à discerner le pâturage où il avait fait paître ses moutons quelques mois auparavant. Il se rappela qu'au nord-ouest se trouvait une vallée entourée de collines sur trois côtés. «C'est peut-être là que Bilig a projeté son embuscade, pensa-t-il. Il a sûrement caché les gardiens de chevaux derrière la pente. Ils attendront que les loups entrent dans la vallée, et que les poursuivants leur coupent la retraite. À ce moment commencera notre guerre d'extermination !» Chen se demandait encore combien de loups pourraient être encerclés. S'ils sont nombreux, le combat sera dur, se disait-il. Il décrocha sa massue dont il noua la boucle à son poignet, comme le lui avait appris Bat. Il voulait tuer un loup comme l'avait fait son héros, mais si résolu qu'il fût, il ne pouvait empêcher son bras de trembler.

Le vent boréal s'intensifiait. Les nuages se déplaçaient de plus en plus vite. La steppe montrait des contours flous sous les rayons pâles qui s'infiltraient entre les nuages. À l'approche de la vallée, les chasseurs s'immobilisèrent, comme tétanisés: dans la pénombre rôdaient une vingtaine de gros loups. Les bêtes avançaient lentement, s'arrêtant de temps à autre pour observer. Elles hésitaient au moment d'entrer dans la vallée, comme si elles pressentaient un danger imminent.

Le vieux Bilig avait dirigé sa troupe avec la précision d'un horloger: lorsque les loups comprirent leur situation, la ligne des poursuivants s'était déjà resserrée sur eux. À la place des colonnes de torches électriques qui s'étaient éteintes avec le lever du jour, se dressa une forêt de perches à lasso. Les deux ailes de la troupe formaient un étau, pendant que les autres chasseurs se cachaient derrière la colline, une tactique datant de l'époque où la Chine n'était encore qu'une immense jungle. Les chasseurs mongols l'avaient acquise dans leurs luttes incessantes contre les loups. Ils avaient fini par dépasser leurs maîtres.

Les loups de tête comprirent dans quel piège ils étaient tombés. Sans hésitation, ils firent volte-face, essayant d'ouvrir une brèche dans l'encerclement. Ils avaient l'estomac bien garni et la furie de ceux qui s'apprêtent à livrer un combat sans pitié. Leurs assauts soulevèrent des nuages de neige. Les chasseurs s'élancèrent perches à lasso haut levées, en poussant des cris de guerre, tandis que les femmes et les vieillards reformaient derrière eux la ligne d'encerclement.

Les loups renouvelèrent leur attaque, visant cette fois le maillon le plus faible : les femmes, moins armées. Gasma et ses jeunes compagnes tinrent bon. Elles se dressaient sur leurs étriers en brandissant les bras, prêtes à se battre à mains nues. Dans la fureur du combat, Chen Zhen voyait vaciller leurs vestes et leurs foulards bariolés. Il entendit leurs cris déchirants, et s'inquiéta pour ces femmes dépourvues de perches.

Sur ces entrefaites, le vieux Bilig poussa un cri tonitruant :

– Lâchez les chiens !

Dans un même mouvement, tous défirent le nœud de leurs laisses en criant : « Sus ! » Les chiens qui piétinaient d'impatience bondirent sur leurs adversaires. Erlang et Bars furent les premiers à s'engager dans la lutte. Ils s'en prirent au loup de tête tandis que les autres suivaient, exhortés par leurs maîtres auxquels chacun voulait montrer ses prouesses.

La ligne des chasseurs s'était reformée. Soulevant des traînées de poussière blanchâtre, les cavaliers foncèrent, brandissant leurs perches à lasso, hurlant « Ho ! Ho ! Ho ! », ce cri de guerre que l'on entendait depuis l'Antiquité dans la steppe mongole, cet appel au combat renforcé par la galopade de sabots et qui avait fait fuir tant d'ennemis.

Terrassé par Bars et Erlang, le loup de tête se releva et s'échappa. Il fit demi-tour et se résigna à conduire sa meute vers l'entrée de la vallée.

Là, il rejoignit une autre horde. Ainsi regroupés, les loups s'élancèrent vers les pentes douces devant eux, pour grimper au sommet de la colline et l'occuper ou en redescendre avec la force d'une avalanche.

Derrière la colline, parmi les herbes folles, le directeur Ulzii et le délégué militaire Bao surveillaient le déroulement de l'opération. Bao cria :

– Qui a dit que le vieux Bilig était le protecteur des loups ? Non, c'est un dieu envoyé sur Terre pour les tuer ! Il a réussi à cerner toute cette horde à l'heure et au lieu indiqués ! Impensable ! Jamais je n'ai vu autant de loups piégés. Incroyable ! Je vais suggérer à l'échelon supérieur de le récompenser.

Ulzii poussa un soupir de soulagement :

– Il y a une cinquantaine de loups pris au piège. D'ordinaire, c'est déjà bien si on en prend vingt d'un coup. Le vieux Bilig est notre loup de tête. S'il n'est pas là, les chasseurs refusent toute chasse collective de peur de revenir bredouilles. S'il mène celle-ci, c'est parce les loups ont détruit tout un troupeau de chevaux militaires.

Puis il dit à Bat :

– Transmets mon ordre : que personne ne tire sans permission, même en l'air ! Il y a trop de monde. Je ne veux pas d'accident.

– Je l'ai déjà dit plusieurs fois à mes hommes, répondit le fils de Bilig.

Les gardiens de chevaux, à l'affût derrière la colline, étaient déjà sur leurs montures, en attente du signal. Chasseurs d'élite, ils étaient d'excellents cavaliers et manipulaient bien la perche à lasso. Chacun avait à son actif plusieurs loups tués. Ils avaient gardé leur meilleure monture pour ce grand moment ; ils assouviraient leur haine vengeresse dans ce combat décisif. En entendant les aboiements et les hennissements qui leur parvenaient de l'autre côté de la colline, les coursiers de combat piaffaient, labourant la neige de leurs sabots, mors aux dents, muscles bandés, impatients de frapper comme la foudre. Les chiens de chasse, sélectionnés parmi les plus puissants et les plus féroces, bien dressés et très disciplinés, restaient silencieux, l'oreille aux aguets, tels des soldats rompus à la guerre. Ulzii et Bat se relevèrent lentement, prêts à donner l'ordre d'attaquer.

Le gros de la meute se concentrait au nord-ouest. Les loups s'apprêtaient à grimper au sommet de la colline pour être en position de force. Ils savaient qu'un cheval et un chien rattrapaient un loup dans la plaine, mais qu'ils se laissaient distancer dès que celui-ci gravissait une pente. Quand le loup atteignait le sommet, il sortait pour un temps du champ de vision de ses poursuivants, de quoi reprendre son souffle avant de choisir la falaise la plus abrupte pour redescendre. Quand les poursuivants arrivaient à leur tour, le loup était déjà loin.

Les loups appliquèrent à la lettre cette stratégie. Ils coururent sans jamais ralentir, tandis que peu à peu hommes et chiens perdaient du terrain. Les loups les plus rapides formèrent une équipe de choc, suivie d'autres particulièrement énormes. Ulzii indiqua à Bat un loup au plastron orné de poils blanchâtres :

– Voilà le roi ! C'est lui qui a conduit ses congénères dans le massacre des chevaux militaires. Il est à toi !

Lorsque la horde passa à quelque deux cents mètres de lui, Bat enfourcha sa monture, perche à lasso en main. Ulzii fit de même et lança l'ordre que tout le monde attendait : « À l'assaut ! »

Au signal, les autres gardiens de chevaux lâchèrent leurs chiens. « Sus ! Sus ! » crièrent-ils, et des centaines de chiens bondirent en même temps que les cavaliers. Plus proches du sommet que ne l'étaient les loups sur l'autre versant, ils l'atteignirent en un clin d'œil tandis que les chasseurs gagnaient leur position, formant un demi-cercle, suivant en cela les consignes de blocus données par Bilig. Simultanément, le tiers des chiens et des hommes dépassa les autres pour foncer directement à la rencontre des loups.

Ce fut le désarroi dans le camp des loups, pris au piège de leur propre invention. Ils n'avaient pas atteint le sommet de la colline qu'ils virent la meute des hommes et des chiens dévaler sur eux. Une fois revenus de leur première panique, ils firent demi-tour et se dirigèrent furieusement vers la ligne d'en bas, résolus à s'y frayer une voie.

Une bataille acharnée s'engagea : les crocs des chiens et des loups se heurtèrent, les griffes des bêtes sauvages et domestiques s'entrechoquèrent, des poils et lambeaux de peau arrachés volèrent parmi les mottes de terre et de neige, du sang gicla de partout dans le hurlement des cris de combat. Les étudiants, devant cette scène sanglante, étaient sidérés.

Bat, arrivé au sommet, reconnut au premier coup d'œil le roi des loups. Au lieu de suivre sa horde qui descendait, le roi courut vers l'ouest sans hésiter, escorté de cinq énormes loups. Bat les talonna, accompagné de trois chasseurs et de cinq gros chiens. Mais le roi des loups connaissait bien la configuration des lieux. Il choisit la paroi la plus périlleuse, couverte de pierres glissantes qui s'écroulaient sous leurs pattes. Les loups parvinrent à se maintenir en équilibre et à poursuivre leur fuite. Les chiens à leurs trousses avançaient cahin-caha, mais les cavaliers ne furent pas aussi chanceux : l'un d'eux dérapa et roula dans le ravin, la perche brisée. Les deux autres s'empressèrent de mettre pied à terre pour le secourir.

Bat descendit aussi de son cheval, mais pour franchir à pied ce passage délicat. D'une main il enfonçait le manche de sa perche dans les fentes, tandis que de l'autre il tirait son cheval, progressant à l'aide de cette canne de fortune. Il laissa bientôt derrière lui ce parcours dangereux et remonta en selle en haranguant ses camarades : « Vite ! Vous autres ! » Il franchit le faîte d'un monticule et entendit hurler lamentablement les chiens qui avaient continué sans leurs maîtres. Il en vit un, allongé sur le sol et grièvement blessé, un autre la tête en sang et l'oreille arrachée : les trois molosses étaient bloqués, prêts à reculer devant les loups qui les avaient pris en embuscade et sérieusement attaqués. Bat brandit sa perche, et les loups s'éclipsèrent aussitôt dans une étendue de roseaux. Le cavalier s'engagea dans leur sillage, hurlant à un autre chasseur de le suivre avec les chiens.

Ulzii vit Bat disparaître derrière le monticule. Il conduisit le délégué Bao sur une élévation. Sous leur commandement, les chasseurs agissaient en coordination, chacun à son poste. Ceux de la deuxième ligne restaient immobiles, imperturbables malgré la victoire que semblaient avoir remportée leurs compagnons de première ligne. Ils s'occupaient seulement des loups qui réussissaient à briser la ligne de front, les capturant ou les refoulant. Dès qu'une brèche s'ouvrait dans le blocus, quelqu'un se présentait pour la combler. Les femmes, les enfants et les jeunes instruits étaient postés sur la ligne extérieure du sud. Chen Zhen et Yang Ke étaient plus loin, sur le flanc d'une colline. De leur promontoire, ils embrassaient du regard toute la scène du combat.

Au milieu de la vallée, la lutte battait son plein. Des loups et des chiens gisaient sur le sol, leurs blessures fumantes de sang chaud. Une quarantaine de loups en formation de combat, épaule contre épaule, crocs et griffes dehors, tenaient tête aux attaquants. Derrière la ligne de leurs cent soixante chiens, les chasseurs frappaient les loups avec leurs perches à lasso, mais dans cette mêlée confuse ils avaient parfois du mal à viser, risquant à tout moment de blesser un de leurs chiens. Ils ne pouvaient pas non plus intervenir directement dans ce corps à corps, de peur d'ouvrir des brèches d'où les loups pourraient s'échapper. Quelques chasseurs, les plus expérimentés, parvenaient néanmoins à tenir leur perche au-dessus de la formation des loups. La perche s'abattait alors sur l'un d'eux et, d'un mouvement du poignet, le chasseur resserrait le lasso tandis que les chiens se jetaient sur la proie et lui ouvraient la gorge. Peu à peu, l'un après l'autre, les loups furent happés par les chasseurs munis de perches, puis tombèrent sous les crocs acérés des chiens. Les survivants hurlaient de désespoir ; ils ne se lançaient plus à l'attaque, mais résistaient tête basse, repoussant les assauts des chiens.

Chen Zhen observait dans sa longue-vue la tournure des événements. Les loups acculés se battaient courageusement : ils tuaient pour se défendre et tenter de fuir. Par équipes de trois ou cinq, ils unirent leurs efforts pour endommager la force principale du camp ennemi, les chiens. Certains laissaient avancer l'ennemi pour le surprendre par des coups souvent mortels. Les loups étaient couverts de sang mais toujours debout. C'était du côté des chiens que désormais les pertes s'alourdissaient. Plusieurs se retirèrent du combat, hurlant de douleur, ce qui apeurait les autres. Les loups semblaient reprendre le dessus et s'apprêtaient à faire une percée.

Le vieux Bilig qui commandait la première ligne lança alors un appel à son chien préféré : « Allez, Bars ! » Chen Zhen et Yang Ke comprirent tout de suite et crièrent aussi : « En avant, Erlang ! » Les deux chiens féroces reculèrent d'abord d'une bonne dizaine de pas avant de s'élancer en grondant sur le loup de tête. Erlang fut le plus rapide ; il éperonna son ennemi qui recula de quatre mètres mais resta sur ses pattes. À son tour, Bars s'abattit sur le loup de tête avec la force d'un pilon, l'envoyant rouler à terre. Il n'eut pas le temps de se relever qu'Erlang le saisissait à la gorge. La mâchoire puissante se referma et l'on entendit craquer les os. La tête d'Erlang était rouge de sang tandis que sa victime se débattait éperdument, labourant de ses quatre pattes son adversaire. Mais Erlang, la tête et le ventre couverts de blessures, refusait de lâcher prise. Les autres loups, effrayés par ce chien qui l'emportait sur eux en férocité, reculèrent à une distance respectueuse. Bars, fort mécontent de voir le loup de tête devenir la proie d'Erlang, déchargea sa mauvaise humeur sur un autre loup énorme qu'il attaqua de toutes ses forces.

Les autres chiens s'inspirèrent largement d'Erlang et de Bars. Les plus gros foncèrent à tour de rôle dans la formation des loups et ouvrirent une large brèche. Les chasseurs purent entrer aussi dans la bataille. Divisés, les loups furent plus facilement exposés aux coups de perches et aux morsures.

Comme la situation tournait en faveur de leurs ennemis, les loups changèrent une nouvelle fois de tactique. Ils tentèrent de fuir individuellement. Pendant quelques instants, l'échiquier fut brouillé et, dans le trouble, ce fut un sauve-qui-peut général. Mais chaque loup fut bientôt cerné par quelques chiens guidés par un chasseur. De la ligne extérieure montèrent des hourras fracassants, et les loups se retrouvèrent de nouveau dans une situation désespérée.

Lamjav, qui se targuait d'une bravoure incomparable, ne pouvait admettre de ne pas réaliser un fait d'armes ce jour-là. En chasseur chevronné, il savait comment agir. Le loup a le cou gros et court. Pris au col, il se débat et peut encore s'échapper, car le nœud se resserre difficilement sur son pelage glissant. Quand, du haut de sa monture, Lamjav vit un gros loup aux prises avec plusieurs chiens, il se baissa de manière à coucher le lasso de sa perche sur le sol. Il attendit que la partie antérieure du loup ait dépassé le nœud pour le resserrer d'un mouvement sec du poignet sur les pattes arrière de l'animal. Le cavalier fit alors volte-face, traînant le loup comme un vulgaire sac. Mais un loup ne mourait pas toujours d'être ainsi traîné au sol. Le cavalier devait descendre et lui asséner le coup de grâce, et le loup profitait souvent de cet instant pour tenter le tout pour le tout : il brisait la perche et se jetait sur l'homme. Un chasseur expérimenté ne descendait jamais de cheval : il tirait sur le lasso pour rapprocher le loup prisonnier, qu'il tuait alors à coups de massue ou de couteau, ou le traînait vers l'endroit où l'attendaient ses compagnons ou ses chiens. Lamjav appliqua cette dernière technique.

Il laissa d'abord son prisonnier dans la neige. Les chiens se ruèrent sur lui en aboyant mais n'osèrent pas l'attaquer, se contentant de coups de dents ici ou là, en aucun cas mortels. Lamjav galopa vers Erlang en l'appelant. Le molosse se précipita sur le loup captif, le contourna et le prit de dos. Ses pattes antérieures sur la tête du loup, il enfonça ses crocs dans l'artère du cou. L'animal se tordit de douleur, les quatre pattes en l'air, puis expira. Sidéré par l'habileté d'Erlang, Lamjav sauta à terre et cria à qui voulait l'entendre :

– Vous avez d'autres loups à tuer ? Laissez-les à ce chien, il est plus terrible qu'eux ! À proximité, Bars s'adonnait à la même tâche de bourreau : exécuter les loups que les chasseurs venaient de capturer.

Une autre meute de chiens se montrait redoutable. Elle était composée de chiens eskimos élevés par la famille de Dorj. De grosse taille, à la fourrure longue et nourrie, ils étaient huit et faisaient preuve d'une parfaite coordination. Le plus rapide d'entre eux rattrapait le loup, le plus lourd le neutralisait, puis tous se jetaient sur leur proie, tandis que le plus féroce lui ouvrait la gorge. Grâce à cette tactique, ils avaient déjà trois gros loups à leur actif. Les chasseurs s'organisaient un peu à leur exemple, en équipes de trois ou quatre. L'un d'eux prenait la proie au lasso, les autres descendaient pour le bloquer et lui donner le coup de massue fatal.

Soudain s'élevèrent des hurlements sauvages. Six chasseurs galopaient à bride abattue à la poursuite de deux loups, la gueule blanche de bave à force d'épuisement. Un jeune chasseur les talonnait tout en les fouettant avec sa perche. Quand les loups parvenaient à le distancer, un autre chasseur prenait la relève. Enfin, ce fut au tour de Shartseren, le malheureux compagnon de Bat lors de l'attaque contre les chevaux, de se préparer à agir tout en galopant de biais. Il lança son lasso qui atterrit sur le cou de l'un des loups, mais au lieu de resserrer le nœud, il tira volontairement à l'horizontale avant de relâcher l'étreinte. Le nœud se défit de lui-même et le loup culbuta sur le sol. La pauvre bête essayait à peine de se remettre sur ses pattes qu'un autre cavalier arriva, répétant la même manœuvre ; le loup fut encore une fois propulsé au loin. Des hourras fusaient de la foule qui passait ainsi sa colère sur ceux qui lui avaient causé tant de mal.

Les deux loups ainsi poursuivis et torturés ne savaient plus quelle direction prendre. L'un d'eux renonça même à se relever. Shartseren jeta aussitôt sa perche à lasso et enfourcha son cheval qui fila telle une flèche. En arrivant sur sa proie, il libéra ses pieds des étriers, s'accroupit d'un bond sur la selle et sauta sur le loup. Surpris, celui-ci tourna la tête pour mordre, mais le jeune cavalier à califourchon sur lui l'attrapa par les oreilles, lui souleva la tête et la heurta fortement et à plusieurs reprises contre le sol. Le loup avait la gueule en sang. Les autres chasseurs vinrent s'asseoir tour à tour sur le corps du loup qui étouffait. Shartseren dégaina alors son couteau et lui donna le coup de grâce. Enfin, on s'en prit à l'autre loup déjà exténué, qui expira de la même façon.

Chen Zhen et Yang Ke ainsi que les autres jeunes instruits avaient toujours leur perche en main, mais ils savaient qu'elle ne leur était plus d'aucune utilité. Spectateurs du début à la fin, ils avaient été témoins d'un carnage comme ils n'en avaient jamais vu. Ils regrettaient seulement que Zhang Jiyuan, leur acolyte gardien de chevaux, n'ait pris aucun loup. Il s'était battu en première ligne et avait visé une bête imposante qui s'était rapprochée de lui, mais elle avait viré brusquement et opéré encore un détour pour se glisser sous son cheval et lui échapper.

La victoire assurée, le vieux Bilig vint aussitôt féliciter les jeunes instruits :

– Vous avez bien fait votre devoir. Vous êtes une dizaine et, en remplaçant les pasteurs, vous leur avez permis de renforcer l'équipe des attaquants.

Lisant sur le visage de Chen Zhen et Yang Ke un regret profond, il ajouta à leur adresse :

– Vous avez beaucoup contribué à la chasse avec vos deux chiens. Ils ont tué deux loups et aidé les chasseurs à en tuer deux autres. Vous avez droit aux peaux des deux premiers. Les autres appartiennent aux chasseurs qui ont pris les loups au lasso. C'est la tradition de la steppe.

La chasse s'était soldée par une victoire presque complète : hormis les six loups derrière lesquels Bat courait sans doute toujours, et sept autres loups plus chanceux, plus rapides ou plus habiles, tous les autres avaient péri. Les gens de la ligne extérieure dévalèrent la pente en hurlant de joie. Ils firent cercle autour du butin de chasse en émettant des commentaires. Sur l'ordre de Bilig, on amena les deux loups tués par Erlang et Huanghuang près de Chen Zhen et Yang Ke ; le vieux Mongol, manches retroussées, se mit à en écorcher un. Gasma fit apporter aussi les deux loups égorgés par Bars, ainsi que celui qu'avait tué le chien de Sanja. Ce dernier ainsi que Gombolui offrirent leur aide pour l'écorchage.

C'était une opération délicate que de retirer une peau complète. Chen Zhen l'avait apprise du vieux Bilig. Il prit Yang Ke comme auxiliaire et commença par la gueule, en écartant la peau de la mâchoire. Ensuite Yang Ke attacha le loup par ses crocs à un bout de corde dont il saisit l'autre extrémité pour suspendre le corps. Chen se mit à l'œuvre, procédant étape par étape. Il ouvrit d'abord la peau du crâne, la retourna et la rabattit progressivement vers le bas tout en la séparant de la chair à l'aide d'un couteau mongol. Le loup fut ainsi « déshabillé ». Puis il trancha les quatre membres et la queue.

Le vieux chasseur examina le fruit de leur travail et dit avec satisfaction :

– Il reste un peu de graisse sur la peau, mais ce n'est pas mal du tout ! Vous n'avez qu'à l'empailler et la hisser au poteau devant votre yourte. En la voyant, les gens de la steppe Olon Bulag sauront qu'ils ont affaire à de vrais chasseurs !

Erlang et Huanghuang, assis sur leur arrière-train, n'avaient rien perdu de l'opération. Erlang n'avait cessé de lécher le sang coagulé sur sa poitrine et ses pattes. C'était celui du loup mêlé au sien, qu'il avalait consciencieusement. Huanghuang, intact et propre comme un dandy, l'aidait de temps à autre à lisser son pelage. Les chasseurs se confondaient en éloges à propos d'Erlang, racontant comment il s'était colleté avec deux loups en les harcelant de coups de dents. Sans lui, Lamjav n'aurait pu capturer sa proie. Yang Ke, très fier, ne put s'empêcher de taquiner le chasseur avec qui il avait l'habitude de se chamailler en toute amitié :

– Tu n'es pas plus fort que nous, finalement. Tu comptes sur notre chien pour réussir !

Lamjav sourit, d'autant qu'il avait lui-même reconnu les mérites du molosse.

L'atmosphère était à la détente désormais. Chen Zhen sortit de son sac quelques bonbons qu'il distribua aux deux chiens selon leur mérite. Les deux bêtes les croquèrent bruyamment, devant leurs congénères qui les regardaient avec envie. Les chiens de la steppe connaissaient les bonbons depuis l'arrivée des jeunes instruits. C'était un grand honneur d'être récompensé devant toute la meute ! Gasma s'approcha de Chen Zhen et dit en riant :

– Parce que tu as quitté le toit de mon beau-père, tu as oublié Bars ?

Elle prit plusieurs bonbons dans le sac, en jeta deux à Bars et garda les autres pour elle en lançant un clin d'œil complice à Chen.

Une ambiance de fête régnait dans la vallée transformée en champ de bataille. Les gens, les chevaux et les chiens étaient tout auréolés de la vapeur laiteuse que produisait leur haleine. Les familles entouraient les loups à écorcher. Le butin de chasse était partagé selon la tradition millénaire, sans litige. Les chasseurs avaient une mémoire infaillible : ils connaissaient chaque loup et son tueur. Une bête avait-elle été prise en même temps dans deux lassos ? Le vieux Bilig trouvait la solution : la peau serait vendue et convertie en alcool que les deux chasseurs se partageraient. Les familles qui avaient acquis un beau trophée, une peau intacte, sans traces de dents de chien, invitaient généreusement leurs compagnons à boire, afin que nul ne fût exclu du partage.

Le calme revint progressivement. On s'accordait une pause sur les lieux. Seules les femmes ne se reposaient pas, s'affairant à soigner les chiens blessés. Les hommes ne faisaient qu'utiliser les chiens à la chasse, mais ces bêtes étaient les compagnons fidèles de leurs épouses, qui avaient constamment besoin de leurs services, surtout lors des gardes de nuit. C'étaient bien souvent elles qui les avaient élevés et les avaient vus grandir en même temps que leurs enfants. Elles avaient le cœur meurtri quand leurs chiens étaient blessés ou mouraient. Quelques victimes du combat étaient d'ailleurs allongées à l'endroit même où elles avaient rendu le dernier soupir ; de là, leur âme partirait vers Tengger le Ciel éternel. Des loups reviendraient achever cette tâche.

– C'est équitable, dit le vieux Bilig. Les chiens sont redevables aux loups. Sans eux, les pasteurs n'élèveraient pas autant de chiens, et leur progéniture serait dès la naissance envoyée au ciel.

Les chiens morts en vaillants guerriers reposaient sur la triste étendue de neige sale. Mais personne ne se serait laissé tenter par leur fourrure luisante et fournie. Dans la steppe, les chiens étaient compagnons d'armes et fidèles amis de l'homme. Comme on vivait de chasse et d'élevage, les chiens étaient le bras droit des habitants, bien plus importants encore pour les pasteurs que le bœuf pour les cultivateurs. D'une nature plus proche de l'homme et plus communicative que tous les autres animaux, le chien représentait une consolation dans ce monde d'immense solitude et de mélancolie. Et il n'était pas rare que, dans ces conditions hostiles, les chiens sauvent la vie de leur maître.

Gasma ne pouvait oublier comment Bars l'avait tirée d'un mauvais pas. C'était une fin d'automne. Elle était sortie vider les résidus de combustible, mais n'avait pas remarqué qu'une escarbille rougeoyait encore dans la cendre. De retour dans la yourte, où se trouvaient son bébé et sa belle-mère, elle s'affaira à toutes sortes de tâches. Soudain, elle entendit aboyer Bars qui grattait rageusement la porte de la yourte. Elle ressortit en hâte et vit une large parcelle de champ embrasée. Le vent boréal soufflait fort, et le foin devant l'habitation avait déjà pris feu. C'est à ce moment crucial que Bars était venu l'alerter. Sans hésitation, elle avait trempé un drap dans l'eau, s'en était enveloppée, s'était précipitée dehors et roulée dans le feu pour l'étouffer. Grâce à Bars, elle avait pu l'éteindre avant qu'il ne s'étende à l'immense steppe aux herbes hautes et sèches. En cas d'incendie, le bétail aurait été anéanti en même temps que tout le pâturage, et il n'y aurait plus eu de fourrage pour l'hiver. Elle aurait été à coup sûr appelée à comparaître devant le tribunal et condamnée. « J'aurais été perdue si Bars n'avait pas donné l'alarme », disait-elle souvent.

Elle racontait aussi combien d'hommes mongols, grands buveurs, devaient la vie à leurs chiens. Il arrivait souvent que certains d'entre eux, revenant ivres morts en pleine nuit, tombent de leur monture en chemin, se blessent gravement, devenant ainsi la proie du froid ou des loups. Alors leur chien rentrait seul et ramenait sur le lieu de l'incident la maîtresse de maison en la tirant par un pan de sa robe. Dans la steppe Olon Bulag, presque chaque famille comptait un chien qui avait sauvé une vie.

Pour toutes ces raisons, tuer un chien pour manger sa chair ou l'écorcher pour confectionner un matelas avec sa peau aurait été un péché abominable et une grande trahison. Les Mongols étaient d'ailleurs très offensés par les Han et les travailleurs venus de l'extérieur qui se comportaient sans foi ni loi. Le vieux Bilig racontait comment, dans le passé, un groupe de Han avait fait intrusion dans la steppe, tué des chiens et s'en était régalé. Plusieurs siècles plus tard, les travailleurs venus de l'intérieur de la Chine ne faisaient pas autre chose, volant les chiens et les mangeant, transportant et vendant leurs peaux dans le nord-est du pays. La fourrure épaisse des grands chiens mongols était fort recherchée par les fabricants de matelas et de chapeaux. «Dans les livres des Han, on passe sous silence ces actes ignominieux», s'indignait le vieux chasseur qui posait souvent à Chen Zhen une question qui l'embarrassait beaucoup: «Pourquoi les Han méprisent-ils tant le chien?»

Après avoir beaucoup réfléchi, un soir qu'ils étaient sous la yourte, Chen put enfin lui donner une explication:

– Il y a peu d'éleveurs chez les Han et encore moins de chasseurs parce qu'ils ont tué presque tous les animaux bons à se mettre sous la dent. C'est pour cela qu'ils en ont oublié les mérites du chien, sans compter qu'ils sont nombreux et n'ont pas besoin d'animaux de compagnie. Ils ont même inventé toute une série d'expressions insultantes: «un cœur aussi perverti que chien et loup», «une bassesse pire que chien et cochon», «fils de chien bâtard», «chien enorgueilli du prestige de son maître»... D'ailleurs, la campagne qui bat actuellement son plein dans le pays a pour slogans «Cassons la tête de chien de Liu Shaoqi» ou encore «À bas Liu Shaoqi, ce chien galeux». Les Occidentaux sont souvent éberlués, ils ne comprennent pas pourquoi les Chinois évoquent si souvent le chien dans leurs insultes. Alors, pourquoi les Han l'ont-ils en horreur? Parce qu'ils estiment que le chien se comporte mal. A'bo, connaissez-vous Confucius, ce philosophe des temps anciens si respecté que même les empereurs le saluaient à genoux? Il a imposé une série de préceptes aux Chinois. Les *Entretiens de Confucius* ont longtemps prévalu avant que les *Citations du président Mao* ne les détrônent. Ceux qui enfreignaient ses doctrines passaient pour des brutes, quand ils n'étaient pas condamnés à la peine capitale. Mais le chien a eu le tort de ne pas comprendre ces règles. Confucius nous enseigne la courtoisie et l'hospitalité? Le chien aboie contre les inconnus, qu'ils soient riches ou pauvres, adultes ou enfants, femmes ou hommes, voisins ou invités venus de loin. C'est un manquement à la politesse pour les Han qui tiennent beaucoup à la civilité. Confucius nous enseigne la pureté morale contre l'inceste? Mais un chien s'accouple avec tout partenaire rencontré, frère ou sœur, père ou mère. Les Han sont scandalisés par un tel comportement. Confucius nous enseigne la propreté et l'hygiène ? Mais le chien mange tout, y compris les excréments. Pour un Han, c'est dégoûtant et abject ! Il y a une autre raison encore : ce sont surtout les riches qui élèvent des chiens pour garder leur résidence ; les pauvres qui meurent de faim détestent les chiens qui défendent les puissants et mordent les démunis. Et si les gens mangent du chien, n'oublions pas, c'est aussi parce qu'ils trouvent cette viande délicieuse. À leurs yeux, toutes les bêtes domestiques sont pareilles. On mange du porc, du mouton, du bœuf, pourquoi pas du chien ? Finalement, la raison de tout cela, c'est qu'ils sont des paysans ! Ils s'efforcent d'imposer aux autres leurs mœurs. Seul le peuple agricole le plus pauvre et le plus arriéré du monde est capable de tout avaler, chiens compris. Quand les Chinois deviendront riches et auront des céréales en excédent, les Han seront amis des chiens autant que vous et ne les mangeront plus.

Tandis que Chen se rappelait cette conversation, la vallée était retombée dans un calme absolu. Les chiens harassés et blessés avaient un air pitoyable. Certains erraient autour des cadavres de leurs compagnons, les flairant en guise d'adieu. Un enfant tenait dans ses bras un chien déjà raidi, refusant de s'en séparer. Ses parents essayèrent de le consoler, mais en vain : l'enfant éclata en sanglots. Ses plaintes mêlées de larmes planèrent longtemps sur le champ de bataille. Chen Zhen en avait les yeux embués. Tout devenait flou autour de lui.

CHAPITRE 13

Le gouverneur militaire de Lulong, Liu Rengong, savait que la soumission des Qidan n'était qu'un simulacre. Il aguerrit ses soldats et nomma des hommes vaillants aux postes de commandement, les envoyant attaquer les Qidan de l'autre côté du mont des Étoiles décrochées lorsque vint l'automne. Ceux-ci furent terrassés de peur. Au premier givre, Liu Rengong fit mettre le feu à la steppe au-delà de la Grande Muraille, et les chevaux des Qidan moururent de faim.

Miroir universel pour aider à gouverner,
Biographie de l'empereur Zhaozong des Tang
Sima Guang des Song du Nord

Selon le code pénal établi suivant les coutumes mongoles, « celui qui détruit la vie des herbes et défriche une terre, ou met le feu à la steppe et brûle les herbes, verra sa famille condamnée à mort ».

Notes sur les Tartares noirs
Peng Daya des Song

Une fois terminée l'inspection des trophées de chasse, le délégué militaire Bao, le directeur Ulzii et quelques cadres de la ferme s'approchèrent de Bilig. Avec bonne humeur, Bao s'adressa à lui :

– C'est une grande victoire, à laquelle vous avez apporté la contribution la plus importante. Je le rapporterai à la direction !

Il voulut lui serrer la main mais le vieux chasseur esquiva :

– Oh ! Mes mains sont sales et pleines de sang !

Bao les saisit quand même, et insista :

– Mais le sang du loup porte bonheur, et votre gloire rejaillit sur moi !

Le vieux chasseur s'assombrit. Les bras écartés, la tête renversée et les yeux effarés, il ne put s'empêcher de dire :

– Ne parlez plus de gloire, s'il vous plaît ! Mon péché est d'autant plus grand qu'on me comble d'honneurs. Nous ne pouvons continuer de chasser les loups ainsi ! Sans eux, les gazelles, les marmottes, les lièvres et les rats dévasteront la steppe. Et la colère céleste de Tengger le Ciel éternel retombera sur nos troupeaux et nos hommes. Nous serons tous châtiés !

Bao sourit avec embarras. Pour se donner une contenance, il se retourna vers Erlang ensanglanté :

– C'est lui, le grand chien sauvage, alors ? Sa gueule est impressionnante. Je l'ai vu combattre de loin. Il a été le premier à foncer sur les loups et à en tuer, et qui plus est un loup de tête. Les autres en ont été frappés de stupeur. Combien en a-t-il égorgés ?

– Deux, répondit Chen Zhen.

– Bravo ! Les bruits courent que vous autres, les jeunes instruits, avez enfreint la tradition de la steppe en adoptant un chien sauvage qui vole les moutons. On m'a même demandé de lui loger une balle dans la nuque, mais maintenant, vous avez ma permission : gardez-le ! On passera l'éponge, même s'il égorge encore un mouton. Dans ce cas, la peau de la bête sera exposée, vous paierez pour la viande, mais vous pourrez la conserver.

– J'ai honte, dit Chen Zhen malgré sa joie, parce que nous, étudiants, n'avons pas tué un seul loup au cours de cette chasse.

Un éclat de rire accueillit sa confession et Ulzii l'apostropha d'un air satisfait :

– Mais tu parles comme un Mongol, dis-moi !

Et Bilig, à son tour, fit l'éloge de son élève :

– S'il continue d'être aussi assidu, oui, c'est sûr qu'il finira bientôt par nous ressembler !

– On dit aussi que vous avez visité un antre de loups ? enchaîna Ulzii, à l'adresse de Chen Zhen et Yang Ke.

– C'est juste, reconnut ce dernier ; nous avons capturé sept louve-teaux. Mais sans les conseils d'A'bo, nous n'aurions pas réussi.

– Sept louveteaux ! fit Bao, en sifflant. Autant dire sept familles de moins à l'automne. C'est formidable ! Donnez-moi les peaux ; vous serez bien payés et, en plus, vous recevrez une récompense en munitions.

En même temps qu'il leur faisait cette proposition, Bao ramassa les deux peaux de loup que Chen et Yang venaient d'écorcher et reprit :

– Et celles-là, elles sont à vous aussi ? Bon ! J'ai fait le tour du terrain et je dois avouer que ces deux peaux sont les meilleures. Je vous les paie comme il se doit. J'en ferai cadeau à un ancien officier supérieur sous les ordres de qui j'ai combattu autrefois. Comme il souffre de la goutte, il sera content d'avoir un pantalon de fourrure.

Tout autour d'eux, le terrain était jonché de loups écorchés. Les tas de chair blanche baignée de sang étaient horribles à voir. Bao ordonna d'empiler ces dépouilles en un tas qui, rapidement, dépassa la taille d'un homme. Il prit des photos sous différents angles, puis fit mettre les chasseurs en rangs derrière les chiens de chasse avant de revenir se planter au milieu des gens et des bêtes. Il demanda alors à Chen Zhen de prendre une photo du groupe. Tous les chasseurs levèrent bien haut leurs peaux de loup, mais celle que tenait Bao à bout de bras les recouvrait en partie.

Dans son coin, le vieux Bilig en serrait une dans ses bras, tête basse, souriant de toute l'amertume de son cœur.

Le cliché pris, Bao avança de quelques pas, se retourna et harangua les chasseurs :

– Au nom du comité révolutionnaire de la ligue, des bannières et de la sous-préfecture militaire, je vous remercie tous ! Vous êtes des tueurs de loups héroïques ! Cette photo paraîtra dans le journal de la ligue et permettra de faire connaître à tous les méfaits des loups. Il n'aura fallu qu'une petite opération pour en prendre des dizaines. Cette meute venue de Mongolie-Extérieure a causé la perte, grave, de nos chevaux militaires. Notre photo prouvera que les cadres et le peuple de la steppe Olon Bulag n'ont pas reculé devant ce fléau, qu'ils sont résolus à riposter vigoureusement pour mener à bonne fin cette lutte qui ne fait que commencer. Nous exterminerons les loups de la steppe Olon Bulag de façon radicale, sans laisser un seul survivant !

Il termina son discours en criant, le bras levé :

– Nous ne quitterons pas le champ de bataille avant d'avoir tué tous les loups et tous les chacals !

Peu de voix firent écho à son slogan, excepté la famille de Dorj et quelques étudiants. Bao rompit alors les rangs, accordant une pause à tous, en attendant le retour de Bat et de ses chasseurs.

Le délégué militaire s'assit ensuite en tailleur, à même le sol, et s'adressa à Ulzii sur le ton de la confidence :

– La tension règne à la frontière. La direction nous demande d'intensifier l'entraînement de la milice. Dans un certain sens, la chasse aux loups fait office de manœuvre militaire. Ça tombe bien !

– Les Mongols sont nés guerriers, opina Ulzii. Il suffit de leur donner un fusil pour faire d'eux des soldats. Tu as fait d'une pierre deux coups : une bonne prise et un exercice militaire. Tu dois en rédiger un compte rendu ; tes supérieurs seront contents de le lire.

Pendant ce temps, plusieurs jeunes instruits s'étaient attroupés autour des peaux de Chen Zhen et de Yang Ke. Chacun caressait les deux trophées avec envie.

– Sans l'aide de votre chien sauvage, lança l'étudiant Wang Junli, nous nous serions couverts de honte ! Erlang nous a évité de passer pour des larbins au service des cavaliers mongols !

– Nous, les Han, sommes inférieurs aux peuples nomades dans l'art du combat et pour le courage, et cela depuis l'Antiquité, lui rétorqua aussitôt Chen Zhen. Ce n'est pas une honte d'apprendre auprès d'eux tout en les servant. C'est une chance, au contraire.

– C'est vrai que les nomades ont envahi à maintes reprises la Chine intérieure, répliqua Wang Junli, méprisant. Je l'admets. Par deux fois, ils ont même gouverné le pays tout entier, c'est un fait aussi. Mais ils ont fini par se laisser apprivoiser par la civilisation hautement développée des Han. Les peuples nomades sont des brutes qui ne savent que bander l'arc et abattre l'aigle dans le ciel !

– Sans mérite militaire, la civilisation la plus brillante finit dans la poussière, riposta Chen Zhen. L'histoire en est jonchée de preuves. Les dynasties Han et Tang se sont certes bâties sur leurs hauts faits militaires. Mais beaucoup de splendides civilisations sont tombées dans la décadence sous la poussée victorieuse des nomades. Certaines ne nous ont rien laissé, pas même leur langue ou leur écriture. Tu prétends que les nomades se sont laissé apprivoiser par la civilisation supérieure des Han ? Je ne peux te donner raison. Les Mongols, par exemple, ont conservé leur langue, leur foi, leur totem, leurs mœurs et leurs coutumes. Ils demeurent encore inébranlablement dans la steppe dont ils sont les gardiens. Si le peuple mongol s'était laissé « siniser » comme tu le prétends, la steppe aurait été défrichée et convertie en champs arables depuis longtemps, et la civilisation de la Chine intérieure serait aujourd'hui ensevelie sous des vagues de sable jaune. Khrouchtchev a voulu imposer un développement agricole et industriel russe au Kazakhstan en détruisant sans scrupule sa civilisation nomade. Le résultat, c'est que la meilleure steppe du monde s'est transformée en un vaste désert.

La querelle était sur le point de s'envenimer. Sun Wenjuan, une étudiante, intervint :

– Assez de dispute ! Il ne nous est déjà pas facile de nous réunir, nous qui sommes éparpillés çà et là dans le pâturage. Ne gâchons pas la joie des retrouvailles par une chamaillerie. Ne nous comportons pas comme une meute de loups ! Cessez-le-feu, d'accord ?

Cette intervention calma aussitôt les deux garçons, mais Erlang, à leurs côtés, manifestait un certain mécontentement : des gens avaient pris la liberté de toucher à son butin de chasse ! Il s'approcha lentement de Sun Wenjuan qui s'apprêtait à lui offrir deux cubes de fromage en toute confiance, persuadée que ce chien élevé par ses amis ne pouvait que se montrer amical. Erlang grogna, la faisant reculer de peur. Chen Zhen cria au molosse d'arrêter, mais déjà la bête avait bondi en rugissant sur Sun qui tomba à la renverse.

– Sale chien ! vociféra Yang Ke, levant haut son bâton.

Au lieu de s'enfuir, Erlang fit face, prêt à prendre les coups qui allaient pleuvoir. On désarma Yang Ke pour éviter un drame : ce chien sauvage avait tout de même tué deux loups !

Wang Junli laissa exploser sa colère :

– Désormais, personne n'osera plus venir vous voir ! Ce chien errant, je le tuerais et mangerais sa viande s'il n'était pas un tueur de loups !

Chen Zhen se confondit en excuses :

– C'est un chien un peu bizarre et secret. Il a quelque chose du loup. Venez plus souvent. Quand il vous connaîtra mieux, il se comportera différemment.

Mais, déjà, les jeunes instruits s'éloignaient l'un après l'autre. Chen Zhen tapota la tête de son chien préféré :

– Mon grand, tu as eu tort d'offenser mes camarades...

Quelque peu inquiet, Yang Ke murmura :

– Aujourd'hui, nous n'avons qu'un chien, certes un peu féroce... Mais imagine ce que cela donnera quand notre louveteau sera grand ; il nous sera impossible de recevoir des visites !

– Tant pis, rétorqua fermement Chen Zhen en regardant Erlang s'éloigner. Nous resterons avec nos animaux. Ils sont souvent plus intéressants que les hommes.

Erlang se dirigea vers le tas de carcasses de loups. Devant ce massacre auquel il avait largement participé, il demeura longtemps perdu dans la contemplation. Des dizaines de gros chiens le regardaient de loin. Seul Bars s'approcha de lui et frotta son museau contre le sien. Erlang lui rendit la pareille. Le chien sauvage venait d'être accepté par ses congénères de la brigade de production.

Pendant ce temps, cédant à l'insistance de Bao, le vieux Bilig avait commencé à expliquer la tactique qu'il avait utilisée dans cette chasse. Il le fit en traçant des lignes sur le sable et en déplaçant du crottin de mouton et de cheval qui représentait les effectifs des deux camps. L'auditoire le suivit avec une grande attention et Bao, qui avait posé de temps en temps des questions, conclut :

– C'est un véritable cours d'académie militaire. Notre bataille est plus brillante que celle des loups contre nos chevaux ! Et vous, mon vieux, vous êtes un grand stratège ! Même un commandant de régiment dirige moins bien ses troupes que vous.

– À l'époque de Gengis Khan, notre vieux Bilig aurait été un commandant aussi célèbre que Mohlai, Zev et Subutay, fit Chen Zhen.

Bilig agita la main, confus :

– Oh non, la comparaison est déplacée, et Tengger m'en voudrait ! Les noms que tu cites sont sacrés. Ces hommes ont conquis sept ou huit pays, mettant en déroute des armées de centaines de milliers d'hommes. Sans eux, la grande steppe mongole aurait depuis longtemps été ravagée par les autres peuples. Moi qui ne suis qu'un vieux serf, comment oserais-je me comparer à eux ?

Il était déjà midi, et Bat ne revenait toujours pas. On s'apprêtait à retourner au camp quand arriva soudain, à bride abattue, un messager. C'était Behee, un gardien de chevaux, par ailleurs grand chasseur de loups. Il sauta à terre et se présenta, essoufflé, devant Ulzii et Bao :

– Bat vous appelle ! La quarantaine de loups que vous avez cernés ce matin représentaient les deux tiers du groupe, mais les autres ont réussi à se sauver en profitant des ténèbres. Avant le lever du jour, ils se sont réfugiés dans la forêt de roseaux au pied de la pente nord-ouest.

Le vieux Bilig lui décocha un coup d'œil furieux :

– Si nombreux ? Non ! Ce n'est pas vrai !

– Nous avons fouillé les roseaux, affirma Behee, et avons découvert beaucoup d'empreintes fraîches. Ils sont une vingtaine au bas mot, selon Bat. Le vieux loup blanc est avec eux. C'est lui qui conduisait la meute qui a attaqué les chevaux militaires. Bat jure qu'il l'attrapera à tout prix.

– Nos hommes et nos chevaux ont travaillé une nuit entière et toute la matinée, dit Ulzii. Ils n'ont rien mangé depuis hier, et nous avons de nombreux blessés dans les rangs des chiens. Je connais cette forêt de roseaux. Elle s'étend sur des centaines d'hectares. Il nous sera impossible de lancer une nouvelle battue. À mon avis, il vaut mieux abandonner.

Bao regarda Bilig d'un œil soupçonneux :

– Vous n'en auriez pas laissé échapper une partie exprès, par hasard ? Avec vos hommes et vos chiens, vous étiez assez forts pour les presser dans l'embuscade. Une vingtaine de plus. Nous aurions pu les tuer tous !

– Il ne faut pas dire cela, s'empressa de corriger Ulzii. Les loups cernés ce matin étaient déjà en grand nombre.

– Moi, je pense que vous les avez laissés fuir, répéta Bao assombri.

– Vous croyez que c'est si facile de cerner une meute de loups ? cria le vieux Bilig, les yeux sévères. Vous croyez que c'est comme vider un plat de viande ? L'obscurité était totale et les loups ont pu à tout moment s'infiltrer entre deux hommes. Si vous aviez été à la tête des chasseurs, pas un seul ne serait tombé dans l'embuscade !

Bao devint cramoisi, puis violacé de colère. Il vociféra en se tapant la paume de la main de sa cravache :

– Nos effectifs sont insuffisants, mais nous avons des fusils ! De toute façon, puisque les loups sont là, je ne les lâcherai pas !

Le délégué militaire harangua de nouveau les chasseurs :

– Camarades ! Nous avons découvert une autre meute de loups. Certains d'entre vous n'ont rien pris jusqu'ici. Et vous, les jeunes instruits, vous n'aviez pas été désignés pour la première ligne. Eh bien, cette fois, vous en serez tous ! Camarades, déployons tous nos efforts et reprenons le combat malgré la fatigue ! Exterminons ces loups !

Plusieurs jeunes instruits et des chasseurs lui répondirent avec ardeur.

Galvanisé, Bao ajouta :

– Voici mon plan d'action ; il est très simple. Nous allons encercler les roseaux et y mettre le feu. Nous tirerons sur les loups quand ils sortiront de leur cachette. Vous avez suffisamment de munitions, alors n'épargnez pas vos balles !

Les chasseurs sursautèrent d'horreur en l'entendant parler de brûler les roseaux. Les Mongols évitaient à tout prix cette extrémité. S'ils recouraient parfois à la fumée pour déloger les bêtes de leur refuge, ils ne pouvaient accepter de mettre le feu à la steppe. Un murmure s'éleva de la foule.

– Non, c'est contraire à la volonté céleste, fit le vieux Bilig. Quand le visage de Tengger sera noir de fumée, verrons-nous encore le ciel bleu ? Quand l'eau de la rivière sera noire, de quoi le dieu de l'Eau abreuvera-t-il nos bestiaux ? Dans le passé, ni les chamans, ni les lamas n'ont permis d'incendier la steppe. Le Grand Khan condamnait à mort toute la famille de l'auteur d'un tel crime. À l'heure actuelle, le gouvernement lui-même interdit tout brûlage.

Frémissant de colère, le vieux Bilig continua de se répandre en invectives contre Bao, le traitant de « renégat des Mongols », d'« incendiaire ignominieux » ou de « brute qui manque de respect envers le chamanisme ».

Le délégué militaire riposta :

– Au diable ton chamanisme ! Chez nous, on a cassé toutes les statues de Bouddha ! Et toi, tu ne peux pas oublier tes chamans ? Ils appartiennent aux « quatre vieilleries », et il faut leur casser la tête aussi !

Voyant qu'il n'y avait rien à faire contre Bao, Bilig sortit hâtivement le petit livre rouge des *Citations du président Mao* et demanda en catimini l'aide de Chen Zhen :

– À quelle page trouve-t-on une citation pour clouer le bec à ce bandit ?

Chen Zhen eut beau se creuser la tête, il chercha en vain dans sa mémoire une maxime destinée à punir l'incendie de la steppe.

Gasma était rouge d'indignation :

– Le feu, c'est un grand désastre pour la steppe ! On donne la fessée à l'enfant qui joue avec le feu, mais voilà qu'un adulte s'amuse à mettre le feu aux roseaux ! Délégué militaire Bao, vous allez donner un bel exemple à nos enfants !

Lamjav, l'habile chasseur de loups, lança d'une voix tonitruante, les veines du cou gonflées :

– Dans les temps anciens, seules les troupes des Han sont venues incendier la steppe mongole. C'était leur méthode la plus perfide et leurs descendants d'aujourd'hui n'oseraient même plus l'utiliser. Mais vous, délégué militaire Bao, êtes-vous encore un Mongol pour ordonner cela ?

Sanja, le berger, s'exprima à son tour :

– La terre est encore couverte de neige. Ce n'est donc pas la saison des incendies, mais ce sera un mauvais début pour l'année. D'ailleurs, les loups auront la fourrure brûlée ; nous ne pourrons même pas les vendre !

Shartseren, le copain de Bat, donna lui aussi son avis :

– C'est un choix immoral qui pourrait se révéler fatal ! Si nous jonchons la terre de charognes, nous risquons une année calamiteuse. Qui viendra nous en débarrasser ? Les hommes attraperont la peste. De plus, les rats et les lièvres se déchaîneront, et la steppe deviendra une grande étendue désertique.

Zhang Jiyuan, le jeune instruit gardien de chevaux, trouva un subterfuge :

– Nous sommes trois gardiens de chevaux et nous avons délaissé nos troupeaux depuis hier. Je dois retourner auprès de nos bêtes pour ne laisser aucune chance aux loups de les attaquer.

– Silence, vous tous ! hurla Bao. Personne ne partira sans ma permission ! Écoutez-moi bien. Tuer les loups, c'est extirper un fléau et œuvrer au bonheur du peuple. C'est aussi défendre les biens publics. Et l'attaque reste la meilleure défense ; quand il n'y aura plus de loups dans la steppe, qui pourra encore nous attaquer par surprise ? N'oubliez pas non plus que la chasse aux loups ne vise pas seulement à obtenir un gain matériel : un loup à la peau brûlée constitue aussi un trophée de combat. Je veux un autre tas de cadavres de loups, et rapporter davantage de photos aux échelons supérieurs et aux cadres dirigeants. Ceux qui désobéiront seront susceptibles d'être arrêtés !

– Je m'en fous, de votre arrestation, cria à tue-tête Lamjav. Je m'en vais rejoindre mes bêtes !

– Allons, on part, crièrent d'autres gardiens en tirant la bride de leur cheval.

– Vous désertez ? Bon ! Vous serez démis de vos fonctions ! Et celui qui tire la ficelle derrière vous aussi ! tonitrua Bao en agitant sa cravache, sans regarder celui qu'il accusait à mots couverts.

Le vieux Bilig jeta un coup d'œil vers Ulzii avant de prendre la parole d'un ton autoritaire :

– Cessez de crier comme ça ! C'est moi qui dirige la chasse et j'ai mon mot à dire. Il faut un gardien pour s'occuper de chaque troupeau de chevaux. Tous les autres, vous suivez le délégué militaire à la chasse. Il n'y a rien à discuter !

Comme pour approuver Bilig, Lamjav dit à Zhang Jiyuan :

– Bon, je vais retourner auprès de nos chevaux. Et toi, tu prendras deux jours de repos quand tout sera fini.

Cela dit, il partit avec huit autres gardiens de chevaux de la brigade.

Obéissant sans sourciller à Bilig, les cavaliers accompagnés de leurs chiens suivirent Bao. Après avoir franchi trois collines, ils virent s'étendre devant eux une mer de roseaux couleur platine. À la lisière moutonnaient des plaques de neige à moitié fondue. Face aux plantes séchées, Wang Junli, en verve d'inspiration poétique improvisa un quatrain qu'il déclama :

– Pour tuer les loups / Le feu est bienfaisant / Le vent boréal aidant / On réussira notre coup !

C'est alors que Bat sortit des roseaux et se présenta devant Bao, et Ulzii :

– Les loups sont nombreux. Il vaut mieux ne pas les alarmer.

– Que nos hommes se divisent en quatre équipes, ordonna Bao, la cravache pointée vers les roseaux. Les trois premières équipes bloqueront trois côtés. Et la quatrième contournera le terrain pour couper la retraite des loups en allumant le feu au sud. Puis elle quittera les lieux pour se mettre à l'abri du vent qui souffle du nord. Quand les trois autres équipes verront la fumée monter, elles allumeront un feu à leur tour, et tout le monde attendra que les loups sortent. Vous n'aurez plus qu'à lâcher vos chiens et à épauler vos fusils pour tirer. Exécutez l'ordre à la lettre !

Les jeunes instruits de la quatrième équipe partirent les premiers, suivis des pasteurs. Les autres équipes se déplacèrent vers les points indiqués.

Chen Zhen suivit le vieux Bilig. Les roseaux n'avaient pas connu les ravages du feu depuis des années. Ils avaient deux fois la taille d'un homme, et le sol était tapissé de cinquante centimètres de feuilles mortes. En cette saison, les tiges et les feuilles étaient sèches, mais contenaient néanmoins de l'huile, si bien qu'elles prenaient feu facilement.

– Les loups ont sûrement entendu quelque chose, mais ils ne s'inquiètent pas outre mesure, fit Bilig. Les roseaux sont si denses qu'ils obstruent la course des chiens, et les perches à lasso perdent ici leur utilité. Il fait sombre et les plantes crépitent sous nos pas ; les loups savent très bien où nous sommes, tandis que nous avons du mal à les situer. Les pistes qu'ils ont ouvertes dans les roseaux leur permettent de jouer à cache-cache avec nous. En cette saison tout comme en hiver, ils sont maîtres de cette forêt de roseaux, et il nous est presque impossible d'en attraper un seul. Les loups de la steppe Olon Bulag ont déjà connu des incendies naturels, mais ils n'imaginent pas que l'homme puisse aller jusqu'à mettre le feu. Seuls des étrangers sont capables d'une telle félonie !

Soudain s'élevèrent les cris : «Allumons les feux !» Chen Zhen agrippa le vieux chasseur, et tous deux quittèrent les roseaux en tenant leur monture par la bride. Une colonne de fumée noire apparut dans le ciel au sud-est ; au même moment, les flammes fusèrent de toutes parts et les roseaux s'embrasèrent immédiatement. Bao avait fait fabriquer des torches de roseaux que l'on jeta enflammées dans la profondeur des feuillages. Poussées par le vent, des boules de feu roulèrent en crépitant tandis que des flammes panachées de fumée noire montaient à l'assaut du ciel. La forêt de roseaux devint bientôt une mer de feu sur laquelle dansaient des étincelles et des tiges carbonisées qui, comme une nuée de chauves-souris, volaient vers le sud-est.

– Bravo ! cria fièrement Bao du haut d'un surplomb. Il se faisait l'effet d'un grand général de l'époque des Trois Royaumes qui aurait organisé une attaque et incendié le campement ennemi.

Brusquement, Bilig s'agenouilla face au ciel, au milieu des tourbillons de fumée qui l'entouraient. Le visage défait et raviné de larmes, il marmonna une longue psalmodie dont Chen Zhen ne parvint pas à saisir le sens. Une bourrasque s'éleva qui frappa le vieux chasseur en pleine figure, provoquant aussitôt chez lui une quinte de toux. Chen Zhen et Yang Ke se précipitèrent et le tirèrent vers une pente enneigée. La face du vieil homme était barbouillée de suie et de larmes. Le cœur battant, Chen le regardait en silence. Bilig observait les vagues de flammes, comme s'il s'attendait à voir un loup planer et disparaître dans le ciel, emportant avec lui l'âme pure et opiniâtre des Mongols. Ému, Chen se dit que les Mongols devaient à tout prix poursuivre leur vie dans la steppe, entretenir la gloire de leur peuple et œuvrer à son bonheur.

Rapidement, les flammes dévorèrent les roseaux flétris et leurs racines pourries. Puis elles soulevèrent les cendres qui obscurcirent les cieux au-dessus du pâturage encore couvert de neige. Les étincelles retombèrent une à une dans le crépuscule qui s'annonçait. Des centaines d'hectares de la forêt de roseaux, il ne restait plus désormais qu'une terre pelée, sans un brin d'herbe, sur laquelle régnait un silence de mort : nul aboiement, aucun hurlement, pas même un coup de fusil n'avait accompagné l'incendie.

La dernière volute de fumée emportée par le vent, l'air devint glacial. Sur ordre de Bao, hommes, chevaux et chiens s'alignèrent sur un seul rang et passèrent au peigne fin la terre brûlée en quête du butin. On s'attendait à trouver la vingtaine de loups brûlés.

– Ramassez toutes les carcasses que vous découvrirez, même carbonisées ! dit le délégué militaire, au comble de l'excitation. Élevez-moi un autre tas de cadavres ! Même si les fourrures ne valent rien, les photos montreront que la chasse aux loups n'a qu'un seul but : extirper le fléau !

Les cavaliers avançaient en suivant la bordure de la forêt anéantie. Chen Zhen chuchota à l'oreille du vieux chasseur :

– D'après vous, combien de loups sont morts dans le feu ?

– Le brûlage, c'est une spécialité des Han. Les Mongols ne l'ont jamais pratiqué. Comment pourrais-je le savoir ? Ce que je redoute, c'est que Bao cultive ensuite cette terre.

Ils avançaient à une allure raisonnable, s'arrêtant de temps à autre pour sonder les tas de cendres du bout de leur perche à lasso. Bilig poussait un long soupir de soulagement chaque fois que leur recherche s'avérait vaine.

Le vent s'était affaibli. Hommes et chevaux, suffoqués par les cendres que soulevaient les sabots, se mirent à tousser ; puis ce fut le tour des chiens. On entendait parfois le cri de l'un d'entre eux qui venait de poser la patte sur une braise. Bao commençait à perdre son calme car ils avaient déjà ratissé une grande partie du terrain sans trouver un seul cadavre. Il criait sans cesse :

– Doucement, ne laissez aucune parcelle non fouillée !

Le visage du vieux chasseur se déridait peu à peu. Chen Zhen ne put s'empêcher de demander :

– Ont-ils réussi à prendre la fuite ?

– Si c'est le cas, c'est que Tengger le Ciel éternel leur a prêté secours, répondit le vieil homme, plein d'espoir.

Mais soudain retentit une voix : « En voilà un ! » Bilig s'assombrit de nouveau et se précipita sur les lieux, suivi de Chen Zhen. Les autres chasseurs étaient déjà là, encerclant un Bao épanoui, qui invita Bilig à vérifier.

Il y avait effectivement une bête carbonisée, recroquevillée et toute rabougrie. Une odeur nauséabonde émanait du corps. Un murmure parcourait la foule que Wang Junli rompit en criant avec enthousiasme :

– Nous avons réussi ! S'il y en a un petit, c'est qu'il y en a de plus grands !

– Ce n'est pas un loup, il est trop petit, osa Shartseren.

– Le feu l'a rétréci, coupa Bao.

– Peut-être un louveteau ? risqua Wang Junli.

Bilig descendit de cheval et retourna le cadavre avec son bâton. L'autre côté du corps était également carbonisé. Visiblement, le pauvre animal était couché sur l'épaisse couche de feuilles mortes quand les flammes l'avaient pris par-dessous.

– Ce n'est ni un loup, ni un louveteau, mais un vieux chien, déclara Bilig.

– Vous en êtes sûr ? Expliquez-moi ça, fit Bao sceptique.

– Pas d'erreur. Regardez ses dents. Si vous ne me croyez pas, prenez-le en photo et montrez-le aux échelons supérieurs ! Mais attention : un connaisseur découvrira le mensonge au premier coup d'œil, répliqua Bilig.

– On laisse un repère ici. On comparera ce corps aux autres qu'on trouvera plus tard, dit Bao, de plus en plus anxieux.

Bilig regardait tristement le petit cadavre.

– Sachant que sa fin approchait, ce vieux chien a trouvé le lieu idéal pour aller vers Tengger : à l'abri du vent et dans un endroit fréquenté par les loups. Pauvre créature ! Les loups ne l'ont pas trouvé assez tôt.

Mais déjà Bao rameutait les troupes. À haute voix, il tenta de les remobiliser.

– Continuons ! Les cavaliers partent les premiers, les autres à leur suite. On poursuit sur deux rangs !

Les tas de cendres furent fouillés les uns après les autres, sans succès. Quelques jeunes instruits finissaient par trouver la situation insolite et se demandaient si Bat n'avait pas lancé une fausse alerte. Le fils de Bilig fut assailli de questions. En désespoir de cause, il jura sur son honneur qu'il avait dit la vérité :

– Que le président Mao et Tengger le Ciel éternel soient témoins de ma sincérité ! Behee et moi avons vu les loups de nos propres yeux ! Et vous avez vu leurs empreintes fraîches, non ?

Bao tonna en trépignant :

– Bizarre ! Ils ne se sont pas envolés, tout de même ?

Souriant, Bilig ne put s'empêcher de lancer une petite raillerie au délégué militaire :

– Voilà une nouveauté pour vous, n'est-ce pas ? Les loups voleraient donc !

Faisant un effort pour réprimer sa colère, Bao demanda à Bilig :

– Comment se fait-il alors que dans la matinée tant de loups soient tombés dans notre embuscade ?

– Parce que Tengger est équitable. Le nombre de loups tués suffisait à compenser les chevaux militaires perdus. Le Ciel éternel interdit d'en tuer davantage...

– Tengger ! Vous invoquez son nom à tout propos ! coupa Bao. Mais il relève des « quatre vieilleries » ! Allons, il nous reste une dernière parcelle à examiner. Ratissez-la en rangs serrés !

Mais l'ordre fut aussitôt couvert par les cris affolés de deux gardiens de chevaux :

– Malheur ! Deux taureaux ont trouvé la mort dans l'incendie !

À cette nouvelle, les pasteurs se ruèrent sur les lieux. Les cavaliers mirent pied à terre et demeurèrent immobiles autour des cadavres colossaux, étendus de tout leur long, les pattes raides, la peau crevassée, couverte d'ampoules noires formées par la toison carbonisée. Des crevasses suintaient des coulées de graisse jaunâtre. Des têtes énormes émergeaient les globes oculaires proéminents, tandis que les langues noires et visqueuses s'étiraient jusqu'à terre. Des gouttes sombres sortaient de tous les orifices de ces masses informes ; seules les cornes indiquaient qu'il s'agissait bien de taureaux. À cette vue, les bouviers et les femmes bouillonnèrent de colère.

Sélectionné par les plus expérimentés des gardiens de bœufs, le taureau reproducteur est un animal très apprécié et respecté des habitants de la steppe. D'humeur solitaire, il passe sa vie dans l'insouciance après avoir rempli son devoir de reproducteur en été. Il erre loin du troupeau, libre comme le bison sauvage. Un beau taureau a un cou massif, des épaules larges et la face couverte de poils laineux et crépus. Nul animal ne se risque à s'attaquer à cette bête puissante, armée de cornes lourdes et acérées qui lui permettent de tenir tête à toute une meute de loups. Autant dire qu'il n'a aucun ennemi naturel dans la steppe. Souvent les taureaux vivent à deux. Le jour, ils broutent dans la meilleure prairie, et la nuit venue, ils dorment tête contre tête. Pour les Mongols, il s'agit d'un animal divin, symbole de puissance, de virilité, de courage, de liberté et de bonheur suprême. Ils lui donnent le nom éclatant de « Behee », autrement dit « lutteur », qu'ils attribuent également à beaucoup d'enfants. Les hommes envient presque ce célibataire joyeux qui possède d'innombrables partenaires sexuelles et n'a même pas à s'occuper de sa progéniture que les éleveurs s'empressent de prendre en charge. Si les taureaux sont en bonne santé, les troupeaux prospèrent. Mais qu'ils tombent malades, et c'est le présage d'une calamité naturelle.

– Péché ignoble, cria Gasma en voyant les deux cadavres. Les deux meilleurs taureaux de notre brigade ! Dans notre équipe de travail, la moitié des vaches viennent d'eux ! À mettre le feu à la steppe, on va finir par tout détruire !

– Ils étaient de la race la plus noble de Mongolie, le taureau rouge de la steppe ! dit Bilig. Ils ont engendré des vaches généreuses en lait et des veaux à la viande fine et succulente. Cet incident, je le rapporterai à la direction de la bannière et demanderai qu'on envoie une équipe enquêter sur cette perte inestimable. Elle pèsera sur nous bien plus que ne le font les loups !

– Et dire qu'il y a quelques années, commenta Ulzii, le bureau d'élevage et de pâturage de la bannière nous avait demandé de lui céder ces deux taureaux. Nous avions refusé et donné à la place deux jeunes taureaux qu'ils avaient engendrés.

– Nos taureaux se reposaient tranquillement dans les roseaux, s'indigna Shartseren, quand on a mis le feu. Comme ils ne courent pas très vite, ils ont certainement suffoqué sous l'effet de la fumée avant de brûler vifs. C'est la première fois que cela arrive ici ! Un châtiment pour ceux qui ne croient pas en Tengger !

La peau des taureaux continuait à craquer, les fissures dessinant des figures énigmatiques. Les femmes effrayées reculaient en se cachant les yeux. Les pasteurs évitaient comme la peste Bao, qui restait seul près des taureaux, couvert de cendres, sombre. Il pesta les dents serrées :

– Nous avons perdu deux taureaux, mais c'est la faute des loups ! Je mènerai ce combat contre eux jusqu'au bout, même si vous vous y opposez !

La dernière lueur crépusculaire tomba et la steppe fut prise d'un froid glacial. Exténués et affamés, les pasteurs rentrèrent, abattus, traînant avec eux leurs chevaux et leurs chiens, tout aussi fourbus. Tout le monde se demandait comment le roi des loups avait réussi à fuir avec sa troupe. On en discutait en chemin, d'une voix craintive. Certains croyaient qu'ils s'étaient sauvés en volant. Pour calmer les gens, Ulzii dit :

– Nous avons fait une grosse erreur dans cette chasse : comme nous étions nombreux, nous avons fait un bruit infernal ; le roi des loups et sa meute ont quitté les lieux avant l'incendie.

Les gardiens de chevaux se hâtèrent de rejoindre leurs troupeaux. Chen Zhen et Yang Ke pensaient à leur louveteau. Avec Zhang Jiyuan et Gao Jianzhong, ils empruntèrent un raccourci pour rentrer à leur yourte. Tout en galopant, Yang Ke fit part de son inquiétude à son ami :

– Avant de partir, j'ai donné au louveteau deux petits morceaux de mouton cuit. Mais je ne sais pas s'il peut manger quelque chose d'aussi solide. D'après Dorj, il ne devrait être sevré que dans un mois.

– Pas de souci de ce côté, dit Chen Zhen. Il a bien mangé hier soir. Il ne mourra pas de faim, même s'il dédaigne ton mouton. Ce que je crains, c'est que la louve ait profité de notre absence pour venir...

Les quatre jeunes instruits arrivèrent peu avant minuit. Leurs autres chiens étaient là, dans l'attente du repas du soir. Chen Zhen descendit rapidement de cheval et leur donna deux gros morceaux de viande avec l'os. Zhang et Gao préparèrent le thé avant de se laver. Chen Zhen et Yang Ke se précipitèrent vers le trou du louveteau, soulevèrent la planche et braquèrent la torche électrique. Le louveteau dormait tranquillement dans un coin, sur la peau de mouton. La petite chienne, tiraillée par la faim, poussait des plaintes et essayait de sortir, tandis que sa mère tournait autour du trou, impatiente de l'allaiter. Chen Zhen hissa la petite que Yir prit tout de suite dans sa gueule pour l'emporter dans la niche.

Les deux jeunes hommes examinèrent le trou et ne virent aucune trace des deux morceaux de mouton. Ils regardèrent le louveteau qui dormait profondément, le ventre rebondi et les babines luisantes de graisse.

– Il a tout avalé ! se félicita Yang Ke.

Chen Zhen, de son côté, poussa un long soupir :

– Il semble bien que la louve n'ait plus le temps de penser à son petit ; elle est sans doute trop occupée à sauver sa peau !

CHAPITRE 14

Un Mongol du nom de Minhuli possédait un troupeau de moutons. Un loup s'y introduisit et en détruisit la plus grande partie. Le propriétaire s'en plaignit le lendemain à la cour royale. Hehan (Ögodei, empereur Taizong des Yuan – *NdA*) voulut savoir où s'était réfugié le loup. Justement à ce moment arriva un lutteur musulman avec un loup ligoté, qu'il avait capturé à l'endroit indiqué. Hehan acheta le loup moyennant cent écus. « Tu ne gagnes rien en tuant ce loup, dit-il au Mongol en lui offrant mille moutons en guise de dédommagement. Je vais libérer ce loup pour qu'il raconte à ses congénères ce qui s'est passé et quitte ensuite ces parages avec ses semblables. » Or, le loup relâché eut le malheur de rencontrer un chien qui le déchira en mille pièces. À cette nouvelle, Hehan entra dans une violente colère et fit tuer tous les chiens de la contrée. Puis il retourna dans son palais triste et pensif. Il dit à ses fils et courtisans : « Ma santé s'affaiblit de jour en jour. J'ai sauvé la vie à ce loup et l'ai libéré, croyant que le Ciel éternel m'accorderait une grâce et que par-là je serais épargné. Mais le loup n'a pas pu échapper au chien, et moi, je ne pourrai non plus éviter la fatalité. »

Anthologie historique, vol. 3, *Biographie d'Ögodei*
Rashid-al-Din (historien persan),
traduit et annoté par Zhou Liangxiao

Comme un visiteur inopiné, le soleil s'infiltra par les interstices de la yourte. Chen Zhen ouvrit les yeux et aperçut, à travers les fentes, le ciel d'un bleu froid. Il sauta de son lit, endossa sa robe de fourrure et se précipita dehors voir son louveteau. Dès le seuil, il fut ébloui pas les rayons intenses.

Gombo avait déjà ouvert la porte de l'étable. Les moutons s'engageaient d'eux-mêmes sur la pente, en face. Ils cherchaient là des herbes vertes sans que le berger ait à s'en occuper. Un autre troupeau composé uniquement de brebis et de leurs agneaux broutait dans une prairie plus à l'ouest. Les deux troupeaux se déplaçaient très lentement. Chen Zhen, voyant le vieux Gombo en pleine discussion avec Yang Ke et Zhang Jiyuan, se dirigea vers eux. Le vieux berger enseignait aux jeunes instruits à empailler un loup. Il prenait une poignée de paille, la tordait pour en faire un petit faisceau qu'il introduisait doucement sous la peau. Peu à peu, celle-ci reprenait la forme initiale de l'animal.

– Si on ne bourre pas la peau de paille, expliquait Gombo, elle se rétrécit en séchant, et la qualité de la fourrure s'en ressent.

Pour parachever son travail, il prit un cordon de cuir qu'il passa dans les narines de la bête en guise de bride. Puis il demanda à Zhang s'il avait de ces longues branches de bouleau dont on fabriquait les perches à lasso. Le jeune homme le conduisit près de la charrette où étaient posées pêle-mêle quatre ou cinq branches. Gombo en choisit une, la plus rectiligne, qui mesurait au moins sept mètres. Il attacha la bride à l'une des extrémités et planta la branche à quelques mètres de la yourte. Les deux loups empaillés flottaient au vent comme le pavillon d'un vaisseau en haute mer.

– Cela permettra à la peau de sécher, dit le berger. Et c'est un signal lancé aux passants : les voleurs de chevaux et les bandits reculeront devant la yourte d'un si vaillant chasseur !

Les trois jeunes hommes restaient immobiles, les yeux rivés sur ces loups comme lancés à l'assaut du ciel. Gombo les regardait respectueusement.

– Le vent va emporter les débris d'herbe et les poussières sans entamer les poils, dit-il finalement. Dans quelques jours, leur fourrure aura retrouvé sa beauté, et les loups seront prêts à partir pour le Ciel éternel...

Le vieux berger resta encore pieusement au pied du poteau. Puis il tourna les talons pour regagner l'étable, tandis que les trois garçons se confondaient en remerciements.

Le vent printanier hululait sans cesse. Chen Zhen croyait y distinguer les pleurs des loups réfugiés quelque part ou le son d'orgue qu'il avait l'habitude d'entendre dans une église de Pékin. Il avait le cœur plein d'une ineffable mélancolie. Dans l'air flottaient les deux loups empaillés, planant presque horizontalement dans le ciel clair.

La tête levée vers le ciel, il ne voyait plus le monde réel des collines et des prairies, des yourtes et des charrettes, des étables et des troupeaux. C'était comme s'il n'y avait plus que ces deux loups empaillés, dansant au bout de la perche. Sa pensée aussi prenait le large, au hasard des vents. Au pied de cette perche, il se sentait placé sous l'égide du totem du loup. Jamais il n'avait ressenti ce sentiment d'une manière aussi intense et calme à la fois: l'esprit de la steppe était si envoûtant que toute âme angoissée et sensible s'apaisait à son contact.

Zhang Jiyuan, la nuque raidie, finit par rompre le silence qui s'était installé.

– Nous sommes habillés à la mongole et menons presque la même vie que les gens d'ici. Nous avons le même visage basané mais j'ai toujours le sentiment que quelque chose nous différencie d'eux. Même notre yourte n'est pas comme les leurs. Pourtant, en voyant ces loups suspendus, on pourrait croire que ce sont des Mongols de vieille souche qui l'habitent. Mais tout le monde sait bien que ces deux loups ont été tués par notre chien. Quand pourrai-je en tuer un de mes propres mains et devenir un vrai gardien de chevaux de la steppe Olon Bulag?

Erlang aboya furieusement à l'adresse des loups qui paraissaient voler dans l'air, indifférents à celui qui les avait envoyés vers Tengger. Il s'étira sur ses pattes de derrière en grondant, puis s'apaisa peu à peu, adouci par la vision de la belle fourrure.

Le troupeau s'éloignait. Yang Ke prit son sac, monta à cheval et partit le rattraper. Chen Zhen dit alors à Zhang Jiyuan :

– Suis-moi ! Allons voir notre louveteau !

Ils se dirigèrent vers sa cache. Chen enleva la pierre et déplaça la planche. La jeune chienne dormait sur la peau de chèvre tandis que sur son arrière-train, le louveteau fixait anxieusement le ciel au-dessus de l'ouverture. Il se dressa sur ses pattes postérieures et tenta de grimper mais tomba bientôt à la renverse. Il fit une nouvelle tentative en s'agrippant à la paroi comme un gros lézard. Des mottes de terre cédèrent sous les efforts du louveteau qui dégringola. Enfin, il aperçut l'ombre de l'homme qui le regardait : il déchargea sa colère sur lui en soufflant de tous ses poumons.

De guerre lasse, le louveteau se mit à tourner sur place, longeant la bordure du fond, flairant la terre. Puis il monta sur la tête de la chienne pour tenter de nouveau sa chance. De la terre tomba, la chienne se réveilla en grognant et s'ébroua ; le louveteau fit une nouvelle chute, se remit tout de suite sur ses quatre pattes, et grimaça à l'adresse de sa compagne, l'air menaçant.

Deux jours avaient suffi pour amincir la pellicule qui voilait ses yeux, mais ils étaient encore pleins d'un liquide visqueux. Il entrevoyait les ombres et réagissait aux gestes que Chen Zhen lui adressait. Pour aiguiser ses réflexes, Chen criait systématiquement « Louveteau, mange ! » quand il lui donnait de la nourriture. La petite bête écoutait alors les oreilles dressées, la tête inclinée de côté, à la fois curieuse et craintive.

Zhang eut une idée.

– Je voudrais savoir s'il lui reste quelque souvenir de sa famille.

Il mit ses mains en porte-voix et imita le hurlement des loups. À ce cri, le louveteau s'énerva, grimpa sur la chienne et tenta de sortir à tout prix. Quand il fut à bout de forces, il se recroquevilla dans un coin, se serra contre la paroi comme s'il s'agissait du corps de sa mère.

– À mon avis, ce ne sera pas facile de le domestiquer, soupira Zhang. Ici, ce n'est pas comme au zoo de Pékin. Les loups sont partout. Le louveteau entend probablement leurs hurlements toutes les nuits, et cela le maintient dans son milieu naturel. Il attaquera les hommes quand il sera grand. Fais attention, mon ami !

– Mais je n'ai pas l'intention de lui enlever son caractère sauvage ! Un loup domestiqué n'est plus intéressant. Ce que je veux, c'est en avoir un à portée de main afin de l'observer. Je n'ai même pas peur d'être mordu ; ma seule crainte, c'est que les pasteurs m'interdisent de l'élever.

Chen Zhen sortit le louveteau de son trou en l'empoignant par le cou. Zhang l'accueillit dans le creux de sa main et l'examina attentivement. Il essaya de lisser son pelage hérissé de crins raides et clairsemés, qui se redressaient sans cesse, rebelles à la caresse.

– Dire que je suis gardien de chevaux mais que c'est grâce à un berger que je peux toucher un loup vivant ! Lamjav et moi avons visité deux antres sans rien trouver. Rares sont les Han qui ont cette chance ; ils détestent tellement les loups qu'ils ignorent leurs bons côtés. Je comprends pourquoi tu tiens à en élever un : je t'aiderai à convaincre les pasteurs !

Chen Zhen reprit le louveteau dans ses bras et se dirigea vers la niche des chiens. Avant que Yir ait pu réagir, il colla le louveteau contre elle. Quand elle comprit quel animal était en train de la téter, elle se redressa et tourna la tête pour le mordre. Mais le jeune loup était agrippé à sa mamelle avec la force d'une sangsue. Elle eut beau tourner en rond, elle ne parvint pas à s'en débarrasser. Les deux étudiants s'esclaffèrent de rire, mais Chen Zhen ne tarda pas à l'arracher de la mamelle en introduisant son pouce dans la joue du louveteau.

Un moment plus tard, les deux jeunes hommes ressortirent avec le louveteau et trois petits chiens qu'ils déposèrent près des meules de fourrage. Dès qu'il eut touché la terre, le louveteau s'enfuit à toute vitesse. Ses pattes arquées encore trop faibles pour le soutenir, il se déplaçait à la manière d'une tortue dans l'eau. Un chiot essaya bien de le suivre, mais le louveteau tourna aussitôt la tête en sifflant, menaçant : quand il avait faim, il était prêt à pactiser avec quiconque, mais, une fois repu, il oubliait tout le monde.

– Évidemment, dit Zhang, il sait qu'il n'est pas chez lui, que Yir n'est pas sa mère, et que les chiots ne sont pas ses frères et sœurs.

Les deux garçons le suivaient du regard. Son odorat très sensible lui permettait de s'orienter facilement, malgré ses yeux mi-clos. La petite bête s'arrêta après une cinquantaine de mètres, ayant flairé en tous sens, changeant fréquemment de direction chaque fois qu'elle percevait l'odeur d'urine de chien. Puis le louveteau reprit sa course et s'éloigna d'une centaine de mètres de la yourte : les deux jeunes gens comprirent qu'il fuyait le campement, où régnait l'odeur des hommes et des chiens, des bestiaux et de l'étable.

Chen Zhen se dit que ce petit animal, si tôt sevré, manifestait un instinct d'indépendance impressionnant. Il repensa aux moineaux de sa jeunesse, ceux qu'il avait essayé d'élever en cage. Une fois emprisonnés, les oisillons aux yeux encore scellés avaient systématiquement entamé une grève de la faim. La liberté ou la mort ! semblaient-ils dire à leur bourreau. Jamais un moineau en cage n'avait survécu. Au contraire, privé de liberté, le louveteau mangeait ce qu'on lui donnait et dormait comme une souche. Mais il guettait la moindre occasion de s'enfuir. Pour lui, la vie était aussi précieuse que la liberté : il voulait l'une et l'autre ! On retrouve parfois cette force d'âme chez les humains, comme les révolutionnaires tombés entre les mains du Guomindang ou des Américains, mais ces militants ne formaient qu'une petite élite de la nation chinoise. Chez les loups, c'était une qualité permanente, générale et transmise de génération en génération. Elle s'était également transmise au peuple mongol qui avait fait du loup son totem, respectant cet animal en tant que dieu de la Guerre et maître ancestral.

CHAPITRE 15

Gengis Khan accordait une grande importance à la chasse. Il disait souvent qu'elle constitue pour l'armée et ses officiers une fonction officielle, et que tous les militaires ont le devoir de s'instruire et de s'aguerrir par la chasse. Les guerriers s'exercent à poursuivre le gibier, à le surprendre en déployant une formation adéquate, à le cerner d'après le nombre. En temps de paix, la chasse était la passion de Gengis Khan et il encourageait ses troupes à s'y livrer. Son but n'était pas simplement d'obtenir un butin de chasse, mais d'entraîner ses hommes à l'art équestre et au tir à l'arc, et de les doter d'endurance.

Les Conquérants du monde, vol. 1
Ata-Malik Juvaini (auteur persan, 1260)

Le vent soufflait sur la steppe Olon Bulag, poussant de gros nuages floconneux d'une blancheur étincelante. Le paysage, si monotone quelque temps auparavant, devenait un tableau où alternaient ombres et lumières. Zhang Jiyuan ne se lassait pas de ce spectacle. Lorsque le soleil était caché, il ressentait l'effet glacé de la bise du printemps mais, l'instant d'après, il suait abondamment, exposé aux rayons chauds qui étincelaient de nouveau. Le dégel avait commencé. La prairie étalait son immense étendue jaunâtre découpée en grandes plaques, parsemée de points verts : l'herbe qui germait. Une odeur de foin pourri voletait dans l'air tandis que gazouillaient les ruisseaux alimentés par la fonte des neiges. Posté en surplomb, Zhang voyait s'égrener à ses pieds d'innombrables marais qui, à sec les jours précédents, s'étaient transformés en autant de miroirs dans lesquels se reflétaient les nuages. Toute la steppe n'était plus que mouvement. Zhang avait l'impression de voler sur le tapis magique des *Mille et Une Nuits*, quelque part entre le ciel et la terre.

Cela faisait plus d'une heure qu'avec Bat ils étaient à l'affût dans les herbes hautes et denses. Les loups apparaîtraient d'un moment à l'autre, le fils de Bilig en était sûr. Il ne désespérait pas de décharger sa colère sur ceux qui, ces derniers temps, l'avaient tourmenté sans répit. La perte des chevaux militaires et l'échec dans la capture du reste de la meute, qui avait entraîné l'incendie de la forêt de roseaux, pesaient lourdement sur lui. De son côté, Zhang regrettait amèrement de n'avoir rien pris lors de la chasse collective. Après deux jours de repos, le gardien de chevaux et son auxiliaire, armés chacun d'un fusil semi-automatique, étaient de retour sur la colline près du grand marécage, à attendre les loups. Après le dégel, les chevaux morts allaient sombrer dans l'eau, une perte inconcevable pour ces loups tiraillés par la faim. C'était la dernière chance de Zhang et Bat de les surprendre. Ils ne la laisseraient pas passer.

Le miroitement du marécage fatiguait leurs yeux. À l'aide de leurs lunettes d'approche, ils fouillaient inlassablement la pente d'en face. Soudain, Bat dit à voix basse :

– Regarde à gauche !

Zhang braqua sa longue-vue dans cette direction, le souffle coupé, le cœur battant : au bas de la pente, il vit deux têtes de loup, puis le cou, et enfin la poitrine.

Les deux bêtes s'arrêtèrent, scrutant les alentours avant de disparaître dans ces touffes d'herbes que l'on ne trouvait que dans la steppe. Partout, elles poussaient haut et dru en une suite d'anneaux touffus, indépendamment des autres plantes. Chaque cercle, d'une rondeur impeccable, formait une haie cylindrique autour d'un espace vide de toute végétation. Le diamètre des plus grands cercles pouvait dépasser un mètre, tout comme, en hauteur, leurs tiges rigides et droites qui les faisaient ressembler à des roseaux nains ou à des plants de riz surdéveloppés. En automne, ces herbes s'empanachaient de fleurs blanches qui devenaient de feu sous les rayons du soleil couchant. L'hiver, le vent boréal emportait leurs épis et leurs feuilles flétries, mais les tiges demeuraient, inflexibles comme les loups. Le vent aux poils blancs pouvait les aplatir au sol, elles se redressaient après chaque rafale. Quand les pasteurs ne s'en servaient pas pour fabriquer des balais à multiples usages, ils choisissaient une de ces touffes pour s'y asseoir comme sur un coussin. Les jeunes instruits avaient d'ailleurs fini par les surnommer « herbes canapé ».

Ces herbes singulières servaient aussi d'abri aux loups, ce qui faisait dire au vieux Bilig qu'elles avaient été inventées spécialement par Tengger pour les protéger. En bons élèves, les chasseurs en avaient fait leur cachette favorite.

À ce moment-là, les deux hommes et les deux loups, pareillement dissimulés, étaient à l'affût. Les loups prenaient leur temps ; ils auraient la patience d'attendre la nuit pour passer à l'action et déjouer n'importe quel chasseur, si astucieux fût-il. Bat hésitait encore à faire feu sur les touffes d'herbes, tandis que Zhang s'inquiétait que d'autres loups les aient déjà repérés.

Le fils de Bilig fit signe à Zhang. Ils rampèrent à reculons vers leurs montures dont ils défirent les entraves et qu'ils menèrent de l'autre côté de la colline. Une fois suffisamment éloignés des loups, ils remontèrent en selle et décrivirent un grand crochet au galop. Comme ils avançaient face au vent et que les herbes humides amortissaient le bruit des sabots, les loups ne pouvaient les repérer.

Ils mirent pied à terre et recommencèrent à grimper lentement, tenant leurs chevaux par la bride. À l'approche de la cime, ils se couchèrent à plat ventre, laissant leurs montures libres. Le cran de sûreté du fusil levé, ils avancèrent courbés, puis rampant, vers le haut de la pente. À cent mètres des loups, ils apercevaient distinctement leurs queues. Cachés dans les herbes, ils ressemblaient à deux énormes oiseaux enfermés dans une cage : concentrés sur l'endroit que les chasseurs venaient de quitter, les oreilles aux aguets, les narines ouvertes au vent, ils cherchaient le moindre signal d'alarme.

Le vent qui n'avait cessé de souffler secouait les herbes en tous sens. Bat visait le loup le plus éloigné, laissant l'autre à Zhang. Ils attendaient une accalmie pour faire feu. Comme convenu, Zhang tirerait tout de suite après Bat, mais il ne s'inquiétait pas outre mesure. S'il manquait son tir, le fils de Bilig, tireur d'élite, aurait le temps de refaire feu : il pouvait atteindre une cible à deux cents mètres. Le vent s'affaiblit, les herbes se relevèrent et les silhouettes de loups apparurent, plus nettes encore. C'est alors qu'un autre loup, plus mince, s'élança des touffes voisines et courut vers le bas de la colline. Il passa devant les deux autres qui, d'un bond, sortirent de leur cachette pour suivre leur compagnon. Visiblement, ce troisième loup leur servait de sentinelle et d'éclaireur. Ainsi escorté, l'un deux ne pouvait être qu'un loup de tête. Bat le reconnut facilement : c'était le plus gros des trois.

Il renonça à tirer et se releva en criant :

– À cheval !

Les deux chasseurs enfourchèrent leur monture, franchirent la cime et dévalèrent en coup de vent la pente, trop abrupte pour Zhang. Celui-ci songea à sauter de cheval, mais Bat lui lança :

– En avant, mains sur le pommeau de ta selle !

Zhang serra les dents et le suivit, décidé à risquer le tout pour le tout. Car descendre une telle pente à cheval représentait toujours un grand danger, surtout sur un terrain criblé de trous de marmottes et de lièvre. Si un sabot s'y coinçait, le cheval culbutait en même temps que le cavalier. Un autre jeune instruit en avait fait l'amère expérience : propulsé en l'air, il avait atterri sur le dos, se blessant gravement.

Mais pour devenir un bon gardien de chevaux, Zhang était prêt à prendre tous les risques. Le courage et l'énergie lui faisaient encore défaut pour dompter les chevaux les plus rebelles et combattre les loups les plus féroces. Il avait manqué son coup dans la chasse collective parce qu'il avait fléchi au dernier moment ; il manipulait bien sa perche à lasso, mais ses mains avaient tremblé quand il l'avait lancée sur un loup. Ces échecs n'avaient pas émoussé sa volonté pour autant. Pour le moment, il n'avait qu'un but : réussir ce qu'il considérait comme un test.

Zhang se cramponna des deux mains à l'arçon de la selle, serrant énergiquement de ses jambes son cheval qui fonça droit vers l'abîme. En un éclair, Zhang fut plaqué contre la croupe, les pieds vers l'avant, enfoncés dans les étriers qui touchaient presque les oreilles du cheval. Il ne devait pas tomber ! Il atteignit le fond de la vallée presque en même temps que son compagnon qui se tourna vers lui et lui décocha un sourire d'agréable surprise. Bat lui dit qu'il avait repéré au moins sept ou huit trous de marmottes sur sa ligne de descente avant de lui asséner, imperturbable :

– Tengger aime l'homme courageux. Il a déplacé les trous quand tu es passé !

Pour Zhang, c'était le plus grand des compliments.

Ils repartirent aussitôt. La descente rapide les avait grandement rapprochés des loups. Les chevaux stimulés par ce succès galopaient à une allure frénétique. Ils rattrapaient à vue d'œil les fugitifs, qui s'étaient engagés sur la pente opposée. Bat examina les lieux :

– Les loups vont se séparer et fuir chacun dans une direction différente. Nous allons délaisser le plus petit pour nous concentrer sur les deux plus gros. Quand je tirerai sur celui de droite, tu viseras le sol pierreux devant lui.

Les chasseurs épaulèrent leur fusil tout en galopant. C'était à vive allure que les cavaliers ressentaient le moins les secousses et visaient le plus facilement. Bat attendait que l'un des loups bifurque pour avoir son flanc comme cible. Loups et chevaux ne purent tenir longtemps cette cadence infernale. La distance entre eux se réduisit ; il ne restait plus que trois cents mètres. Soudain, les deux escortes quittèrent séparément leur chef. Bat fit feu sur le plus gros des deux, celui de droite. Il le manqua tandis que retentirent simultanément les deux coups de Zhang. Une balle se logea dans la terre, l'autre fit voler une roche en éclats. Le loup apeuré trébucha et le deuxième coup de feu de Bat l'atteignit. Zhang Jiyuan hurla triomphalement, mais Bat se rembrunit :

– Catastrophe ! J'ai abîmé la fourrure !

Les chasseurs, laissant le loup tué sur place, étaient déjà repartis à la poursuite du loup de tête, malgré l'essoufflement de leurs montures. Leur proie redoublait de vitesse. Zhang agita fiévreusement sa cravache. Son cheval se remit au galop, la bouche écumante. Le loup avait repris confiance et filait comme une flèche. S'il parvenait au sommet de la pente avant les chasseurs, ceux-ci ne le verraient plus jamais.

– Pied à terre ! cria Bat en tirant brusquement la bride.

Les chevaux stoppèrent si brutalement que Zhang faillit être projeté en l'air. Il suivit l'exemple de Bat qui descendit, se coucha et épaula son fusil. N'entendant plus de bruit de sabots, le loup s'arrêta. D'un naturel soupçonneux, il voulait voir ce qui se préparait derrière lui. Il fit volte-face. Sa silhouette se profila sur l'horizon, et il prêta le flanc au tir de Bat. Le coup partit instantanément. Le loup fléchit, mais se releva aussitôt pour disparaître derrière la pente.

Les cavaliers remontèrent en selle et atteignirent la cime où ils virent une mare de sang au milieu des herbes folles. Zhang balaya les alentours avec sa longue-vue sans voir l'ombre d'un loup. Avec Bat, ils avancèrent lentement, examinant chaque trace laissée par la bête blessée. Le fils de Bilig lâcha :

– Je lui ai cassé une patte de devant. Il n'y a que trois empreintes au sol.

– Un loup bancal ne peut pas courir plus vite que nos chevaux. On le prendra !

– J'en suis moins sûr... S'il s'engouffre dans un trou, il nous échappera. Il faut nous hâter !

Ils poursuivirent leur traque pendant une bonne heure, suivant les traces de sang. Sur une grève clairsemée d'herbes, ils s'arrêtèrent soudain, horrifiés : une patte de loup gisait sur le sol, l'os blanc strié de marques de dents.

– Sa patte cassée le gênait, il l'a coupée lui-même ! conclut Bat sur un ton où se mêlaient fatalisme et respect.

Le cœur de Zhang se serra, en proie à une étrange douleur.

– C'est la troisième fois que je vois cela, dit-il. On a déjà vu un homme, mordu par une vipère ou touché par une flèche empoisonnée, s'amputer d'un doigt ou d'une main, mais c'est rarissime. À croire que chez les loups, c'est monnaie courante !

– Les hommes diffèrent les uns des autres, mais les loups sont les loups : tous de la même nature, fit Bat.

Abattus, ils reprirent leur quête. Les traces de sang s'espaçaient. La bête avait dû retrouver une meilleure allure et prendre un raccourci vers la route frontalière. Au-delà commençait la zone militaire, interdite d'accès.

– Très astucieux, ce loup ! Nous ne pouvons continuer comme ça, lâcha Bat.

Les deux chasseurs se hâtèrent vers le nord, espérant lui barrer le chemin avant qu'il n'atteigne la route. Les herbes devenaient de plus en plus hautes et, sous l'effet du vent, la steppe ondulait comme une immense peau de fauve d'un gris jaunâtre. Repérer un loup de la même couleur dans cet océan végétal s'avérait une véritable gageure, d'autant que la bête, elle, était libre de les épier et de calquer sa stratégie sur leurs mouvements.

Zhang n'en revenait pas qu'un loup mutilé ait pu parcourir une si longue distance et semer deux cavaliers aux chevaux rapides. Il se dit qu'ils allaient abandonner, mais leurs montures avaient récupéré leurs forces et regagnaient en vitesse.

La silhouette des montagnes au nord, dentelée de sommets inégaux, devenait de plus en plus claire. À leur pied passait la frontière. Les pasteurs disaient qu'au-delà on trouvait une région montagneuse aride et pauvre où le froid régnait en permanence : l'ultime refuge des loups d'Olon Bulag. Les deux cavaliers s'engagèrent sur la route frontalière, en réalité un simple chemin sablonneux où les gardes-frontières faisaient leur patrouille. Les jeeps et les poids lourds y avaient creusé des ornières profondes et, avec le temps, la chaussée s'était affaissée d'un mètre. Elle serpentait comme un énorme dragon, véritable plaie dans la steppe. Au passage du vent, la poussière se soulevait, tourbillonnant le long de la route qui s'étirait sur une centaine de kilomètres.

Bat et Zhang se hâtèrent vers l'est. Après une ondulation, ils virent la bête, trente mètres devant eux, qui s'efforçait de grimper sur le bord surélevé de la route. En temps normal, elle l'aurait franchi d'un bond, mais l'obstacle était devenu insurmontable. Voyant les deux hommes approcher, elle s'accrocha désespérément à une saillie, et retomba. Sa patte blessée heurta le sol et tout son corps se recroquevilla sous l'effet de la douleur.

– Descendons ! fit Bat en mettant pied à terre.

Zhang en fit autant. Son regard allait de Bat à sa lourde massue, suspendue à la selle. Mais au lieu de la délier, Bat resta sans bouger. Il abandonna son cheval, qui se mit à brouter librement. Il s'assit sur le bord du chemin, tira une cigarette de son paquet et l'alluma. À travers la fumée, Zhang crut lire la contrariété sur son visage. Il laissa aussi aller son cheval, s'approcha de son compagnon et lui demanda une cigarette.

Le loup s'était remis avec peine sur ses trois pattes. Chancelant, il s'assit, la poitrine couverte de sang et de sable. Sa patte cassée était secouée par des soubresauts incessants ; il respirait bruyamment. Il fixa ses poursuivants d'un air de défi, s'ébroua pour débarrasser son pelage de la poussière et de l'herbe qui l'encombraient : avant le combat ultime, il reprenait sa dignité de guerrier. Zhang n'osait pas le regarder en face.

Cigarette entre les doigts, Bat observait pensivement le loup. Devant l'inaction de ses ennemis, la bête commença à attaquer le sol avec son unique patte de devant. Des herbes furent vite arrachées et l'écorce de terre qu'elles soutenaient s'écroula : le loup était parvenu à ouvrir une brèche dans le terre-plein qui bordait la route. Il put alors grimper et bondir vers la frontière. Après avoir marqué plusieurs arrêts, il s'éclipsa dans les hautes herbes. Bat l'avait regardé disparaître sans bouger. Après un long silence, il lança :

– Retournons chercher l'autre loup mort, et rentrons !

Les deux hommes se dirigèrent dans un mutisme absolu vers la pente aux touffes d'herbes cylindriques. On n'entendait que le bruit des sabots martelant allègrement la terre et ce qu'il restait de neige.

CHAPITRE 16

Chengqian, le dauphin (fils de l'empereur Taizong des Tang – *NdA*) manifestait un penchant pour la dissipation et une passion pour la chasse. Il avait une folie pour la langue des Tujue, leurs vêtements et leurs accessoires. Il choisissait parmi ses subalternes ceux qui avaient la physionomie des Tujue, les coiffait et les habillait de peaux de mouton. Ainsi travestis, ceux-ci étaient divisés en équipes de cinq pour faire paître des moutons. Il faisait dresser une grande yourte entourée de drapeaux ornés de cinq têtes de loup et de fanions bigarrés ; il s'y installait, à la place centrale, faisait griller un mouton, dans lequel il lardait de gros morceaux et mangeait à même l'épée avec son entourage. Il disait souvent à ses courtisans : « Je vais simuler la mort du Grand Khan, et vous, essayez de m'offrir une cérémonie funéraire digne de lui ! » Cela dit, il faisait semblant de tomber raide mort, et les autres montaient à cheval en pleurant et tournant autour de son corps. Il dit un jour : « Quand j'accéderai au pouvoir suprême, je conduirai une armée de dizaines de milliers de cavaliers et chasserai à l'ouest de la ville d'Or. Puis je délierai mes cheveux pour devenir un vrai Tujue. »

Miroir universel pour aider à gouverner, chap. 196
Sima Guang des Song du Nord

Après une pluie printanière aussitôt séchée par le soleil, la prairie en pente douce qui bordait le campement exhalait une odeur nauséabonde. Pendant le long hiver, de nombreux bestiaux étaient morts de froid ou égorgés par les loups. Avec le dégel, leurs corps commençaient à se décomposer et à répandre une substance visqueuse et noire se mêlant aux herbes pourries de l'année précédente et aux excréments de bœufs et de moutons, de chiens et de loups, de rats et d'autres petits animaux sauvages.

L'effluve fétide n'avait pas altéré la bonne humeur de Chen Zhen qui chevauchait aux côtés du vieux Bilig et d'Ulzii. La steppe antique avait besoin de cette pourriture qui la nourrissait, le directeur de la ferme n'en démordait pas :

– Les cadres et les poètes venus des villes aiment le parfum délicat des fleurs sauvages de la steppe, mais je lui préfère cette puanteur du printemps. Un mouton donne annuellement cent cinquante kilos d'excréments qui fertilisent la prairie durant deux années. Et tant que l'on maintient le bétail à un nombre raisonnable, les troupeaux améliorent le pâturage au lieu de le détruire. Dans le passé, sous la sage direction d'un chef de tribu, on était même parvenu à faire pousser de beaux gazons sur la terre sablonneuse !

La steppe Olon Bulag était fertile en herbe et riche en eau, c'est vrai. Après deux semaines d'un bon soleil, on voyait émerger de la verdure à profusion. Sous la prairie luxuriante qui s'étendait à perte de vue se tissait une myriade de petites ramifications qui consolidaient la mince couche de végétation à la surface du sable. Chen Zhen était mis en joie par ce paysage magnifique et plein de fraîcheur. « Malgré la guerre pour la survie entre l'homme et le loup, pensait-il, la tendresse pour la steppe mère demeure omniprésente. »

Les mamelles des brebis étaient gonflées de suc nourrissant, la toison des agneaux avait pris une blancheur immaculée, les vaches beuglaient avec un regain de puissance et les chevaux avaient perdu leurs poils épais au profit d'un pelage neuf et luisant. Tout augurait une année de grande abondance. La vague de froid du printemps précoce avait tué un nombre considérable d'agneaux, mais les brebis avaient miraculeusement comblé la perte, donnant plus de jumeaux qu'à l'ordinaire, de sorte que chaque troupeau avait produit plus de mille agneaux.

Le seul ennui, c'était que la steppe Olon Bulag, pourtant si généreuse, ne pouvait nourrir toutes ces nouvelles bouches. Avec l'augmentation vertigineuse du nombre d'agneaux, le pâturage était surchargé. Pour maintenir l'équilibre entre la steppe et son bétail, il aurait fallu réduire le nombre de têtes, mais l'échelon supérieur avait fixé un quota de production qu'il fallait atteindre à tout prix. Les cadres de la brigade avaient beaucoup discuté pour sortir de ce dilemme. Selon Ulzii, la seule solution consistait à exploiter un nouveau pâturage.

Ulzii, Bilig et Chen Zhen étaient donc partis à la recherche de cet endroit. Pour cette expédition, le vieux pasteur avait prêté au jeune instruit son propre cheval, celui qui avait permis à Chen de se sortir de sa première rencontre imprévue avec une horde de loups. Les trois cavaliers chevauchaient rapidement, Ulzii armé d'un fusil, Bilig et Chen accompagnés de Bars et Erlang, fort contents de cette excursion. Les chiens couraient allègrement, furetant ici et là, partageant la joie de leurs maîtres. Le vieux Bilig dit dans un sourire :

– Le chien de berger est comme son maître, il étouffe d'ennui pendant les mois où il est attaché à son troupeau.

– Cette promenade me fait du bien aussi ! répondit Chen. Je vous remercie de m'avoir emmené avec vous.

– Oui, ça te dégourdit. Tu lis trop, tu vas finir par t'user les yeux !

Le trio traversait le pâturage de la brigade voisine. Chen Zhen, sentant ralentir sa monture, baissa la tête. Il vit que les herbes fanées de l'automne précédent étaient encore très hautes. Il dit à Ulzii :

– Vous parlez de pénurie de fourrage, mais il est abondant ici, bien que les troupeaux aient fréquenté l'endroit tout un hiver !

– Ce sont les chaumes laissés après le fauchage, répondit Ulzii après avoir jeté un coup d'œil. Ils sont peu nourrissants et trop durs pour le bétail. D'ailleurs, si les troupeaux persistent à tout manger, ils arracheront les chaumes et leurs racines, et le pâturage s'appauvrira. Comme tu le sais, les habitants de la Chine intérieure font preuve d'une natalité étonnante, la population en croissance permanente crie au manque de viande et nous demande un ravitaillement toujours plus important. Or une tonne de bœuf s'obtient au prix de quatre-vingts tonnes de fourrage ! Et à chaque tonne de fourrage arraché, c'est un peu de la vie de la steppe qui part. Le quota est fixé par l'échelon supérieur et il augmente à mesure que les pâturages du Sud s'appauvrissent. Ce que je redoute le plus, c'est la désertification. La steppe n'est finalement qu'une mince couche d'herbes aux racines entrelacées qui recouvre le sable. Elle est trop fragile pour résister aux piétinements, aux broutements et aux attaques des animaux et insectes de toutes espèces – chevaux, chèvres, sauterelles, rats, lièvres, marmottes, gazelles. Sans parler de surpeuplement, de défrichage, de bétail en nombre écrasant, bref de toute calamité, qu'elle soit naturelle ou humaine.

Bilig ne cessa d'approuver son ami en opinant du chef avant de dire :

– Si on ravage la steppe, les tempêtes de sable qui s'ensuivront seront plus terribles que le vent aux poils blancs ! Ce sera aussi la fin des troupeaux, de l'homme et du loup en Mongolie. Mais ça ne s'arrêtera pas là : la Grande Muraille et Pékin y passeront un jour !

– Je suis allé régulièrement au chef-lieu, à Hohhot, assister à des réunions, reprit Ulzii, soucieux. On m'a confirmé que, partout, les pâturages ont gravement dégénéré. Des kilomètres de tronçons de la Grande Muraille à l'ouest sont maintenant ensevelis sous le sable. Les parties qui se trouvent de notre côté connaîtront le même sort si le quota imposé augmente encore. C'est aujourd'hui qu'il faut agir ! Il sera trop tard pour faire quoi que ce soit quand la steppe sera transformée en désert.

– Tout cela à cause de la cupidité humaine ! maugréa le vieux Bilig. Il y a trop de dirigeants ignorants. Ces idiots font la sourde oreille même si on leur répète cent fois les faits. Heureusement, Tengger connaît tout. Pour préserver la steppe, il envoie toujours les loups, qui contrôlent le nombre de bêtes que la steppe peut accepter.

– Bientôt la méthode de Tengger ne sera plus efficace, fit Ulzii en secouant la tête. D'un claquement de doigts, la Chine peut décider d'en finir avec les loups.

En les écoutant, Chen Zhen sentait son cœur se serrer. Cette conversation le peinait tellement qu'il eut envie de changer de sujet :

– A'bo, depuis plusieurs nuits je n'ai pas entendu hurler les loups. Cela finit presque par me manquer ! Ils doivent avoir peur de vous parce que vous leur avez porté un coup dur !

– La perte d'une trentaine de loups ne signifie rien, mon enfant. La steppe Olon Bulag en est remplie. Non, c'est simplement qu'ils s'occupent ailleurs.

– Que font-ils alors ?

– Suis-moi et nous les verrons là-bas, fit Bilig en pointant du doigt les collines d'en face puis en lui passant une cravache. Au galop ! Au printemps, il faut faire transpirer ton cheval pour qu'il mue plus vite.

Les cavaliers partirent au grand galop. Leurs chevaux aux sabots teintés de vert soulevaient des mottes de terre et des débris d'herbe. Chen Zhen, qui fermait la marche, comprenait combien la steppe pouvait être fragile sous les piétinements des troupeaux. Ils montèrent au sommet de la colline.

Chen Zhen fut frappé par le nombre impressionnant de marmottes qui se trouvaient là. Une centaine d'entre elles se tenaient sur leurs pattes de derrière, faisant songer à une forêt dont n'auraient subsisté que les souches. Ces rongeurs qui doivent accumuler suffisamment de graisse pour hiberner redoublaient d'activité le printemps venu. Les trous étaient encore plus nombreux que les marmottes elles-mêmes. En les creusant, les petites bêtes avaient sorti des pelletées de terre qui, en s'entassant, avaient formé des plates-formes semi-circulaires devant l'entrée. Sur chacune d'elles se tenaient huit ou neuf marmottes. Les mâles, au pelage brun, étaient plus grands que les femelles, d'un gris-jaune semblable à celui du loup. Les mères étaient entourées de leurs petits, qui ressemblaient davantage à des lapins. À l'approche des cavaliers, au lieu de retourner dans leurs trous, les marmottes se mirent à brailler, les pattes avant ramenées sur la poitrine, debout sur leurs pattes postérieures. Chaque fois qu'elles poussaient un cri aigu, leur queue se relevait comme si elle lançait un défi ou protestait. Il faut dire que les pasteurs appréciaient leur chair qu'ils trouvaient aussi bonne que celle du porc, rouge et blanche, exquise et sans odeur forte, contrairement à celle du mouton. Une grosse marmotte pouvait nourrir une famille entière.

La graisse de cet animal était une autre spécialité de la steppe. Les pasteurs la conservaient précieusement car elle avait de nombreux usages dans la vie quotidienne. On l'utilisait pour soigner les brûlures, les gerçures, pour s'enduire le visage et le nez et résister aux rigueurs de l'hiver, et même pour préparer des frites, mets très apprécié dans les grandes occasions. Comme cette graisse résistait à des températures de moins trente degrés, on l'utilisait également comme lubrifiant, de préférence au suif de mouton et de bœuf ou à la vaseline qui durcissaient par un froid extrême.

L'une des marmottes s'aventura loin de son trou. Les deux chiens se ruèrent aussitôt sur elle, mais elle recula de quelques pas, choisit une plate-forme et brailla de plus belle. Elle fixa les molosses dans les yeux et attendit qu'ils s'approchent pour se glisser lentement dans son trou. Elle en ressortit quelques secondes plus tard et lança un cri furieux à Bars et Erlang qui s'éloignèrent, impuissants.

– C'est la colline aux Marmottes, très connue dans la steppe Olon Bulag, expliqua alors Bilig. Grâce à ce petit animal, bon nombre de Mongols pauvres ont survécu aux périodes de grande misère, et la famille de Gengis Khan elle-même en faisait la chasse quand elle était réduite à la disette. Autrefois, nous faisions chaque année du troc avec les commerçants de Zhangjiakou, échangeant des marmottes contre des céréales et de la viande de mouton. Maintenant, nous vendons la peau et la graisse à la coopérative. Vous, les Han, avez un faible pour ce genre de fourrure ; du coup, elle se vend trois fois plus cher que celle d'un agneau. Aujourd'hui encore, cette chasse représente une occupation très fructueuse pour les pasteurs, davantage même que le pâturage des moutons. Le gouvernement exporte aussi ces produits pour acheter à l'étranger des camions et des armes.

– Nous chassons en automne, ajouta Ulzii. Comme les marmottes sont grasses, elles hibernent sans emmagasiner de nourriture, contrairement aux rats qui doivent ramasser des herbes et du grain pour l'hiver.

– Après avoir passé l'hiver dans leurs trous, elles ont consommé presque toute leur graisse, enchaîna Bilig. Pourtant, c'est comme si elles n'avaient pas maigri. Regarde comme elles sont dodues ! Les herbes poussent tellement bien ce printemps qu'elles ont repris rapidement du poids.

– Oh, j'ai compris maintenant ! fit Chen Zhen. Si j'ai aussi rarement vu les loups ces jours-ci, c'est parce qu'ils se livraient à la chasse aux marmottes ! Mais je suppose qu'il n'est pas facile de les attraper : elles restent constamment près de leurs trous...

– Le loup est malin, dit le vieux Bilig en souriant. Il élargit l'entrée du trou et y pénètre. Si la galerie souterraine est trop étroite, il y envoie un congénère de plus petite taille. Il m'est même arrivé de capturer un louveteau dans un trou de marmotte ! Si les Mongols ont l'habitude d'envoyer un enfant dans la tanière d'une louve pour repêcher ses petits, c'est des loups qu'ils la tiennent. D'ailleurs, peux-tu me dire pourquoi le loup, qui a besoin d'un antre pour ses petits et sa louve, ne passe jamais l'hiver dedans ?

Chen Zhen réfléchit quelques secondes puis secoua la tête en signe de dénégation.

– C'est parce qu'il accapare plusieurs trous de marmottes qu'il transforme en tanière. Un trou de marmotte se trouve à dix mètres de profondeur et profite de la chaleur des entrailles de la terre, c'est parfait pour la famille du loup. Mais même si l'antre est vaste, il reste trop étroit pour beaucoup de mâles.

– Incroyable : non seulement le loup peut dévorer une famille de marmottes, mais en plus il fait occuper leur logis par sa famille ! s'indigna Chen Zhen.

– C'est bien pour cela que les loups sont devenus les ennemis naturels des marmottes! fit Ulzii en riant de bon cœur. Et ils ont le grand mérite d'anéantir un animal nuisible pour l'homme. Regarde ces pentes criblées de trous: de vraies écumoires! Les gardiens de chevaux détestent les marmottes car leurs montures trébuchent dans les trous qu'elles font. Les marmottes sont, avec les rats, les lièvres et les gazelles, les plus grands ennemis de la steppe. Il faut savoir qu'une marmotte donne naissance à six ou sept petits par an, et les jeunes partent s'établir un peu partout. Les trous, reliés par des galeries, se multiplient à une vitesse phénoménale: un vrai dédale! En plus, comme c'est un grand rongeur qui consomme les graines et les herbes quand vient l'automne, il faut le tiers d'un hectare pour engraisser une seule marmotte! La steppe en est dévastée.

– À vous entendre, les loups défendent la steppe en tuant les marmottes.

– C'est le cas, mais attends, ce n'est pas tout, poursuivit Ulzii. Les marmottes procurent malgré elles des abris aux moustiques qui, en Mongolie-Orientale, sont parmi les plus agressifs au monde. On parle du vent aux poils blancs et de la sécheresse qui frappent souvent la steppe en hiver, mais ce n'est presque rien comparé aux ravages que causent les moustiques dans les troupeaux. Une vache peut perdre jusqu'au tiers de son poids à vue d'œil! L'hiver est la seule période où les moustiques nous laissent du répit. Théoriquement, ils devraient périr par moins trente, sauf qu'ils trouvent refuge dans les trous de marmottes! Comme celles-ci hibernent en profondeur, les moustiques les suivent, s'y maintiennent au chaud et se nourrissent de leur sang. Ils ressortent en même temps qu'elles, au printemps, et se reproduisent au bord des marais. Selon un vieux dicton de la steppe, «quand les marmottes sortent de leur trou, les loups entrent dans la montagne». Comme ils aiment bien leur chair, ils en font une grande consommation. C'est la seule période pendant laquelle nos troupeaux peuvent vivre en paix.

Chen Zhen était très surpris par ces rapports entre les moustiques, les marmottes et les loups.

– La steppe est un monde très complexe, continua Ulzii. Plusieurs éléments coexistent, reliés entre eux, dont le loup est l'un des plus importants. Qu'un seul élément fasse défaut, et la steppe court à sa perte.

Les trois cavaliers allaient bon train au milieu des cris des marmottes. De temps en temps, un vautour piquait droit sur elles mais il s'en retournait penaud neuf fois sur dix. À mesure que les hommes avançaient, les traces d'activité humaine se raréfiaient; pas une margelle de puits, ni même un crottin de cheval. Ils montèrent sur une élévation et virent se profiler devant eux des montagnes luxuriantes. Les collines qu'ils avaient laissées derrière eux paraissaient des taches vertes sur le fond jaunâtre des herbes flétries. Les sommets au loin formaient un décor féerique.

Les chevaux accélérèrent et s'engagèrent rapidement sur la pente tapissée d'herbes vertes. Les trois hommes avaient l'impression de traverser un champ de jeune blé : pas une feuille jaune, le parfum des jeunes pousses flottait dans l'air. On respirait à pleins poumons, narines dilatées. Soudain, le vieux Bilig sembla déceler quelque chose d'insolite et se pencha pour l'examiner. Les deux chiens se mirent aussi sur le qui-vive. Ils furetaient partout, courant de long en large. Bilig se redressa et dit :

– Sentez ! Et dites-moi ce que c'est.

Chen Zhen aspira une grande bouffée d'air et dit :

– Ça sent bon ! C'est l'odeur de l'herbe fraîchement coupée. Quelqu'un serait-il venu faucher dans les parages ?

Le vieux chasseur mit pied à terre et continua de chercher en écartant les herbes avec son bâton. Il se baissa, prit une poignée de terre et l'approcha de son nez :

– Ce sont des excréments de gazelle. Une bande vient de passer !

Ulzii et Chen Zhen descendirent à leur tour et examinèrent les herbes autour d'eux. Elles étaient coupées ici et là, comme passées à la faucille.

– Ce printemps, j'ai rarement vu des gazelles dans le pâturage dit Chen Zhen. C'est qu'elles ont été attirées par ces gazons gras et tendres. Regardez ! Elles sont plus efficaces qu'une faucheuse !

– Les gazelles disputent l'herbe aux moutons tous les printemps, fit Ulzii en armant son fusil. Si elles ne sont pas venues cette année, c'est qu'il existe un pâturage de meilleure qualité. Elles ont eu la même idée que moi, et m'ont devancé !

– Les gazelles font toujours la fine bouche, enchaîna Bilig, affichant un sourire épanoui qui lui fermait à moitié les yeux. Si elles ont jeté leur dévolu sur ces lieux, cela prouve que vous avez bien choisi. Il faut vite y amener nos bestiaux !

– Allons d'abord jeter un coup d'œil sur le lac qui se trouve un peu plus loin avant de prendre une décision !

– Pour arriver jusqu'ici, le parcours est long, dit Chen Zhen soucieux. Nos agneaux sont encore trop jeunes. Il faudrait attendre un mois pour qu'ils soient assez forts mais, à ce moment-là, les herbes auront été rasées par les gazelles !

– Souci inutile, répliqua Bilig. Si les gazelles sont là, les loups y sont aussi. Les femelles viennent de mettre bas et ne courent pas très vite, sans parler de leurs petits. C'est le meilleur moment pour que les loups leur fassent la chasse. Ils les auront boutées hors d'ici dans quelques jours !

– C'est exact, approuva Ulzii. Je me demandais pourquoi nos agneaux étaient sains et saufs. En fait, les loups ont suivi les gazelles jusqu'ici, et comme elles n'étaient pas sur notre pâturage pour disputer l'herbe aux moutons, les loups n'ont pas pu s'attaquer à nos bêtes. C'est aussi simple que ça !

Les loups rôdaient donc dans les parages. Les trois hommes remontèrent à cheval et franchirent une autre éminence. Ulzii connaissait les lieux :

– Attention ! prévint-il. Après la colline se trouve le pâturage que nous convoitons. Il est très probable que les loups et les gazelles s'y trouvent déjà !

À l'approche de la cime, les cavaliers descendirent de nouveau de leur monture et marchèrent courbés, suivis de leurs chevaux qu'ils tenaient par la bride. Les deux chiens semblaient comprendre ce qui allait se passer ; ils avançaient à pas feutrés, tout près de leurs maîtres. Près d'un rocher, les hommes s'aplatirent dans les herbes folles, après avoir mis une entrave aux sabots des chevaux. De leurs longues-vues, ils commencèrent à observer.

Chen Zhen goûtait la vue panoramique qu'il avait sur cette plaine vierge, adossée à la frontière. C'était sans doute la dernière parcelle de steppe chinoise que l'homme n'avait pas encore eu le temps d'exploiter. Il était sous le charme de sa beauté, rechignant presque à avancer davantage, de crainte de la souiller. Allongé en lisière de cet endroit féerique, c'était comme s'il se prosternait, en oubliant même les loups pourtant devenus sa hantise. Il s'absorba totalement dans la contemplation de ce bassin de plusieurs dizaines de kilomètres de circonférence qui s'offrait à lui. À l'est se profilaient des crêtes de montagnes qui s'éloignaient en vagues successives pour se perdre à l'horizon dans les monts du Grand Xing'an. Ces vagues vert émeraude, brun ocre, bleu-mauve, allaient en ondulant sous le ciel, se confondant finalement avec les nuages chatoyants embrasés par le soleil levant. Sur ses trois autres côtés, le bassin était bordé de pentes douces tapissées d'herbes fines dont les couleurs alternaient selon les fleurs sauvages qui s'y épanouissaient. On aurait dit une vaste pelouse enjolivée de guirlandes et d'arabesques, sauf qu'ici, tout était naturel. Une rivière surgie du sud-est dessinait des courbes argentées en forme de fer à cheval avant de se jeter dans un lac aux eaux limpides.

Chen Zhen vit qu'une dizaine de cygnes évoluaient à sa surface, gagnant peu après une forêt de roseaux où s'ébattaient des myriades d'oiseaux, oies et canards sauvages entre autres. Soudain, quelques cygnes s'envolèrent, aussitôt suivis d'une nuée d'autres volatiles qui planaient en criant joyeusement. Un instant plus tard, le lac retomba dans un silence absolu.

Ulzii et Bilig fouillaient du regard l'immense bassin. Chen Zhen fut tiré de ses rêveries par le coup de botte du vieux pasteur qui lui désignait un endroit sur la rivière. Dans sa longue-vue, Chen vit deux gazelles qui, tombées à l'eau, s'efforçaient de grimper sur la berge. Leurs pattes antérieures sur la rive, elles semblaient enlisées dans la vase et manquaient de force pour se hisser. Une quinzaine d'autres gisaient sur la berge, ventre ouvert. Chen Zhen tressaillit : il savait ce que cela signifiait. Élargissant un peu plus son champ de vision, il aperçut les loups tapis dans les herbes, non loin de leurs victimes. Rassasiés, ils somnolaient.

Un peu plus loin, sur une pente, se déplaçaient des gazelles par groupes de deux ou trois. Les mères étaient avec leurs petits. L'une d'elles léchait inlassablement son nouveau-né. Très tendue, elle ne cessait de lever la tête pour scruter les alentours. Si elle arrivait à dresser solidement son petit sur ses quatre pattes, il pourrait peut-être survivre. Chen Zhen demanda s'il fallait d'abord attaquer les loups ou les gazelles.

– Les loups dorment tranquillement, fit remarquer Bilig. Ils nous ont repéré, mais ils savent qu'on ne peut rien contre eux. Nous sommes trop loin. Dès notre apparition, loups et gazelles se sauveront.

– Celles qui ne peuvent plus courir nous feront un bon repas ! ajouta Ulzii, enthousiaste.

Les trois hommes enfourchèrent leur monture et se dirigèrent vers la rivière. En les voyant arriver, les loups s'enfuirent dans toutes les directions, disparaissant bientôt dans les roseaux. Les gazelles franchirent le faîte de la colline et s'éclipsèrent en un clin d'œil. Ne restait plus que cette mère qui cherchait à aider son petit et quelques autres enlisées dans la vase.

Les cavaliers abordèrent le lieu du massacre : le coude de la rivière. Sur la berge, les gazelles grièvement blessées agonisaient. La plupart avaient les entrailles ou la cuisse arrachées. D'autres, baignant dans leur sang, tressautaient encore, la gorge ouverte.

– Elles sont venues s'abreuver au bord de l'eau et ont été faites prisonnières par les loups, dit le vieux Bilig. Cette rivière, large de cinq mètres et profonde d'un mètre, à la rive abrupte, est une suite de méandres dont chacun constitue un beau terrain de chasse. Tout cela c'est la volonté de Tengger ! Quand je vous dis que les loups ont sa faveur !

Chen Zhen admirait la manière dont les loups avaient tiré profit de la configuration du terrain.

– Les loups sont rusés, dit Ulzii, comme s'il avait percé les pensées du jeune instruit. Je suppose qu'ils sont arrivés hier et qu'ils se sont cachés pour attendre. Quand les gazelles sont venues boire, ils n'avaient plus qu'à leur couper la retraite. Ce méandre était un sac bien rempli dont il suffisait de tirer le cordon !

Les deux gros chiens dédaignèrent le gibier déjà entamé par les loups. Bars se précipita près d'une gazelle moribonde et regarda Bilig qui lui fit signe d'officier. Le molosse enfonça ses dents dans la gorge de la gazelle, qui expira aussitôt, puis arracha un gros morceau de chair de la cuisse qu'il se mit à dévorer minutieusement. Excité par l'odeur du sang, Erlang, le poil dressé, se rua vers les deux gazelles enlisées, mais Bilig et Chen Zhen eurent le temps de l'arrêter. Sans renoncer, il monta sur une gazelle morte pour observer les alentours et vit une autre bête vivante dans la crique. Il sauta dans l'eau et nagea vers sa cible. Bilig dit à Chen Zhen qui s'apprêtait à le rappeler :

– Laisse-le ! Ce chien est encore très sauvage. Au moins, quand il attrape du gibier, il ne pense plus à voler des moutons.

Au bord de la rivière, Bilig sortit un cordon et fit un nœud coulant. Chen Zhen descendit dans l'eau et le passa au cou d'une des gazelles. Immédiatement hissée sur la rive, elle eut les quatre pattes ligotées. L'autre fut repêchée à son tour. Bilig choisit un endroit propre pour le repas, éloigné du lieu du carnage.

– Nous allons en manger une et emporter l'autre.

Ulzii dégaina son couteau pour égorger la gazelle, tandis que Bilig et Chen Zhen partaient à cheval à la recherche de fagots.

Ils pénétrèrent dans une vallée profonde au nord-ouest du bassin. Dans une forêt d'abricotiers sauvages, les arbres, bien que brûlés par un incendie l'année passée, étaient pour la plupart encore vivants. Il y avait bien quelques brindilles carbonisées mais la terre était parsemée de pétales et la vallée remplie du parfum légèrement âcre des fleurs. Les deux hommes cassèrent des branches mortes, les réunirent en faisceaux et les traînèrent vers le lieu du repas. Ulzii avait déjà écorché la gazelle et cueilli des ciboules sauvages. Les chevaux libérés de leur mors allèrent s'abreuver sur la rive à la pente douce. Une fois désaltérés, ils trouveraient une belle prairie pour brouter. Admirant la rivière transparente, le vieux Bilig dit avec bonne humeur :

– Cette eau est magnifique ! Pour choisir un pâturage d'été, c'est le premier critère.

Un feu de bivouac s'éleva enfin. Bientôt les effluves de gazelle rôtie et de condiments flottèrent dans l'air pur au-dessus du lac des Cygnes. Les trois hommes étaient partis avant l'aube ; ils étaient affamés. Chen tournait sans cesse les morceaux de viande enfilés sur une branche puis se régalait tout en buvant directement au pichet de Bilig. Il s'enivrait aussi bien du plaisir du repas que du magnifique paysage qu'il avait devant les yeux. Les deux anciens prirent chacun un gigot. Ils le tournèrent sur le feu, en découpèrent un morceau bien cuit et fortement épicé qu'ils dégustèrent. Les mêmes gestes se répétaient depuis des siècles. Bilig but une rasade et dit :

– Quand une horde de loups garde la steppe pour nous, je suis tranquille. Dans vingt jours, les agneaux seront capables de parcourir une longue distance : toute notre brigade déménagera ici, c'est décidé !

– Mais est-ce que tout le monde acceptera de nous suivre ? demanda Ulzii en se remplissant la bouche de ciboule sauvage.

– Figurez-vous que si je garde l'autre gazelle, c'est parce qu'à mon retour je convoquerai les cadres de la brigade chez moi. Après la réunion, je leur donnerai à manger des pains farcis de viande. Quand ils sauront qu'il y a de belles herbes et surtout de l'eau en abondance dans ces parages, ils y conduiront leurs équipes de travail. Croyez-moi !

– S'il y a des incrédules, je les accompagnerai ici pour qu'ils voient de leurs propres yeux, proposa Ulzii.

– Ce ne sera pas la peine, répliqua le vieux Bilig. Je suis le loup de tête et tous les autres me suivront, grands ou petits. Avec moi, ils auront confiance ! Toi, Chen Zhen, tu m'as suivi dès le début. As-tu subi une perte ?

– Vous êtes le roi des loups, répondit Chen Zhen en éclatant de rire. Avec vous, j'ai toujours de bonnes choses à manger. Mes copains Yang Ke et les autres ne demanderont pas mieux que de vous accompagner.

– Bon, conclut Ulzii. La décision est prise. Je convoquerai une réunion de l'administration de la ferme pour le déménagement. Le quota de l'échelon supérieur pèse lourd ! Avec ce nouveau pâturage, la vie sera plus aisée d'ici quatre ans.

– Mais dans quatre ans, trouverons-nous encore une autre steppe vierge ? demanda Chen.

– Malheureusement, il n'en reste plus, dit Ulzii assombri. Nous avons la frontière au nord, tandis qu'au sud et à l'ouest s'étend la terre labourée. J'ai exploré à deux reprises la contrée Nord-Est, c'est une région montagneuse aux pentes escarpées.

– Que faire alors ? insista Chen Zhen.

– La seule issue consiste à contrôler l'augmentation du bétail et améliorer sa qualité. Il faudrait, par exemple, développer ici l'élevage des moutons du Xinjiang qui donnent deux fois plus de laine que les nôtres. Elle se vend trois fois plus cher aussi. Et tu sais bien que la laine est notre revenu principal.

Chen Zhen approuva de la tête. Mais Ulzii reprit avec un profond soupir :

– La Chine est le pays le plus peuplé du monde. Je suppose que dans quelques années notre steppe ne répondra plus à ses besoins. Je me demande comment vous allez vous débrouiller après ma retraite !

– Dites à l'échelon supérieur qu'il ne faut pas trop nous presser. Si le quota continue à augmenter, le ciel deviendra jaune de poussière, le sol se vengera, et les hommes seront ensevelis sous le sable ! dit furieusement Bilig.

– Mais personne ne prête l'oreille à ma voix ! dit Ulzii en secouant la tête. La direction est formée de cadres de la région agricole qui grimpent vite les échelons parce qu'ils sont cultivés et parlent couramment le chinois. Ils ne connaissent rien à la steppe et ne pensent qu'à la chasse aux loups et à l'augmentation du bétail.

Les chevaux avaient l'estomac bien garni. Ils se reposaient debout, les yeux fermés. Erlang était revenu tout mouillé, la tête couverte de sang et le ventre rebondi. Il s'arrêta à une distance respectueuse des hommes. Bars le regarda d'un œil soupçonneux, devinant ce qui s'était passé. Puis ce fut la bataille. Bilig et Chen Zhen s'empressèrent de les séparer.

Le repas terminé, Ulzii emmena ses deux acolytes inspecter le bassin. Il discuta avec Bilig de la répartition du futur pâturage entre les quatre équipes du travail et de leurs points de campement. Chen Zhen ne cessait de se dire qu'il se trouvait au paradis et qu'il aimerait y rester éternellement. Ils revinrent sur le lieu du pique-nique, tuèrent la dernière gazelle qu'ils écorchèrent et dépecèrent. Chen Zhen ressentit une indicible tristesse en voyant les gazelles ensanglantées dont le spectacle contrastait avec le paysage si calme. Il ne put s'empêcher de demander à Bilig :

– En hiver, les loups tuent beaucoup de gazelles qu'ils gardent pour la pénurie du printemps. Pourquoi en ont-ils tué autant alors que l'été approche ? Elles se décomposeront dans quelques jours et ne seront plus comestibles. Étaient-ils seulement assoiffés de sang ?

– Les loups ne tuent pas pour le plaisir ou pour inspirer la peur, dit Bilig. Pourquoi ni les tigres, ni les léopards ne peuvent-ils s'établir dans notre contrée et pourquoi les loups sont-ils devenus les maîtres de notre steppe ? Parce qu'ils ont le sens de la collectivité ! Un tigre chasse pour lui-même, sans penser à sa famille, à ses petits. Quand un loup part à la chasse, il pense bien sûr à manger à sa faim, mais il pense aussi à ceux de sa meute, les bêtes trop âgées pour suivre la horde, les boiteux ou les borgnes, les louveteaux et, évidemment, les louves qui allaitent. C'est vrai que les gazelles tuées sont nombreuses. Mais la nuit venue et sur un hurlement du loup de tête, toute la meute viendra les dévorer. C'est cette solidarité qui fait la force des loups. Quand il y a une guerre, il suffit que leur roi pousse un long hurlement pour qu'une centaine de loups se rassemblent. Les anciens disent qu'autrefois il y avait des tigres dans la steppe, et qu'ils ont été chassés par les loups. Plus unis que les hommes, les loups sont aussi plus puissants. C'est avec Gengis Khan, reprit le chasseur après un soupir, que les Mongols sont devenus de vrais loups. Chaque tribu était unie comme un faisceau de flèches. Leurs membres, sans être très nombreux, avaient une force indomptable parce que chacun d'eux était prêt à mourir pour la steppe mongole. C'est ce qui leur a permis de conquérir plus de la moitié du monde. Ils ont commencé à essuyer des échecs, quand les diverses tribus de la « Horde d'or » se sont déchirées entre elles dans des guerres fratricides. Affaiblies, elles se sont alors laissé briser une à une par les forces extérieures, comme un faisceau de flèches délié. Les hommes sont plus indépendants que les loups : il est facile d'apprendre des loups leur art de la guerre, mais il est très difficile d'acquérir leur sens de la collectivité. Nous, les Mongols, avons fait un apprentissage de centaines d'années et pourtant, nous ne sommes pas parvenus à l'assimiler complètement.

Le vieux pasteur se tut. Pendant quelques secondes, son regard se perdit dans le pâturage du lac des Cygnes. Puis il laissa tomber :

– N'en parlons plus, cela me fait mal au cœur.

Il se mit à emballer les quartiers de gazelle dans deux sacs de jute. Chen, pensif, l'aida à installer la selle. Les deux Mongols prirent chacun un sac qu'ils chargèrent sur leur cheval et les trois cavaliers partirent au galop vers le campement de la brigade de production.

CHAPITRE 17

Ils sont comme le loup, l'animal ancestral (ou « totem » – *NdA*) des Huns.
Nous savons que dans la mythologie des Tujue mongols, leur ancêtre était un loup. D'après l'*Histoire des Oguz*, l'ancêtre divin des Tujue était « un loup énorme au pelage gris et à la crinière sombre, sorti de la lumière ».

L'Empire des steppes
René Grousset (historien français)

Un jour, alors que l'été approchait, une circulaire de l'échelon supérieur fit connaître les conclusions de l'enquête sur la perte des chevaux militaires. Bat, Shartseren et les deux autres gardiens de chevaux firent l'objet d'une sérieuse critique. Le fils de Bilig, en particulier, fut démis de ses fonctions de chef de compagnie de la milice. Ulzii fut écarté de l'administration et renvoyé à la base pour travailler comme simple pasteur. Ce fut le délégué militaire Bao Shungui que l'on nomma directeur de la ferme.

Ulzii dut quitter le siège de l'administration. Ce jour-là, Bao Shungui et Zhang Jiyuan l'accompagnèrent sur la route de la brigade de production où il allait désormais travailler. Le jeune instruit était venu à l'administration pour prendre du matériel destiné aux gardiens de chevaux. Voyant sortir les deux directeurs, l'ancien et le nouveau, il s'était proposé de les accompagner. Quand Ulzii lui dit qu'il irait habiter chez le vieux Bilig, Zhang fut rassuré. Ulzii n'avait pour tout bagage qu'un sac pas plus grand que celui d'un chasseur. Habitué depuis toujours à travailler avec les pasteurs, il laissait chez eux ses vêtements et ses bottes qu'il confiait aux soins de quelques femmes mongoles. Directeur, il passait avec eux la plus grande partie de son temps, se dévouant à la ferme corps et âme. Redevenu simple travailleur, il ne changerait rien à ses habitudes. Son prestige auprès des pasteurs était intact, et tous continuaient de lui vouer un profond respect.

À la place du cheval haut et puissant, au pelage satiné et pâle qu'il avait eu jusqu'alors, il s'était vu attribuer une monture efflanquée. Zhang lui avait bien proposé son propre cheval, mais Ulzii avait refusé. Bao montait le cheval qui, la veille encore, appartenait à Ulzii. De temps en temps, le nouveau directeur devait tirer les rênes pour le maintenir à une vitesse raisonnable et rester à la hauteur d'Ulzii. Le cheval paraissait peu habitué à son nouveau cavalier; il poussait de temps en temps des plaintes à l'adresse de son ancien maître, lui frôlant les genoux de ses oreilles. Ulzii devait talonner sans cesse son mauvais cheval pour le faire avancer. Il en avait le front couvert de sueur. Zhang l'aidait un peu en donnant des coups de fouet à cette rosse. Ulzii réussit enfin à calmer sa monture. Rompant le silence qui s'était installé, Bao dit à Ulzii :

– Mon vieux, j'ai tout fait pour te garder dans l'équipe de l'administration, mais en vain. Pourtant j'ai encore beaucoup à apprendre pour diriger une grande ferme d'élevage.

– L'échelon supérieur considère cet événement comme un accident de production, non comme un sabotage politique. C'est déjà une marque de ménagement à mon égard. Mais je sais bien que cette histoire a eu des conséquences déplorables. Mon départ va enfin y mettre un terme.

– Depuis un an que je travaille ici, j'ai compris combien l'élevage est beaucoup plus compliqué que l'agriculture, enchaîna Bao avec humilité. S'il arrivait un autre incident de la sorte, je serais évincé à mon tour. Certains ont proposé que tu travailles dans la brigade de construction, mais j'ai réussi à te garder à la production. Avec toi, je suis rassuré, je pourrai te consulter si quelque chose ne va pas.

– Est-ce que la direction a accepté l'ouverture du nouveau pâturage ? demanda Ulzii.

– Oui. Ils veulent que je dirige l'opération et que Bilig soit responsable des détails concrets du projet. Au sein de l'administration règne une forte opposition. On dit que l'endroit est reculé et mal équipé, que les loups et les moustiques y pullulent. Toute la responsabilité retombera sur moi si les choses tournent mal. Mais le pays tout entier nous réclame du bœuf et du mouton. Le quota imposé ne cesse d'augmenter. Nos quatre brigades de production crient au manque de pâturages. Si on ne les étend pas, il sera impossible d'atteindre les résultats fixés par l'échelon supérieur.

– Les agneaux sont trop petits pour ce long trajet ; il faut attendre encore un peu. Que comptes-tu faire ces jours-ci ?

– Je vais regrouper les meilleurs chasseurs pour une chasse aux loups, dit Bao catégorique. Je les entraînerai au tir et, pour cela, j'ai demandé de nouvelles munitions. Je jure d'exterminer tous les loups de la steppe Olon Bulag! Tout récemment, j'ai relu un compte rendu sur les pertes de bestiaux ces dix dernières années. Elles sont pour la plupart dues aux loups et dépassent de loin les dommages provoqués par les calamités naturelles ou les maladies. Pour augmenter le rendement, il faut en premier lieu mener à bien deux tâches : la chasse aux loups et l'exploitation de nouveaux pâturages. Comme la steppe est peuplée de loups, leur extermination est la condition préalable à sa mise en exploitation. C'est évident!

– Quelle erreur! fit Ulzii en lui coupant la parole. Les loups ont causé une grande perte, c'est vrai. Mais il serait désastreux qu'ils disparaissent de notre steppe.

– J'entends dire depuis longtemps que toi et Bilig vous prenez toujours leur défense, rétorqua Bao, en détournant les yeux. Et vous avez derrière vous tous les vieux pasteurs. Mais permets-moi d'être franc. Si tu as été démis de tes fonctions, c'est aussi à cause de ton manque d'entrain dans la chasse aux loups. Je ne veux pas suivre tes traces et me retrouver dans la même situation.

– Mon seul souci concerne la steppe. Elle est un bel héritage de nos ancêtres et je ne peux pas la laisser détruire. À propos des loups, j'ai mon opinion que je répète sans cesse depuis plus de dix ans. Durant toutes les années où j'ai été directeur, le bétail a seulement doublé, mais j'ai produit deux fois plus de laine que les autres fermes. Il faut protéger la steppe, c'est vital pour l'élevage, et appliquer un contrôle rigoureux de l'augmentation du bétail, en particulier des chevaux qui sont de grands consommateurs de fourrage. Les bœufs et les moutons ruminent pendant la journée, mais ils ne mangent pas la nuit, contrairement aux chevaux. Un mouton consomme chaque année l'herbe d'un hectare de pâturage, mais un cheval en demande dix fois plus. Et leurs sabots causent des ravages incroyables. Dis-toi bien qu'un troupeau de chevaux peut tondre complètement un pâturage en dix à quinze jours! Les herbes poussent plus vite en été, mais pendant les autres saisons il faut changer de pâturage tous les mois. Les bœufs sont aussi très dévastateurs : ils rentrent à l'étable chaque soir et, comme ils ont la manie de marcher en rangs serrés, ils tracent des ornières dans les herbes. Si l'on ne se déplace pas régulièrement, la terre autour des yourtes est sillonnée de fossés. Tout concourt à rendre aride la terre autour des habitations. Si les pasteurs sont un peuple nomade, c'est parce qu'ils y sont obligés afin de laisser respirer la steppe. Ce que la steppe redoute le plus, c'est la surcharge.

Comme Bao écoutait avec attention, Ulzii y alla d'une longue tirade :

– C'est pourquoi il ne faut pas chasser les loups outre mesure. Les animaux qui dévastent la steppe ne manquent pas : rats, lièvres, marmottes, gazelles... Les rats et les lièvres sont, à eux seuls, de force à détruire tout un pâturage en quelques années. Mais ils sont neutralisés par les loups, leur ennemi naturel. La steppe ainsi protégée, notre production résiste mieux aux calamités naturelles comme le vent aux poils blancs, la plus fréquente de toutes. Quand il se déchaîne, les communes voisines perdent la plus grande partie de leur bétail, mais pas nous. Et tu sais pourquoi ? Parce qu'ici les herbes poussent mieux qu'ailleurs, et que nous avons une réserve largement suffisante de fourrage pour l'hiver. Quand les herbes poussent bien, la neige ne peut tout recouvrir, et on continue de faire paître les troupeaux. Quand les herbes poussent bien, le sol et les eaux sont mieux conservés, les rivières ne se tarissent pas, et l'homme et le bétail résistent à la sécheresse. Quand les herbes poussent bien, nos bestiaux sont sains et résistent mieux aux maladies. C'est pour cela qu'il n'y a pas eu d'épidémie dans notre ferme depuis des années. Et finalement, quand le pâturage marche bien, nous avons les moyens d'acheter des machines, de construire des étables et de creuser des puits. Cela augmente encore davantage notre capacité de prévention des calamités naturelles.

– Tu as raison, fit Bao en hochant la tête. J'ai compris que la steppe est le fondement du pâturage. J'irai régulièrement dans les brigades de production, j'exhorterai les pasteurs à se déplacer, je demanderai aux gardiens de chevaux de ne pas faire brouter leurs troupeaux trop longtemps au même endroit. Je ferai contrôler l'état de la steppe parcelle par parcelle. Toute équipe du travail dont le pâturage sera abîmé se verra sanctionnée par une amende, et celle qui le protégera sera récompensée et citée à l'honneur. J'administrerai la ferme avec une discipline militaire et la steppe Olon Bulag sera bien conservée. J'en suis sûr ! Mais je ne comprends absolument pas pourquoi nous devons compter sur les loups pour la protéger !

Le visage d'Ulzii s'illumina d'un sourire parce que, au moins, Bao l'avait écouté avec attention. Mis en confiance, il continua :

– Sais-tu qu'une famille de rats consomme davantage d'herbe qu'un mouton ? Les rats jaunes, en particulier, emmagasinent l'herbe lorsque vient l'automne et la conservent pour les six mois d'hiver. Ils se multiplient rapidement, mettent bas quatre ou cinq fois par an, et chaque portée compte une bonne dizaine de petits. Imagine ce que cela représente comme herbe ! Et c'est pareil avec les lièvres et les marmottes. Tu as vu comment elles ont creusé la pente de la colline ? Tous ces animaux ont volé plus d'herbe que nos propres bestiaux n'en consomment. Notre ferme s'étend sur une superficie à peu près égale à celle d'un district de région agricole, mais sa population ne dépasse pas mille habitants. Est-ce qu'elle est en mesure d'anéantir les millions de rats, lièvres, marmottes et gazelles ?

– Pourtant j'ai vu très peu de lièvres ! coupa Bao. Pareil pour les rats, sauf autour du siège de l'administration. Par contre, les marmottes et les gazelles ne manquent pas ! J'ai vu des milliers de gazelles ! J'en ai tué quelques-unes à coup de fusil. C'est un fléau qui dévaste la steppe. J'en ai mal au cœur rien que de les voir brouter !

– Tu vois peu de lièvres parce qu'ils sont cachés par les hautes herbes. Mais tu les aperçois en automne après la fenaison. À ce moment-là aussi, dans les champs, on voit des petits tas d'herbes que les rats font sécher au soleil. Les gazelles sévissent moins parce qu'elles ne creusent pas de trous, mais rats, lièvres et marmottes grignotent et creusent sans arrêt ! Sans l'intervention des loups, la steppe Olon Bulag serait dévastée de fond en comble et complètement désertifiée. Si tu persistes dans ta chasse aux loups, d'ici cinq ans, notre ferme disparaîtra de la surface de la terre, et toi, tu ne seras directeur que de nom !

Bao éclata de rire et dit :

– Je sais que le chat, le vautour et le serpent sont des ennemis naturels des rats, mais c'est la première fois que j'entends dire que le loup s'attaque à ces bestioles. Les loups volent les moutons et attaquent les chevaux, mais les rats sont bien trop minuscules pour leur grand appétit. Non, je ne crois pas...

– Tu ne comprends pas parce que tu viens de la région agricole, soupira Ulzii. Toi et tes semblables, vous devez apprendre, sinon vous commettrez de graves erreurs ! J'ai grandi dans la steppe et je connais bien les loups. Ils préfèrent les gros animaux bien sûr, mais ils savent que les moutons ou les chevaux sont bien gardés ; chaque fois qu'ils en volent un, c'est au péril de leur vie. Par contre, le rat jaune s'attrape plus facilement qu'une gazelle qui court vite. D'ailleurs, autrefois, les pauvres de la steppe se nourrissaient de rats les années de grande calamité. Moi, fils de serfs, pour tromper la faim j'en ai aussi attrapé dans mon enfance. Ils sont dodus, et les plus gros pèsent une livre. On les écorche et on fait sécher leur viande pour la conserver. Le rat jaune est vraiment bon. Le grand Gengis Khan en mangeait aussi.

Bao semblait désarçonné par ce discours. Ulzii continua de plus belle :

– Une fois, un dirigeant, un Cantonnais, est venu inspecter la station des gardes-frontières. On a parlé de la chair du rat et comme je lui disais qu'elle était exquise, blanche et fine, il m'a demandé de lui en préparer. On s'est régalé. Après le repas, il s'est répandu en éloges. Il m'a dit : « C'est la meilleure viande de rat que j'aie jamais mangée, bien meilleure que celle du Guangdong. Mes compatriotes se l'arracheraient s'ils pouvaient la trouver au marché. Malheureusement, le Guangdong est trop loin et le transport des rats vivants pose des problèmes ; sinon, la Mongolie-Intérieure serait son premier fournisseur. Cela aiderait à la destruction des rats en Mongolie-Intérieure et représenterait un revenu de plus pour vous. »

– C'est intéressant, dit Bao en éclatant de rire. Notre ferme s'enrichirait grâce aux rats ! Le marché nous serait peut-être plus avantageux que celui du mouton et de la laine. Mais comment les attraper, ces rats ?

– Le plus simple, c'est encore de dresser des chiens spécialisés dans cette chasse. Ceux de la steppe s'amusent à attraper les rats, et les chiennes s'en servent pour enseigner à leurs petits la poursuite du gibier. Ils ne les mangent pas, parce qu'ils sont déjà bien nourris, mais les loups, eux, vivent principalement des rats, sauf en hiver. Chaque fois que les dirigeants de la ligue ou de la région autonome sont venus à la ferme, je leur ai expliqué l'intérêt des loups dans la destruction des rats. Mais comme ils venaient de la région agricole, ils hésitaient à me croire... Ce n'est pas facile de changer leurs préjugés !

Depuis le début de cette conversation, Zhang était tout ouïe. Il ne put s'empêcher d'intervenir :

– Je suis gardien de chevaux depuis deux ans. J'ai vu souvent des loups à la poursuite de rats et ils sont plus adroits que les chiens ; ils sillonnent les herbes touffues comme un chasseur battant les buissons. Quand le rat sort, d'un coup de patte ils le font rouler par terre, puis se jettent sur lui et le dévorent. Parfois, ils défoncent un trou à plusieurs, ils creusent, et toute une famille de rats finit entre leurs pattes.

– C'est vrai, c'est la nourriture préférée des louves et des louveteaux, reprit Ulzii. Avant le sevrage, les louveteaux sont initiés par leur mère à l'art de la chasse. Quand elle a des petits à nourrir, la louve ne sort pas avec les autres loups. Elle conduit ses petits dans des endroits reculés et sûrs, et fait la chasse aux rats et aux marmottes. À ce moment, les louveteaux, qui ne font que trente ou trente-cinq centimètres de longueur, sont encore fragiles et deviendraient facilement la proie des chasseurs. Mais loin des troupeaux, ils se contentent des petits animaux que leur mère attrape pour eux.

Ulzii lorgna Bao, qui écoutait patiemment, en silence. Il continua :

– Une fois que les louveteaux ont doublé de taille, ils ne peuvent toujours pas suivre la meute, mais ils sont à même d'attraper les rats eux-mêmes. Je les ai souvent vus à la besogne. Ils s'amusent à les talonner dans des tourbillons de sable ; on entend partout les cris aigus des rats affolés. Ils font preuve d'une agilité qui dépasse celle des chats. Lorsque vient l'été, ce sont les levrauts qui commencent à courir dans les champs, et les louveteaux, plus rapides, les tuent facilement. Comme une famille de loups compte huit à dix louveteaux en moyenne, il en faut des rats et des lièvres pour les nourrir ! Non, vraiment, reprit Ulzii qui tenait à sa démonstration, sans les loups, l'homme aurait de gros problèmes les années de calamité naturelle. Quand le vent aux poils blancs frappe avec une rigueur exceptionnelle, le bétail périt en masse. La steppe est jonchée de cadavres lorsque vient le dégel. Des corps décomposés émane une puanteur insupportable. Tu t'en es rendu compte ces temps-ci. C'est propice aux épidémies. Heureusement que les meutes de loups viennent nous débarrasser rapidement des carcasses. C'est pour cela que, depuis les temps reculés, les endroits peuplés de loups n'ont jamais été victimes de graves épidémies. Même après les grandes batailles qui se sont déroulées dans la steppe et qui ont tué des milliers de soldats, ce sont eux qui ont assaini les lieux. Les anciens ont raison de dire que sans les loups les Mongols auraient tous péri. La steppe Olon Bulag leur doit ses eaux claires et sa verdure. Et c'est grâce à eux que son pâturage connaît sa prospérité actuelle. Tu vois ce qui se passe dans les communes du Sud où les loups sont exterminés ? La steppe se détériore et l'élevage piétine.

Bao restait obstinément muet. Les trois cavaliers atteignirent le sommet d'une colline. Au pied s'étendait une prairie parsemée de fleurs. On sentait le parfum de l'herbe fraîche et l'arôme du foin fermenté de l'année précédente. Des alouettes chantaient, suspendues dans l'air. Brusquement, elles piquaient droit sur les touffes d'herbe, d'où s'élevait une nuée d'oiseaux vers le ciel bleu. Ulzii respira profondément et dit :

– Regardez comme ce paysage est magnifique ! C'est la dernière steppe de Chine à l'état naturel ! Pour conserver sa beauté millénaire, les Mongols et les loups ont combattu tout au long de l'histoire. C'est notre patrimoine le plus précieux ; il ne faut pas le perdre par notre faute !

– Il faut que vous organisiez un stage pour les jeunes et les étudiants afin de leur transmettre vos connaissances sur la steppe et les loups, proposa Zhang.

– Impossible, dit Ulzii assombri. Je suis évincé de l'équipe dirigeante. Mais vous, les jeunes, vous devez apprendre auprès des vieux pasteurs, qui en savent plus que moi.

Après qu'ils eurent franchi une autre colline, Bao rompit enfin le silence contemplatif teinté de tristesse qui s'était installé parmi les cavaliers :

– Mon vieux, personne ne nie ton amour pour la steppe, ni ta contribution ici depuis dix ans. Mais ta pensée est en retard par rapport à notre époque. Tu racontes des choses du bon vieux temps mais la Chine est entrée dans l'ère atomique. Tu commettrais de grosses erreurs à ton tour en raisonnant de façon primitive. Moi aussi j'ai beaucoup réfléchi depuis ma nomination. Notre pâturage est plus grand que la superficie d'un district de la Chine intérieure, mais nous ne pouvons faire vivre qu'un millier d'habitants. C'est dérisoire : la population d'un petit village ! Quel gaspillage de terre ! Le moment est venu d'en finir. J'ai fait une enquête dans la partie sud du pâturage. La terre y est épaisse et fertile. Des centaines d'hectares de terre noire qu'il serait dommage de laisser en friche. En réunion au siège de la ligue, j'ai consulté les agronomes. Ils sont d'avis qu'elle convient très bien à la culture du blé. La steppe ne sera pas entamée si on ne fait pas de défrichage d'envergure. Des parcelles par dizaines d'hectares, même par centaines, ce ne sont que de petites entailles dans cette immensité !

Insensiblement, les épaules d'Ulzii s'étaient voûtées, et ce fut son tour de se renfermer dans un profond mutisme. Bao reprit :

– J'ai fait aussi une enquête sur les eaux. Il suffit de construire un petit canal pour irriguer les terres. Nos troupeaux donnent quantité d'excréments qui fertilisent bien le sol. Le rendement du blé sera excellent dès la première année. Dans quelques années, la valeur de la production agricole dépassera peut-être celle du pâturage. À ce moment-là, non seulement la ferme sera autosuffisante en céréales et en fourrage, mais elle aura même de l'excédent pour soutenir l'État. Actuellement, c'est la pénurie de céréales à l'échelle nationale. Dans mon village natal, on a faim trois mois par an. Ce que je vois ici me fait mal au cœur : une grande étendue de terre noire laissée à l'abandon ! Seuls les troupeaux y viennent brouter pendant un mois... Pour faire un essai, je vais demander qu'on défriche quelques petits lopins. Je les élargirai si on réussit. On m'a dit aussi que les communes du Sud souffrent du manque de fourrage et que l'élevage ne s'y développe pas bien. C'est pour cela qu'une partie de la terre, la meilleure bien sûr, y est consacrée à l'agriculture. J'y vois une bonne issue pour toute la steppe de Mongolie-Intérieure.

Ulzii pâlit et poussa un long soupir.

– Oh, ce jour que je redoutais va finir par arriver... Je l'avais prévu. Les gens de ton patelin ont commis les pires erreurs dans les communes du Sud ! Ils ont commencé par augmenter le bétail aux dépens de la steppe. Ils ont fait la chasse aux loups sans retenue. Puis, quand la steppe est devenue aride, ils l'ont défrichée pour la cultiver. Tu viens comme eux d'une région consacrée à l'origine au pâturage et qui a été convertie en champs labourés. Mais, au bout de dix ans, les habitants ne mangent plus à leur faim, tu le dis toi-même ! Ta propre région a été détruite à coups de houe et de soc, et voilà que tu t'attaques maintenant à la nôtre ! Où poursuivras-tu ton œuvre quand notre beau pâturage aura dégénéré à son tour ?

– Ne t'en fais pas, mon vieux ! répliqua Bao. J'ai tiré une bonne leçon de ce qui s'est passé dans mon village natal. Je délimiterai les parcelles à labourer et garderai rigoureusement la partie destinée au pâturage. Le meilleur choix consiste à mener de front l'élevage et l'agriculture. Je ferai tout pour protéger la steppe car les troupeaux donnent du bon fumier nécessaire à l'agriculture. La terre amendée, le rendement en céréales augmentera.

Ulzii ne pouvait plus cacher sa mauvaise humeur. Il dit d'un air bourru :

– Quand les paysans seront là, face à cette grande étendue de terre, ils donneront libre cours à leur envie de labourer. Personne ne pourra les retenir ! Admettons que tu sois de force à leur imposer une limite, que fera la génération qui viendra après toi ?

– Eh bien ce sera son affaire !

À l'horizon montaient des volutes de fumée de cuisine. Le campement apparut. Comme pour apaiser la discussion, Bao dit :

– Les gens de l'administration ont l'esprit vil. Ils te donnent un cheval fourbu parce que tu n'es plus directeur. Cela te gênera dans ton travail. Zhang, tu vas choisir un bon cheval pour mon vieil ami Ulzii ! Dis à Bat que l'ordre vient de moi !

– Soyez tranquille, camarade Bao, assura Zhang. Le directeur Ulzii aura la meilleure monture de notre brigade !

Bao relâcha la bride et partit en coup de vent. Avant de disparaître, il lança :

– J'ai encore à faire, je vous attends chez le vieux Bilig. À tout à l'heure !

Zhang tira les rênes pour se maintenir à la même allure que le vieux cheval d'Ulzii. Il lui dit :

– Ce Bao vous traite bien. C'est vrai, on dit qu'il a téléphoné à maintes reprises à l'échelon supérieur pour vous garder dans la direction de la ferme. Ses manières sont peut-être rudes, mais ce sont celles d'un vieux soldat. Il ne faut pas lui en vouloir.

– Bao est un homme énergique, répondit Ulzii. Il ne rechigne pas à la besogne et côtoie assidûment la base pour travailler avec les gens simples. Il serait un bon cadre dans la région agricole. Mais ici, dans la steppe, son zèle est catastrophique.

– Il a raison quand il dit que dans les campagnes de l'intérieur du pays, les paysans meurent de faim, tandis qu'ici la terre est en friche. Parmi les jeunes instruits, beaucoup partagent son opinion. Pas moi. Je vous trouve plus prévoyant. Le peuple agricole ne comprend pas ce qu'il faut faire dans la steppe, il ne saisit pas les relations entre « la grande vie » et « la petite vie ». Chen Zhen dit que la steppe possède sa propre logique, une logique millénaire qui correspond aux lois de la nature. D'après lui, pendant les deux cents premières années de la dynastie des

Qing, la politique appliquée à la steppe était juste. Les paysans n'étaient autorisés qu'au compte-gouttes à entrer dans la région pastorale. Sinon, la catastrophe serait survenue depuis longtemps !

Ulzii s'arrêta sur l'expression « logique de la steppe » qu'il répéta, comme pour la mémoriser. Puis il dit :

– Vers la fin de la dynastie des Qing, sous la poussée démographique, cette politique a été abandonnée. La steppe s'est mise à reculer tandis que le défrichage avançait vers le nord, à peu près jusqu'au désert de Gobi. Si la partie au nord de la Grande Muraille continue sa désertification, que deviendra Pékin ? Nous, les Mongols nous nous faisons du souci pour cette ville qui a été autrefois notre grande capitale en même temps que celle du monde.

Zhang vit un troupeau de chevaux près d'un puits. Il se précipita vers eux, laissant Ulzii à ses pensées. Il devait trouver une belle monture pour l'ancien directeur de la ferme.

CHAPITRE 18

Le rêve que caressaient les dynasties des Han et des Tang était de gouverner l'Asie entière. Ce rêve s'est réalisé aux XIIIe et XIVe siècles, par les empereurs des Yuan, Kubilay et Tumurwanjid, dans l'intérêt de la Chine antique. La ville de Pékin est devenue la capitale de l'État suzerain de nombreux pays et régions, soit la Russie, le Turkestan, la Perse, l'Asie Mineure, la Corée, le Tibet, l'Indonésie.

Peu nombreux sont les peuples qui, en tant que race dominatrice, ont fondé un empire. Aux côtés des Romains se trouvent les Tujue mongols, que l'on met sur le même plan.

L'Empire des steppes
René Grousset (historien français)

Chen Zhen remuait avec application la bouillie de millet au lait mêlée de viande hachée. Alléchés par l'odeur, tous les chiens des alentours s'étaient attroupés devant la porte, grognant d'envie. Mais Chen destinait cette nourriture à son louveteau. C'est Gasma qui lui avait conseillé cette recette.

Un jour que l'équipe de la bru du vieux Bilig travaillait à construire l'enceinte de l'étable, la jeune femme montra un chien malingre à Chen Zhen en lui chuchotant : « Il est de la même portée que Bars. Regarde comme ils sont différents ! » Chen Zhen n'en croyait pas ses yeux. Il comprit aussitôt qu'un chien de race ne valait pas grand-chose s'il n'était pas bien nourri. Il fit aussitôt grand cas de l'alimentation du louveteau. D'après Gasma, c'était pendant les quatre mois suivant le sevrage que se formait l'ossature du chien. Passé ce délai, il ne grandissait plus.

Elle lui expliqua également que pendant cette période se jouait une véritable course de vitesse entre la louve et la femme mongole. La première attrapait alors le plus grand nombre possible de rats, de marmottes et d'agneaux dont elle ingérait la viande avant de la régurgiter pour nourrir ses petits. De son côté, la femme mongole préparait de la bouillie de millet pour ses jeunes chiens. Elle les entourait de mille soins, car c'était sur ces bêtes qu'elle comptait pour surveiller plus tard les troupeaux pendant la nuit. Gasma disait que, dans la steppe, on jugeait notamment une femme à ses chiens. Aussi se sentait-elle flattée et riait-elle de bon cœur chaque fois que Chen Zhen se répandait en éloges à propos de Bars qui était devenu un chien puissant. Chen ferait tout pour que son louveteau devienne le loup le plus puissant de la steppe.

Afin de lui apporter encore plus de calcium, il mettait une double ration de millet dans la bouillie et ajoutait du cartilage coupé menu et du sel calcique qu'il allait chercher au dispensaire. Il complétait même sa préparation avec du beurre. Le résultat était si appétissant qu'il aurait très bien pu le manger lui-même. Il s'en privait car il avait aussi trois chiots à nourrir. Le louveteau avait toujours le ventre plein.

Maintenant, il était bien bâti et grandissait à une vitesse inouïe. La première fois qu'il lui donna de la bouillie de millet, pourtant, Chen était inquiet : un carnivore accepterait-il des céréales ? À son grand soulagement, le louveteau ne se fit pas prier pour ingurgiter sa pitance.

Depuis qu'il avait ce jeune loup, Chen Zhen avait beaucoup changé. Zhang lui disait, non sans ironie, qu'il était devenu plus travailleur et plus attentif qu'avant, et qu'il ergotait sur chaque détail. Chen ne niait pas. Il se rendait compte qu'il était devenu aussi attentionné envers son « nourrisson » qu'une louve avec son petit ou Gasma avec ses chiens.

La bouillie encore chaude, Chen Zhen la versa dans une cuvette d'aluminium qu'il posa sur le rebord du poêle. Puis il sortit et claqua rapidement la porte derrière lui. Les chiens se précipitèrent, essayant de gagner ses faveurs. Huanghuang posa ses pattes sur ses épaules et lui lécha le menton ; les trois petits chiens remuèrent la queue et le tirèrent par le pantalon. Seul Erlang demeura imperturbable. Quant au louveteau, il ignora son maître et se dirigea d'emblée vers la porte entrebâillée qu'il essaya d'ouvrir puis attaqua à coup de griffes et de dents.

Chen Zhen se faisait l'impression d'être le père de nombreux enfants à qui il avait du mal à distribuer équitablement son amour paternel. Il avait bien sûr une préférence pour le louveteau, mais il n'en adorait pas moins les chiens qu'il élevait. Avant de donner à manger au jeune loup, il lui fallait leur témoigner son affection. À tour de rôle, il prit Huanghuang et Yir dans ses bras. Les deux chiens étaient si heureux qu'ils le léchèrent de plus belle. Puis il embrassa un à un les chiots, les soulevant en l'air, leur chatouillant le ventre. Cette manifestation de tendresse était devenue un rituel depuis l'adoption du louveteau. Chen s'y pliait avec plaisir mais également par prudence. Il savait que, si les chiens se sentaient négligés, ils pourraient très bien, par jalousie, tuer le louveteau avec leurs crocs. Chen Zhen veillait sur lui constamment, et il savait que le danger ne venait pas seulement des chiens.

Accaparés par la naissance massive des agneaux, les pasteurs étaient pour le moment retenus à l'étable, et bien peu étaient au courant de la présence d'un louveteau chez Chen Zhen. Et ceux qui l'étaient n'avaient pas encore eu le temps d'aller voir. Quelle serait leur réaction après la saison des grands travaux ? « Qui monte sur le dos d'un tigre en redescend difficilement », dit un proverbe chinois. Chen s'était trop avancé pour pouvoir reculer.

Le louveteau dépassait maintenant trente centimètres et se tenait bien droit sur ses pattes ; ses yeux gris jaunâtre n'étaient plus voilés, si bien que l'on distinguait ses prunelles rétrécies, aiguës comme la pointe d'une aiguille. Il avait un museau allongé et des oreilles triangulaires dressées en permanence sur une tête bombée. Depuis plus de dix jours il avait commencé à s'amuser avec les chiots. Chaque soir, Chen Zhen le remettait dans son trou, de peur qu'il ne s'enfuie. Huanghuang et Yir toléraient cet intrus mais l'ignoraient de leur mieux. Yir l'envoyait rouler au loin chaque fois qu'il faisait mine de s'approcher d'elle. Seul Erlang se montrait amical. Il léchait son ventre aux poils clairsemés, le dorlotait comme un vrai père, le laissant même grimper sur lui et se livrer à toutes sortes de cabrioles. Le louveteau joyeux et vif donnait l'impression d'être chez lui. Pourtant il demeurait à part et, d'une manière ou d'une autre, le reste de la maisonnée le lui faisait sentir.

Chen Zhen le prit dans ses bras, ouvrit la porte et le déposa sur le sol devant le poêle. Le louveteau s'adapta vite à la pénombre et repéra la cuvette d'aluminium. Chen trempa un doigt dans la bouillie pour s'assurer qu'elle avait suffisamment tiédi. La première fois qu'il s'était échaudé en approchant la gueule de son repas, le louveteau s'était sauvé la queue entre les pattes, tremblant de tout son corps. Pendant plusieurs jours, il avait évité de s'approcher de la dangereuse cuvette, que Chen Zhen avait dû remplacer par une autre, en aluminium. Afin de créer un réflexe conditionné, Chen Zhen criait systématiquement « Louveteau, mange ! » avant de lui donner sa ration. Le louveteau réagissait chaque fois plus promptement. Cette fois encore, Chen Zhen lança le mot d'ordre, posa la cuvette par terre et recula de deux pas. Le louveteau se jeta sur sa nourriture sans manifester la moindre gratitude, contrairement aux chiens. Pour lui, ce n'était manifestement pas une aumône qu'il recevait mais un butin qu'il avait mérité ou arraché aux autres par sa propre force et qu'il défendrait à tout prix, quitte à le payer de sa vie. Il ne semblait pas voir en Chen Zhen un bienfaiteur mais un gardien, dont il était le détenu provisoire. Par cet esprit rebelle, il manifestait sans doute son indépendance et sa dignité.

Les loups sont les plus insatiables des animaux, et le louveteau ne dérogeait pas à sa nature. Il dévorait sans retenue, considérant tous ceux qui s'approchaient, y compris Chen Zhen, comme des ennemis. Depuis un mois, le jeune instruit semblait pourtant avoir gagné petit à petit sa confiance. Il pouvait le prendre dans ses bras, le caresser, le hisser sur sa tête et le porter sur son épaule, l'embrasser sur les joues et introduire un doigt dans sa gueule sans risquer d'être mordu. Mais il n'en allait pas de même quand la petite bête prenait son repas. À ce moment-là, Chen devait se tenir immobile et à distance respectueuse. Au premier mouvement, le louveteau prenait un air menaçant, se tapissait, muscles bandés, prêt à bondir. Avec le temps, Chen finit par comprendre qu'il fallait respecter cette noblesse d'esprit innée. Depuis lors, chaque fois qu'il lui apportait à manger, il restait à trois pas de lui, se contentant de le regarder sagement.

Chen Zhen avait espéré qu'il resterait un peu de bouillie. Il en avait servi une double ration au louveteau, pensant ajouter de l'eau et du lait au reliquat pour le donner ensuite aux petits chiens. Mais le jeune loup ne semblait pas disposé à en laisser la moindre miette. Cette façon d'engloutir un maximum de nourriture en si peu de temps rappelait à Chen le comportement de ces soldats qui se hâtent de s'empiffrer entre deux batailles, de peur qu'il s'agisse de leur dernier repas en ce bas monde. Bilig ne cessait de lui répéter que les châtiments que Tengger infligent aux loups sont impitoyables. Ils pouvaient mourir de faim, de froid ou dans un incendie, ou encore être tués dans les chasses qui se succédaient tout au long de l'année. Leurs antres étaient sans cesse visités et les louveteaux tués prématurément. La steppe mongole était depuis toujours un champ de bataille : seuls les plus robustes et les plus endurants, les plus intelligents et les plus combatifs pouvaient rester en vie. Les loups y étaient parvenus pour n'avoir jamais oublié la faim, même quand ils avaient l'estomac bien garni. Chaque morceau d'os, chaque bouchée de viande les éloignait un peu plus des affres de la mort.

Le louveteau continuait de dévorer. Rapidement son ventre fut près d'éclater, mais il ne manifesta aucune velléité de s'arrêter, daignant seulement ralentir. Il se fit alors plus sélectif, cherchant d'abord les morceaux de viande les plus gros, puis repêchant de sa langue pointue les petits bouts de lard et de cartilage. La bouillie ne tarda pas à devenir claire. Avec son museau, il remua à plusieurs reprises le contenu de la cuvette pour s'assurer qu'il n'y restait plus rien d'intéressant. De sa tête, il pressa encore la bouillie pour séparer le millet du lait qui fut aspiré à son tour. Seulement alors, le louveteau abandonna la cuvette.

Chen Zhen ajouta des morceaux de viande hachée et du lait au peu de liquide restant. Il apporta la cuvette aux petits chiens qui manifestèrent leur déception par des grognements mais firent contre mauvaise fortune bon cœur. Pendant ce temps, le jeune loup demeurait allongé sur le sol, digérant tranquillement ce qu'il venait d'avaler. Chen Zhen s'approcha de lui en l'appelant : « Louveteau ! Louveteau ! » Le petit animal roula sur lui-même, les quatre pattes en l'air, les yeux espiègles, lui offrant son ventre. Chen prit l'animal et le hissa au-dessus de lui. Le louveteau tremblait de joie, encore peu habitué à cette cajolerie. Une fois sur la tête de son maître, il s'y cramponna de toutes ses forces.

Chen Zhen s'assit en tailleur, le louveteau renversé sur ses genoux. Il se mit à le masser pour l'aider à digérer, exercice auquel il avait pris l'habitude de se livrer pour le seul plaisir d'entendre le petit animal grogner de satisfaction. À ce moment-là, il paraissait peu différent d'un petit chien docile, prenant entre ses pattes le doigt de Chen Zhen, feignant de le mordre tout en le léchant. Son regard devenait doux et son expression rieuse, comme si Chen était devenu sa mère adoptive.

Ayant terminé son propre repas, Erlang s'approcha de son maître. Quand celui-ci était avec le louveteau, le chien avait pris l'habitude de les observer, allant même jusqu'à aider Chen à masser le petit animal de quelques coups de langue. Il recevait une caresse en échange. Étrangement, l'arrivée du louveteau avait rapproché Chen Zen de son chien. Il en venait à se demander si, tout être humain qu'il était, il ne portait pas en lui quelque chose d'animal. Dans la steppe, il lui semblait être en quelque sorte revenu à l'état sauvage, nouant une étrange alliance avec ce chien et ce louveteau, à mi-chemin entre le monde des hommes et celui des loups.

Depuis qu'il avait découvert cet univers, son existence avait trouvé une forme de plénitude, comme si un sang nouveau – celui des loups – circulait dans ses veines. Il envisageait désormais la vie avec une passion chaque jour croissante pour cet animal. Il comprenait mieux pourquoi, sur son lit d'agonisant, Lénine avait demandé à sa femme de lui lire le roman de Jack London : lui qui avait manifesté sa vie durant une énergie hors du commun était allé chercher un regain de vitalité au pays des loups. Il avait rendu son dernier soupir en écoutant les récits de la lutte entre l'homme et le loup, tandis que son âme partait rejoindre celle de Karl Marx.

Sur les genoux de Chen Zhen, le louveteau s'était mis à gigoter. Son maître le laissa sauter sur le sol pour qu'il rejoigne Erlang avec lequel il avait envie de jouer. Il grimpa sur lui. Les jeunes chiens essayèrent d'en faire autant, mais le molosse les chassa aussitôt. Ils revinrent à l'assaut. Dans la mêlée, le louveteau manqua d'être malmené mais il retourna vite la situation en sa faveur ; un petit chien se retira du combat, une patte meurtrie. La lutte devenait sérieuse et Chen Zhen dut intervenir. Il prit le louveteau par la nuque et le plaça devant le chien blessé, le forçant à reconnaître sa faute. Le jeune loup renifla et montra les crocs, refusant d'obéir. Pris de peur, les chiots se retranchèrent derrière leur mère qui entra dans une violente colère. Elle lécha minutieusement la blessure de son petit, puis s'élança sur le louveteau en grondant. Mais Chen avait déjà pris le louveteau sous sa protection avant qu'elle ne l'atteigne. Yir pouvait le tuer à tout moment. Il fallait l'amadouer. Il la cajola tant bien que mal avant de remettre le louveteau par terre.

Calmée, Yir s'éloigna avec sa progéniture. Et le jeune loup remonta aussitôt sur le dos d'Erlang.

Chen Zhen s'attela aux préparatifs du déménagement vers le nouveau pâturage. Au bout d'un moment, il vit arriver Bilig à bord d'une charrette attelée à un bœuf et chargée de planches. En toute hâte, il cacha le louveteau dans son trou qu'il referma, le cœur battant. Les chiens se pressèrent autour du vieil homme, et Chen se précipita à leur suite, aidant le vieux Mongol à attacher le bœuf puis à décharger sa carriole. Il prit le sac d'outils de charpentier en disant :

– A'bo, je peux me débrouiller moi-même. Ne vous donnez pas cette peine !

En fait, chaque fois qu'on s'apprêtait à déménager, le vieux Bilig venait aider les jeunes instruits à faire toutes sortes de réparations. Manifestement préoccupé, le vieil homme répondit :

– Nous aurons à parcourir une longue distance, et la route sera mauvaise. Le voyage durera trois jours. Une charrette qui tombe en panne, et c'est toute la caravane qui est retardée.

– Prenez d'abord un peu de thé pendant que je dégagerai celles qui doivent être rafistolées, lui proposa Chen Zhen.

– Inutile, fit Bilig, renfrogné.

Il se dirigea directement vers le trou du louveteau, en ajoutant :

– Ton thé est mauvais. Et puis ce n'est pas ce qui m'intéresse. Je préfère voir d'abord ton louveteau.

Chen Zhen, affolé, essaya de le retenir en lui proposant de nouveau du thé :

– Comment ? Tu l'as depuis un mois et tu m'interdis toujours de le voir ? s'emporta le vieil homme.

Chen Zhen prit son courage à deux mains :

– J'attends qu'il grandisse pour avoir des chiens-loups...

– Absurde, lança Bilig, la barbiche frémissante de colère. Tu penses accoupler un loup mongol avec une chienne ? Mais tu rêves éveillé ! Il la mangera ! Vous, les jeunes instruits, vous faites vraiment n'importe quoi ! J'ai vécu plus de soixante ans et je n'ai jamais entendu parler de

quelqu'un qui ose engraisser un loup. Mettre un loup avec des chiens !
À côté de lui, ces animaux ne valent rien ! Le loup mange la chair de
l'homme tandis qu'un chien se contente de ses excréments. Leur différence est celle du Ciel et de la Terre. Le loup convoie l'âme de l'homme
qui part vers Tengger, tandis que le chien n'est que son esclave. Et toi tu
veux les accoupler ? Cela revient à proposer une truie au roi-dragon !
Accepteriez-vous cela, vous, les Han ? C'est un blasphème, un outrage à
Tengger ! Le châtiment tombera sur toi. Et sur moi aussi...

La situation était explosive, et Chen Zhen en eut le cœur meurtri.
Dans son emportement, le vieux pasteur donna un coup de pied dans la
pierre qui obstruait le trou et se fit mal. Chen Zhen eut peur pour lui,
mais il craignit tout autant que son louveteau ne soit écrasé. Bilig
continua, intransigeant :

– Au début, j'ai pensé que tu voulais t'amuser avec lui et que tu
l'abandonnerais au bout de quelques jours. Je vous ai pardonné, à toi et
tes copains, parce que vous ne savez pas que c'est tabou dans la steppe.
Et le bruit court que Dorj en élève un lui aussi. Il faut que vous les
supprimiez, ces louveteaux ! Et sur-le-champ !

Chen Zhen était conscient de sa faute. Élever un loup, animal divin
que les Mongols vénéraient en tant que totem, maître ancestral et dieu
de la Guerre, c'était un péché impardonnable, qui confinait à la folie.
Dans les temps reculés, l'auteur d'un tel sacrilège aurait été condamné
comme païen ; il aurait fini écartelé, ses restes jetés en pâture aux chiens.
Aujourd'hui encore, cet acte constituait une infraction à la politique du
gouvernement envers les ethnies minoritaires.

Chen regrettait beaucoup d'avoir blessé Bilig, surtout parce que
c'était le vieil homme qui l'avait initié au monde spirituel du totem du
loup. Il l'avait même aidé à capturer son louveteau. Chen avait eu tort et
ne trouvait rien à dire pour sa défense. Il bredouilla d'une voix
tremblante :

– A'bo...

– Ne m'appelle plus A'bo ! répliqua Bilig d'un ton catégorique.

– A'bo, j'ai eu tort... J'ai enfreint les règles de conduite de la steppe. Je vous ai offensé et je vous demande pardon, dit Chen Zhen, les larmes aux yeux.

Bilig le regarda, hésitant devant le parti à prendre. D'une certaine manière, il compatissait avec l'étudiant, conscient que c'était moins pour obtenir des chiens-loups qu'il avait élevé un louveteau que parce qu'il s'était pris de passion pour le totem des Mongols. Et c'est lui qui l'avait instruit, l'entourant d'attentions et lui prodiguant des conseils. Il le considérait comme son fils, ce jeune Han qui avait commis une erreur abominable. Cette fois, il faisait face à un épineux problème : Que faire de ce louveteau ? Il poussa un long soupir vers le ciel et s'adressa plus calmement à Chen :

– Je sais que vous, les Han, n'avez que dédain pour l'âme. Ton intérêt pour les loups ne te permet pas pour autant de me comprendre. Je vieillis avec les jours. Nous autres, Mongols, sommes constamment aux prises avec les rigueurs de la steppe ; nous sommes tous malades et fatigués au soir de notre vie. Comme tous les vieillards, je ne vivrai plus longtemps, et mon seul désir est d'aller vers Tengger avec une âme propre. Veux-tu qu'à cause de ton méfait mon âme soit rejetée par le Ciel et finisse dans une niche à chiens ? Ton péché retombera sur moi, et je serai condamné pour l'éternité. Et cela ne concerne pas que ton louveteau et moi. Si les loups de la steppe sont réduits à l'état d'esclaves comme tu l'as fait avec lui, où ira l'âme des Mongols après leur mort ?

– Oh non ! A'bo, protesta Chen Zhen à voix basse. Je n'ai pas traité mon louveteau en esclave. C'est plutôt moi son serviteur ! Il est mon prince et mon maître absolu ! Tous les jours, je lui sers du lait, de la bouillie de millet, de la viande hachée, que je prépare de mes propres mains. Je fais attention à sa santé, je l'entoure de tous les soins possibles pour qu'il ne prenne pas froid, qu'il ne soit pas mordu par mes chiens, enlevé par sa mère ou attrapé par un vautour. Il hante mes rêves, de sorte que je ne dors plus vraiment la nuit. Même Gao, qui partage ma yourte, dit que je suis devenu son esclave. Vous le savez, de tous les Han je suis celui qui respecte le plus les loups. Je peux invoquer Tengger comme témoin, lui qui a tout vu et qui est équitable !

LE TOTEM DU LOUP

Silencieux, Bilig était tenté de croire le jeune instruit. Si le louveteau avait été traité comme un prince, cela effaçait-il pour autant l'offense à la divinité ? Ou était-ce au contraire un signe de respect à son égard ? Le comportement de Chen Zhen allait à l'encontre des rites de la steppe, mais il le faisait avec sincérité, la première des qualités pour les Mongols. Le regard du vieil homme s'adoucit. Chen Zhen y vit une lueur d'espoir : par sa sagesse et sa largeur d'esprit, le vieux pasteur lui accorderait peut-être la faveur de garder son louveteau. L'étudiant s'essuya les yeux et poursuivit sur un ton plus calme :

– A'bo, j'élève ce loup pour mieux connaître ses qualités, son intelligence et sa grandeur, et comprendre pourquoi les Mongols vénèrent tant les loups que nous, les Han, détestons tellement...

Comme le vieil homme s'était détendu, il continua, plus sûr de lui :

– Je ne comprenais pas ce phénomène à mon arrivée. C'est vous qui m'avez guidé pas à pas, par vos récits et les chasses où vous m'avez emmené. Enfin, j'ai mieux compris et j'ai fini par admirer cet animal prodigieux. Mais c'est insuffisant d'observer les loups de loin, en spectateur, il faut les fréquenter chaque jour pour parvenir à une compréhension approfondie. C'est pourquoi j'ai voulu en élever un. L'expérience de ces deux derniers mois m'a beaucoup appris. Les loups sont vraiment extraordinaires et dignes de respect, même si la plupart des jeunes instruits sont d'un autre avis. Pour débarrasser de leurs préjugés des millions de Chinois, il faut commencer par corriger les étudiants han qui vivent dans la steppe. Dans l'avenir, on viendra de plus en plus nombreux en Mongolie-Intérieure et si rien n'est fait, on se mettra à exterminer les loups et ils disparaîtront définitivement de la steppe. Ce sera désastreux pour notre contrée et le pays tout entier ! Je ne peux rester sans rien faire...

Le vieux chasseur sortit sa tabatière et s'assit en tailleur sur la pierre qui recouvrait le trou du louveteau. Chen Zhen s'empressa de craquer une allumette. Bilig tira une grande bouffée de sa pipe et dit :

– J'ai ma part de responsabilité. Mais comment faire ? Mon enfant, tu as élevé un jeune loup sans penser à l'embarras que tu allais me causer, sans parler d'Ulzii et de notre brigade de production. Pourquoi, à ton avis, Ulzii a-t-il été démis? Pourquoi les quatre gardiens de chevaux ont-ils reçu un blâme? Parce qu'aux yeux de la direction, ils n'ont pas été assez énergiques dans la chasse aux loups. Quant à moi, on prétend que je suis un «vieux loup» qui prend le parti de ses congénères. Les dirigeants ne sont pas loin de penser que notre brigade est une tanière remplie de loups. Et toi, tu leur sers sur un plateau une pièce à conviction en élevant un louveteau près de ta yourte! Autant dire que, pour eux, ton acte s'explique par la mauvaise influence que nous avons sur toi. Sans le savoir, tu as entraîné notre brigade dans le malheur.

À travers la fumée du tabac, Chen Zhen aperçut le regard sombre du vieil homme, qui continua d'une voix angoissée:

– En plus, la présence du louveteau finira par attirer sa mère. Comme toutes les louves, elle a du flair et est très attachée à son petit. Elle sera sans doute accompagnée de toute la horde pour se venger. N'oublie pas qu'avec les loups de la steppe Olon Bulag tout est possible! Depuis l'accident des chevaux militaires, les malheurs se sont multipliés. S'il nous en arrive encore un, Ulzii et les cadres de notre brigade pourront dire adieu à leur avenir! Tes moutons aussi sont en danger: tu risques la prison si ton troupeau est en grande partie détruit!

Chen Zhen, qui avait entrevu une lueur d'espoir, crut recevoir un seau d'eau froide sur la tête. Mais Bilig avait raison. Cette petite bête sauvage était d'autant plus dangereuse qu'elle se trouvait près des troupeaux. En cas de malheur, on l'accuserait certainement de sabotage. Par sa faute, il risquait de porter préjudice à son entourage et à beaucoup de ses amis. Dépité, il ne voyait plus qu'une issue: envoyer son louveteau vers Tengger le Ciel éternel! Bilig reprit, adouci:

– Maintenant, Bao est au pouvoir. C'est un Mongol, mais qui a complètement oublié ses ancêtres. Il déteste les loups presque plus que les Han. C'est pour cela qu'il a été nommé à la place d'Ulzii. Une fois la chasse aux loups terminée, il perdra son poste de directeur. À propos, est-ce qu'il t'a permis d'élever ton louveteau?

– Non, mais dites-lui, je vous en prie, que c'est une expérimentation scientifique, dans le but de mieux combattre les loups.

– Va le lui expliquer toi-même ! Il passe la nuit chez moi. Tu le trouveras demain matin.

Il se leva et conclut, en regardant la pierre posée sur la planche :

– Bon, allons réparer la charrette. Je préfère ne pas le voir ton louveteau. Cela me ferait trop mal au cœur. Quoi qu'il arrive, n'oublie jamais que, quand il sera grand, ton louveteau attaquera les moutons et les hommes. Et prends garde à la morsure du loup : ses crocs étant empoisonnés, elle est souvent mortelle.

Il ne prononça plus un mot pendant le travail. Chen Zhen restait convaincu qu'il lui faudrait sacrifier son louveteau. Il ne voulait pas attirer d'autres ennuis à Bilig et à Ulzii, qui se trouvaient déjà dans une situation difficile.

Ils avaient réparé deux charrettes et allaient s'attaquer à la troisième quand les chiens se mirent à aboyer. Chen Zhen vit approcher Bao en compagnie d'Ulzii. Le nouveau directeur de la ferme mit pied à terre et dit à Bilig :

– Votre femme m'a dit que vous étiez ici. Le comité révolutionnaire a finalement décidé que mon vieil ami Ulzii trouverait asile chez vous. Les gens de l'administration voulaient qu'il soit affecté à la brigade de construction et travaille de ses mains. Mais la direction de la ligue s'y est opposé considérant que l'exploration du nouveau pâturage avait donné toute satisfaction et que cette affaire devait être réglée avant la fin de l'année. Comme vous allez travailler ensemble, il est logique qu'Ulzii s'installe chez vous.

– Vous avez bien fait, d'autant que c'est lui qui est à l'origine de cette initiative...

– Vous avez raison. J'ai déjà fait mon rapport à l'échelon supérieur. Ils espèrent que le camarade Ulzii rachètera sa faute en permettant à la brigade de doubler son bétail grâce au nouveau pâturage.

– N'en parlons plus ! fit Ulzii avec un sourire détaché. Pensons à ce que nous avons à faire. L'emplacement est loin. J'espère que l'administration nous prêtera main-forte en nous envoyant ses deux camions et ses deux tracteurs, et de la main-d'œuvre pour la construction de la route.

– J'ai fait savoir aux cadres de la brigade qu'il y aurait une réunion ce soir, dit Bao. Nous en discuterons à ce moment-là.

Se tournant vers Chen Zhen, il ajouta :

– J'ai fait tanner les deux peaux de loup que tu m'as remises. Mon ancien supérieur a été très heureux de les recevoir. C'était une surprise pour lui qu'un jeune instruit venu de Pékin soit capable de tuer des loups de cette taille. Il m'a chargé de te remercier.

– C'est mon chien qui les a tués ! Je ne peux m'attribuer ses mérites !

– Ton chien les a tués à ta place, dit Bao en lui tapant amicalement l'épaule. Les mérites d'un subalterne reviennent toujours à son supérieur ; c'est dans la tradition glorieuse de notre armée. Bon, laisse tomber ! Maintenant, montre-moi ton louveteau !

Le cœur de Chen Zen se mit à battre la chamade. La nouvelle s'était répandue plus vite qu'un cheval au galop. Chen jeta un coup d'œil à Bilig qui restait muet. Il s'empressa de dire :

– Non... de toute façon, je vais abandonner son élevage. Cela va à l'encontre des mœurs et des coutumes des Mongols. Et puis, c'est très dangereux. Si le louveteau attirait une horde, j'en serais responsable.

Bao insista, disant qu'il était venu aussi pour voir l'animal. Chen, lentement, déplaça la pierre et souleva la planche. L'apparition des ombres humaines fit reculer le louveteau dans un coin. Tremblant de tout son corps, il se fit tout petit. Les yeux de Bao s'illuminèrent :

– Bravo ! Il est déjà grand ! Deux mois ont suffi pour qu'il atteigne cette taille ! Si j'avais su, j'aurais gardé ses frères et sœurs vivants pour te les confier en attendant qu'ils grandissent ! Avec une dizaine de peaux de cette dimension, je me ferais bien confectionner une veste. Regardez sa peau ! Elle est magnifique ! Elle est plus épaisse que les autres...

– Je n'ai pas les moyens de le faire vivre... Il avale chaque jour une grande cuvette de bouillie de millet à la viande et tout un bol de lait !

– Réfléchis ! À la place du millet tu auras la fourrure ! Non, c'est décidé : l'année prochaine, quand on capturera encore des louveteaux, on en fera l'élevage et on les tuera quand ils seront grands.

– Ce n'est pas si simple, dit froidement Bilig. Avant le sevrage, c'est une chienne qui l'allaitait. Où en trouverons-nous assez pour s'occuper des dizaines de louveteaux que nous aurons sur les bras ?

– C'est vrai, reconnut Bao après une brève réflexion.

Chen Zhen allongea la main et prit le louveteau par la nuque. Il le hissa hors du trou. Le louveteau se mit à gigoter, frémissant de peur. Chen le posa sur le sol, et Bao se mit à le caresser.

– C'est la première fois que je touche un loup vivant. Qu'il est dodu !

– Jeune Chen, dit Ulzii. Tu t'es beaucoup dépensé ces temps-ci, c'est évident. Les louveteaux à l'état sauvage sont moins grands que le tien. Tu l'as nourri mieux que ne l'aurait fait sa mère. J'ai entendu parler de ta passion pour le loup. Aurais-tu succombé à ses sortilèges ?

Le vieux Bilig n'avait d'yeux que pour le petit loup. Il fourra sa tabatière dans sa poche. De la main, il chassa la fumée et dit enfin :

– Malgré mon âge, c'est le premier louveteau élevé par des hommes que je vois. Chen Zhen a réussi un joli coup. Il a donné le meilleur de lui-même pour y arriver. Je lui ai dit que c'était imprudent d'élever un loup à côté des moutons et que les pasteurs de la brigade risquaient de ne pas être contents. Mais puisque vous êtes tous les deux ici, je voudrais bien connaître votre opinion. Faut-il le laisser poursuivre son expérimentation scientifique ? Personnellement, je ne peux qu'apprécier sa ténacité !

Ulzii et Bao semblèrent perdus dans leurs réflexions autant que dans la contemplation du louveteau. Au bout d'un moment, le nouveau directeur lança :

– Ce serait dommage de le tuer après s'être donné tant de mal pour le maintenir en vie. D'ailleurs, une seule peau de petit loup n'a aucune utilité. Mon avis est qu'il peut continuer. L'expérimentation scientifique, c'est un bon argument ! Le président Mao nous enseigne que « pour vaincre l'ennemi, il faut bien l'étudier ». Moi aussi, je tâcherai de mieux connaître les loups pour mieux les combattre. Je ne manquerai pas de revenir le voir, ton louveteau. On m'a dit que tu as l'intention de l'accoupler à une chienne. Est-ce vrai ?

– J'y pensais, mais A'bo m'assure que c'est impossible.

– Est-ce qu'on a essayé, ici ? demanda Bao à Ulzii.

– Jamais de la vie ! répondit l'ancien directeur. Les peuples de la steppe n'oseraient pas ; à l'égard des loups ils n'ont que respect.

– On peut essayer, s'enflamma Bao. Il s'agit bien d'une recherche scientifique, après tout ! Si par hasard on obtient un chien-loup de race mongole, il sera meilleur que celui des Soviétiques. Les loups d'ici sont les plus énormes et les plus puissants du monde. Notre armée sera sans nul doute intéressée par un tel croisement : elle n'aura plus à acheter ses chiens-loups à l'étranger. Et nos pasteurs seront ravis d'avoir le leur pour assurer la garde des moutons. Bon, dites-leur qu'il s'agit d'une expérimentation scientifique ! Et qu'ils cessent de s'y opposer ! Et toi, jeune Chen, fais bien attention à la sécurité !

– Continue, Chen Zhen, puisque Bao a donné son accord, fit Ulzii. Mais rappelle-toi : tu seras responsable de tout ce qui arrivera. Ne crée pas d'ennuis à Bao !

– Je le tuerai d'une balle s'il blesse un homme ou un mouton, lâcha Bao.

– Je trouve que c'est dangereux de l'enfermer dans un trou. Il faudrait l'attacher avec une chaîne, ajouta Ulzii.

Chen Zhen était si excité que son cœur se remit à battre follement. Il obtempéra :

– Certainement ! Je trouverai une chaîne... Mais j'aurai besoin de votre aide pour convaincre les pasteurs.

– Demande ça à A'bo ! fit Ulzii. Une seule phrase de lui vaut mieux qu'un long discours de moi !

– Que Tengger me pardonne, dit le vieux Bilig. Par ma faute, ce garçon a dépassé les limites. Mais je prendrai ma part de responsabilité.

Cela dit, il laissa à Chen Zhen la trousse de charpentier, attela son bœuf à la charrette et prit le chemin du retour. Bao et Ulzii le suivirent. Chen se laissa choir près du trou, le louveteau dans les bras. Toute force l'avait quitté. Dans sa jubilation, il serra contre lui la petite bête, qui se remit à gigoter et grimacer. Il s'empressa de chatouiller le louveteau à la naissance des oreilles, ce qui eut pour effet de le détendre aussitôt. Les yeux mi-clos, la gueule entrouverte, il répondit à la caresse par de légers soubresauts et s'abandonna dans une béatitude totale.

CHAPITRE 19

Le souverain (l'empereur Wudi des Han – *NdA*) fit connaître son décret impérial. On y lisait: «... Les Huns disent souvent que les Han sont grands mais qu'ils résistent mal à la soif et qu'ils seront dispersés comme si on lâchait un loup parmi un millier de moutons. L'armée du général Ershi a essuyé une défaite, ses officiers et soldats sont morts ou se sont enfuis en débandade. Cela me cause une grande peine, qui pèse sur mon cœur.»

Miroir universel pour aider à gouverner,
Biographie de l'empereur Xiaowu des Han, vol. 2
Sima Guang des Song du Nord

Bao atteignit le nouveau pâturage à la tête d'un groupe de cinq chasseurs, parmi lesquels Bat, Shartseren et Yang Ke. Ils avaient avec eux une meute de huit grands chiens. La troupe était suivie de deux charrettes à roues cerclées de fer chargées de tentes, de munitions et d'ustensiles de cuisine.

Ils montèrent au sommet de la colline Ouest. À l'aide de leurs jumelles, ils scrutèrent le lac, fouillèrent du regard les marais, la rivière et ses coudes ainsi que les prairies, sans apercevoir ni loup ni gazelle. Seuls des canards, des oies sauvages et une dizaine de cygnes évoluaient paisiblement sur le lac.

Tous les chasseurs étaient en extase devant ce pâturage luxuriant, baigné par la lumière de l'été. Yang Ke avait les yeux emplis d'une verdure à la couleur si intense qu'elle semblait inonder l'horizon. Le chemin descendant qu'ils empruntèrent était enfoui sous les herbes, si bien que les sabots des chevaux, les roues des charrettes et même les perches à lasso furent rapidement couverts d'une teinte verte. Hormis le parfum enivrant des plantes, l'air était d'une pureté absolue, sans un grain de poussière.

Comme s'il avait eu devant lui une mine d'or, Bao s'écria :

– C'est une terre promise ! Un trésor ! Avant son exploitation, je voudrais y emmener les chefs de la région militaire. Ils viendront en voiture et passeront quelques jours à faire la chasse aux cygnes et aux oies sauvages. Ils bivouaqueront et feront griller le gibier !

Yang Ke frémit en entendant cette tirade qui lui rappelait le diable aux ailes noires du *Lac des cygnes*. Quelques secondes plus tard, Bao hurla :

– Regardez ! Dans la vallée sur notre gauche. Des cygnes ! Allons-y ! Nous allons en abattre un.

Bao fonça aussitôt sur l'objectif avec deux chasseurs. Yang Ke ne put que les suivre, apercevant effectivement une tache blanche à l'endroit indiqué par le nouveau directeur. Elle s'étendait à mesure que les cavaliers approchaient à bride abattue, et pourtant elle restait immobile. Yang Ke était sur le point de crier pour alerter les cygnes quand, brusquement, les chasseurs devant lui ralentirent et baissèrent leurs fusils. Bao stoppa à son tour et porta ses jumelles à ses yeux, tout comme Yang Ke qui resta cloué sur place : c'était une mer de pivoines sauvages !

De grandes touffes, hautes d'un mètre et larges d'une brassée, avec des dizaines de tiges de la grosseur d'un doigt, avaient poussé sur la couche sédimentaire de la vallée. Les fleurs étaient pures et fraîches, épanouies sur un fond d'émeraude. Pas étonnant que de loin on ait pu croire à des cygnes. Yang se plut à penser que les volatiles s'étaient transformés en fées en entendant les cris assassins de ces hommes.

Nullement déçu par cette découverte, Bao, galvanisé, cria :

– Ciel ! Jamais je n'ai vu tant de pivoines ! Elles dépassent en beauté celles des grands parcs de nos villes. Combien nous rapporteraient-elles si nous les vendions au marché ? Je prendrai d'abord quelques pieds que j'offrirai aux chefs de la région militaire. Nos cadres politiques n'aiment pas l'argent, mais ces fleurs de grande valeur leur feront sûrement plaisir. Écoutez-moi, dit-il aux chasseurs, ces fleurs sont extrêmement précieuses ; il faut veiller sur elles. Avant de partir, nous allons couper des branches d'abricotier et en faire une haie pour les entourer.

La troupe s'avança jusqu'à un coude de la rivière. Les chasseurs ne tardèrent pas à retrouver le lieu où les loups avaient fait périr les gazelles. Elles avaient presque toutes été dévorées ; ne restaient plus que des sabots, des cornes et quelques lambeaux de peau. Bat montra des excréments sur le sol et dit :

– Regardez ces empreintes de pattes ; même les loups âgés et boiteux sont venus !

– Mais où sont-ils donc passés ? demanda Bao.

– Ils ont probablement suivi les gazelles dans la montagne. Maintenant ils doivent être au-delà de la frontière. Il n'est plus aussi facile pour eux d'attraper les jeunes gazelles qui courent aussi vite que leurs aînées. C'est pourquoi ils ont dévoré celles-ci jusqu'au dernier morceau.

– Il y a trois semaines encore, Ulzii et Bilig ont vu ici des centaines de gazelles et une vingtaine de loups. Pourquoi ont-ils disparu ?

– Les gazelles ne pouvaient survivre ici, alors elles sont reparties. Et les loups les ont suivies, expliqua Bat. Regardez ces herbes, elles sont presque intactes. C'est le grand mérite des loups. Sans eux, les gazelles les ravageraient. Nous avons ici un excellent pâturage. Même nos chevaux ne veulent plus en repartir. Installons vite nos tentes ! Nous laisserons nos montures et nos chiens au repos cet après-midi, et demain nous partirons dans la montagne.

La troupe traversa la rivière et choisit un lieu de campement idéal : une berge où l'eau peu profonde coulait sur un lit sablonneux. Les chasseurs dressèrent leurs tentes de toile blanche. Bat demanda à deux autres chasseurs de préparer le repas et le thé, puis dit à Bao qu'il allait voir dans la vallée s'il pouvait repérer une gazelle blessée et délaissée par les loups : la viande fraîche serait meilleure que celle qui se trouvait dans leurs provisions. Bao l'approuva. Le fils de Bilig partit donc avec deux hommes et les plus gros chiens. Erlang, qui connaissait bien le terrain, prit la tête.

Yang Ke profita de ces préparatifs pour monter sur une élévation, espérant observer les cygnes qu'il aimait tant. Il avait entendu Ulzii et Bilig parler de ce lac. Et pour venir le voir, il avait passé deux jours à convaincre Bao de le prendre dans sa troupe. Maintenant qu'il était sur les lieux, il trouvait l'étendue d'eau encore plus belle que ce qu'on lui en avait dit. Assis à même le sol, il se perdit dans la contemplation du paysage. Soudain, il entendit des bruits de sabots.

– Toi aussi, tu es attiré par les cygnes ? lança Bao derrière son dos. Viens avec moi, nous allons en tuer quelques-uns. L'eau me vient à la bouche rien que d'y penser. Les gens d'ici refusent la volaille. Ils ne mangent même pas de poulet ! Toi et moi, nous partagerons un cygne !

Yang Ke pâlit en le voyant palper sa carabine. Il agita la main :

– Oh non, s'il vous plaît, les cygnes sont rares et précieux... Ne les tuez pas, je vous en supplie ! Je suis passionné par *Le Lac des cygnes* depuis mon enfance. Je me souviens d'avoir fait l'école buissonnière pour aller le voir. Quel magnifique ballet! Tous les hommes cultivés aiment le cygne. Ce serait le comble de l'absurdité que de tuer un cygne dans un lieu qui évoque tant ce ballet magnifique!

Bao, tout excité de joie quelques minutes auparavant, éclata de colère et vociféra:

– Au diable ton *Lac des cygnes*! Tu n'es qu'un étudiant, et je ne suis pas moins cultivé que toi. Tu es imbu d'idées bourgeoises. J'ai le devoir d'extirper de ta tête ton *Lac des cygnes* pour le remplacer par un de nos ballets révolutionnaires comme *Le Détachement féminin rouge*!

Shartseren arriva à ce moment-là pour prêter main-forte au jeune étudiant:

– Le cygne est l'oiseau divin du chamanisme mongol. Le tuer est un sacrilège! Et puis, directeur Bao, vous voulez faire la chasse aux loups, n'est-ce pas? Ils se sauveront quand ils entendront votre coup de feu. Vous aurez fait ce voyage pour rien!

Les voix des trois hommes finirent par provoquer l'envol d'une nuée d'oiseaux. Quand Bao leva la tête, deux gros cygnes le survolèrent à une hauteur de trois mètres, décrivant un grand cercle, planant comme si de rien n'était. Puis ils disparurent derrière un mur de roseaux. Bao lança un sourire cruel aux deux jeunes hommes:

– Ce sera facile d'abattre un cygne dans cet endroit. Je l'aurai sans recourir à mon fusil, avec une simple fronde. Le cygne est le roi des oiseaux et sa chair est un délice. Quiconque en goûte une bouchée est comblé à vie. Mais j'ai tout mon temps. Je m'en occuperai après la chasse aux loups.

– Vous êtes prêt à protéger des pivoines sauvages parce qu'elles sont précieuses, et vous pouvez tuer froidement un aussi bel animal! Mais pourquoi? demanda Yang Ke.

– Parce que je suis un paysan, donc pragmatique en tout. Une chose n'a de valeur que lorsqu'on la tient au creux de la main. Les pivoines sont précieuses parce qu'elles ne s'envolent pas, à la différence des cygnes qui franchiront facilement la frontière pour tomber dans la casserole des révisionnistes mongols et soviétiques!

– Dans le pays du *Lac des cygnes*, cela m'étonnerait ! Eux au moins, ils apprécient les cygnes. Ils ne les abattraient pas pour s'en faire un festin !

– Si j'avais su, je ne t'aurais pas emmené avec moi. Attends un peu que je transforme ton lac des Cygnes en abreuvoir à bestiaux !

Bao fut interrompu par des cris provenant du campement. Suivi de Shartseren et Yang Ke, il se précipita vers les tentes d'où le chasseur Sanja, rentré de l'expédition de Bat, les appelait. Il raconta que le fils de Bilig avait tué quelques sangliers et l'avait envoyé atteler une charrette pour les ramener au campement. Il invita Bao à aller voir le butin, ce que celui-ci accepta avec joie. Se tapant sur la cuisse, le directeur dit :

– On mange du sanglier dans la steppe ? C'est bien meilleur que la viande de gazelle ! Viens avec moi, jeune Yang !

Yang Ke, qui n'avait jamais participé à une chasse au sanglier, ne se fit pas prier.

À l'approche d'une vallée, les deux hommes virent combien la steppe avait été dévastée par les sangliers : au bord de la rivière et sur les pentes, partout des parcelles de terre retournée, comme déchirée par un soc aveugle. Les herbes étaient arrachées, les racines exposées et les feuilles coupées. Bao se répandit en invectives :

– Ces sangliers sont une vraie calamité ! Quand cette terre sera convertie en champs, ils détruiront toutes les cultures !

Les chevaux n'osaient plus galoper. Bao et Yang Ke avancèrent lentement jusqu'au pied de la montagne.

Bat y fumait tranquillement en les attendant. Erlang et Bars tenaient chacun dans leur gueule une des pattes de deux sangliers déchiquetés. Deux autres bêtes encore intactes étaient allongées près de Bat. Les sangliers mesuraient à peine un mètre. Leur peau était clairsemée de poils raides, leur groin avait deux fois la longueur d'un museau de chien, mais leurs défenses étaient moins impressionnantes qu'on aurait pu l'imaginer. Ils étaient bien musclés et charnus. Des plaies horribles se dessinaient sur leur cou. Bat indiqua la vallée lointaine :

– Les gros chiens ont d'abord flairé l'odeur des loups. Ils se sont lancés à leur poursuite jusque dans la vallée. Nous les avons suivis jusqu'ici, sur ce terrain ravagé par les sangliers. Du coup, les chiens ont abandonné les loups et fait sortir plusieurs marcassins. Les adultes sont puissants et armés de défenses. Ils courent très vite, et les chiens n'ont même pas osé les poursuivre. Et moi, je n'ai pas tiré de peur d'alerter les loups. Les chiens ont fini par tuer quatre jeunes marcassins. Je leur en ai laissé deux et les autres sont pour nous.

– Tu as bien fait, fit Bao, tâtant du pied les sangliers bien dodus. Une bête de cet âge a la chair tendre et délicieuse. Ce soir, je vous invite tous à boire.

– Ces bêtes sont venues en longeant la rivière depuis une forêt qui se trouve à une centaine de kilomètres d'ici, expliqua encore Bat. La forêt en est remplie. Heureusement que les loups sont là, sinon toute la steppe aurait été ravagée !

– Oui... mais les sangliers fournissent une bonne viande, répéta Bao. Ils ont aussi leurs mérites, n'est-ce pas ? Quand les gens seront nombreux, ils consommeront du sanglier pour épargner les moutons et les bœufs. D'ailleurs, nous, les gens de la région agricole, préférons de loin le porc au mouton.

Sanja arriva avec la charrette. On chargea les deux sangliers tandis que les deux chiens terminaient leur repas. Les hommes ne les attendirent pas pour rentrer au campement. Ils y trouvèrent des fagots déjà prêts que Shartseren était allé chercher. On éventra d'abord le plus gros des deux sangliers, et pendant que les chasseurs s'apprêtaient à le dépecer, Yang Ke alla récolter de la ciboule et des poireaux sauvages. Un instant plus tard, un arôme de porc grillé planait au-dessus du feu. La viande du sanglier étant moins grasse que celle du porc, Yang Ke suivit l'exemple de Bao qui enduisait la viande d'une couche de saindoux avant de la griller. La graisse dégageait une odeur des plus alléchante. Yang était ravi de ce repas. Bao ne cessait d'inviter les chasseurs à boire, tout en leur décrivant ces banquets impériaux où figurait toujours un cygne rôti. Les chasseurs se contentaient de secouer la tête en signe de dénégation. Les gens de la steppe ne mangent que les quadrupèdes et ne touchent jamais aux volailles: ils respectent tous les volatiles parce qu'ils se trouvent plus près de Tengger.

Après avoir mangé et bu tout leur soûl, les sept hommes se levèrent. Ils ramassèrent les restes dans une grande cuvette et jetèrent les tripes aux chiens qui venaient de rentrer et avaient déjà entrepris leur patrouille. Rassasiés par les sangliers, ils reviendraient plus tard se repaître de ces restes.

Au crépuscule, Yang Ke alla de nouveau s'asseoir seul sur le monticule d'où il embrassait l'ensemble du lac. Les coudes sur les genoux, il observait, à la longue-vue, ce paysage paisible. De larges ondes ridaient légèrement la surface de l'eau, comme un prélude à l'entrée en scène du protagoniste dans une tragédie. De derrière les roseaux vert foncé sortirent des cygnes glissant l'un après l'autre sur le lac. Douze en tout ! Sous la voûte nocturne, ils prenaient une teinte violette. Avec leur tête légèrement relevée et le cou tordu en point d'interrogation, ils semblaient poser une question au Ciel, à l'humanité et à toutes les créatures de l'Univers. Dans l'attente d'une réponse qui ne venait pas, ils laissaient derrière eux un sillage frémissant de vaguelettes dans lesquelles se reflétaient douze autres points d'interrogation troublés par le mouvement de l'eau. Tandis que Yang Ke songeait que ce spectacle n'en avait plus que pour quelques jours, sa longue-vue se brouilla à son tour, embuée par ses larmes. Peu à peu, le paysage s'estompa.

Toute la journée du lendemain, les chasseurs fouillèrent la montagne de l'Est, vallée après vallée, sans trouver aucun loup. Vers la fin de l'après-midi, Bao, Bat et Yang Ke aperçurent enfin, au faîte d'une colline, deux silhouettes caractéristiques. Les bêtes, qui avaient aperçu les hommes, bifurquèrent, essayant de grimper sur une proéminence rocheuse. Bat braqua ses jumelles dans leur direction :

– La meute a pris la fuite ; il ne reste que ces deux vieux loups trop faibles pour la suivre.

Bao ordonna, tout excité :

– Décrépits ou jeunes, leurs peaux feront bien notre affaire comme trophées de chasse !

Les chasseurs se lancèrent à leur poursuite. Bat, à leur tête, bredouilla :

– Ces deux pauvres bêtes me font pitié.

Les hommes atteignirent rapidement le sommet. Les deux loups avançaient péniblement. Le plus grand avait la patte antérieure gauche raide, une blessure de combat, sans doute. L'autre était probablement une femelle, tout efflanquée, au pelage pâli par les ans. Devant ces loups impotents, Erlang et Bars perdirent de leur ardeur. Mais un jeune chien, croyant sans doute que c'était là une occasion de montrer sa valeur, fonça. Les deux vieux loups s'engagèrent sur des pistes caillouteuses. À chaque pas, des pierres s'écroulaient, rendant leur traversée un peu plus dangereuse. Les chasseurs descendirent de cheval et poursuivirent à pied. Bars et Erlang, qui avaient de l'expérience, avançaient à une allure modérée tout en aboyant sans retenue. Seul le jeune chien continuait de faire la sourde oreille aux appels de son maître. Il talonnait la louve. Alors qu'elle venait de sauter sur un rocher, elle fit volte-face en pivotant sur ses pattes arrière. Le jeune chien qui était encore en l'air, prêt à atterrir, en fut si décontenancé qu'il tomba au pied du roc. Pris entre deux grosses pierres, il poussa des aboiements désespérés. La louve en profita pour disparaître dans une grotte.

Les autres chiens étaient parvenus à cerner le vieux loup qui avait trouvé refuge sur une plate-forme rocheuse, en pente abrupte sur trois de ses côtés. Ils n'osaient plus avancer, de peur d'être précipités dans l'abîme. Tapi contre le seul côté adossé à la montagne, les yeux injectés de sang, le loup était prêt à livrer un ultime combat. Tous les chasseurs affluèrent. Bao leur cria de ne pas bouger. On entendit un cliquetis quand il épaula son fusil et s'apprêta à tirer. Le vieux loup fit demi-tour et se lança immédiatement à l'assaut de la pente qui le surplombait. Elle était malheureusement faite de pierres effritées qui cédèrent sous ses pattes. Le loup eut beau se cramponner désespérément, il fut rapidement charrié par la chute de pierres qui s'abattit sur lui dans un fracas assourdissant, l'entraînant dans l'abîme.

Les chasseurs s'approchèrent avec précaution du bord de la plate-forme, et plongèrent leurs regards dans le précipice. La poussière se dissipa sans qu'on vît l'ombre du vieux loup. Bao demanda :

– Qu'est-il devenu ? Est-il mort ?

Bat répondit d'une voix sourde :

– Mort ou vivant, vous n'aurez pas sa peau.

Bao lui tourna le dos.

Yang Ke se recueillit longtemps près de l'abîme. Il se rappelait ces combattants qui, poursuivis par les Japonais, avaient sauté du haut des falaises. Pendant ce temps, Shartseren et Sanja volaient au secours du chien pris entre deux blocs de pierres. Ils dégagèrent par les pattes la pauvre bête aux flancs contusionnés et couverts de sang. Plusieurs chiens de la même race vinrent lécher ses blessures.

Deux chiens restés devant la grotte où s'était réfugiée la louve se mirent à aboyer. Bao rappliqua aussitôt, hurlant :

– L'autre loup est là ! Nous devons en capturer au moins un, coûte que coûte !

La grotte se trouvait sous d'énormes rochers érodés, couverts de fientes de vautour. Les chasseurs s'attroupèrent devant l'entrée où Bao examinait attentivement les lieux. Il dit, embarrassé :

– Impossible de creuser ! La grotte s'écroulerait sous les coups de pioche ! La fumée n'est pas plus utile parce qu'il y a partout des fissures. Quel est ton avis, Bat ?

Celui-ci introduisit sa perche à lasso. Au bruit des pierres qui tombèrent, il secoua la tête :

– En effet, ça s'effondrera à la moindre tentative.

– La grotte est-elle très profonde ? demanda Bao.

– Pas tellement.

– On va quand même essayer la fumée ! décida Bao. Allez chercher des fagots et des herbes sèches. On colmatera les fissures là où la fumée sortira. Je vais rajouter du piment séché au feu pour faire sortir le loup. Allez-y ! Je reste avec Yang Ke pour garder l'entrée. Vous êtes tous des chasseurs d'élite et vous n'avez rien pris en trois jours. C'est une honte ! Nous serons la risée de toute la ferme !

Pendant que les chasseurs s'exécutaient, Yang Ke dit à Bao :

– C'est une louve âgée et d'une maigreur squelettique. Elle ne vivra pas longtemps. Quel est l'intérêt de la tuer ? En été, la peau de loup est démunie de duvet ; même le centre d'achat la refusera. Faites-lui grâce !

Bao se durcit. Il tira une grande bouffée de sa cigarette et dit :

– Tu as tort de prétendre que la peau de loup ne vaut rien en été. Chez nous, on ne confectionne pas de matelas avec la peau de loup parce qu'elle garde trop la chaleur et irrite celui qui s'y couche. Par contre, une peau dégarnie convient mieux. Et puis, ne sois pas trop sentimental envers les loups ! Je veux bien reconnaître que nous, les hommes, leur sommes inférieurs. Quand j'étais officier dans l'armée, pendant la guerre, des soldats ont déserté. Les loups, eux, préfèrent mourir plutôt que de fléchir. Ceux de la steppe Olon Bulag, en particulier. Ce sont tous de valeureux guerriers ! Mais dis-toi bien qu'il s'agit d'un combat sans merci, dans lequel il faut tuer l'ennemi, même s'il est aux abois !

Les fagots liés en faisceaux furent assemblés les uns après les autres. Des chasseurs apportèrent des herbes dans les pans de leur robe. On entassa le tout devant l'entrée de la grotte en prenant soin de laisser une sortie pour la louve assiégée. On mit le feu au bûcher. Agenouillés à même le sol, des hommes commencèrent à éventer les brindilles incandescentes tout en dirigeant la fumée vers l'intérieur de la caverne. Des volutes denses s'échappèrent bientôt de toutes les fissures entre les pierres. Des chasseurs montèrent obstruer les fentes avec des herbes mêlées de terre. Ensuite, Bao jeta une poignée de piment séché dans le feu. Une odeur suffocante s'en dégagea aussitôt, qui s'engouffra dans la grotte. La plupart des hommes s'empressèrent de grimper sur une élévation, gardant les yeux rivés sur la caverne qui aspirait la fumée comme l'âtre d'une cheminée.

Ils ne tardèrent pas à entendre une quinte de toux. Serrant leurs fusils, les chasseurs s'apprêtaient à voir apparaître la vieille louve. La toux se fit plus violente mais l'animal ne se montrait toujours pas. Yang Ke, dont les yeux irrités larmoyaient, n'en revenait pas de l'endurance de la louve : à sa place, un homme n'aurait pu faire autrement que de se traîner dehors malgré la menace de mort. Tout à coup, la grotte s'effondra dans un bruit fracassant. De gros blocs de pierre dégringolèrent la pente, frôlant de justesse les quelques chasseurs qui se trouvaient en contrebas. Le brouhaha cessa. Du fatras des décombres s'élevèrent des volutes de fumée mêlées de poussière. La toux avait cessé brusquement, mais la louve restait invisible. Bat dit à Bao :

– Vous n'avez pas de chance, directeur Bao. La louve a ébranlé la base de la grotte pour se faire enterrer vivante. Elle ne voulait pas vous céder sa peau.

– Déplacez toutes ces pierres ! gronda Bao furieux. Je veux voir dans quel état elle est !

Personne ne bougea. Les chasseurs étaient épuisés par trois jours de chevauchées dans la montagne. Le fils de Bilig sortit des cigarettes qu'il distribua autour de lui. Il en offrit une à Bao en disant :

– Tout le monde sait que ce n'est pas pour le gain que vous faites la chasse aux loups, mais pour extirper un grand fléau de la steppe. Maintenant, la louve est morte et votre but est atteint, n'est-ce pas ? Nous sommes trop peu nombreux. Nous pourrions creuser jusqu'à demain matin sans trouver le corps. D'ailleurs sa peau ne vaut plus rien. Je demande à tout le monde ici présent de bien se rappeler ce qui s'est passé ces jours-ci : vous nous avez conduits à la chasse et avez bouté la meute des loups au-delà de la frontière. En plus, vous avez à votre crédit un vieux loup précipité dans l'abîme et une louve morte étouffée dans la grotte. Vous êtes tous témoins ?

Tous les chasseurs approuvèrent. Bao, lui-même éreinté, tira énergiquement sur sa cigarette avant de dire :

– Bon ! Je vous accorde une petite pause avant de rentrer !

Yang Ke resta un long moment immobile devant la grotte effondrée. Encore abasourdi par l'éboulement, c'est à grand-peine qu'il se maîtrisait pour ne pas tomber à genoux pour saluer l'âme noble et vaillante de la vieille louve. Il alla demander une cigarette à Bat et l'alluma. Puis, à trois reprises, il s'inclina devant le tas de pierres en levant haut sa cigarette en guise de bâton d'encens. Enfin il planta la cigarette dans une fente face au tombeau de pierres et regarda monter le filet de fumée vers Tengger le Ciel éternel.

Les chasseurs s'étaient levés. Ils n'avaient pas suivi l'exemple de Yang Ke. Pour eux, offrir une cigarette à la divinité relevait plutôt du blasphème, mais ils comprenaient l'intention du jeune instruit. Ils éteignirent leurs cigarettes et se tinrent droits, suivant du regard les volutes de fumée qui montaient en convoyant l'âme inflexible de la louve vers le paradis céleste. Emporté lui aussi par cette atmosphère pieuse, Bao cessa de fumer avant de sursauter quand sa cigarette lui brûla les doigts. Bat s'approcha du directeur et lui dit :

– Vous avez vu, n'est-ce pas ? Les cavaliers de Gengis Khan étaient comme ces deux loups : prêts à mourir pour inspirer la peur à l'ennemi. En tant que fils de Mongols, vous avez vos racines dans la steppe. Vous aussi devez respecter nos dieux.

Yang Ke entendit ces paroles. Il en fut si touché que, pendant que les chasseurs rejoignaient le lac, il ne cessa de brasser des pensées en tous sens. Songeant au suicide de la louve, il se disait que la mort recelait également une forme de combativité. Inspirés par le totem du loup, combien de guerriers mongols étaient-ils restés impavides devant la mort ? Dans l'Antiquité chinoise, les Han étaient cent fois plus nombreux que les Mongols, mais s'ils avaient tant de fois été vaincus c'est qu'ils préféraient vivoter au jour le jour plutôt que de mourir héroïquement. Cette philosophie pragmatique qui avait permis à ce peuple agricole de survivre jusqu'à nos jours avait fini par devenir l'esprit national, siège de multiples trahisons et capitulations. La dynastie des Tang avait bien fait preuve de grandeur à ses débuts, mais, par la suite, la nation chinoise était tombée dans la décadence avant de s'abandonner à la servitude. Où était passé l'esprit d'excellence et de puissance qui animait le premier empereur des Qin, l'empereur Wudi des Han ou l'empereur Taizong des Tang ? L'extermination complète des loups sur la plus grande partie du territoire de la Chine avait-elle fini par entraîner l'affaiblissement du caractère de sa nation ? Yang Ke se dit qu'il devrait discuter de tout cela avec Chen Zhen.

Déjà, ils approchaient du campement. Bao dit alors à Bat :

– Tu feras chauffer de l'eau dans la casserole. Moi, je vais abattre quelques cygnes. Nous prendrons un bon repas arrosé d'alcool !

– Je vous en supplie, directeur Bao, il ne faut pas faire cela ! cria Yang Ke.

Mais Bao lui tourna le dos et s'en alla en coup de vent. Son cheval était très rapide, et Yang Ke, qui s'était lancé à sa suite pour le convaincre de renoncer, ne put le rattraper. Il se contenta alors de le suivre. Au bord du lac, il vit des oies et des canards sauvages qui planaient en rase-mottes au-dessus de l'eau. Quelques cygnes venaient de s'envoler des roseaux. Bao s'arrêta subitement. Les ailes larges des volatiles projetèrent de grandes ombres en passant au-dessus de lui. Le directeur arma aussitôt son fusil et tira. Trois détonations retentirent, et un gros oiseau tomba sur le sol devant Yang Ke qui arrivait au grand galop. Surpris, son cheval se cabra, projetant son cavalier à terre.

Yang Ke se releva rapidement, ne songeant qu'à se précipiter vers l'oiseau. Il se souvenait très bien de la scène « La mort du cygne » qu'il avait vue dans son enfance à Pékin. Mais celle qui se déroulait devant ses yeux n'avait rien de gracieux. Le cygne se débattait désespérément sur les herbes teintées de rouge. L'oiseau essayait en vain de se remettre debout, en s'aidant de ses ailes. Sous l'effet de ces efforts, du sang gicla de ses blessures, maculant sa poitrine aussi blanche que de la neige. Yang Ke parvint à l'attraper. Son corps était encore tiède, mais son long cou s'était affaissé, comme un serpent agonisant. Plus jamais il ne retrouverait sa forme d'élégant point d'interrogation. Quelques plumes tachées de sang voltigeaient sur le lac. Yang Ke prit la tête du cygne dans une main et vit dans ses prunelles la couleur sombre du ciel où il crut déceler la colère de Tengger. Le visage du jeune étudiant ruisselait de larmes : cette vie si noble et si pure, qui avait parcouru un aussi long trajet pour apporter aux hommes imagination et rêve, assassinée de la façon la plus ignoble, comme un poulet destiné à la casserole ! Il ne pouvait retenir sa fureur et son indignation. Il aurait voulu sauter dans l'eau et nager vers la forêt de roseaux, alerter les cygnes, les exhorter à quitter ces parages au plus tôt. Mais il resta là, jusqu'à ce que le corps de l'animal refroidisse dans ses bras.

Alors que s'éclipsait la dernière lueur du couchant, au campement, personne n'avait touché le cygne, qui était demeuré intact dans la marmite. Les chasseurs terminèrent les restes du sanglier sans adresser la parole à Bao qui n'osait même pas regarder son trophée dont le cou pendait lamentablement en dehors du récipient. Un silence de mort accompagna les hommes sous leur tente. Du ciel nocturne parvenaient les cris affligés des cygnes, qui durèrent toute la nuit. Yang Ke fut réveillé à minuit par les aboiements des chiens. Il entendit, en provenance de la montagne, un hurlement entrecoupé de pleurs. Son cœur se glaça d'émotion : le vieux loup précipité dans l'abîme était toujours vivant ! Il pleurait sa vieille compagne, tout comme les cygnes pleuraient l'un des leurs.

CHAPITRE 20

Les cavaliers de mon père le Grand Khan étaient aussi courageux que les loups, tandis que mes ennemis étaient poltrons comme les moutons.

« Inscription sur la stèle de Jueteqin »,
citée dans *L'Empire des steppes*,
René Grousset (historien français)

Sous l'intensité du soleil d'été, les nuages avaient pris une blancheur éblouissante. Dans l'air flottait une odeur piquante d'ail et de poireau sauvages. La réverbération obligeait Chen Zhen à cligner des yeux pour mieux voir le nouveau pâturage et le campement. Les yourtes de sa brigade, une bonne trentaine, étaient installées sur une pente douce, en bordure nord-ouest du bassin. Elles formaient une quinzaine de *hote*[9] s'étendant sur cinq cents mètres. Les différentes équipes de travail avaient été regroupées afin que la brigade soit mieux défendue. C'était une décision de Bilig et Ulzii en prévision d'une éventuelle attaque des loups. Ici, hommes et chiens formaient une véritable ligne d'airain. En cas d'offensive, la riposte serait vigoureuse et les loups rapidement repoussés. Chen Zen se sentait un peu rassuré, lui qui craignait sans cesse que la louve ne vienne reprendre son petit et se venger sur ses moutons.

Les troupeaux avaient transformé la steppe vierge en un grand pâturage naturel. Des chants s'élevaient d'un peu partout, se mêlant à toutes sortes de beuglements, bêlements et hennissements. Le bassin tout entier baignait dans une évidente joie de vivre.

La longue marche pour arriver en ce lieu avait épuisé les moutons de Yang Ke et Chen Zhen. Les bêtes reprenaient des forces en broutant près de leur yourte. Chen dit à Yang :

– Ce nouveau pâturage est bien meilleur que l'ancien. J'en suis content et je suis fier comme un explorateur qui aurait découvert le paradis.

– Moi aussi, dit Yang Ke. Cet endroit est idéal. Ah ! Si nous étions seuls ici avec les pasteurs de la steppe Olon Bulag, sans la présence de Bao, des jeunes instruits et des gens de l'extérieur ! Nous vivrions en paix, nous ferions paître les troupeaux sous le ciel bleu parsemé de

---

9. Deux yourtes qui se serrent l'une contre l'autre forment un *hote*.

cygnes volant parmi les nuages blancs. Ce serait merveilleux! D'ici quelques années, j'épouserais une Mongole qui aurait le cran d'attraper un loup par la queue et j'aurais avec elle un fils assez courageux pour s'introduire dans une tanière. Je ne demanderais plus rien à la vie... D'ailleurs, qu'ai-je à en espérer aujourd'hui? À Pékin, j'étais considéré comme un «fils de chien», et les gens ne pensaient qu'à me casser la figure parce que mon père est une «sommité réactionnaire». Au moins, dans la steppe, les gens aiment les chiens et ont besoin de leurs services. Je suis ici chez moi, c'est l'endroit qui me convient le mieux.

– C'est étonnant, tu parles des jeunes instruits comme si tu n'en étais pas un toi-même... fit remarquer Chen Zhen.

– Non, je suis devenu mongol, répliqua Yang Ke. Je suis né une seconde fois grâce au totem du loup et la steppe est ma «grande vie» comme pour tous les Mongols. Je déteste les gens de la région agricole et me range aux côtés des peuples nomades qui ont combattu les intrus pendant un millénaire. En cas de guerre, je défendrai la steppe selon la volonté de Tengger.

– Cesse de parler de guerre, dit Chen Zhen en riant. C'est vrai, les peuples de pasteurs et d'agriculteurs n'ont jamais cessé de se combattre, mais il y a tout de même eu des mariages et des traités de paix. En fait, nous aussi sommes les descendants métissés de ces deux peuples. Ce qui me préoccupe, c'est de savoir si des hommes comme Ulzii et Bilig seront capables de résister à la politique de pillage de la steppe. Ulzii a dit que ce nouveau pâturage nous assurait quatre ou cinq ans de vie paisible. Et si, grâce à cette nouvelle contribution, il regagnait son poste de dirigeant?

– C'est purement utopique, fit Yang Ke. Mon père m'a dit que l'avenir de la Chine réside dans la réduction de la population agricole, qui ne devrait pas dépasser cinq cents millions de paysans. Mais son expansion est irrésistible et se poursuit. Cela fait vingt ans que les citadins et les intellectuels sont envoyés par millions dans les campagnes comme paysans de deuxième ordre. Et plusieurs millions de jeunes instruits comme nous suivent le même chemin. Tu crois qu'Ulzii et Bilig seraient de taille à résister? Non, c'est illusoire!

– Ce que tu dis montre que tu ne comprends pas vraiment le sens du totem du loup, répliqua Chen en lui décochant un regard mécontent. C'est une force spirituelle infiniment puissante, qui peut vaincre à un contre dix…, et même à un contre dix mille ! C'est une force qui défend la « grande vie », notre steppe, cruciale pour les autres vies secondaires. La vie de l'homme dépend du Ciel et de la Terre. Lorsque la vie de la steppe ne sera plus, celles du Ciel et de la Terre disparaîtront à leur tour. Que deviendra alors la vie humaine ? Quand un homme adhère au totem du loup, il prend parti pour le Ciel et la Terre, pour la steppe et la nature, et poursuit la lutte jusqu'au bout, même s'il ne devait rester qu'un seul loup au monde et même si l'homme devait le payer de sa vie. Après la mort, l'âme continue son ascension vers Tengger. Défendre la steppe au péril de sa vie, c'est une mort digne, et pour y parvenir la plupart des loups meurent au champ d'honneur. Il faut avoir confiance dans la loi de la nature. Tengger vengera la steppe détruite !

Ébranlé par la véhémence de son ami, et songeant au courage de la vieille louve qui l'avait tant marqué, Yang Ke en fut réduit au silence.

Un peu plus loin, le louveteau se montrait très curieux de ce nouveau pâturage. Auparavant, il ne connaissait qu'un seul troupeau, une seule étable, deux yourtes et quelques charrettes. Sur la route qui l'avait conduit ici, il avait été enfermé deux jours et une nuit dans une caisse. Le monde était tout autre quand il en était sorti. Depuis, il restait là, à regarder les bœufs qui descendaient la berge pour s'abreuver, les moutons du même blanc que les nuages, les volées de passereaux planant au-dessus du lac. Il était manifestement ébloui par ce paysage effervescent et semblait méditer, tête inclinée. En fait, il aurait voulu suivre les petits chiens qui, libres comme le vent, s'ébattaient sur la pelouse et se chamaillaient avec leurs congénères. Mais Chen Zhen avait dû attacher son louveteau, comme le lui avait conseillé Ulzii pour prévenir tout incident. Il lui avait mis un collier relié à une chaîne d'un mètre et demi. Le poteau, renforcé par des anneaux de fer, était gros comme le bras et enfoncé d'un mètre dans le sol.

Furieux, le louveteau tourna en rond pendant une bonne semaine au bout de sa chaîne qu'il attaquait à coups de dents. Prenant pitié de lui, Chen Zhen l'emmenait alors dans des promenades qu'il prolongeait autant que possible. Quand un petit chien s'approchait de lui, le louveteau pouvait passer des heures à s'amuser avec lui, mais la plupart du temps le jeu se terminait mal : il ne pouvait s'empêcher de mordre le chiot qui s'enfuyait en hurlant.

Si Chen Zhen imposait ce régime à son louveteau, c'était parce que les troupeaux étaient tout près, et il tentait de l'apaiser en redoublant de tendresse. Il craignait que sa détention ne l'empêche de devenir un vrai loup et que l'observation scientifique ne s'en ressente. Le loup qu'il regardait grandir risquait d'être différent de ses congénères vivant en liberté. Chen Zhen avait bien songé à d'autres solutions, mais sans succès. Il craignait l'échec de son expérimentation. Yang Ke, qui le soutenait pourtant dans son entreprise, lui proposa mollement de relâcher le louveteau, ce que Chen refusa. À vrai dire, aucun des deux jeunes n'était prêt à se séparer de cette petite bête adorée. Heureusement qu'Erlang trouvait plaisir à lui rendre visite. Parmi les chiens, il était désormais le seul. Il s'allongeait au pied du poteau, laissant le louveteau grimper sur lui et s'adonner à toutes sortes d'espiègleries.

Ce fut bientôt la période de rut pour les bovins. Les taureaux se rendirent d'eux-mêmes au nouveau pâturage. Le louveteau eut peur en voyant leur masse impressionnante. Il se fit tout petit dans les herbes et tomba à la renverse quand le taureau se jeta sur une vache qu'il écrasa de tout son poids. Dans sa chute, le louveteau fut entravé par la chaîne de fer qui l'étrangla. Il parvint enfin à reprendre haleine quand le taureau se mit aux trousses d'une autre vache qui, tout en fuyant, lançait des œillades au mastodonte.

Peu à peu, le louveteau sembla se faire à sa prison en plein air. Il se roulait dans l'herbe qu'il trouvait plus confortable que la terre sablonneuse. Souvent, il se couchait sur le sol, les quatre pattes en l'air, grignotait des herbes ou courait infatigablement autour du poteau, suivant la piste ronde délimitée par la chaîne de fer. Il allait dans le sens des aiguilles d'une montre puis, marquant un brusque arrêt, faisait demi-tour pour reprendre la course en sens inverse. Il continuait ainsi jusqu'à épuisement. Il s'abattait alors dans l'herbe, respirant bruyamment, la langue sortie et la gueule baveuse. Le vieux Bilig avait expliqué à Chen Zhen que les jeunes loups muaient beaucoup plus tard que les adultes : cette course infatigable l'aidait à perdre son poil d'hiver. Sans cesse foulées, les herbes vertes se flétrirent, laissant apparaître la terre pelée.

Un bruit précipité de sabots s'approcha de l'est. Zhang Jiyuan arrivait au galop, la tête bandée d'une compresse de gaze. Surpris, Chen Zhen et Yang Ke voulurent aller à sa rencontre, mais Zhang leur cria de s'écarter. Il montait un jeune étalon fougueux, qui interdisait toute approche d'inconnus. Les deux jeunes hommes s'écartèrent donc, pour laisser Zhang descendre de lui-même.

Les chevaux mongols, les Ujumchin, étaient renommés pour leur fougue indomptable. Pour dresser un cheval de cette race, il fallait attendre le printemps de sa troisième année. Il était encore maigre, et sa force lui permettait tout juste de porter un homme, mais attendre un an de plus, c'était se retrouver avec une bête tellement puissante et rebelle qu'il était impossible de lui imposer selle et mors. Si l'on y parvenait néanmoins par la force, il se cabrait et donnait des ruades si violentes qu'il finissait par se débarrasser de son cavalier. Il devenait alors indomptable.

Chaque printemps, les gardiens de chevaux distribuaient les étalons de trois ans aux bouviers et bergers de la brigade, qui acceptaient de les dresser en échange du droit de les garder à leur service pendant un an. Au terme de ce délai, ils avaient le choix : soit ils conservaient le cheval et devaient alors céder une bête de leur troupeau – échange avantageux puisqu'ils rendaient un cheval fourbu contre un jeune plein de fougue – soit ils le rendaient contre un autre à dresser. Un cheval dressé qui retournait à son troupeau d'origine recevait un nom, la tradition voulant qu'il soit formé de la couleur du cheval et du nom de son entraîneur : par exemple « Bilig-bai », « Lamjav-noir », « Sanja-pommelé », « Dorj-jaune », ou encore « Chen-alezan ». Ce nom restait au cheval sa vie durant, comme un hommage à son dresseur. L'homme qui réussissait à dresser de nombreux chevaux de qualité était très respecté dans la steppe.

Cet animal était crucial dans la vie et le travail du pasteur. Sans un bon cheval, on risquait de perdre la vie en cas de bourrasque de neige, d'incendie dans la steppe ou de poursuite ennemie ; on ne pouvait pas non plus livrer à temps un message urgent, ni rattraper un loup au lasso, ni barrer le chemin aux troupeaux affolés par le vent aux poils blancs. Le vieux Bilig avait coutume de dire que, privé de son cheval, un pasteur était comme un loup aux pattes coupées. C'est pourquoi un bon pasteur se devait de dresser sa propre monture : c'eût été une honte de chevaucher celle d'autrui. Aussi, quand les pasteurs chevronnés déambulaient à dos de belles montures, faisaient-ils l'envie des jeunes inexpérimentés.

Tandis qu'il flattait le cou de son cheval, Zhang retira un pied de l'étrier puis sauta à terre, profitant du fait que son cheval était distrait par la caresse. Alerté, le jeune étalon se cabra, mais Zhang tira rapidement la bride et se rapprocha de la tête du cheval, évitant ainsi de justesse ses ruades. Enfin, il réussit à l'attacher à une roue de charrette dont la carcasse branlante se mit à grincer sous la force du cheval qui se débattait. Les deux amis de Zhang poussèrent un soupir de soulagement.

– Tu es un vrai casse-cou ! Ce cheval a l'air vraiment hargneux !

– Mais j'en ferai un beau coursier, répondit le jeune gardien de chevaux. Hier matin, il m'a donné un coup de sabot en plein front qui m'a fait perdre connaissance. Par chance, Bat était là pour me secourir et me soigner. C'est ce qui me vaut ce pansement. J'avais presque réussi à monter ce cheval il y a un mois. Entre-temps, il est redevenu rebelle. Heureusement, il est encore jeune et ses sabots ne sont pas pleins. Sinon j'aurais sûrement eu le nez cassé. J'aurais même pu y laisser la vie ! Ici, il faut être prêt à risquer sa peau pour obtenir une monture de renom.

– Je serai plus tranquille quand tu arriveras à dresser un cheval sans terminer avec un bandage autour de la tête ! lui dit Chen Zhen sur le ton de la plaisanterie. Alors seulement tu auras fini ton apprentissage.

– Il faut compter encore deux ans. Ce printemps, j'ai déjà dompté six étalons, tous de bons chevaux. Vous pouvez tous les deux compter sur moi quand vous en aurez besoin pour la chasse. Désormais, vous n'aurez que de belles montures.

– Tu es aussi vantard qu'audacieux, dit Yang Ke en riant. Merci pour ta gentillesse, mais je préfère avoir un bon cheval à la sueur de mon propre front. Je m'en occuperai l'année prochaine.

Zhang éclata de rire avant de lancer à ses deux amis :

– Décidément, à force de vivre à côté d'un loup, vous êtes devenus des braves !

Le jeune gardien leur montra alors les chevaux qui remontaient de la prairie jusqu'au pied de leur yourte. Zhang lança fièrement :

– Voici mon troupeau. Ne sont-ils pas superbes nos chevaux mongols ?

Chen Zhen et Yang Ke n'avaient d'yeux que pour les grands et puissants étalons dont le nouveau pelage luisait d'un éclat satiné. Au moindre de leurs mouvements, leurs muscles saillaient sous la peau. C'était leur crinière qui les distinguait de leurs congénères. Longue et fournie comme celle d'un lion, elle retombait en cascade sur leur poitrail et leurs pattes de devant, touchant terre lorsque les étalons broutaient. On aurait dit des monstres informes, dépourvus de tête et d'épaules. Quand ils galopaient, leur crinière flottant au vent rappelait les drapeaux des escadrons de cavaliers. Tout en eux respirait force et bravoure. Les plus puissants n'étaient pas destinés à être montés. D'ailleurs, nul n'aurait essayé de les prendre au lasso. Leur vocation était de procréer et de protéger farouchement leur clan, tâche à laquelle ils se dévouaient avec un sens étonnant de leur responsabilité.

Avertis par Zhang, Chen Zhen et Yang Ke se préparaient à assister à un combat acharné entre des étalons bien décidés à s'octroyer les meilleures partenaires d'accouplement. Le louveteau était à leurs côtés, immobile, frémissant de peur. Il avait manifestement hérité cette crainte instinctive qu'inspirent les étalons aux loups, ce qui ne l'empêchait pas de rester là, aux aguets, comme captivé.

Un troupeau de cinq à six cents chevaux comptait plus d'une dizaine de clans. Un clan important rassemblait soixante-dix à quatre-vingts bêtes quand le plus petit n'en possédait qu'une dizaine. Chaque clan avait plusieurs étalons à sa tête. Pour assurer au clan la qualité physique et la force de combat, il fallait éviter à tout prix les accouplements consanguins qui finissaient par affaiblir les chevaux mongols sans cesse exposés aux attaques des loups.

À l'approche de l'été, quand une pouliche devenait apte à s'accoupler, son père l'expulsait impitoyablement du clan, à coups de dents, la crinière au vent, ruant comme un possédé. Quand la pouliche tentait de se réfugier auprès de sa mère, son père ne tardait pas à lui infliger ruades et morsures. Si la jument essayait de prendre sa fille sous sa protection, elle était à son tour rouée de coups, si bien qu'elle finissait par se soumettre à la volonté de l'étalon. La pauvre pouliche couverte de blessures se traînait alors loin de sa famille, faisant entendre des hennissements par lesquels elle implorait la grâce de son père, qui demeurait inflexible. Les mêmes scènes bouleversantes se répétaient dans tous les clans, et le troupeau se trouvait rapidement sens dessus dessous. Ce n'était que le prélude à des combats plus cruels auxquels se livraient les étalons pour arracher à leurs rivaux les juments chassées de leur clan. Ils se cabraient haut sur leurs pattes arrière et s'engageaient dans une mêlée terrible où les sabots se heurtaient, où les dents s'entrechoquaient. Les plus faibles s'enfuyaient tandis que les plus forts s'affrontaient, sortant du choc les pattes en sang ou le poitrail déchiré.

Dans la vaste prairie, deux étalons se disputaient une pouliche blanche au corps élancé et au pelage luisant et immaculé. Elle avait des yeux charmants et une allure gracieuse. Zhang Jiyuan l'appelait sa « princesse des neiges ». Il trépignait :

– Depuis plusieurs jours, ces deux grands étalons luttent pour elle. Ils continueront jusqu'à ce que l'un des deux, exténué, se retire du combat. Mais un autre ne tardera pas à se montrer, puis un troisième et un quatrième, toujours plus féroce que le précédent. Pauvre pouliche ! Elle va payer cher sa grande beauté ! Déjà, elle ne connaît plus la paix et n'a même pas le temps d'avaler une bouchée d'herbe. Regardez comme elle semble fatiguée. Au bout de quelques jours, les pouliches finissent par comprendre : elles ne cherchent plus à rejoindre leur famille, et acceptent comme partenaire un étalon puissant. Ainsi, au moins, elles auront une vie paisible. La plupart ont déjà vu des loups mettre en pièces un poulain avant de le dévorer. Elles savent qu'à moins d'être protégées par un étalon elles seront toujours exposées au danger.

Le combat entre les chevaux sauvages continuait. Un étalon particulièrement puissant finit par enlever la pouliche blanche pour l'emmener dans son propre clan. Ses rivaux ne renoncèrent pas et se ruèrent sur la jeune convoitée qu'ils couvrirent de violents coups de sabots. La pauvre bête s'affaissa en poussant de douloureux hennissements. Sa mère fut empêchée de lui porter secours par son étalon de père, toujours aux aguets et fumant de colère. Yang Ke, qui supportait mal cette scène terrible, demanda à Zhang s'il ne pouvait pas intervenir.

– Inutile, répondit fermement celui-ci. Cette lutte des chevaux pour leur existence a lieu chaque année depuis des millénaires. Elle ne cesse que lorsque chaque pouliche a trouvé un nouveau clan. Les étalons les plus puissants se rendent maîtres de plusieurs femelles tandis que les plus faibles se contentent de celles qui restent. Il est des malheureux qui ne trouvent jamais de compagnes. Ces combats sont pénibles à voir, c'est vrai, mais ils permettent de distinguer les meilleurs étalons qui donneront naissance à une progéniture de leur trempe. En fait, par ces luttes éliminatoires, les étalons s'entraînent à combattre les loups et à défendre leurs troupeaux. Sinon, les chevaux ne pourraient subsister dans la steppe mongole.

– D'une certaine manière, ce sont les loups qui forment ces chevaux ! conclut Chen Zhen.

– Bien sûr ! fit Zhang. Dans l'Antiquité chinoise, les Han avaient aussi leurs escadrons de cavaliers, mais leurs chevaux étaient élevés en écurie, bien nourris et entourés de soins. Avant de venir ici, nous avons tous les trois été envoyés à la campagne. Vous savez comme moi ce qui se passe dans l'étable : il n'y a pas de combat pour se disputer les femelles; on en attache simplement une à un poteau et on lui amène un mâle. Cela ne permet pas d'assurer la force de combat de la progéniture!

– C'est vrai. Une union arrangée par des tiers ne peut engendrer que des enfants idiots, dit Yang Ke en souriant. C'est encore monnaie courante dans nos campagnes. La nouvelle mariée a quand même un petit avantage sur la jument: elle connaît son mari avant de l'épouser.

– Voilà vraiment un bon point pour la Chine... susurra Chen Zhen d'un ton sarcastique.

– Les chevaux de la Chine centrale ne sont que des bêtes de somme, ajouta Zhang. Ils triment le jour et dorment la nuit, suivant les mêmes horaires que les paysans, travaillant la terre avec les fermiers. Rien d'étonnant à ce que les uns et les autres aient aussi mal résisté à l'assaut des guerriers mongols et de leurs coursiers!

Tous trois sourirent amèrement, reportant leur regard vers les chevaux. Zhang rompit enfin le silence:

– Depuis que je suis devenu gardien de chevaux, je suis frappé par la différence de caractère de nos deux peuples, les Mongols et les Han. À l'école, je comptais parmi les plus forts, tandis qu'ici je me fais l'impression de n'être qu'un chat. Plus je fais d'efforts pour me fortifier, plus je ressens ma faiblesse.

– Oui, soupira Chen Zhen, c'est quelque chose d'inné. L'économie des petits cultivateurs repose sur un labeur tranquille, si bien qu'elle résiste mal à la concurrence. L'idéal confucianiste vise à établir une société hiérarchique et figée. Il préconise un ordre social immuable qui impose l'obéissance absolue, où la compétition est réprimée par la dictature et la brutalité. C'est ainsi que le pouvoir impérial a été défendu et la paix de l'agriculture sauvegardée. Mais c'est aussi ce qui a affaibli le caractère de la nation chinoise. Dans le passé, la Chine a créé une civilisation splendide, c'est vrai, mais à quel prix! Elle a dû sacrifier l'énergie qui aurait assuré son développement continu. À l'heure où le monde entier a dépassé le stade de la civilisation agricole, la Chine est restée un pays arriéré, sujet aux agressions étrangères. D'une certaine manière, nous avons la chance d'assister aux dernières heures de la vie pastorale dans la steppe mongole. Peut-être pourrions-nous y déceler le secret qui a permis aux Occidentaux de réussir leur progression? Car, finalement, ces peuples avancés descendent pour la plupart des peuples nomades dont ils ont gardé des habitudes de vie: ils consomment du lait, du fromage et de la viande rouge, s'habillent de laine, aiment la pelouse et les chiens; ils sont passionnés de tauromachie, de course hippique et d'athlétisme; ils sont épris de liberté et pratiquent le vote démocratique; ils respectent le sexe faible... Tout cela appartient aux mœurs et coutumes des nomades, à leur esprit courageux et entreprenant. Mais les peuples d'Occident sont parvenus à développer ces qualités jusqu'à l'extrême. Le pâturage primitif ayant constitué l'enfance des peuples occidentaux, nous retrouvons tous les aspects de cette enfance dans le pâturage que nous avons sous les yeux. Cela devrait nous aider à comprendre pourquoi et comment les peuples occidentaux ont pu rattraper leur retard et nous dépasser. Il n'est pas si difficile d'apprendre les sciences et technologies de pointe de l'Occident. La Chine n'a-t-elle pas réussi à lancer ses propres satellites artificiels? Mais ce qui est difficile à acquérir, c'est l'esprit combatif, le caractère énergique et entreprenant propre aux Occidentaux. Lu Xun a vu très tôt que la nation chinoise avait un déficit de ce côté-là.

– Un caractère énergique au combat est plus important que l'aptitude au labeur paisible, ajouta Zhang. La Grande Muraille représente sans doute le plus grand de tous les travaux de terrassement de l'histoire du monde, mais elle s'est avérée impuissante à repousser les incursions des cavaliers mongols. Les chevaux qui se révèlent les plus aptes au labeur sont ceux qui sont castrés. Ils se montrent dociles envers leurs maîtres qui peuvent les monter à volonté, mais ils déguerpissent à la vue d'un loup. Vous pouvez voir des chevaux castrés dans le troupeau. Regardez bien, ils sont de la même taille que les étalons, ont les mêmes dents acérées et les mêmes sabots bien durs. Ils battraient facilement les loups s'ils étaient résolus au combat. Mais voilà, ils préfèrent la fuite parce qu'en les émasculant on les a privés de leur courage!

– La Grande Muraille, approuva Yang Ke, n'est que le résultat statique d'un labeur tranquille, tandis que le combat des cavaliers nomades est un déploiement de forces vivantes. Ils parcourent facilement des centaines de kilomètres en un rien de temps. Autrefois, ils ont tenté d'attaquer la passe Juyong au nord de Pékin. Comme les soldats des Kin se défendaient farouchement, ils ont abandonné pour continuer vers le sud. Là, ils ont pris d'abord le col Zijin mal défendu, puis ils ont réussi à s'emparer de la ville de Pékin par surprise. Quelle victoire !

– On nous a enseigné, ajouta Chen Zhen, que le travail a créé l'homme et tous les biens du monde. Mais le travail ne peut créer l'homme sans le combat. Un être humain incapable de se battre pour sa survie sera dévoré par les fauves. Comment pourrait-il être créatif s'il est privé de moyens de survie ? On nous dit que le travail est sacré et glorieux, je suis d'accord avec cette idée. Le peuple chinois est travailleur, c'est vrai. C'est une grande qualité qui assurera le redressement national, mais le travail n'a pas un pouvoir universel et il est loin d'être toujours louable. Il y a le travail de l'esclave, celui du forçat ou le travail imposé par la dictature. Toutes ces formes de travail sont-elles saines et honorables ? Seuls les maîtres d'esclaves et les seigneurs féodaux s'en réjouissent ; seuls ceux qui ne travaillent pas et exploitent le travail des autres le portent aux nues sans distinction ! Il existe aussi un travail inefficace et destructeur, voire ruineux. Il y a plus de deux mille ans, sous les Qin, pour réunir suffisamment de bois destiné à la construction du palais impérial Afang, on a rasé toutes les montagnes du Sichuan ! Non, le travail est impuissant quand il s'agit de créer un peuple énergiquement attaché à la liberté, à la démocratie et à l'égalité. Un travailleur privé de la faculté de combattre n'est que de la simple main-d'œuvre, une bête de somme ou un animal dompté. Le peuple chinois, qui constitue la population la plus nombreuse du monde, a travaillé sans discontinuer pendant la période la plus longue de l'histoire humaine. Pourtant il a été incapable de donner jour à une civilisation aussi avancée et prospère que celles que l'on voit aujourd'hui en Occident, alors que ces peuples ont une histoire beaucoup plus courte que la nôtre.

Dans la prairie, les étalons marquèrent un temps de répit pour brouter. Quelques pouliches parvinrent à se réfugier pour un moment auprès de leurs mères qui léchèrent leurs blessures, essayant d'apaiser leurs corps endoloris. Mais bien vite, sous le regard furibond de leurs pères, elles durent regagner tristement leurs nouvelles familles.

C'est alors que les trois jeunes instruits virent arriver leur quatrième acolyte, Gao Jianzhong, qui rentrait en charrette.

– Regardez, dit-il avec bonne humeur, j'ai un seau à demi rempli d'œufs d'oie sauvage !

Les trois jeunes hommes allèrent à sa rencontre. Ils virent effectivement plusieurs dizaines d'œufs dans un grand seau de bois. Certains étaient fendillés, laissant suinter un liquide jaunâtre.

– De nombreuses familles d'oies sont ainsi exterminées, fit remarquer Yang Ke sur un ton accusateur.

– Tout le monde s'en emparait, alors nous nous y sommes mis aussi ! se défendit Gao. Il y en a partout, au bord du marais, dans le sable près de la rivière. On trouve un nid presque tous les dix pas, et dans chacun, plus de dix œufs. Nous les avons sauvés du piétinement des chevaux qui vont s'abreuver.

Yang Ke se tourna, mécontent, vers Zhang :

– Et toi, tu es gardien de chevaux. Tu ne peux pas faire attention aux œufs ?

– Comment pouvais-je savoir qu'il y avait des œufs à cet endroit ?

Gao regarda les chevaux qui broutaient près des yourtes et dit à Zhang :

– Cette partie de la prairie est réservée aux moutons ! Va conduire ton troupeau ailleurs et tu auras tes œufs à ton retour !

– Non ! Il mangera d'abord, dit Chen Zhen. Il a un étalon à peine apprivoisé et difficile à monter. Avec tout ce qu'il nous a raconté sur les chevaux, il a bien mérité une compensation. Reste avec nous, Zhang ! Il y a trop d'œufs craquelés. Ce serait du gaspillage de les laisser pourrir.

Gao se mit alors à répartir les tâches :

– Séparez les œufs intacts des œufs fêlés. Depuis deux ans, j'ai oublié ce qu'était une omelette. Nous avons justement des poireaux sauvages en réserve. Une omelette aux poireaux, rien de mieux ! Yang Ke va éplucher les légumes. Toi, Chen, tu vas casser les œufs. Et toi, Zhang, va chercher de la bouse avec l'écope. Je ferai la cuisine.

Le tri fut rapide, la moitié des œufs étant encore intacte. Chacun avait droit à neuf œufs fendillés. Dans une ambiance joyeuse, on apporta tous les ingrédients à Gao, qui se mit aux fourneaux. Des effluves exquis s'élevèrent bientôt de la yourte pour planer sur la steppe. Les chiens s'attroupèrent devant la porte, les babines humides de salive, et remuant la queue. Le louveteau se débattait comme un forcené et faisait sonner sa chaîne de fer. Chen Zhen se dit qu'il lui garderait une portion afin de savoir s'il aimait les œufs. Les quatre jeunes hommes se mirent à table et engloutirent avidement leur repas. Soudain, ils entendirent la voix de Gasma qui venait de l'extérieur :

– Oh là là ! Mais vous avez de bonnes choses à manger et vous m'avez oubliée !

Elle entra avec son fils Bayar tout en prenant soin d'écarter les chiens. On s'empressa de leur offrir les places d'honneur. Chen Zhen apporta deux assiettes remplies :

– Goûtez-moi ça tous les deux ! Je n'osais pas vous inviter parce que je pensais que vous n'aimiez pas les œufs, vous les pasteurs.

– Ça sent si bon ! On sent l'odeur à un li à la ronde ! L'eau m'est venue à la bouche et je suis venue aussitôt !

Avec ses baguettes, elle prit un gros morceau d'omelette qu'elle engloutit d'un trait.

– C'est délicieux ! s'exclama-t-elle.

À côté d'elle, Bayar dévorait avec un appétit de louveteau tout en lorgnant le poêlon.

– Nous préparerons désormais le *guanzi* pour vous, dit enfin Chen Zhen en voyant la mère et son fils se régaler.

Les pasteurs ne prenaient que deux repas par jour : le petit déjeuner, constitué de thé accompagné de produits laitiers et de mouton, et le dîner, plus consistant. Ils appréciaient la cuisine chinoise qu'ils appelaient *guanzi*, le mot chinois pour «restaurant». Ces dernières années, des condiments et épices du centre du pays tels que le cavalier – qu'on appelait aussi le «poivre du Sichuan» –, le poireau, la sauce soja et le piment avaient commencé à faire leur apparition dans la cuisine locale. En revanche, les Mongols continuaient de détester le vinaigre, l'ail, le gingembre, la cannelle et surtout l'anis.

Gao allait souvent prendre du thé et du mouton chez Gasma, qui lui apportait du beurre et du fromage, et surtout de la viande préparée à la mongole. C'était l'occasion de montrer sa reconnaissance à la bru de Bilig. Il lui dit avec un sourire :

– J'ai un seau d'œufs presque plein. On a commencé par ceux qui étaient craquelés mais il y en a qui sont intacts. Il y en a assez pour tout le monde !

Il en cassa six dans un bol avant d'aller les préparer spécialement pour la mère et son fils.

– Mon beau-père refuse les œufs, expliqua Gasma. Il dit qu'ils appartiennent à Tengger et qu'il n'a pas le droit de les toucher.

– Pourtant, je l'ai déjà vu demander des œufs à une famille de l'administration de la ferme, dit Chen Zhen.

– C'était pour soigner son cheval malade. Il lui ouvre la gueule et casse deux œufs contre ses dents. Le cheval les avale et recouvre rapidement la santé.

Le repas continua ainsi, dans une ambiance chaleureuse. Lorsque les six convives furent rassasiés, plus de la moitié des œufs avaient été consommés. Gasma se leva et prit congé, suivie de Bayar. Tandis qu'ils partaient, Chen Zhen attrapa Bars et lui glissa dans la gueule un gros morceau d'omelette que le grand chien recracha. Il examina attentivement cet aliment inconnu, puis le reprit. Quand il fut sûr qu'il s'agissait bien de ce qui avait fait les délices de sa maîtresse, il l'avala, l'air satisfait.

Chacun retourné à ses occupations, Chen Zhen pensa à son louveteau et se hâta vers lui. Ne l'apercevant pas de loin, il accéléra le pas. Il le trouva aplati au sol, réfugié dans une touffe d'herbes. Chen Zhen se détendit, songeant que la visite de tout ce monde et la présence des chiens avaient dû l'alarmer. En reconnaissant son maître, et après s'être assuré qu'il n'y avait plus d'inconnus aux alentours, le jeune loup sortit de son abri. Il flaira Chen Zhen qui sentait fort la graisse et l'œuf, et se mit à lécher ses mains luisantes d'huile.

Chen retourna dans la yourte et prit quelques œufs craquelés dont il fit une généreuse omelette à grand renfort de graisse de mouton. Quand elle fut prête, il la divisa en sept portions, quatre grandes et trois petites en fonction de la taille des chiens et cacha un gros morceau pour le louve-teau. Accroupi sur le seuil de la yourte, il fit la distribution, tapotant la tête de chaque chien qui venait prendre sa part après avoir attendu avec une discipline étonnante. La plus grosse portion fut attribuée à Erlang qui, pour une fois, secoua fortement la queue en guise de remerciement.

Lorsque les chiens repartirent satisfaits, Chen Zhen mit la part du louveteau dans la cuvette et se dirigea vers lui. Yang, Zhang et Gao, curieux de savoir si la petite bête sauvage aimait l'omelette, le suivirent. « Louveteau, mange ! » cria Chen en déposant la gamelle sur le sol. Le louveteau se jeta dessus et engloutit son contenu en moins d'une seconde. Les quatre jeunes instruits n'en revenaient pas de cette avidité :

– Il se contente d'engloutir sans demander son reste, dit Zhang. Le mot « dégustation » n'existe pas dans son vocabulaire !

– Il n'a même pas apprécié mes œufs, fit Gao, dépité.

– Les loups n'ont pas les papilles gustatives au bout de la langue, comme la plupart des animaux, mais dans l'estomac, dit Chen Zhen pour dissiper le regret de son ami.

Les quatre jeunes gens retournèrent à la yourte. Puis chacun repartit vers son troupeau, hormis Chen qui resta pour mettre de l'ordre dans leur habitation nouvellement installée. Avant que Zhang ne parte, il lui demanda :

– As-tu besoin de mon aide pour enfourcher ton étalon ?

– Non, ce n'est pas la peine. Il est intelligent. Il sait que je vais retourner vers son troupeau, et il sera très docile.

– Il est encore jeune. Peut-il rattraper les plus grands ? Et comment feras-tu pour changer de monture ?

– Tous les gardiens de chevaux possèdent un ou deux chevaux bien entraînés. Il suffit de l'appeler et le cheval approche. C'est une aide indispensable pour les gardiens qui risquent un accident en pleine montagne. Grâce à eux, on est à peu près sûr de rentrer ou d'être secouru.

Zhang prit alors quelques vêtements de rechange et un roman de Jack London, *Le Loup des mers*, et quitta la yourte. Il enfourcha son jeune étalon sans à-coup, puis rejoignit son troupeau qui se trouvait toujours à proximité. Chen Zhen le vit effectivement délaisser sa monture pour un grand cheval et diriger son troupeau vers la montagne du Sud-Ouest.

CHAPITRE 21

Au moment où Tuoba Tao (l'empereur Taiwu des Wei du Nord – *NdA*) décida, en 429, de contre-attaquer les Jou-Jouan du Gobi oriental qui ne cessaient de mener des incursions sur son territoire, certains de ses conseillers lui firent remarquer que les Han de l'empire du Sud (le pouvoir de Nanjing) pourraient en profiter pour tenter quelque diversion. Il répondit en substance : « Les Chinois sont fantassins et nous sommes cavaliers. Que peut un troupeau de poulains et de génisses contre des tigres ou une bande de loups ? »

L'Empire des steppes
René Grousset (historien français)

Chen Zhen rassembla son troupeau pour l'emmener au bord du lac. On avait transporté de la terre sablonneuse pour aménager la rive et permettre aux bestiaux de s'abreuver plus facilement. Les chevaux désaltérés, debout dans l'eau, se reposaient les yeux mi-clos. Des canards sauvages et des passereaux s'ébattaient sur le lac. Quelques petits oiseaux au plumage bariolé semblaient prendre un malin plaisir à passer sans arrêt sous les ventres des chevaux, imperturbables. Seuls les cygnes évitaient soigneusement ces grands animaux, peu attirés par l'eau trouble qui les entourait. Prudents, les volatiles blancs comme neige préféraient évoluer lentement au milieu du lac ou dans le dédale des roseaux sur la rive opposée.

Le troupeau de Chen Zhen déboula à une vitesse inouïe, soulevant une traînée de poussière, bêlant à tout va. L'été, il fallait faire boire les moutons tous les deux jours. Les pasteurs ne s'étaient installés sur le nouveau pâturage que depuis dix jours et déjà les herbes au bord du lac, ravagées par le piétinement des bêtes, laissaient apparaître le sable nu. Les moutons s'abreuvèrent en rangs serrés, près des chevaux ou entre leurs pattes, avant de retourner sur la berge. Déjà un autre troupeau approchait, impatient et tapageur.

À un kilomètre de là, dans le prolongement de la vallée, se dressaient quatre tentes de travailleurs. La construction battait son plein sous la direction de Bao ; il s'agissait de construire un bassin pour la culture de plantes médicinales, le siège de la brigade de production, ainsi qu'un dépôt de laine. D'autres ouvriers, armés de pioches, retournaient la terre destinée à la production maraîchère. Plus loin, le flanc de la colline révélait une large béance : on extrayait des pierres de construction, et des charrettes se chargeaient de faire la navette entre la carrière et le chantier.

Venus de la région agricole de Mongolie-Intérieure, une quarantaine de travailleurs migrants s'étaient établis dans le nouveau pâturage.

Leurs ancêtres avaient été pasteurs, mais il y avait déjà longtemps que leur propre pâturage avait été en grande partie converti en terre agricole. Les produits de cette terre devenue bien vite sablonneuse étaient désormais insuffisants pour les nourrir, et ils avaient dû quitter leur village natal pour venir travailler dans la steppe en friche. Ils parlaient couramment le mongol et le chinois et maîtrisaient les métiers de pasteur et d'agriculteur. Aussi connaissaient-ils la steppe et ses ressources bien mieux que les fermiers han venus de l'intérieur du pays. Chaque fois que Chen Zhen et Yang Ke venaient faire boire leur troupeau au lac, ils bavardaient avec eux. Ils apprirent qu'à la demande de Bao les infrastructures devraient être achevées avant la saison des pluies.

Tous ces travaux amenaient souvent les deux jeunes instruits à discuter de la politique appliquée par le gouvernement central qui menait de pair défense et défrichement des régions frontalières. Ce que les étudiants ne comprenaient pas, c'était que cette politique désastreuse pour le pâturage, qui n'avait cessé d'empiéter sur la steppe, soit toujours en vigueur. À la radio comme dans la presse, on critiquait à cor et à cri Khrouchtchev qui avait défriché sans retenue la steppe, accroissant la désertification du territoire soviétique. Mais on pratiquait la même politique en Chine ! Et la situation s'aggravait sans cesse. Yang Ke, par exemple, avait eu le choix avant de quitter Pékin. On lui avait proposé d'aller travailler dans les fermes agricoles du Nord-Est ou du Nord-Ouest, mais il les avait écartées pour choisir la steppe mongole. Féru des œuvres littéraires, cinématographiques, musicales ou picturales de la Russie, il avait hérité de ses artistes l'amour de la forêt et de la steppe. Il ignorait qu'il ne pourrait se soustraire au défrichage alors même qu'il avait refusé la ferme agricole. Avec Chen Zhen, il se disait que leur peuple restait décidément constitué d'indécrottables paysans qui risquaient de transformer tout le pays en désert.

La construction du dépôt et du bassin de plantes médicinales avait pris l'essentiel de leur temps, mais les travailleurs migrants s'étaient aussi attelés à la construction de leurs maisons en terre. Chen et Yang étaient frappés par la virtuosité avec laquelle ils avaient bâti leurs demeures. À leur première visite, le terrain était à peine nivelé, mais le lendemain, ils se trouvèrent devant une rangée de murs de terre atteignant deux mètres de haut. Ces bâtisseurs allaient sur la berge du lac, couverte d'une terre alcaline gris foncé où poussaient des herbes aux racines entrelacées. Là, avec une bêche comme seul outil, ils découpaient des plaques rectangulaires plus grosses que les briques de la Grande Muraille. Ils les chargeaient sur des charrettes et les transportaient jusqu'au chantier où elles étaient superposées, face en bas, puis érigées en mur. Ces «briques d'herbes» faites d'argile renforcée par les racines étaient leur béton armé. Une fois construit, le mur était plus solide qu'un mur de pisé, tout en étant moins épais.

Les trois équipes de constructeurs se relayaient toutes les huit heures. Quand une couche de briques d'herbes était étalée sur le mur en construction, ils la dégauchissaient, et la deuxième couche était posée. Il avait fallu seulement deux jours pour achever les murs. Maintenant, on attendait qu'ils sèchent pour installer les combles. La berge au pied de la pente avait perdu son image d'antan; elle était devenue une étendue boueuse parsemée de mares que les troupeaux devaient contourner quand ils descendaient s'abreuver au lac.

La carrière formait une autre plaie dans la colline. Les pentes n'étaient recouvertes que d'une mince couche d'herbes ou d'arbrisseaux. Il suffisait de creuser d'un demi-mètre pour trouver de bons matériaux. Sept ou huit ouvriers extrayaient ardoise et pierre sans recourir à l'explosif et taillaient les blocs sur place.

Peu de temps après l'ouverture du chantier, une vingtaine de paysans étaient arrivés avec femmes et enfants à bord de charrettes montées sur roues pneumatiques, encombrées de literie, de ballots de couleurs criardes et de volailles. Ils avaient l'air de vouloir s'installer définitivement sur place. Yang Ke se plaignit à Chen Zhen :

– Notre beau pâturage va se transformer en un horrible village, à l'image de ceux du Nord-Est, tandis que le lac des Cygnes va devenir un étang où caquetteront des oies.

Chen répondit avec amertume :

– Pour notre peuple, si nombreux, la nourriture est de première importance. Tant qu'il n'a pas mangé à sa faim, il n'a pas le loisir de penser à l'esthétique.

Par la suite, les deux amis apprirent que ces paysans venaient du village de Bao, qui projetait de faire venir la moitié de ses habitants.

Bien vite, les paysannes nouvellement arrivées se mirent à retourner la terre autour de leurs maisons. Une dizaine de potagers virent le jour d'où émergèrent bientôt de jeunes plants de chou, navet, radis, concombre, poireau, ail, céleri. La plupart des jeunes instruits se pressaient pour s'y procurer les légumes familiers qui leur manquaient depuis si longtemps. Un peu plus loin, les tracteurs et les charrettes à roues pneumatiques avaient corrigé les zigzags dus aux passages, devenus rectilignes. Les employés de la ferme avaient eux aussi amené leurs familles. Femmes et enfants partaient en groupes dans les vallées voisines pour y récupérer les toisons de mouton, ramasser les noyaux d'abricot, cueillir des herbes médicinales et des légumes sauvages. On venait de plus en plus nombreux. Partout on parlait chinois avec un fort accent mongol, un jargon qu'on ne connaissait jusqu'alors que dans le nord-est de la Chine. Chen Zhen se souvint de ce qu'il avait dit à Yang Ke en entendant un ouvrier employer cette langue étrange :

– La civilisation agricole des Han a sinisé les Mandchous en trois cents ans. Cela n'a pas eu de conséquence grave parce que les deux peuples avaient des conditions de vie analogues : les Mandchous comme les Han possédaient de larges territoires fertiles qui se prêtaient au labourage. Mais si tous les Mongols sont sinisés à leur tour, ce sera une véritable catastrophe car la steppe n'est qu'une étendue de sable recouverte d'une mince couche de végétation. On récoltera à coup sûr le péril jaune !

Le directeur Bao venait tous les jours sur le chantier. Il avait bien mesuré le potentiel de ce bassin où il pensait faire venir aussi les trois autres brigades de la ferme. Il en ferait leur pâturage estival, tandis que le précédent, avec sa terre sablonneuse noire, serait reconverti en terre agricole. D'ici peu, sa ferme produirait à la fois céréales et viande. Il ferait alors venir les paysans de tout son village natal, et une grande ferme serait bâtie, portant son nom. Aussi exigeait-il beaucoup des travailleurs migrants qui devaient travailler d'arrache-pied. Mais personne ne se plaignait.

Il y eut en revanche des querelles entre les vieux pasteurs et les nouveaux arrivants. Un jour, Bilig s'en prit aux ouvriers migrants qui avaient creusé des fossés autour des potagers. Certains chevaux avaient trébuché, et leurs cavaliers étaient tombés. Ces fossés furent nivelés quelques jours plus tard, mais des murets d'enceinte furent élevés à leur place. Un autre jour, c'est Yang Ke qui s'était emporté contre les migrants. Il avait surpris l'un d'eux à tuer des cygnes. Non contents de leur forfait, les nouveaux venus avaient organisé un grand banquet pour se régaler de leur chasse. Tandis que la viande mijotait encore, la foule bruyante s'était dévêtue et précipitée dans le lac soulevant de grandes gerbes d'eau trouble. On aurait dit une bande de clowns venus envahir la scène du ballet que Yang aimait tant ! Yang Ke ne comprenait pas pourquoi ces gens-là, de purs descendants de Mongols, avaient oublié si vite le dieu de l'Eau vénéré par leurs ancêtres. Quand avec Chen et d'autres jeunes instruits de Pékin, il avait pris la direction de la région pastorale deux ans plus tôt, des cadres locaux les avaient reçus dans la capitale régionale. Ils avaient renouvelé leurs recommandations : « Il faut respecter les us et coutumes des Mongols et leur religion. Par exemple la vénération du dieu de l'Eau, sacro-saint à cause de la pénurie d'eau dans la steppe. Les Mongols n'osent pas se baigner ou faire la lessive dans la rivière. Au cours de l'histoire, ils ont mené une guerre sanglante contre les musulmans qui se baignaient dans les lacs et les cours d'eau. Ils leur ont fait payer cher ce grand blasphème. » Mis en garde contre la répétition des mêmes sacrilèges, les jeunes instruits s'étaient attachés depuis leur arrivée à respecter strictement ce conseil. Maintenant, le tabou était sauvagement violé par les travailleurs venus de la région agricole de la Mongolie-Intérieure.

Le ton était vite monté entre les pasteurs et les migrants. Bilig était aux côtés de Yang Ke avec d'autres Mongols, mais les travailleurs migrants étaient nombreux. Comme ils se sentaient forts avec le directeur Bao à leur côté, ils s'en prirent au vieux Bilig. Les pasteurs avançaient en grondant de colère. Une violente dispute éclata entre les deux camps, qui risquait de dégénérer en bagarre. Les gens se regardaient droit dans les yeux ; Lamjav et quelques gardiens de chevaux au caractère violent étaient prêts à lever leur cravache. Bao, agitant son fouet, tonitrua :

– Silence ! Quiconque ose porter un coup sera arrêté !

Tout le monde se tut, et Bao se dirigea vers Yang Ke :

– Le cygne n'est qu'un oiselet dans les petits papiers des révisionnistes soviétiques. À Pékin, les artistes qui ont joué *Le Lac des cygnes* ont été battus. L'héroïne a été en butte à la critique. Pourquoi protèges-tu toujours le cygne ? Si le fait est dénoncé, ce sera considéré comme une faute politique. Concentrons nos efforts pour mener à bonne fin la révolution et la production ! Il faut que les constructeurs mangent un peu de viande pour mener à bien nos travaux. Et comme la brigade de production se fait tirer l'oreille quand il s'agit de leur vendre des moutons, qu'ils aillent chasser le cygne si ça leur chante ! Attention à ta tête, jeune Yang ! N'oublie pas que ton père est un réactionnaire et qu'il est en train de se faire rééduquer comme tous les membres de la bande noire ! Sois obéissant et profite bien de ton contact avec les paysans pauvres et moyennement pauvres ! Les gens qui travaillent sur le chantier de construction sont tes éducateurs ! Moi aussi, j'en suis un, et des plus rigoureux !

Yang Ke, sans se démonter, répondit :

– Je suis venu travailler dans la steppe. Si je dois être rééduqué, ce sera par les pasteurs !

Le vieux Bilig intervint à temps pour calmer la situation. Il ordonna aux jeunes instruits et aux pasteurs de se retirer et de laisser les migrants à leur banquet. Chen ne pouvait s'empêcher de penser que derrière ces querelles, c'était l'éternel conflit entre deux états de production, agriculture et pâturage, et finalement entre deux cultures, qui resurgissait.

Se remémorant ces tensions, attristé de voir la steppe vierge désormais entamée, Chen Zhen hocha machinalement la tête avant de se hâter en direction du nord-ouest. Il conduisit ses moutons de l'autre côté de la colline, laissant derrière lui le pâturage. Le vieux Bilig avait demandé d'emmener les troupeaux aussi loin que possible. Les journées étant longues en été, on avait tout le loisir de s'éloigner pour épargner la prairie, d'autant plus que l'on comptait rester sur place jusqu'à la fin de l'automne. Le passage répété des troupeaux avait au moins pour effet de tasser la terre et d'empêcher les herbes de pousser trop vite, ce qui réduirait le nombre de moustiques.

Les moutons escaladaient lentement le versant. Il y en avait un bon millier, disséminé dans la verdure. Les agneaux avaient grandi rapidement grâce à leur alimentation en lait et en herbes tendres. Ils arboraient déjà une toison frisée et une queue dodue, alors que leurs mères s'étiolaient à force de les allaiter. Chen Zhen, assis dans l'herbe, regardait la pente couverte d'hémérocalles d'or de plus de cinquante centimètres de haut portant au sommet une fleur en forme de calice. Il prit son cheval pour aller en cueillir des bourgeons que les jeunes instruits faisaient ensuite sauter avec des lamelles de mouton ou avec lesquels ils préparaient des *jiaozi* [10], des soupes et des salades au poireaux sauvages. C'est Gao qui, le matin même, lui avait préparé deux sacs vides, lui demandant de lire moins pour une fois afin de ramener davantage de bourgeons. Il avait fait la même requête à Yang Ke, disant qu'il fallait profiter pleinement de la saison pour en amasser autant que possible. Séchés, les bourgeons se conserveraient tout l'hiver. Il faut dire que les légumes étaient rares dans la steppe, et les jeunes citadins se régalaient d'hémérocalles comme les troupeaux du fourrage vert. Quelques pasteurs avaient accepté d'y goûter, mais l'odeur de la fleur les rebutait.

Tandis que ses moutons broutaient paisiblement derrière lui, Chen Zhen se mit à la tâche. Les deux sacs furent bientôt remplis. Soudain, entre les herbes, il découvrit des excréments de loup. Un frisson le parcourut. Il s'accroupit, examina attentivement ce qui lui semblait être

---

10. Bouchées de pâte farcies.

des traces très récentes et se souvint des loups qu'il avait vus lors de l'exploration du pâturage, effectivement tapis à cet endroit. Étaient-ils revenus ? Chen regarda aux alentours et ne vit ni os ni poils, signe que les loups n'avaient pas festoyé ici. Mais ils pouvaient très bien se dissimuler dans ces parages couverts de hautes herbes pour attaquer les moutons. Sur ses gardes, Chen Zhen se leva, observa de nouveau autour de lui et aperçut les autres bergers sur leurs promontoires. Voyant tout son troupeau bien rassemblé, il se calma.

Il n'avait jamais véritablement examiné un excrément de loup. Il en rompit un morceau pâle et très sec qu'il regarda de près. Il contenait presque uniquement de grosses fibres de poils de mouton et de gazelle, du calcaire et des dents de rats, ce qui signifiait que la peau et les os avaient été entièrement digérés. Chen Zhen ne pouvait s'empêcher d'admirer l'estomac de fer des loups. Ils étaient de véritables éboueurs de la steppe, qu'ils débarrassaient de toutes les carcasses pourries de bovins, moutons et chèvres, chevaux, gazelles, marmottes, lièvres et rats, parfois des corps humains. Ils les absorbaient si radicalement qu'il ne restait rien de comestible dans leurs excréments pour les autres animaux, pas même pour les insectes. Grâce à eux, la steppe millénaire demeurait pure et saine.

Les fleurs jaunes vacillaient sous la caresse du vent. Chen Zhen broya dans le creux de sa main le morceau d'excrément qui se réduisit en poussière. Fuyant entre ses doigts, celle-ci se mêlerait bientôt à la terre nourricière. Ainsi les loups rendaient-ils à la nature ce qu'ils lui avaient pris. Sans rien gaspiller.

Replongeant dans sa méditation, Chen Zhen songea que, depuis des millénaires, les nomades vivaient avec les loups. Rendant leur dernier soupir, ils partaient vers Tengger le Ciel éternel, sans laisser aucune trace sur la steppe vierge qui conservait ainsi son aspect immémorial. Les nomades retournaient à la nature par les loups qui, en effaçant toute trace de leur corps, véhiculaient leur âme vers l'infini. Ces guerriers avaient vécu et combattu, prenant d'assaut forteresses et bastions, mettant à sac les capitales de dizaines d'États, puis ils avaient disparu. Aucune stèle tombale ni monument, pas de palais seigneurial ni galerie souterraine pour rappeler leur existence et leurs exploits. Leur vie, la plus effacée du monde, avait respecté la loi de la nature et la volonté du Tout-Puissant. L'homme et le loup ne faisaient plus qu'un avec la steppe éternelle.

Chen Zhen regardait la poussière filer entre ses doigts, pensant qu'elle contenait peut-être quelque cheveu d'un de ces nomades disparus au cours d'une inhumation céleste. Il leva haut les bras vers l'azur du ciel, tête renversée, et souhaita bonheur et paix aux âmes parties vers Tengger.

Il remonta en selle et rejoignit ses moutons qui progressaient paisiblement sur la pente parsemée de fleurs jaunes. C'est alors qu'il vit un tertre surmonté d'un gros rocher noir. La forme lui rappela ces tours d'alarme que les soldats chinois aménageaient autrefois pour guetter l'arrivée des envahisseurs barbares. On racontait également qu'ils employaient la « fumée de loup », obtenue en brûlant les excréments de cet animal, pour sonner le tocsin. Pourquoi ne pas procéder à un test et voir comment cette fumée avait pu inspirer une telle peur aux Han pendant deux millénaires ?

Il lui fallut une heure et demie pour ramasser des excréments parmi les herbes, seulement de quoi remplir à moitié son sac. Une horde de loups avait pourtant fait une chasse aux gazelles quelques jours auparavant. Comme ils couraient toujours en tous sens, il n'était pas anormal que leurs excréments soient très dispersés. Mais Chen se souvint également que si les loups mangeaient beaucoup, ils déféquaient peu. Il commençait à se demander comment les soldats de l'Antiquité, dont les troupes devaient par ailleurs effrayer les prédateurs, avaient bien pu réussir à faire provision d'excréments sur les milliers de kilomètres de la Grande Muraille.

Avec son maigre butin, il s'approcha du rocher noir, haut comme deux fois sa taille. Il attacha sa monture et alla chercher des fagots. Il déposa le tout au pied du rocher dont il se mit à escalader la paroi. Une fois au sommet, formé d'une grande plate-forme couverte de fientes blanches de vautours, il hissa les fagots. Il était presque midi. Les moutons se reposaient, vautrés dans les herbes hautes. Chen Zhen scruta les alentours avec sa longue-vue. Pas un loup. Son troupeau était à deux ou trois kilomètres des autres, il n'y avait donc aucun risque qu'ils se mélangent avec eux, et Chen Zhen pouvait commencer son expérimentation.

Il disposa les fagots en pagode, puis vida dessus son sac d'excréments. On était au début de l'été, le risque d'incendie était presque nul: un feu au sommet d'un rocher ne serait pas mal vu; on croirait qu'un berger préparait son déjeuner. Rassuré, Chen Zhen sortit de sa veste un petit sac contenant les *Citations du président Mao* en format de poche et une boîte d'allumettes, les deux objets incontournables du berger. Il craqua une allumette et les brindilles sèches s'enflammèrent en crépitant. Son cœur s'emballa. La «fumée de loup» serait la première qu'un Han provoquerait au fin fond de la steppe! Toute la brigade de production la verrait, y compris les jeunes instruits qui ne manqueraient pas de faire le lien avec le sentiment d'effroi que ce signal provoquait chez leurs ancêtres. Combien de dynasties avaient expiré dans ces volutes désastreuses! Chen Zhen s'amusait du tour qu'il jouait à l'histoire et à ses contemporains han présents dans la steppe.

Mais l'enthousiasme céda bientôt la place à l'inquiétude: cette fumée attirerait inévitablement une séance de critique organisée par certains étudiants. Chen serait alors en butte à des attaques politiques pour avoir allumé une «fumée de loup». Déjà qu'il élevait un louveteau! Le crime serait considéré comme d'autant plus grave qu'on se trouvait dans la région frontalière où régnait une tension permanente entre les deux pays. Chen pourrait même être accusé d'agir de connivence avec l'ennemi. À cette pensée, il sentit son front se couvrir de sueur, si bien qu'il avança machinalement un pied, prêt à écraser le feu sous sa botte dès que monterait la première colonne de fumée.

Mais la «fumée de loup» ne monta jamais dans le ciel de Mongolie. Les flammes continuèrent d'embraser les branches, et Chen vit les excréments rougeoyer puis se carboniser tout en se consumant avec les brindilles. Une volute de fumée brune se dégagea bien à un moment, plus légère que celle du fagot, avec une odeur piquante comparable à celle de la laine brûlée. Mais un instant plus tard, les flammes avalaient ensemble fagots et excréments, sans que s'échappe du brasier un quelconque signal atypique. Il n'y avait vraiment aucune différence avec le feu que les bergers allumaient en hiver pour se réchauffer. Cette fameuse «fumée de loup» n'était qu'une absurdité.

Il s'essuya le front et poussa un soupir de soulagement. Du sommet du rocher, il regarda le pâturage qui gardait l'image même du travail paisible. Les charrettes attelées par des bœufs avançaient lentement, les chevaux restaient immobiles, les femmes tondaient les moutons et les hommes extrayaient des pierres de la carrière. Personne n'avait remarqué son feu. Seul un berger, le plus proche, avait levé la tête dans sa direction. La fumée de cuisine du campement qui, en l'absence de vent, montait en colonnes verticales blanches dans le ciel bleu semblait tourner en dérision sa tentative.

Cette «fumée de loup» qui s'échappait des tours d'alarme dans l'Antiquité devait provenir de simples branches humides et de résine. On l'avait simplement entourée d'un halo de mystère en invoquant la figure du loup. Assis sur sa «tour d'alarme», Chen Zhen était tout à la fois furieux et satisfait d'avoir déjoué cette croyance entretenue des siècles durant. Depuis des millénaires, tout le monde croyait à cette théorie pourtant invraisemblable que personne n'avait tenté de vérifier. Si l'expression «fumée de loup» s'était ainsi perpétuée, c'est qu'elle dégageait une incroyable force d'intimidation. Elle annonçait les cavaliers tujue avec leurs étendards brodés d'une tête de loup, les Huns, des Xianbei, les Mongols, peuples du totem du loup, forts de son intelligence et de son habileté au combat. Depuis toujours, les nomades de la steppe se comparaient aux loups et considéraient les Han comme des moutons peureux. De son côté, le peuple cultivateur de la Chine centrale regardait ces cavaliers comme une horde plus féroce que loups et chacals réunis.

La conquête du pouvoir central de Chine par les Mandchous, originaires de la steppe, avait marqué un arrêt du défrichage vers le nord, et les heurts entre cultivateurs et pasteurs connurent un répit momentané sans mettre un terme au conflit. Quand les Han accédèrent de nouveau au pouvoir, c'est la « fumée de brûlage » qui prit le relais de la « fumée de loup ». L'invasion de la steppe par les Han cultivateurs fut encore plus catastrophique que les incursions des barbares dans la Chine intérieure. Cette guerre suicidaire se poursuivait encore. Chen Zhen se rappela les paroles d'Ulzii : « Si la partie au nord de la Grande Muraille continue sa désertification, que deviendra Pékin ? » Il soupira de désespoir. Quand les cultivateurs, foncièrement hostiles à la steppe, apprendront-ils à l'apprécier ? Faudra-t-il attendre que la Grande Muraille soit ensevelie sous le sable ? La civilisation agricole était depuis toujours conservatrice. Les Mandchous s'étaient laissé siniser quand ils étaient maîtres de la Chine. Ils s'étaient opposés à la civilisation avancée de l'Occident en fermant la côte et en interdisant toute navigation en mer. Ils avaient refusé la réforme et persisté dans la pourriture féodale. Ils n'avaient fini par accepter les changements que lorsque les puissances étrangères étaient venues avec leurs canons et navires de guerre, et que la famille impériale avait été expulsée de la Cité interdite !

Profondément attristé, Chen Zhen mit du temps à ressentir la brûlure du soleil d'été, intense en ce milieu de journée. Les herbes fléchissaient sous la chaleur. Le jeune berger se hâta de pousser les cendres dans les crevasses de pierre et de redescendre. Les moutons s'étaient déjà recroquevillés pour dormir le dos au soleil et la tête allongée sur le sol. Chen se réfugia à l'ombre du rocher où la fraîcheur l'invitait à une sieste, mais les excréments découverts lui revinrent en mémoire : un loup était peut-être à l'affût, quelque part à proximité de son troupeau. Il but une grande lampée de lait caillé, boisson très rafraîchissante par ce temps de canicule.

Un bruit de galopade le fit sortir de sa torpeur. C'était Dorj qui arrivait en trombe. Vêtu d'une robe mongole blanche à ceinture de soie verte, le jeune cavalier paraissait plein de vigueur. Il sauta de sa monture et s'essuya le visage couvert de sueur :

– Ah, c'est toi, Chen Zhen ! J'ai vu tout à l'heure de la fumée sur le rocher et j'ai pensé qu'un berger était en train de faire rôtir une marmotte. C'est que j'ai faim moi aussi !

– Je serais bien en peine d'attraper une marmotte ! Non, comme je commençais à avoir envie de dormir, j'ai fait un feu pour chasser le sommeil... Mais où sont tes moutons ?

Tout en s'allongeant à l'ombre, Dorj montra le versant nord :

– Ils dorment là-bas. Je les ai confiés à un copain. Les deux bergers sont en train de jouer aux échecs.

À l'époque, il y avait deux jeux fort en vogue dans la steppe. L'un était purement mongol et figurait, avec des cailloux, la lutte des moutons contre les loups. Mais on jouait surtout aux échecs, que les cavaliers des khans avaient amenés de l'étranger. Aucun Mongol ne connaissait les échecs chinois. Le vieux Bilig lui avait expliqué que la plupart des gens ne comprenaient pas les caractères chinois gravés sur les pièces, alors que celles des échecs occidentaux, ne portant pas d'inscription, étaient accessibles à tous. Le Cheval, par exemple, avait une forme de cheval, ce qui était simple à comprendre ! Chen Zhen voyait dans ce jeu une preuve tangible que les Mongols avaient sillonné les grands continents eurasiatiques, nouant des contacts avec les Occidentaux bien avant les Han. Même le pape devait alors s'incliner devant le messager de la cour mongole ! Si l'Occident nourrissait encore une forme de fascination pour l'Orient, le caractère puissant des Mongols y était pour beaucoup.

Peu après son arrivée dans la steppe, Chen Zhen avait appris à jouer aux échecs auprès des pasteurs. C'était un excellent moyen pour tromper l'ennui, particulièrement en été. La journée était alors très longue dans la steppe. Il faisait jour à trois heures du matin et la nuit ne venait que vers vingt et une heures. Les moutons ne sortaient que vers huit heures pour éviter que la rosée ne leur cause des rhumatismes. On préférait les laisser dans la prairie tard le soir pour qu'ils puissent brouter au frais, ce qui obligeait les bergers à travailler deux fois plus longtemps qu'en hiver. Ils partaient le matin après un simple thé et ne revenaient dîner qu'à la tombée du jour. Pendant ces journées monotones, ils étaient seuls, affamés, assoiffés et fourbus, sans parler des attaques de moustiques. Comparé à l'été, l'hiver était une saison tranquille où l'on prenait de l'embonpoint aux côtés des bestiaux.

Manifestement décidé à ne pas se laisser aller à la torpeur ambiante, Dorj parla de nouveau de marmottes à Chen Zhen :

– Ici, on en trouve partout. Nous allons d'abord examiner le terrain et nous reviendrons demain poser des filets. Nous en attraperons sûrement quelques-unes.

– Bonne idée ! Au moins, ça nous réveillera.

Les moutons poursuivant leur sieste, Dorj emmena Chen Zhen vers le sommet du versant nord-ouest. Ils se postèrent à plat ventre derrière un rocher. De là, ils pouvaient observer avec leurs longues-vues la pente opposée sans perdre du regard leurs troupeaux. Une quarantaine de trous s'étalaient sous le soleil dont les rayons étaient réfléchis par les cristaux de quartz recouvrant les pierres. En creusant profondément leurs trous, les marmottes sortaient souvent des minerais des entrailles de la terre. Des pasteurs avaient même ramassé du cristal mauve et du cuivre à l'état brut, si bien que les prospecteurs de l'État songeaient à procéder à une exploitation d'envergure si le lieu ne se situait pas trop près de la frontière.

Un instant plus tard, des cris aigus parvinrent du versant opposé, signe que les petits mammifères s'apprêtaient à sortir tout en s'assurant qu'il n'y avait pas d'ennemi à la ronde. Finalement, plusieurs dizaines de marmottes apparurent. Sur chaque plate-forme devant la sortie se tenait une grosse femelle qui observait les environs et lançait des appels à ses petits qui s'éparpillaient alors dans les herbes, à une dizaine de mètres du trou. La mère demeurait à son poste, scrutant le ciel où planaient quelques vautours. Elle poussait des cris d'alarme chaque fois qu'un rapace s'approchait et, rapides comme l'éclair, les membres de sa famille rentraient dans leur trou, attendant le moment propice pour ressortir.

Tandis que Chen Zhen remuait un peu pour changer de position, Dorj l'arrêta dans son mouvement :

– Regarde ce trou isolé à l'extrémité nord. Un loup est caché dans les herbes. Subitement excité, et oubliant l'envie de dormir qui ne l'avait pas quitté, Chen regarda l'endroit indiqué. En vain.

– Je ne vois rien, à part quelques roches jaunâtres.

– Regarde mieux, insista Dorj. Il est là !

Chen Zhen finit par repérer la silhouette floue d'un loup. C'était un gros mâle, les pattes de devant ramenées sous sa poitrine, scrutant les environs.

– Tu as vraiment des yeux perçants ! Je le distingue à peine.

– C'est facile, il suffit de savoir comment le loup procède pour attraper la marmotte. Il commence par l'aborder en rampant contre le vent pour que sa proie ne sente pas son odeur. Puis, il se cache dans une touffe d'herbes en bas de la sortie. Pour trouver le loup, il faut d'abord localiser le trou d'une marmotte mâle. Puis tu cherches de bas en haut, dans le sens contraire au vent, et tu fouilles la touffe d'herbes. Regarde cette grosse marmotte, c'est un mâle. C'est lui que le loup guette.

– Merci de la leçon, dit Chen Zhen, tout heureux. Mais la marmotte trouvera refuge dans le premier trou venu.

– Il faut être très malin pour attraper une marmotte. Et un loup est assez astucieux pour l'empêcher d'entrer dans le trou. Tu verras tout à l'heure.

Ils jetèrent un regard sur leurs troupeaux. Les moutons restaient immobiles. Pas de souci de ce côté. Dorj dit à regret :

– Dommage que nous n'ayons pas les chiens. Nous aurions pu les lâcher au moment où le loup prendra la marmotte dans sa gueule, monter à cheval et arracher ce gibier au loup. Cela nous aurait fait un bon repas !

– Essayons sans les chiens !

– Impossible ! Regarde. Le loup est près du sommet de la colline. Il n'aura que deux bonds à faire pour le franchir et disparaître sur l'autre versant alors que nous devrions descendre puis regrimper sur le versant opposé criblé de trous. C'est trop dangereux pour nos chevaux. Attendons plutôt demain pour poser des collets. Pour le moment, contentons-nous d'être spectateurs. C'est la meilleure saison de chasse aux marmottes pour les loups. Dans quinze jours, il y aura des moustiques. Harcelés par ces bestioles, les loups seront incapables de rester tranquillement cachés. Et les marmottes s'enfuiront au premier mouvement. Par contre, à ce moment-là, ce sont nos troupeaux qui subiront l'attaque des loups. Nous ne connaîtrons plus de repos avant longtemps !

Sur la pente, la grosse marmotte affamée ne put résister davantage en voyant ses congénères se rassasier. Elle descendit d'une seule traite dans les herbes, à quinze mètres de son trou, et se mit à grignoter à son tour. Elle avala en hâte quelques bouchées et revint sur sa plate-forme en criant. Dorj fit remarquer :

– Tu vois ? Elle ne broute jamais près de son abri. Elle épargne l'herbe qui cache son entrée. Mais cela va lui coûter cher !

Chen Zhen avait toujours les yeux rivés sur le loup. Il se rendit compte que le prédateur ne voyait pas directement sa cible. Il suivait ses mouvements à l'aveugle, au seul bruit de l'animal. La marmotte fit plusieurs allers-retours entre la plate-forme et les herbes qu'elle grignotait. Inconsciente du danger, elle relâcha un peu sa vigilance et se dirigea vers une touffe plus fournie. Soudain, le loup se dressa et prit son élan, mais il fit bouger quelques pierres qui dévalèrent la pente. À ce bruit, la marmotte qui était à une vingtaine de mètres de son trou fit volte-face pour regagner la plate-forme. Le loup l'atteignit en même temps. La marmotte tenta de bifurquer, mais trop tard ! Le loup la saisit à la nuque et la projeta sur le sol. Il enfonça ses dents dans la gorge de la pauvre bête et disparut avec sa proie, tête haute. Tout cela s'était passé en quelques secondes.

Les deux bergers se levèrent en s'époussetant. Chen Zhen était encore hypnotisé par la scène. Les rayons du soleil avaient faibli, virant au jaune. Les moutons s'étaient remis à brouter tout en se déplaçant vers le nord-ouest. Les deux jeunes bergers s'apprêtaient à monter à cheval quand, tout à coup, Chen Zhen perçut une agitation dans son troupeau. Il braqua sa longue-vue et vit un gros loup surgir des hautes herbes, se jeter sur un mouton, le renverser et l'égorger. Pâle d'émotion, Chen Zhen s'apprêta à bondir, mais il fut retenu par Dorj. Déjà, le loup arrachait un grand lambeau de chair qu'il dévora avidement, tandis que le mouton gigotait sur place, sans même pousser un cri.

– On est trop loin du troupeau, finit par dire Dorj, imperturbable. Tu ne le ramèneras pas à la vie. Laissons le loup le dévorer. Quand il aura l'estomac plein, je le prendrai au lasso. Malheur à celui qui vole un mouton sous mon nez !

Il n'était pas rare que les bergers sacrifient un mouton contre un loup capturé. L'échange ne pouvait être qu'avantageux pour les bergers, vu le nombre de moutons qu'un loup pouvait tuer dans sa vie. Au lieu d'être critiqué, le berger était récompensé pour son acte exemplaire. Mais Chen était anxieux : il craignait d'avoir perdu son mouton sans parvenir à capturer le loup. Et puis ce serait l'occasion de reparler de son louveteau. Les opposants à son élevage saisiraient cette occasion pour lui reprocher de ne pas être assez concentré sur son travail. De plus en plus inquiet, Chen scrutait intensément le prédateur qui avait déjà dévoré une patte de sa victime.

C'était visiblement un loup affamé. Maintenant qu'il avait le mouton entre ses pattes, il le dévorait tout en lorgnant les bergers du coin de l'œil. Il mesurait la distance et le temps qui le séparait d'eux, tâchant de se repaître le plus possible avant leur arrivée.

Dorj était embarrassé par ce qui venait de se passer. Il était un des meilleurs chasseurs de la brigade, mais il avait délaissé son troupeau pour discuter avec un jeune instruit et regarder un loup chasser la marmotte. Et un autre en avait profité pour voler une brebis en plein jour ! La perte de cette mère priverait de lait son agneau, qui ne survivrait pas à l'hiver. Chen Zhen serait critiqué, mais il aurait sa part de responsabilité. Il se ressaisit et dit à Chen Zhen :

– Mets ce mouton mort sur mon compte ! Par contre, la peau du loup m'appartiendra ! Du moment que je la donne à Bao, nous serons tous deux cités à l'honneur.

Sur un geste de Dorj, les deux bergers s'approchèrent discrètement des chevaux et délièrent leurs entraves. Ils attendirent, bride en main. Le loup affamé mettait les bouchées doubles tout en épiant leurs mouvements. Il avait déjà avalé la moitié du mouton. Dorj glissa à Chen :

– Un loup affamé perd la raison, tout malin qu'il soit. Il mange vite mais il oublie qu'il est incapable de courir rapidement avec le ventre plein ! Ce loup n'est qu'un sot. Il n'a pas mangé depuis plusieurs jours car il ne sait pas attraper les marmottes.

– On passe à l'action ?

– Encore un moment ! Patiente ! Il faudra foncer d'un coup. Nous l'attaquerons par le sud et il s'enfuira vers le nord. Là-bas, d'autres bergers nous donneront un coup de main. Allons-y !

À cet ordre, ils enfourchèrent leur monture et dévalèrent la pente au galop. En les voyant approcher, le loup avala une dernière bouchée et abandonna son gibier pour courir vers le nord. Au bout d'une quarantaine de mètres, il trébucha et s'arrêta net, puis s'accroupit, tête basse. À cette vue, Dorj cria désespérément :

– Vite ! Plus vite ! Il essaie de vomir ce qu'il a englouti !

Les deux cavaliers se rapprochaient à vue d'œil, tout en appelant à l'aide les autres bergers sur le versant nord. Le loup cessa de vomir et repartit à vitesse redoublée. Pour autant, l'estomac encore chargé, il ne pouvait courir à pleine vitesse et Dorj commençait à le talonner de près. Soudain, l'animal bifurqua et fonça sur une pente abrupte. Le berger Sanja arriva à temps pour lui barrer le chemin. Le loup sursauta, hésita, et changea aussitôt de direction pour foncer vers le troupeau le plus proche. Il savait que s'il les atteignait, les moutons se disperseraient, entravant par leur bousculade ses poursuivants. Mais Sanja comprit sa manœuvre et resta avec les moutons qu'il prit sous sa protection.

Entre-temps, le cheval de Dorj avait parcouru d'un seul élan la distance qui le séparait du loup. La bête fit volte-face tandis que le berger arrivait en brandissant sa perche. D'un solide coup de poignet, Dorj lança son lasso qui décrivit un cercle dans l'air. Le loup tenta bien de rentrer la tête, mais la corde se resserrait déjà sur son cou. D'un autre mouvement de poignet, Dorj fit une boucle, puis commanda un demi-tour à son cheval qui se mit aussitôt à courir en sens contraire. Le loup étranglé était maintenant traîné, les yeux exorbités, la gueule ouverte et la langue pendante. Dorj galopa vers une pente qu'il grimpa d'une traite ; le pauvre loup tressautait aux accidents du terrain, le museau couvert de bave et de sang. Chen Zhen regardant l'animal, plus mort que vif, poussa un grand soupir. Enfin, l'événement se terminait à son avantage, mais le calvaire du loup l'éprouvait. La loi de la steppe était impitoyable.

À mi-pente, Dorj descendit de sa monture. Le loup, secoué de soubresauts, râlait bruyamment. Dorj resserra le nœud de crainte qu'il ne se relève. Puis il lui assena un terrible coup de bâton sur le crâne avant de dégainer son couteau mongol. Chen Zhen descendit à son tour et trouva le loup gisant sur le sol, une lame dans la poitrine. Dorj lui donna un coup de pied. Pas de réaction. Il s'essuya le front, se laissa choir dans l'herbe, et alluma une cigarette.

Sanja les rejoignit. Il jeta un coup d'œil sur le loup mort et se confondit en éloges à l'égard de Dorj avant de repartir pour faire rentrer les troupeaux. Sa cigarette à peine éteinte, Dorj se mit à écorcher son loup. L'été, on faisait l'opération sur-le-champ pour étaler la peau au vent et lui permettre de sécher vite et sans odeur.

– C'est la première fois que je vois un loup étranglé au lasso, dit Chen Zhen. Pourquoi étais-tu si sûr de réussir ?

– J'ai remarqué tout de suite sa maladresse, répondit Dorj dans un sourire. Un loup habile se serait esquivé pour ne pas être pris au lasso.

– Tu es vraiment notre meilleur chasseur. Je n'aurai jamais ton adresse. D'ailleurs, mon cheval n'est qu'une misérable rosse à côté du tien. Je demanderai un étalon au printemps.

– Rien de plus facile ! Tu es comme un jeune frère pour Bat. Il te donnera le meilleur.

Chen Zhen pensa soudain au louveteau que Dorj avait également recueilli et lui demanda des nouvelles :

– N'en parlons plus, fit Dorj assombri en secouant la tête. Je l'ai tué il y a quelques jours.

– Mais pourquoi ?

– J'aurais dû l'enchaîner comme tu l'as fait... soupira Dorj. Mon louveteau était moins grand et moins sauvage que le tien. Je l'élevais avec mes jeunes chiens, si bien qu'on avait de la peine à le distinguer d'eux. On l'aimait tous dans la famille. Il s'amusait même avec mon fils de quatre ans qui l'adorait. Mais il a grandi rapidement et il a fini par mordre mon fils. Tout le monde s'est affolé. On sait que les dents du loup sont empoisonnées et mon fils a vite reçu une injection. Ce n'est pas très grave, mais la blessure a du mal à se refermer. Dans ma fureur, j'ai assommé le louveteau, qui est mort sur le coup.

Chen Zhen était muet, désolé pour l'enfant. Mais il songeait aussi à son propre louveteau, imaginant le pire. Dorj leva alors la tête et lui dit :

– Un loup, c'est un loup. Il est féroce par nature. Si tu continues l'élevage du tien, un accident est inévitable. Ton louveteau est plus grand que le mien. Sa morsure serait mortelle. Je te conseille de l'abandonner. Il y va de ta vie.

Chen Zhen réprima sa crainte pour dire sur un ton égal :

– Je ferai attention. Même Gao Jianzhong, qui le détestait, commence à l'adorer. Il joue avec mon louveteau tous les jours.

Le troupeau de moutons s'éloignait. Dorj roula la peau de loup et la mit sur sa selle. Il enfourcha sa monture et s'empressa de rentrer vers sa yourte. Après son départ, Chen Zhen s'approcha du mouton mort. Il l'éventra avec son couteau à cran de sûreté et le vida de ses tripes. Puis il enleva la partie entamée par le loup et accrocha l'autre partie à sa selle. Il grimpa sur son cheval et se hâta vers sa yourte où l'attendaient ses copains. Il avait le cœur lourd : tout au long du chemin, il lui fut impossible de chasser de son esprit un sombre présage.

CHAPITRE 22

Les chamans des ethnies Mandchoue, Daour, Orochon et Ewenki vénèrent le loup noir. Ils le considèrent comme un dieu protecteur et leur auxiliaire. C'est un dieu courageux et invincible, ennemi du mal et exterminateur des esprits malfaisants. Ils comptent sur son courage et son intelligence pour dévorer les démons qui se déchaînent dans les ténèbres et pour en finir avec dangers et trahisons. C'est un loup en démence perpétuelle, et en même temps un tueur des mauvais génies et des mânes démoniaques.

À propos du chamanisme
Fu Yuguang

Ce matin-là, Chen Zhen sortait d'une garde de nuit. Avec Erlang défendant le côté nord-ouest de la yourte, il s'était senti en sûreté. Il avait eu tout le loisir de lire et de prendre des notes à la lumière de sa lampe à huile. Pour ne pas gêner ses compagnons, il avait déplacé la petite table près de la porte et mis deux livres debout en guise d'abat-jour. Le pâturage était resté d'un silence absolu. Ses trois chiens, pourtant sur le qui-vive, oreilles dressées, n'avaient pas aboyé de la nuit. Chen avait fait une seule fois le tour de l'étable, torche électrique en main, mais il ne s'était couché qu'à l'aurore. Dès son réveil, il pensa au louveteau, son premier souci étant de lui donner à manger.

La chaleur était caniculaire, la saison des pluies s'annonçait. Le soleil se levait très tôt et mitraillait la steppe de ses rayons de plomb. À dix heures, la température dépassait déjà celle qu'il pouvait faire à midi au sud de la Grande Muraille. Le rayonnement était si intense que les herbes se recroquevillaient. Au fur et à mesure que la journée avançait, une vapeur d'étuve rampait sur les champs et envahissait tout le bassin. Le nouveau pâturage n'était plus qu'un immense chaudron entouré de montagnes. Les chiens s'abritaient à l'ombre, haletants, la langue pendante, les flancs palpitant comme un soufflet. Si les moustiques n'étaient pas encore là, de grosses mouches tournoyaient en nuées bourdonnantes. Elles attaquaient hommes et bestiaux sans merci – yeux, oreilles, nez, commissures des lèvres, blessures non cicatrisées – ou s'attroupaient pour pondre sur les quartiers de mouton accrochés à la yourte. Tous les êtres vivants de la steppe, gesticulant machinalement, semblaient se livrer à une danse étrange, simulacre d'une chasse perdue d'avance. Seul Huanghuang était capable d'attraper les mouches au vol. D'un mouvement de gueule, il en gobait une, la broyait, puis la recrachait. Le sol devant lui était tacheté de points noirs, comme des graines de pastèque.

Attaché à sa chaîne et exposé au soleil assassin, comme un prisonnier condamné au supplice, le louveteau était le plus malheureux de tous. Le pauvre petit animal faisait penser à un marron cuit dans un chaudron de sable brûlant. Pourtant, il ne demandait ni eau ni fraîcheur, mais de la nourriture ! La chaleur n'avait jamais raison de son appétit. Au bruit de la porte qui s'ouvrait, il se dressa vivement sur ses pattes de derrière, agitant celles de devant en tous sens. Il tira si fort sur sa chaîne que son collier l'étrangla, tandis que la langue lui sortait de la gueule. Contrairement à ce que Chen Zhen attendait, la canicule semblait exacerber sa faim. Il s'agitait, impatient que Chen dépose sa cuvette tant attendue.

Chen Zhen se torturait sans cesse l'esprit pour lui trouver une nourriture convenable. Traditionnellement, en été, les produits laitiers constituaient l'alimentation de base des pasteurs. On servait de la farine de blé, du millet et du riz cuisinés à grand renfort de fromage, de lait caillé, de beurre et de crème fraîche. Mais les jeunes instruits avaient beaucoup de mal à se faire à ces aliments dont la préparation était fastidieuse. Il fallait se lever à trois heures du matin, traire les vaches pendant quatre heures puis brasser le lait sans arrêt avec un bâton en y ajoutant la présure. Outre la viande, les étudiants préféraient le riz et le millet, et se préparaient des pains farcis de plantes et de légumes sauvages – ail, poireau, céleri, épinard, hémérocalle et même pissenlit – qu'ils allaient cueillir dans la montagne.

En cette saison, on abattait toujours très peu de moutons parce qu'il était difficile de conserver la viande sous la chaleur torride, le moindre morceau étant aussitôt assailli par les mouches qui y déposaient leurs larves. De toute façon, les moutons étaient encore trop maigres : ils donnaient une viande sans goût ni consistance. Cette année-là, de surcroît, la pénurie exceptionnelle de nourriture qui frappait la Chine avait conduit les autorités à rationner la consommation de viande.

Les jeunes instruits qui s'étaient régalés de mouton et de bœuf pendant trois saisons successives s'en trouvaient donc brusquement sevrés. Ils présentaient régulièrement des requêtes à la direction de la brigade, demandant une faveur spéciale leur permettant d'abattre quelques bestiaux, mais ils recevaient le plus souvent une fin de non-recevoir. Chen Zhen acceptait sans broncher ce régime frugal. Mais que faire pour son louveteau?

Ce matin-là, il avait ajouté au repas de son protégé quelques morceaux de viande séchée. Il savait que le louveteau refuserait la seule bouillie de millet. Il retourna la mixture avec un bâton de façon que la viande remonte à la surface, mais l'odeur de mouton restait faible. Son regard tomba sur le pot de graisse de mouton. Elle commençait à fondre à cause de la chaleur et à sentir le rance. Se disant que les loups mangeaient de la viande pourrie, Chen Zhen en prit une grosse cuillerée qu'il mit dans la cuvette. Il remua encore une fois le contenu jusqu'à ce qu'une odeur forte s'en dégage. Puis, après avoir servi aux chiens la bouillie de millet sans graisse, il déposa la cuvette devant le louveteau et recula de deux pas. Il regarda manger son protégé qui semblait très satisfait de son repas.

Souvent il se demandait s'il serait capable de la même affection envers son enfant quand il serait père. Il croyait en la force mythique du loup, cette force qui avait, dit-on, poussé des louves à nourrir des bébés humains. Son louveteau lui rappelait aussi des souvenirs d'enfance. Il avait été marqué par le récit d'un écrivain soviétique dans lequel un chasseur avait sauvé la vie d'un loup grièvement blessé. Après avoir soigné ses blessures il l'avait laissé repartir dans la forêt. Un matin de neige abondante, le chasseur ouvrit la porte de sa maison et vit sept lièvres gisant sur le seuil. Et sur la neige, des empreintes de loup. C'était la première lecture que Chen Zhen avait faite sur l'amitié entre un homme et un loup. Et malgré tous les livres qui avaient suivi, présentant toujours cet animal comme un être vil et cruel, il n'avait jamais oublié cette histoire enfantine.

Maintenant, il avait un loup à portée de main. Il pouvait le toucher et le palper quand bon lui semblait. Son rêve était en train de se réaliser. Son louveteau grandirait et repartirait rejoindre ses congénères en lui laissant une portée de petits chiens-loups. Et un jour, Chen enfourcherait son cheval et galoperait sur la steppe en criant: «Louveteau, mange!» Alors surgirait un roi des loups qui courrait à sa rencontre à la tête d'une horde nombreuse et lui ferait présent de sept lièvres.

Cajolant son louveteau repu, Chen Zhen réfléchissait à cette aventure dont il finissait par croire qu'elle avait commencé à s'écrire dans son enfance. Il se sentait à mi-chemin de son projet. Pourtant que de courage et de dynamisme il lui faudrait encore pour le mener à bien! Mais c'est du sang mongol qui coulait désormais dans ses veines, il en était persuadé. Ce sang lui donnerait la force de dépasser le pragmatisme de ses ancêtres cultivateurs et de braver les croyances des nomades. L'espace d'un instant, tandis que le petit animal faisait semblant de grignoter le doigt qu'il avait glissé dans sa gueule, il pensa à ce que lui avait raconté Dorj au sujet de son louveteau. Il se dit aussitôt que le sien ne le mordrait jamais. Le jeune loup mesurait plus de cinquante centimètres maintenant, et dépassait les chiots de presque une tête. Dans ces yeux étrangement perçants qui le fixaient, Chen ne voulait voir que camaraderie et confiance.

À l'approche de midi, les herbes déshydratées fléchissaient encore davantage sous le soleil ardent. Le louveteau haletait de plus en plus. Il respirait la gueule béante, de la salive dégoulinant de sa langue. Chen Zhen avait relevé la paroi en feutre de la yourte qui ressemblait maintenant à une cage ouverte sur quatre côtés par où le vent s'engouffrait par vagues torrides. Il restait là, à lire, jetant de temps en temps un coup d'œil sur son louveteau, ne sachant s'il fallait le délivrer de cette fournaise ou le laisser trouver une solution par lui-même. Les bœufs avaient quitté la prairie pour aller se vautrer dans la vase du marais. Les moutons faisaient leur sieste dans les cols de montagne ouverts au vent. Les bergers plantaient leurs perches dans les trous de marmottes, auxquelles ils attachaient leurs longues robes blanches, confectionnant ainsi une petite tente de fortune qui donnait un brin d'ombre.

À l'état sauvage, les loups étaient des bêtes habituées aux rigueurs du climat, capables de trouver un refuge quand le soleil tapait fort. Le vieux Bilig recommandait souvent aux bergers, avant de laisser leurs troupeaux prendre le frais à l'ombre, de s'assurer qu'il n'y avait pas de loups tapis dans les cavités de rochers. Le louveteau ne tenait plus en place. Le sable sous ses pattes était brûlant, si bien qu'il piétinait constamment pour ne pas rester en contact avec le sol. Voyant les petits chiens au repos à l'ombre des charrettes, il fit un effort pour les rejoindre mais fut retenu par sa chaîne qui lui étranglait le cou.

Chen Zhen se disait que le vétérinaire refuserait de soigner le louveteau s'il tombait malade. Il pensa lui construire une petite tente comme celles des bergers mais renonça. Un abri spécial pour le loup? Pour «l'ennemi de classe»? Le travail intense avait fait oublier à tout le monde l'existence du louveteau; Chen ne voulait pas rafraîchir leur mémoire par un acte irréfléchi. Il alla plutôt puiser de l'eau froide dans le tonneau et en remplit une bassine qu'il apporta au louveteau. La petite bête y plongea la tête et absorba l'eau d'un trait. Puis il se réfugia à l'ombre de Chen Zhen, s'agrippant à son pantalon comme s'il voulait l'empêcher de l'abandonner. Chen resta immobile: il avait pitié de l'orphelin. Sentant la brûlure du soleil sur sa propre nuque, il s'en alla à son corps défendant. Il revint bientôt avec un seau de bois et aspergea le terrain autour du louveteau: une vapeur s'éleva du sol, dont la température s'abaissa instantanément. Exténué d'être resté debout pendant des heures, le louveteau se recoucha. Mais une fois le terrain séché, il se remit à tourner autour du poteau. Chen Zhen était désespéré. Il ne pouvait asperger le sol sans arrêt. D'ailleurs, quand il devrait partir avec son troupeau que deviendrait le louveteau? Il rentra dans la yourte et essaya de reprendre sa lecture. Il parcourait l'ouvrage sans le lire vraiment, torturé à l'idée que le louveteau ne tombe malade. Les hommes comme le bétail étaient en sécurité depuis que le louveteau était attaché au poteau, mais c'était la vie du petit animal qui était maintenant menacée.

N'y tenant plus, Chen retourna vers le louveteau. Il le regardait désespérément tourner en rond. Soudain, le louveteau fixa l'herbe qui bordait le cercle tracé par ses pas, là où il faisait sûrement moins chaud que sur le sable. Il tourna le dos à l'herbe, y étendit une patte postérieure, puis les deux, puis la partie postérieure du corps, enfin allongea le cou pour que son corps tout entier sauf sa tête s'étale sur l'herbe. Cette trouvaille redonna espoir à Chen Zhen. Désormais, il déplacerait régulièrement le poteau afin que le louveteau soit toujours sur des terrains intacts, ce qui atténuerait beaucoup la chaleur. Une fois de plus, il était subjugué par cette force innée de survie. Chen Zhen rentra et, étendu sur son lit, rouvrit son livre.

Un bruit de galopade retentit soudain pour s'arrêter à vingt mètres de la yourte. Dans la poussière, deux cavaliers bifurquèrent et se dirigèrent vers le louveteau qui sursauta et recula dans un cliquetis métallique. Le premier cavalier agita sa perche et attrapa la tête du louveteau dans son lasso. D'un mouvement brusque, il tira sur la perche et projeta en l'air la pauvre petite créature. Le deuxième cavalier lui donna un coup de cravache avant qu'elle n'atterrisse. Le louveteau roula par terre alors que le premier cavalier levait haut son bâton. Chen Zhen qui entretemps s'était précipité au-devant d'eux, un tisonnier en main, bloqua le geste qui aurait pu être mortel. Les deux hommes firent volte-face et quittèrent les lieux en coup de vent comme ils étaient venus. Dans le brouhaha des sabots, Chen entendit l'un d'eux crier :

– Les loups ont volé nos poulains, et toi, tu les protèges et nourris un petit ! Crois-moi : je le tuerai un de ces jours, ton louveteau !

Huanghuang et Yir se lancèrent à leur poursuite en grondant, mais ils rentrèrent quelque temps après, penauds, portant la marque de la perche. Chen Zhen n'avait pas eu le temps d'identifier les cavaliers.

Ils n'y étaient pas allés de main morte. Le louveteau tenait à peine sur ses pattes. Il tremblait de tout son corps, la queue basse. Il se jeta dans les bras de son protecteur qui le reçut avec émotion. Chen Zhen regarda son cou meurtri. Des poils avaient été arrachés, mais l'os n'avait pas été touché. Pour le requinquer, il lui donna un morceau de viande séchée qui fut vite avalé. Puis il reprit dans ses bras l'animal encore tout tremblant. Quand le louveteau fut enfin calmé, il continua de regarder fixement son sauveur et de lui lécher le menton. Chen Zhen était si heureux de cette marque de reconnaissance qu'il pensa à l'histoire du chasseur et du loup, persuadé qu'il ne pouvait s'agir d'une pure fiction.

Pourtant il était accablé: l'angoisse qui ne l'avait jamais quitté depuis des semaines était justifiée. L'élevage du louveteau avait bel et bien offensé la plupart des pasteurs. Leur hostilité était réelle. Même le vieux Bilig avait espacé ses visites. Chen était en voie de devenir un ennemi aux yeux des nomades qui l'évitaient de plus en plus. Ils n'étaient sans doute pas loin de le considérer comme un des hommes de Bao, un de ces intrus venus de l'extérieur. Chen savait que le loup était pour les pasteurs un totem spirituel en même temps qu'un adversaire. L'élever représentait tout à la fois un blasphème contre la divinité et une trahison de la communauté pastorale. Il finissait par se demander s'il avait bien agi. Pourtant il était sincère dans son intérêt pour le totem du loup, secret mythique et âme de la steppe. Comment accepter que le loup, un patrimoine si important dans l'histoire de la Chine et du monde, disparaisse et s'envole à jamais dans la poussière de la steppe? Il était persuadé qu'il tenait sans doute la dernière occasion de le perpétuer, ne fût-ce que dans la mémoire humaine. Restait à convaincre ceux qu'il considérait désormais comme les siens, les pasteurs.

Chen Zhen chercha partout Erlang. En vain. Les deux cavaliers de tout à l'heure avaient manifestement guetté son absence avant d'attaquer; sinon ils auraient été mis en pièces. Le soleil n'était pas encore au zénith mais la chaleur était déjà intenable. Le louveteau reprit sa place sur l'herbe, la tête allongée sur le sol sablonneux. Son cou blessé lui faisait mal, l'empêchant de demeurer longtemps dans cette position inconfortable. Il se releva et tourna autour du poteau, mais rapidement épuisé, il s'affaissa de nouveau.

Chen Zhen, incapable de reprendre sa lecture, se mit à trier la ciboule, casser des œufs de canard sauvage et pétrir de la pâte. Une demi-heure plus tard, il posa les galettes sur le feu et sortit voir ce que devenait son louveteau. La scène qu'il vit le cloua sur place. La petite bête s'acharnait à creuser un trou qui avait déjà atteint une bonne profondeur. Sidéré, Chen Zhen alla s'accroupir près de lui et l'observa avec curiosité. Le louveteau se donnait corps et âme à sa tâche. On ne voyait que sa queue, frémissant sous les efforts. Régulièrement, il ressortait du trou, et extrayait de ses pattes antérieures les mottes de terre qu'il faisait voler entre ses pattes de derrière. De temps à autre, il jetait un regard à Chen Zhen qui crut voir dans ces yeux une passion dévorante, sauvage, celle des chercheurs d'or, obsédés par leur avidité. Il crut y deviner autre chose qui, malgré lui, l'inquiéta.

Que voulait au juste son louveteau ? Chen Zhen prit une poignée de la terre qu'il avait déjà déplacée. Elle était humide et fraîche. Alors il comprit qu'il était en train de se construire un abri contre les rayons du soleil et, en même temps, contre une nouvelle attaque ennemie. La petite bête s'enfonçait chaque fois un peu plus dans le trou. Au fur et à mesure de sa progression, elle semblait se réjouir de rejoindre la pénombre. Une vingtaine de minutes plus tard, le louveteau avait disparu entièrement dans son abri, la pointe seule de sa queue s'agitant en tous sens.

Une fois de plus Chen Zhen fut frappé par cette lutte instinctive des loups pour leur survie. Le louveteau avait pourtant été enlevé à sa mère avant même que ses yeux ne s'ouvrent. Il n'avait eu aucun maître pour l'initier. Il avait bien choisi son endroit, ni trop loin, ni trop près du poteau, ce qui lui permettait de creuser un trou à l'abri du soleil, sans dépasser la limite de sa chaîne. De manière indicible, Chen Zhen se sentit envahi par une vague crainte : ce louveteau de trois mois avait une intelligence plus développée que le chien, peut-être même que l'homme. Cette réponse innée à un problème précis lui avait sans doute été transmise par ses gènes et sa capacité d'adaptation. Chen Zhen songea que lui-même avait tourné en rond sous le soleil torride, cherchant en vain une solution. Mais jamais, malgré sa culture, il n'avait pensé à creuser un abri. Son louveteau lui avait donné une leçon. Chen commençait à comprendre le regard narquois qu'affichait le louveteau tout en creusant. Il lui avait lancé un défi, l'air de dire : « Tu as le dessus pour le moment, mais attends que je grandisse ! » Le souvenir de ce regard remplit Chen d'une angoisse indicible : comment leurs rapports allaient-ils évoluer ?

Esquivant cette pensée, il préféra se réjouir de l'invention de son louveteau. Il s'agenouilla et le dévisagea attentivement tandis que l'animal poursuivait son ouvrage. Il se dit qu'il avait trouvé dans ce jeune loup un maître digne de respect qui le conduirait de surprise en surprise, lui enseignant le courage, l'intelligence, la persévérance, la soif de vie, l'inflexibilité et l'esprit d'entreprise, le mépris des difficultés et la confiance en soi. Ah ! Si au totem du dragon la nation chinoise ajoutait celui du loup, se dit-il une nouvelle fois. Animé de l'esprit et du caractère de cet animal, le peuple chinois pourrait bâtir une Chine libre, démocratique, prospère et puissante.

La chaîne de fer se tendit soudain, signe que le louveteau était à la limite de son terrain. Contraint de s'arrêter, l'animal entra dans une violente colère. Il sortit du trou et, malgré la douleur de sa blessure au cou, se démena comme un possédé contre sa chaîne. Exténué, il s'accorda un répit, affaissé sur le tas de terre fraîche. Il se redressa bientôt et scruta l'intérieur du trou. Ayant repris son souffle, il se remit à creuser. Chen Zhen se baissa et comprit que la petite bête creusait latéralement. Comme elle ne pouvait aller plus en profondeur, elle tentait d'élargir sa galerie souterraine pour s'offrir un lieu de repos encore plus confortable.

Son abri achevé, le louveteau s'y étendit confortablement, refusant de sortir malgré les appels réitérés de Chen Zhen qui l'épiait de l'extérieur. Chen ne voyait que deux lueurs lugubres et phosphorescentes. Le contact avec l'humidité et l'odeur de la terre semblaient avoir ramené le louveteau à sa vie d'antan. C'était comme s'il avait dit adieu au monde extérieur, où les jours étaient incertains, sous le regard constamment inquisiteur des hommes et des bestiaux. Il pouvait désormais dormir en paix et revoir les siens en rêve.

Chen Zhen prit une bêche et travailla à égaliser le tas de terre extraite du trou. Encouragé par l'exploit accompli sous ses yeux, il avait repris confiance dans l'élevage de son louveteau qui avait maintenant un abri sûr.

Au crépuscule, Gao Jianzhong et Yang Ke rentrèrent et furent tous deux frappés par ce qui s'était produit en leur absence.

– J'ai passé la journée en plein soleil, dit Yang. J'avais faim et soif et je me faisais du souci pour notre louveteau. Je me disais qu'il survivrait difficilement à l'été. Et puis je vois cet abri construit avec ingéniosité ! Notre louveteau est vraiment un grand malin !

– Nous devons faire attention désormais, fit remarquer Gao. Il faudra examiner la chaîne, le poteau et le collier tous les jours. Nos pasteurs et nos camarades n'attendent qu'un accident pour nous prendre en défaut !

Les trois étudiants abandonnèrent chacun la moitié d'une crêpe au louveteau. S'approchant du trou, Yang Ke cria l'habituel signal inventé par Chen. La petite bête sortit immédiatement pour rentrer aussitôt, les morceaux de nourriture dans la gueule. Visiblement, il était déjà chez lui dans son trou : c'était son fief désormais, et il le défendrait jalousement.

Erlang revint enfin, après avoir erré toute la journée. Il avait le ventre rebondi et la gueule luisante de graisse. Personne ne savait au juste ce qu'il avait trouvé. Les autres chiens s'approchèrent et se mirent à lécher la graisse de ses babines. Ils étaient sur leur faim depuis si longtemps. À ces bruits, le louveteau sortit. Erlang vint à sa rencontre et lui offrit son museau à lécher. Le molosse ne cacha pas sa surprise en voyant le trou nouvellement creusé et en fit plusieurs fois le tour. Puis il s'assit près de l'entrée et le flaira. Le louveteau s'amusa à grimper sur son « parrain », se roulant contre lui et se livrant à tous ses caprices. Il donnait libre cours à sa vitalité sauvage, oubliant complètement son cou blessé.

Le soleil avait décliné et la brise dissipait la chaleur de la journée. Yang Ke endossa une veste plus épaisse et se dirigea vers son troupeau. Chen Zhen le rattrapa pour l'aider à rentrer les moutons dans l'étable. Les deux jeunes gens prenaient leur temps sachant qu'il ne fallait pas presser leurs bêtes quand elles avaient l'estomac plein. En fait d'étable, ce n'était qu'un enclos en plein air près de la yourte, où les moutons passaient la nuit à la belle étoile. Pour cette raison, la garde de nuit représentait une tâche dure et dangereuse. Chen et Yang étaient sur le qui-vive, ayant plus que jamais à l'esprit que la présence du louveteau risquait de provoquer la venue de loups vengeurs.

Avec la tombée de la nuit, le louveteau quitta son abri pour entamer allègrement sa course autour du poteau. Il s'arrêtait de temps en temps pour admirer son chef-d'œuvre. Les deux étudiants assis par terre suivaient du regard sa course infatigable. Dans la pénombre, ils ne voyaient que ses yeux brillant d'une lueur d'émeraude. Chen Zhen raconta à son copain ce qui s'était passé dans la journée avant d'ajouter :

– Il faut trouver de la viande pour nos chiens et notre louveteau. Sinon Erlang ira chasser au loin et le louveteau ne se développera pas normalement.

– J'ai mangé de la viande de marmotte dans la montagne parce que Dorj a fait une bonne chasse. Je lui demanderai une part demain.

– Ce qui me préoccupe le plus, dit Chen, c'est que les loups puissent venir voler nos moutons à la faveur de la nuit. La louve tient beaucoup à ses petits, et une mère qui en a perdu un est capable de tout pour se venger.

– Ces derniers temps, plusieurs dizaines d'antres de loups ont été visités et des centaines de louveteaux ont été tués. Les pasteurs craignent une vengeance. Ils pensent à supprimer notre louveteau pour ne pas attirer le malheur. Beaucoup de jeunes instruits disent comme eux. Nous sommes dans de beaux draps ! Que penserais-tu de relâcher le louveteau à l'insu de tous ? Moi aussi, j'éprouve de la peine à me séparer de lui. Je l'adore comme un jeune frère, mais... Et si nous disions qu'il s'est enfui après avoir cassé sa chaîne ?

Chen Zhen resta pensif quelques secondes puis dit, catégorique :

– Nous autres, Chinois, nous sommes vraiment d'un caractère indécis ! Mais nous avons capturé un louveteau et il n'y a plus de recul possible ! Quand le vin est tiré, il faut le boire jusqu'à la lie.

– Je ne recule pas devant ma responsabilité, s'empressa de dire Yang, mais j'ai pitié de ce louveteau. Le loup est un animal libre. J'ai mal de le voir enchaîné. Est-ce que tu peux supporter ça, toi ? J'ai le totem du loup au fond de l'âme et je comprends mieux le vieux Bilig qui s'oppose à ton élevage : c'est un blasphème !

Chen Zhen était troublé. Les réflexions de son ami étaient les mêmes que celles qu'il se faisait en permanence. Il fit un effort pour dire énergiquement :

– Moi non plus, je ne demanderais pas mieux que de le rendre à la nature ! Mais je ne peux pas le faire. J'ai encore trop à apprendre de lui. D'ailleurs, si notre louveteau est remis en liberté, il se fera tuer comme tous les loups de la steppe. Tu seras rongé de remords, toi aussi !

Yang Ke dut céder devant la fermeté de son copain. Il réfléchit encore avant de lâcher, hésitant :

– Bon... nous le gardons. Je vais chercher de gros pétards et les réunir en chapelet. Si les loups viennent, je les allumerai et tu les jetteras sur eux.

– En fait, répondit Chen d'un ton adouci, tu as un caractère aventureux bien plus accusé que moi. Dis-moi franchement : est-ce que tu comptes épouser une jeune Mongole plus forte qu'une louve ?

– Oui..., mais c'est un secret à ne pas ébruiter, fit Yang en agitant la main. Je ne sais pas trop comment je ferai quand une jeune fille mongole se jettera à corps perdu sur moi, mais bon... En attendant, je dois commencer par gagner de quoi me payer une yourte !

CHAPITRE 23

Le duc Mukong des Qin [...] conquit les douze royaumes des Rong, annexa leur territoire de mille li et devint hégémon des Rong de l'Ouest. Après la chute de la dynastie des Zhou de l'Ouest, son territoire fut habité par les barbares Rong et Di [...] La civilisation des Zhou fut détruite par celle des Shang. Les Qin héritèrent du régime politique arriéré de ces barbares (y compris la succession au trône par le frère cadet) et la civilisation qui s'y attache. Ainsi, bien que devenus une grande puissance de l'Ouest, les Qin furent toujours considérés comme des barbares par les princes feudataires de la Chine centrale. Ils furent écartés lors des rencontres de l'Alliance.

Précis d'histoire de Chine, vol. 1
Fan Wenlan

Nuit d'été sur la steppe Olon Bulag. Dans l'étable, près de la yourte des jeunes instruits, les moutons se serraient les uns contre les autres, frileux depuis qu'ils étaient passés à la tonte. Ils ruminaient consciencieusement, emplissant l'obscurité du bruissement du fourrage broyé.

Muni d'une torche électrique, un matelas roulé sous le bras, Chen Zhen se dirigea du côté nord-ouest de l'étable. Il choisit un terrain plat où il étendit la pièce de feutre. Il s'y assit en tailleur, une robe en peau de mouton jetée sur les épaules. Il faisait une fraîcheur de fin d'automne. Chen n'osa pas s'allonger de peur de s'endormir. Depuis l'arrivée sur le nouveau pâturage, le travail lui avait pris tout son temps, le privant sans cesse de repos. Il devait faire paître les moutons, les tondre, les veiller la nuit, s'occuper de son louveteau, en même temps que lire et prendre des notes. Il savait que, s'il se laissait aller maintenant, même l'aboiement des chiens ne le réveillerait pas. Erlang et Huanghuang étaient sur le qui-vive, levant la tête de temps à autre comme s'ils avaient capté quelque chose d'insolite dans l'air. Ils patrouillaient régulièrement avec Yir et les trois jeunes chiens. Dans quelques jours, l'attaque des moustiques commencerait. Chen aurait pu profiter de ces dernières nuits calmes pour récupérer, mais il préférait rester sur ses gardes. Une autre attaque, bien plus terrible, pouvait survenir à tout moment. Le moindre relâchement serait catastrophique.

Les pasteurs avaient les nerfs à vif depuis que le bœuf d'un contremaître avait été dévoré quelques jours plus tôt par des loups. L'animal était attaché à une dizaine de pas de l'habitation du nouvel arrivé, qui n'avait pas la vigilance des nomades. Durant la nuit, les loups s'étaient introduits dans le campement. Ils n'avaient laissé que la carcasse, la tête et les sabots. C'était le signe que les troupeaux étaient devenus leur cible principale. Et cela s'expliquait bien. Les jeunes gazelles avaient grandi et couraient aussi vite que leurs aînées, les marmottes se montraient plus vigilantes et les rats n'étaient plus en nombre suffisant. Les loups étaient aux abords du camp ! Le vieux Bilig avait aussitôt convoqué les pasteurs et les jeunes instruits, leur réitérant son avertissement : il ne fallait en aucun cas relâcher la vigilance. Un branle-bas de combat avait été organisé. Depuis lors, chaque nuit ressemblait à une veillée d'armes.

Les trois amis, Gao Jianzhong, Yang Ke et Chen Zhen, avaient pris cette alerte avec un grand sérieux. Chen se sentait particulièrement responsable en raison de la présence du louveteau. Chaque jour, il nettoyait de fond en comble le territoire de son protégé. Il retirait les déjections de l'animal puis couvrait le sol d'une couche de sable propre non seulement par hygiène, mais surtout pour enlever l'odeur du jeune loup, susceptible d'attirer une meute jusqu'à lui. Le changement de pâturage aurait pourtant dû rassurer Chen. Dans l'ancien campement, la mère aurait pu pister le louveteau à son odeur, mais rien ne s'était passé. Et durant le trajet vers le nouveau pâturage, le louveteau avait été enfermé dans une caisse en principe destinée à la bouse. Il n'avait jamais quitté la charrette, si bien qu'aucun indice de sa présence n'avait été laissé. La louve ne pouvait savoir où était passé son petit. Mais Chen connaissait maintenant trop bien les loups pour être tout à fait tranquille.

Tout semblait normal autour de l'étable. Les trois jeunes chiens, déjà assez grands pour être de garde, s'approchèrent de Chen Zhen qui les cajola affectueusement. Vinrent à leur tour Huanghuang et Yir. Seul Erlang se refusait à quitter son poste, patrouillant inlassablement. Il connaissait les loups mieux que ses congénères et avait le même esprit éveillé qu'eux. La brise du soir se faisait de plus en plus froide. Les moutons se serraient davantage les uns contre les autres, si bien que le troupeau semblait avoir rétréci. Les trois jeunes chiens s'étaient introduits sous la robe de peau de mouton de leur maître. L'obscurité était telle après minuit que Chen Zhen ne voyait même plus son troupeau. Le vent tomba peu avant l'aube, mais le froid se fit encore plus intense. Chen Zhen renvoya les chiens qui regagnèrent leur poste. Il se leva, serra la ceinture de sa robe et fit deux fois le tour de l'étable.

Au moment précis où il revenait vers son matelas, s'éleva le hurlement d'un loup, en provenance de la colline : « Wu - aou... Wu - aou... Wu - aou... » C'était une longue mélopée, vibrante et rythmée par de courts arrêts. La voix avait un timbre pur et puissant et une force pénétrante. Tandis que la vibration faiblissait, l'écho se répercuta dans les vallées, amplifié par les parois des montagnes alentour. Il plana dans l'air, erra sur le bassin, le lac et les marais, tandis que le vent murmurait dans les roseaux. L'ensemble composait une symphonie poignante et lugubre.

Il y avait longtemps que Chen Zhen n'avait entendu ce chant dans la nuit profonde. Il frissonna malgré lui et se pelotonna dans sa robe de mouton. La voix glaciale s'insinua en lui, jusqu'à la moelle de ses os.

Ce n'était qu'un prélude. Un nouveau hurlement retentit, plus viril et plus puissant, auquel répondirent des aboiements furieux provenant du campement tout entier. Les chiens de Chen Zhen, à leur poste près de l'étable, prirent part à la sarabande en aboyant face au nord-ouest. Erlang fit de même quelques instants avant de retourner auprès des moutons, comme s'il craignait d'être pris à revers. Dans le campement qui s'étirait en bordure de la colline, la centaine de chiens donna de la voix durant une bonne demi-heure.

Un silence momentané succéda à cet étrange dialogue de bêtes. Il était d'autant plus troublant que les ténèbres étaient absolues. On entendait le bruissement du vent dans les roseaux. Un instant après, le loup soliste reprit son chant, suivi aussitôt par un chœur intense venant des montagnes du nord, du sud et de l'ouest. Les vagues sonores se déchaînèrent, s'érigèrent en murs qui approchaient, gigantesques et irrésistibles, prêts à s'écraser sur le campement où s'époumonaient de nouveau les chiens. Les femmes chargées de monter la garde sortirent leurs torches électriques dont elles balayèrent la profondeur nocturne en criant à tue-tête : « Oh - ho, ou - ho ! Yi - ho, ou - ho ! » Les cris aigus et perçants fusaient, écrasants et majestueux, volant vers les hordes de loups. Comme encouragés par les voix des femmes, les chiens aboyèrent de plus belle. Les cris, les aboiements et les hurlements se mêlaient au grondement du vent pour composer une véritable symphonie guerrière, un vacarme assourdissant à ébranler le ciel et la terre. Tout indiquait un combat imminent. Les chiens, féroces et assoiffés de sang, étaient prêts à s'engager dans un carnage.

Le hurlement des loups finit par s'éteindre. Comme les pasteurs campaient de façon plus concentrée sur le nouveau pâturage, ils pouvaient beaucoup mieux se défendre que dans l'ancien campement. Cette nouvelle disposition, préconisée par Ulzii et Bilig, s'avérait efficace. Les nomades semblaient avoir gagné la première bataille, celle de l'intimidation, des menaces et des défis.

Chen Zhen entendit soudain un cliquetis de fer. Il se précipita vers le louveteau qu'il vit s'agiter comme un possédé. La petite bête avait repris des forces dans son abri et courait maintenant en tous sens, mimant des assauts, griffes et crocs dehors. Excité par le tintamarre ambiant, le louveteau semblait désireux d'engager le combat, faisant sonner sa chaîne qu'il essayait de briser. Il se cabrait, se jetait sur l'ennemi imaginaire et se débattait désespérément.

Le loup a le sang bouillonnant lorsque vient la nuit ; il réprime mal la force qui sourd en lui quand s'abattent les ténèbres. C'est à la faveur de l'obscurité que les loups sortent, pillent, massacrent, ripaillent et s'enivrent de sang. Et à ce moment précis, le pauvre louveteau était prisonnier. Étouffée, frustrée, sa nature de guerrier cherchait une issue. En vain. Un instant plus tard, il tourna son regard vers le nord, prêtant l'oreille. À un bruit entendu de lui seul, il se déchaîna de nouveau. Chen Zhen s'apprêtait à s'accroupir quand, brusquement, le louveteau se jeta sur lui gueule béante. Chen eut la présence d'esprit de braquer sa torche électrique. Ébloui par la lumière, le louveteau fut désarmé. Malgré cette attaque, Chen ne pouvait s'empêcher d'éprouver une vive compassion pour lui.

Les chiens grondaient en courant autour de l'étable. Ils s'approchaient de temps en temps du louveteau, mais le délaissaient tout de suite pour foncer vers le nord. Les trois jeunes chiens avaient l'air orgueilleux des combattants prêts à en découdre. Ils unissaient leur voix à celle des adultes, lançant avec eux une nouvelle vague d'aboiements vers les collines environnantes. Le louveteau écoutait, tête inclinée. Il semblait envier les gros chiens qui tonnaient majestueusement. Il ouvrit la gueule, essayant d'aboyer lui aussi. Il retenait sa respiration pour remplir d'air ses poumons, s'étranglait, les yeux cramoisis sous l'effort. Il ne parvenait à produire qu'un son indéfini. Ne s'avouant pas vaincu, il essaya encore, en pure perte. Il était si désespéré qu'il tournait en rond sur place.

Si la plupart des chiens imitaient bien le hurlement des loups, la réciproque n'était pas vraie. À moins que les loups ne soient trop fiers pour s'abaisser à pareille ignominie. Pourtant, le louveteau désirait ardemment y parvenir, sans doute parce qu'il avait grandi avec les chiens. Chen se pencha sur lui et fit entendre un aboiement de chien. Le louveteau sembla comprendre mais fut très embarrassé, comme un élève maladroit face à son professeur. Son échec finit par l'exaspérer et son regard étincela de fureur. Erlang vint à son secours. Se tenant près de lui, il lui communiqua rythme et tonalité en émettant distinctement chaque son. Enfin le louveteau réussit tant bien que mal: «Uang! Uang!» Il bondit de joie comme s'il avait accompli un exploit. Il lécha amoureusement les babines d'Erlang. Chen Zhen, amusé, étouffa de rire avant de laisser le louveteau.

Le calme était à peine rétabli que repartirent de trois côtés les hurlements des loups. Une nouvelle bataille s'engageait mais, cette fois-ci, hommes et chiens s'épuisèrent, tandis que de l'autre côté les hurlements s'intensifiaient. Les loups attaquaient-ils? Chen Zhen crut à une ruse. D'ordinaire, les loups approchaient furtivement, sans hurler comme cette nuit. Étendu sur son matelas, le jeune étudiant avait la tête sur Huanghuang qui lui tenait lieu d'oreiller. Il prêta l'oreille et écouta encore un moment; il crut entendre dans ces hurlements une menace adressée aux hommes et au bétail. Pourquoi cette menace était-elle si proche des pleurs? Cette année, les hordes de loups n'avaient pas été particulièrement frappées de calamités naturelles ou humaines. Quelle raison pouvaient-ils avoir de s'affliger de la sorte? Ces pleurs pouvaient très bien être une arme destinée à saper le moral de l'ennemi et à semer la panique dans ses rangs. À force d'écouter, Chen Zhen comprit : ce ton pleureur que le loup utilisait pour organiser la chasse, transmettre des messages ou chercher un partenaire, contribuait à porter au loin sa voix ! L'aboiement du chien est en effet court et précipité, tandis que le hurlement du loup, long et traînant, se propage facilement sur une grande distance. Pour ces bêtes qui, sur de vastes champs, se déploient en escadrons et combattent en collectivité, la coordination entre les différentes hordes est cruciale, et c'est là leur meilleur moyen de communication.

Pour Chen, la faiblesse de l'information chez les chiens était sans doute le facteur qui les avait réduits à la domesticité. Il en allait de même pour les hommes et les nations. Sans les moyens de communication nécessaires, l'aspiration d'une nation à la liberté et à l'indépendance, à la démocratie et à la richesse n'était qu'une utopie. Les cavaliers mongols partis à la conquête du monde avaient appris des loups à communiquer : combien d'escadrons avaient lancé des offensives au son du cor de yack !

Les cris lugubres en provenance de la montagne finirent par s'espacer. Soudain, un hurlement incertain rompit le silence. Il semblait si proche qu'on aurait pu croire qu'il provenait de derrière la yourte. Chen Zhen sursauta, craignant que les loups ne les aient surpris par l'arrière. Erlang fonça à la tête de tous les chiens en grondant. Chen Zhen se dressa d'un bond et les suivit un bâton à la main. Il eut la surprise de voir ses chiens en cercle autour du louveteau, qui braillait à tue-tête.

Dans la lumière de la torche, tête renversée, le louveteau lançait de longs hurlements. C'était donc lui qu'on venait d'entendre ? Chen ne comprenait pas comment un louveteau de quatre mois était capable d'une telle prouesse, avec un son et un mouvement du corps identiques à ceux de loups adultes et sauvages. Tout excité, il eut envie de prendre le louveteau dans ses bras, mais réprima son élan pour l'écouter de nouveau. Il ne put néanmoins s'empêcher de caresser les poils rêches de son dos, avec la même émotion qu'un jeune père qui vient d'entendre le premier «papa» prononcé par son fils. Le louveteau lui lécha joyeusement la main et s'égosilla de plus belle.

Les chiens étaient stupéfiés, ne sachant s'il fallait le tuer à coups de dents ou l'empêcher de brailler. Ce hurlement de loup suscita un grand trouble dans le camp parmi les chiens de berger. Ceux de Gombo, tout à côté, avaient cessé d'aboyer et s'étaient rassemblés devant la yourte, prêts à intervenir. Seul Erlang entra joyeusement dans le cercle et lécha la tête du louveteau. Il s'allongea à côté de lui, comme intéressé par son chant. Le louveteau venait de révéler sa véritable identité : il était bel et bien un loup, même s'il avait vécu plusieurs mois avec les chiens. Huanghuang et Yir le dévisageaient hargneusement mais n'osaient donner libre cours à leur indignation. Chen Zhen continuait de le caresser affectueusement. Les chiens de berger du voisinage, sidérés par cette scène, restèrent un moment à regarder non sans méfiance ce rejeton grotesque d'origine douteuse, puis s'en allèrent.

Chen Zhen demeura accroupi près du louveteau qui hurlait sans cesse. Il observait ses moindres mouvements. Le louveteau entamait toujours son chant en levant la pointe noire de son museau vers le zénith. Sa voix veloutée vibrait longuement, se propageait dans le clair de lune comme des ondes sur la mer. Sa voix était pure, veloutée, tendre, dénuée de tristesse. Elle était même ardente, vibrante de joie. Comme un débutant sur scène, le louveteau se laissait aller à son enthousiasme, se grisait de ses réussites. Chen n'en revenait pas : c'était sans doute la première fois que dans la steppe, quelqu'un écoutait le chant d'un loup en le caressant.

Soudain, le louveteau fit entendre un hurlement des plus tonitruants avec toute la force de son corps. Les loups de la montagne furent les premiers à réagir, poussant des hurlements, mais comme en sourdine, hésitants. Quelques minutes auparavant, lorsque le louveteau avait crié de sa voix tendre et veloutée, ils avaient cessé de hurler. Un silence absolu avait envahi la montagne.

Chen Zhen pouvait deviner ce qui s'était passé dans le camp des loups : un hurlement poussé à partir d'un campement d'hommes et de chiens, c'était inédit ! Ils devaient se demander si un jeune loup indiscipliné avait pu s'introduire dans le camp ennemi. Mais cet écervelé aurait été mis en pièces par les meutes de chiens, et l'on aurait entendu ses cris d'agonie ! Or, c'étaient des cris réitérés, allègres et pleins de jubilation qu'on entendait. Était-ce un jeune chien qui imitait leurs hurlements ? Peu vraisemblable ; une imitation sonne toujours faux. Un homme avait-il élevé un louveteau ? Absurde ! Et si cela était, quelle était sa mère ? Au printemps, tant de tanières avaient été nettoyées.

Chen Zhen imaginait les loups, se regardant interdits sans proférer un son. Les mâles devaient hésiter, tandis que les louves privées de leurs petits reprenaient espoir. Dans le doute, les loups s'étaient alors adressés à cette voix étrange qui ressemblait tant à la leur. Les chiens ne tardèrent pas à réagir. Leurs aboiements impétueux tonnaient sur la steppe, la transformant en une mer houleuse. Ils voulaient réveiller leurs maîtres, les avertir de l'offensive ennemie sur tout le front : « Aux armes ! Les loups sont là ! »

Brusquement, Chen Zhen sortit de l'envoûtement dans lequel il était tombé. Il comprit qu'il se trouvait face à la réalité tant redoutée. Un proverbe lui revint en mémoire : « Un gong volé se cache mais ne résonne pas. » Or il laissait hurler en public le louveteau qu'il avait enlevé.

– Tais-toi, mon petit ! se surprit-il à murmurer. Sais-tu combien d'hommes et de chiens ont juré d'avoir ta peau ? Tu as creusé un abri pour te cacher, mais tous tes efforts seront vains avec ces hurlements. C'est un suicide ! Et je ne parle pas de la louve qui ne pense qu'à te récupérer !

C'est alors que Chen Zhen comprit que le louveteau avait sans doute son plan à lui malgré le danger de mort : c'était un appel au secours lancé à ses parents ! Dès qu'il avait poussé son premier cri de loup, il s'était identifié à ces ombres noires qui rôdaient dans la campagne. Les cris de désolation se répondaient. Chen Zhen était maintenant couvert de sueur froide, pris entre le monde des hommes et celui des loups.

La plupart des femmes avaient succombé au sommeil depuis longtemps. Elles n'avaient pas entendu le louveteau, mais elles furent éveillées par les aboiements de leurs chiens, d'une violence exception-nelle. Alors fusèrent de nouveau les cris aigus, dansèrent les colonnes de lumière des torches. Personne n'avait prévu cette attaque des loups qui avait devancé celle des moustiques. Complètement abasourdi par cet ouragan de sons, Chen Zhen eut conscience d'être l'auteur de la catastrophe. Demain, il aurait à affronter la critique de toute la brigade, et son cher louveteau serait envoyé là-haut, vers Tengger.

Le louveteau continuait de brailler joyeusement! Quand il s'accordait un répit, c'était pour se désaltérer avant de reprendre de plus belle. Le ciel commençait à pâlir, et les femmes sortiraient bientôt traire les vaches. D'une main, Chen Zhen serra le louveteau contre lui et de l'autre tenta de refermer sa gueule de force. Révolté contre cette tentative de musellement, le louveteau se débattit. Il était déjà fort, et Chen Zhen avait peine à le neutraliser d'un seul bras, mais il ne pouvait pas non plus relâcher la gueule du louveteau de peur d'être mordu.

Le louveteau se déchaîna comme un possédé. Il regardait Chen Zhen dans les yeux, de ses prunelles perçantes comme des vrilles. Son museau étant prisonnier de la main de Chen Zhen, il utilisa ses griffes. Son maître eut bientôt la veste et le pantalon déchirés, le bras droit égratigné. Il appela à son secours Yang Ke, qui apparut sur le seuil, pieds nus. Les deux étudiants unirent leurs efforts pour venir à bout du louveteau qu'ils aplatirent par terre. Haletant, le prisonnier continuait à labourer le sol de ses pattes antérieures.

Chen Zhen avait le dos de la main en sang. «Un, deux, trois!» crièrent les deux garçons en lâchant prise en même temps. Ils sautèrent hors du cercle, poursuivi par le louveteau retenu par sa chaîne. Yang Ke entra dans la yourte et revint avec un médicament et un rouleau de gaze. Gao Jianzhong, réveillé par le bruit, sortit à son tour. Indigné du comportement du louveteau, il lança:

– Ah, quelle ingratitude! Nous l'avons entouré de soins comme un jeune seigneur et il a osé te mordre! Si vous avez le cœur trop tendre pour le tuer, je le ferai!

– Non, fit Chen Zhen en agitant la main, il ne m'a pas mordu, seulement griffé. Et puis, c'est ma faute. Il a cru que je voulais l'étouffer.

Tandis que la lueur blanchâtre du matin montait dans le ciel, le louveteau était toujours en proie à une ardeur fiévreuse. Il gambadait, haletant, puis il se posta sur le bord de son terrain pour se remettre à hurler la tête tournée vers le nord-ouest. En vain, cette fois-ci. Il s'étrangla, s'époumona, s'essouffla... mais le son qui sortit ne rendit plus l'effet mélodieux auquel il était parvenu jusqu'alors. C'était comme s'il avait oublié la méthode qu'il avait utilisée auparavant. Erlang ne cessait de remuer la queue en le regardant, tandis que les trois étudiants riaient à gorge déployée. Mais Chen retrouva bien vite son sérieux. Avec inquiétude, il dit à ses amis :

– Le louveteau a hurlé comme les loups sauvages. Toute la brigade l'a entendu. Que faut-il faire ?

– Il faut le tuer, affirma Gao. Sinon les meutes hurleront toutes les nuits autour de nos troupeaux, et les cent soixante chiens de la brigade leur répondront par des aboiements incessants. Les pasteurs seront incapables de se reposer. Si les loups causent des dommages à nos moutons, tu en verras de toutes les couleurs, toi !

– Il n'est pas question de le tuer, s'opposa mollement Yang Ke. Mais nous pourrions très bien le relâcher...

– Tu tiens à ton idée ! vociféra Chen en fusillant Yang du regard. Non, je ne veux ni le tuer, ni le relâcher. Même si nous ne pouvons le garder qu'un jour de plus, c'est toujours ça de gagné. Si nous étions obligés de l'abandonner, nous ne pourrions pas le relâcher ici. Il y a tellement de chiens dans le campement qu'ils l'égorgeraient aussitôt. Écoute-moi, Yang Ke, partageons le travail : tu t'occupes des moutons le jour et moi je veille sur eux la nuit. Cela me permettra de rester auprès du louveteau dans la journée.

– C'est la seule solution. Mais si la brigade veut absolument la mort du louveteau, nous le libérerons immédiatement, et aussi loin que possible, dans un endroit sans chiens.

– Vous deux, dit Gao en reniflant, vous êtes trop optimistes. Je parie que les pasteurs viendront tout à l'heure et défonceront notre porte. Oh, je meurs de fatigue ! À cause de tous ces cris, je n'ai pas dormi de la nuit et, maintenant, j'ai mal à la tête. Je vais me recoucher. Moi aussi, je déteste ce maudit louveteau !

CHAPITRE 24

Le territoire du royaume des Jin est une région pastorale. Le roi Cheng des Zhou l'a donné en fief à son jeune frère, le prince Shu'yu des Tang. Dans la principauté des Tang est appliquée la répartition des pâturages selon les coutumes des Rong les barbares. Cela veut dire que le principe de répartition de la terre chez les Zhou, adopté dans les principautés agricoles des Lu et des Wei, n'était pas de mise chez les Tang. Plus tard, Xianfu, fils de Shu'yu, renommera sa principauté « royaume des Jin ».

Précis d'histoire de Chine, vol. 1
Fan Wenlan

La nuit avait été courte. Chen Zhen et Yang Ke terminaient leur petit déjeuner quand ils entendirent des chevaux arriver au galop. Ils s'empressèrent de sortir et virent Ulzii et Bilig manifestement en train de chercher le louveteau. Après avoir fait deux fois le tour de la yourte, ils avaient fini par découvrir la chaîne de fer entre le poteau et l'abri du louveteau. Le vieux pasteur descendit de sa monture, jeta un coup d'œil sur un trou et murmura :

– Ah, il est donc caché ici ! Cela ne m'étonne plus de n'avoir rien vu.

Les deux étudiants se hâtèrent de prendre les rênes de sa main ainsi que celles d'Ulzii qui descendit à son tour de sa monture. Ils attachèrent les chevaux à la roue d'une charrette, puis attendirent, anxieux, le verdict des deux anciens.

Ulzii et Bilig s'accroupirent à la lisière du cercle, épiant le trou. Le louveteau, couché sur le flanc, sentait leurs regards indiscrets. Fort mécontent, l'air féroce, il se mit à grogner.

– Il est déjà grand, fit remarquer Bilig. Il est même plus développé que les loups sauvages de son âge. Tu l'as couvert de faveurs, jeune Chen. Et tu n'as pas épargné tes efforts pour lui creuser un abri au frais ! Ces jours-ci, je me disais qu'il était inutile de le tuer car le soleil torride allait probablement s'en charger.

– A'bo, ce n'est pas moi qui ai creusé ce trou. C'est lui qui l'a fait tout seul pour se protéger de la chaleur !

Le vieux pasteur était sidéré. Il jeta un coup d'œil au louveteau et dit, après un silence :

– Il a su creuser ça sans sa mère ? Peut-être Tengger ne veut-il pas le laisser mourir !

– Moi non plus, je n'en revenais pas qu'il ait pu y arriver, dit Chen. Il n'avait pas même les yeux ouverts quand je l'ai capturé !

– Les loups ont leur côté surnaturel, dit Bilig, un sourire aux lèvres. Si la louve n'est pas avec son louveteau, Tengger le Ciel éternel est là pour lui enseigner ce qu'il ignore. Tu as vu le louveteau hurler la tête levée vers le ciel, n'est-ce pas? De tous les animaux de la steppe, le loup est le seul à agir ainsi. Et pourquoi? Parce qu'il est le favori de Tengger! Le matin, le loup demande les directives du Ciel, et le soir, il lui rend compte de leur exécution. C'est une routine depuis belle lurette. Et c'est du loup que l'homme de la steppe a appris à vénérer Tengger. La vie sur cet immense territoire est pleine d'amertume, mais le cœur du loup l'est davantage.

Chen Zhen continuait de penser que si le loup hurlait tête levée, c'était pour faire porter sa voix jusqu'à ses compagnons de lutte. Pourtant, il aimait bien l'explication du vieux Mongol. De fait, il se dit qu'il n'y avait guère que l'homme et le loup de la steppe pour appeler Tengger, que ce soit en hurlant ou en priant. La vie n'était pas facile pour eux dans cette steppe si belle mais tellement pauvre et hostile. Il n'y avait que le Ciel éternel à qui ils pouvaient confier leur triste sort.

Le vieux bonhomme regarda Chen Zhen avec douceur:

– Ne cherche pas à cacher ta main! Ces égratignures proviennent du louveteau, n'est-ce pas? J'ai tout entendu la nuit dernière. Mon garçon, tu crois que je suis ici pour tuer ton protégé, hein? Ce matin, des gens sont effectivement venus chez moi, des bergers et des gardiens de chevaux. Ils t'ont accusé auprès de la direction de la brigade, et ils ont demandé la mort du louveteau. J'en ai discuté avec Ulzii. Tu peux garder ton louveteau, mais il faut redoubler de vigilance. Ah, il est si rare de voir un Han épris à ce point du loup...

Chen Zhen n'en crut pas ses oreilles. Il mit quelques secondes avant de bafouiller quelques mots:

– Vous me permettez de continuer? Mais pourquoi? Sincèrement, j'ai peur de faire du tort à notre brigade et de vous attirer des ennuis. Il faut que je fabrique une muselière pour empêcher le louveteau de hurler encore.

– Trop tard, fit Ulzii. Les louves savent déjà qu'il y a un louveteau chez toi. Une nuit, la prochaine ou une autre, une grande meute s'amènera. C'est sûr. Mais nos équipes de travail sont bien regroupées, nous sommes nombreux, armés, et nous avons nos chiens. Les loups ne peuvent rien contre votre yourte. Par contre, le risque sera grand quand nous retournerons à l'ancien campement, après l'automne.

– Mais à ce moment-là, mes trois jeunes chiens seront grands. Cela fera en tout cinq molosses, en plus d'Erlang. Nous serons plus vigilants dans nos gardes de nuit, je vous l'assure. En cas de besoin, nous nous procurerons des pétards, dit Chen Zhen, sûr de lui, oubliant que le vieux Mongol n'appréciait pas du tout cette arme.

– On verra ça le moment venu, préféra conclure Bilig.

– Qu'avez-vous dit à ceux qui veulent la mort du louveteau ? demanda Chen Zhen, toujours inquiet.

– Ne t'en fais pas, répondit Bilig. Ces derniers jours, les loups visaient plutôt les poulains, si bien que les pertes ont été importantes dans les troupeaux de chevaux. Ils se sont un peu calmés depuis qu'ils ont compris qu'un des leurs se trouvait ici. D'une certaine manière, ton louveteau donne un répit aux gardiens de chevaux.

– C'est le point positif, confirma Ulzii. La présence du louveteau allège la pression sur les chevaux. Mais attention aux morsures, qui pourraient être fatales. Il y a quelques jours, un travailleur migrant s'est introduit la nuit dans une étable pour voler de la bouse. Il a été mordu par un chien enragé. Il s'en est fallu de peu qu'il y laisse sa peau. J'ai demandé que l'on aille quérir davantage de vaccins auprès de l'administration de la ferme.

– Nous devons partir, interrompit Bilig. Les loups ont diminué leurs attaques contre les chevaux, mais ça ne veut pas dire qu'ils ont arrêté. On nous a avertis d'un nouvel accident. Allons-y, Ulzii !

Les deux Mongols enfourchèrent leurs montures et filèrent. Chen Zhen les regarda s'éloigner, à peine visibles derrière la poussière soulevée par leurs étalons. Le jeune instruit ne savait plus ce qu'il ressentait : d'un côté, il était soulagé, presque heureux, mais de l'autre il ne parvenait pas à se débarrasser de cette angoisse sourde qui le tenaillait. Fatigué par une nuit sans sommeil, incapable de prendre son parti de l'une ou l'autre des sensations qui se mêlaient en lui, il sortit machinalement les deux morceaux de viande qui lui restaient et prépara une bouillie de millet très épaisse à laquelle il ajouta une forte dose de graisse. Il savait que c'était encore insuffisant pour le louveteau dont l'appétit augmentait de jour en jour. Après s'être approché du trou et avoir lancé faiblement son habituel «Louveteau, mange!», il déposa la cuvette devant l'animal qui se jeta dessus. Chen Zhen poussa un soupir et alla se coucher, Yang Ke surveillant déjà leur troupeau. Il lui fallait bien se reposer pour être prêt au combat nocturne.

Il fut réveillé par des cris vers treize heures. Il se leva et se précipita à l'extérieur de la yourte. Là, il vit arriver Zhang Jiyuan, portant, sur la selle, une masse informe sanguinolente. Son cheval tout maculé de sang se cabra, refusant de s'approcher davantage. Les chiens les entouraient, lui et son cavalier, en remuant énergiquement la queue, ce qui énervait le cheval. Chen Zhen, surpris, vit que c'était un jeune poulain qui était allongé en travers de la selle. Il était grièvement blessé. Le sang coulait de deux larges plaies. Chen s'empressa de saisir les rênes du cheval, qui se calma un peu, mais tremblait toujours de tout son corps, labourant sans cesse la terre de ses sabots antérieurs. En croupe, Zhang était gêné par le poulain et avait peine à descendre. Si le poulain tombait, le cheval apeuré s'emballerait à coup sûr. Rassemblant les rênes dans une main, Chen Zhen allongea l'autre pour retenir le poulain. Zhang retira douce-ment le pied de l'étrier et sauta à terre.

Les deux garçons se tenaient de chaque côté du cheval. Ils soulevè-rent le poulain qu'ils déposèrent sur le sol. Le grand cheval se retourna, regardant tristement le poulain. La tête affaissée, les yeux suppliants, la pauvre bête se débattait en vain pour se relever.

– Les loups... fit simplement Zhang en regardant son ami.

– Qu'est-ce qu'on peut faire?

– Rien. Bat a déjà examiné ses blessures. Il est condamné. Il faut l'abattre. Au moins, nous aurons de la viande alors que nous en sommes privés depuis longtemps.

Chen Zhen apporta une cuvette d'eau pour Zhang. En le regardant se laver les mains, il demanda:

– Que s'est-il passé ?

– C'est triste ! Bat et moi, nous avons perdu deux poulains rien que la nuit dernière. On en est à trois avec celui-ci. Shartseren est encore moins bien loti que nous. En quelques jours, les loups lui en ont enlevé six ! On ne sait pas encore ce qui est arrivé aux autres troupeaux, mais les dommages sont sûrement importants. Les chefs d'équipe y sont tous allés voir.

– Les loups ont hurlé toute la nuit autour du campement. On pensait qu'ils s'en prendraient plutôt à nos moutons.

– C'est une des tactiques des loups, expliqua Zhang. Ils font semblant d'attaquer sur tous les fronts, simulent l'offensive générale pour camoufler leur cible réelle. Cette guerre de harcèlement est la plus efficace. N'en parlons plus ! Il faut égorger le poulain sans attendre qu'il meure de lui-même. Son sang se grumellerait dans les veines et cela donnerait une mauvaise viande.

– Tue-le toi, dit Chen Zhen en lui passant le couteau. Ce poulain est tellement beau que je n'aurais pas le courage.

– Comme tu veux, accepta Zhang. Mais que ce soit clair entre nous : d'abord, ce n'est pas moi qui le tue, mais le loup. Ensuite, après le coup de grâce, c'est toi qui l'écorcheras, le videras et le dépèceras.

Chen Zhen acquiesça et Zhang prit le couteau. Il mit un pied sur le poitrail du poulain et une main sur sa tête. Selon la tradition de la steppe, il orienta la tête du poulain vers Tengger pour qu'il regarde droit au ciel, enfonça le couteau dans la gorge et lui coupa l'artère. Du sang coula lentement. Le poulain expira après quelques soubresauts. Les chiens affluèrent en remuant la queue, et les trois jeunes se mirent à lécher le sang sur le sol. Attiré par l'odeur, le louveteau sortit de son abri en faisant sonner sa chaîne, les yeux brillant d'un éclat féroce.

– Nous avons déjà tué un poulain il y a quelques jours, dit Zhang. Il était plus maigre que celui-ci. Avec les deux autres pasteurs, nous avons préparé des *baozi* avec sa viande. Elle est très tendre.

Il se lava les mains et alla s'asseoir sur une charrette. De là, il regarda travailler Chen Zhen qui, ayant enlevé la peau du poulain, dit joyeusement :

– Ce qu'il est dodu, ce poulain ! Je suis sevré de viande depuis un mois. Je peux m'en passer, mais mon louveteau maigrit à vue d'œil. Il lui faut de la viande si je veux qu'il grandisse...

– Ce poulain était parmi les premiers-nés du printemps, reprit Zhang. Ses parents sont forts, c'est pourquoi il était plus développé que les autres. Si tu veux, je t'en apporterai un autre dans quelques jours. L'été est terrible pour les poulains. Les juments mettent bas et se déplacent difficilement. Les loups attrapent sans peine leurs petits. On a beau rester sur nos gardes, les pertes deviennent monnaie courante. Notre troupeau s'est quand même enrichi d'environ cent cinquante bêtes avec ces nouveau-nés. Les poulains grandissent rapidement et bougent sans cesse. Les étalons et les juments ont toute la peine du monde à les rappeler à la discipline.

Avec une hache, Chen Zhen enleva les parties entamées par le loup – le cou, la tête et le poitrail – et les coupa en morceaux. Les chiens trépignaient autour de lui, la queue agitée comme un roseau au vent. Seul Erlang demeurait immobile, regardant son maître procéder au partage. Le louveteau s'impatientait, tournait en rond autour du poteau, s'efforçant d'aboyer comme les chiens, dans les cliquetis de sa chaîne de fer.

Il y avait six portions comme d'habitude : trois grandes pour les gros chiens, trois petites pour les jeunes. Chen donna à Erlang la moitié de la tête et du cou. Le chien les prit dans sa gueule et alla en profiter paisiblement, à l'ombre de la charrette. Dès qu'ils eurent leur part, Huanghuang, Yir et les trois jeunes chiens en firent autant, en s'installant près de la yourte. Chen Zhen attendait leur départ pour s'occuper du louveteau. Il choisit la partie charnue de la poitrine et des côtes, les découpa en menus morceaux qu'il jeta dans la cuvette en les arrosant du sang du poulain. Puis il cria : « Louveteau, mange ! »

À la vue de la viande ensanglantée, le louveteau tira de plus belle sur sa chaîne et s'arc-bouta, comme un bœuf attelé à une charrette. La peau de son cou, cent fois usée par la chaîne, était devenue plus résistante, mais le collier lui faisait toujours mal. Une bave abondante dégoulinait de sa gueule. Dès que Chen Zhen lui eut donné la cuvette, il se jeta dessus, tout en grondant à l'adresse de son éleveur. Chen Zhen reprit son dépeçage tout en épiant le louveteau du coin de l'œil. La petite bête dévorait avidement, muscles bandés, prête à emporter sa viande dans son refuge en cas de besoin.

Chen savait que les pasteurs ne mangeaient pas les tripes d'un poulain blessé par un loup. Il retira d'abord l'estomac et les intestins du poulain qu'il jeta en pâture aux chiens. Il garda les poumons, le cœur, le foie et les rognons pour les leur servir plus tard.

– Les gardiens de chevaux ne peuvent vraiment rien faire contre les loups ? demanda Chen Zhen.

– Je suis gardien de chevaux depuis presque deux ans, répondit Zhang. Je peux te dire que nos troupeaux sont le maillon le plus faible du pâturage. Seulement deux gardiens pour environ cinq cents chevaux ! Ils sont surchargés, même si on leur donne un jeune instruit comme auxiliaire. Ils se relaient toutes les huit heures, de jour comme de nuit. Un seul homme à la fois pour tout un troupeau, c'est largement insuffisant !

– Pourquoi ne sont-ils pas plus nombreux ?

– Un gardien de chevaux qualifié ne se forme pas en un jour, et l'on n'ose pas affecter des gens non préparés à ce poste : la moindre inattention coûte cher au troupeau. C'est un métier dur, fatigant et dangereux. Souvent, en plein hiver, dans le vent glacial, le gardien travaille toute la nuit pour faire rentrer les chevaux à l'étable. À moins trente degrés, ses pieds peuvent geler. Il peut perdre ses orteils, même s'il est botté et emmitouflé dans sa cape de peau de mouton. En été, ce sont les moustiques qui lui sucent le sang. Après huit ou dix ans passés auprès de leurs troupeaux, les gardiens sont obligés de prendre leur retraite ou de changer de métier pour cause de maladie ou de blessure. À notre arrivée dans la steppe, quatre jeunes instruits ont été affectés à ce poste. Il ne reste plus que moi aujourd'hui. Bref, on manque toujours de bras. Et puis les chevaux se déplacent sans cesse et à une vitesse inouïe, en partie parce que les juments et les poulains sont craintifs et s'affolent pour un rien. Mais ils courent aussi pour se réchauffer en hiver, pour transpirer et hâter la mue au printemps, contre le vent en été pour semer les moustiques, pour brouter dans les belles prairies avant l'arrivée des bovins et des moutons. Finalement, ils sont obligés de courir du début à la fin de l'année. Comme ils sont en déplacement perpétuel, les chiens ne peuvent les suivre. Privé de cette aide, un gardien ne peut avoir l'œil à tout. Le temps de s'arrêter pour prendre un repas dans la yourte, et le troupeau a déjà disparu on ne sait où ! Alors, on part à sa recherche à travers la steppe, parfois pendant des jours sans voir l'ombre d'un cheval. Ou bien on le retrouve poursuivi par des loups. Il y a quelques jours, un pasteur d'une autre équipe de travail a eu le malheur de faire une chute. Il n'a pas pu veiller sur ses chevaux, qui ont profité de la nuit pour passer la frontière. Avec l'aide des gardes-frontières, l'administration a dû négocier deux semaines durant pour récupérer les chevaux enfuis. Mais comme le troupeau était resté sans soins pendant tout ce temps, les dégâts étaient inévitables.

– Vu la tension qui règne à la frontière, est-ce que l'autre côté a vraiment essayé de retenir les chevaux en fuite ?

– Il existe un pacte entre les deux parties, fit Zhang. Les chevaux sont restitués à condition que le poste de garde de la frontière signale l'heure et l'endroit précis de la traversée, ainsi que le nombre de chevaux et la description du cheval de tête. Cela vaut pour les deux parties, mais on n'est pas responsable des pertes. Une fois, l'autre côté a signalé cent vingt chevaux enfuis. Nous avons cherché et n'en avons retrouvé que quatre-vingt-dix. Les gardiens de chevaux prétendent que les autres ont été dévorés par les loups. C'est très probable.

Chen Zhen ramassa la viande et les os du poulain qu'il déposa dans la yourte. Puis il ressortit étendre la peau sur la yourte en disant à Zhang :

– Après plus d'un an passé auprès des chevaux, tu es presque devenu un expert. Il fait trop chaud à l'extérieur. Entrons et raconte-moi tout ! En t'écoutant, je préparerai des *baozi*.

Les deux jeunes hommes entrèrent dans la yourte. Chen Zhen commença à préparer les poireaux et à hacher la viande, pendant que

Zhang reprenait le fil de ses explications après une grande lampée de thé froid :

– D'une certaine manière, ce sont les loups, au cœur même de la steppe, qui ont forgé le caractère des chevaux mongols. D'autres races vaillantes existent, comme les chevaux de Hanxue, d'Ili, d'Arabie ou du Dniestr. Mais pourquoi les cavaliers d'Asie centrale, de Russie, d'Arabie et les Teutons ont-ils tous été battus par les Mongols ? Les Huns ont balayé l'Europe occidentale et ne se sont arrêtés qu'à Orléans, en France ! Quels autres coursiers sont de force à rivaliser avec les chevaux mongols ?

– J'ai lu, dit Chen, que dans la steppe mongole les chevaux étaient autrefois plus nombreux que les hommes. Un cavalier partait en expédition avec plusieurs montures dont il changeait régulièrement en cours de route, ce qui lui permettait de garder un rythme soutenu. C'étaient un peu les troupes motorisées de l'époque, dotées d'une mobilité incomparable ! Les chevaux sans cavalier servaient à transporter les armes, les provisions, mais ils constituaient aussi un dépôt ambulant de viande fraîche et de boisson – tu sais que le sang de cheval étanche la soif ! Du coup, les armées mongoles avaient une intendance réduite au minimum. Mais revenons à aujourd'hui : comment les loups réussissent-ils à tuer tant de poulains ?

– Ils ont plusieurs tactiques. Chaque fois que je passe par des endroits aux herbes hautes et touffues, par exemple, je me méfie car les loups peuvent avancer en rampant comme des lézards ; ils localisent le gibier sans lever la tête, en se fiant uniquement au bruit et à l'odeur. Les juments appellent sans cesse leurs petits pour ne pas les perdre, mais du coup, elles aident les loups à situer avec précision les endroits où se trouvent les poulains. Ils se rapprochent lentement, se jettent sur ceux qui s'écartent du troupeau, les égorgent et les dévorent en catimini. Ils déguerpissent dès que l'étalon s'en aperçoit. Puis ils reviennent vers leur proie quand le troupeau s'est éloigné, les poulains morts étant abandonnés sur place par le troupeau. Certains loups, encore plus rusés, se livrent à des simulacres. Quand un loup aperçoit un poulain près de sa mère, il s'allonge sur le dos dans les herbes touffues, les quatre pattes en l'air. Comme le poulain est curieux, ces pattes qui s'agitent l'intriguent. Il les prend pour les oreilles de petits animaux, une marmotte ou un lièvre. Il s'approche pour en avoir le cœur net, mais avant que la jument ne puisse l'en empêcher, il est déjà entre les dents du loup.

– Souvent je pense que le loup n'est pas un animal, c'est une sorte de génie, murmura Chen Zhen. Mais alors, les pertes annuelles sont importantes parmi les troupeaux ?

– Si l'on prend l'exemple du nôtre, Bat et moi avons eu à peu près cent dix poulains l'année dernière, dont il ne restait qu'une quarantaine au printemps de cette année. Calcule toi-même : soixante pour cent de pertes. Et encore, notre situation est l'une des meilleures. Dans d'autres équipes, les pertes atteignent quatre-vingts pour cent. Il ne leur reste parfois qu'une dizaine de poulains au printemps. Ulzii m'a assuré que, dans l'ensemble de la ferme, la perte annuelle est d'environ soixante-dix pour cent.

– Autant que ça ! s'étouffa Chen Zhen. Je comprends maintenant pourquoi les gardiens de chevaux détestent les loups et en veulent à mon louveteau...

Zhang alla se laver les mains et revint aider son camarade à préparer les petits pains farcis. Il avait compris l'allusion de Chen et lui répondit :

– La présence des loups dans la steppe est absolument nécessaire malgré la fatigue et les pertes qu'ils causent. D'après Bat, sans eux, les chevaux dégénéreraient ; ils grossiraient, deviendraient paresseux et courraient moins vite. Comparés aux chevaux des autres parties du monde, les chevaux mongols sont plutôt de petite taille. C'est leur rapidité et leur endurance qui font leur valeur. Sans les loups, ils se multiplieraient de façon anarchique. Le taux de natalité est de vingt à trente pour cent. C'est-à-dire que chaque année environ cent cinquante poulains viennent grossir les rangs de notre troupeau qui double donc tous les quatre ans. En général, on vend les chevaux de quatre ou cinq ans, mais on est obligé de garder les autres. Or les chevaux mongols sont de grands consommateurs de fourrage. Ils mangent cent fois plus que les moutons. Ulzii a raison de dire qu'ils sont les plus grands destructeurs de la steppe après les rats et les lièvres. Les pasteurs n'aiment pas les chevaux, parce qu'ils disputent la prairie aux moutons et aux bovins. Nous devons contrôler leur nombre pour faire paître les autres bêtes domestiques et prévenir la désertification de la steppe. Alors ne t'inquiète pas pour les gardiens de chevaux : s'ils se montrent hostiles envers ton louveteau, c'est parce qu'ils sont épuisés en ce moment et qu'ils cherchent un responsable à leur fatigue. Là où tu devrais te méfier, c'est si les loups, attirés par ton louveteau, attaquaient les moutons.

Heureux d'avoir pu aborder cette question avec son ami, Chen Zhen se sentit le cœur plus léger. En donnant un coup de rouleau à pâte sur la planche, il lui dit :

– Bilig et Ulzii m'ont rassuré sur ce point : nous attendons les loups de pied ferme ! Mais revenons aux chevaux. En fait, d'après ce que tu me dis, c'est grâce aux loups que vous en régulez le nombre ! D'une pierre deux coups : d'un côté, les loups vous aident à contrôler le nombre des chevaux, et de l'autre, ils maintiennent et améliorent la qualité du troupeau.

– Exact ! Les hommes de la steppe appliquent de manière très stricte le principe du « juste milieu » : ils recherchent toujours harmonie et équilibre dans la contradiction pour en tirer le meilleur parti.

– Pour les chevaux et les loups, c'est un équilibre atroce ! Les pasteurs visitent les antres de loups au printemps, et les louveteaux périssent par centaines. Puis, quand vient l'été, les loups prennent leur revanche et s'acharnent sur les chevaux et soixante-dix pour cent des poulains. Dans ces deux massacres, l'homme a néanmoins la sagesse de conserver un pourcentage raisonnable de survivants. C'est donc un équilibre obtenu par effusion de sang du côté des loups et des chevaux, et par les luttes incessantes de l'homme. C'est un « juste milieu » combatif, plus près de la réalité que celui des Han.

– Sauf que, maintenant, ce sont des cadres issus de la région agricole qui ont pris la direction des opérations. Ils commandent aveuglément et ne pensent qu'à augmenter la production de bétail. « Quantité d'abord ! », c'est leur mot d'ordre, et cela les conduira sûrement à un triple résultat funeste : disparition des loups, dégénération des chevaux mongols et désertification de la steppe. Le jour où les moutons et les bœufs mourront de faim dans une tempête de sable jaune, nous pourrons retourner à Pékin...

– Au cours de l'histoire, Pékin a été maintes fois pris d'assaut par les cavaliers de la steppe pour devenir la capitale de leur empire. La tempête de sable est un autre « péril jaune », cent millions de fois plus puissant que les cavaliers du Nord. Pékin est-il de force à lui tenir tête ?

– Tu sais, dans toute la Chine, des milliards de paysans procréent et défrichent sans arrêt ; en un an, ils enfantent une nouvelle population égale aux habitants d'une province entière. Qui pourrait barrer le chemin à cette population gigantesque dans sa marche vers la steppe ?

Chen Zhen poussa un profond soupir et dit :

– Personne, je le crains. Le système de pensée confucianiste conduit à célébrer le souverain de l'empire agricole et ses petits cultivateurs. L'empereur est un grand paysan riche, et parmi les paysans chinois le chef de famille règne en petit empereur sous son toit. Tu as raison, la population agricole forme une véritable lame de fond : quiconque va à son encontre sera emporté et englouti par les flots. L'agriculture ne peut engendrer qu'un régime féodal, jamais républicain. Elle porte au pouvoir un empereur. Elle le renverse quand la population devient excédentaire et meurt de faim : c'est la révolte paysanne. Et quand la guerre civile a réduit la population à un nombre raisonnable, on désigne un nouvel empereur, et le cycle recommence : procréation, défrichage, population excédentaire, famine, guerre civile et retour à la paix... Quand la civilisation agricole en était à ses débuts, ce cycle représentait une progression bénéfique, mais une fois le sommet atteint, le cycle est devenu descendant et rétrograde.

Zhang l'approuva d'un hochement de tête. Il mit les pains farcis dans la marmite et alluma le feu de bouse. Assis autour du poêle, les deux amis reprirent la conversation.

– J'ai beaucoup appris de toi aujourd'hui, dit Chen. J'ai enfin compris pourquoi les Mongols, pourtant « peuple à cheval », préfèrent comme totem le loup au cheval. Paradoxe en apparence, mais qui révèle la logique profonde de la steppe : le cheval n'est qu'un élève éduqué conjointement par l'homme et le loup. Un écolier ne peut s'élever au rang de totem ! Le loup n'a jamais été apprivoisé. Il possède un caractère fort et des qualités que l'homme lui-même n'est pas parvenu à assimiler après des milliers d'années d'apprentissage. En fait, le loup se place au-dessus de toutes les autres créatures, et constitue le nœud des rapports inextricables de la steppe...

– Ce sont les Quanrong et les Huns, des peuples d'élite comme les Mongols, qui ont pris autrefois le loup comme objet de totem, et cette déification s'est perpétuée jusqu'à nos jours.

– Oui, le totem du loup est plus ancien que la doctrine confucianiste et il est doté d'une vitalité plus grande. La philosophie confucéenne comprend une partie désuète qui appartient à la pourriture féodale. Mais le noyau spirituel du totem du loup garde toujours sa jeunesse et sa fraîcheur ; il trouve son incarnation dans les nations et les peuples les plus avancés de notre époque. Le totem du loup est le patrimoine précieux de toute l'humanité. Le confucianisme possède aussi sa partie saine : le pacifisme, l'importance accordée à l'éducation, l'assiduité dans les études, etc. Si les Chinois pouvaient rejeter la partie pourrie et la remplacer par l'esprit du totem du loup, un tel mariage insufflerait un nouveau caractère au peuple chinois et un nouvel espoir pour notre nation. Le seul défaut du totem du loup, c'est qu'il est immatériel, et les documents qui lui sont consacrés sont minces. Les peuples de la steppe n'ont pas notre culture de l'écrit et les historiens confucianistes n'ont jamais daigné retranscrire cette culture du totem du loup. Je soupçonne fort ces lettrés, ennemis du loup, d'avoir amputé les écrits historiques des chapitres la concernant. Les quelques centaines de livres que nous possédons dans la yourte ne sont pas suffisants pour bien comprendre tout cela. Il faudra en rapporter d'autres lors de notre prochain voyage à Pékin.

– J'ai un moyen pour nous en procurer, dit Zhang en attisant le feu. Un de mes parents éloignés travaille comme contremaître dans une papeterie. Dans la cour de l'usine s'entassent les livres confisqués par les gardes rouges, destinés à être reconvertis en pâte à papier. Les ouvriers arrachent des feuilles pour rouler leurs cigarettes. Les amateurs de livres leur offrent des cartouches entières pour avoir la possibilité de récupérer des ouvrages classiques. Avec mon salaire, j'achèterai des cigarettes pour les troquer contre des livres.

Chen Zhen acquiesça avec enthousiasme, proposant même à son ami de cotiser, bien que son salaire fût fort inférieur à celui du gardien de chevaux. Puis il souleva le couvercle de la casserole. Les *baozi* apparurent, fumants de vapeur. Il en prit un qu'il refroidit en le faisant passer alternativement d'une main à l'autre avant de le goûter :

– Excellent ! dit-il. S'il y a encore un poulain blessé dans ton troupeau, ramène-le-moi !

– Les autres jeunes instruits en demandent aussi, mais je vous approvisionnerai tous à tour de rôle.

– Garde-moi les parties entamées par le loup ; j'en ai besoin pour nourrir mon louveteau.

Les deux jeunes gens se mirent à manger. Une fois rassasié, Chen Zhen se leva en disant :

– Encore un repas arraché à la gueule du loup ! Combien en ai-je pris ? Je ne sais plus ! Allons, voyons comment réagira notre louveteau devant les *baozi*.

Ils en prirent chacun un et sortirent. Chen Zhen cria : « Louveteau, mange ! » À peine le louveteau se montra-t-il que deux petits pains atterrirent sur lui. Apeuré, il se réfugia en catastrophe dans son abri, la queue entre les pattes. Huanghuang et Yir arrivèrent et repartirent avec un *baozi* dans la gueule. Les deux amis ne comprirent qu'un moment plus tard ce qui s'était passé :

– Bien sûr, dit Chen, il n'a jamais mangé de pains farcis. Il a cru que c'étaient des cailloux qu'on lui lançait. Les gamins du campement ont pris l'habitude de lui jeter des mottes de terre !

Zhang s'approcha du trou du louveteau et dit en riant :

– Il est mignon, ton louveteau ! Je m'amuserais bien avec lui !

– Attention, il mord ! Il ne se laisse caresser que par Yang Ke et moi. Même Gao n'ose pas le toucher. Ne prends pas ce risque !

Zhang se pencha encore un peu plus :

– Louveteau ! Louveteau ! N'oublie pas que c'est moi qui t'ai apporté de la viande. Tu m'as oublié ?

Il répéta ses appels, mais le louveteau refusa de sortir, l'air menaçant. Zhang se retourna, prit la chaîne dans l'intention de le tirer hors de son abri. Alors, d'un coup, la petite bête bondit et se jeta sur lui, tous crocs dehors. Chen Zhen se précipita et attrapa le louveteau par le cou avant qu'il ne morde Zhang qui, en reculant, tomba à la renverse. Il se releva en s'époussetant :

– Il a du cran, ton louveteau ! C'est moins intéressant quand un loup devient aussi docile qu'un chien. Je lui apporterai du poulain la prochaine fois.

Avant de partir, Zhang rendit à Chen *Le Loup des mers* avant de lui emprunter un autre livre, sur l'histoire de la Chine cette fois. Il fit une dernière recommandation à son ami :

– À mon avis, les loups reviendront une de ces nuits pour reprendre le louveteau. Mais il faut le garder à tout prix. Reste sur tes gardes ! Les loups ont peur des explosifs. Lance-leur des pétards s'ils attaquent les moutons ! Je vous en ai donné plusieurs la dernière fois. Il faut seulement vérifier qu'ils ne sont pas humides. Sinon ils n'explosent pas.

– Ne t'en fais pas. Yang Ke les a bien emballés dans du papier ciré et les a placés en lieu sûr. Il a eu une petite dispute avec les travailleurs migrants et en a fait exploser trois en même temps. Le bruit a été assourdissant...

CHAPITRE 25

Le ministre Huo Guang dit: «Comme l'empereur Wudi fut tenté par des exploits militaires contre les barbares, sa Cour se remplit d'hommes courageux et méprisant la mort, ce qui lui permit d'étendre à volonté son territoire. Puis il laissa respirer son peuple et accorda de l'importance à l'agriculture. Son peuple en bénéficia amplement. Ce souverain manifesta des intérêts exceptionnels, auxquels répondirent immédiatement ses hommes. Cela place l'empereur Wudi au rang des "trois rois légendaires", un souverain capable de remettre en place la politique pertinente des dynasties des Shang et des Zhou.»
Le ministre Huo Guang dit encore: «L'empereur Wudi différait peu de l'empereur Shihuang des Qin.»

Miroir universel pour aider à gouverner,
Biographie de l'empereur Wudi des Han, vol. 2
Sima Guang des Song du Nord

Après le repas du soir, le directeur Bao quitta la yourte de Bilig pour celle des jeunes instruits. Il offrit à Chen Zhen et Yang Ke une grosse torche électrique. Seuls les gardiens de chevaux avaient en principe droit à un tel instrument, considéré avant tout comme une arme de combat. Puis il leur dit :

– Attirées par votre louveteau, les louves sont là avec leur meute, c'est inattendu. Les pasteurs prétendent que les loups viendront sûrement cette nuit et m'ont demandé de tuer votre louveteau. D'après eux, il faut l'écorcher, hisser sa peau sur un mât et jeter son corps dans la campagne afin que la louve, sans espoir, ne revienne plus nous déranger. Moi, je veux au contraire qu'ils viennent tous afin d'en tuer le plus possible ! Nous les prendrons au piège, cette fois ! Vous allumerez la torche quand les loups seront près du troupeau, mais attention ! La lumière sera tellement intense que les loups ne verront rien durant quelques minutes, et vous non plus. Armez-vous de bâtons et de bêches. Défense absolue de tirer les pétards. Lancez vos chiens sur les loups. Vos voisins sont déjà prévenus : dès qu'ils verront la lumière, ils encercleront la meute !

Chen Zhen et Yang Ke acquiescèrent, interdits. Bao les quitta pour aller donner sa consigne aux autres équipes : défense absolue d'utiliser le feu, trop dangereux pour les hommes et le bétail. Il avait retenu la leçon de la forêt de roseaux.

Le combat était excitant malgré son issue imprévisible. Cette fois, un louveteau servirait d'appât dans un piège tendu aux loups. Du jamais vu dans la steppe. Par curiosité, quelques pasteurs vinrent s'informer directement auprès des deux amis et reconnaître les lieux autour de leur yourte. Après leur départ, Chen Zhen et Yang Ke restèrent assis près de l'abri du louveteau. Ils avaient tous deux le cœur lourd. Yang Ke dit :

– C'est déloyal ! Non seulement nous avons nettoyé l'antre des loups, mais nous profitons maintenant du sentiment maternel qu'éprouve la louve envers son petit pour la tuer ! Nous serons rongés de remords toute notre vie.

– Ai-je eu tort d'élever ce louveteau ? Pour en avoir un, j'ai déjà entraîné la mort de cinq autres. Sans parler de celui que Dorj a tué. Combien d'autres y passeront encore ? Je comprends mieux Bilig qui s'évertue à maintenir l'équilibre dans la steppe : il est affligé de voir le bétail périr sous les attaques des loups, mais il regrette tout autant la mort des loups. Ces deux massacres le consternent. Mais dans l'intérêt de la steppe et de l'homme, il est obligé d'accepter ces épreuves en durcissant son cœur. Je prie Tengger le Ciel éternel d'empêcher la louve de venir cette nuit ! Qu'elle m'accorde encore un peu de temps : quand le louveteau sera grand, je le renverrai moi-même auprès d'elle...

Bilig vint peu avant minuit faire un tour d'inspection. En passant par la yourte des jeunes instruits, il prit le temps de s'asseoir près de Chen Zhen et Yang Ke. Il se mit d'abord à fumer en silence. Après avoir terminé deux pipes coup sur coup, il dit doucement, comme s'il voulait se soulager du fardeau qui pesait sur son cœur et sur celui des deux jeunes hommes :

– Les moustiques se déchaîneront dans quelques jours. Les chevaux auront de rudes moments à passer, et la perte de poulains sera énorme si nous ne réduisons pas suffisamment le nombre des loups. Tengger ne serait pas content de cette situation.

– A'bo, est-ce que la louve viendra cette nuit ? demanda Yang Ke.

– Difficile à dire, répondit le vieil homme. Utiliser comme appât un louveteau élevé, c'est une méthode aussi ignoble qu'inédite. Mais comment empêcher Bao d'organiser cette grande chasse aux loups, maintenant que tant de poulains ont trouvé la mort ?

Résigné, il s'en alla et disparut dans les ténèbres. On entendait ruminer les moutons qui s'ébrouaient de temps en temps pour se débarrasser des moustiques, les premiers de la saison. Ils n'étaient pas encore assez nombreux pour sévir sérieusement. Les deux jeunes gens causèrent encore un moment à voix basse. Puis ils décidèrent de leurs tours de garde. Yang Ke prit le premier pendant que Chen allait se reposer. Yang partit, torche électrique en main, son sac à demi rempli de pétards en bandoulière. Malgré les consignes de Bao, il se tenait prêt à tout imprévu.

Bien avant que la nuit tombe, le louveteau avait déjà pris son poste au nord-ouest du terrain. Repu, il était assis aussi loin du poteau que sa chaîne le lui permettait et semblait attendre avec angoisse cette voix qui tardait à revenir. Les oreilles dressées, les yeux illuminés d'espoir, l'orphelin étirait le cou vers la montagne.

Le premier hurlement s'éleva vers minuit. D'autres firent chorus des trois côtés de la montagne. La guerre de harcèlement reprenait. Les chiens y répondirent par des aboiements forcenés. Les loups marquèrent aussitôt un arrêt, puis se remirent à hurler de plus belle lorsque les chiens s'arrêtèrent à leur tour. La joute se poursuivit ainsi, longtemps. Les chiens, usés, finirent par aboyer moins fort et à des intervalles plus longs. D'ailleurs, on sentait que les loups eux-mêmes ne hurlaient que pour donner le change.

Chen Zhen, qui s'était levé aussitôt, et Yang Ke s'approchèrent du louveteau. À la faible lueur des étoiles, ils le virent tourner sans cesse autour de son poteau, faisant cliqueter sa chaîne de fer. Il voulait hurler avec les loups, mais c'était comme si sa voix était perturbée par le faux rythme que les chiens donnaient à leurs aboiements. Dans son ardeur à vouloir répondre aux appels venus de la montagne, il s'égosillait, aboutissant à un résultat catastrophique. Il faisait entendre le même son fluet, indécis, qui avait précédé ses hurlements de loup : il ne parvenait toujours pas à retrouver la mélopée de son clan.

Erlang courait en grondant à la tête des chiens, effectuant d'incessants va-et-vient sur le flanc nord-ouest du troupeau. C'est de cette direction que provint, un instant plus tard, le hurlement puissant des loups qui s'approchaient. Ils semblaient s'être regroupés sur la pente à proximité de la yourte. Chen Zhen dit d'une voix tremblante :

– Les loups ont concentré leurs forces sur nous...

Yang Ke, fébrile, palpa son sac de pétards et agita sa torche. Il ajouta d'une voix mal assurée :

– Si les loups viennent en masse, je serai obligé de jeter mes pétards, malgré la consigne. Et toi, tu lanceras les signaux d'alarme avec la torche électrique !

Soudain, les chiens se turent. Chen Zhen lança à voix basse à Yang Ke :

– Vite, accroupis-toi ! Le louveteau va hurler !

Effectivement, le torse bombé, les oreilles dressées, la gueule fermée, il prêtait l'oreille, se concentrant pour mieux capter les hurlements venant du fond de la nuit. Selon que la voix l'appelait du nord ou de l'ouest, il s'orientait d'un côté ou de l'autre. Mais quand les appels s'élevèrent des trois directions à la fois, il se mit à tourner en rond.

Chen Zhen se rendait compte que, cette nuit-là, les loups hurlaient d'une manière différente. L'autre soir, c'était une voix plutôt monotone, qui menaçait et harcelait, tandis que, maintenant, elle était riche et variée. Elle ondulait, interpellait, cherchait, comme celle d'une mère qui appellerait son enfant... Chen Zhen en avait la chair de poule.

On aurait dit que toutes les louves ayant perdu leurs petits au printemps s'étaient postées autour du campement. Le cœur en détresse, chacune d'entre elles semblait guidée par l'espoir de retrouver son louveteau. Elles étaient conscientes du danger encouru : plus bas se concentrait la population la plus dense de la steppe, défendue par des chiens et des hommes armés de fusils. Pourtant, elles s'approchaient, inexorablement. À un moment, Chen Zhen se dit qu'il avait le pouvoir d'éviter l'effusion de sang. Il pensa libérer le louveteau, mais renonça presque aussitôt : il savait qu'à peine relâché il serait aux yeux des chiens un loup sauvage comme les autres, et qu'il serait réduit en pièces. Il n'osa pas non plus le conduire à l'écart des habitations, à la faveur de la nuit, parce qu'alors c'est lui qui deviendrait la proie des louves forcenées.

Si, la nuit précédente, le louveteau avait été inspiré par le chant des loups au point de pousser ses premiers hurlements, il semblait maintenant perplexe en entendant ces cris provenant de toutes parts. C'était comme s'il ne comprenait pas le sens de ces appels très nuancés, et encore moins comment y répondre. La réplique tardant à venir, les loups hurlaient moins fort et les intervalles s'étiraient. Un doute s'était manifestement insinué en eux. Ils ne comprenaient pas, à leur tour, le silence de ce louveteau dont ils avaient pourtant entendu la voix la veille.

Le louveteau reprit alors ses tentatives. Solidement campé sur son derrière, la tête tournée vers le nord-ouest, il émit d'abord quelques sons : « Ou – ou – ou... ! » Puis il aspira à pleins poumons et rejeta l'air la tête renversée : « Ou – ou – ou... ! Aou – aou – aou... ! » Il avait enfin réussi ! La meute resta silencieuse de longues minutes, comme si elle tentait de décrypter le message, sans doute encore maladroit. Soudain monta une autre voix, jeune, presque identique à celle du louveteau : la horde semblait avoir confié à l'un de ses rejetons la tentative de communication. Durant quelques secondes, le louveteau resta muet, pensif, comme un étudiant en langues qui aurait eu besoin de se concentrer pour comprendre son interlocuteur et construire sa phrase avant de répondre. Alors il poussa un long hurlement avec une étonnante virtuosité. Sa voix était claire et tout en nuances. Elle vibrait longuement, avec un beau timbre métallique, comme le son d'un carillon. Très satisfait de ce résultat, il n'attendit pas la réponse avant de poursuivre à n'en plus finir. La tête de plus en plus haute, le museau dirigé vers le ciel, il chantait de toutes ses forces, dans la posture d'un gros loup dédiant son ode à Tengger. Il aspirait profondément pour remplir ses poumons d'air avant de relancer son chant. Il savait maintenant placer sa gueule en forme de trompette et mesurer le débit pour alimenter et entretenir sa mélopée aussi longtemps que possible. C'était un chant gai, qui n'avait rien à voir avec les habituels pleurs du loup. Il lançait haut sa voix juvénile qui planait dans l'air, parsemant la steppe de notes frémissantes et joyeuses, pures et modulées.

Chen Zhen et Yang Ke étaient fascinés. Yang Ke ne put s'empêcher de fredonner à l'unisson. Chen Zhen murmura à l'oreille de son copain :

– En entendant hurler le louveteau, je saisis mieux la musique populaire d'ici, lente et riche en trilles. À se demander si la chanson mongole n'est pas une imitation du hurlement du loup. Elle est riche et profonde, mélancolique et vaste comme l'immense steppe...

Le louveteau continuait, même s'il lui fallait rivaliser avec les aboiements des chiens pour faire entendre son chant. Chaque fois qu'il devait observer un arrêt, il écoutait, oreilles dressées, et la réponse fusait de partout dans la montagne. Soudain, un bref silence s'établit. Puis s'éleva un hurlement rude, autoritaire et majestueux, en provenance du nord-ouest. C'était sans aucun doute la voix du roi des loups, brève et impérative. D'un registre puissant, elle semblait commander le silence à tous. Même Chen Zhen et Yang Ke cessèrent de bavarder.

Dans un premier temps, le louveteau sursauta. Puis il bondit de joie et, en guise de réponse, se contenta d'imiter cette voix toute nouvelle. Il fit de son mieux pour en rendre le ton et le rythme, jusqu'à en parodier l'arrêt brutal. Il recommença à plusieurs reprises, mais sa voix ne rencontrait plus que le silence absolu du roi des loups. Il ne comprenait pas ce qu'on voulait lui dire : il était seulement content que les ombres oscillant dans les ténèbres aient remarqué son existence. Chen Zhen imaginait que le roi avait posé des questions au louveteau : « Qui es-tu ? De qui es-tu né ? Que fais-tu chez les hommes ? » En répétant ces questions avec le ton autoritaire du chef de la meute, le louveteau avait sans doute offensé le roi des loups dont les soupçons à son égard ne pouvaient que croître.

Le louveteau n'entendait rien à cette société hiérarchique ni au respect qu'il devait à ses aînés. Aux yeux des loups, son comportement était probablement un manque de respect, et surtout un défi à l'autorité. La meute lança des hurlements brefs comme si elle manifestait son indignation de voir son roi ainsi bafoué par le rejeton. Mais les échanges ne durèrent pas longtemps et tout retomba dans le silence.

Du côté des loups, ce devait être la perplexité générale. Jamais on n'avait vu de jeune loup vivant en bonne intelligence dans le camp ennemi des hommes et des chiens. Ce louveteau débitait, comme si de rien n'était, des propos inconsidérés ou inintelligibles. En fait, était-ce bien un loup? Il désirait manifestement qu'on lui réponde, mais un vrai louveteau aurait su mieux parler leur langue. Et s'il en avait perdu l'usage, c'est peut-être qu'il avait changé de camp: un renégat! Peut-être s'agissait-il d'un chien? Les loups voyaient souvent des hommes en uniforme kaki au nord de la steppe Olon Bulag. Ils marchaient sur la route sablonneuse, tenant en laisse de «gros chiens aux oreilles de loup», des bêtes puissantes, féroces qui, chaque année, tuaient entre leurs crocs acérés certains de leurs congénères. Ce «bâtard» était peut-être un de leurs rejetons! Ils avaient pourtant senti l'urine du louveteau dans les environs du campement! L'homme qui avait réussi à l'apprivoiser détenait sûrement un pouvoir magique. Sinon comment concevoir qu'un loup se soit laissé soumettre? Depuis des millénaires, les loups de la steppe étaient inflexibles: ils préféraient mourir plutôt que de se rendre!

Partout dans les ténèbres clignotaient des points phosphorescents, lugubres. Chen Zhen se disait que les loups et leur roi ne pouvaient éprouver que de la méfiance envers son louveteau. Il regarda le petit animal qui attendait désespérément une réponse venant du fond de la nuit. Chen se sentait aussi anxieux que lui. Et si la meute le délaissait, le louveteau serait-il condamné à vivre seul et à appartenir définitivement au monde humain? N'aurait-il alors comme seul soutien que lui-même et Yang Ke?

Soudain on entendit un nouveau hurlement, très long cette fois-ci: celui d'une louve. Sa voix était amère et douloureuse, mais vibrante d'espoir et de tendresse. Poignante, entrecoupée de sanglots, elle planait depuis des milliers d'années sur cette steppe antique et primitive, plainte éternelle des mères pleurant un enfant disparu.

Comme possédé, le louveteau se débattit avec une violence inouïe. Il s'acharna sur la chaîne qui l'étranglait. Haletant, la langue tirée, il ne s'arrêta que lorsque la même complainte reprit, amplifiée par d'autres louves. En un instant, le chant déchirant submergea toute la steppe : sous le sombre linceul de la nuit, les louves faisaient entendre l'amertume qu'elles avaient accumulée tout au long de l'histoire.

Chen Zhen se tenait debout, silencieux dans le vent nocturne. Le froid le pénétrait jusqu'à la moelle. Yang Ke s'approcha lentement du louveteau et prit son collier dans une main, tandis que de l'autre il caressait son dos et sa tête, dans l'espoir de le calmer. Mais l'animal se dégagea. Comme s'il craignait que ces voix maternelles disparaissent une fois de plus, il bondit et se jeta à corps perdu vers le nord-ouest et, la tête au ciel, poussa un chapelet de cris adressés à sa mère.

De nouveau un silence absolu s'ensuivit. Peut-être le message du louveteau avait-il été reçu comme une raillerie ? Chen Zhen essayait d'imaginer ce qui pouvait bien traverser l'esprit des louves : « Ce petit voyou se moque de notre douleur. Avorton grotesque, il n'est sûrement pas de notre race, et encore moins un louveteau que nous sommes prêtes à sauver au mépris de notre vie. » De nature soupçonneuse, les loups se montraient de plus en plus méfiants envers ce louveteau d'origine douteuse. Peut-être commençaient-ils à deviner la ruse machiavélique que l'homme avait, une fois encore, élaborée contre eux.

Chaque année, à l'arrivée du printemps, les loups voyaient ceux qu'ils devaient se représenter comme des « monstres dressés sur deux pattes » passer la steppe au peigne fin. Ils savaient qu'ils venaient les débusquer de leurs tanières. Tapies dans des cachettes de fortune, les louves voyaient de loin leurs petits capturés et tués. Elles étouffaient leurs cris quand leurs bébés s'écrasaient au sol après avoir été jetés en l'air, le crâne fracassé et le cou brisé. Partout, des antres détruits et du sang qui empestait... Parfois, bien après ces rafles, des mères se faufilaient dans un campement abandonné pour retrouver leurs petits qu'elles exhumaient la mort dans l'âme. Ces monstres qui leur vouaient une haine terrible pourraient-ils avoir assez pitié de l'un de leurs louveteaux pour l'élever ? De tels êtres pouvaient très bien leur tendre un piège !

Plongés dans un mutisme absolu, les loups étaient-ils vraiment en train de réfléchir? Seul le louveteau continuait de hurler. Il en avait la gorge enflée, la voix rauque, articulant des sons disparates et confus, complètement méconnaissables. Mais ses semblables restaient cois, insensibles à ses appels. Parce qu'il ignorait sa propre langue, le louveteau avait manqué son rendez-vous avec les siens. Et son échec était irrévocable.

Les loups s'éloignèrent rapidement, comme s'ils fuyaient la peste. Ils laissèrent la montagne drapée de ténèbres, dans un silence de mort. On se serait cru sur le terrain de l'inhumation céleste, au nord du tertre Chaganuul.

Chen Zhen et Yang Ke discutèrent longtemps, cherchant à comprendre pourquoi le combat nocturne, préparé par les deux camps, s'était soldé par le retrait total des loups. Le louveteau cessa de hurler lorsque pointa à l'horizon la première lueur de l'aurore. Il s'affaissa sur le sol, terrassé de fatigue et de tristesse, les yeux hagards tournés vers l'horizon voilé d'un brouillard laiteux: il cherchait toujours ces ombres de la nuit. Le brouillard se dissipa, révélant la pente tapissée d'herbes telle qu'il la voyait tous les jours. Rien ne bougeait, aucun son n'en provenait. Enfin, exténué, il ferma les yeux et sombra dans le désespoir. Chen Zhen le caressait affectueusement, espérant par ce geste adoucir la douleur de son ami. D'une certaine manière, il essayait aussi de se faire pardonner ce qu'il venait, malgré lui, de lui infliger: s'il ne l'avait pas enlevé aux siens, le louveteau n'aurait jamais eu à vivre cette expérience douloureuse qui ne faisait que le renvoyer à sa solitude et à sa réclusion.

Les pasteurs avaient passé une nuit d'angoisse, mais sans réel danger. Aucun troupeau n'avait été attaqué, pas un mouton n'avait été volé. Une telle issue contredisait toutes les prévisions. On discuta longtemps sans pourtant parvenir à une conclusion vraisemblable. Pourquoi ces louves, habituellement si attachées à leurs petits, s'étaient-elles retirées d'elles-mêmes? Les personnes âgées hochaient la tête: ce qui venait d'arriver ne s'était jamais vu!

Bao et ses chasseurs avaient eu beau tendre une embuscade, leur projet avait échoué. Cela n'empêcha pas le directeur de revenir chez Chen Zhen de grand matin. Il félicita les étudiants de Pékin pour leur riche imagination : ils avaient eu l'heureuse idée d'élever un louveteau pour «vaincre sans coup férir». Il leur laissa la grosse torche électrique en guise de cadeau et d'encouragement, prétendant que leur expérience serait généralisée à l'échelle de toute la ferme. Chen Zhen et Yang Ke poussèrent un grand soupir de soulagement. Au moins, ils pouvaient garder ouvertement leur louveteau.

À l'heure du petit déjeuner, Ulzii et Bilig entrèrent dans la yourte de Chen Zhen et de ses copains. Ils s'assirent avec eux et prirent ensemble du thé accompagné de pains farcis de viande de poulain. Ulzii paraissait très en forme malgré sa nuit blanche :

– J'étais très tendu aux premiers hurlements des loups, dit-il. Vous étiez cernés sur trois côtés, à un peu plus de cent mètres de votre yourte. J'étais soucieux de votre sécurité. C'était très dangereux !

– A'bo, demanda Chen Zhen, pourquoi les loups ont-ils agi de manière si bizarre ?

Le vieil homme avala une lampée de thé, puis aspira une bouffée de tabac :

– Je pense que... c'est en grande partie parce que ton louveteau ne connaît pas le langage des loups. En plus, ses cris étaient entrecoupés par les aboiements des chiens.

– Vous dites souvent que les loups communiquent avec Tengger. Cette fois, pourquoi n'ont-ils pas reçu de message de là-haut ?

– Les loups auraient essuyé de grosses pertes s'ils avaient attaqué. C'était le complot tramé par le directeur Bao. Tengger le savait très bien et il a ordonné la retraite des loups.

– Qu'il est clairvoyant, notre Tengger ! se moqua gentiment Yang Ke.

– Et vous, demanda encore Chen Zhen à Ulzii, pouvez-vous nous donner une explication plus... scientifique ?

– Je n'ai jamais rien vu de tel, répondit-il après une courte réflexion. Il est fort probable qu'aux yeux des loups ton louveteau soit apparu comme un intrus. Chaque meute possède sa sphère d'activité vitale. Pour la sauvegarder, les loups opposent souvent un combat sans merci aux envahisseurs. Comme ton louveteau leur tenait un langage étrange, les loups ont abandonné l'idée de le sauver au risque de leur vie. D'ailleurs, le roi des loups était avec eux, et un roi ne tombe pas facilement dans le panneau. Il a certainement supposé des relations familières entre ton louveteau, les hommes et les chiens, et senti qu'il ne pouvait s'agir que d'un piège. Conscient qu'il avait des ennemis rusés, il s'est montré particulièrement prudent : les loups agissent rarement sans être sûrs de leur succès. En tant que défenseur des louves, le roi est venu en première ligne. Il a donné une chance aux louves de nouer le dialogue avec le louveteau. Se rendant compte que ça ne donnait rien, il a ordonné la retraite générale.

Chen Zhen et Yang Ke l'approuvèrent. Ils raccompagnèrent Ulzii et Bilig, qui prirent congé d'eux. Ils trouvèrent le louveteau abattu, prostré, le menton entre les pattes, les yeux hébétés, vestiges d'une nuit où ses plus beaux rêves s'étaient terminés en cauchemar. Avant de partir, Bilig s'arrêta devant lui :

– Pauvre bête, reniée par ses semblables. Est-il condamné à vivre comme un esclave ? Depuis l'arrivée des Han ici, la loi de la steppe est complètement perturbée. Cela me fait mal au cœur de voir un jeune loup prisonnier d'une chaîne. C'est une créature intelligente, dynamique... et armée d'une patience incomparable. Il s'enfuira un de ces jours ! Mon enfant, j'ai peur que tu ne réussisses jamais à gagner son cœur, même si tu le nourris tous les jours de mouton !

Les nuits suivantes, on n'entendit plus de hurlements. Seule la jeune voix du louveteau retentissait tristement sur la prairie déserte. La montagne lui renvoyait l'écho, mais la meute de loups préférait rester muette. Une semaine plus tard, le louveteau étiolé languissait encore, mais ses lamentations finirent par s'espacer, jusqu'à disparaître. Après cet événement, les loups n'attaquèrent plus les troupeaux la nuit. Les femmes de pasteurs disaient à Chen Zhen et Yang Ke, souriantes : « Enfin, nous pouvons dormir paisiblement jusqu'à l'heure de la traite des vaches. »

Les pasteurs s'étaient adoucis quand ils parlaient du louveteau de Chen Zhen. Aucun d'entre eux ne suivit cependant l'idée de Bao d'en élever d'autres pour faire reculer les loups. Un vieux pasteur donna franchement son opinion sur les deux jeunes instruits : « Libre à eux de continuer l'élevage. Mais attendez de voir ce qui se passera quand le louveteau retrouvera sa nature sauvage en grandissant ! »

CHAPITRE 26

Du sang de Tujue coule dans les veines de Li Bai, ce que prouve le prénom de ses deux enfants. Son fils s'appelle « Poli », qui en chinois ne signifie rien mais est homophone de « loup » en langue tujue. Le loup étant le totem des Tujue, porter le nom de « Poli » équivaut à s'appeler Dragon pour un Chinois. Sa fille s'appelle Ming Yue Lu (lune brillante). Aujourd'hui, beaucoup de jeunes filles ouïgoures portent le prénom « Ayi Luer », mots qui signifient « lune » et « rayon ».

Culture de la steppe et histoire de l'humanité
Meng Chibei

Pendant quelque temps, l'approvisionnement en viande du louveteau fut assuré grâce à Zhang Jiyuan qui apportait du poulain. Chen Zhen lui donnait toute la nourriture qu'il pouvait et le promenait dans les environs du campement, espérant compenser l'affection maternelle dont il était privé. Mais la provision d'entrailles de poulain s'épuisa rapidement et le louveteau dut s'en passer, tout comme les chiens. Jour après jour, Chen Zhen improvisait pour leur apporter leur pitance quotidienne.

Un soir, Gao Jianzhong lui raconta qu'un bœuf avait été foudroyé sur un tertre de la montagne. Le lendemain, Chen Zhen partit tôt, muni d'un sac de jute et d'un couteau mongol, dans le but de retrouver l'animal, mais il arriva trop tard. La bête avait déjà été déchiquetée par une meute de loups ; de son énorme masse ne restaient plus que quelques gros os de la carcasse et de la tête. Même la chair des articulations avait été arrachée par les dents aiguës de louveteaux.

Chen Zhen rencontra sur les lieux un vieux bouvier. D'après lui, Tengger avait tué ce bœuf pour le livrer en pâture aux loups qui, n'osant plus attaquer les moutons, risquaient de mourir de faim.

– Tengger a attendu la nuit tombante afin que les loups puissent se repaître en toute tranquillité. Retiens bien ça, jeune homme ! La loi de la steppe est établie par Tengger le Ciel éternel. Quiconque l'enfreint connaîtra un jour le châtiment céleste !

Jetant un regard sévère au jeune instruit, il repartit vers son troupeau.

Le vieil homme ne lui avait pas parlé de son louveteau, mais Chen comprit l'allusion. Il rentra, penaud. Chemin faisant, il fut assailli de mille pensées. Il leva la tête vers Tengger, ne voyant qu'un ciel bas qui couvrait de sa voûte l'immensité de la steppe. Il se rendit directement au chantier de construction où il acheta à un prix exorbitant un demi-sac de millet. Son seul moyen pour tenir jusqu'au prochain animal abattu, c'était d'augmenter la proportion de céréales dans l'alimentation du louveteau et de ses chiens. Il s'approchait de sa yourte, songeant à faire une sieste, quand ses trois jeunes chiens sortirent en courant joyeusement vers la pente ouest. Il les suivit sur quelques pas et vit Erlang, Huanghuang et Yir de retour de l'une de leurs expéditions. Huanghuang et Yir supportaient mal leur ordinaire de tous les jours et ils avaient commencé à suivre Erlang dans ses escapades. Les gros chiens descendaient la pente la tête haute, fiers, tenant chacun une proie dans la gueule. Visiblement, leur sortie était couronnée de succès. Leur estomac bien garni, ils avaient pensé à rapporter quelque chose à la maison.

Chen Zhen alla à leur rencontre, tandis que les petits chiens se disputaient le gibier que les trois molosses tenaient dans leur gueule. Erlang déposa sa proie sur le sol et dispersa les jeunes chiens. Puis il reprit son gibier et se remit à courir pour rejoindre son maître. Chen vit qu'il tenait une marmotte mâle entre ses dents, Huanghuang une femelle, tandis que Yir avait tué un gros rat. Huanghuang et Yir déposèrent leur proie aux pieds de Chen, puis se mirent à japper en tournant autour de lui, Huanghuang allant jusqu'à faire une sorte de génuflexion pour désigner de son museau son trophée de chasse. Leur maître, comblé, les gratifia chacun d'une petite tape amicale.

Chen Zhen décida de garder la marmotte mâle pour lui et ses copains : tous trois étaient privés de gibier depuis bien longtemps. La femelle serait donnée aux trois jeunes chiens, tandis que le rat, l'aliment préféré des loups, irait tout entier au louveteau. Il se mit aussitôt au travail. Il commença par la marmotte femelle qu'il ne se donna même pas la peine d'écorcher. En été, l'animal n'avait aucun poil, et le centre d'achat refuserait sa peau qui ne valait pas grand-chose. Il découpa la marmotte en portions égales pour les trois petits chiens qui se jetèrent dessus. Excité par l'odeur du sang, le louveteau se dressa sur ses pattes de derrière. Chen fit semblant de l'ignorer. S'il lui lançait un seul regard, le louveteau s'étranglerait en tirant sur sa chaîne. Chen Zhen ne revint s'occuper du rat qu'après avoir expédié le repas des chiens.

Il prit l'animal par la queue et l'examina attentivement. Il avait vu plus d'une fois des rats de cette espèce quand il faisait paître ses moutons. Celui-ci était exceptionnellement gros. Le vieux Bilig lui avait expliqué comment ces rats servaient de cible aux enfants mongols lorsqu'ils s'exerçaient à leur jeu préféré : le tir à l'arc. Pour les entraîner, leurs parents leur fixaient un chiffre à atteindre, les enfants n'ayant droit de manger qu'après avoir tué un certain nombre de rats. Ils s'amusaient tant qu'ils en oubliaient souvent leur faim. À mesure qu'ils grandissaient, ils poursuivaient cet exercice avec un arc plus puissant et à dos de cheval. Le meilleur archer de l'armée de Gengis Khan, Zev, qui commanda ses troupes lors de la conquête de la Russie, avait perfectionné son art grâce à cette méthode d'entraînement. Il faisait mouche à cent pas et pouvait atteindre un rat à la tête. « Les cavaliers mongols comptaient tous sur l'équitation et le tir à l'arc pour défendre la steppe et conquérir le monde », ne cessait de répéter le vieux Bilig. Ils développaient leur habileté dès leur plus tendre enfance, ce qui expliquait qu'ils aient causé de graves pertes aux Han qui n'avaient pas d'aussi bons chevaux et s'entraînaient au tir à l'arc sur des cibles fixes. D'après le vieil homme, les Mongols tenaient cette méthode des loups : c'est avec un rat en effet que la mère initiait ses louveteaux à la chasse.

Chen Zhen s'arrêta au bord du territoire de son protégé et cria : « Louveteau, mange ! » Les yeux injectés de sang, celui-ci arriva, sautant en l'air pour attraper cette proie que son maître tenait par la queue au-dessus de lui. Chaque fois qu'il était sur le point de l'atteindre, Chen Zhen rehaussait un peu l'appât. Excité par ce gibier, la petite bête donna libre cours à sa sauvagerie, se démenant toutes griffes dehors. Chen Zhen apercevait dans la gueule grande ouverte ses quatre crocs et ses gencives rouges. Presque effrayé, il finit par laisser tomber la proie que le louveteau attrapa au vol. Mais comme s'il avait reçu un charbon ardent dans la gueule, il la relâcha aussitôt et recula d'un mètre. Il se fit tout petit, regardant le rat d'un air effaré. Trois bonnes minutes après, son regard se calma quelque peu, puis il s'arc-bouta et piétina sur place, s'élançant enfin d'une seule détente pour reprendre le rat par le cou, y enfoncer ses dents et le relâcher tout de suite. Il revint au point initial pour l'observer de nouveau. Comme le rat gisait immobile, le louveteau s'élança une nouvelle fois pour le mordre. Il répéta le mouvement à trois ou quatre reprises, avant de se calmer.

Chen Zhen, éberlué, le regardait sans comprendre. Il finit par se dire que le rat était une nourriture foncièrement différente de celle que le louveteau avait connue jusqu'ici. Il avait toujours reçu de lui de la viande et des os hachés, préparés par ses soins, tandis qu'un rat entier était un corps préservé, à l'état naturel, qui possédait tête et queue, oreilles et yeux, peau, poils et pattes. Dans ce corps avait habité une vie. C'était donc une nourriture digne des loups ! Pour la première fois, le louveteau allait dévorer un animal intact. Dans son excitation, sa noble nature s'était réveillée et l'avait conduit à ces gestes presque liturgiques.

Le louveteau reprit son souffle, s'ébroua et lissa son poil. Mais au lieu d'entamer son repas, il se mit à courir autour du rat. Les yeux mi-clos, l'allure modérée, il allait d'un pas rythmé comme un cheval au trot. Puis il accéléra après quelques tours, traçant toujours le même cercle. Chen Zhen se rappela l'événement du début du printemps, lorsque plusieurs dizaines de loups avaient couru autour des chevaux militaires morts dans le marécage en traçant un cercle identique. Tous deux présentaient une circonférence parfaite au milieu de laquelle se trouvait la même chose : le butin de chasse non entamé !

Le louveteau s'arrêta finalement. Haletant, il s'assit près du gros rat. Quand il eut repris son souffle, il se lécha les babines, les yeux étincelants de convoitise. Enfin, il révéla sa vraie nature de loup tiraillé par la faim. Il sauta sur le rat, toutes griffes dehors, lui enfonça ses crocs dans le ventre, puis d'un brusque mouvement de la tête lui arracha la peau pour étaler sa chair blanche souillée de sang. Frémissant de plaisir, il brisa les côtes du rat et les dévora avidement, puis il retira les entrailles qu'il engloutit.

Chen Zhen était horrifié par la face hideuse de son louveteau, presque déformée par la rapacité. La petite bête, grognant de satisfaction, mangeait fiévreusement chair, os, peau, poils, foie, vessie. Un instant plus tard, il ne restait plus que la tête et la queue. Mais le louve-teau n'en avait pas encore fini avec sa proie. Il prit entre ses mâchoires la tête du rat et, crac! Elle se fendit en deux moitiés, bien vite broyées et dévorées. Enfin, il s'attaqua à la queue maigre et clairsemée de poils, qu'il trancha et avala. Sur le sol sablonneux, on ne voyait plus que quelques traces de sang et d'urine qui témoignaient de la présence d'un gibier disparu à jamais. Pourtant, le louveteau semblait inassouvi; il s'approcha de Chen Zhen et, constatant que le jeune homme n'avait rien d'intéressant dans les mains, s'affaissa sur le sol, l'air déçu.

Chen Zhen le délaissa pour s'occuper de la seconde marmotte. Il l'écorcha, enleva la partie entamée par le chien et la mit en réserve dans la cuvette pour le dîner du louveteau. Puis il éventra, vida, découpa et fit cuire le reste dans la casserole. Ses deux copains et lui allaient enfin avoir un repas digne de ce nom!

Au crépuscule, le louveteau vint s'asseoir sur son terrain sablonneux face à l'ouest. Il regardait anxieusement le disque solaire qui décroissait. Lorsque les dernières taches d'or s'éclipsèrent derrière la colline, il se tourna face à la yourte, gambada, gesticula, se roulant sur lui-même et faisant sonner sa chaîne de fer comme s'il voulait avertir Chen Zhen que le moment de sa promenade était venu. Chen Zhen avait dîné sans attendre ses copains, probablement retenus par leurs troupeaux. Il prit un bâton, dénoua la chaîne et partit avec le louveteau, Erlang et Huanghuang. C'était le moment préféré de son protégé, plaisir que partageait Chen, même si la tâche devenait chaque jour un peu plus ardue et épuisante.

Depuis maintenant trois mois le louveteau vivait avec Chen. Malgré les pénuries récurrentes de viande, il avait grandi rapidement, dépassant déjà d'une tête les petits chiens du même âge que lui, et pesant une fois et demie leur poids. Il avait complètement mué et son nouveau pelage luisait d'un gris jaunâtre. Sur son dos se dressaient en arête des crins noirs et raides. Son front bombé s'était aplati, s'ornant de petites taches blanches, tandis que son museau noirâtre s'était allongé en forme de bouchon. Quant à ses oreilles, maintenant longues et pointues, elles étaient la plupart du temps énergiquement dressées. Vu de loin, le louveteau ne différait en rien des autres loups de la steppe.

Chen Zhen était surtout fasciné par cette paire d'yeux ronds, dont les coins intérieurs tiraient vers le bas à quarante-cinq degrés et en creux. Expressifs, ils étaient effrayants comme ceux d'un tigre. Le blanc de l'œil, devenu ambre, entourait des prunelles petites et noires. Quand le louveteau se mettait en colère, des plis se dessinaient des deux côtés de son long museau, rehaussant du même coup la force de ses yeux qui inspiraient la panique au premier venu. Chen Zhen lui-même finissait par baisser les siens.

Mais lorsque le louveteau était de bonne humeur, Chen Zhen le prenait par les oreilles et se plaisait à scruter les détails de sa face. Il l'examinait quotidiennement et notait sans cesse des expressions différentes selon l'instant : rieur et adorable, yeux injectés de sang et violents, gueule rouge démesurément ouverte aux crocs empoisonnés comme ceux d'un crotale. Il lui arrivait de lui ouvrir la gueule et de donner une chiquenaude à ses dents pointues, qui sonnaient comme de l'acier. Leur pointe, comparable à une vrille, était couronnée d'un ivoire beaucoup plus dur que celui de l'homme. Chen Zhen commençait à s'inquiéter de ces dents qui devenaient de plus en plus tranchantes. Le louveteau ne montrait néanmoins jamais ses crocs à Chen Zhen, sauf quand il s'approchait de lui pour lui donner à manger. Mordiller était une de ses principales façons d'exprimer son affection, et Chen Zhen le laissait régulièrement s'amuser avec l'un de ses doigts.

Dès qu'il le détachait de son poteau, le louveteau fonçait de l'avant, s'arc-boutait, tirant énergiquement sur la chaîne, tandis que Chen Zhen essayait en vain de le ramener à une allure raisonnable. Pour permettre au louveteau d'atteindre la force et l'endurance des loups sauvages, Chen Zhen courait avec lui autant que possible. Quand il s'essoufflait, suant de tout son corps, l'animal continuait sa course en le traînant de force. Chen Zhen en avait la main endolorie. Souvent il devenait blême et attrapait des crampes, ce qui n'avait rien d'étonnant sur ce haut plateau où l'oxygène se faisait plus rare. Chen savait que les loups de la steppe étaient d'excellents coureurs : même les chevaux Ujumchin pouvaient se laisser distancer. La dernière fois que Yang Ke avait accompagné Chen dans sa promenade avec son louveteau, les deux amis songèrent très sérieusement à y renoncer. Dans un éclat de rire, ils imaginèrent qu'un jour il finirait par rejoindre sa meute en les traînant derrière lui !

Il était même arrivé que Chen et Yang, en tenant la chaîne à deux, trébuchent et tombent sous la force de traction de l'animal. Les femmes et les enfants mongols ne manquaient pas d'éclater de rire devant un tel spectacle. Même les hommes s'en amusaient malgré leurs réticences au sujet de l'élevage du louveteau. La plupart avaient décidé de faire confiance à Tengger qui, selon eux, ne manquerait pas d'intervenir le jour venu pour donner un coup d'arrêt à cette farce et administrer une bonne leçon aux étudiants de Pékin. Un Mongol avait dit un jour à Chen Zhen : « Le loup ne sera jamais apprivoisé, ni par expérimentation scientifique, ni par force physique. » Chen Zhen avait bien tenté de lui expliquer, comme il n'avait cessé de le faire avec d'autres, qu'il n'était pas question pour lui de l'apprivoiser mais simplement de l'étudier. Peine perdue. Personne ne voulait le croire. Dans toute la ferme, on se moquait de son plan qui visait à accoupler son louveteau avec une chienne. Quand l'alcool envahissait les esprits, les plaisanteries ne manquaient pas de fuser : « Un beau spectacle nous attend ! On verra une chienne dévorée par son louveteau ! »

Une fois de plus, ce soir-là, le louveteau courait à toute allure. Chen Zhen le suivait tant bien que mal, à bout de souffle. Avant cette nuit inoubliable où il avait entendu hurler la louve, le louveteau courait en tous sens pour se délasser, mais, depuis cet événement, il fonçait toujours en direction du nord-ouest. Cette fois, ils parcoururent ensemble une longue distance, bien plus que d'ordinaire. Ils traversèrent une vallée et s'engagèrent sur une pente douce. Chen Zhen jeta un coup d'œil en arrière, s'apercevant qu'ils étaient déjà à environ quatre kilomètres de sa yourte. Armé d'une solide massue et escorté de deux chiens puissants, il n'était pas trop inquiet. Après avoir parcouru encore plusieurs centaines de mètres, le louveteau ralentit, flairant ici et là, le museau allongé. Arrivé devant une touffe d'herbes, il sursauta, les crins dressés sur l'arête dorsale, les yeux brillants de joie et de surprise. Il leva la tête et se mit à hurler face à l'ouest où se traînaient des nuages embrasés par le soleil couchant. Sa voix était triste, pleureuse, comme lors de ses premiers cris d'apprentissage, une voix qui traduisait son désir ardent de raconter l'amertume de sa vie de prisonnier et son aspiration à l'amour maternel qui lui manquait.

Erlang et Huanghuang reniflèrent à leur tour la touffe d'herbes. Leur poil aussi se dressa, et ils commencèrent à creuser énergiquement. Puis ils aboyèrent, la tête dans la même direction. Chen Zhen comprit : le louveteau venait de sentir l'urine des loups. Il écarta du pied les herbes folles dont la base avait jauni. Une forte odeur monta. L'empreinte fraîche lui apprit que des loups avaient rôdé dans ces parages la nuit précédente. Mal à l'aise, Chen Zhen se releva et jeta un coup d'œil circulaire. Le soleil s'était couché derrière la montagne, si bien que la pente disparaissait peu à peu dans l'obscurité. Le vent fit onduler les herbes. Chen Zhen eut l'impression d'entrevoir des ombres de loups tapis dans les ténèbres. Il frissonna malgré lui et tira sur la chaîne de fer pour ramener son louveteau. Il craignait d'être pris dans une embuscade.

Au même instant, il vit le louveteau uriner, une patte levée. Il tira de toutes ses forces sur la chaîne pour l'en empêcher. Le louveteau trébucha et s'aplatit au sol. Sans prévenir, il se jeta sur Chen Zhen qui tomba à la renverse et sentit les crocs du louveteau s'enfoncer dans l'un de ses mollets. Chen laissa échapper un cri de douleur, mais il eut la présence d'esprit de se relever et d'enfoncer son bâton dans la gueule du louveteau qui, fou de colère, refusait de lâcher prise.

Les chiens n'avaient pas eu le temps de réagir. Revenus de leur surprise, ils se ruèrent sur le louveteau. Huanghuang le saisit par la nuque et le tira en arrière, tandis qu'Erlang poussait un cri fracassant dans les oreilles de son protégé qui, foudroyé, desserra ses mâchoires.

Chen Zhen resta incrédule en regardant le sang couler de sa blessure. Il ne voulait pas croire que c'était son louveteau, celui qu'il avait nourri de ses propres mains, qui avait fait ça. Pourtant, voyant les deux chiens bondir, il se jeta en avant et prit dans ses bras le louveteau qui ne cessait de se débattre en grondant, tous crocs dehors, les yeux étincelant comme des éclairs. Chen rudoya même les deux chiens, qui cessèrent d'attaquer. Puis il relâcha le louveteau, qui finit par se calmer mais en reculant de deux pas et en fusillant Chen des yeux. Haletant de colère, Chen Zhen se reprit à grand-peine et trouva la force de lui dire sur un ton apaisant mais ferme : « Louveteau ! Es-tu aveugle ? Tu as osé me mordre ! » Cette voix familière sembla sortir le louveteau de sa fureur bestiale. Il dévisagea son maître, comme s'il le reconnaissait peu à peu. Mais Chen ne vit nulle trace de regret dans ses yeux.

Sa blessure saignant toujours, Chen Zhen se releva, enfonça profondément son bâton dans un trou de rat et y fixa la chaîne de fer. Il craignait que le louveteau ne tente une nouvelle attaque à la vue du sang. Il alla s'asseoir par terre, un peu plus loin, puis retroussa la jambe de son pantalon. Il vit distinctement sur son mollet quatre petits trous ensanglantés. Heureusement que son pantalon de coutil bleu était épais et résistant : il avait amoindri le coup de dents. Il pressa sa chair pour faire couler un peu le sang envenimé, et déchira sa chemise pour se faire un pansement sommaire.

Il se releva, prit la chaîne de fer, pointa du doigt le campement d'où s'élevait une volute de fumée de cuisine : « Louveteau, bois ! » Avec Yang Ke, ils étaient très fiers de leur nouvelle invention. Depuis qu'ils promenaient le louveteau, ils avaient pris l'habitude de le rationner en eau toute la journée. C'était la façon la plus efficace de l'inciter à rentrer. À cet ordre qu'il avait bien assimilé, le louveteau se dirigea aussitôt vers la maison, les babines humides de salive. Une fois arrivé à la yourte, il attendit avec impatience près de la cuvette. Chen Zhen lui donna un morceau d'os de marmotte avant de l'attacher solidement au poteau. Le louveteau négligea l'os pour plonger d'emblée la tête dans la cuvette et laper l'eau à grands coups de langue.

Chen Zhen entra dans la yourte pour refaire son pansement. Gao Jianzhong, arrivé dans l'intervalle, le pressa d'aller se faire vacciner au dispensaire. Chen, par prudence, enfourcha sa monture et alla trouver celui qu'on appelait le « médecin aux pieds nus ». Il le pria de lui faire une piqûre tout en lui demandant de passer sous silence la cause de sa blessure. En échange de ce service, il lui promit deux livres de valeur, *Le Père Goriot* et une biographie de Napoléon et se garda de lui reprocher la perte de l'*Étoile rouge sur la Chine* d'Edgar Snow. Le médecin accepta les conditions avec mauvaise grâce, maugréant qu'il lui faudrait faire un voyage spécial à l'administration de la ferme parce qu'il ne lui restait qu'une seule et dernière seringue de sérum antirabique. Chen Zhen se confondit en excuses et en remerciements. Il n'avait qu'une pensée en tête : conserver à tout prix son louveteau. Il savait que, selon la coutume de la steppe, un chien de berger qui blessait un mouton était mis à mort sur-le-champ. Alors un louveteau qui avait poussé l'audace jusqu'à mordre son éleveur ! La vie de son protégé ne tenait qu'à un fil. Sur le chemin du retour, Chen Zhen se demanda comment sortir de ce mauvais pas.

Il trouva dans la yourte Yang Ke et Gao Jianzhong en pleine discussion. Gao criait :

– Ce louveteau est impardonnable ! Il a osé mordre Chen Zhen. Autant dire qu'il enfoncera ses crocs dans le premier venu ! Il faut le tuer avant qu'il ne blesse quelqu'un d'autre ! Quand nous serons dans le pâturage d'automne, les équipes de travail se trouveront loin l'une de l'autre, et il sera impossible à un blessé de se faire vacciner à temps. La rage du loup est plus meurtrière que celle du chien, tu le sais bien !

– Moi, j'ai un autre souci, fit Yang Ke. Le sérum antirabique est précieux et rare. Il constitue une mesure préventive pour protéger les pasteurs blessés accidentellement. Est-ce que nous y avons droit alors que nous élevons un loup ? Je crains que désormais on nous le refuse. Mon avis est que... nous relâchions le louveteau au plus vite. Sinon, les gens viendront le tuer.

– Le libérer alors qu'il a mordu son maître ! répliqua Gao. Tu es bien généreux ! Non, il ne s'en sortira pas à si bon compte !

– Si je le tue, dit Chen Zhen, cela signifie que tous mes efforts et tous mes sacrifices, y compris la morsure au mollet, n'ont servi à rien. De toute façon, il ne survivrait pas à sa libération : même s'il arrivait à rejoindre la meute, il serait considéré comme un intrus ou un traître.

– Que faire alors ? demanda Yang Ke, l'air sombre.

– La seule solution consiste à lui émousser les crocs. Ils sont redoutables parce qu'ils sont pointus et tranchants. Si nous les rendons inoffensifs, plus personne n'aura à se faire vacciner. Le seul inconvénient, c'est que le louveteau devra être nourri avec de la viande coupée menu.

Yang Ke hocha négativement la tête :

– C'est absurde. Est-ce que privé de ses crocs acérés un loup peut encore vivre dans la steppe ?

– Je ne vois pas d'autre solution. En tout cas, je n'abandonnerai pas le louveteau pour cette petite morsure. Et qui sait ? Peut-être que la pointe de ses crocs repoussera un jour ?

– Priver un loup de ses crocs ! J'aurai tout vu ! Mais tu vas t'en sortir avec une nouvelle morsure ! lança Gao sur un ton acerbe.

Le lendemain matin, avant le départ du troupeau de moutons pour la prairie, tout était prêt pour la « solution radicale ». Les deux étudiants commencèrent par nourrir le louveteau et le dorloter de leur mieux. Puis, à deux mains, Yang Ke le prit par la tête et enfonça ses deux pouces dans sa gueule qui s'ouvrit d'elle-même. La petite bête se laissait faire docilement, habituée qu'elle était à ce genre d'espiègleries de la part de ses deux amis. Elle trouva même amusant ce nouveau jeu. Les jeunes instruits examinèrent la denture à contre-jour. Les crocs étaient légèrement transparents, si bien que l'on voyait distinctement la pulpe des dents qui, par chance, s'arrêtait à mi-hauteur du croc. L'opération serait indolore si l'on enlevait la pointe sans toucher à la pulpe. Ainsi les quatre crocs du louveteau seraient-ils en partie conservés.

Chen Zhen approcha la pince du museau du louveteau pour qu'il s'habitue à son odeur. Il le laissa jouer avec l'outil. Un instant après, le louveteau avait entière confiance en cette arme qui allait pourtant se retourner contre lui. Chen Zhen saisit alors la pince tandis que Yang Ke immobilisait la gueule. Crac ! Les quatre pointes furent coupées l'une après l'autre. Le tout fut accompli en moins d'une minute. Les deux jeunes hommes s'étaient préparés à une lutte acharnée, mais ils étaient parvenus à leurs fins avec une facilité déconcertante. Le louveteau se contenta de lécher ses dents épointées comme si de rien n'était.

Ils poussèrent un soupir de soulagement. Leur louveteau ne blesserait plus jamais personne. Mais pendant des jours ils ne retrouvèrent plus leur bonne humeur. Yang Ke avait le sentiment d'avoir castré le louveteau. Quant à Chen Zhen, il sentait qu'il s'éloignait de plus en plus du but qu'il s'était fixé lorsqu'il avait décidé de l'élever.

Comme convenu, le médecin vint emprunter des livres. Parmi la centaine d'étudiants venus de Pékin, seuls Yang Ke et Chen Zhen avaient apporté des caisses d'ouvrages que l'on rangeait alors dans la catégorie «classique féodal capitaliste et révisionniste». Maintenant que le plus gros de l'ouragan politique était passé, les jeunes se jetaient avidement sur ces livres interdits. Un livre prêté devenait bien souvent irrécupérable. Mais on ne pouvait pas refuser ce service au médecin, car Bao viendrait abattre le louveteau s'il apprenait qu'il avait mordu Chen. Les livres jouèrent leur rôle: on ignorerait longtemps que Chen Zhen avait été victime de son louveteau.

CHAPITRE 27

Depuis son soulèvement militaire, Li Shimin (l'empereur Taizong des Tang – *NdA*) a livré des dizaines de combats. Souvent il prenait l'offensive à la tête de ses officiers et soldats ou menait un petit détachement de cavaliers pénétrer la position ennemie. Il a frôlé la mort à maintes reprises mais s'en est toujours sorti indemne.

Après avoir tué des dizaines d'ennemis, Li Shimin vit ses deux sabres ébréchés. Ses manches étaient remplies de sang; il les vida et reprit le combat.

Sa Majesté (l'empereur Taizong des Tang – *NdA*) dit: «... Pour commander une armée selon la loi de la guerre, il faut la pousser de l'avant quand la situation tourne en notre faveur et opérer une retraite immédiate dans le cas contraire.»

Miroir universel pour aider à gouverner, vol. 190, 184 et 196

Sima Guang des Song du Nord

Après plusieurs jours de pluie, les rivières de la steppe Olon Bulag débordèrent. Les berges du lac ne formaient plus qu'un immense marécage. Les conditions étaient réunies pour que s'abatte sur la steppe une nouvelle calamité : les moustiques. Sur le nouveau pâturage, on souffrait plus qu'ailleurs de ce fléau. Comme il était encore vierge l'année précédente, beaucoup de moustiques avaient survécu aux rigueurs de l'hiver.

Les jeunes instruits avaient hermétiquement bouché tous les interstices de leur yourte. Cet après-midi-là, après avoir lu tranquillement dans son lit, protégé par sa moustiquaire, Chen Zhen se leva, mit son casque à voile, prit un balai de crins de cheval et sortit. Les chiens s'étaient réfugiés sous les charrettes, là où les moustiques étaient moins nombreux et les rayons du soleil, moins intenses. Chen voulait voir son louveteau dans son abri. Aussitôt le seuil franchi, il entendit un ronronnement puissant, plus inquiétant qu'une sirène annonçant un raid aérien. Les moustiques préparaient leur attaque générale.

Ces insectes jaunes, les plus gros moustiques au monde, étaient d'une agressivité sans égale. Nulle part ailleurs que dans la steppe mongole on n'en trouvait d'aussi fortes concentrations. Ils volaient vers leur but, guidés par l'odorat, s'abattant comme autant de flèches ailées sur leur proie qu'ils piquaient de leur aiguillon. Par vagues successives, ils fonçaient sur les troupeaux. Tant bien que mal, les chevaux et les bœufs résistaient en agitant frénétiquement la queue. La première volée abattue par les coups cinglants, arrivait la suivante qui, excitée par l'odeur du sang, se montrait encore plus violente.

Le casque de Chen Zhen était muni d'un voile qui fut bientôt obstrué par les moustiques. Il vit les aiguillons entrer par les mailles du voile qu'il brossa avec son balai de crin : les minuscules agresseurs tombèrent par dizaines. Mais à peine sa vision était-elle dégagée qu'elle

était de nouveau obscurcie par les nouveaux venus. Il agita énergiquement son balai comme un éventail, ce qui lui permettait de voir à
quelques mètres devant lui. Le ciel était voilé d'une fumée jaunâtre. Ces
moustiques volaient en nuées compactes.

Malgré son entrave, le cheval blanc de Chen Zhen avait réussi à
quitter la pente aux herbes succulentes pour se réfugier sur un terrain
pelé et tapissé de crottin de mouton. Le pauvre animal était recouvert
d'une épaisse couche de moustiques, comme s'il avait été saupoudré de
son de riz. Voyant son maître armé d'un balai, il s'approcha clopin-
clopant. Chen Zhen le conduisit près de la charrette à bœuf. Le cheval
blanc s'ébroua éperdument tandis que, de sa queue fournie, il se fouettait le ventre, les pattes et les flancs, tout en donnant des coups de
naseaux contre son poitrail et ses épaules. La myriade de moustiques
posés sur lui œuvraient méthodiquement : ils écartaient les poils avec
les pattes de devant puis enfonçaient leur dard dans la chair. Le ventre
des petits insectes gonflait à vue d'œil, prenant la forme d'un bouton
rouge ovale qui crevait sous les coups de queue du cheval. La pauvre
bête finissait par être striée de traces sanguinolentes, tandis que sa
queue elle-même devenait gluante. De son balai, Chen Zhen tapait sur
le dos et les pattes de son cheval qui hocha la tête en signe de reconnaissance. Mais les moustiques de plus en plus nombreux revenaient
sans cesse à la charge.

Pourtant, c'était le louveteau que Chen Zhen avait le plus à cœur
d'aider. Il le trouva à l'extérieur de son abri qu'avait inondé la pluie. Son
mince pelage d'été résistait mal aux attaques des moustiques, encore
moins son museau, son ventre, ses oreilles, ses paupières et ses joues. Le
supplice lui était si atroce qu'il se roulait par terre, courait frénétiquement ou se faisait tout petit, le ventre plaqué au sol et les pattes sur le
museau. Haletant à force de courir mais la gueule fermée pour ne pas
inspirer les insectes, il ne savait où donner de la tête. Son air abattu
faisait pitié à Chen Zhen, même si ses yeux pétillaient toujours d'une
force indomptable. Harcelé jour et nuit et épuisé, le louveteau ne s'étio-
lait pourtant pas, contrairement à beaucoup de bêtes domestiques qui

périssaient, victimes de cette calamité. Chen Zhen n'avait plus aucune difficulté à trouver des moutons morts pour le nourrir.

Il faisait une chaleur étouffante. Chen Zhen faisait de son mieux pour chasser à coups de balai les moustiques vrombrissant autour du louveteau, tandis que de l'autre main il écrasait ceux qui s'attaquaient à lui. Sa paume prit bientôt une teinte rouge sang. Le jeune loup la léchait, tout en se frottant à ses genoux pour apaiser ses démangeaisons. Il s'agrippait désespérément à Chen, comprenant que cet homme était son seul salut. Chen Zhen pensait aux loups sauvages au milieu des herbes denses, assaillis par ces ennemis ridicules par la taille mais impitoyables par le harcèlement auquel ils les soumettaient. Nul refuge, pas même dans les cavernes. Le vieux Bilig avait prévenu : « Après les moustiques, ce sont les loups qui sévíront. Affamés, torturés par les moustiques, ils redoubleront de férocité contre les hommes et les troupeaux. »

Chen Zhen délaissa son louveteau pour aller couper de l'armoise dans la montagne. Cette plante aromatique produisait en se consumant une fumée qui chassait les moustiques. Avec ces pluies abondantes, Chen Zhen avait fini par en trouver à profusion dans la vallée à l'ouest. À mesure qu'il avançait, il voyait les moutons affaissés sur les tertres pierreux et arides, exposés au vent, seuls endroits tolérables pour les troupeaux. Les bergers étaient également coiffés de casques à voile ; ils étouffaient mais n'osaient enlever cet équipement protecteur.

Chen Zhen suait abondamment dans sa veste de travail. Les gros moustiques y enfonçaient leur aiguillon qui se coinçait dans le tissu. Chen Zhen les regardait sans les toucher. Ils se faisaient de plus en plus rares à l'approche de l'étendue d'armoise. La plante était haute d'un mètre environ ; ses brindilles et feuilles bleuâtres étaient tendres et juteuses et recouvertes de duvet. Comme en temps normal les moutons et les bovins l'évitaient à cause de son goût amer, elle poussait librement. Chen Zhen ralentit le pas, serra avec force sa faucille et se baissa, prêt au combat. Selon les vieux bergers, en effet, il fallait rester sur ses gardes devant une touffe d'armoise, les loups s'y abritant souvent des moustiques et des yeux indiscrets. Parfois les loups se roulaient sur ces plantes afin d'enduire leur corps de son jus odorant. Ainsi prémunis, ils n'avaient plus rien à craindre des moustiques.

Sans l'escorte de ses chiens, Chen Zhen agissait prudemment. Il poussa un grand cri et attendit un instant. Comme tout était calme, il entra dans ces herbes précieuses qu'il se mit à couper à grandes brassées. Sa faucille fut bientôt teintée de vert, et dans l'air errait un arôme très accusé. Il aspirait à pleins poumons, espérant remplir tout son corps de cet effluve salutaire. Son panier généreusement garni, il se hâta vers la yourte. Chemin faisant, il arracha une poignée d'armoise, la cassa en deux et la tordit, puis de son jus enduisit le dos de sa main, qui cessa d'être piquée.

De retour à la yourte, Chen Zhen attisa le feu en y ajoutant quelques morceaux de bouse. Puis il alla vers la charrette à ridelle d'osier où se trouvaient des bassines. Il en choisit une grande, y mit quelques morceaux de bouse rougeoyante avec une poignée d'armoise. Une fumée nourrie ne tarda pas à s'en dégager. Il plaça la bassine en amont du vent, près du trou du louveteau. La fumée blanchâtre recouvrit en grande partie le terrain, chassant immédiatement les moustiques.

Le louveteau ne retrouva pas pour autant son calme. Les étincelles de feu et la fumée lui inspiraient une telle peur qu'il tremblait de tous ses membres, les yeux hagards, le poil hérissé. Il recula jusqu'à la lisière de son terrain, limité par la longueur de sa chaîne. Comme tous les loups, il avait peur du feu et de la fumée. Il en oubliait la douleur que lui avaient causée les moustiques et n'avait à ce moment qu'une pensée : échapper au feu. Chen Zhen ajouta encore une poignée d'armoise et rapprocha la bassine du louveteau. La petite bête devait absolument s'habituer à cette fumée âcre, seule protection contre les moustiques.

La fumée l'enveloppa. Le louveteau se débattit, mais Chen Zhen se montra intraitable, continuant d'attiser le feu. Enfin, épuisé, le louveteau resta dans la fumée, tout tremblant. Étonné, il examina les alentours la tête branlante. Puis il regarda son propre ventre et découvrit que ces petits suceurs du sang avaient disparu comme par enchantement. Il en parut aussitôt ragaillardi.

Les gros chiens réfugiés sous les charrettes accoururent, attirés par la fumée blanche. Ils connaissaient sa vertu insecticide et conduisirent leurs petits dans cette zone protectrice. Dès leur entrée, ils furent débarrassés des moustiques comme sous l'effet d'un bain magique. Les chiens s'étirèrent voluptueusement, prêts à récupérer le sommeil perdu des derniers jours. En un instant, le petit territoire du louveteau avait été envahi par six chiens couchés les uns à côté des autres.

Contre toute attente, le louveteau en fut enchanté. Les yeux mi-clos, la queue dressée, il les accueillit sans broncher. Dans le passé, il les avait invités dans son domaine pour s'amuser avec eux mais il avait toujours essuyé une rebuffade. Aujourd'hui, leur arrivée inopinée le comblait de bonheur, surtout celle de Yir qui, d'ordinaire, se montrait hargneuse à son égard. Il s'empressait auprès d'eux, sautait sur Erlang, se roulait par terre avec les jeunes chiens. Le naturel reprit néanmoins le dessus. Comme la quantité de fumée s'avérait insuffisante pour les couvrir tous, le louveteau fut bousculé et écarté, tandis que les petits chiens se disputaient la place la mieux protégée. Expulsé par les chiens et assailli par les moustiques, le louveteau comprit vite que ces envahisseurs étaient venus non pour lui rendre visite mais pour profiter de la fumée blanche. Maître du logis bien décidé à faire valoir ses droits, le louveteau se jeta soudain sur deux jeunes chiens, comme s'ils lui avaient arraché un bon morceau de viande. Il essaya de les bouter hors du terrain, mais l'un d'eux refusa de bouger. Il l'attrapa par les oreilles et le tira vers l'extérieur. Le louveteau prit sa place sous la fumée et s'étendit confortablement, les yeux fixés sur la bassine.

Un moment plus tard, il s'en approcha lentement. Il dut reculer en éternuant tant la fumée était âcre et piquante. Il avança de nouveau, en rampant cette fois, avec prudence. À peine avait-il levé la tête qu'une étincelle atteignit son museau. Il bondit en l'air, tous crins dressés, puis se réfugia encore une fois auprès d'Erlang qui, l'air narquois, lécha sa brûlure pour le calmer. Le louveteau se coucha sagement contre son protecteur, les yeux toujours braqués sur la cuvette fumante, et sombra bientôt dans un sommeil profond, ses oreilles pourtant secouées par des tics qui indiquaient un esprit constamment en éveil. Il ouvrit les yeux lorsque le cheval blanc vint se joindre à cette assemblée. Cette fois, il renonça à la moindre attaque. Chen attacha le cheval au poteau du louveteau. La bête, épuisée, baissa la tête et s'assoupit.

Une seule bassine fumigène avait sauvé les huit amis les plus chers de Chen Zhen. Il était content de les avoir aidés. Le louveteau et les trois petits chiens dormaient profondément dans l'insouciance de la jeunesse. Les trois molosses et le cheval lançaient de temps à autre à Chen Zhen un regard de gratitude, et il se rendit compte de son importance pour eux dans ce type de situation. Il ajouta quelques morceaux de bouse et une nouvelle poignée d'armoise dans le feu, et s'en alla vaquer à ses autres occupations.

La vallée représentait une source inépuisable d'armoise. Encore fallait-il se procurer de la bouse séchée pour la faire brûler. C'était traditionnellement le rôle des femmes et des enfants qui, comme à chaque saison des pluies, allaient en ramasser en quantité. Ils exposaient les plaques arrondies au soleil et les retournaient de temps à autre pour les faire sécher, puis les transportaient devant la yourte.

Dans la steppe, les excréments des bovins et ovins constituaient le principal combustible. En hiver, le crottin de mouton était surtout utilisé parce que leur étable se trouvait tout près de la yourte et qu'il alimentait un feu durable. L'été venu, comme il devenait informe à cause de la forte dose d'eau qu'il recélait, on le remplaçait par de la bouse séchée.

Le séchage de la bouse était un travail pénible. Dès qu'ils avaient un moment, les femmes et les enfants allaient étaler la bouse autour du campement puis la retournaient pour que les deux côtés profitent également du soleil. Quand la surface avait suffisamment durci, ils réunissaient les plaques par trois, debout l'une contre l'autre, et les confiaient au vent et au soleil pour parfaire le séchage. Enfin, ils les récoltaient dans un panier et les transportaient devant la yourte où ils les entassaient en couches superposées. Ces galettes de bouse étaient couvertes quand il pleuvait et exposées au soleil quand venait le beau temps.

En été, on jugeait une maîtresse de maison à la quantité de bouse accumulée devant sa yourte. Quand les jeunes instruits avaient commencé à vivre seuls, ils avaient souvent manqué de combustible à la saison des pluies. Après deux ans, Chen Zhen et ses deux copains savaient comment procéder et devant leur yourte s'entassait une abondante réserve. Ils estimaient avoir déjà accumulé assez de bouse pour l'été. Mais à cause des moustiques, la consommation doublait et la denrée s'épuisait. Chen Zhen décida d'augmenter sa réserve malgré la chaleur torride.

Le soleil du plateau dardait ses rayons. Chen Zhen étouffait, emmitouflé dans son équipement anti-moustique. Écrasé par le poids du lourd panier de bouse, il marchait péniblement. Sa veste maintes fois trempée de sueur était redevenue sèche et raide. Pourtant, il tenait bon à la pensée que grâce à ses efforts son louveteau, ses chiens et son cheval pourraient continuer de dormir paisiblement sous la fumée d'armoise.

Mais Chen devait en faire autant pour les troupeaux de moutons. Afin de parvenir à couvrir de fumée les deux troupeaux, il lui fallait allumer la nuit venue au moins six bassines fumigènes. Si les moutons n'étaient pas suffisamment protégés, ils risquaient de s'énerver sous les piqûres et de s'enfuir contre le vent. Or un seul veilleur de nuit était incapable de les retenir. Et une fois dans la montagne, ces moutons avaient toutes les chances de tomber sur les loups.

Assailli par les moustiques, harassé par la quête et le séchage des bouses, épuisé par les gardes de nuit, Chen Zhen ne faiblissait pourtant pas. Il était persuadé de puiser sa force dans l'esprit du loup, dans son courage, son intelligence, son opiniâtreté et son endurance. Il se sentait animé d'une farouche volonté de vaincre. Trempé dans le creuset de la steppe, il acquérait peu à peu le caractère fier et indomptable du loup. Yang Ke lui avait même rapporté les propos qu'avait tenus Gao un jour à son sujet: « C'était un étudiant peu apte au travail manuel et privé des connaissances les plus élémentaires de la vie. Son louveteau l'a transformé en un homme travailleur et assidu. Il faut avouer que le résultat est positif. » Gao Jianzhong avait raison. Chen Zhen travaillait comme un loup. Il transportait de pleins paniers de bouse qu'il déposait sur le tas qui augmentait à vue d'œil. Les femmes des yourtes voisines le regardaient avec étonnement. Elles se demandaient d'où lui venait cette folle ardeur au travail.

Sous les faibles rayons crépusculaires, Chen vit arriver Yang Ke avec l'immense troupeau de moutons de retour de la montagne. Couverte de moustiques, sa monture boitait à chaque pas. Exténué, Yang n'avait même plus la force de porter sa perche à lasso. Une myriade d'insectes était également collée à la peau des moutons. On aurait dit que ces pauvres bêtes venaient de sortir d'un incendie, la toison brûlée. Elles avaient le corps parsemé de cloques, aussi rugueux que celui d'un crapaud. Vision épouvantable ! Quand les quatre mille moutons secouaient énergiquement les oreilles pour se débarrasser des moustiques, le vrombissement des insectes s'entendait dans le campement tout entier. Aussitôt s'abattait sur eux, tels des bombardiers, une nouvelle nuée de moustiques assoiffés de sang. Un bêlement délirant fusait de partout. Les moutons piétinaient, bondissaient, puis se ruaient vers le nord-ouest à la suite des boucs. Chen Zhen prit un bâton et réussit à les refouler, mais les moutons ne renonçaient pas à s'élancer de nouveau dans la même direction : la course contre le vent était leur seule issue.

Chen Zhen alluma rapidement ses six bassines qu'il plaça à contre vent près de l'étable. Six colonnes de fumée se mirent à tourbillonner dans l'air, balayant les moustiques qui se sauvèrent en tous sens. Les moutons, épuisés, se laissèrent aussitôt tomber sur le sol. Harcelés et suppliciés pendant toute la journée, ils trouvaient enfin le répit. Tout était calme sous la fumée blanche, pas même un bruit de rumination.

Yang Ke sauta de sa monture et atterrit lourdement. Il conduisit vite son cheval dans la fumée, enleva son casque à voile et se déboutonna hâtivement. Il cria avec joie :

– Quelle délivrance ! Demain, c'est ton tour d'aller dans la montagne, un vrai calvaire !

– Mais la journée n'a pas été facile pour moi non plus ! répliqua Chen Zhen. Je veux avoir six bassines fumigènes demain soir, à mon retour ! Et il ne faut pas négliger notre louveteau !

– Tu peux compter sur moi !

Chen Zhen passa toute la nuit auprès des bassines fumigènes, les alimentant de bouse et d'armoise toutes les trente minutes et les déplaçant quand le vent changeait de direction. Des bovins s'étaient glissés parmi les moutons pour profiter de la fumée. Ces pauvres bêtes, bien que cuirassées d'une peau épaisse, souffraient aussi atrocement. Les moustiques assaillaient leurs narines, leurs oreilles, leurs yeux. Chen Zhen trouva une autre bassine qu'il déposa près des bœufs. Seuls les gros chiens restaient fidèles à leur tâche, postés à la lisière de la fumée, sur le front nord-ouest de l'étable.

La nuit, on comptait une centaine de colonnes de fumée dans toute la brigade de production. Elles tourbillonnaient sous les rayons lunaires comme autant de dragons blancs s'ébattant dans une mer de nuages. La steppe primitive avait pris l'aspect d'une grande zone industrielle hérissée d'une forêt de cheminées.

Face à cette scène, par des détours connus d'elle seule, la pensée de Chen Zhen s'envola loin vers les champs de bataille navale de la Seconde Guerre mondiale, quand des centaines de vaisseaux venus des États-Unis, porte-avions, croiseurs, destroyers, composaient la flotte la plus redoutable du monde et avançaient en formation de combat. Panachés de fumée sombre, ils sillonnaient le Pacifique les canons haut pointés. Les loups en provenance de l'Occident allaient affronter sur mer les Japonais, ces loups de l'Orient. Chen Zhen n'en démordait pas : les nations les plus avancées étaient celles qui étaient armées de l'esprit du loup. Dans l'arène internationale marquée par une concurrence sans merci, les moutons qui quémandaient la paix seraient irrévocablement dévorés. Même un loup était susceptible d'être dévoré par ses semblables plus puissants ; comment un mouton faible et maladif pourrait-il survivre à cette élimination impitoyable ? Pour occuper la place qui lui revenait dans ce monde de loups et de moutons, la nation chinoise n'avait qu'une issue : extirper de son caractère national tout ce qui relevait du mouton pour devenir un loup puissant !

Les colonnes de fumée recouvraient la steppe, s'effilochant à mesure qu'elles moutonnaient sur l'immensité marécageuse. Maintenant, elles fusionnaient dans la nappe laiteuse qui recouvrait le lac comme les cours d'eau, surplombée de hautes montagnes qu'éclairait la pleine lune. La steppe avait repris son aspect de paysage féerique d'une sérénité absolue. Chen Zhen se rappela les vers de Li Bai :

La lune brillante apparaît sur le mont Tianshan
et erre dans la mer de nuages.
De l'espace lointain souffle le vent,
en s'approchant il franchit le col de Jade.

Depuis l'école primaire, Chen Zhen était passionné par la poésie de Li Bai, comme galvanisé par son style libre et sa force impulsive. Ce poète était né dans la lointaine contrée de l'Ouest, si bien que ses œuvres étaient empreintes du folklore tujue. En déclamant ces vers, Chen se sentait porté, comme le poète, par un élan d'enthousiasme. Pourtant, les lettrés chinois, tout en appréciant Li Bai, déconseillaient qu'on suive l'exemple de ce poète talentueux mais orgueilleux. Chen Zhen comprit tout d'un coup que c'était l'influence des Tujue, peuple du totem du loup, qui lui avait inspiré ce sentiment altier et généreux comme l'immense steppe. Pour Chen, aucun lettré confucianiste des Han ne lui arrivait à la cheville.

Quand un jour le grand roc déploiera ses ailes,
il se laissera porter par le vent et s'élancera
à l'assaut du ciel haut de neuf cent mille li !
Regardez ces flots du fleuve Jaune !
Ne descendent-ils pas du ciel et, majestueusement,
Ne roulent-ils pas vers la mer d'une seule coulée ?
Par nature je suis comme cet homme de Chu
qui, par un chant allégorique,
tourne en dérision le fameux Confucius !

Quel Chinois han aurait l'audace de se moquer de Confucius ? Qui d'autre que Li Bai oserait se faire servir un bol de soupe par l'empereur en personne ? Et que dire de celui qui a poussé la témérité jusqu'à demander à la favorite de l'empereur de lui apporter de l'encre et au chef des eunuques de lui retirer ses bottes, en présence de l'empereur ? ! C'est lui, Li Bai, unique dans l'histoire plurimillénaire de la Chine !

Chen Zhen poussa un long soupir. L'heureux mariage du caractère du loup avec la quintessence de la civilisation chinoise avait permis une avancée vertigineuse sans précédent.

Les colonnes de fumée qui planaient au-dessus du camp s'espacèrent au cours de la nuit. S'élevèrent alors les cris des femmes et d'autres jeunes instruits. Apparemment, il n'y avait plus d'armoise chez eux ou ils ne voulaient pas consommer trop de bouse. Les formations de moustiques se firent de plus en plus compactes, vrombissantes, assourdissantes : le campement avait perdu son calme. Les cris des hommes alternaient avec les aboiements des chiens tandis que vacillait la lumière des torches électriques. Soudain, les bruits s'amplifièrent du côté nord : un troupeau de moutons avait fait une brèche dans l'étable et couru contre le vent. Heureusement, dans les autres maisons où la provision de bouse et d'armoise ne manquait pas, hommes et chiens demeuraient sans broncher. Chen Zhen regarda en direction de l'étable de Bilig. Il n'entendait ni ne voyait rien, sauf quelques faibles lueurs clignotant dans les ténèbres, les points fumigènes que Gasma avait installés sur les trois côtés de l'étable. Tout à coup, deux détonations retentirent au nord. Chen Zhen sursauta. Les loups avaient sûrement saisi cette occasion pour tenter leur chance. Il soupira, se demandant quelle famille en était la victime.

Une rosée dense vint tout recouvrir à l'approche de l'aube. Dans la brume, les moustiques avaient les ailes alourdies et volaient avec peine. Ils finirent par se calmer tandis que s'éteignaient progressivement les feux. Les chiens restaient sur leurs gardes et continuaient leur patrouille. Chen Zhen enfouit sa tête dans sa robe de peau de mouton et s'endormit le cœur en paix. Il pourrait dormir quatre heures d'affilée, son seul et unique moment de répit.

Il passa la journée dans la montagne avec son troupeau, au supplice pendant toute la journée. À son retour, le soir, il eut la surprise de voir sur la yourte deux peaux de moutons fraîchement écorchées. Les chiens et son louveteau avaient dans la gueule chacun un os qu'ils dévoraient minutieusement. Quand il franchit le seuil de la yourte, il aperçut, accrochés au mur et sur l'étagère à vaisselle, des quartiers de viande. Dans la casserole baignaient de grosses pièces de mouton. Yang Ke raconta :

– L'accident d'hier soir a eu lieu chez les Erdun qui habitent à l'extrême nord du campement. Ce sont des Mongols originaires du Nord-Est, comme les Dorj. Le fils de la maison a épousé une jeune fille fraîchement arrivée de son village. Comme elle a encore l'habitude de dormir toute la nuit jusqu'au grand jour, elle a succombé au sommeil près du feu de bivouac. Le feu éteint, la fumée s'est dissipée, les moustiques sont entrés, et les moutons se sont enfuis dans la campagne où les attendaient les loups. Par bonheur, les chiens sont venus gratter à la porte pour réveiller leurs maîtres qui se sont lancés à la poursuite de leurs troupes. La perte n'est pas trop grave : cent quatre-vingts moutons morts et quelques blessés. Les dégâts auraient été encore plus importants si les hommes ne s'étaient pas réveillés à temps.

– Cela a donné du travail à Bao et à Bilig, ajouta Gao. Ils ont passé la journée à rassembler les gens pour éventrer, vider et écorcher les bêtes. La moitié des moutons morts a été transportée à l'administration de la ferme et vendue à bas prix aux familles des employés ; l'autre moitié a été distribuée aux pasteurs, qui gardent la viande et remettent la peau à la collectivité. Notre yourte a reçu deux moutons, un mort et un blessé. Mais on est en plein été. Comment va-t-on consommer cette viande avant qu'elle pourrisse ?

– Ne nous plaignons pas ! s'écria Chen Zhen épanoui. La viande n'est jamais de trop dans une maison où il y a un loup ! Mais, dis-moi, comment Bao va-t-il punir les Erdun ?

– Ils se rachèteront moyennant des points de travail, dit Gao. On retiendra la moitié de leurs points chaque mois jusqu'à ce que le montant compense la perte. Gasma et les femmes de son équipe jugent sévèrement les Erdun : toute la famille dormait après avoir envoyé près du feu une nouvelle mariée, c'est impensable ! Bao a convoqué les parents et le jeune couple. Il les a tancés vertement, leur reprochant d'être la honte des Mongols du Nord-Est. Il a saisi également cette occasion pour récompenser les travailleurs migrants venus de son village en leur donnant en cadeau le tiers des moutons morts ou blessés.

Gao déboucha une bouteille d'alcool et déclara avec bonne humeur :

– Nous aussi, nous avons notre part du butin arraché aux loups ! Il faut arroser l'événement !

– Ce n'est pas de refus ! dit Yang Ke. Quand je pense qu'il y a des gens qui attendent le moindre de nos faux pas avec le louveteau et que ce sont eux qui se ridiculisent... Ils ne savent pas que non seulement les loups volent, mais que leur butin nous rend service !

Les trois jeunes hommes éclatèrent de rire.

Le louveteau bien repu s'étendit de tout son long près de sa cuvette où restait un surplus de nourriture. Loin de lui l'idée de l'abandonner ! Comme les loups sauvages, il montait la garde devant sa proie. Il ignorait que cette nourriture était un cadeau de ses semblables.

CHAPITRE 28

Dans notre sang, et dans le sang des nobles et des souverains en particulier, coule l'esprit du peuple pastoral, un élément important qui se transmet aux générations suivantes. Nous devons considérer l'esprit d'expansion territoriale incessante comme élément de ce tempérament, qui pousse chaque pays à étendre ses frontières et ses intérêts vers les confins du ciel.

The Outline of History
H. G. Wells (auteur britannique)

Bat et Zhang Jiyuan avaient galopé pendant deux jours et une nuit, changeant quatre fois de monture, pour conduire leurs chevaux sur cette élévation au nord-ouest du pâturage. Ils n'avaient plus à s'inquiéter, le vent soufflait fort, et les chevaux ne seraient pas contraints de courir pour se débarrasser des moustiques. Après être restés si longtemps sur leurs montures, les deux cavaliers étaient comme soudés à leurs selles. Les jambes alourdies, ils demeurèrent un moment immobiles, tâchant de reprendre haleine. Enfin ils mirent pied à terre, s'étendirent de tout leur long sur le sol, puis déboutonnèrent leur col afin de laisser l'air s'engouffrer dans leurs robes trempées de sueur.

Au sud-est s'étalait la plaine, entourant le lac. Les chevaux s'éparpillèrent peu à peu sur le tertre circulaire. Couverts de moustiques, ils tournaient en rond, indécis et souffrants. Ils semblaient tiraillés entre l'envie de plonger dans l'eau ou profiter du vent violent pour se débarrasser des insectes voraces. Les étalons les plus puissants poussèrent un hennissement et s'ébranlèrent vers le bassin, entraînant les autres chevaux dans leur sillage. Tous dévalèrent la pente, foulant de leurs sabots les herbes folles, soulevant au passage un nouveau tourbillon de moustiques assoiffés de sang qui s'abattirent aussitôt sur les rares espaces vierges de leurs peaux ruisselantes de sueur. Les malheureux chevaux se défendirent en distribuant ruades et coups de queue, tout en galopant de plus belle vers l'eau salvatrice.

Bat et Zhang suivirent des yeux le troupeau qui entrait dans l'eau. Rassérénés, ils sombrèrent dans un sommeil de plomb sans se donner la peine de reboutonner leur col, insensibles aux piqûres. Depuis sept jours et sept nuits, ils n'avaient pas réussi à dormir plus de trois heures d'affilée. Leurs chevaux étaient redevenus sauvages. Fourbus, énervés à l'extrême, ils étaient sourds aux appels et indifférents aux coups de fouet et de perche à lasso. Même la crainte des loups ne suffisait plus à les ramener à la raison. Ils s'étaient acharnés à galoper contre le vent au point qu'ils avaient failli passer la frontière, ne s'arrêtant qu'au dernier moment à la faveur d'un changement de direction du vent. Bat et Zhang en avaient été soulagés. Dans le cas contraire, ils auraient dû solliciter l'intervention de la garnison pour engager une négociation avec les autorités du pays voisin et ennemi. Un autre jour, alors qu'ils avaient ramené à grand-peine le troupeau à leur pâturage, les chevaux s'étaient une fois de plus affolés sous l'attaque des moustiques et dispersés en clans. Les deux gardiens avaient mis une journée et une nuit à les regrouper, mais au moment de faire le compte ils constatèrent qu'il manquait un clan de vingt têtes. Bat avait dit à Zhang de rester avec le troupeau avant de repartir seul à la poursuite des égarés. Après une journée de recherche, il les avait retrouvés à quatre-vingts kilomètres de là. Mais le clan avait perdu tous ses poulains : les loups, saignés à blanc comme eux par les moustiques, s'étaient jetés sur les jeunes. Pour les chevaux comme pour leurs gardiens, la semaine avait été très éprouvante.

Arrivés au bord du lac, traînant derrière eux un nuage de moustiques, les chevaux s'étaient réfugiés dans l'eau. Au lieu d'étancher leur soif, ils avançaient toujours davantage. L'eau fraîche apaisait leurs démangeaisons. Déjà leurs pattes immergées ne souffraient plus, puis ils soulagèrent leur ventre, leur dos, leur cou. Les moustiques noyés s'en allaient avec les flots, formant une nappe grisâtre à la surface du lac. Tout en s'ébattant, les chevaux hennissaient victorieusement. Ils tenaient leur revanche !

Ce n'est qu'alors qu'ils commencèrent à s'abreuver. Désaltérés, les chevaux se vautrèrent bientôt dans la vase pour s'enduire d'une couche protectrice. Enfin, ils se tinrent immobiles dans l'eau moins profonde avant de s'assoupir silencieusement, le ventre effleurant la surface de l'eau. Tout retomba dans un calme absolu.

Après un long moment, une forte faim vint rappeler aux hommes comme aux chevaux qu'ils n'avaient pas mangé depuis plusieurs jours. Les deux pasteurs firent un effort pour se relever et courir vers les yourtes les plus proches. Ils revinrent repus de thé au lait et de viande de mouton, et s'allongèrent de nouveau dans l'herbe pour se rendormir aussitôt. De leur côté, les chevaux avaient grimpé sur la berge pour brouter. La vase collée sur leur corps commençait déjà à se fendiller sous le soleil intense, offrant des fissures inespérées aux moustiques. Mais les chevaux affamés restèrent là où les herbes poussaient dru, la berge étant presque pelée par les troupeaux de moutons qui l'avaient foulée à maintes reprises.

Pendant ce temps, les cadres de la brigade de production tenaient une réunion chez le vieux Bilig.

– Les nuages amoncelés ne sont pas suffisants pour amener la pluie, disait-il. Le temps est encore plus étouffant la nuit, et les moustiques déchaînés sont capables de saigner un taureau. On manque de bras partout. Les gardiens de chevaux sont trop fatigués pour continuer. Pourtant, après l'incident récent dans le troupeau des Erdun, il nous est impossible de les remplacer par des bergers. La décision d'en haut est que des employés de l'administration de la ferme viendront remplacer les bergers, tandis que ceux-ci partiront en renfort auprès des chevaux. Cela permettra à leurs gardiens de récupérer un peu. En un mot, il nous faut tenir bon en ce moment de double calamité.

La chaleur d'étuve qui écrasait le campement cet après-midi-là donnait raison au vieux Mongol. On attendait désespérément la pluie, mais d'un autre côté on la redoutait aussi. La pluie empêchait les moustiques de voler, mais elle permettait aux larves de se multiplier. La steppe Olon Bulag était devenue un véritable enfer.

Une fois reposés, Bat et Zhang étaient rentrés au village. Ils repartirent quelques jours plus tard avec Bilig pour conduire leur troupeau sur un terrain sablonneux à quelque trente-cinq kilomètres au sud-est du lac. Là, on trouverait moins de moustiques, les herbes étant moins touffues et l'eau plus rare. Et une étendue montagneuse de cinquante kilomètres séparait les chevaux de la frontière ! Sur l'ordre de Bilig, les trois autres troupeaux de chevaux de la brigade avaient également pris la route pour s'y rendre. Sur le chemin, Bilig dit à Zhang :

– L'endroit où nous allons était dans le temps le meilleur pâturage de la steppe Olon Bulag. Il était arrosé par une rivière qui traversait plusieurs marais en enfilade. L'herbe y était grasse et les troupeaux bien nourris. Mais il a suffi de quelques années pour qu'il se transforme en une étendue de sable, sans la moindre trace de vie.

– Est-ce possible ? demanda Zhang.

Bilig pointa du doigt les chevaux :

– Ce sont eux qui ont détruit ce pâturage, et les gens venus de l'intérieur du pays ! C'était dans les années qui ont suivi l'établissement du nouveau régime. Comme il y avait peu de camions à l'époque, les chevaux étaient couramment utilisés comme bêtes de trait. Et il y en avait un besoin impérieux à travers tout le pays : les unités militaires, les cultivateurs, les sylviculteurs, les compagnies de transport, tout le monde réclamait des chevaux à cor et à cri. Mais où en trouver ? Dans la steppe de Mongolie-Intérieure, bien sûr ! Afin de fournir les meilleures bêtes en nombre sans cesse croissant, l'échelon supérieur a intimé l'ordre aux pasteurs de la steppe Olon Bulag de céder leur meilleur pâturage aux chevaux. Les gens ont alors afflué de l'intérieur du pays pour choisir, essayer et acheter des chevaux. Un vrai marché hippique ! La désertification du pâturage a progressé, et il ne reste plus aujourd'hui que cette étendue de sable jaune. Le seul avantage, c'est qu'elle représente un asile pour les troupeaux parce que les moustiques y sont moins nombreux. Jusqu'à présent, Ulzii avait interdit qu'on touche à cette terre. Il voulait la laisser telle quelle dans l'espoir qu'elle se régénérerait avec le temps. Mais comme cette année les chevaux ne survivraient pas sans un asile approprié, il a consenti à ce qu'on les y amène.

– A'bo, on fabrique aujourd'hui des voitures et des tracteurs en quantité. Et les cavaliers n'ont plus leur place dans la guerre. Le besoin de chevaux sera donc moindre à l'avenir. La steppe pourra retrouver son aspect initial !

– Les hommes et les tracteurs sont bien plus dévastateurs que les chevaux. D'ailleurs, en prévention d'une guerre éventuelle, un corps d'armée de soldats défricheurs est en voie de se constituer dans la région frontalière. Une foule de gens et des véhicules à moteur envahiront irrévocablement la steppe. Il y a quelque temps, Ulzii a convoqué les vieux pasteurs. Ils ont adressé une pétition à la direction de la région autonome de Mongolie-Intérieure, lui demandant de ne pas convertir la steppe Olon Bulag en ferme agricole. Je ne sais pas si leur idée a été approuvée. Toujours est-il que Bao semble jubiler ces jours-ci. Il prétend à qui veut l'entendre que c'est un grand gaspillage de laisser en friche cette grande étendue d'herbes folles, et que tôt ou tard cette terre devra servir à la production de céréales.

Zhang resta bouchée bée. Des bruits circulaient à propos de ces soldats défricheurs, mais il n'avait jamais cru que cela se concrétiserait aussi vite. Son moral était au plus bas. Tout au long de l'histoire, un conflit avait opposé deux peuples : les herbagers et les désherbants. Et il allait bientôt se régler à l'avantage des cultivateurs du Sud-Est pendant que le ciel de cette partie du pays serait obscurci par les tempêtes de sable provenant du nord-ouest.

Dans la lueur crépusculaire, les quatre troupeaux de chevaux arrivèrent presque en même temps à Bayangobi. C'était une étendue de sable humide parsemée de roseaux, ronces épineuses, tamaris et légumes sauvages, en touffes inégales. Arbrisseaux et herbes folles avaient foisonné sous la pluie, dessinant un paysage de désolation qui rappelait les terrains vagues des villes de l'intérieur du pays. Les troupeaux pénétrèrent sur le terrain où les herbes et les moustiques étaient l'un et l'autre moins abondants.

Bao et Ulzii arrivèrent au galop. Bilig leur dit :

– Les chevaux resteront à jeun cette nuit, mais au moins ils pourront se reposer. On les conduira dans la prairie avant l'aube, quand l'air sera humide de rosée. Ainsi ils partiront avant l'arrivée des moustiques. Ils n'engraisseront pas, mais ils ne mourront pas de faim non plus !

Bao soupira avant de s'adresser à Bilig et Ulzii :

– Je vous admire, vous deux ! Vous restez plein d'entrain. Moi, ces jours-ci, j'ai tellement de soucis que j'en suis malade !

Mais Ulzii, fronçant les sourcils, exprima son inquiétude :

– Les loups peuvent très bien venir chercher les chevaux ici. Si l'homme a une idée en tête, ils peuvent l'avoir aussi !

– J'ai distribué aux gardiens de chevaux plus de munitions que d'habitude. Tant mieux si les loups s'amènent : on fera bonne chasse !

Zhang accompagna les trois dirigeants, qui montèrent sur une hauteur pour scruter les alentours. Inquiet, Bilig dit :

– Les ronces ont bien poussé après la pluie ; cela ferait un bon abri pour les loups à l'affût.

– Alors, dites aux gardiens de chevaux de multiplier les patrouilles, ordonna Bao. Qu'ils crient sans cesse et n'hésitent pas à faire usage de leurs torches électriques.

– Si les autres chevaux ne s'affolent pas trop, les étalons les défendront bien contre les loups, assura Bilig.

Deux charrettes attelées rejoignirent les quatre hommes. Les gardiens de chevaux dressèrent sur l'éminence deux tentes, firent du feu, installèrent casserole et théière et se mirent à cuisiner. Il faisait frais sur le plateau. Les moustiques qui avaient suivi les troupeaux avaient en grande partie péri sous les coups de queue cinglants des chevaux. Les animaux exténués trouvaient enfin un moment de repos. Dans la pénombre, les chevaux restaient pourtant aux aguets : leurs oreilles remuaient au moindre bruit insolite. Ils broutaient, se remplissant l'estomac de toutes fibres comestibles. Comme des soldats rompus au combat, ils montraient une endurance étonnante.

La première nuit fut calme. Au matin, l'air humide qui se condensait en gouttelettes sur les feuilles alourdissait les ailes des moustiques. Les pasteurs en profitèrent pour conduire les troupeaux dans la prairie. La deuxième nuit se déroula également sans anicroches. Le troisième jour, les pasteurs reçurent deux moutons égorgés et vidés, envoyés en charrette par les soins de Bao. Ils festoyèrent le soir, chantant et buvant, faisant un raffut de tous les diables, de quoi faire fuir les loups. Zhang, devenu un grand buveur, n'était pas le dernier à brailler quand l'alcool lui montait à la tête. Le matin du quatrième jour, un messager envoyé par l'administration vint rappeler Bilig et Ulzii au siège de la ferme :

deux officiers du corps d'armée de soldats défricheurs les demandaient. Avant son départ, Bilig renouvela ses recommandations aux gardiens de chevaux, les exhortant à demeurer très vigilants.

Les deux anciens aussitôt partis, quelques jeunes gardiens de chevaux ne tinrent plus en place. Le soir venu, ils allèrent rejoindre les jeunes filles pour une «veillée de nuit», expression locale pour un rendez-vous d'amoureux. Quand un garçon la prononçait devant une jeune fille, celle-ci se préparait à l'attendre toute la nuit s'il le fallait. Autant dire qu'on ne donnait pas un tel rendez-vous à la légère.

Les quatre troupeaux engloutirent rapidement tout ce qui était comestible sur le terrain sablonneux. Les chevaux, privés de nourriture, voulurent aller brouter de nuit dans la prairie mais furent refoulés par les étalons qui, malgré la faim, patrouillaient sans relâche. Car les loups restaient à l'affût. Tapis dans les ténèbres, ils étaient eux aussi affamés, d'autant plus qu'en festoyant les pasteurs avaient laissé exhaler des odeurs de viande rôtie. Mais les loups patientaient, attendant le moment propice pour passer à l'action.

Les étalons puissants et belliqueux restaient sur la défensive, piaffant et hennissant d'impatience, la tête tournée vers l'obscurité où se dissimulaient les ombres douteuses. Ils étaient de force à prendre un loup par l'échine et à le propulser en l'air, puis à l'aplatir sous leurs énormes sabots. Les loups le savaient et n'osaient pas les attaquer malgré l'absence des chiens, qui ne partaient jamais avec les troupeaux de chevaux.

Après le repas du soir, Bat prit Zhang avec lui pour aller faire une ronde. Ils examinèrent chaque touffe d'herbes pour relever des pistes de loups. À chaque tour, ils poussaient un peu plus loin leurs investigations. Aucun signe ne révélait le passage récent d'un loup, ce qui inquiéta davantage encore le fils de Bilig. La disparition complète des loups était d'autant plus étrange que c'était le moment de la journée où hommes et chevaux cédaient le plus facilement au sommeil et à la fatigue. Mais Bat savait qu'avant l'offensive générale les loups reculaient toujours pour mieux attaquer. Leur absence n'avait pour but que d'endormir l'ennemi.

Les deux hommes levèrent simultanément les yeux vers le ciel, soucieux de connaître le temps que Tengger leur réservait. Les étoiles s'étaient éclipsées derrière des nuages menaçants qui roulaient à grande vitesse. Les deux gardiens retournèrent à leur tente. Bat compta les gardiens de chevaux et s'aperçut qu'il en manquait un dans chacun des trois autres troupeaux. Leurs camarades balbutièrent que l'un était allé chercher des piles à l'administration de la ferme, qu'un autre était malade, peut-être au dispensaire de la brigade... Bat entra dans une violente colère :

– Je sais où ils sont ! Ces déserteurs seront punis s'il y a un accident cette nuit !

Il pointa un doigt vers tous ceux qui étaient présents :

– Je vous défends de dormir ! Prenez les meilleures montures et restez à vos postes toute la nuit ! Il ne faut pas laisser s'échapper un seul cheval ! Les loups vont sûrement attaquer !

Les gardiens s'empressèrent de vérifier leurs torches et leurs fusils. Ils endossèrent leurs imperméables et allèrent chercher leurs montures. On procéda fiévreusement aux préparatifs. Dans le brouhaha et les traînées lumineuses des torches électriques, on forma rapidement une solide ligne de défense renforcée par les étalons, suivis des gros chevaux qui se portèrent d'eux-mêmes en avant, bien résolus à vendre chèrement leur peau pour défendre poulains et juments. Soupçonnant un grand danger, les petits se réfugièrent sous le ventre de leurs mères. Zhang pouvait sentir le cœur de ces milliers de chevaux battre à l'unisson, au même rythme que le sien.

Un vent fort se leva après minuit. L'orage était là, au-dessus d'eux. Les troupeaux pris de panique commencèrent à se disperser. Voyant le trouble général qui s'emparait des milliers de chevaux, les étalons se dressèrent sur leurs jambes de derrière et distribuèrent des coups de sabots à ceux qui tentaient de percer le cordon de défense. À leurs côtés, les pasteurs faisaient de grands moulinets avec leurs fouets et leurs perches à lasso. Soudain, un éclair cisailla le ciel sombre, presque aussitôt suivi par un chapelet de coups de tonnerre. La foudre s'était abattue non loin du campement, provoquant un fracas semblable à l'explosion d'une poudrière. Comme électrocutés, des chevaux débordèrent le cordon de défense. Le bruit du tonnerre eut raison des cris humains et des hennissements, tandis que la lumière aveuglante des éclairs faisait pâlir celle des torches.

C'est alors, dans la lueur intermittente, qu'on vit se faufiler, entre les chevaux au galop, des loups gris argent. Bondissant de leurs cachettes, ils convergeaient sur les troupeaux affolés. Les gardiens étaient consternés : une attaque furieuse des loups renforcée par la foudre et les éclairs ! Hennissants, les milliers de chevaux tentèrent de faire face à l'assaut, mais les loups pénétrèrent les troupeaux comme autant de flèches, se répandant sur le champ de bataille, semant la panique dans les rangs des adversaires. Dispersés, les chevaux en étaient réduits à se défendre seuls. Les poulains furent les premières victimes. Abasourdis, hébétés, isolés, sans aide, ils se laissèrent abattre un à un, presque sans résistance. En un rien de temps, une bonne dizaine d'entre eux périrent. Les autres se collèrent aux juments ou aux autres chevaux adultes, essayant d'échapper aux crocs de leurs féroces attaquants.

Zhang partit à la recherche de sa « princesse des neiges », cette pouliche qu'il aimait tant et dont le pelage d'une blancheur immaculée la rendait visible entre mille. À la faveur d'un éclair, il l'aperçut enfin, entourée de deux étalons puissants qui résistaient à trois énormes loups. La pouliche se déplaçait adroitement, collée à ses protecteurs, décochant de temps à autre une ruade à ses ennemis. Les loups, qui comptaient avant tout sur leur rapidité pour tuer, avaient manqué leur premier assaut contre elle : ils l'abandonnèrent pour chercher une autre victime.

Hennissant ensemble, les étalons appelèrent alors les juments à l'aide. Elles accoururent aussitôt. Unissant leurs efforts, les différents clans essayèrent de regrouper autour d'eux les combattants encore valides, afin de consolider leur défense. Mais la débâcle était proche. Les loups sillonnaient le champ de bataille comme des torpilles, provoquant des remous dans le courant impétueux des chevaux au galop, méprisant les gardiens impuissants à contenir l'hémorragie. En vain ceux-ci brandissaient-ils leurs torches qui pâlissaient sous les éclairs éblouissants quand leurs perches à lasso manquaient leur cible dans l'obscurité. Leurs cris étaient comme avalés par le grondement du tonnerre. Malgré leur courage, ils étaient neutralisés, isolés, hagards. En désespoir de cause, Bat poussa un cri tonitruant en lançant des signaux à ses hommes :

– Regroupez-vous ! Abandonnez les chevaux du sud-est et poursuivez ceux du nord ! Il faut les empêcher de franchir la frontière !

Les pasteurs agirent en conséquence. Mais les nuages déversèrent soudain leurs gouttes cinglantes. Les troupeaux affolés s'éparpillèrent dans les prairies voisines. Le tonnerre roula de loin en loin tandis que les éclairs se déplaçaient vers les confins de l'horizon. Après un brusque coup de vent, les étoiles réapparurent dans le ciel apaisé.

Encouragés par leur première victoire, les loups se montrèrent encore plus déchaînés. Résolus à grossir leur butin, ils attaquèrent non seulement les quelques poulains à la traîne mais, par équipes de trois, ils s'en prirent surtout aux jeunes de deux à trois ans qui succombèrent les uns après les autres, la gorge ouverte.

À ce moment crucial apparurent à l'horizon trois colonnes lumineuses. C'étaient les gardiens qui s'étaient absentés pour leurs «veillées de nuit». Chemin faisant, ils avaient vu venir l'orage et s'en étaient retournés. Ils arrivaient à temps pour barrer le chemin aux chevaux échappés. Bat et ses hommes ne tardèrent pas à les rejoindre. Tous ensemble ils prirent le troupeau de flanc et réussirent à le contenir.

Le tonnerre et les éclairs étaient loin désormais. Les cris des hommes et la lumière de leurs torches s'élevèrent de nouveau, imposant aux chevaux de regagner leur troupeau, tandis que les étalons appelaient les égarés à rejoindre leur clan. Les troupeaux grossirent à mesure qu'on se hâtait vers le sud avec, à leur tête, une trentaine d'étalons hauts et robustes. Des appels se faisaient entendre dans les troupeaux, cris de retrouvailles au sein des familles reconstituées. Les loups battirent en retraite vers le sud-est. Mais leur repli n'avait rien de désordonné. Ils profitaient du répit que leur laissait le rassemblement des chevaux pour s'élancer à la poursuite des bêtes isolées. Ils dévoreraient leur butin plus tard.

Bat et quelques pasteurs comptèrent les étalons en tête des troupeaux, et s'aperçurent qu'il en manquait environ le tiers. Il envoya quatre hommes à leur recherche, tandis que les autres conduiraient vers le sud le gros des troupeaux. Il donna l'ordre à Zhang d'aller disperser les loups qui couraient vers le sud-est.

Les loups qui avaient battu en retraite rejoignirent bientôt le reste de leurs troupes. Là, des engagements livrés autour des petits clans de chevaux battaient leur plein. Certains étaient complètement exterminés. Avec ce renfort arrivé du nord-ouest, les loups cernèrent les chevaux vieux ou malades et procédèrent à un massacre impitoyable. Face à cette scène sanglante, Zhang comprit qu'il ne pouvait intervenir seul. Il décida de revenir sur ses pas et de rejoindre les autres gardiens.

Pendant ce temps, le gros des troupeaux arrivait à proximité du terrain sablonneux. Un nuage de moustiques s'éleva des herbes humides lorsque les chevaux rescapés les foulèrent de leurs pattes tétanisées par la peur et l'effort. Tels des flocons de fumée noirâtre, les insectes enveloppèrent les troupeaux, enfonçant leurs aiguillons dans la chair des chevaux. À peine revenues de l'attaque de la foudre et des loups, les pauvres bêtes bondirent de douleur et se sauvèrent éperdument. Les plus exposés étaient les étalons. Leur pelage mince et tendu offrait une maigre protection aux muscles qui saillaient sous la peau. Leur queue aux crins nourris encore engluée de sang de moustiques et de loups mêlé était devenue rigide et immobile. Privés de leur seule arme contre les moustiques, ils devinrent la proie des aiguillons venimeux qui visaient leurs points vulnérables : les paupières et les testicules. Harcelés, ils se mirent à galoper face au vent, laissant à leur sort les juments, les poulains et les vieux chevaux.

Les gardiens de chevaux n'échappèrent pas à l'attaque. Ils n'avaient pas apporté leurs casques à voile sur le terrain sablonneux où les moustiques étaient peu nombreux. Mais là, à proximité de cette oasis de tranquillité, les insectes agressaient en toute impunité leur visage, leur cou et leurs mains. Leurs yeux étaient tellement gonflés qu'ils n'étaient plus que de minces fentes soulignées par deux poches. Le visage enflé, les lèvres épaissies et les doigts grossis, ces vaillants cavaliers ne voyaient plus rien et n'avaient même plus la force d'agiter leurs perches. Leurs montures devenues rebelles ruaient, se cabraient, couraient par saccades ou se frôlaient les unes contre les autres pour apaiser leurs démangeaisons. Hommes et étalons finirent par perdre tout contrôle sur leurs troupeaux qui se mirent à courir éperdument face au vent, vers le nord, entraînant dans leur sillage tous les chevaux encore dispersés dans la campagne.

Zhang avait maintenant rejoint ses camarades d'infortune. Une fois de plus, il ressentait l'adversité à laquelle étaient confrontés les peuples de la steppe. Aucun peuple agricole n'aurait pu survivre à des conditions naturelles aussi hostiles. Sous les centaines de piqûres, Zhang s'affaiblissait, délirait. L'envie le prit de retourner chercher refuge sur le terrain sablonneux. Mais les gardiens l'entraînaient dans leur descente vers le sud, déterminés comme les cavaliers de l'Antiquité mongole. En avant ! Toujours en avant ! Il était pourtant très dangereux de chevaucher dans ces ténèbres qui dissimulaient les trous de rats et de marmottes criblant la steppe. Bat, à ses côtés, était sombre. Il fouettait à tour de bras sa monture qui filait à corps perdu, oubliant complètement les moustiques qui l'assaillaient. Emporté par cet héroïsme propre aux guerriers mongols, Zhang reprit courage et fonça.

– Rattrapez les chevaux et poussez-les vers l'ouest ! hurla Bat. Là se trouve un autre lopin de terre sablonneuse ! Vite ! Encore plus vite ! Ils ne doivent en aucun cas franchir la frontière !

Les gardiens firent partir une clameur qui se répercuta dans l'espace : « Ho ! Ho ! » Soudain Zhang, entendit un cri de douleur : un cheval venait de faire une chute, en entraînant son cavalier. Mais personne ne descendit pour le secourir. Devant, les chevaux sans charge distançaient les cavaliers et leurs montures. Coupés de leurs gardiens, les troupeaux refusèrent de virer vers l'ouest. Mais Bat et ses collègues n'abandonnèrent pas ; ils les poursuivirent, inlassablement.

Soudain, on vit vaciller des colonnes de lumière au loin. Bat cria victorieusement : « Du renfort ! » Un hourra se fit entendre dans la nuit tandis que s'allumaient toutes les torches. Un détachement surgit de derrière la colline, hurlant en réponse à l'appel des hommes de Bat. Les nouveaux faisceaux lumineux braqués sur les troupeaux au galop leur barrèrent le chemin. Une fois de plus, les chevaux furent cernés et ramenés dans la bonne direction, collés les uns aux autres.

Le vieux Bilig était arrivé juste à temps. Ulzii et Bao aidèrent les pasteurs et les jeunes instruits à rassembler les chevaux éparpillés. Ils n'avaient pas oublié de dépêcher deux hommes auprès du gardien de chevaux qui avait fait une chute, par chance légèrement blessé. Chen Zhen, arrivé avec Bilig, alla retrouver Zhang. Il lui raconta que les deux vieux Mongols avaient pressenti cette attaque des loups en voyant se profiler l'orage. Ils avaient aussitôt décidé de venir leur prêter main-forte :

– Sans eux, c'était la fin de tous nos troupeaux ! soupira Zhang.

Une lueur blanchâtre apparut à l'horizon. Les chevaux égarés avaient tous été ramenés, mais les pertes étaient lourdes : cinq grands chevaux, treize jeunes de deux ans, cinquante à soixante poulains. Près de quatre-vingts bêtes avaient été prises en tenailles par la foudre, le vent et les moustiques. Les loups avaient été leurs bourreaux.

Bao fit un tour d'inspection du champ de bataille jonché de cadavres. Il se répandit en invectives :

– Je vous ai pourtant répété que la priorité pour la ferme, c'était l'extermination des loups ! Mais vous avez refusé de m'appuyer. Regardez-moi ça ! Vous voilà bien punis ! Désormais, quiconque plaidera la cause des loups sera démis de ses fonctions, mis à l'amende et contraint à un stage d'étude.

Les yeux levés au ciel, le vieux Bilig marmonnait, mains jointes et lèvres frémissantes. Chen Zhen crut comprendre : « C'est trop difficile d'être le maître de la steppe. Celui qui prend sa défense finit par devenir un bouc émissaire ! »...

Zhang s'approcha de Bao :

– C'est une calamité naturelle contre laquelle personne ne peut rien. Notre perte est moins grave que celle des communes voisines. Nos chevaux sont saufs pour la plupart. Nos hommes ont tout fait pour remplir leur devoir. Il y a un blessé, aucun déserteur. Vous croyez que cela a été facile pour eux ? Heureusement qu'Ulzii et Bilig sont arrivés.

– Bien dit ! enchaîna Lamjav. Sans eux, les chevaux auraient déjà franchi la frontière. Nous, nous aurions risqué la prison et vous, monsieur Bao, vous auriez sûrement été évincé de la direction de la ferme !

– Chaque année, nous perdons au moins la moitié de nos poulains, temporisa Bat. Les pertes de ce soir restent inférieures à ce chiffre. Si nous faisons attention, nous n'en n'aurons sans doute pas plus qu'en temps ordinaire.

– Vous avez beau dire, vociféra Bao, ces chevaux ont été tués par les loups. Ah, les loups, ce sont nos ennemis jurés ! Ni les hommes, ni les bestiaux ne connaîtront la paix avant leur extinction radicale ! Les commandants en chef du corps d'armée de soldats défricheurs sont actuellement au siège de la ferme. Un de leurs régiments va bientôt arriver ici. Si vous refusez la chasse aux loups, ils s'en chargeront, eux ! Ils ont tout ce qu'il faut : jeeps et mitrailleuses !

Assombris, les pasteurs allèrent s'occuper des chevaux morts. Certains chargèrent les corps encore intacts sur les charrettes pour les ramener au campement et les distribuer aux familles. Les carcasses entamées et mutilées furent abandonnées sur les lieux : les loups reviendraient les prendre.

Les jeunes poulains frémissaient de peur devant les chevaux morts. Après cette bataille, ils seront plus vigilants et courageux la prochaine fois, se dit Chen Zhen. Mais une interrogation surgit aussitôt dans son esprit : y aurait-il une prochaine fois ?

CHAPITRE 29

En 494, l'empereur Xiaowen des Wei du Nord déplaça sa capitale de Pingcheng à Luoyang. Il y entraîna ministres et fonctionnaires, généraux et officiers ayant sous leur commandement les soldats xianbei, un contingent de 200 000 hommes, ou d'un million de personnes si l'on tient compte de leurs familles et de leurs esclaves.

Les Han qui vivaient dans le bassin du fleuve Jaune sous les Tang et les Sui étaient, en fait, issus d'une fusion des Han indigènes avec de nombreuses ethnies moins développées venues du nord et du nord-ouest de la Chine depuis l'époque des Seize Royaumes.

Précis d'histoire de Chine, vol. 2
Fan Wenlan

Dans *Entretiens de Zhu Xi,* vol. 3, § 116 du chapitre « Au long des dynasties », on lit que « les Tang descendent des barbares ; aussi le comportement des femmes aux mœurs faciles n'est-il pas considéré comme une infraction aux règles et rites ».

Manuscrit relatif à l'histoire politique des Tang
Chen Yinke

Une pluie automnale, brusque et froide, mit fin au court été du plateau mongol. Chen Zhen se tenait face à la steppe silencieuse, perdu dans sa contemplation. Il comprenait maintenant pourquoi loups et moustiques s'étaient déchaînés avec véhémence. Les uns et les autres devaient accumuler sang et viande afin de survivre, passé un bref automne, pendant plus de six longs mois d'hiver. Les moustiques trouveraient refuge dans les trous de marmottes mais périraient gelés pour la plupart. Les loups ne survivraient pas s'ils n'étaient couverts d'une épaisse couche de graisse et d'une fourrure nourrie. Les vieux et les malingres, les chétifs et les blessés seraient en grande partie éliminés par les rigueurs hivernales. Les rescapés finiraient par succomber aux privations du printemps.

Chen Zhen et ses camarades avaient reçu un poulain mort. De cette viande, il ne restait plus que les deux pattes antérieures et des entrailles infectes. Le louveteau avait connu des jours d'abondance et donc d'insouciance. Il aimait la viande fraîche et saignante, mais se jetait avec la même ardeur sur la viande pourrie et infestée de vers. En grandissant, il avait pris fière allure et affichait une belle prestance. Chen Zhen avait dû allonger sa chaîne. Il avait aussi voulu lui donner un autre nom : « Grand loup », que le louveteau refusait catégoriquement. Quand son maître l'appelait ainsi, il regardait autour de lui, étonné.

Chen caressait longuement les oreilles de son protégé. Il les adorait parce qu'elles étaient droites et vives, encore intactes, contrairement à celles des loups sauvages, systématiquement mutilées. Mais, comme souvent en pareil cas, une douleur diffuse lui pinçait le cœur. Les oreilles parfaites de son louveteau attestaient de son état de prisonnier. Les loups ne devaient leur survie qu'aux luttes incessantes contre les étalons, les chiens de chasse, les hommes ou leurs propres congénères. Ils la payaient de ces blessures et de ces amputations qui faisaient leur grandeur. Un loup se pavanant avec sa fourrure lustrée et garni de deux oreilles pimpantes était-il encore digne de son nom? Son louveteau pourrait-il jamais devenir un vrai loup? Chen lui avait brisé ses quatre crocs, arme de survie indispensable dans la steppe hostile. À force de mâcher, ils s'étaient encore usés, prenant la forme de fèves. Pendant l'opération que Chen Zhen regrettait maintenant, un des crocs s'était fissuré sous la pince. L'infection s'y était mise et l'avait noirci. Peut-être tomberait-il de lui-même dans deux ou trois ans. Son louveteau aurait alors toutes les difficultés pour manger, et encore plus pour chasser.

Le jeune animal était condamné à vivre sous la dépendance de Chen. D'ailleurs, constamment attaché à un poteau, il n'avait jamais combattu: comment pourrait-il survivre dans un environnement aussi hostile que la steppe? Quand, un mois plus tôt, une louve avait lancé des appels insistants au louveteau, Chen Zhen avait refusé de le rendre à sa mère et à la nature, se disant qu'il serait considéré comme un intrus par ses congénères. Comme il se le reprochait aujourd'hui! Du moins son louveteau aurait-il eu une chance de vivre dignement. Ou de mourir par la décision des siens. Le rêve que Chen Zhen avait caressé jusque-là, celui de rendre un jour visite à son louveteau, au fond de la steppe, s'éloignait de plus en plus.

Les premières jeeps du corps d'armée de soldats défricheurs continuaient leurs va-et-vient, toujours plus fréquents depuis quelques semaines. Face aux traînées de poussière qu'elles soulevaient, Chen Zhen pensait, affligé, que ses camarades et lui étaient les derniers Han à travailler en tant que pasteurs dans la steppe de Mongolie-Intérieure. Il était fier de son statut de berger. Pour lui, c'était un privilège de vivre dans cette partie très reculée de la Chine et du monde, encore sauvage et fréquentée par les loups. Malheureusement, cette vie primitive allait prendre fin.

Angoissés, les gens de la steppe attendaient l'arrivée massive de tout le corps d'armée des soldats défricheurs. La pétition signée par Bilig, Ulzii et d'autres personnes âgées avait néanmoins porté ses fruits. Il avait été décidé en haut lieu que la steppe Olon Bulag resterait essen-

tiellement pastorale et que leur ferme serait rebaptisée « régiment d'élevage ». On leur avait promis que l'activité agricole n'y serait que secondaire, mais il était déjà prévu que les autres pâturages et communes
soient pour la plupart convertis en « régiments d'agriculture ». Ainsi, le
bassin de la rivière des Poulains, producteur de la race Ujumchin,
deviendrait une ferme agricole d'envergure, tandis qu'un petit nombre
de pâturages serait réorganisé en fermes mi-agricoles mi-pastorales.

Le projet du corps d'armée de soldats défricheurs fut porté à la
connaissance générale. Il s'agissait d'un texte émaillé d'idées brillantes :
en finir au plus vite avec les moyens de production arriérés et primitifs
de la steppe ; établir une constellation de points d'habitation ; investir
massivement dans les ressources financières, techniques et humaines et
l'équipement mécanique pour construire des maisons de brique, des
étables de pierre et de béton, des puits à pompe, des routes, des écoles,
des hôpitaux, des postes, des salles de réunion, des magasins et des
cinémas ; mettre en valeur une partie de la steppe pour cultiver céréales,
fourrage et légumes ; former des équipes de transport et des faucheuses
mécaniques, des stations de tracteurs ; éliminer radicalement le fléau
que constituaient les loups, les plantes toxiques, les insectes nuisibles et
les rats ; élever la capacité de résistance aux calamités naturelles comme
la neige, le vent, la sécheresse, l'incendie et les moustiques ; tout faire
pour que les pasteurs victimes des conditions hostiles de la nature
s'engagent graduellement dans une vie sédentaire, marquée par la paix
et le bonheur...

À vrai dire, les jeunes pasteurs et la plupart des femmes et des
enfants de la ferme attendaient avec impatience l'arrivée de ce corps
d'armée chargé de mettre en œuvre cet ambitieux programme. Mais les
plus vieux des pasteurs s'enfermaient de plus en plus dans un profond
mutisme. Seul Bilig répondait, tout en soupirant lourdement, aux
questions de Chen Zhen : « Les pasteurs ne demandent pas mieux que
de réaliser ce rêve qu'ils chérissent depuis belle lurette d'avoir des
enfants scolarisés ou un hôpital à proximité. Trop de malades sont
morts à mi-chemin de l'hôpital ! Mais que deviendra notre steppe entre-

temps ? Avec sa mince couche végétale, elle est comme une charrette de bois attelée à un bœuf... La production actuelle de bétail est déjà une charge trop lourde pour elle ; comment pourra-t-elle porter toutes ces machines et une foule de gens ? Quand la charrette basculera, la steppe ne sera plus. Vous, les Han, n'aurez qu'à retourner là d'où vous venez, mais les pasteurs, que deviendront-ils ? »

Les oies, les canards sauvages et les cygnes s'en étaient déjà allés pour ne pas être dévorés par les gens venus de la région agricole. Mais les loups n'étaient pas migrateurs. Ils vivaient depuis toujours dans la steppe. Seraient-ils exterminés ou expulsés de leur pays ? La Mongolie-Extérieure était un haut plateau aride, au climat encore plus rigoureux, où les loups avaient une vie encore plus dure que ceux de la steppe Olon Bulag. Une fois exilés, ses loups ne seraient-ils pas considérés comme des intrus par leurs congénères du nord ? Chen Zhen n'aurait jamais cru que la fin des loups puisse venir si rapidement.

À la tombée de la nuit, Yang Ke rentra avec ses moutons qu'il laissa brouter librement. Dans quelques jours, on allait retourner à l'ancien pâturage : toutes les pousses que les bêtes pouvaient ingurgiter étaient bonnes à prendre. Le jeune instruit se hâta vers la yourte pour se désaltérer. Il vida coup sur coup deux bols de thé froid et annonça à Chen Zhen :

– L'armée de soldats défricheurs arrivera plus vite que prévu. Je déteste la vie militaire en temps de paix. C'est pourquoi j'avais évité le Heilongjiang pour venir en Mongolie-Intérieure. À croire que je n'arriverai pas à me soustraire à mon destin !

Un cavalier s'approchait en trombe sur le sentier des charrettes. C'était Zhang Jiyuan qui rentrait se reposer. Il chevauchait maintenant sa monture avec l'assurance des meilleurs gardiens de chevaux.

– Attention, mon gars ! lui dit Gao avec un sourire malicieux. Toutes les jeunes filles mongoles sont sur le seuil de leurs yourtes ! Elles vont te suivre comme de jeunes pouliches !

Zhang lui rendit son sourire, puis sauta à terre en détachant de sa selle un grand sac de toile. Il le jeta sur le sol :

– Regardez ce que je vous apporte !

Quelque chose grouillait à l'intérieur du sac. Yang Ke palpa le sac, puis l'ouvrit avec précaution. On vit sortir une paire de longues oreilles. Yang les empoigna et retira l'animal, un grand lièvre au pelage luisant qui gigotait sans arrêt.

Zhang reprit, tout en attachant sa monture à un poteau :

– J'en ai assez du mouton. Ça va nous changer de l'ordinaire !

Soudain, le louveteau qui était à sept ou huit pas de là, bondit toutes griffes dehors. Sa chaîne le retint à mi-chemin. Il s'effondra et roula sur lui-même, mais se redressa promptement, pattes tendues en avant, langue tirée, les yeux étincelant de fureur. Les chiens de la yourte approchèrent aussi, mais se contentèrent de faire cercle autour du lièvre sans tenter de s'en emparer : ils connaissaient bien ce petit animal vif et rapide qu'ils n'attrapaient pas facilement.

Yang Ke s'amusait de la cupidité du louveteau. Il empoigna le lièvre, puis fit quelques pas en avant, balançant l'animal sous les yeux du louveteau qui devint réellement fou furieux après avoir touché une de ses pattes. Sa langue rouge se promenait sur ses babines, il avait les yeux rivés sur sa proie comme s'il allait la tuer du regard. Lorsque, dans son balancement, le lièvre revint vers Yang Ke, le louveteau balaya haineusement du regard toute l'assistance, comme s'il était prêt à en découdre pour entrer en possession du gibier. Tous ceux qu'il appréciait en temps normal étaient devenus ses ennemis jurés. D'ailleurs, Yang Ke recula quelque peu. Mais il se reprit bien vite pour proposer :

– Il est grand maintenant et il n'a jamais mangé de gibier vivant... Je me contenterais bien de notre pitance de tous les jours pour lui céder ce lièvre. Nous pourrions le regarder tuer sa proie et voir enfin sa férocité naturelle en action ! Qu'en dites-vous ?

– En plus, la viande de lièvre n'est pas bonne du tout, renchérit Chen. À moins d'être cuite avec du faisan. Et puis le louveteau nous a beaucoup aidés lors de notre garde de nuit contre les loups, même si c'était malgré lui. Il mérite bien une récompense !

– Tu as raison, reconnut Gao d'un hochement de tête. Grâce à lui, mon troupeau a été épargné. Je suis d'accord !

Les quatre garçons étaient tout excités par cette proposition, tant la nature bestiale de l'homme reste ancrée en lui. Les arènes de la Rome antique n'avaient pas d'autre fonction que de la flatter. Sous prétexte de faire plaisir au louveteau, les jeunes gens s'étaient trouvé un argument facile pour assister à un spectacle sanguinaire. Le sort funeste du lièvre fut arrêté dans une ambiance de jubilation. La pauvre créature avait maintes fois échappé aux attaques des loups, des faucons, des renards et des chiens : elle n'échapperait pas à l'homme. À vrai dire, le lièvre avait toujours eu mauvaise réputation dans la steppe, dont il était l'un des pires destructeurs. Sa condamnation ne pesait pas lourd sur la conscience de ces Han devenus à moitié mongols. On se mit à discuter des règles du combat. Comme il était impensable de laisser les deux bêtes se livrer à une course de vitesse dans la steppe, on décida de lier les pattes du lièvre deux à deux. La pauvre bête fuirait en bondissant mais ne pourrait s'échapper.

C'était un vieux lièvre, rompu aux épreuves de la vie. En ficelant ses pattes puissantes munies de griffes tranchantes, Yang Ke reçut un coup qui lui laboura le dos de la main :

– Il est dangereux, ce lièvre ! Mais attendez voir ! Tout à l'heure, le louveteau me vengera !

Chen Zhen s'empressa d'aller prendre un médicament et de lui faire un pansement sommaire. Puis les quatre jeunes hommes unirent leurs efforts, et le lièvre fut bientôt ficelé. Il resta immobile sur le sol, les yeux jetant des éclairs haineux. Zhang écarta ses babines et jeta un coup d'œil sur sa denture.

– Il n'est plus tout jeune, conclut-il, ses dents sont jaunies par le temps. On dit qu'un lièvre âgé est plein de ruses. J'espère que notre louveteau va se montrer à la hauteur. Un jour, j'ai vu un vautour foncer sur un vieux lièvre et le prendre par l'arrière. Mais le lièvre a continué de courir vers des buissons aux branches épineuses, entraînant avec lui son attaquant. Le vautour a été tellement égratigné qu'il a fini par lâcher prise. Il avait perdu des plumes dans la bataille, et je peux vous assurer qu'il a mis du temps à remonter dans les airs. D'habitude, sous l'effet de la douleur, un jeune lièvre se retourne quand le vautour le saisit avec ses serres de gauche. Ainsi il offre son corps à l'autre patte du vautour, qui l'attrape alors fermement et peut s'élever en hauteur. Et là repartir avec lui. Dès qu'il est assez haut dans le ciel, il relâche sa proie qui s'écrase au sol. Le vautour pique de nouveau et repêche le corps inerte pour le dévorer au sommet de la montagne. Celui-ci n'avait pas prévu de tomber sur un vieux lièvre aguerri !

– Bon, réfléchissons bien avant d'agir ! dit Yang Ke.

– Je crois que la lutte sera équitable, fit Chen Zhen. Bien que rusé comme un vieux renard, le lièvre a les pattes liées. Le louveteau est jeune mais inexpérimenté et retenu par sa chaîne. Chacun aura sa chance.

– Vous connaissez tous *Spartacus*, dit Yang Ke. D'après les règles de la Rome antique, si le lièvre l'emporte, il aura droit à la liberté.

– D'accord, crièrent-ils tous en chœur.

Yang Ke murmura à l'adresse du vieux lièvre : « Tant pis pour toi, tu dois payer ton dû. Tu as trop ravagé la steppe en creusant des trous. » Puis il lança au louveteau l'habituel cri « Louveteau, mange ! » tout en jetant le lièvre vers lui.

Le lièvre se roula en boule en sautillant, ne donnant aucune prise à l'adversaire qui l'attaquait. Quand le louveteau le poussa énergiquement d'une patte, il s'affaissa, haletant, tremblant de tout son corps. Terrassé par la peur, le vieux lièvre se recroquevillait sur lui-même, mais gardait les yeux grands ouverts, lorgnant vers l'ennemi. Il suivait du regard le louveteau dans ses moindres mouvements, tandis que son corps se rétrécissait encore davantage, muscles tendus et griffes rentrées.

Le louveteau avait déjà eu affaire à un gros rat qu'il avait mangé sans difficulté, après d'étranges simagrées. Cette fois-ci, tandis qu'il flairait le lièvre, ses yeux brillaient d'une étrange lueur, comme s'il prenait plaisir à sentir sa peur. Terrorisé, le lièvre tenta de s'éloigner, mais le jeune loup posa une patte sur lui comme pour lui signifier qui était le maître. Il le palpa, le tripota longuement pour trouver l'endroit idéal où enfoncer les dents. Le vieux lièvre se raidit brusquement lorsque, en furetant, le louveteau promena sa tête sur ses pattes de derrière. «Attention!» s'écrièrent les quatre spectateurs en même temps. Trop tard. D'une détente, l'animal décocha un coup de patte au louveteau qui, presque assommé, culbuta, poussa un cri de douleur et se débattit pour se remettre sur pied. Il avait la tête lacérée, l'oreille déchirée et une vilaine blessure à l'œil droit. Il saignait abondamment.

Chen Zhen et Yang Ke bondirent. Yang sortit son médicament et voulut faire un pansement, mais Chen se durcit et le retint :

– Non, ce n'est rien pour un vrai loup de la steppe! Laisse-le, c'est son baptême du sang!

Humilié, effrayé, furieux, le louveteau s'arc-bouta et détailla son adversaire avec curiosité. Son coup réussi, le vieux lièvre tenta désespérément de fuir. Il se démenait comme un possédé en se contorsionnant, sautillant et boitant en marche arrière. Les chiens se dressèrent et aboyèrent furieusement. Erlang fonça sur le lièvre, prêt à lui casser l'échine, mais fut retenu par Chen Zhen. Le lièvre continuait de battre en retraite, les yeux fixés sur le louveteau qui avançait sur lui pas à pas. Le guerrier novice restait maintenant à une distance respectueuse de son ennemi, reculant d'un bond chaque fois que celui-ci faisait mine d'agiter ses pattes postérieures.

– Il faut reconnaître que le lièvre a gagné la partie, soupira Yang Ke. Si le combat avait eu lieu en pleine campagne, le coup assené tout à l'heure lui aurait permis de prendre le large. Il est terrible, ce lièvre! Il a blessé un homme et un loup en moins de vingt minutes! Il faut lui rendre sa liberté, qu'en pensez-vous?

– Accorde encore une chance au louveteau, fit Chen Zhen indécis. Laissons le combat se poursuivre jusqu'à ce que le lièvre sorte de la limite du terrain, d'accord?

– Bon, comme tu veux, accepta Yang Ke. Le lièvre remportera la victoire finale s'il franchit la limite.

Comme s'il avait perçu une lueur d'espoir, le vieux lièvre redoubla d'efforts pour se déplacer vers l'extérieur. Le louveteau était piqué au vif. Était-il admissible qu'un gibier lui échappe? Le louveteau refusait de s'avouer vaincu, saisissant chaque occasion pour tirer le lièvre en arrière, reculant aussitôt pour parer les coups. Le lièvre en profitait pour s'éloigner davantage. Le louveteau ne savait manifestement pas où enfoncer ses dents. Les mêmes mouvements se répétèrent pendant plusieurs minutes. Enfin, le louveteau découvrit le défaut de la cuirasse: les oreilles! Il lui fallait éviter les pattes pour s'y attaquer. À chaque tentative, le louveteau gagnait en habileté. Enfin, il réussit à saisir une des oreilles du lièvre et à ramener son gibier au pied du poteau. Effrayé, le lièvre sautait et se débattait, comme une carpe frétillante.

Pour donner un coup de pouce à son protégé, Chen Zhen lui lança de nouveau: «Louveteau, mange!» L'appel produisit son effet. Crac! Le jeune loup arracha l'une des deux oreilles et la dévora. Il fit pareil avec l'autre. Gravement amputé, le lièvre résistait courageusement. Les deux lutteurs finirent par s'enlacer et rouler sur le terrain éclaboussé de sang. Faute d'être initié à l'art de la chasse, le louveteau se contentait de donner des coups à l'aveuglette, arrachant ici et là un morceau de chair. Ignorant la gorge, que n'importe quel loup sauvage aurait visée, il s'acharnait sur le ventre qu'il réussit enfin à ouvrir, à force d'y planter ses crocs. Les yeux luisant de rapacité, le bourreau en sortit les entrailles, tandis que le lièvre vivait toujours. La tête du louveteau dans ses viscères, le pauvre animal n'abdiqua que lorsque son cœur cessa de battre.

Rendant un hommage muet au lièvre, Chen Zhen se dit que, décidément, tous les êtres vivants de la steppe, en dehors des moutons, étaient capables d'un héroïsme tragique, preuve de leur caractère indomptable. C'était cela, l'esprit nomade, un esprit qui prenait sa source dans la steppe, mère de tous les courages. Par son sacrifice, ce lièvre avait permis au louveteau de faire ses preuves: avec ce trophée de guerre, il était maintenant adulte, et ses oreilles mutilées le rendaient enfin digne de son rang de loup de la steppe.

Le troupeau de moutons rentra dans l'étable de lui-même. Le louveteau, encore très excité par sa victoire, en oublia sa promenade habituelle. Les quatre jeunes hommes en profitèrent pour lui voler ce moment et prendre un repas ensemble. C'était un moment rare et précieux pour eux, et une ambiance de chaleur et d'affection régnait dans la yourte. Chen Zhen présenta un bol de thé à Zhang en lui demandant :

– Alors, raconte comment tu as attrapé ce lièvre !

– C'est le cadeau d'un loup ! fit Zhang qui parlait énigmatiquement, comme tous les gardiens de chevaux et prit son temps avant de commencer sa narration. À midi juste, je pars avec Bat chercher des chevaux égarés. Nous franchissons un monticule et apercevons un loup en train de creuser. Nous courons sur lui. Le loup s'enfuit et disparaît derrière une pente. Là où il était, on voit un petit trou dissimulé sous les herbes. C'est la terre fraîche qui le trahit. Bat dit que c'est le refuge provisoire de lièvres, pas vraiment un terrier, mais un de ces trous qui sont autant de pièges pour les cavaliers. Nous mettons pied à terre. J'introduis une perche dans le trou, qui touche quelque chose de mou. Le lièvre est donc dedans ! Comme nous n'avons pas d'outil pour piocher, Bat sort un canif et fend le bout de la perche pour y insérer une brindille. Il réintroduit la perche en forme de pince dans le trou de façon que la mâchoire s'enfonce dans la fourrure du lièvre et la tourne jusqu'à ce que les poils soient solidement accrochés. Alors, il la retire petit à petit, et voilà le lièvre sorti du trou !

– Bravo ! Formidable ! s'écrièrent les trois copains.

– J'ai essayé cette technique une fois, dit Gao. Mais je n'ai pas réussi à faire sortir le lièvre de son trou. Il n'y a pas à dire : les pasteurs sont plus débrouillards que les cultivateurs ! Avant, je ne comprenais pas cette faiblesse des Chinois. Ils sont experts quand il s'agit de se déchirer entre eux, mais ils n'essuient que des défaites quand il faut résister aux envahisseurs. La Chine entière a été occupée pendant huit ans par les Japonais qui étaient pourtant en nombre inférieur. Sans l'aide de l'armée soviétique et de la bombe atomique américaine, qui sait combien d'années encore cette occupation aurait duré ! À en croire la presse étrangère, il paraît que le Japon est déjà redevenu une puissance économique de premier ordre. Il faut avouer que ces petits pirates japonais sont d'un nationalisme hors du commun !

Peu habitués à ce que leur ami tienne un tel discours, les trois autres garçons éclatèrent de rire, tandis que Zhang glissait à Chen Zhen :

– À force de vivre avec toi, Gao s'est laissé convaincre, on dirait !

Le millet, le mouton aux champignons et des fleurs de ciboule sauvage macérées faisaient leur régal. Les jeunes instruits finirent par aborder le sujet qui agitait tout le monde dans le campement :

– Toi qui vas partout, dit Yang Ke à Zhang, dis-nous ce que tu sais sur l'armée de soldats défricheurs.

– L'administration de la ferme a déjà changé de nom pour devenir le « poste de commandement du régiment ». Les premiers cadres militaires sont arrivés. La moitié sont des Mongols, les autres, des Han. La première tâche à l'ordre du jour, c'est l'extermination des loups. Ces cadres ont été indignés en voyant les poulains tués. Dans le passé, quand l'armée faisait son entrée dans la steppe, elle commençait par aider la population à exterminer les bandits. Aux yeux de ces cadres, les loups constituent un fléau à peu près aussi abominable qu'il faut exterminer à tout prix. Les vieux Mongols ne savent plus à qui confier leur amertume tant il est difficile d'expliquer le mérite des loups à des soldats d'origine paysanne. Bientôt viendra la saison où les loups auront leur plus belle fourrure. Les cadres du régiment ont une solde plutôt maigre : soixante ou soixante-dix yuans pour un officier d'état-major. Or une peau de loup se vend vingt yuans ; c'est alléchant, et ces cadres risquent de faire preuve d'un zèle exceptionnel !

Un silence de mort envahit la yourte. Trois paires d'yeux se tournèrent vers Chen Zhen qui, après un long soupir, leva la tête vers le ciel et dit :

– Ô, valeureux loups de la steppe, vous n'avez plus rien à faire ici ! Quittez ces lieux pour la Mongolie-Extérieure : là se trouve votre salut !

CHAPITRE 30

Homme + nature bestiale = homme occidental... Bien sûr, ce n'est pas la peine d'insister sur le fait que cette nature n'apparaît plus sur la figure des Chinois. A-t-elle jamais existé chez les Chinois? Ou n'a-t-elle disparu que récemment? Dans ce cas, a-t-elle passé par un processus d'épuration pour devenir une nature humaine à l'état pur? Ou par un apprivoisement graduel pour tomber dans une docilité absolue? Quand un bison dégénère en bœuf domestique, un sanglier en porc, un loup en chien, ils perdent leur nature bestiale. Cela fait plaisir au pasteur, mais n'a aucun avantage pour ces animaux. Je ne demande pas mieux que l'homme reste homme, mais pas un être hétérogène. Pourtant, je préfère que l'homme épouse quelque chose d'animal le cas échéant. La formule suivante n'est pas du tout heureuse pour lui: Homme + nature de bête domestique = semblant d'homme.

« À propos du faciès des Chinois », dans *Recueil d'essais Eryi*
Lu Xun

Tôt, un matin, deux jeeps s'arrêtèrent devant la yourte. Le louveteau se réfugia vite dans son trou à la vue de ces monstres énormes qui empestaient l'essence. Les chiens, eux, accoururent avec des aboiements si furieux que lorsque Chen Zhen sortit il dut les écarter et les faire taire.

Quatre militaires descendirent des voitures, accompagnés de Bao. Ils se dirigèrent directement vers l'abri du louveteau. Gao et Yang Ke, qui avaient rejoint Chen, les suivirent, soucieux de connaître le but de leur visite. Le maître du jeune loup fit un effort pour se donner une contenance avant de dire :

– Bonjour, directeur Bao ! Encore des gens qui s'intéressent à mon louveteau ?

– Viens que je te présente, répondit Bao en esquissant un sourire.

Il tendit la main aux deux hommes d'une trentaine d'années, Xu et Bater, officiers d'état-major du corps d'armée des soldats défricheurs, suivis de leurs chauffeurs, Lao Liu et Xiao Wang.

– Ils sont venus s'installer dans notre steppe, reprit Bao. Leurs familles viendront les rejoindre quand le baraquement du poste de commandement aura été construit. Ils ont pour mission de nous aider à exterminer les loups.

Le cœur de Chen Zhen se mit à battre follement. Après leur avoir serré la main, il les invita à entrer pour prendre du thé, selon la coutume des pasteurs.

– Merci, dit Bao. Mais nous préférons voir d'abord ton louveteau. Fais-le sortir. On s'est déplacés spécialement pour lui.

– Il vous intéresse donc tellement ? dit Chen Zhen, en s'efforçant de sourire.

L'officier Xu répondit d'un ton affable, avec un accent du Shaanxi très accusé :

– Les loups tuent trop de bétail, et nous ne pouvons les laisser continuer ainsi. L'ordre du quartier général de la division et du commandement du régiment ne souffre plus de retard. Le commandant adjoint du régiment est arrivé hier à la brigade de production. Mais nous voudrions en savoir plus sur ce qu'est vraiment un loup de la steppe. C'est pourquoi Bao nous a conduits ici, chez vous.

L'autre officier, Bater, parlait un chinois du Nord-Est :

– Bao nous a dit que vous faisiez une étude sur le loup et que vous étiez très versé dans sa chasse. Il paraît même que vous avez visité une tanière et que vous élevez un louveteau afin de mieux le connaître. Il faut avouer que vous êtes courageux et avisé. Nous comptons sur vous pour l'extermination des loups.

Les deux officiers paraissaient sympathiques. Ils ne le traitaient pas de haut. Chen Zhen se sentit un peu rassuré : ils n'étaient pas venus tuer son louveteau. Il bredouilla :

– C'est que... il y a tant à dire à propos des loups ! Il faudrait des jours et des jours pour tout raconter. Mais veuillez reculer de quelques pas. Il faut vous tenir hors du cercle qui délimite le terrain. La dernière fois, un cadre de la ligue a failli se faire mordre.

Chen Zhen entra dans la yourte et en ressortit avec deux morceaux de viande. Il s'approcha de l'entrée de l'abri souterrain et attrapa au passage une planche en bois qu'il posa à côté du trou avant de crier : « Louveteau, mange ! » D'un bond, la bête fut dehors. Elle se jeta sur la viande tandis que Chen Zhen poussait la planche sur l'entrée du trou et reculait d'un bond. Bao et les militaires firent de même.

Sur un signe de Chen Zhen, les invités s'accroupirent. Face à ces inconnus en uniforme qui formaient un demi-cercle autour de lui, le louveteau paraissait intimidé. Au lieu de s'élancer sur eux, il se fit tout petit, la queue entre les pattes. Il saisit néanmoins un morceau de viande qu'il emporta de l'autre côté de son territoire, puis le second morceau. Il engloutit hâtivement la viande tout en maugréant, contrarié par ces regards indiscrets rivés sur lui. Au bout de quelques secondes, sa mauvaise humeur éclata. Il fit volte-face et se jeta sur les spectateurs, gueule béante, crocs et griffes menaçants. Ses mouvements furent si rapides que, pris au dépourvu, les quatre militaires faillirent tomber à la renverse.

Assis en tailleur sur le sol, à un mètre du cercle, Bater dit, en s'époussetant :

– Ah, il est terrible ! Plus féroce encore que les chiens-loups du quartier général de la zone militaire. Il m'aurait arraché un lambeau de chair sans cette chaîne !

– Il est né au début de l'année, mais il a presque la taille d'un gros chien ! dit son collègue Xu, avant de se tourner vers Bao. Mon vieux, tu as eu raison de nous conduire ici. C'est un bon baptême du feu.

Puis il s'adressa à Bater :

– Comparé au chien, le loup agit de façon plus prompte et inattendue. Il faut faire feu plus rapidement !

Son collègue l'approuva de la tête, tandis que le louveteau retournait vers sa viande en grondant.

De loin, les deux officiers détaillèrent le louveteau puis observèrent attentivement son pelage. Ils en arrivèrent à la conclusion que le mieux, c'était de viser la tête ou la partie inférieure du cou, ajoutant que le coup serait mortel sans trop entamer la fourrure. Chen frissonna, sans rien laisser paraître à ces deux hommes qui avaient tout de vrais professionnels. Bao leur dit, rayonnant :

– Les pasteurs et la plupart des jeunes instruits sont contre l'élevage du louveteau. Mais moi, je suis pour. J'ai toujours pensé que cela permettrait de mieux connaître notre ennemi et de le vaincre ! Quand les commandants en chef du corps d'armée viendront en tournée d'inspection, je les amènerai ici et leur montrerai ce louveteau : ils verront ce qu'est le fameux loup mongol !

– Ils accepteront sûrement l'invitation avec plaisir, lui assurèrent les officiers.

Bao jeta un coup d'œil sur sa montre et s'adressa à Chen Zhen :

– Revenons à notre sujet. Nous sommes venus pour voir ton louveteau, mais aussi pour emmener l'un de vous deux, toi ou Yang Ke, avec nous à la chasse. Les deux officiers ont combattu dans les rangs des cavaliers, ce sont des tireurs d'élite. Le quartier général les a affectés dans la région spécialement pour cette tâche. Hier, à mi-chemin, l'officier Xu a abattu un vautour du premier coup. Pourtant, il était haut dans le ciel ! Alors, qui de vous deux vient avec nous ?

Le cœur de Chen Zhen se serra. Il ne put s'empêcher d'avoir une expression gênée en répondant :

– Les pasteurs connaissent les loups mieux que nous, et ils savent où les trouver. Ils seront de meilleurs guides.

– Ah non ! Ne me dis pas ça, répliqua Bao. Les vieux gardiens de chevaux tergiversent, et les jeunes ne sont bons à rien ou sont avec leurs troupeaux dans la montagne. Il faut absolument que l'un de vous deux nous suive ! Deux officiers d'état-major sont venus en personne ! Vous serez exemptés de cette corvée la prochaine fois.

– Et... Dorj ? C'est le tueur de loups le plus connu de notre brigade.

– Le commandant adjoint du régiment l'a déjà pris avec lui, dit Bao, exaspéré. C'est un passionné de chasse.

Bao regarda sa montre et lança :

– Assez de balivernes ! Allons, en route !

Voyant qu'il était impossible de refuser, Chen Zhen dit à Yang Ke :

– Pars avec eux !

– Mais tu connais les loups mieux que moi ! Vas-y toi-même, c'est préférable !

Bao commençait à perdre patience :

– Bon, c'est moi qui aurai le dernier mot ! Chen, tu viens avec moi ! Mais je te préviens : si tu triches comme l'a déjà fait le vieux Bilig et que nous rentrons penauds, je tuerai ton louveteau d'un coup de feu ! Trêve de bavardages !

La mort dans l'âme, Chen comprit qu'il n'avait pas le choix :

– D'accord ! Je pars avec vous.

Les deux jeeps décapotées filèrent plein ouest, soulevant derrière elles deux colonnes de sable. Les voitures étaient presque neuves, maniables et stables, avec un moteur puissant et des chauffeurs aux gestes sûrs. Chen Zhen, installé à l'avant de l'un des véhicules, avait du mal à garder les yeux ouverts sous les rayons aveuglants du soleil de ce début d'automne. Depuis plus de deux ans, il n'était pas monté en voiture, mais il n'y trouvait aucun plaisir. Il avait même souhaité que la jeep tombe en panne. Il avait le sentiment d'être un renégat trahissant les siens.

Surtout, il prenait conscience que le mouvement pour l'extermination des loups était bel et bien déclenché. Les derniers loups mongols allaient disparaître du plateau de la Mongolie-Intérieure. Les descendants des escadrons de cavaliers de l'Antiquité mongole seraient bientôt anéantis par des régiments de fantassins motorisés. Chen Zhen sentit une tristesse infinie l'envahir.

Le temps variait facilement sur la steppe en fonction de la topographie du terrain. Tandis que les jeeps s'engageaient sur une route de sable humide, un vent automnal se mit à souffler. Chen Zhen voulait trouver un endroit d'où les loups pourraient s'enfuir facilement, mais il devait jouer serré : Bao savait qu'il était du côté des loups et la vie de son louveteau était en jeu. Il se retourna pour dire au directeur :

– Je connais les lieux où il y a des loups. Ce sont des pentes abruptes et des étendues de roseaux. Mais ce n'est pas facile d'y aller en jeep.

– N'essaie pas de jouer au plus fin avec moi, lui lança Bao en le fusillant des yeux. Là où il y a des roseaux, il y a des moustiques. Est-ce que les loups y resteraient en cette saison ? Allons donc !

– Je voulais dire qu'il fallait éviter ces endroits, s'empressa de corriger Chen Zhen comme si le bruit du moteur les avait empêchés de bien se comprendre. Mieux vaut aller sur les pentes douces et sablonneuses.

Bao tira énergiquement sur sa cigarette et cracha sa fumée sur la nuque de Chen Zhen :

– Après l'accident des chevaux, les gardiens ont passé les pentes de sable au peigne fin. Les derniers loups ont tous été délogés. J'y ai fait plusieurs tours depuis et je n'en ai pas vu l'ombre d'un seul. Ne cherche pas à nous embrouiller ! Sache que je n'hésiterai pas à mettre ma menace à exécution. Hier, nous avons circulé en vain et nous sommes revenus d'une humeur massacrante. Malheur à celui sur qui nous déchargerons notre fureur !

Bao était un malin. Chen Zhen essaya autre chose :

– Au nord-ouest de Chaganuul, il y a une autre étendue sablonneuse. C'est un endroit balayé par le vent, où il y a peu d'herbes. Il est peuplé de rats et de marmottes. Maintenant que les loups n'ont plus de poulains à manger, ils cherchent sans doute leur nourriture à cet endroit.

En réalité, c'était la prairie la plus pauvre du pâturage. Comme elle était tout près de la frontière, les gardiens de chevaux l'évitaient de leur mieux. Et les loups pourraient facilement s'enfuir par la route frontalière.

Bao réfléchit un instant, puis son visage s'illumina d'un sourire.

– Tu as raison ! Il est très possible qu'on trouve des loups là-bas ! Oh, j'aurais dû y penser moi-même ! Liu, tournez vers le nord et droit devant vous ! Vite !

– Le mieux, c'est d'y aller à pied, ajouta Chen Zhen. Les jeeps font trop de bruit. En les entendant, les loups se réfugieront dans les herbes. Et elles ont poussé haut cette année avec la pluie abondante...

– Votre tâche consiste à nous faire voir les loups, fit remarquer Xu. Le reste ne vous regarde plus.

À ces mots, Chen Zhen eut conscience qu'il avait peut-être jugé trop rapidement ces militaires d'un abord affable. En jouant ainsi avec eux, il venait sans doute de commettre une erreur. Mais il était trop tard pour faire marche arrière.

Les jeeps suivirent les tracés du déplacement des pasteurs et filèrent vers le nord-ouest. Ils passèrent d'abord par le pâturage qui avait servi aux troupeaux au printemps. Il ondoyait maintenant sous le vent d'automne. Chen Zhen constata avec satisfaction que les herbes y poussaient bien. Elles ployaient sous le vent tandis que les chrysanthèmes sauvages exhalaient leur arôme. On aurait dit un champ de blé soigneusement hersé et irrigué. En son for intérieur, Chen remerciait les loups et les gardiens de chevaux. Sans leurs efforts conjoints, cette verdure aurait été dévastée par les gazelles, les lièvres et les rats. Les loups y avaient régné en maître pendant tout l'été qui venait de prendre fin.

Les jeeps continuèrent de foncer à tombeau ouvert sans pourtant soulever des nuages de poussière comme auparavant. Après un été tranquille, ces pistes anciennes étaient maintenant recouvertes d'un fin gazon. Bénéficiant d'un repos régulier, la couche d'herbe tissée sur le sable était moins endommagée grâce à la fertilisation naturelle des bestiaux, et la steppe arrivait à demeurer en bon état. C'était un moyen de production primitif, certes, mais très efficace. Chen ne put s'empêcher de dire à l'officier :

– Regardez comme la prairie est bien conservée ! Au printemps, plusieurs centaines de milliers de gazelles sont venues de Mongolie-Extérieure. Nous avons essayé de les chasser de cette contrée, à coups de bâton et même de fusil. En vain. Elles revenaient la nuit pour repartir le jour, et disputaient les herbes aux moutons. Heureusement que les loups sont intervenus ! En quelques jours, les gazelles ont disparu. Sans les loups, les brebis auraient été affamées et leurs petits seraient morts faute de lait.

Xu hocha la tête. Il scruta la steppe devant lui de son regard d'aigle, et dit après une pause :

– Vous comptez sur les loups pour réduire le nombre de gazelles ? C'est une méthode arriérée ! Les pasteurs n'ont que des fusils rudimentaires et, en plus, ils tirent mal. Vous verrez comment nous procéderons quand viendra le printemps ! Avec nos camions, nos carabines et nos mitrailleuses, nous les abattrons toutes. J'ai fait la chasse à la gazelle dans l'ouest de la Mongolie-Intérieure. La nuit venue, on allumait les phares des véhicules. Les gazelles se regroupaient dans les faisceaux de lumière, et nous n'avions qu'à les faucher à la mitrailleuse. En une seule nuit, nous pouvions en tuer plusieurs centaines. Vous dites qu'il y a des gazelles dans ces parages ? Très bien ! Le quartier général de la division et les régiments d'agriculture en seront richement approvisionnés.

– Regardez ! interrompit Bao en pointant son doigt à gauche.

Chen Zhen porta sa longue-vue aux yeux et lança :

– C'est un gros renard ! Attrapons-le !

– Ne tirez pas, officier ! Les loups alertés s'enfuiraient et nous rentrerions les mains vides, dit Bao en lançant un regard furieux à Chen.

Les jeeps se rapprochèrent du terrain sablonneux. Chen montra une élévation à pente douce et dit :

– Après cette pente, nous y serons. Les vieux pasteurs disent que jadis c'était une très belle prairie arrosée par plusieurs sources. Il y a des dizaines d'années, la steppe Olon Bulag fut frappée par une sécheresse exceptionnelle. Les lacs, les cours d'eau et même les puits étaient à sec, mais ici, les sources restaient intarissables. Tous les troupeaux de la steppe vinrent s'y abreuver. Au bout de deux ans, la prairie fut entièrement dévastée. Heureusement, comme les sources continuaient à donner de l'eau en abondance, elle reprit vie, peu à peu. Mais il faudra attendre encore quelques dizaines d'années pour qu'elle retrouve son aspect d'antan. La steppe est trop fragile, elle dépérit à cause de l'avidité des troupeaux.

Des rats traversèrent la route devant la jeep, en poussant des cris aigus. En un éclair, ils disparurent dans les broussailles. Chen Zhen enchaîna :

– Mais quand on parle de bêtes, il faut aussi compter avec les rats. Ils dévastent la steppe plus que les troupeaux. Les loups ont le mérite d'en réduire le nombre. Tout à l'heure, quand vous aurez tué un loup, je vous ferai voir ce qu'il y a dans son estomac. En cette saison, on y trouvera surtout des rats jaunes et des campagnols.

– Jamais entendu parler d'un loup qui attrape les rats ! lança négligemment Xu que les leçons orientées de Chen finissaient par agacer.

– Bien sûr que si ! répliqua celui-ci. Mon louveteau, par exemple, a un faible pour le campagnol et il l'avale même avec la queue. Les loups empêchent les rats de dévaster la steppe. C'est pour cela que les pasteurs se gardent de les exterminer. Si vous changez cette intelligente tradition, la steppe Olon Bulag sera victime de l'invasion des rats jaunes.

– Concentre-toi sur ta tâche d'observation ! cria Bao en lui coupant rudement la parole.

La jeep commença à grimper la pente. À l'approche du sommet, Xu devint grave. Après un regard sur sa carte, il donna l'ordre de virer à l'ouest :

– S'il y a des loups sur le terrain de sable, il ne faut pas y entrer d'emblée. Je préfère les prendre de biais.

La voiture s'engagea dans un ravin, longea les ornières laissées par les charrettes. L'officier scruta les alentours de ses jumelles et dit, brusquement :

– Deux loups droit devant, sur la pente de gauche !

Puis il fit signe à l'autre jeep. Chen Zhen aperçut en effet les loups qui se dirigeaient lentement vers l'ouest, à deux kilomètres devant lui.

– Continue de suivre les ornières, parallèlement aux loups, que je puisse les tirer de côté, sur le flanc ! ordonna Xu à son chauffeur.

– Compris, répondit le chauffeur en accélérant.

L'officier connaissait son métier. À cette allure, la jeep combla vite la distance qui la séparait des loups, tout en donnant l'illusion qu'elle n'était qu'une voiture de passage. Quand les gardes-frontières patrouillaient, ils observaient strictement la consigne de ne pas faire feu, sauf exception. Les loups étaient habitués à voir rouler ces véhicules militaires. Les deux loups allaient au petit trot, s'arrêtant de temps à autre pour jeter un coup d'œil aux deux jeeps. Mais ils étaient confiants : ils avaient déjà entrepris l'ascension du versant de la colline, ce qui leur permettrait de disparaître rapidement derrière le sommet si les jeeps se dirigeaient sur eux. Ils connaissaient la portée des fusils des chasseurs. Il n'était pas rare qu'ils défient leurs poursuivants, se jouent d'eux et les amènent vers un terrain accidenté et dangereux. On ne comptait plus les chasseurs qui avaient eu leurs chevaux blessés ou leur voiture renversée. Mais à ce moment précis, Chen Zhen éprouvait une vive inquiétude pour les loups. Il savait que les hommes à bord étaient des tireurs d'élite et que leurs fusils portaient bien plus loin que ceux des pasteurs.

Les jeeps étaient maintenant presque de front avec les loups. De quelque quinze cents mètres la distance se réduisit à sept ou huit cents. Alarmés mais loin d'être affolés, les loups accélérèrent. Étaient-ils dupés par l'allure inoffensive des jeeps ? Les deux officiers avaient déjà épaulé leur fusil. Le cœur de Chen Zhen battait à tout rompre. Il fixait intensément les mouvements de Xu et se disait que, quand il arrêterait la jeep pour tirer, les loups auraient encore le temps de fuir.

Les jeeps arrivèrent à cinq cents mètres des loups qui virent alors le fusil. D'un seul élan, ils coururent vers le sommet de la colline. C'est alors qu'éclatèrent deux détonations : ils tombèrent presque simultanément. « Bravo ! » s'écria Bao. Chen Zhen n'en croyait pas ses yeux. Ils avaient fait mouche à partir d'une voiture en marche sur un terrain accidenté !

Pour les deux tireurs d'élite, il ne s'agissait manifestement que d'une entrée en matière. L'officier Xu ordonna à son chauffeur de lancer la voiture à toute vitesse. Franchi le faîte de la pente, les jeeps arrivèrent sur une large étendue sablonneuse avant de grimper sur une éminence. Xu balaya le terrain du regard. Il aperçut deux bandes de loups en fuite, l'une de cinq gros loups, droit au nord, l'autre de trois grosses bêtes et neuf de taille moyenne, nées l'année même, vers le nord-ouest. L'officier lança au chauffeur : « La bande du nord ! » Puis il se retourna pour désigner l'autre bande à la jeep de derrière tout en ouvrant et refermant alternativement les bras sur sa poitrine. Chen comprit : il signifiait à l'officier Bater qu'il voulait prendre les loups en tenailles.

Les voitures se séparèrent. Le terrain de sable légèrement ondulé était clairsemé de végétation, offrant une piste idéale à ces véhicules tout-terrain. La jeep de Xu se rapprochait de plus en plus des loups. Chen se demanda pourquoi l'officier Xu ne tirait pas.

– Qu'attendez-vous ? demanda Bao.

– Ils sont encore trop loin, répondit Xu. Les loups s'éparpilleront en entendant le coup de feu. Je préfère être plus près. J'en tuerai davantage.

– Bravo, dit le chauffeur tout excité. Il faut en abattre autant que possible, pour que chacun de nous ait droit à une fourrure !

– Concentre-toi sur ta voiture, le rudoya l'officier. S'il arrive un accident, c'est nous qui serons la pâture des loups !

Le chauffeur se tut. La voiture prit encore de la vitesse. Soudain, après une légère élévation, apparut une énorme carcasse de taureau. La masse imposante gisait là, hérissée de cornes et d'os brisés, comme un ouvrage de défense entouré de barbelés. La jeep vira brusquement et dérapa, roulant un moment sur deux roues. Elle se rétablit enfin. Le chauffeur était couvert de sueur mais ne s'arrêta pas pour autant.

– Oh, fais attention, moins vite ! gémit Bao, blême de peur.

Le chauffeur s'essuya le visage et ralentit. Les loups s'étaient éloignés. Mais l'officier Xu lança de nouveau :

– Allez ! Plus vite !

Des touffes de broussailles apparurent devant la voiture. Chen Zhen connaissait les lieux pour y avoir fait paître son troupeau. Il dit à haute voix :

– Attention ! Plus loin, il y a un grand marais presque à sec, très accidenté, avec plein de buissons et de hautes herbes. La voiture risque de se retourner ou de s'embourber. Ralentissez !

Impassible, Xu se tenait debout, la main agrippée à la poignée du siège. Indifférent à la mise en garde de Chen, il commanda :

– En avant ! Vite, plus vite encore !

L'accélérateur fut poussé à fond. De temps en temps, la voiture était propulsée en l'air, puis retombait lourdement sur le sol, mais elle repartait de plus belle. Chen Zhen en avait l'estomac chaviré. Il savait aussi que c'était un moment crucial pour les loups : s'ils parvenaient à traverser le marais, ils seraient probablement sauvés. Quatre kilomètres furent parcourus en un clin d'œil. Les loups arrivèrent presque en bordure du marais. Ils étaient à portée de fusil. Tout en épaulant son arme, Xu ordonna à son chauffeur d'obliquer. La voiture vira de bord. Tous les loups se trouvèrent exposés au tir de Xu, qui appuya sur la détente. Le plus gros tomba et les autres s'éparpillèrent immédiatement, mais la deuxième balle en avait déjà atteint un autre à la poitrine. Le reste de la bande en profita pour disparaître dans le marais, dont la configuration correspondait à la description de Chen. Au-delà, on apercevait la route de la frontière. L'officier baissa son fusil et fit stopper la voiture à la lisière du marais tari. Il s'essuya le front et dit :

– Ces loups sont rusés ! Sinon j'en aurais abattu encore quelques-uns !

– Oh, c'est déjà bien ! le félicita Bao. Quatre loups en moins de trente minutes ! Moi, j'ai passé six mois à chasser les loups sans arriver à en tuer un seul.

– Les lieux offrent un terrain idéal pour une guerre de partisans, opina Xu. Et les loups savent en profiter. Je comprends maintenant pourquoi vous avez tant de mal à les tuer.

La jeep se dirigea lentement vers les loups morts. Le premier avait été atteint de côté, à la base de la poitrine. Bao et le chauffeur le transportèrent à l'arrière de la voiture. En se frottant les mains, le chauffeur s'exclama :

– Celui-ci nous fournira assez de viande pour un repas de dix convives !

– Vous mangez du loup ? dit Chen en sursautant. Mais la viande a un goût déplaisant ! Les pasteurs la détestent.

– Absurde, répliqua le chauffeur. Elle a le même goût que la viande de chien. J'en ai mangé à plusieurs reprises dans mon patelin. C'est même meilleur que le chien si on l'assaisonne bien. Il faut seulement la laisser tremper dans de l'eau claire pendant toute une journée pour la débarrasser de son odeur. Puis on la fait cuire à petit feu et à avec des épices. Chez nous, quand une famille a du loup dans sa casserole, tout le village vient en demander un morceau. On dit que cette viande régularise le souffle vital de l'homme.

– Ici, vous savez, l'inhumation céleste est très importante pour les pasteurs. Le mort est transporté par sa famille sur un terrain vague et jeté en pâture aux loups. Croyez-vous que la viande de loups qui ont consommé de la chair humaine est encore comestible ?

– Peu importe, répliqua le chauffeur, imperturbable. Il suffit de rejeter l'estomac et les intestins. La viande de chien est délicieuse. Est-ce qu'on la dédaigne parce que le chien mange des excréments humains ? Les légumes sont bons pour la santé. Est-ce que tu les refuses parce qu'on amende la terre avec du fumier ? Non ! Nous, les Han, nous aimons toutes les viandes.

Il éclata de rire, et l'officier Xu sourit de bon cœur lui aussi.

– Avant mon départ, le quartier général de division m'a demandé de la viande de loup. Je vais lui en envoyer dès ce soir. On dit qu'elle soigne la bronchite chronique. Plusieurs camarades malades m'en ont commandée. Je suis presque devenu pharmacien ! La chasse aux loups est un beau métier. On tue ces sales bêtes au profit du peuple, on vend la fourrure, on soigne les malades et on se procure de la viande pour le plaisir du palais. Vous voyez, on fait d'une pierre quatre coups !

La jeep alla à l'endroit où gisait le second loup tué. Il avait la cervelle éclatée ; la balle était entrée par la nuque et, en ressortant, lui avait arraché une partie de la joue. Chen Zhen jeta furtivement un coup d'œil et n'aperçut pas de poils blancs sur son plastron. Ce n'était donc pas le fameux roi des loups. Il se sentit quelque peu soulagé. Pour leur malheur, ces loups-là avaient eu affaire à des tireurs d'élite équipés d'armes et de véhicules inconnus auxquels ils n'étaient pas habitués.

Le chauffeur et Bao arrachèrent une poignée d'herbes et essuyèrent la tête du loup éclaboussée de sang et de cervelle. Ils mirent joyeusement le corps inerte dans un sac de jute et le hissèrent dans le coffre. Tout le monde remonta à bord et la jeep démarra, à la rencontre de l'officier Bater. Les deux jeeps s'arrêtèrent en même temps. Bater dit à haute voix :

– Le terrain est peuplé de tamaris. Difficile d'avancer. J'ai tiré trois fois, mais je n'ai abattu qu'un louveteau. C'était une meute de louves et de petits.

– Ils sont rusés, les loups de cette contrée, dit Xu en poussant un soupir. Ceux que j'ai abattus ont couvert la retraite des louves et des petits !

– Encore un loup de tué, ça fait cinq ! se réjouit Bao, en voyant le nouveau cadavre. C'est une bonne chasse ! Je suis à la ferme depuis plus d'un an ; c'est pour moi le plus beau jour ! Enfin je suis vengé ! J'ai là quelques bouteilles et de quoi manger. Nous pouvons arroser l'événement.

Chen Zhen s'approcha du jeune loup mort. Il ressemblait beaucoup à son louveteau. Chen posa affectueusement une main sur sa tête, le cœur rongé de regrets : afin de sauver son louveteau, il avait causé la mort d'un autre.

Les deux jeeps s'ébranlèrent et quittèrent le terrain de chasse. Triste, Chen Zhen jeta un regard en arrière. La frappe avait été si rapide qu'en moins d'une heure un clan avait perdu son loup de tête, trois de ses lieutenants et un jeune plein d'avenir. Le reste de la bande s'était sans doute enfui au-delà de la frontière. Mais comment vivraient-ils, ces rescapés désormais sans appui ? Le vieux Bilig lui avait souvent dit : « Un loup chassé de son territoire connaît un sort plus triste qu'un chien sans abri. »

Les jeeps arrivèrent à l'endroit où le massacre avait commencé. Deux loups robustes étaient étendus dans une mare de sang, entourés d'un essaim de mouches. Chen Zhen, horrifié, préféra s'éloigner pour s'asseoir seul dans la prairie, le regard perdu dans l'horizon lointain. Que penserait le vieux Bilig quand il saurait que c'était lui qui avait servi de guide dans cette campagne d'extermination ? Le vieil homme lui avait transmis ses connaissances sur le loup, et lui, Chen Zhen, s'en était servi pour aider à son anéantissement. Il n'aurait pas la force d'affronter encore le vieux Mongol. La nuit venue, les louves et les jeunes loups reviendraient sûrement à cet endroit, à la recherche des leurs. On les entendrait pleurer de désolation.

Les chauffeurs transportèrent les sacs qu'ils glissèrent sur la banquette arrière de la jeep. De larges feuilles de papier servant à l'emballage de munitions furent étendues sur l'herbe. Sur cette nappe de fortune, on posa quatre bouteilles d'alcool, un gros sac de cacahuètes, une douzaine de concombres, des conserves de bœuf et de porc ainsi qu'une grande cuvette de viande cuite avec les os. Une bouteille en main, Bao prit avec lui l'officier Xu. Ils s'approchèrent de Chen Zhen et le tirèrent vers le lieu du pique-nique. Bao tapota l'épaule de Chen Zhen :

– Jeune Chen, tu nous as beaucoup aidés. Sans toi, nos tireurs d'élite n'auraient pu afficher pareil tableau de chasse !

Xu lui dit alors :

– Prenez ce verre, je vous prie ! Je vous présente mes compliments. Votre connaissance du loup a porté ses fruits. Excuse-moi, je préfère te tutoyer. D'emblée, tu nous as conduits auprès des loups. Hier, nous avons parcouru plus de cent kilomètres sans en voir un seul. Tiens, vide ce verre ! Je te remercie de tout mon cœur !

Les trois autres militaires se levèrent pour trinquer avec Chen.

Pâle, triste, Chen Zhen voulut dire quelque chose mais il ravala ses mots. Il prit le verre qu'il avala d'une traite. Il aurait voulu pleurer toutes les larmes de son corps. L'officier Xu était un brave homme, selon les critères des Han. Il venait d'arriver dans la steppe et ignorait tout de la région. Pourtant, la vie pastorale et primitive allait prendre fin à cause de son fusil et de ses semblables. La philosophie destructrice des Han allait envahir cette steppe dont la désertification avait déjà commencé. Après quelques minutes, Xu s'approcha de Chen et lui tapota amicalement le dos :

– Jeune Chen, ne t'afflige pas trop de la mort de ces loups. Je vois bien que tu éprouves de l'affection pour eux à force de vivre avec ton louveteau. Tu as été influencé par les vieux pasteurs. Je sais bien que les loups ont leur mérite parce qu'ils sont les ennemis naturels des lièvres, des rats, des gazelles et des marmottes. Mais cela appartient au passé. À l'heure actuelle, la Chine lance des satellites dans l'espace. Nous sommes de force à protéger la steppe par des méthodes plus scientifiques. Dans quelques jours, le corps d'armée des soldats défricheurs enverra des Antonov 2 pour disperser sur toute la région de l'insecticide et de la mort-aux-rats. Les bêtes nuisibles seront anéanties.

Chen Zhen sursauta :

– Oh non ! Si les rats empoisonnés sont mangés par les loups, les aigles ou les renards, c'en sera fini de toutes les espèces de la steppe !

– À quoi sert de garder les loups, puisque les rats seront anéantis ? rétorqua Bao.

– Les loups sont très utiles, insista désespérément Chen. Mais vous ne le comprenez pas...

En rentrant au campement, Chen Zhen se disait qu'il n'aurait plus le courage de franchir le seuil d'une yourte mongole. Il hésita longtemps avant d'entrer dans la sienne. Il trouva Zhang en grande discussion avec

Gao à propos de la campagne d'extermination des loups. La situation était encore pire que ce qu'il avait imaginé.

Simples soldats et officiers étaient tous mobilisés pour tuer et écorcher les loups. Tous les véhicules militaires avaient été largement approvisionnés en essence, les soldats de carrière et les miliciens avaient reçu des munitions en masse. Les médecins de l'armée avaient fait venir de Pékin un poison incolore et inodore qu'ils injectaient dans la moelle des os qu'ils jetaient dans la nature. De nombreux loups y avaient déjà succombé. Certains travailleurs migrants n'hésitaient pas à placer de la dynamite dans les os de mouton qu'ils enduisaient de suif et déposaient aux endroits fréquentés par les loups. Quand ils y enfonçaient les dents, les loups avaient la cervelle réduite en bouillie. Certains chiens de berger avaient connu le même sort, si bien que les pasteurs avaient porté plainte au quartier général de la zone militaire. Mais cela ne changeait rien. La steppe était devenue un champ de bataille où se déroulait une guerre sans pitié. Partout on entendait claironner : « Déclenchons contre les loups une guerre de longue haleine que poursuivront nos fils et nos petits-fils, une guerre qui ne connaîtra de répit que lorsque tous les loups auront été anéantis ! »

– Les travailleurs migrants de notre propre brigade ont tué six loups d'affilée, raconta Gao. J'ai payé deux bouteilles d'alcool pour savoir comment ils procèdent. Quand ils n'emploient pas la dynamite, ils utilisent le traquenard. Au début, les loups se méfiaient en voyant l'appât, en général du mouton découpé en morceaux, et l'évitaient. Les plus adroits arrivaient à neutraliser le piège et à manger tranquillement l'appât. Alors les travailleurs migrants ont utilisé comme appât du crottin de cheval imbibé de graisse de mouton. Ils le sèment jusqu'à l'endroit piégé. Attirés par l'odeur, les loups se mettent à flairer, à la recherche du mouton qui n'existe pas, et tombent sur la mâchoire du traquenard qui se referme sur eux. C'est vraiment le comble de la perfidie ! Apparemment, c'est grâce à cette méthode que ces hommes ont exterminé tous les loups de leur région natale.

Horrifié, Chen Zhen sortit de la yourte et se dirigea vers son louveteau. Il l'appela doucement en s'approchant. Absent toute la journée, il avait beaucoup manqué au jeune animal qui l'attendait à la limite de son territoire. Chen s'accroupit auprès de son louveteau, puis l'embrassa, collant son visage contre sa tête. Ils restèrent longtemps dans cette position. La nuit d'automne était calme et silencieuse, le pâturage paraissait désert sous le croissant de lune frileux. Les hurlements des louves étaient un souvenir lointain. Chen Zhen aurait donné cher pour qu'elles reviennent et emportent son louveteau vers le nord, au-delà de la frontière !

Des pas résonnèrent qui s'arrêtèrent derrière lui. C'était Yang Ke qui annonça :

– Lamjav m'a raconté qu'il avait vu le roi des loups au plastron blanc franchir la route de la frontière à la tête d'une grande horde. Je pense qu'il ne reviendra jamais dans la steppe Olon Bulag, ce fameux roi des loups.

Chen Zhen ne ferma pas l'œil de la nuit.

CHAPITRE 31

Pour le monde chrétien, les XIIIe, XIVe et XVe siècles marquent une époque de décadence. C'est une époque appartenant aux différents clans ethniques des Mongols. La vie nomade venue de l'Asie centrale domine alors le monde. Au sommet de cette époque se trouvent, de même que leurs traditions, les Mongols et les Turcs descendant des Tujue, qui sont également de race mongole et ont la mainmise sur la Chine, l'Inde, la Perse, l'Égypte, l'Afrique du Nord, la péninsule balkanique, la Hongrie et la Russie.

The Outline of History
H. G. Wells (auteur britannique)

Le jour du déménagement arriva. Afin d'éviter la pluie qui s'annonçait, on l'avait avancé de vingt-quatre heures. Les troupeaux étaient partis avant l'aube. La procession des charrettes allait majestueusement. Elle ne tarda pas à franchir le col de la montagne pour disparaître à l'ouest en direction du pâturage automnal.

Les six charrettes des jeunes instruits étaient encore sur le pâturage d'été. Bilig et Gasma avaient envoyé à deux reprises des gens les presser de se mettre en route. Zhang Jiyuan était venu aider ses copains à déménager. Mais Chen Zhen ne savait que faire avec le louveteau qui refusait obstinément de bouger.

Quand, au printemps, ils étaient venus ici, l'animal, à peine sevré, ne mesurait pas plus d'une quarantaine de centimètres, si bien que Chen avait pu l'amener dans une caisse destinée à la bouse séchée. On était maintenant au seuil de l'automne. Après un été de nourriture abondante, le louveteau avait beaucoup grossi. Aucune caisse en bois n'était suffisamment grande pour le contenir, et il n'y avait plus de place dans les charrettes surchargées pour un loup de sa taille. Une longue route les attendait et ils étaient pressés par la pluie.

Le front perlé de sueur, Zhang Jiyuan tempêtait contre Chen Zhen.

– Pourquoi ne pas y avoir pensé plus tôt ? Depuis longtemps tu aurais dû l'entraîner à marcher en laisse !

– Je l'entraîne depuis qu'il est tout petit, répliqua Chen Zhen bourru. Mais avec le temps, il a pris du poids. Je n'arriverais même pas à le tirer ! Cet été, c'était plutôt lui qui me traînait dans tous les sens, et si j'insistais, il se jetait sur moi pour me mordre. Il préférerait mourir plutôt que de se laisser mener comme un chien. On ne peut pas dresser cet animal comme un tigre ou un lion. Tu as déjà vu un loup dans un cirque, toi ? Non ! Eh bien, c'est édifiant ! Je me demande pourquoi tu n'arrives pas à me comprendre.

– Laisse-moi essayer encore une fois, dit Zhang en serrant des dents. Mais si j'échoue, il va falloir employer la force !

Il s'approcha du louveteau, prit l'anneau fixé au bout de la chaîne et tira. Le louveteau, l'air menaçant, se redressa en grondant de colère. Il recula, le cou raide, les quatre pattes bien ancrées au sol. Zhang eut beau tirer de toutes ses forces, la bête résista, immobile comme une statue. Il lui tourna alors le dos et passa la chaîne sur son épaule. Il s'arc-bouta comme le faisaient les haleurs de bateaux et tira avec une force décuplée. Le louveteau glissa et ses pattes creusèrent deux rigoles dans la surface sablonneuse. Soudain, voyant que la partie tournait à l'avantage de son adversaire, il se détendit et sauta sur le dos de Zhang, qui fut propulsé tête en avant. Il roula dans la poussière, entraînant avec lui le louveteau qui, après s'être accroché à ses épaules, passa sur sa poitrine. Enlacés, l'homme et l'animal s'engagèrent dans une lutte violente, Zhang repoussant de ses mains la gueule du louveteau qui se rapprochait sans cesse de sa gorge. Blême de peur, Chen Zhen accourut et saisit le louveteau par le cou. Même immobilisé, l'animal continua de grogner, les crocs dehors, mais Zhang réussit à se dégager.

Les deux garçons étaient essoufflés, le visage sombre. Zhang rompit le premier le silence :

– Ce ne sera pas facile. On en a pour deux ou trois bonnes journées de voyage. Si le trajet avait été moins long, on aurait pu le laisser ici et revenir le prendre avec une charrette vide. Mais là, nous ne pourrons revenir que dans cinq jours au mieux. Pendant notre absence, le gardien du dépôt de laine et les travailleurs migrants restent sur place. À tous les coups, ils vont le tuer si l'équipe de chasse des soldats défricheurs ne s'en charge pas elle-même. Il faut l'emmener à tout prix ! Allez, dernière tentative : la charrette comme moyen de traction !

– J'ai déjà essayé. Peine perdue. Il préfère mourir étranglé plutôt que de se laisser traîner. Je ne vois pas comment faire.

– Je veux essayer quand même ! On utilisera une petite chienne pour montrer l'exemple au louveteau.

– Je te dis que c'est inutile. Je l'ai déjà fait.

– Tentons de nouveau ! insista Zhang, toujours sceptique.

Il approcha une charrette lourdement chargée à laquelle il attacha une petite chienne avec une corde. Puis il conduisit la charrette qui s'ébranla et tourna autour du louveteau. La petite chienne suivait docilement la charrette, tandis que Zhang parlait gentiment au louveteau :

– On part vers un bel endroit ! Tu vas nous suivre derrière la charrette. Regarde, c'est très facile ! Tu es plus intelligent que la jeune chienne. Tu dois marcher mieux qu'elle, n'est-ce pas ?... Viens, mon petit ! Regarde bien ta petite copine...

Le louveteau regardait la chienne d'un air inquisiteur. Puis il leva haut la tête avec dédain. Chen Zhen tira doucement sur la chaîne de fer. Le louveteau fit quelques pas, puis un tour de son territoire en suivant la charrette, davantage attiré par la chienne que par les deux jeunes instruits qui l'encourageaient. Confiant, Chen accrocha l'anneau à la charrette. Voyant ce que faisait son maître, le louveteau s'en prit à sa chaîne, se débattant comme un forcené, plus violemment encore que lorsqu'il était retenu à son poteau. Il secouait tant la charrette qu'elle faisait entendre un bruit infernal.

Chen Zhen, désespéré, jeta un coup d'œil sur les environs. La steppe était maintenant entièrement déserte ; pas une yourte, ni l'ombre d'un mouton. Il savait que la route qu'ils devaient emprunter était faite de sentiers et de bifurcations. S'il ne parvenait pas à rattraper le gros des troupes avant la tombée du jour, il risquait de se perdre et de ne pas arriver au prochain relais avant la nuit. Gao Jianzhong et Yang Ke auraient alors toutes les difficultés à s'occuper de leurs troupeaux, faute de nourriture, de boisson et de chiens de garde. Si un incident survenait, ils seraient encore critiqués et le louveteau une nouvelle fois exposé à la peine de mort pour avoir causé ce retard. La situation devenait critique. Chen Zhen n'avait plus le choix :

– Si nous le relâchons, il mourra d'une manière ou d'un autre. Tant pis, partons en le traînant avec nous ! C'est sa seule chance de survie. Toi, tu pars devant pour conduire la charrette. Donne-moi ta monture. Je fermerai la marche pour m'occuper de lui.

Chen attacha la jeune chienne et le louveteau à la dernière charrette, sans s'attarder à la réaction de son protégé. Presque aussitôt, il ordonna le départ. À l'avant, Zhang avait délaissé le siège du conducteur pour marcher de front avec le bœuf qu'il tenait par la bride. Les charrettes s'ébranlèrent les unes après les autres. Lorsque la dernière se mit en marche, la chienne suivit docilement, mais le louveteau resta immobile quand se tendit sa chaîne de trois mètres. Les six bœufs étaient les plus puissants et les plus rapides que Gao ait pu trouver pour le parcours. Afin de les préparer à cette longue expédition, on les avait retenus sur place trois jours, leur donnant beaucoup d'eau mais peu de fourrage : l'estomac allégé, ils étaient capables d'une plus grande vitesse. Effectivement, ils allaient bon train. Le louveteau ne résista pas longtemps à leur traction ; avant de comprendre ce qui se passait, il se retrouva les quatre pattes en l'air, traîné par la charrette.

Surpris et furieux, il se débattit, se roula par terre, se releva, avança de quelques pas et s'agrippa énergiquement au sol en essayant de résister, mais la charrette accéléra encore. Le cou raide, entraîné malgré lui, le louveteau trébuchait à chaque pas. Au bout d'une dizaine de mètres, il fut renversé de nouveau. Son corps inerte laissa une traînée de poils sur l'herbe. Son collier de cuir l'étranglait. Les yeux révulsés, la langue tirée, il agitait ses pattes en l'air. Effrayé, Chen Zhen s'apprêtait à arrêter le bœuf quand, brusquement, le louveteau se remit debout : une de ses pattes avait touché une surélévation sur laquelle il avait pris appui pour s'élancer en avant. Il courut encore quelques pas pour laisser du jeu à la chaîne. Mais il reprit bien vite sa position, corps penché vers l'arrière et centre de gravité vers le bas, prêt à résister. Une seconde plus tard, la chaîne se tendit. Le louveteau parvint à se maintenir en équilibre, mais patina sous la force de la traction. Ses griffes raclèrent le sol comme les dents d'un râteau, si bien que des herbes fanées et des brindilles mortes s'accumulèrent sous ses pattes. Il trébucha encore, piqua du nez, mais se releva et courut encore un peu avant de reprendre sa position de lutte.

La chienne pencha la tête, le lorgnant avec compassion. Elle grogna en lui tendant une patte, comme si elle voulait lui expliquer la marche à suivre. Le louveteau, fier, l'ignora. Une fois de plus, il tomba, roula sur le dos tout en cherchant un appui pour se relever ; il y réussit, fit quelques pas pour gagner du temps, reprit sa position arc-boutée, le cou raide. La scène se répétait sans cesse. Le louveteau résistait sans relâche, les griffes usées sur la route pierreuse et les pattes ensanglantées. Par à-coups, une douleur fulgurante traversait le cœur de Chen Zhen, admiratif de ce courage, de cette soif de liberté du loup de la steppe.

Le louveteau fut traîné ainsi sur trois kilomètres. Son cou était pelé et rouge de sang, ses pattes meurtries et lacérées. Renversé une fois encore, il ne se releva plus, se laissant aller dans le sillage de la charrette, inerte et poussant des râles d'agonie. Soudain, du sang gicla de sa gueule entrouverte. Le collier meurtrier venait de lui ouvrir la gorge. Chen hurla, et la voiture s'arrêta net. Il prit dans ses bras le louveteau secoué de convulsions qui ne cessait de cracher du sang. Souffrant atrocement, le jeune loup trouva encore la force de mettre une patte dans la main de son ami. C'était une patte informe, couverte de sang et de chair fraîchement déchirée, aux griffes complètement brisées. Chen Zhen ne put retenir des larmes qui se mêlèrent au sang.

Zhang accourut à son tour. Surpris de voir le louveteau dans cet état pitoyable, il tourna autour de lui, médusé :

– Ah, quel caractère ! Il cherche la mort, ce louveteau ! Qu'est-ce qu'on peut faire ?

Chen Zhen, muet, serrait contre sa poitrine le louveteau frémissant de douleur. Zhang s'essuya le front avant de dire gravement à son ami :

– Même si nous réussissons à l'amener au nouveau campement, nous aurons à déménager tous les mois en automne. Comme il aura encore grossi nous ne pourrons plus l'emmener dans nos futurs déplacements. À mon avis, vaut mieux en finir... avec lui... dès... maintenant. Libérons-le et qu'il se débrouille tout seul pour sa survie !

– Non ! Mille fois non ! vociféra Chen Zhen, le visage dur. Tu dis ça parce que ce n'est pas toi qui l'as élevé ! Se débrouiller tout seul ? Cela revient à le condamner à mort. Je veux qu'il vive ! Il deviendra un grand loup comme les autres !

Après avoir doucement reposé son louveteau sur le sol, il courut vers la charrette, défit la corde qui retenait la ridelle et ouvrit un panier d'osier. De la bouse séchée se répandit en vrac sur le bord de la route.

– Tu es fou ? s'écria Zhang, tout en essayant de l'en empêcher. Nous avons besoin de cette bouse pour faire la cuisine pendant la route et pour les premiers jours après l'arrivée au campement. Tu la jettes pour faire place au louveteau ! Gao et les pasteurs seront furieux.

Chen fit la sourde oreille. Il dit, tout en déchargeant et en remontant la ridelle et le panier :

– J'emprunterai de la bouse à Gasma tout à l'heure. Et j'en ramasserai dès l'arrivée une quantité suffisante pour alimenter le feu. Toi et Gao, vous aurez du thé chaud et vous mangerez normalement, ne t'inquiète pas !

Le louveteau s'était relevé sur ses pattes tremblantes. Du sang coulait encore de sa gueule. Mais il avait déjà repris sa position pour résister : le cou raide et les pattes agrippées au sol, il était prêt à lutter. Dans ses yeux écarquillés, Chen Zhen lisait la résolution implacable de lutter jusqu'au bout. Il mit un genou à terre et prit le louveteau dans ses bras. Puis il l'étendit sur le sol et parsema de la vulnéraire sur ses blessures. Ensuite, il sortit un gros morceau de viande sur lequel il répandit une dose de médicament. Il donna le tout au louveteau, qui avala sans rechigner. Chen espérait que ces premiers soins permettraient d'arrêter l'hémorragie.

Chen Zhen remit le panier d'osier vide à sa place et renforça la ridelle avec la corde. Il rechargea le bric-à-brac d'objets hétéroclites sur la charrette et avec une planche fit une cloison dans la partie arrière du panier. Enfin, il étendit une vieille peau de mouton au fond, tandis qu'un morceau de feutre ferait office de couvercle. Il avait réalisé une cage de fortune. Mais comment y faire entrer son louveteau ? Le jeune loup restait à distance de la charrette, aussi loin que sa chaîne le lui permettait. Chen Zhen décrocha l'anneau de la chaîne, retroussa ses manches, reprit le louveteau dans ses bras et se précipita vers la charrette pour l'introduire de force dans le panier. Mais la bête se mit à gigoter et à grogner. Chen Zhen avança malgré tout, puis ressentit une vive douleur au bras : le louveteau venait de le mordre. Chen poussa un cri et déposa par terre l'animal qui lâcha aussitôt prise, laissant quatre points violets sur le bras de son ami.

Exaspéré, Zhang soupira :

– Heureusement que tu lui as cassé les crocs ! Sinon ton bras serait percé de part en part. Abandonne la partie, Chen. Quand il sera grand, il t'arrachera la main.

– Ne me parle plus de ses crocs, répliqua Chen Zhen avec véhémence. Je l'aurais rendu à la nature depuis belle lurette si je ne lui avais pas émoussé les crocs. Tu vois, maintenant, il n'est même plus de force à transpercer mon bras ; comment pourrait-il vivre seul dans la steppe ? Il est infirme par ma faute, j'ai le devoir de m'occuper de lui jusqu'à sa mort. Le corps d'armée des soldats défricheurs nous propose une vie sédentaire ? Eh bien, je lui construirai une enceinte solide. La chaîne ne sera plus nécessaire.

– N'en parlons plus, d'accord ? Sinon tu vas finir par me sauter dessus pour venger ton louveteau ! Hâtons-nous de reprendre la route ! Mais comment le transporter sur la charrette ? Laisse-moi essayer puisque tu es blessé.

– Non, il vaut mieux que ce soit moi. Il ne te reconnaît pas et pourrait bien t'arracher le nez. Bon, j'ai une idée. Tu te tiens prêt avec le couvercle de feutre. Tu l'abattras sur lui dès que je l'aurai déposé dans le panier.

Chen attrapa son imperméable militaire caoutchouté dans la charrette. Pour tromper sa vigilance, il donna deux morceaux de viande au louveteau. Tandis que l'animal était occupé à grignoter, il abattit l'imperméable sur lui et l'enroula dedans. Le louveteau se mit à gigoter, tandis que Chen Zhen le soulevait et se précipitait vers la charrette comme s'il avait de la dynamite entre les bras. Il jeta tout en vrac dans le panier que Zhang referma aussitôt. Quand le louveteau réussit à déchirer l'imperméable pour sortir la tête, il était déjà prisonnier. Les deux jeunes hommes passèrent une corde de crins de cheval autour du couvercle. Quand tout fut terminé, ils s'affaissèrent sur le sol, respirant bruyamment, moites de transpiration.

La charrette allait repartir. Comme le panier d'osier était trop fragile pour résister aux assauts du louveteau, Chen Zhen s'efforça de calmer son prisonnier en lui parlant et en lui offrant quelques morceaux de viande. Zhang s'installa sur le siège du conducteur, et frappa le bœuf de tête pour qu'il démarre. Ils devaient rattraper le temps perdu. Chen Zhen suivait à cheval, prêt à réagir si un accident se produisait. Il connaissait assez son louveteau pour savoir qu'il ne se résignerait pas aussi facilement à la vie de prisonnier. Et puis cette cellule était pour le moins sommaire : le jeune loup pouvait à tout moment y faire un trou ou défoncer le couvercle pour sortir.

Contre toute attente, le louveteau se fit oublier, tête basse, dos arrondi, queue entre les pattes. Il n'osait s'allonger mais restait debout sur ses pattes frémissantes. Par une fente il épiait Chen Zhen, le regard effaré. Le brimbalement de la charrette accentuait sa crainte. Finalement, il se pelotonna dans un coin, refusant de manger et de boire, reclus dans un silence absolu.

Chen Zhen restait tout près de lui. Franchi un faîte de montagne, il se rapprocha et scruta son prisonnier à travers les interstices des tiges d'osier. Le louveteau était toujours au même endroit, assis sur son arrière-train. Il regardait son ami d'un œil pitoyable et hagard. Il était éreinté, couvert de blessures. Un filet de sang coulait toujours de sa gueule. Il paraissait encore lucide, mais n'osait pas s'étendre pour récupérer. Il avait une peur innée de la charrette branlante.

Tandis que Zhang imposait une allure vive et régulière aux bœufs, Chen se demandait pourquoi son louveteau était devenu si peureux et faible alors qu'il était encore puissant et impavide quelques minutes auparavant. Il se souvint alors d'Antée, ce héros invincible de la mythologie grecque qui perdait sa force dès qu'il était séparé de sa mère Gaïa, la Terre. Son ennemi Héraclès s'en étant aperçu, il l'étouffa dans ses bras en le soulevant en l'air. Les loups perdaient-ils eux aussi leur force une fois qu'ils ne touchaient plus la steppe nourricière ?

Le mythe d'Antée et de Gaia aurait-il pris sa source dans la vie des loups ? Les Grecs élevaient des louveteaux dans leur vie nomade, et ils avaient très bien pu vivre la même expérience que celle de Chen. Ainsi inspirés, ils auraient créé ce mythe. Même l'*Histoire du parti communiste de l'Union soviétique* y faisait référence, enseignant aux communistes du monde entier à ne pas se détacher du peuple, comparable à la mère Terre, sous peine d'être étouffés par l'ennemi. De fil en aiguille, Chen Zhen repensa à l'image emblématique de Rome : une louve en train d'allaiter les deux enfants qui deviendraient les fondateurs de Rome. Les loups avaient bel et bien exercé une influence morale essentielle sur l'Occident comme sur l'Orient. La force spirituelle des loups demeurait un guide pour les nations avancées. Pourtant, chaque jour, des gens à l'esprit obtus continuaient de les massacrer.

Son bras douloureux ramena Chen Zhen à la réalité. Pour autant, il était incapable d'en vouloir à son louveteau qui lui ouvrait chaque jour des horizons nouveaux. Il était résolu à le garder, à l'aider à grandir et à se reproduire. Mais le problème des déplacements fréquents ne manquerait pas de se poser. Zhang avait raison. Qui, à part lui, oserait prendre dans ses bras le louveteau devenu adulte ? Le panier d'osier deviendrait vite trop étroit, mais on n'allait tout de même pas lui allouer une charrette spéciale ! Déjà qu'en hiver elles étaient insuffisantes à cause de la viande et de la bouse à transporter. Préoccupé par ces détails pratiques, Chen ne parvenait pas à retrouver son calme.

Les bœufs sentirent bientôt l'odeur des troupeaux qui les précédaient. Ils avancèrent plus vite. À l'horizon apparaissait déjà la colonne des voitures de déménagement, minuscules comme des grains de sésame. Au passage du col qui délimitait le pâturage estival, les charrettes tombèrent sur une camionnette de fabrication soviétique qui venait en sens contraire dans une traînée de poussière. Elle croisa les charrettes en mordant la bordure de la route. Chen Zhen aperçut à son bord deux militaires armés de carabines, quelques employés de la ferme et un pasteur en robe mongole. Ce dernier l'avait salué de la main. C'était Dorj, le héros de la chasse aux loups ! Cette camionnette était donc le fameux char exterminateur ! Chen Zhen eut un haut-le-cœur et accourut vers Zhang qui était descendu pour marcher à la tête du convoi.

– Est-ce que Dorj part encore à la chasse ?

– Il n'y a derrière nous que montagnes, rivières et marais, répondit Zhang. La voiture y perdra en vitesse. Je ne crois pas qu'ils aillent à la chasse, ils vont probablement aider à déménager les dépôts.

À ce moment s'approcha à grande allure un cavalier. Les deux jeunes hommes reconnurent le vieux Bilig, qui les aborda, l'air sombre :

– Dorj était-il à bord de la camionnette ?

Les deux jeunes hommes répondirent affirmativement. Le vieil homme dit à Chen Zhen :

– Viens avec moi ! Je dois retourner au campement que nous venons de quitter. Toi, Zhang, continue avec les charrettes ! Nous reviendrons rapidement.

Chen Zhen murmura à son copain :

– Prends soin du louveteau ! Ne le touche pas s'il recommence à s'agiter. Laisse-le sur la charrette et attends mon retour.

Chen rattrapa Bilig qui avait déjà pris de l'avance. Le vieux Mongol lui expliqua :

– Dorj les accompagne encore à la chasse aux loups, c'est sûr ! Ces jours-ci, il a montré ses prouesses. Comme il parle bien chinois, il a été nommé membre de l'état-major chargé de la chasse. Il a confié son troupeau à son jeune frère et, depuis, il passe ses journées avec les tireurs d'élite, à bord de cette camionnette. Un gardien de chevaux vient de me dire qu'ils sont partis pour notre ancien campement. Je devine ce qui se prépare...

– Que pourraient-ils bien y faire ?

– Ils vont répandre du poison et installer des traquenards, fit le vieil homme indigné. Les vieux loups, boiteux et malades, sont dans un état misérable. Incapables de chasser eux-mêmes, ils ne disposent que des restes des loups valides qui se déplacent en hordes. C'est pourquoi ils sont toujours sur leur faim. Chaque fois que les pasteurs déménagent, ces pauvres loups viennent, après leur départ, chercher des restes de nourriture au campement abandonné. Peaux pourries, os, crânes et fémurs, déchets de fromage, carcasses de moutons, de bœufs ou de chien morts de maladie qu'on a enterrés, tout est bon pour tromper leur faim. Les vieux pasteurs savent cela et laissent exprès de la nourriture saine à leur intention.

Il poursuivit, la barbe frémissante d'émotion :

– Combien de loups ont-ils tué ces jours-ci ? Des dizaines, sans doute ! Ces malheureuses créatures ont tellement peur qu'elles restent à mourir de faim dans leurs cachettes. Elles reviendront sûrement dans notre ancien campement pour trouver quelque chose à se mettre sous la dent. Dorj le sait bien. Si les choses continuent, les hommes de la steppe Olon Bulag n'iront plus vers Tengger le Ciel éternel. Notre steppe court à sa fin, mon enfant.

Chen Zhen se sentait impuissant devant la douleur du vieux pasteur. Pour mettre du baume au cœur de ce vieillard désespéré, il lança :

– Vous allez voir, A'bo, je détruirai tous les traquenards qu'ils installeront !

Ils franchirent une nouvelle fois le faîte de la montagne et se hâtèrent vers le premier des anciens campements. Ils virent tout de suite des traces de pneu, mais la camionnette était déjà repartie. Ils mirent pied à terre, de peur que les chevaux ne se prennent dans les pièges. Après avoir examiné les alentours, le vieux Bilig dit en montrant un fossé rempli d'escarbilles et de cendres :

– Dorj dissimule bien ses pièges. Ce fossé est rempli à ras bord et a l'air tout naturel. Mais il a enfoui deux traquenards sous les cendres. Il a mis sur le côté deux sabots de mouton et non des morceaux de viande. La viande éveillerait les soupçons des loups tandis que les sabots sont bons pour la poubelle. Je suppose qu'il s'est enduit les mains de cendre pour dissimuler son odeur. De toute façon, les loups qui fréquentent ces parages sont trop âgés pour la percevoir.

Le vieux chasseur reprit, en montrant un mouton à moitié déchiqueté sur un tas de bouse :

– Il a sûrement été empoisonné. On dit qu'il s'agit d'un poison venu de Pékin, très efficace. Le loup meurt en moins de temps qu'il n'en faut pour fumer une pipe.

– Je vais jeter tous les moutons morts dans un puits abandonné, proposa Chen Zhen.

– Il y a plusieurs campements et tellement de moutons. Tu n'y arriveras jamais.

Ils enfourchèrent leur cheval et parcoururent encore quatre ou cinq campements. Certains étaient empoisonnés, d'autres piégés ; certains avaient été totalement négligés. Cette variété dans les dispositifs était volontaire et d'autant plus perfide que les campements piégés étaient entrecoupés, soit par une pente douce, soit par un campement inoffensif. De cette manière, un loup pris dans le traquenard n'alarmerait pas ses congénères qui pouvaient encore tomber dans les pièges. Ils s'aperçurent que Dorj employait davantage le poison que les traquenards et qu'il installait souvent ceux-ci dans le fossé d'escarbilles, s'épargnant la peine de creuser lui-même un trou pour aller le plus vite possible. Bilig dit que, s'ils continuaient d'avancer, ils finiraient par se faire repérer par Dorj et ses hommes. Le vieux Mongol préféra renoncer à parcourir tous les campements. Chen l'entendit murmurer pour lui-même : « Je dois m'arrêter. Je ne pourrai jamais sauver tous les loups. »

Ils redescendirent vers un campement piégé. Le vieux chasseur s'approcha avec précaution d'un gigot pourri. Il sortit une pochette et versa sur le gigot quelques cristaux sans éclat. Chen Zhen comprit tout de suite qu'il s'agissait d'un poison de médiocre qualité qu'on vendait à la coopérative. Il dégageait une odeur forte que les loups reconnaîtraient sans difficulté. S'il était démasqué, Bilig pourrait toujours dire qu'il tentait de se joindre à l'effort commun ! « Notre Bilig est plus fort que Dorj », pensa Chen Zhen.

– A'bo que se passera-t-il quand l'odeur du poison s'évaporera ?

– Elle ne s'évapore jamais complètement, répondit le vieux chasseur. Elle laisse toujours une odeur que les loups perçoivent mais pas les hommes.

Il demanda ensuite à Chen Zhen de lui ramasser des morceaux d'os qu'il lança énergiquement vers les traquenards. Les os atterrirent sur les mâchoires qui se refermèrent.

Ils délaissèrent un campement pour un autre jusqu'à ce qu'ils n'aient plus de poison de mauvaise qualité. Alors les deux hommes remontèrent à cheval et s'engagèrent sur le chemin du retour.

– A'bo, demanda Chen, que se passera-t-il quand, à leur retour, ils trouveront les traquenards mis hors d'état de nuire ?

– Ils ne reviendront pas tout de suite. Je suppose qu'ils vont faire un grand crochet pour chasser encore.

– Ils le découvriront tout de même dans quelques jours et vous accuseront de sabotage. Vous allez passer un très mauvais moment !

– Ce n'est rien comparé au supplice des loups. Quand ils auront disparu, les rats et les lièvres seront les maîtres de cet univers, et la steppe Olon Bulag ira vers sa mort. Les intrus non plus ne pourront se soustraire à leur mauvais sort. Personne ne peut éviter cette fin fatale. Avec ce que je viens de faire, quelques loups seront sauvés. C'est mieux que rien. Ô, loups de la steppe Olon Bulag, sauvez-vous vite ! Et aussi loin que possible ! Franchissez la frontière... D'ailleurs, je ne demande pas mieux que Dorj et ses comparses viennent me chercher : je sauterai sur l'occasion pour déverser sur eux toute ma colère !

Chen était profondément ému. Sans se concerter, Bilig et lui avaient prononcé les mêmes paroles à quelques jours d'intervalle... Jamais il ne s'était senti aussi proche du vieil homme.

Ils gravirent la montagne. Quelques oies sauvages décrivaient des cercles dans l'air en criaillant lamentablement. Elles appelaient les leurs. Bilig leva la tête et poussa un long soupir :

– Même les oies sauvages ont été tuées et mangées ! Elles ne sont plus assez nombreuses pour voler en formation vers le sud !

Les yeux embués, il contempla longuement cette prairie qui s'étendait sous ses pieds et qu'il avait convertie en nouveau pâturage de ses propres mains.

Chen Zhen repensait au paysage féerique des premiers jours. Il avait suffi d'un seul été pour que cette prairie au bord du lac soit dévastée : cygnes, oies sauvages, loups de la steppe... tous y étaient passés.

– A'bo, dit-il, ce que nous sommes en train de faire est bien. Et pourtant, nous agissons comme si nous étions des voleurs. Ça me donne envie de pleurer !

– Pleure si tu en as envie, mon enfant. Moi aussi, je... Tu sais, depuis des générations, les loups de la steppe nous ont emportés là-haut, nous, les vieux Mongols. Vont-ils m'abandonner quand viendra mon tour ?

Il fondit en larmes, la tête renversée, le regard vers Tengger et l'infini de l'immensité céleste. Il se mit à sangloter comme un vieux loup. Terrassé par la douleur de cet homme qu'il aimait tant, Chen Zhen ne put retenir ses propres sanglots. Leurs larmes imbibèrent la terre millénaire de la steppe Olon Bulag. Leurs yeux séchèrent sous l'effet du vent. Bilig rejoignit son convoi, Chen le sien.

Durant tout le trajet, le louveteau se tint debout dans sa petite prison, malgré la douleur que lui infligeaient ses blessures. Au crépuscule du deuxième jour, la colonne des six charrettes s'arrêta enfin au pied d'une pente douce. De là partait une grande étendue d'herbes drues, le pâturage d'automne. Les pasteurs s'affairaient à dresser leurs yourtes. Gao était déjà sur place avec ses troupeaux. Il attendait avec Bilig et Gasma à l'endroit choisi pour les jeunes instruits. Dès leur arrivée, Chen Zhen et Zhang érigèrent rapidement la yourte avec Gao. Bayar vint avec une charrette chargée de deux paniers de bouse. Après un voyage de deux jours et une nuit, ils pouvaient enfin faire du feu pour le thé et la cuisine. Yang Ke les rejoignit avec ses troupeaux. Il traînait derrière son cheval un vieux limon qu'il avait ramassé sur la route. Y voyant une bûche assez grosse pour alimenter le feu de deux repas, Gao pardonna à Chen Zhen d'avoir jeté la bouse pour faire place au louveteau.

Chen Zhen, Zhang Jiyuan et Yang Ke se dirigèrent vers le louveteau. Avec précaution, ils soulevèrent le couvercle de sa cellule et virent le panier d'osier déchiré et troué à plusieurs endroits. L'imperméable militaire était couvert de débris de bois. Le louveteau avait sûrement fait cela la nuit précédente, quand les hommes s'étaient arrêtés pour dormir. Si le voyage avait duré plus longtemps, il aurait probablement tenté de fuir. Chen Zhen vit des traces de sang. Avec Zhang il retira vite le couvercle. Le louveteau sauta sur le sol. Chen Zhen le conduisit devant la yourte. Yang Ke lui déblaya une parcelle de terrain et planta le pieu habituel auquel il accrocha l'anneau de la chaîne. Le louveteau semblait encore sous l'effet des secousses. Il essayait de rester debout, mais il dut céder à la fatigue et se laisser choir sur l'herbe. Il reprit peu à peu son assurance en touchant la terre ferme, mais la force lui manquait toujours pour garder la tête haute.

Chen Zhen introduisit ses pouces sous les joues du louveteau qui fut forcé d'ouvrir la bouche. La gorge blessée ne saignait presque plus, mais le sang suintait toujours des gencives autour de sa dent infectée. Chen Zhen tâta du doigt la dent toute noire :

– Elle bouge, annonça-t-il, elle ne sert plus à rien.

Il éprouva une douleur lancinante comme si on venait de lui arracher à lui-même une dent. Le louveteau avait résisté deux jours, malgré l'effusion de sang et la perte d'une dent si précieuse pour sa vie. Chen Zhen le relâcha. De sa langue, le louveteau ne cessait de lécher sa dent malade, qui devait lui faire très mal. Ensuite, Chen Zhen examina ses pattes meurtries et lui administra les soins nécessaires.

Après le repas du soir, Chen Zhen réunit les restes en y ajoutant de la viande hachée pour son louveteau. Le louveteau se jeta dessus, mais le jeune homme remarqua qu'il n'avalait pas comme d'ordinaire. Il hoquetait souvent entre deux bouchées, s'arrêtant de temps en temps pour lécher sa dent malade. Après son repas, il fut secoué d'une quinte de toux et recracha une partie de sa nourriture mêlée de sang écumeux : l'infection s'était étendue à l'œsophage. Mais où trouver un vétérinaire ?

Le lendemain matin, Chen Zhen nettoyait comme d'habitude le terrain réservé au louveteau, quand il vit que ses excréments, d'ordinaire blanchâtres, étaient devenus noirs. Apeuré, il se précipita sur le louveteau et le força encore à ouvrir la gueule. Le sang suintait de la gorge blessée. Avec l'aide de Yang Ke, il appliqua sur la blessure de la vulné-raire au moyen d'une paire de baguettes. Quatre jours passèrent pendant lesquels les excréments pâlirent jusqu'à retrouver leur couleur normale. Enfin, le louveteau reprit sa vivacité d'antan, au grand soula-gement de Chen Zhen.

CHAPITRE 32

Toute civilisation naît greffée et se profile sur une monarchie absolue, c'est-à-dire sur un régime monarchique déterminé. Chaque souverain et sa dynastie semblent suivre un même processus inévitable : assiduité et politique clairvoyante au début, faste et paresse puis décadence s'ensuivent, et finalement, soumission à une famille plus vigoureuse issue du désert ou de la steppe.

Les nomades que nous avons vus sont semblables, que ce soit les Scandinaves, les Sémites, les Mongols. De par leur nature, ils sont plus optimistes et plus fermes que les sédentaires, si on les prend individuellement.

The Outline of History
H. G. Wells (auteur britannique)

Le vieux Bilig n'était plus invité aux réunions de travail au quartier général de la division du corps d'armée des soldats défricheurs. Chen Zhen le trouvait souvent à travailler le cuir dans sa yourte, reconvertie en atelier. Des articles inachevés s'y entassaient dans une forte odeur de tanin.

Après les pluies d'été et d'automne, les attelages et les harnais attaqués par l'eau et le soleil devenaient rigides et cassants. Muselières, rênes, mors, entraves de chevaux étaient légèrement fissurés et se brisaient facilement. Il n'était pas rare de voir un cheval regagner seul son troupeau après s'être libéré de ses attaches. C'est chez Bilig que les pasteurs venaient faire réparer leurs outils. Le vieux Mongol occupait également son temps à en fabriquer pour sa famille et son équipe de travail.

Les jeunes instruits, Chen Zhen, Yang Ke et Gao Jianzhong venaient souvent apprendre auprès de lui. Ils savaient maintenant confectionner des objets usuels comme des muselières ou des cravaches. Yang Ke était même parvenu à réaliser des rênes qui demandaient pourtant de la technique. Le vieux Bilig leur avait également enseigné les secrets du graissage. Le cuir lubrifié à la graisse de marmotte s'assouplissait et prenait une belle couleur brune. Surtout, il devenait plus résistant, ce qui permettait d'éviter beaucoup d'accidents. Mais la graisse de marmotte servait à beaucoup d'autres choses dans la steppe, si bien que la réserve s'avérait souvent insuffisante. Les pasteurs attendaient alors anxieusement la prochaine saison de chasse.

Le regard sur le tapis de feutre où s'entassaient des objets inachevés, le vieil homme dit à Chen Zhen :

– Il ne reste qu'un demi-pot de graisse de marmotte à la maison. Et nous sommes au moment de l'année où ces animaux donnent la meilleure viande. J'en ai l'eau à la bouche rien que d'y penser. Au temps des princes mongols, en cette saison, les nobles délaissaient le mouton pour ne servir que de la marmotte à table. Je te conduirai demain à une partie de chasse à la marmotte.

– Et je vous inviterai tous à un thé accompagné de belles frites préparées avec la graisse que vous rapporterez, enchaîna Gasma.

– Je te remercie, dit Chen Zhen. D'ailleurs, je dois également renouveler notre réserve de graisse. Et c'est parce que nous faisons tout le temps bombance chez vous que vous finissez vous-mêmes par en manquer !

Gasma répliqua dans un sourire :

– Au contraire ! Tu m'as complètement oubliée depuis que tu es avec ton louveteau. Combien de fois es-tu venu prendre le thé chez moi ?

– Tu es chef de l'équipe de travail. Mon louveteau t'a déjà causé suffisamment d'ennuis. Je n'ose plus venir te déranger.

– Sans moi, ton louveteau aurait déjà été tué par les gardiens de chevaux des autres équipes de travail !

– Comment les en as-tu empêchés ?

– Je leur ai dit : « Les Han détestent les loups. Ils les mangent même. Il n'y a que Chen Zhen et Yang Ke qui les adorent. Ce louveteau est comme leur enfant adoptif. Quand ils connaîtront bien le loup, ils seront comme nous, les Mongols. »

Chen Zhen se confondit en remerciements. Gasma se mit à rire :

– Si tu veux me remercier, prépare-nous des plats comme on en trouve dans les restaurants chinois. J'ai un faible pour les galettes farcies de mouton haché et de poireau.

Chen Zhen acquiesça avec plaisir. Gasma lui fit un clin d'œil en désignant son beau-père retourné à son mutisme et susurra : « Ton A'bo aussi aime les pâtés préparés à la chinoise... »

Chen acquiesça en silence, puis lui rétorqua :

– Tu veux des galettes ? Cela tombe bien ! Zhang a ramené du siège de la ferme une grosse botte de poireaux. Je vous apporterai tout ce qu'il faut ce soir et je préparerai aussi des pâtés pour un bon repas en famille !

En entendant la proposition de Chen, le vieux Mongol se dérida et ajouta avec un sourire à peine perceptible :

– Pas la peine d'apporter de la viande ! Nous venons d'abattre un mouton. Gao est un excellent cuisinier. Ses galettes farcies sont meilleures que celles du restaurant ! Amène-le avec Yang Ke. On boira un coup !

Le soir venu, tout le monde mangeait, buvait et chantait pendant que Gao initiait Gasma à la préparation des galettes farcies. La jeune femme se tenait à ses côtés et observait consciencieusement. Le vieux Bilig avait bu et mangé comme quatre, mais son humeur ne faisait qu'empirer. Soudain, il posa son bol et déclara :

– Le corps d'armée des soldats défricheurs recommande la vie sédentaire aux pasteurs. Il prétend que c'est plus sain et que cela adoucira leurs conditions de travail. Vous, les Han, vous aimez bien les maisons, n'est-ce pas ? Pour nous, c'est un choix insensé. Les gens de la région agricole ne connaissent pas la steppe. Ils sont attachés à la vie sédentaire pour son confort, qui est indéniable. Mais dans la steppe Olon Bulag, nous vivons en nomades depuis des générations selon la volonté de Tengger. Quant à nos prairies, elles varient selon les saisons, et chacune a sa vocation propre. Au printemps, pour favoriser la procréation des agneaux, il faut une prairie aux herbes fines et basses. Si on y restait jusqu'en hiver, les herbes seraient ensevelies sous la neige et le bétail mourrait de faim. La prairie d'hiver a des herbes hautes qui ne fléchissent pas sous la neige, mais elle deviendrait aride si, dès le printemps, les troupeaux y restaient sans bouger. La prairie estivale est toujours bordée d'eau parce qu'il faut abreuver sans cesse les bêtes, et l'eau n'abonde que dans la montagne où le temps est très rigoureux en hiver. Aussi faut-il l'éviter à cette saison pour que les troupeaux ne meurent pas de froid. La prairie d'automne est bonne pour ses graines d'herbes, mais on ne récoltera pas de graines si on y amène les troupeaux dès le printemps. Chaque prairie a ses avantages et ses inconvénients, et le nomadisme nous permet de profiter des uns pour éviter les autres. Par contre, la vie sédentaire ne présente qu'un seul avantage, le confort. Comment faire vivre les bestiaux quand on ne pense qu'au confort ?

Les trois jeunes instruits approuvèrent de la tête, mais chacun ressentait un pincement au cœur en écoutant le vieux Bilig. Il était véritablement habité par cette steppe, parlant de ses pâturages comme s'il s'agissait de ses enfants, chacun avec son caractère propre. Il souffrait, le vieil homme, comme un père de famille qui voit sa progéniture quitter la maison et se console de ce qui n'est déjà plus qu'un souvenir.

Le lendemain matin, Chen Zhen se fit remplacer par Yang Ke à la garde de son troupeau pour suivre Bilig dans la montagne. Un sac de jute suspendu à la selle contenait plusieurs dizaines de collets destinés à attraper les marmottes. Composés de huit fils de fer tordus, ces pièges se terminaient en boucle. On les attachait à un pieu de bois planté près d'un terrier, de manière que la boucle reste en l'air à deux doigts du sol. Quand une marmotte sortait de son trou, elle se prenait le cou ou les pattes de derrière dans la boucle. Chen connaissait déjà ce truc, mais il était bien souvent rentré bredouille quand il l'avait essayé ou les marmottes qu'il avait réussi à capturer étaient de très petite taille. Il était avide d'améliorer sa technique auprès du chasseur expérimenté.

Ils chevauchèrent rapidement vers le nord-est que dentelaient les crêtes des montagnes. Les herbes automnales commençaient à jaunir. À cette saison, les marmottes sortaient fréquemment, tentant de se rassasier afin d'accumuler assez de graisse pour hiberner pendant sept mois. C'est à ce moment-là qu'on attrapait les plus dodues.

– Je vous ai déjà emprunté des collets pour chasser, dit Chen Zhen. Mais pourquoi les marmottes que j'ai capturées étaient-elles toutes petites ?

– C'est que tu ne maîtrises pas bien la technique, fit le vieux chasseur en riant. Les gens de la steppe gardent jalousement leur savoir-faire et redoutent de l'ébruiter devant des intrus. Ils ont peur qu'une fois initiés au secret de leur art ils ne fassent main basse sur tout le gibier. Je suis avancé en âge et je te considère comme mon propre fils. Alors je vais te transmettre ma façon de faire. Quand les néophytes posent les collets, bien souvent leur boucle est fermée par un nœud fixe. Mais les grosses marmottes, qui sont aussi les plus agiles, réussissent facilement à se dégager. C'est pourquoi je fais un nœud coulant qui se resserre sur le cou ou les pattes de la marmotte. En posant le collet, tu presses un peu sur la boucle, qui s'arrondira quand tu la relâcheras. Tu obtiendras ainsi la grandeur voulue.

– Mais pour faire le nœud coulant ?

– Tu fais un petit crochet sur le fil de fer, et tu y fixes le bout de la boucle en le tirant légèrement, ni trop ni trop peu. Sinon le déclic sera déclenché par un simple coup de vent ou ne fonctionnera pas du tout quand la marmotte passera. En la posant ainsi, la boucle se rétrécit quand la marmotte touche le fil de fer. C'est presque infaillible. On attrape l'animal sept fois sur dix ! Je te montrerai tout à l'heure. Ce n'est pas facile. La boucle doit correspondre à l'ouverture du terrier et aux traces de pattes de la marmotte. Je te l'apprendrai, mais il ne faut absolument pas que les autres soient au courant.

– Je vous le jure !

– Retiens bien ce que je te dis : on ne tue que les mâles et les femelles non engrossées, jamais les mères ni les petits. Les Mongols font la chasse à la marmotte depuis des siècles et, aujourd'hui encore, c'est elle qui nous procure viande, fourrure et graisse. Et tu sais pourquoi ? Parce que nous observons strictement les règles ancestrales. Les marmottes dévastent la steppe, mais elles nous sont indispensables. Dans le passé, les pasteurs comptaient uniquement sur la chasse à la marmotte pour survivre aux rigueurs de l'hiver. Beaucoup d'entre nous ont dû leur vie à cet animal ! Les Han ne savent pas cela.

Les deux cavaliers se hâtèrent à travers les herbes hautes et denses. Sous les sabots s'envolaient une nuée d'insectes, notamment des éphémères de toutes les couleurs, rose, orange, blanc ou bleu et des sauterelles encore vertes. Des hirondelles tournoyaient et gazouillaient au-dessus d'eux. Parfois, elles les dépassaient en rase-mottes, profitant de ce festin que leur offraient hommes et chevaux. Elles restèrent à leurs trousses plusieurs kilomètres durant. Quand les premières, rassasiées, abandonnaient, d'autres prenaient la relève.

Bilig désigna une colline hérissée de bosses.

– Voici la fameuse colline aux marmottes de la steppe Olon Bulag. Elles y sont nombreuses et bien dodues. Elles fournissent une belle fourrure et de la graisse en abondance. C'est l'un des trésors de notre brigade de production. Deux autres collines, plus petites, s'alignent au nord et au sud, où les marmottes foisonnent également. Dans quelques jours, toutes les familles y enverront leurs chasseurs. La chasse sera plus facile cette année.

– Pour quelle raison ?

Le regard du vieux s'assombrit :

– Il y a moins de loups, donc davantage de marmottes. En automne, elles constituent la nourriture principale des loups qui ne passeraient pas l'hiver sans elles. Mais ils chassent raisonnablement, épargnant les petites pour ne prendre que les grosses. Dans la steppe, seuls les pasteurs mongols et les loups respectent les lois de Tengger.

À l'approche de la colline aux marmottes, ils aperçurent deux grandes tentes blotties contre la paroi d'une cavité. Une fumée de cuisine s'élevait du terrain où se trouvait une charrette garnie de quelques seaux de bois.

– Catastrophe ! Ils nous ont devancés ! s'écria le vieux chasseur en pâlissant.

Il se précipita vers les tentes, les yeux écarquillés de colère. Chen Zhen le suivit de près.

Une odeur de viande de marmotte mêlée de graisse les accueillit. Ils mirent pied à terre et furent frappés de stupeur devant une scène abominable : un four était creusé à même le sol, sur lequel était posée une énorme casserole. Quelques marmottes flottaient dans la graisse en ébullition, la peau dorée par la friture. Un jeune travailleur migrant était en train d'en repêcher une et s'apprêtait à la remplacer par une autre déjà écorchée et vidée. Le contremaître Wang et une ouvrière étaient assis près d'une caisse en bois, sur laquelle se trouvaient un bol de sauce, une assiette de poireaux hachés et une autre de poivre et sel. Ils buvaient au goulot tout en dévorant à belles dents.

Près du four était placée une grande cuvette en fer-blanc pleine de marmottes écorchées, dont la plupart n'avaient pas plus d'une trentaine de centimètres. Sur le gazon, on voyait quelques nattes d'osier sur lesquelles séchaient environ deux cents peaux de marmottes. Chen Zhen suivit Bilig dans une des tentes et aperçut des peaux séchées et empilées, ainsi que des bidons d'essence et des tonneaux, dont les plus hauts dépassaient un mètre, tous remplis de graisse de marmotte.

Fou de rage, le vieux chasseur ressortit et se dirigea vers la cuvette en fer-blanc. De son bâton, il souleva quelques carcasses de marmottes, et en les écartant, remarqua au fond quelques femelles beaucoup plus maigres. Il frappa énergiquement sur la cuvette et vociféra à l'adresse du contremaître :

– Vous tuez aussi les femelles et leurs petits ? Vous allez trop loin ! C'est le bien de notre brigade de production ! Ces marmottes ont pu subsister jusqu'à nos jours parce que nous y veillons depuis des générations. Il faut être complètement fou pour massacrer autant de marmottes, et sans l'approbation de la brigade !

Le contremaître Wang, à demi ivre, continuait de boire et manger. Il prit son temps pour répliquer, sans se départir de son calme :

– Oserais-je violer votre chasse gardée ? Mais est-ce bien la vôtre ? Même votre brigade est depuis peu incorporée au régiment du corps d'armée. Pour tout vous dire, nous sommes venus ici avec la mission d'exterminer les marmottes. Ordre du poste de commandement ! Sun, officier d'état-major, dit que ces petits animaux détruisent la steppe. Ils constituent aussi la nourriture de base des loups au seuil de l'hiver : leur disparition privera les loups de réserves. Voilà pourquoi le régiment a décidé d'en finir avec les marmottes : pour assurer la victoire complète de la campagne d'extermination des loups ! Le médecin de l'hôpital militaire dit même que la marmotte propage la peste bubonique. Avec tous les gens qui arrivent en ce moment dans la région, êtes-vous prêt à en assumer la responsabilité, si elles étaient contaminées ?

Interloqué, Bilig lança :

– Le régiment peut bien ordonner ce qu'il veut, les pasteurs ont besoin de la marmotte pour graisser leurs outils de cuir. Si les rênes et les muselières se brisaient, les chevaux s'affoleraient et les hommes seraient blessés. Tu es prêt à en assumer la responsabilité ? Vous tous, vous faites du sabotage !

– L'ordre est venu d'en haut, répliqua Wang, empestant l'alcool. Il y a sûrement quelqu'un pour en assumer la responsabilité. Avec votre rang, vous n'avez qu'à vous adresser au plus haut échelon !

Il dévisagea le sac de jute suspendu à la selle et ajouta :

– Vous aussi, vous êtes venu chasser la marmotte. Cela vous est donc permis, mais pas à nous ? Les marmottes sont-elles le fruit de votre élevage ? Non. Du simple gibier de chasse ! Elles appartiennent à qui les attrape !

– Attends voir ! dit le, et vous serez bien obligé de nous céder tout votre butin de chasse, les peaux comme la graisse !

– Attention ! La viande et la graisse sont destinées à la popote du régiment. Vous pouvez les prendre de force avec vos hommes, mais vous aurez des comptes à rendre. Quant aux peaux, elles sont réservées aux officiers. C'est le directeur Bao qui est chargé de les convoyer en personne.

Décontenancé, le vieux Bilig ne trouvait plus rien à répliquer. Chen Zhen prit le relais :

– Bravo ! Vous avez tué beaucoup de marmottes, mais qu'est-ce que vous aurez comme gibier l'année prochaine ?

– Vous nous appelez bien la « main-d'œuvre migrante », n'est-ce pas ? Alors, c'est vrai, nous errons sans arrêt. Nous ne pensons pas à l'année suivante. Nous vivons au jour le jour. Vous vous faites du souci pour les marmottes, mais y a-t-il quelqu'un qui se soucie de nous ?

Il était impossible de leur faire entendre raison. Ce que Chen Zhen voulait savoir, c'est comment ils avaient accompli cette tuerie. Il demanda, adouci :

– Comment avez-vous réussi à tuer tellement de marmottes ?

– Tu veux apprendre, hein ? répondit Wang avec fierté. C'est trop tard ! Il reste très peu de marmottes et de terriers intacts. Avant-hier, nous avons envoyé au quartier général de la division des charrettes remplies de viande et de graisse. Mais grimpe un peu sur la colline pour voir ce qui se passe ! Vas-y tout de suite, sinon tu ne verras plus rien.

Chen Zhen aida Bilig à enfourcher sa monture et tous deux gravirent rapidement la pente. Ils aperçurent aussitôt des travailleurs migrants peiner sur un tertre, dos courbé. Ils foncèrent sur eux à toute allure tandis que Bilig leur criait d'arrêter. À cette voix, les travailleurs se redressèrent. Les cavaliers descendirent de cheval et furent consternés. On voyait distinctement six entrées de terriers sans doute reliés par une galerie souterraine ; les quatre plus petites étaient bouchées. Un travailleur tenait à la main une petite marmotte qui ne cessait de gigoter. Elle traînait au bout de sa queue un long chapelet de pétards et un paquet de piment en poudre enveloppé dans un feutre imbibé d'essence. Un autre homme tenait une boîte d'allumettes, prêt à en craquer une. C'était donc là leur technique !

Le terrier de marmottes était un vrai labyrinthe, renforcé et cloisonné, qu'il n'était pas facile d'enfumer. En harnachant ainsi une petite marmotte, on était sûr qu'elle traînerait avec elle les pétards et la poudre de piment enflammés. Affolée et piquée par la brûlure, elle courait directement vers les entrailles du terrier où se massait tout le peuple des marmottes. Les pétards explosaient et, pour ne pas mourir asphyxiés, les survivants fuyaient par l'unique sortie où les attendaient les hommes armés de bâtons et de sacs. C'était une méthode aussi simple qu'efficace. Une seule jeune marmotte prise au collet suffisait à amorcer le carnage. C'est ainsi qu'en quelques jours seulement l'antique colline aux marmottes avait été presque entièrement anéantie.

Bilig avança de quelques pas. Il se laissa choir sur l'une des ouvertures du terrier et mit un pied sur une autre. Il ordonna rudement aux travailleurs migrants de déposer tout leur attirail. Ils obéirent sans résister au vieil homme sous les ordres duquel ils avaient travaillé pendant l'été. Il frappa le sol de son bâton et vociféra, les yeux injectés de fureur :

– Coupez le cordon de pétards, détachez le piment et remettez la marmotte dans le trou !

Les travailleurs migrants dénouèrent sans se presser le cordon, mais hésitèrent à relâcher la jeune marmotte.

Arriva alors le contremaître Wang qui conduisait une charrette tirée par un cheval. Il sauta à terre, sourit et offrit une cigarette à Bilig. Puis il se retourna pour se répandre en invectives contre ses hommes. Enfin, il prit la jeune marmotte dans ses mains et coupa le cordon. Il revint vers son interlocuteur et dit respectueusement :

– Relevez-vous, je vous en prie ! Je vais la relâcher sur-le-champ.

Le vieil homme se releva et s'épousseta :

– Ça ne changera rien : je ne vous confierai plus jamais de travail de terrassement !

Le contremaître riait obséquieusement :

– Je ne suis qu'un exécutant, vous le savez bien ! La destruction des marmottes a pour but de couper les vivres aux loups. C'est une juste tâche que d'extirper ce fléau. Mais vous avez raison de dire que la graisse de marmotte est nécessaire aux attelages et aux harnais. Il faut laisser une certaine quantité de ces animaux aux pasteurs.

Il déposa la jeune marmotte à la sortie du terrier puis desserra son étreinte : la petite bête disparut en un clin d'œil. Wang poussa un soupir :

– En fait, ce n'est pas du tout facile de capturer une jeune marmotte au collet. Mais... ces jours-ci, on a trop utilisé la dynamite. Les marmottes refusaient de sortir de leurs cachettes.

– Ne crois pas que l'affaire s'arrêtera là, rétorqua Bilig intransigeant. Transportez tout le butin de chasse au siège de notre brigade ! Si jamais Lamjav et ses hommes apprennent ce qui s'est passé, ils viendront saccager tes charrettes et tes tentes.

– Nous allons tout ramasser et déguerpir. Mais je dois faire un rapport au directeur Bao.

Bilig jeta un regard rapide sur sa montre. Il était inquiet pour les deux autres collines aux marmottes, de taille moins importante.

– Je vais rassembler mes hommes, dit-il à Wang, et je reviendrai tout à l'heure.

Il enfourcha son cheval et galopa en direction de la route frontalière, suivi à grand-peine par Chen Zhen. À peine eurent-ils franchi deux petites collines qu'ils entendirent une pétarade sourde derrière eux. Bilig s'arrêta net :

– Encore une fois, nous sommes dupes de ce connard !

Les deux cavaliers revinrent sur leurs pas et, depuis le tertre, aperçurent le contremaître Wang, le bas du visage protégé par une cagoule, qui dirigeait ses hommes : ils avaient repris leur opération ! La plate-forme devant l'ouverture du terrier, de laquelle montait une fumée dense, était jonchée de marmottes tuées. Les dernières périssaient sous les coups de bâton. Bilig fut secoué par une quinte de toux. Chen Zhen l'aida à se placer dos au vent, tout en lui tapotant le dos.

Les ouvriers, au loin, avaient déjà ramassé en hâte une quinzaine de marmottes qu'ils jetèrent dans la charrette. Puis ils dévalèrent la pente sans demander leur reste.

Bilig se redressa, en larmes. Le vieil homme regarda de nouveau la pente déserte et dit d'une voix tremblante :

– Je connais bien cette colline. On chasse ici depuis des générations. Dans mon enfance, je suivais mon père pour y poser des collets. J'y suis revenu je ne sais combien de fois depuis. Combien d'hommes sont passés par là ? L'endroit était toujours florissant, on entendait de loin les cris joyeux de ses occupants. Et il s'est vidé le temps de fumer deux pipes ! Oh, c'est inacceptable !

– Ne vous rendez pas malade, dit Chen Zhen douloureusement. Nous trouverons bien une solution !

Bilig ne parvenait pas à reprendre son calme.

– Comment se fait-il que Dorj ne soit pas ici ? dit-il soudain. Je suppose qu'il conduit ses hommes vers le nord, à la petite colline aux marmottes. Avec leur voiture, ils y seront avant nous ! Allons-y vite !

Les deux cavaliers se hâtèrent. Après deux pentes douces, ils virent une grande chaîne de montagnes qui se découpait sur l'horizon. C'était la Mongolie-Extérieure. Au pied des monts, s'étirait la ligne frontalière. Au loin, s'élevaient quelques tertres d'un vert grisâtre que Bilig pointa du doigt.

– Dans le passé, on pouvait chasser dans ces parages. Maintenant, c'est une zone interdite vu la tension qui règne à la frontière. En cette saison, les moustiques sont de moins en moins nombreux et les loups viennent toujours y attraper les marmottes. Dorj le sait.

– Mais est-ce que les gardes-frontières les laisseront passer, lui et ses hommes ?

– C'est une vaste étendue de montagnes. Les gardes-frontières auront des difficultés pour les voir. En plus, ils sont à bord d'une voiture militaire. Personne n'osera les en empêcher.

Les chevaux avaient ralenti. Ils se baissaient de temps en temps pour attraper une bonne bouchée d'herbes vertes. Chen Zhen balaya du regard la prairie. Elle était parsemée de petits tas d'herbes de la taille d'un nid de pie : c'était le fourrage récolté par les rats pour l'hiver. Ces petits rongeurs avaient coupé ces herbes avant qu'elles ne jaunissent et les avaient étalées à l'entrée de leur terrier, attendant qu'elles sèchent pour les transporter dans les entrailles de la terre. Les chevaux ne s'étaient pas fait prier pour se servir.

Bilig tira les rênes et s'arrêta :

– Faisons une pause pour laisser les chevaux brouter. Autant de bouchées arrachées aux rats, c'est déjà ça de pris. Les loups partis, les rats dansent ! Cette année, les tas d'herbes sont bien plus nombreux que l'année dernière.

Ils mirent pied à terre et enlevèrent les muselières des chevaux qui reniflèrent de satisfaction, écartant les herbes séchées pour ne consommer que les pousses vertes et tendres. Ils avaient le museau humide de jus vert. L'arôme emplissait l'air. De sa botte, Bilig dégagea l'entrée d'un terrier : le trou n'était pas plus grand qu'un bol à thé. On y voyait la tête d'un rat qui scrutait l'extérieur et contenait mal sa colère en voyant son fourrage détruit. Rapide comme une flèche, il sortit, donna un coup de dents à la botte de Bilig et revint à sa place initiale. Il continuait de pousser des cris menaçants. Soudain, les deux cavaliers entendirent un fort hennissement derrière eux. Ils se retournèrent et virent qu'un de leurs chevaux avait le museau en sang : la morsure d'un rat de quarante centimètres ! Hommes et chevaux se tenaient là, perplexes, au milieu des cris des rats furieux. Le vieux chasseur lança une bordée de jurons :

– Le monde a vraiment changé ! Les rats attaquent les chevaux maintenant ! Si la chasse aux loups continue, ils finiront par s'en prendre aux hommes !

Chen Zhen alla calmer le cheval affolé. Il attrapa ses rênes qu'il noua à ses pattes antérieures. Ainsi le cheval gardait la tête baissée et les yeux vers le bas. Il voyait mieux les trous qu'il s'activait à détruire ou à boucher de ses sabots.

D'un coup de botte, Bilig culbuta un autre amas d'herbes :

– Il y a un tas tous les sept ou huit mètres. Les rats ont raflé toutes les meilleures herbes. Ils sont plus redoutables que les faucheuses. Les machines récoltent tout, mais eux font le tri. Ils vont passer l'hiver sains et saufs et se multiplier au printemps. Ils seront les maîtres de la steppe l'année prochaine ! Tu le vois bien, n'est-ce pas ? Quand les loups sont là, les rats ne sont que des petits voleurs qui agissent avec méfiance, mais quand leurs pires prédateurs s'en vont, ils pillent ouvertement, en vraies bandes organisées !

Chen Zhen regardait les monticules d'herbes qui s'étalaient à perte de vue. Il était en proie à une tristesse et une peur indicibles. Tous les ans, l'automne amorçait sur la steppe une grande bataille entre l'homme, le bétail et le rat. Les rats étaient rusés et sournois, mais ils étaient obligés de faire sécher les herbes récoltées afin qu'elles ne pourrissent pas dans leurs terriers. Ainsi exposées à l'air libre, elles constituaient autant de repères pour leurs ennemis. Dès qu'ils voyaient les tas d'herbes apparaître, les pasteurs se passaient le mot, et chacun amenait son troupeau. Moutons, bœufs et chevaux se régalaient. En quelques jours, il ne restait plus rien. Ainsi privés de fourrage, les rats mouraient de faim et de froid durant l'hiver. C'était le moyen de dératisation le plus efficace. Comment les nouveaux venus auraient-ils pu le comprendre, eux qui ignoraient tout des rapports complexes mais harmonieux qui existaient entre les différents habitants de ce vaste univers ?

Une demi-heure plus tard, les deux chevaux avaient le ventre rebondi. Face aux tas d'herbes qui se succédaient jusqu'à l'horizon, le vieux pasteur se sentait impuissant. Chen et lui se remirent en selle et reprirent le chemin du nord. Leur cœur s'alourdissait au fur et à mesure qu'ils avançaient : les tas d'herbes se prolongeaient toujours plus loin, jusqu'à la frontière. À l'approche de la petite colline aux marmottes, ils entendirent des détonations qui n'étaient pas celles de carabines ni de pétards. Puis tout retomba dans le silence. Le vieil homme soupira :

– Ils ont eu raison de prendre Dorj comme guide. Il sait où se cachent les loups. À cause de lui, ils vont perdre leur dernier refuge.

Ils partirent aussitôt au galop et croisèrent bientôt une jeep avec à son bord Dorj et les deux tireurs d'élite que Chen connaissait déjà. L'officier Xu était au volant, son collègue Bater à ses côtés et Dorj sur la banquette arrière. À ses pieds gisait un gros sac de jute taché de sang. Le coffre était plein à craquer. Le vieux chasseur fut attiré par le fusil à long canon que tenait Bater. Il s'agissait d'une carabine de précision, une arme toute nouvelle pour Bilig, qui ne pouvait plus en détacher son regard.

Les deux officiers s'empressèrent de saluer le vieux chasseur en mongol : « *Tasainuo* ! *Tasainuo* [11] ! »

– Vous allez à la chasse à la marmotte ? demanda l'officier Xu sans attendre la réponse. Ce n'est plus la peine. Prenez-en quelques-unes ! Je vous les offre !

– Pourquoi ce ne serait plus la peine ? demanda Bilig incrédule.

– On a tué toutes les marmottes visibles, expliqua Bater. Les autres refusent de sortir.

– Qu'est-ce que c'est que ce truc-là, dans tes mains ? Il a un canon extrêmement long !

– C'est une arme spéciale pour abattre les oiseaux, expliqua l'officier. La balle n'est pas plus grosse que le bout d'une baguette. Elle est parfaite pour les marmottes : elle n'abîme pas la fourrure. Regardez ça !

Bilig prit l'arme et l'examina minutieusement, ainsi que les balles. Bater reprit la carabine et la braqua sur un écureuil qui sautillait et criaillait dans les brindilles autour de son trou, à une vingtaine de mètres d'eux. L'officier épaula et tira. Bang ! L'écureuil eut la tête fracassée. Le vieux chasseur tressauta.

11. « Bonjour ! Bonjour ! »

– Les loups se sont enfuis en Mongolie-Extérieure, expliqua l'officier Xu souriant. Dorj nous a guidés dans leur recherche. Nous avons passé la colline au peigne fin sans en trouver un seul. Heureusement, nous avons cette carabine, avec laquelle nous avons tué une grande quantité de marmottes. Ce qu'elles sont gogos, ces petites bêtes ! Elles restent là sans broncher, à dix pas, comme si elles attendaient la balle !

– Ils sont capables de mettre dans le mille à cinquante pas, enchaîna Dorj non sans fierté. Les marmottes sont toutes atteintes à la tête. Ils n'ont pas manqué une seule de leurs cibles. C'est plus rapide que les collets !

– Tout à l'heure, je vous laisserai deux marmottes en passant par votre yourte. Vous n'avez qu'à rentrer chez vous ! dit l'officier Bater non sans respect.

Bilig n'était pas revenu de son étonnement que la jeep était déjà repartie en trombe. Leur carabine l'avait tellement impressionné qu'il était comme cloué sur place, hébété. En un peu plus d'un mois, les nouveaux intrus et leurs engins inconnus l'avaient profondément bouleversé. Il était encore muet quand la poussière soulevée par la jeep s'était déjà dissipée. Longtemps après, il fit demi-tour, la main tenant sans force les rênes, laissant son cheval trottiner. Chen Zhen le suivait en silence. « Tout le monde parle de la douleur du dernier empereur, pensait-il. Mais celle du dernier pasteur de la dernière génération est plus grande. Le régime impérial a duré deux millénaires ; le déclin de la steppe vieille de dizaines de milliers d'années est encore plus inacceptable. » Le corps du vieil homme s'était progressivement recroquevillé, comme si le coup de fusil de tout à l'heure l'avait atteint lui-même, le vidant de toute sa vigueur. Le visage creusé de rides, les yeux boursouflés par les larmes, Bilig balayait du regard la prairie parsemée de chrysanthèmes sauvages blancs et bleu pâle.

Chen Zhen ne savait comment l'aider à sortir de cette mélancolie. Il bredouilla enfin :

– A'bo, les herbes ont bien poussé... La steppe Olon Bulag est magnifique... Peut-être l'année prochaine...

– L'année prochaine? bougonna le pasteur. Je ne sais d'ici là quelles nouvelles catastrophes auront encore fait leur apparition. Jadis, même un aveugle voyait la magnificence de la steppe! Maintenant, elle végète, elle a perdu sa beauté. Oh, si seulement j'étais aveugle! Je ne verrais plus la steppe ravagée...

Assis comme un automate sur sa monture, il se laissait aller au rythme des sabots qui martelaient la terre. Les yeux clos, il fredonnait d'une voix enrouée et confuse des refrains si candides et si purs que Chen Zhen crut à une chanson pour enfants.

Les alouettes chantent, le printemps est là
Les marmottes criaillent, l'orchidée s'épanouit
Les cigognes grises s'égosillent, la pluie couve
Les jeunes loups hurlent, la lune se lève

Les mêmes paroles revenaient sans cesse sur un air de plus en plus poignant, tandis que les syllabes se confondaient dans des murmures continus. On aurait dit une rivière, venue d'ailleurs, serpentant dans l'immense steppe en mille courbes pour se perdre enfin dans un vaste marécage. Cette ritournelle avait peut-être été chantée par les enfants des peuples nomades, les Quanrong, les Huns, les Xianbei, les Tujue, les Qidan et les Mongols de Gengis Khan... La prochaine génération de la steppe saurait-elle encore la chanter?

La steppe flétrie s'étalait dans un jaune monotone, incommensurable et vide, résonnant du souvenir des cris des marmottes, des cigognes grises, des hurlements des loups, se parant des couleurs passées des orchidées et des chrysanthèmes. Seules quelques alouettes suspendues dans l'air battaient encore des ailes, en grisollant joyeusement.

CHAPITRE 33

L'empereur Yan porte le nom de famille Jiang. C'est un nom ethnique des Xirong, un peuple nomade de l'Ouest, le premier à entrer en Chine centrale.

Précis d'histoire de Chine, vol. 1
Fan Wenlan

Pour les Qiang de l'Ouest, mourir au champ d'honneur est un heureux auspice, tandis que finir ses jours sur un lit de malade est maudit. Ils résistent au grand froid comme les oiseaux et autres bêtes. Il en est de même pour les femmes qui accouchent en pleine tempête de vent et de neige. Cette endurance et cette intrépidité, ils les tiennent de la contrée de l'Ouest, qui leur insuffle l'énergie de l'or.

Livre des Han postérieurs,
Biographie des Qiang de l'Ouest

La première neige avait fondu rapidement. Un air froid et humide enserrait la steppe et le pâturage estival n'était plus qu'un souvenir. Révolue aussi l'ambiance toujours animée dans laquelle les pasteurs vivaient lorsqu'ils étaient regroupés au bord du lac. Ici, dans leur nouveau campement, ils s'égrenaient en équipes de travail isolées, distantes de plusieurs dizaines de kilomètres. Même les chiens avaient renoncé à s'interpeller. Flétries, les herbes hautes et denses s'étalaient à l'infini, jaune comme un désert aride. Le ciel d'un bleu pur, constellé de quelques nuages blancs, ne faisait que souligner cette monotonie. Les aigles s'élevaient si haut qu'on aurait dit des taches de rouille sur l'immense voûte céleste. Marmottes et rats s'étant réfugiés dans leurs trous d'hibernation, les rapaces étaient obligés de prendre sans cesse de la hauteur afin d'élargir leur champ de vision et repérer leur pâture, notamment les lièvres qui avaient changé de couleur. Leur pelage avait pris un ton de bronze, si bien que quand ils se cachaient dans les ronces, même les renards avaient du mal à les apercevoir. Les gens âgés disaient que, chaque hiver, beaucoup d'aigles mouraient de faim.

Chen Zhen avait pris à la coopérative un gros rouleau de fil de fer. Il avait passé toute une journée à réparer le panier d'osier brisé par le louveteau auquel il avait servi de cage. Il l'avait renforcé de l'intérieur par des mailles de fil de fer et avait tressé un couvercle. Ainsi renforcée, il espérait que la cage résisterait aux attaques du louveteau. Les déplacements des troupeaux étaient fréquents en hiver. Quand la neige s'accumulait, les herbes étaient à moitié ensevelies et les moutons ne pouvaient plus en brouter que la partie supérieure. Une fois cette partie consommée, le pâturage prenait une teinte uniformément blanche, signe pour les pasteurs qu'il fallait déplacer les troupeaux vers une autre prairie, encore jaune de ses herbes intactes. On laissait alors le pâturage blanc aux chevaux, qui pouvaient, avec leurs gros sabots, déterrer les herbes enfouies. Ces déplacements ne représentaient pas un long trajet. Il suffisait de quitter la prairie où étaient passés les moutons pour une autre, souvent voisine, si bien que le parcours ne prenait bien souvent qu'une demi-journée. Le louveteau ne pourrait détruire la cage en si peu de temps.

Chen Zhen fut grandement soulagé quand il eut terminé tous ces préparatifs. La vie nomade obligeait à la débrouillardise. Yang Ke, de son côté, avait trouvé comment faire monter le louveteau sur la charrette, sans avoir à le prendre dans les bras. Ils déposaient une natte d'osier sur le sol et y installaient le louveteau, puis posaient dessus la cage renversée qui emprisonnait le petit animal. Ils amenaient ensuite la charrette qu'ils basculaient jusqu'à ce que son extrémité postérieure touche le sol et le rebord de la cage. Enfin, ils déplaçaient petit à petit la cage sur la charrette avant de la redresser. Pour décharger, il suffisait de répéter l'opération en sens inverse. Ainsi, les hommes comme le louveteau étaient en sécurité.

Les deux jeunes instruits espéraient que ce système leur permettrait de satisfaire tant bien que mal aux dernières obligations de la vie nomade. Quand ils deviendraient sédentaires, ils construiraient une étable entourée d'une enceinte de pierre pour le louveteau. Débarrassés de tout souci, ils vivraient paisiblement avec lui et amèneraient la jeune chienne, son amie d'enfance.

Souvent, les deux garçons restaient assis près du louveteau. Ils le caressaient tout en causant. La bête s'allongeait à côté d'eux, la tête sur leurs jambes, les oreilles dressées comme si elle ne voulait rien perdre de la conversation qui, à vrai dire, la concernait bien souvent. Un jour que Yang Ke tenait le louveteau dans ses bras, il avait dit, rêveur, à Chen :

– S'il a des petits chiens-loups, il ne sera plus tenté de fuir. Le loup est très attaché à sa famille. Le mâle est un conjoint modèle. Il n'y aura d'ailleurs plus de louves sauvages pour le séduire, notre louveteau ! Il se promènera tout seul et rentrera à la maison de lui-même. La chaîne ne sera plus nécessaire.

Chen Zhen avait répliqué en secouant la tête :

– Si les choses se passaient comme tu le dis, il cesserait d'être un loup. Mon rêve, ce n'est pas de le garder auprès de moi, mais d'avoir un ami loup à l'état sauvage. Je veux pouvoir enfourcher mon cheval, me diriger vers la frontière, monter sur un monticule et crier : « Louveteau, mange ! » Alors, il viendra à moi, traînant derrière lui toute une famille de loups de la steppe. Ils gambaderont sans chaîne autour du cou, joyeusement, les crocs brillants, respirant la santé. Ils se rouleront dans les herbes, me lécheront le menton, me prendront le bras dans leur gueule, mais doucement, sans me faire mal... Mais ce rêve est-il encore possible depuis que je lui ai brisé les crocs ? Oh, quel péché j'ai commis ! C'est moi qui ai ruiné son avenir !

Les blessures du louveteau avaient causé beaucoup de souci aux deux jeunes hommes. Celles de ses pattes s'étaient refermées, mais la dent noircie branlait toujours dans la gencive enflée et rouge. Le louveteau n'osait plus manger goulûment, ni déchirer ou couper la viande avec force. Souvent, il se jetait sur sa nourriture avec avidité, prêt à l'engloutir, mais il lâchait bien vite prise en sifflant de douleur et se léchait la dent malade en attendant que le mal s'apaise. Il s'y remettait ensuite tout doucement, ne mâchant qu'avec précaution avec les dents du côté opposé. Mais ce n'était rien à côté de sa blessure à la gorge qui refusait de guérir. Il n'y avait plus de sang, mais la pauvre bête avalait toujours difficilement et toussait sans arrêt, même si Chen continuait de mettre de la vulnéraire sur les morceaux de viande avant de les lui donner. Il n'osait pas demander l'aide d'un vétérinaire et il ne pouvait compter sur un hôpital : les pasteurs devaient parcourir quatre cents kilomètres pour se faire soigner ! Il se contentait de consulter des livres de médecine et d'y chercher des solutions.

Les jours avaient raccourci, si bien qu'on ne faisait paître les moutons que six ou sept heures d'affilée, la moitié du temps d'été. Sauf lorsque le vent aux poils blancs se levait, les bergers et les bouviers pouvaient profiter de cette période pour se reposer. Chen Zhen passait la majeure partie de son temps auprès du louveteau. Il lisait et rédigeait son journal. L'intelligence et le côté mystique du loup le fascinaient toujours. Guidé par son louveteau, il voyageait de merveille en merveille dans ce monde étonnant. Et puis il attendait impatiemment les grosses chutes de neige pour voir comment son louveteau se comporterait dans cet univers blanc qu'il ignorait.

L'hiver fut long et froid. Les loups sauvages réfugiés au-delà de la frontière devaient faire face à des conditions encore plus rudes que dans la steppe Olon Bulag. Le louveteau avait le privilège de vivre au campement, où la nourriture ne manquait pas. Il avait maintenant toute sa fourrure d'hiver, qui le faisait paraître plus gros et plus puissant. Quand Chen Zhen enfouissait une main dans sa fourrure aux longs poils, il sentait la chaleur de son corps : un vrai poêle où ronflait un bon feu ! «Plus chaud que des gants !» se disait-il. Pourtant, la bête semblait toujours ne pas entendre quand il l'appelait «Gros loup». Au cri de «Louveteau», il approchait vite, les yeux joyeux, la gueule entrouverte, se frôlant le dos contre les genoux de son ami qui le cajolait. La jeune chienne venait souvent le rejoindre sur son territoire. Le louveteau l'accueillait avec plaisir, l'écrasant sous lui et s'exerçant à se trémousser comme le lui dictait son instinct sexuel. Devant ce geste à la fois brutal et affectueux, Yang Ke disait, souriant : «Cela s'annonce bien. On aura des fruits l'année prochaine...»

La troisième neige finit par persister. Sous le soleil, la steppe étincelait de rayures blanches et jaunes. De nouveau, l'équipe de travail conduite par Gasma s'apprêtait à déménager pour une étendue en haute altitude, complètement coupée du monde extérieur. Armés de pelles en bois, Chen et Gao partirent avec une charrette. Leur mission consistait à déblayer le terrain pour le futur campement. Dès leur arrivée, ils se mirent à l'œuvre. Ils passèrent une grande partie de la journée à nettoyer les emplacements des étables ainsi que le terrain de base de la yourte, sans oublier le territoire du louveteau. La neige ainsi enlevée fut entassée en quatre monticules. Chen Zhen était content : il y aurait de l'espace pour le louveteau.

Le lendemain matin, les trois jeunes démontèrent la yourte et chargèrent les charrettes. Ils transportèrent sans à-coups le louveteau dans sa cage qu'ils renforcèrent à l'aide d'une corde. Le louveteau furieux essaya bien d'en sortir, mais il abandonna vite, sa dent malade l'empêchant de mordre trop fort les mailles de fer. Quand la charrette s'ébranla, il fut de nouveau effrayé et resta confiné sur place, se faisant tout petit, à demi écrasé sur son arrière-train, tête basse et queue entre les pattes. Il garda cette posture pendant tout le voyage.

Le louveteau installé sur son nouveau territoire, Chen Zhen le gratifia d'un gros morceau de queue de mouton bien grasse pour le prémunir contre le froid. Il avait eu soin de la découper en lamelles pour lui faciliter les choses. Dans cet univers de neige, le louveteau aspirait plus que jamais à la nourriture. Il recevait sa pâture en grondant, les yeux assassins. Il n'entamait son repas que lorsque Chen Zhen avait reculé hors de la limite de son territoire. En mangeant, il lançait des grognements menaçants à l'adresse de son éleveur. Mais sa dent malade et sa vilaine plaie à la gorge ne cessaient d'inquiéter son maître. Chen Zhen se demandait avec angoisse si sa blessure se refermerait un jour.

En hiver, la désolation de la steppe se révélait d'une manière encore plus poignante qu'à la fin de l'automne. Les pointes d'herbes, frémissantes à la surface de la neige, évoquaient vieillesse et déclin. La verdure s'en était allée avec les oiseaux migrateurs, du moins les survivants de la dernière chasse. La steppe était retombée dans un silence de mort après le départ d'une grande partie des loups qui avaient été les maîtres absolus de cet univers. Dans cette vie monotone, Chen Zhen était en proie à une mélancolie sans bornes. Il pensait à Su Wu qui, envoyé comme diplomate chez les Huns par l'empereur Wudi, avait été retenu prisonnier de longues années. Comment avait-il pu survivre sans aucun contact avec les Han, ses semblables? Chen se demandait s'il n'aurait pas lui-même plongé dans la folie ou la dépression sans les livres qu'il avait apportés de Pékin et le louveteau qui lui tenait constamment compagnie. Yang Ke lui avait raconté un jour que, lorsque son père étudiait en Angleterre, il avait découvert que le taux de suicide était particulièrement élevé au sein de la population vivant au-delà du cercle arctique. Il songeait aussi à cette fameuse mélancolie slave, répandue depuis des siècles en Sibérie et dans la steppe russe, probablement liée à l'hiver long et ténébreux. Comment les Mongols, peuple peu nombreux qui avait vécu pendant des millénaires dans cette contrée ensevelie sous la neige et les ténèbres, avaient-ils réussi à s'en sortir avec un moral d'acier et une constitution physique aussi solide ? Parce qu'ils avaient été sans cesse aux prises avec les loups ! Chen ne voyait pas d'autre explication.

Les loups avaient été les maîtres spirituels de l'homme. Qu'ils disparaissent de la steppe, et il n'y aurait plus de soleil sur cette partie du monde. Un silence de mort y régnerait, comme sur l'eau stagnante où l'on voyait se développer les pires des bactéries. L'homme verrait apparaître des ennemis autrement plus dangereux : l'abattement, la dépression, la décadence, la langueur, toutes sortes de maladies psychologiques qui mineraient les peuples des steppes, et détruiraient leur vitalité millénaire. Avec la disparition des loups, la vente d'alcool avait déjà doublé dans la steppe Olon Bulag.

Le louveteau avait tellement grandi que sa chaîne se révélait de plus en plus courte. Souvent, il s'étranglait dans ses mouvements violents. Comme sa blessure à la gorge n'était pas cicatrisée, Chen Zhen dut céder et rallonger progressivement la chaîne jusqu'à lui accorder vingt centimètres de plus. Mais il ne pouvait faire davantage sans risquer que le louveteau, en prenant de l'élan, ne la brise et s'évade.

Chaque centimètre gagné était pour celui-ci une victoire. Il la célébrait en courant frénétiquement autour du poteau. Quand, de ses pattes il touchait la terre enneigée au-delà de l'ancien tracé, il lui semblait avoir réalisé une conquête territoriale. Chen Zhen n'avait pas encore déblayé la parcelle nouvellement conquise que le louveteau se mettait déjà à tourner en rond, comme une boule à la roulette. Il courait à une vitesse vertigineuse ; on aurait cru voir une dizaine de loups se succéder. Ses pattes soulevaient des brindilles et des feuilles, tandis que sa chaîne raclait la terre dans un tourbillon de poussière jaune.

Avec le temps, Chen se rendait compte que cette course frénétique n'était pas seulement une manifestation de joie ou un besoin d'exercice.

Le louveteau n'avait pas renoncé à s'évader. Chen voyait grandir en lui cette envie. Son louveteau était plus robuste que jamais, sa maturité le poussait vers la liberté à laquelle il aspirait depuis toujours. Souvent l'animal restait en contemplation devant la steppe qui s'étendait à perte de vue. Une force semblait sourdre en lui. Il ne pouvait plus supporter le collier dont il était prisonnier. Chen Zhen comprenait bien le désir de cette bête née pour la liberté, qui voyait tous les jours l'immensité de la steppe sans pouvoir en profiter. Mais Chen Zhen était obligé d'imposer au louveteau ce carcan cruel. Dans cet hiver rigoureux, même les loups sauvages avaient du mal à survivre. Seul, il périrait inévitablement. Comme il se débattait sans arrêt contre sa chaîne, sa gorge blessée ne pouvait que s'abîmer davantage.

Le louveteau courait infatigablement, la gueule entrouverte. De temps en temps, il lançait un coup d'œil moqueur à son ami, un regard rapide comme l'éclair, mais qui touchait profondément Chen Zhen. Celui-ci s'interrogeait : « Est-ce que ma vie est en train de se faner ? Ai-je perdu l'ambition et les rêves de la jeunesse ? » Face à la force juvénile et sauvage du louveteau, il se sentait ébranlé. Il voulait sortir de ce monde humide et obscur pour envisager de nouvelles perspectives. « Ô, mon louveteau ! Déploie ta force ! Fais montre de toute ton énergie ! » s'écriat-il intérieurement. Et il prit la résolution de le laisser courir autant que possible.

Un jour, à la grande surprise de Chen, le louveteau se mit à trébucher au bout de plusieurs tours de piste. Il s'arrêta brusquement, haletant bruyamment. Il chancela et s'affaissa. Chen se précipita à son secours. Le louveteau le regardait de ses yeux hagards aux prunelles dilatées. Il fit un effort pour se remettre sur ses pattes, chancela encore et retomba lourdement, comme ivre mort. Chen s'esclaffa d'un rire sonore : à force de tourner en rond, son louveteau était pris de vertige ! Chen lui apporta une cuvette d'eau tiède. Le louveteau tenta d'y boire, mais sa tête heurta lourdement le rebord. Il fit encore un effort pour se redresser sur ses pattes et parvint enfin à s'abreuver. Et de nouveau il se laissa choir de tout son long. Il respira bruyamment pour reprendre force puis, plusieurs secondes plus tard, se releva pour de bon. Ses facultés recouvrées, il reprit sa course.

Quelque temps après, par une nuit sans lune ni étoiles, une nuit silencieuse sans aboiement ni souffle de vent, Chen Zhen fut réveillé par un cliquetis métallique. Il l'entendait d'autant mieux que le calme était absolu. La steppe Olon Bulag semblait figée.

Chen prêta l'oreille et crut percevoir, entre les sons métalliques, un faible hurlement en provenance des montagnes lointaines. C'était une voix traînante, enrouée, poignante, discontinue mais insistante. Elle était empreinte de tristesse et de frustration, d'impatience et de désespoir. Les loups qui avaient survécu aux chasses récentes avaient été boutés hors de la frontière. Là-bas, ils avaient probablement été attaqués par des escadrons de loups plus nombreux et puissants, jaloux de leur territoire. Seuls le roi des loups au plastron blanc et quelques-uns de ses lieutenants avaient peut-être pu survivre avant d'être refoulés vers leur ancien territoire. Sachant ce qui les attendait, ils n'avaient pas dû aller bien loin. Ils erraient sans doute dans le *no man's land* entre les bornes frontalières, de part et d'autre de la route de patrouille. Le roi des loups hurlait maintenant d'impatience, comme s'il voulait regrouper autour de lui le reste de ses guerriers pour un ultime combat.

Ce hurlement était plus tragique encore que le silence. Depuis plus d'un mois, on n'avait pas entendu hurler un loup. La neige avait bloqué les routes si bien que même les jeeps se trouvaient remisées dans leurs garages, inutiles. Mais les tireurs d'élite comptaient de bons cavaliers qui continuaient de patrouiller en pourchassant les rares survivants. Les loups de la steppe Olon Bulag n'étaient plus de taille à rebâtir une communauté dans leur ancien sanctuaire.

Ce qui devait arriver était arrivé. L'appel du roi des loups avait ressuscité chez le louveteau son espoir, son impulsion et son désir d'indépendance et de combat. Ce prince prisonnier de la steppe entendait enfin, après une longue attente, la voix du roi son père. Il ne pouvait rester insensible à cet appel au secours, au ralliement. Le louveteau devint violent, presque dément, comme il ne l'avait jamais été. Il s'élançait dans tous les sens, espérant voler vers son roi avec la vitesse d'un projectile. Ou lui répondre d'une voix aussi puissante que possible. Malheureusement, la blessure de sa gorge, qui s'était envenimée, le condamnait au silence. Il n'avait plus le choix, il lui fallait casser sa chaîne à tout prix, dût-il s'étrangler. D'après le cliquetis qui lui parvenait, Chen pouvait imaginer comment son louveteau s'élançait dans les airs, retombant, asphyxié, sur le sol. Le tintamarre s'intensifiait, indiquant que la scène se répétait chaque fois avec une violence décuplée.

Chen Zhen souleva sa couverture en peau de mouton, s'habilla rapidement et sortit. À la lumière de la torche électrique, il vit le sol maculé de sang. La gueule écumante, la langue pendante sous la pression du collier qui l'étouffait, le louveteau renouvelait ses assauts chaque fois plus véhéments. La chaîne grinçait, raclait la terre, puis se tendait à casser. Le louveteau s'élançait de nouveau, inlassablement. Une vapeur de sueur s'élevait de son pelage tandis que des glaçons de sang restaient accrochés à son poitrail. Tout son être criait la guerre et appelait au combat.

Chen Zhen fonça sur lui et voulut le prendre par le cou, mais il eut la manche déchirée dès qu'il allongea le bras. Yang Ke vint en renfort. Les deux hommes eurent beaucoup de mal à s'approcher de l'animal dont la force accumulée et refoulée depuis si longtemps explosait enfin. Les yeux injectés de sang, le louveteau s'était lancé dans une lutte suicidaire. Les deux garçons prirent vivement un grand drap de feutre épais destiné à couvrir la bouse. Ils l'abattirent sur le louveteau et se jetèrent dessus, l'écrasant sous leur poids. Le louveteau distribuait à l'aveuglette des coups de dents et de griffes. Chen Zhen se mit à lui parler tendrement, prononçant les seuls mots qui pouvaient le ramener au calme: «Louveteau! Louveteau!...» Il fallut beaucoup de temps pour que le jeune animal, complètement épuisé, cesse de gigoter. Les deux garçons le sentirent abandonner petit à petit. Alors, doucement, ils se relevèrent, haletant de fatigue, tristes.

Ils restèrent assis auprès du louveteau jusqu'à l'aube. À la lueur de l'aurore, ils soulevèrent le drap et trouvèrent une dent. C'était la dent malade, cassée dans la mêlée, quand le louveteau avait tenté de déchirer le drap abattu sur lui. Du sang jaillissait de sa gorge. La vieille plaie s'était rouverte et agrandie. Les yeux rouges et protubérants, le louveteau avalait sans arrêt le sang qui coulait. Il y en avait partout : sur les robes des hommes, sur le drap de feutre, coagulé en mares sur le terrain. Chen Zhen sentit ses jambes flageoler sous lui :

– C'est fini, cette fois, bredouilla-t-il. Il a perdu plus de sang que n'en possède un poulain.

Yang Ke ajouta anxieusement :

– Si ça continue, il sera saigné à blanc.

Les deux jeunes hommes tournèrent autour du corps inerte, ne sachant comment arrêter l'hémorragie. Chen Zhen enfourcha son cheval et galopa vers la yourte de Bilig. Celui-ci fut surpris d'apercevoir le jeune homme en sang. Il le suivit auprès du louveteau. Là, il lui demanda s'il avait un médicament pour arrêter les hémorragies. Chen Zhen se précipita dans la yourte et sortit toute la vulnéraire contenue dans quatre fioles. Bilig se pencha sur une marmite remplie de viande cuite et choisit un poumon de mouton. Il le mit dans un autre récipient dans lequel il versa de l'eau chaude. Quand le poumon fut ramolli, il le trancha en deux, extirpa la partie dure formée par les bronches, puis couvrit le tout du médicament. Enfin, il découpa le poumon en gros morceaux qu'il mit dans une cuvette. Revenu auprès du louveteau, il donna le récipient à Chen Zhen et lui demanda de nourrir le louveteau, qui attrapa un morceau et l'avala. Lorsque le poumon haché parvint à l'œsophage, il absorba le sang qui s'y trouvait et se gonfla comme une éponge. Le morceau resta un moment bloqué mais passa enfin, laissant agir le médicament dont il était imprégné. Le louveteau avala péniblement deux morceaux de poumon. Le sang qui coulait de sa gueule diminua.

Le vieil homme dit en secouant la tête :

– Il ne survivra pas. Il a perdu trop de sang. On peut arrêter l'hémorragie pour cette fois, mais la prochaine, quand les loups sauvages hurleront encore ?... Oh, pauvre petit louveteau ! Je t'avais déconseillé de le garder et de le nourrir. Mais tu ne m'as pas écouté. C'est triste de le voir dans cet état. Ici, il n'a pas une vie de loup. Il est moins qu'un chien. Les loups mongols préfèrent la mort à une telle vie.

– A'bo, supplia Chen Zhen, je veillerai sur lui jusqu'à sa mort et je l'enterrerai de mes mains. Mais est-ce qu'on peut le sauver ?

– Tu insistes encore ? vociféra le vieux pasteur. Assomme-le d'un coup de bâton tant qu'il lui reste un peu de forces pour se battre. Qu'il meure comme un loup sauvage. Que son âme avide de combat soit exaucée ! Ne le laisse pas mourir couvert de honte, comme un chien malade dans son nid de moribond...

Les mains de Chen Zhen se mirent à trembler. Il revit en un instant tous les obstacles qu'il avait rencontrés, les risques qu'il avait pris pour garder cet animal, les moments de bonheur aussi... Il fit un grand effort pour retenir ses larmes et supplia :

– Oh, non, A'bo ! Écoutez-moi, s'il vous plaît ! Comment pourrais-je le tuer, moi ? Je veux qu'il vive, tant qu'il restera une lueur d'espoir...

Le visage du vieux Bilig s'assombrit davantage. Suffoquant de colère, il fut secoué par une quinte de toux. Il lança un crachat sur le sol et tempêta :

– Vous, les Han ! Jamais vous ne pourrez comprendre le loup des Mongols !

Cela dit, il enfourcha sa monture, fit claquer énergiquement son fouet et repartit en trombe.

Chen Zhen, la tête basse, releva d'instinct les épaules comme si le coup de fouet s'était abattu sur lui.

Les deux jeunes restèrent plantés sur place, hébétés. Yang Ke donna un coup de pied dans une motte de neige et dit, la tête basse :

– A'bo ne s'est jamais emporté contre nous de cette façon... Le louveteau est maintenant un vrai loup. Ce n'est plus comme avant. Pour sa liberté, il s'acharnera contre nous. C'est sa race qui le veut : pour les loups, c'est la liberté ou la mort. Suivons le conseil d'A'bo : rendons à notre louveteau sa dignité ! C'est sa dernière chance.

Chen Zhen avait le visage couvert de larmes qui se cristallisaient en gouttelettes brillantes. Il poussa un long soupir :

– Jamais je n'aurais pensé en arriver là. Moi qui ai tout fait pour qu'il grandisse, s'épanouisse, devienne fort... Je me suis peut-être trompé parfois, mais... mon affection pour lui m'empêche de le tuer. Quand j'aurai un jour un enfant, je l'aimerai du même amour que j'ai pour ce louveteau. Accorde-moi un peu de temps pour réfléchir...

Affaibli par le sang qu'il avait perdu, le louveteau se débattait. Il se remit quand même debout. Chancelant, il s'approcha de la limite de son terrain, allongea une patte et happa une motte de neige. Il allait l'avaler quand Chen Zhen intervint en le prenant dans ses bras. Il se tourna vers Yang Ke :

– Il avale de la neige pour calmer sa douleur. Est-ce que je le laisse faire ?

– Il a seulement soif. Après une telle hémorragie, c'est normal. Si tu veux mon avis, laisse-le faire ce qu'il veut. Désormais, c'est lui le maître de son destin.

Chen Zhen relâcha son étreinte et le louveteau commença à avaler de la neige. Grelottant et souffrant, il était d'une faiblesse à faire peur. Il s'affaissa, se recroquevilla la tête enfouie sous sa queue aux poils nourris, mais il continua à trembler. Son corps se convulsait quand il inspirait et se détendait quand il expirait. Il tressautait sans répit, au rythme de sa respiration. Au même rythme, le cœur de Chen Zhen se contractait et se dilatait aussi. Il ne l'avait jamais vu si faible et si abandonné, son louveteau. Son âme était en train de fuir ce corps devenu presque méconnaissable. Chen alla chercher un épais drap de feutre et l'en recouvrit avec soin.

Vers midi, il lui apporta une cuvette de bouillie de riz préparée avec du lard de mouton. Avant de la lui donner, il y ajouta une poignée de neige pour la refroidir. À cette vue, le louveteau puisa dans ses dernières ressources et se mit dans son habituelle position pour manger, celle d'un loup prêt à se jeter sur une proie. Mais il s'affaissa dès la première bouchée. Il grignota comme il put, en s'accordant des arrêts entre-coupés de toux. Des gouttes de sang tombaient des commissures de sa gueule. Cette portion, il mettrait deux jours à la terminer.

Pendant ces deux jours et deux nuits, Chen Zhen et Yang Ke se relayèrent sans arrêt auprès de lui. Le louveteau avait de moins en moins d'appétit. Au dernier repas qu'ils lui servirent, il n'avala presque plus d'aliment solide. Il se contentait le plus souvent d'absorber le sang secrété par ses blessures. Soudain, Chen Zhen prit avec lui trois bouteilles d'alcool, monta à cheval et partit au grand galop. Un vétérinaire à qui il offrit le cadeau accepta de venir. Dès qu'il vit les mares de sang sur le sol, il dit :

– Tu te donnes du mal pour rien, je t'assure. Et encore, c'est un loup ! Un chien serait mort depuis belle lurette.

Et il s'en alla, sans laisser de médicament.

Le matin du troisième jour, en sortant de la yourte, Chen Zhen trouva son louveteau râlant sur le sol, la tête renversée, le drap de feutre rejeté. Il appela Yang Ke, et tous deux s'empressèrent autour du jeune animal dont le cou enflé était étranglé par le collier. Il était à demi asphyxié, ne pouvant respirer que la tête rejetée en arrière. Chen Zhen défit aussitôt le collier qu'il referma après avoir élargi la boucle. Le louveteau haletait bruyamment. Longtemps après, sa respiration s'égalisa et il se releva. Les deux jeunes hommes lui ouvrirent la gueule et virent ses gencives, terriblement gonflées.

Désespéré, Chen Zhen se laissa choir par terre. Le louveteau alla s'asseoir face à lui, tenant à peine sur ses pattes de devant qui tremblaient sans cesse. Il avait la langue pendante ; du sang dégoulinait de sa gueule, mêlé de salive. Il dévisageait Chen comme s'il avait quelque chose à lui dire, mais il ne pouvait que râler. Chen fondit en larmes ; il serra son louveteau, son ami, son maître, dans ses bras. Il savait que c'était pour la dernière fois... Il l'embrassa front contre front, nez contre nez. Le louveteau n'en pouvait plus ; il tremblait de plus belle.

Brusquement, Chen Zhen se leva. Il courut vers la yourte et ramassa une barre de fer. Il se retourna, cachant l'objet derrière son dos, puis marcha à grandes enjambées vers le louveteau qui râlait à un rythme encore plus précipité mais restait assis droit et ferme, malgré ses pattes qui le trahissaient. Chen Zhen le contourna rapidement et se plaça derrière lui. Il leva haut la massue et le frappa de toutes ses forces à la tête. Le louveteau s'affaissa sans bruit, s'étendit mollement sur le sol, sans vie. Il avait tenu jusqu'à la dernière minute, comme un vrai loup de la steppe mongole.

Chen Zhen resta figé sur place, pâle comme un linceul, les yeux fixes et rivés sur le territoire de son louveteau.

Tous les chiens de la yourte accoururent aussitôt en jappant. Ils se turent en apercevant le corps du louveteau, l'effleurèrent du museau et, comme effrayés, se sauvèrent en débandade. Seul Erlang resta, aboyant furieusement à l'adresse de ses deux maîtres.

Les yeux embués, Yang Ke dit à Chen Zhen :

– Il nous reste à l'envoyer vers Tengger, comme le souhaite A'bo. Je vais m'occuper de l'écorcher et d'empailler la peau. Va te reposer.

– Non. Nous avons pris le louveteau tous les deux. Terminons ensemble cette affaire. Accompagnons-le tous les deux dans son envolée vers Tengger.

De leurs mains tremblantes, ils séparèrent avec précaution la peau de la chair. Le pelage était épais, nourri et luisant, mais le corps extrêmement décharné. Yang Ke étala la peau sur la yourte, tandis que Chen Zhen mettait la dépouille dans un sac de jute bien propre qu'il accrocha à sa selle. Les deux jeunes hommes montèrent à cheval, galopèrent vers la montagne et grimpèrent sur un sommet. Là, ils trouvèrent une roche tachetée de fiente blanche de vautour. Ils en chassèrent la neige à l'aide de leurs manches et y déposèrent doucement le corps du louveteau. Le lieu, froid et austère, convenait à l'inhumation céleste. Le louveteau avait connu la fin de tous les loups de la steppe mongole qui viennent au monde enveloppés de fourrure et le quittent nus, laissant ici-bas ce qu'ils ont de plus cher : courage, intrépidité, intelligence. Ainsi dépouillé de sa robe de guerre, le louveteau était enfin libéré de ses fers. Il pouvait dire adieu dignement à la steppe incommensurable : comme ses semblables, il avait combattu jusqu'au dernier souffle. Libre comme le vent, il rejoindrait les rangs des combattants, son âme pure accueillie par Tengger le Ciel éternel.

Ensemble, les deux jeunes hommes levèrent le regard vers le firmament lointain. Deux vautours tournoyaient au-dessus d'eux. D'un accord tacite, ils baissèrent la tête et dirent adieu au louveteau, couvert maintenant d'une mince couche de glace, puis redescendirent de la montagne. En bordure de la prairie, ils se retournèrent et aperçurent les deux rapaces qui s'étaient posés sur un rocher voisin. Les funérailles célestes se termineraient par l'envol des vautours, qui convoieraient vers Tengger l'âme du louveteau.

De retour à la yourte, ils virent la peau du louveteau empaillée et un poteau de sept mètres couché devant la porte. Gao avait compris et s'était joint à eux, à sa manière, lui qui avait longtemps rejeté le louveteau. Chen Zhen fit passer un cordon de cuir par la narine et attacha l'autre bout à la pointe de la perche. Les trois jeunes hommes joignirent leurs efforts pour planter le poteau bien droit dans un tas de neige devant la yourte.

Un vent boréal s'éleva, et la peau empaillée se mit à flotter horizontalement. Ainsi peignés par les courants de la steppe, les poils s'étoffèrent et reprirent vie. Paré de ses plus beaux atours pour le banquet céleste, le louveteau donnait l'impression de danser au milieu des nuages. Il n'avait plus à endurer ni collier ni chaîne de fer.

Chen Zhen et Yang Ke le regardèrent longuement, les yeux perdus dans la lointaine contrée de Tengger. Chen Zhen murmura pour lui-même :

– Louveteau ! Louveteau ! Tengger le Ciel éternel te racontera ta vie et te dira toute la vérité. Je te reverrai dans mes rêves, et alors, mords-moi, jusqu'au sang !

Il suivait du regard son louveteau qui dansait, espiègle et agile. Il laissait dans le monde d'ici-bas une beauté ineffaçable qui rendrait éternelle son âme vaillante, inflexible et éprise de liberté. Chen se fit la promesse de témoigner un jour de cette beauté du totem du loup, avant que le silence éternel ne vienne, à son tour, sceller sa propre existence.

Soudain, le corps effilé se balança, faisant flotter sa longue queue aux poils fournis. Chen Zhen frémit malgré lui, croyant voir apparaître un dragon à tête de loup. Puis le corps ondula, tel un dauphin s'ébattant dans l'eau. Le vent sifflait, les flocons de neige tombaient, virevoltant comme de l'écume de mer. Tel un dragon d'or, le louveteau chevauchait vent et neige, allait joyeusement vers Tengger, vers Sirius, vers l'espace infini où se regroupent les âmes de tous les loups de la steppe mongole morts au champ d'honneur.

ÉPILOGUE

Sans cesse pourchassées, les hordes de loups disparurent définitivement de la steppe Olon Bulag. L'année suivante, dès les prémices du printemps, arriva du quartier général l'ordre de réduire le nombre des chiens. Le but était d'économiser la précieuse viande de mouton et de bœuf. La part prise aux chiens serait attribuée aux régiments agricoles qui souffraient de graves privations. La décision fut catastrophique pour les chiots qui, dès leur naissance, étaient projetés dans le ciel avant de s'écraser au sol. Partout on entendait les aboiements sinistres des chiennes pleurant la mort précoce de leurs petits. Souvent, désespérées, elles exhumaient leurs corps que les bergers avaient enterrés furtivement. On les voyait errer sans but en pleine campagne, un chiot mort dans la gueule. À leur vue, les femmes versaient des larmes, tandis que les hommes priaient en silence. Les gros molosses et les chiens de chasse, quant à eux, maigrissaient de jour en jour.

Six mois plus tard, Erlang fut abattu d'un coup de fusil par un soldat défricheur. Le malheureux chien avait pris la liberté de s'éloigner de la yourte. Assis dans les broussailles, il se reposait quand la balle vint le frapper. À cette nouvelle, Chen, Yang, Gao et Zhang se précipitèrent au siège du régiment. Furieux, ils parcoururent en vain la caserne à la recherche de l'assassin. Les nouveaux arrivants, pour la plupart des Han, formaient un front uni avec les amateurs de viande de chien. À leurs yeux, l'assassin n'était qu'un homme civilisé ayant à ses trousses des barbares ; il fallait le protéger à tout prix, après cette action héroïque !

Encore quatre ans plus tard, par un matin de grand vent aux poils blancs, une charrette attelée à un bœuf roulait péniblement en direction de la route frontalière. Le conducteur était un homme costaud ; à ses côtés chevauchait un cavalier entre deux âges. Dans la charrette se trouvait le corps de Bilig. Des trois terrains d'inhumation céleste de l'ancienne brigade de production, il n'en restait plus qu'un. Les deux autres avaient été abandonnés, car de nombreux pasteurs mongols enterraient maintenant leurs défunts, selon les mœurs des Han. Le vieux Mongol avait insisté pour qu'après sa mort on emmène son corps dans un endroit susceptible d'être fréquenté par les loups. Dans ses dernières volontés, il avait demandé à ses deux beaux-frères de transporter sa dépouille vers le *no man's land*.

Au retour de cette tâche, l'un des beaux-frères avait dit : « Les loups ont hurlé toute la nuit au nord de la route frontalière. Ils n'ont cessé que lorsque l'aurore est venue blanchir l'horizon. »

Peu après la mort de Bilig, trois des jeunes instruits furent affectés au siège du bataillon. Yang Ke fut nommé instituteur, Gao Jiangzhong devint tractoriste, et Chen Zhen, gardien du dépôt. Seul Zhang Jiyuan resta gardien de chevaux. En partant, le trio avait laissé Yir et ses jeunes chiens à la famille de Bat et Gasma. Seul le fidèle Huanghuang avait suivi Chen dans le bataillon, délaissant ainsi ses petits et leur mère. Cependant, chaque fois que Gasma venait en visite avec sa meute de chiens, Huanghuang revoyait les siens. Après la joie de ces retrouvailles, il ne cessait de suivre Gasma et repartait avec elle. Au bout de quelques jours, il retournait tout seul auprès de Chen Zhen, malgré la longue distance à parcourir. Son maître se faisait beaucoup de souci à son sujet, craignant un accident. Avec le temps, il finit par relâcher sa vigilance, son chien revenant toujours sain et sauf. D'ailleurs, il n'aurait jamais eu le cœur assez dur pour le priver des siens et de la liberté de courir sur la steppe. Pourtant, son chien préféré « s'égara » au bout d'un an. C'est en tout cas ce que tout le monde s'acharna à lui dire, en dehors des gens de la steppe qui savaient bien qu'un chien ne se perd jamais. En revanche, il arrivait que des chiens solitaires soient tués en chemin par des hommes nés hors de la steppe.

Chen Zhen et Yang Ke vivaient dans la communauté des Han. Ils menaient une vie sédentaire comme leur entourage, des militaires démobilisés et leurs familles, ainsi que de jeunes instruits venus des villes de Tianjin et de Tangshan. Pourtant, les deux hommes ne se sentaient pas chez eux. Souvent, après les heures de travail et d'étude, ils montaient ensemble sur un monticule près de l'agglomération. De là, ils observaient le ciel du nord-ouest, cherchant du regard les silhouettes du louveteau et du vieux Bilig dans les nuages étincelants de blancheur.

C'est en 1975 que fut officiellement dissous le corps des soldats défricheurs de Mongolie-Intérieure. Le bassin de la rivière des Poulains, une prairie autrefois généreuse en eau, était devenu une étendue sablonneuse. La plupart des travailleurs restèrent sur place, avec leur mode de vie et leur forme de pensée, leurs bâtiments et leurs machines, camions, tracteurs. La steppe Olon Bulag dégénéra d'année en année. Un mouton égorgé par un loup près d'une yourte était un événement exceptionnel dont on entendait parler pendant des jours.

Plusieurs années passèrent encore, et Chen Zhen retourna à Pékin pour passer un concours. Avant son départ, il emprunta un cheval et alla dire adieu à la famille de Bat et Gasma. Puis il se rendit auprès de l'antre où était né son louveteau. La caverne était encore là, profonde, aussi solide qu'auparavant. Elle était bouchée par une toile d'araignée, sur laquelle se débattaient deux frêles sauterelles vertes. Chen Zhen écarta les herbes et scruta l'intérieur. Il fut reçu par une simple odeur de terre. Il se rappela celle du loup, âcre et suffocante, qui l'avait pris à la gorge la première fois. On ne la connaîtrait plus jamais. La plate-forme devant la grotte était couverte de ronces. Chen Zhen repensa aux louveteaux qui avaient joué là, ils étaient sept... Il resta longtemps assis, seul.

Après ses études dans un institut rattaché à l'Académie des sciences sociales, Chen Zhen fut affecté à un institut universitaire de recherche pour travailler à la réforme de l'État. De son côté, Yang Ke avait terminé son droit et était maintenant titulaire d'un diplôme d'avocat. Il ouvrit un cabinet qui acquit une bonne réputation à Pékin.

Les deux vieux amis, établis, frisaient maintenant la cinquantaine. Ils gardaient au fond de leur cœur leur chère steppe mais n'osaient y retourner. Au trentième anniversaire du départ des jeunes instruits de Pékin pour la steppe Olon Bulag, Chen Zhen et Yang Ke retournèrent néanmoins à l'endroit où ils avaient passé une grande partie de leur jeunesse : plus de dix années. Ils voulaient rendre visite à leurs anciens amis, voir la grande steppe dont l'aspect actuel leur inspirait d'avance du dégoût, et la colline du Roc noir où se dissimulait la caverne du louveteau.

C'était une belle journée d'été. Yang Ke était au volant d'une Cherokee bleue. Ils entrèrent en Mongolie-Intérieure sous un ciel d'azur comme ils l'avaient connu dans leur jeunesse. Mais ce n'était déjà plus leur Tengger d'antan. Devant eux, dans l'air sec et chaud, s'étendait une terre jaune et sablonneuse où vacillaient des herbes maigres et clairsemées. De grosses mottes de terre dure reposaient au soleil. L'ensemble faisait penser à la surface rugueuse d'une feuille de papier d'émeri. Sur la route couverte de poussière roulaient des camions munis de grilles et chargés de bétail à destination de la Chine centrale. Pas une yourte le long de la route, ni un troupeau de chevaux ou de bovins. Si on rencontrait par hasard un troupeau de moutons, les bêtes étaient maigres et chétives, leur peau noire et crasseuse, plus encore que les moutons qu'on éliminait au seuil de l'hiver dans la steppe Olon Bulag.

Yang Ke arrêta la voiture au bord de la route, s'épousseta et dit :

– J'ai été tellement pris pendant les dix années qui ont suivi mon retour à Pékin que je n'ai jamais trouvé le temps de faire ce voyage. Mais maintenant j'ai peur de revoir la steppe Olon Bulag. Zhang Jiyuan y est revenu au printemps. Il m'a parlé de la désertification. Je suis prêt au pire, mais ce que je viens de voir dépasse déjà ce que je pouvais imaginer.

– Laisse-moi te relayer, lui dit Chen Zhen en tapant sur le volant. Il y a à peine plus de vingt ans que le vieux Bilig n'est plus de ce monde et sa prédiction s'est déjà réalisée. Nous devons commémorer son souvenir en ces lieux qu'il aimait tant, dans la steppe Olon Bulag. Et puis j'ai l'intention de revoir la grotte de notre louveteau. Elle finira par être ensevelie sous le sable si nous attendons encore. Ce genre de grottes est la dernière trace des loups qui ont été les maîtres de la steppe durant des millénaires.

– Ces grottes sont solides, ne t'en fais pas. Elles ont résisté aux intempéries au cours des siècles et ne s'écroulent pas si facilement. Celle du louveteau est sûrement là, même après tant d'années. Elle était si profonde qu'elle n'a pas pu se reboucher comme ça.

– Je pense souvent à Ulzii, ajouta Chen Zhen. J'aimerais beaucoup le revoir, lui poser des questions sur la steppe et les loups. Mais, après sa retraite, il a déménagé en ville, chez sa fille. Il manque en Chine un système démocratique et scientifique qui permette aux personnes compétentes et intègres de donner le meilleur d'elles-mêmes, d'être entendues. Ulzii était un des rares experts dans sa discipline, mais son nom est tombé dans l'oubli. En étouffant la voix de ceux qui connaissent les vrais problèmes, on laisse se développer des phénomènes catastrophiques, comme les tempêtes de sable qui s'abattent régulièrement sur Pékin.

Après avoir parcouru un millier de kilomètres sous un vent chaud et sec, les deux hommes arrivèrent enfin en bordure de la steppe Olon Bulag. Ils commencèrent à voir de grands pâturages, en réalité des étendues d'un vert pâlot, aux herbes clairsemées. Ces parcelles éparpillées çà et là représentaient la dernière vie de la grande steppe. En regardant attentivement, on voyait le sable affleurer sous la maigre végétation. Chen Zhen se souvint d'un poème ancien: «Le vert des herbes disparaît à mesure que je m'approche.»

Soudain, ils aperçurent le lit d'une rivière qu'ils avaient traversée à maintes reprises. Ils se souvenaient des flots qui leur arrivaient au-dessus des genoux. À l'époque, les poids lourds passaient sans problème, mais les jeeps devaient prendre leur élan pour tenter d'atteindre la rive opposée. À la saison des pluies, il n'était pas rare que la rivière déborde, coupant les routes. Pendant un mois, à cause d'une crue, ils avaient été privés de vivres, de courrier, de marchandises. Et maintenant, le lit de cette rivière où avaient roulé des flots impétueux exposait toute sa nudité au soleil. Sur le sable humide, on ne voyait que des cailloux entre lesquels se dessinaient quelques filets d'eau pas plus gros que des vers de terre. C'est dire si le passage en voiture se fit sans encombres, mais le cœur des deux hommes s'alourdit davantage.

La rivière franchie, ils entrèrent enfin dans l'immense steppe Olon Bulag. À leur grande stupéfaction, elle avait pris l'aspect d'un champ de bataille. Partout les terres étaient délimitées par des piliers en béton armé et des fils barbelés. Leur voiture avançait sur une route entre deux rangées de poteaux qui découpaient les pâturages en parcelles d'une centaine d'hectares. Les herbes y poussaient plus hautes qu'ailleurs, mais elles restaient chétives. Yang Ke dit qu'il s'agissait de fourragères.

– Mais ces herbes sont trop maigres pour la grande saison ! fit remarquer Chen Zhen.

– On m'a dit qu'à cause de la pénurie de fourrage les pasteurs commencent à élever moins de bêtes. Certaines familles les réduisent de moitié.

Ils dépassèrent quelques fourragères et virent au centre de chaque domaine une maisonnette en briques rouges flanquée d'une étable couverte et munie d'une enceinte. C'est dans cette étable qu'on élevait les agneaux. En cette saison, tout était vide, pas de fumée de cuisine dans l'air. Les pasteurs étaient sans doute partis avec leurs troupeaux dans la montagne au libre pâturage. Face aux poteaux et barbelés qui, vus de loin, paraissaient inextricables, Chen Zhen soupira :

– C'est ici que, dans le temps, on produisait les fameux coursiers de guerre Ujumchin. À l'époque, personne n'aurait osé utiliser de barbelés, meurtriers pour les chevaux et les cavaliers à la nuit tombée. Aujourd'hui, ces pur-sang mongols ont été chassés de la steppe. On dit que les pasteurs qui font paître les troupeaux se déplacent en moto. On en parle à la télé comme d'un symbole de progrès ! C'est tout simplement que la steppe ne produit plus assez de fourrage pour l'élevage des chevaux. Après l'anéantissement des loups, les chevaux ont subi le même sort. Puis les moutons et les bœufs y passeront à leur tour... Les Mongols, qu'on surnommait le « peuple à dos de cheval », se transforment aujourd'hui en « peuple à moto », et demain ce sera un « peuple victime d'une catastrophe écologique » ! Nous avons sous les yeux la « grande victoire » de la civilisation agricole sur la civilisation nomade. Actuellement, la Chine est parvenue à l'étape qu'elle appelle « un État, deux systèmes ». C'est déjà un progrès. Mais les Han appliquent surtout le principe « un système, régions diverses » qui fait qu'ils se cramponnent à l'uniformité, sans tenir compte de la diversité des régions agricoles, pastorales, forestières, urbaines et campagnardes. Ils sont obsédés par cette « grande unité ». Le comble, c'est qu'après cette « grande victoire » le gouvernement est obligé d'allouer aux uns et aux autres une importante subvention financière pour compenser ce qui a été perdu. Je crains qu'il n'arrive pas à compenser la perte de la steppe même dans cent ans !

Ils longèrent une route de terre battue qu'ils connaissaient bien, puisqu'elle menait autrefois au siège du bataillon. Ils étaient impatients de rencontrer quelqu'un, et surtout les pasteurs. Cependant, du faîte de la colline, ils ne virent qu'un terrain vague aux herbes flétries, criblé de trous de rats reliés par des pistes serpentant entre des tas de terre. Plus de baraquements aux murs de pisé ou de brique ! Plus d'animation comme autrefois ! Chen Zhen fit un tour en voiture sans découvrir un seul fondement des anciennes constructions. À plusieurs reprises, les roues de la jeep s'enfoncèrent dans la terre qui, devenue friable, cédait sous le poids de la voiture. Il avait fallu peu d'années pour que le sable jaune recouvre le passé sans laisser de traces.

– Les loups disparus, les rats dansent, soupira Chen Zhen avec un sourire triste. Les rats sont devenus les rois de la steppe. Les Chinois les pourchassent sous les huées, mais dans le fond ils portent aux nues le caractère du rat, le premier des douze animaux du Zodiaque chinois. Il correspond bien à la pensée du petit peuple agricole qui ne voit pas plus loin que le bout de son nez mais manifeste une prolificité étonnante.

Yang Ke le remplaça au volant. Il dirigea sa voiture vers un tertre proche. De là, ils avaient une vue panoramique et aperçurent enfin quelques maisonnettes entourées de troupeaux de bovins. Mais pas une yourte. Yang Ke se dirigea vers la fumée de cuisine la plus proche. Au bout de quelques kilomètres, ils aperçurent une traînée de poussière qui s'approchait à grande vitesse. Chen Zhen crut d'abord distinguer un cavalier, mais c'était un jeune motard mongol âgé d'environ seize ans. Vêtu d'une veste et d'une casquette de base-ball, il montait une Yamaha flamboyante. Il freina en faisant demi-tour, laissant voir la carabine qu'il portait à l'épaule, ainsi qu'un aigle ensanglanté attaché à l'arrière de son bolide.

Yang Ke s'empressa de se présenter en le saluant en mongol. L'adolescent arbora une expression indifférente. Il répondit en chinois avec un fort accent du Nord-Est, le regard fixé sur la Cherokee. Il leur dit qu'il était le benjamin de Chuluu et venait passer ses vacances chez ses parents. Chen Zhen fit un grand effort pour se rappeler ce nom. Ça y est ! C'était un Mongol venu du Nord-Est comme cadre inférieur à la ferme. Après la dissolution du corps des soldats défricheurs, les employés et les soldats démobilisés avaient reçu leur part de bétail et de prairie. Ils étaient devenus pasteurs et menaient une vie sédentaire à la mode des Han. Leurs agglomérations représentaient à peu près le tiers de l'ensemble des lieux d'habitation dans la steppe Olon Bulag.

– Pourquoi as-tu abattu cet aigle ? demanda Chen Zhen.

– Je m'amuse.

– Tu es étudiant ; ne sais-tu pas qu'il faut protéger les animaux sauvages ?

– Pourquoi devrais-je protéger un aigle qui vole des moutons ? Il y a trop de rats à Olon Bulag. Ils attirent les aigles de Mongolie qui viennent en masse. C'est pas grave d'en abattre quelques-uns.

Yang Ke lui demanda où habitait la famille de Bat et Gasma. L'adolescent répondit en montrant le nord :

– Après la route frontalière, vous verrez une enceinte en pierre, la plus grande. C'est là qu'ils habitent.

Après ces mots, il fit un brusque demi-tour et fonça sur le tertre de la colline où quelques aigles tournoyaient dans les cieux.

Chen Zhen et Yang Ke eurent l'impression d'être devenus des étrangers, deux voyageurs ordinaires de la steppe. Ce sentiment de dépaysement s'accentuait à mesure qu'ils avançaient.

– Allons directement chez Bat et Gasma, dit Yang Ke. Ils nous recevrons comme si nous étions des leurs.

La jeep accéléra en direction de la route frontalière, sur l'antique piste tracée par les déménagements saisonniers. Chen Zhen cherchait du regard les marmottes qui, autrefois, avaient l'habitude de se poster sur les plates-formes à mi-pente du versant. Mais pas l'ombre d'un animal sur plusieurs dizaines de kilomètres.

– Même un enfant est armé d'un fusil de chasse. Et toi, tu rêves de trouver encore une marmotte ! fit Yang Ke sur un ton sarcastique.

Ils passèrent devant des maisons d'où sortirent quelques chiens chétifs. Les plus puissants étaient moins grands que les chiens de garde qu'on voyait dans les villas de la périphérie de Pékin. Disparue cette scène impressionnante où, sur le passage d'une jeep, surgissait en grondant une dizaine de gros chiens féroces, tous crocs dehors. Même leurs aboiements n'étaient plus capables de faire reculer les loups. Yang Ke dit :

– Après la disparition des loups, c'est au tour des chiens. Quand les molosses ne seront plus de ce monde, il n'y aura plus d'esprit de combat. Il ne restera plus que paresse et langueur. Les chiens de la steppe finiront par devenir des petits toutous pour citadins.

La voiture pénétra dans l'ancien pâturage de printemps de l'équipe de travail. C'était autrefois la prairie la plus recherchée, mais les deux hommes ne virent qu'une étendue aride et poussiéreuse où les herbes flétries mêlées au sable présentaient une couleur uniformément jaune. Chen Zhen regardait la colline du Roc noir. Il avait hâte de s'y rendre. La jeep grimpa sur une élévation où passait la route frontalière. De là, ils avaient une vue panoramique sur la zone militaire ainsi que sur les bornes de la frontière.

Cette zone, dont l'accès avait été longtemps interdit, était maintenant ouverte sous le choc de l'expansion démographique et de l'accroissement des troupeaux. Large de vingt kilomètres, elle était devenue une bande de pâturage extrêmement florissant. C'était une vraie prairie digne de ce nom, comme Chen Zhen avait attendu désespérément d'en voir. Si les herbes étaient plus courtes que dans le passé, elles présentaient néanmoins un vert luxuriant. Cette prairie ne manifestait aucun symptôme de désertification. Sans doute parce qu'elle avait été interdite pendant plusieurs décennies. Peut-être bénéficiait-elle aussi de l'humidité venant de l'autre côté de la frontière, où s'étendait une steppe encore vierge ? Le paysage jaune qui s'était offert à la vue le long de la route cédait ici la place à un autre, d'un vert tendre baigné dans le brouillard. Des maisons en briques et au toit de tuiles rouges s'alignaient avec leurs clôtures sur la frontière, surplombant la prairie comme autant de fortins défensifs. Chaque famille avait son pâturage délimité à contrat forfaitaire. Plusieurs dizaines de troupeaux de moutons et de bovins s'égrenaient çà et là. Le pâturage avait abandonné son style nomade pour devenir sédentaire.

Yang Ke leva ses jumelles et scruta longuement les environs avant de dire :

– Ils sont immenses, ces troupeaux ! Le double de nos anciens troupeaux de moutons ! Jamais nous n'avons vu ça ! Les bergers doivent mourir de fatigue !

Chen Zhen et Yang Ke, ébahis, évaluèrent à quatre mille le nombre de moutons d'un seul troupeau.

– De notre temps, les moutons appartenaient à la collectivité, fit Chen Zhen. Maintenant, ils sont devenus les biens d'un particulier. On peut embaucher de la main-d'œuvre, et cela représente autant d'emplois créés. Le profit stimule l'ardeur au travail.

Face à ce pâturage en pleine prospérité, Chen Zhen se posait des questions. Dans le passé, les troupeaux étaient en cette saison concentrés sur le pâturage estival, mais on le faisait sans souci parce qu'il y avait d'autres pâturages en réserve pour les trois autres saisons à venir. Mais quand le pâturage devenait stationnaire, on n'avait comme réserve que les fourragères comme celles qu'ils avaient aperçues. Pourtant elles paraissaient bien peu fournies. Comment les pasteurs se débrouillaient-ils pour nourrir tant de bétail ?

Tandis qu'il réfléchissait, deux motos et un cheval arrivèrent droit sur la Cherokee. En voyant la première moto stopper net devant la jeep, Chen Zhen et Yang Ke poussèrent le même cri: «Bayar! Bayar!» Ils descendirent de voiture tandis qu'un homme robuste, en robe mongole bleue, s'avançait vers Chen Zhen, le prenait dans ses bras avec la démarche lourde d'un ours, tout en disant, haletant:

– Chen Chen! Chen Chen! En voyant la voiture, ma mère a deviné que c'était toi! Elle m'a envoyé à ta rencontre!

Puis il se retourna et embrassa Yang Ke en disant:

– Mère savait que tu viendrais sans faute si Chen Chen venait. Allons à la maison!

Les deux adolescents qui l'accompagnaient mirent, eux aussi, pied à terre. L'un paraissait avoir seize ans, l'autre quatorze. Bayar leur dit:

– Venez dire bonjour aux grands-pères! Voici grand-père Chen, et voici grand-père Yang!

Les deux garçons saluèrent les visiteurs, puis tournèrent autour de la voiture, admiratifs. Bayar dit:

– Ce sont mes fils. Ils viennent de rentrer de l'école de la ligue pour passer les vacances à la maison. Je pense vous les confier quand ils seront étudiants à Pékin. Mais allons-y! Mère a hâte de vous voir. En apprenant que vous alliez venir, elle s'en est presque rendue malade!

En suivant les motos et le cheval, la jeep se dirigea vers la colonne de fumée de cuisine la plus lointaine. En chemin, Chen Zhen et Yang Ke aperçurent deux silhouettes qui marchaient main dans la main. C'était Gasma et Bat, aux cheveux blancs, qui venaient à leur rencontre. Chen Zhen sauta de la voiture en criant:

– Grande sœur! Bat!

Tous trois s'embrassèrent. Gasma ne put retenir ses larmes, qui mouillèrent l'épaule de Chen Zhen. Elle le menaça du doigt en disant d'un ton mécontent:

– Vingt ans depuis ton départ! Pendant tout ce temps, d'autres jeunes instruits sont revenus chez nous, certains à plusieurs reprises. Mais toi? J'aurais pu mourir sans te revoir!

– Oh non, ne meurs pas ! s'empressa de dire Chen Zhen. C'est moi qui mérite la mort !

De sa main râpeuse, Gasma essuya le visage en larmes de Chen et lui dit :

– Je sais que toi, quand tu es plongé dans tes livres, tu oublies tout, même ton père et ta mère. As-tu encore le temps de penser à ta famille lointaine de la steppe ?

– Je vous ai toujours gardés dans mon cœur. J'écris d'ailleurs un livre sur la steppe, votre famille et A'bo. Comment pourrais-je l'oublier, ma famille de la steppe ? Je vis toujours en esprit avec vous, sur cette steppe !

Après ces mots, il les aida à monter dans la voiture qu'il conduisit jusqu'à la maison.

La construction principale était entourée d'une enceinte en pierre, deux fois plus grande que celle de l'ancienne brigade d'élevage. En la traversant d'est en ouest, on voyait une rangée de maisons spacieuses surmontées d'une antenne de télévision et d'une éolienne. Une vieille jeep de marque « Pékin », à la bâche délavée, était garée sous une fenêtre. La maison clôturée se trouvait au centre d'un terrain de sable d'un demi-kilomètre de rayon, parsemé d'herbes folles. Chen Zhen se gara devant la maison. Il descendit avec un pincement au cœur : après vingt ans d'absence, il revenait mais ne verrait plus jamais sa yourte ni son cher A'bo.

Avec Yang Ke il déchargea les cadeaux : cigarettes et alcool de marque, boissons en conserve, gelée de fruits et bonbons au lait, capes et genouillères, ceintures en cuir et briquets, insecticide et autres objets. Ils les déposèrent dans le salon de style mongol d'environ quarante mètres carrés, richement meublé. Il y avait là divans et tables, téléviseur et magnétoscope, armoire et petit bar. Un tapis jaune clair était accroché au milieu du mur, où figurait le portrait de Gengis Khan caressant de son regard débonnaire les membres de la famille et leurs invités. Chen Zhen se tenait respectueusement devant le portrait quand Gasma surprit son regard.

– C'est un cadeau d'un parent éloigné de feu mon beau-père, dit Gasma. Il est venu de Mongolie voir notre steppe Olon Bulag. Il a trouvé qu'on est riches de notre côté de la frontière mais que, comparées à l'autre côté, la prairie et l'éducation laissent à désirer.

Assis en famille, on prit du thé accompagné de fromage frais. Gasma n'aimait plus les bonbons au lait comme dans sa jeunesse mais elle était touchée par ce cadeau que Chen Zhen lui avait apporté de loin. Elle dit en souriant :

– Tu penses à moi, en effet. Dans le temps, tu préférais les donner aux chiens. Il fallait que je me serve moi-même !

Elle se régala de la gelée de fruits qu'elle ne connaissait pas, et dit à Chen Zhen dans un sourire :

– Comment savais-tu que j'avais perdu toutes mes dents ? C'est gentil de m'apporter des choses faciles à avaler.

Chen Zhen répondit en pointant du doigt ses propres tempes blanchies :

– J'ai vieilli moi aussi. Mais le temps n'a pas effacé mes souvenirs. J'ai raconté à mes amis de Pékin que tu avais pris un loup par la queue et que tu la lui avais arrachée. Plusieurs d'entre eux désirent venir faire du tourisme dans la steppe et te voir.

– Mais pourquoi donc as-tu raconté cette bêtise ? lança-t-elle dans un grand éclat de rire.

Le crépuscule tombait. On entendit des bruits de sabots de moutons. Chen Zhen et Yang Ke sortirent et virent des troupeaux approcher comme des torrents en crue. Un berger vêtu à la façon des Han venait à cheval, pressant devant lui un troupeau gigantesque. Chen Zhen devina qu'il était salarié, encore quelque chose de nouveau pour la steppe. Il discuta un peu avec lui et apprit qu'il était payé deux cents yuans et recevait deux moutons par mois. De plus, il était logé et nourri et, à la fin de l'année, il avait droit à une prime. L'employé lui raconta sa propre vie. Il était à l'origine pasteur dans un canton plus au sud, à quatre cents kilomètres de la steppe Olon Bulag. Comme sa prairie s'était désertifiée, le pâturage était devenu difficile. L'avant-dernière année, la sécheresse avait tué la plupart de ses moutons, et il avait dû quitter sa famille pour devenir salarié. Ici, il gagnait bien sa vie, mais ne pouvait ramener chez lui, à la fin de l'année, les moutons qu'on lui donnait : sans fourrage, pas moyen de les élever. D'ailleurs, le transport à longue distance constituait un vrai casse-tête. La seule solution était de les vendre et de rentrer avec l'argent.

Chen Zhen et Yang Ke l'aidèrent à faire entrer lentement les moutons dans l'enceinte. Bat les interpella :

– Vous deux, vous n'avez pas oublié votre ancien métier de berger. Vous savez qu'il ne faut pas trop presser les moutons quand ils sont repus !

– Tout ce qui concerne la steppe, je ne pourrai jamais l'oublier, répondit Chen Zhen. Mais dis-moi, tu as un troupeau énorme ! Ils sont combien, tes moutons ?

– Environ trois mille huit cents.

– Si nombreux ? s'écria Yang Ke. En comptant cent cinquante à cent soixante-dix yuans par tête, tu possèdes six ou sept cent mille yuans, rien que pour ton troupeau ! Avec tes bœufs, ta maison, ta voiture, tes motos, mais... tu es millionnaire !

– C'est une richesse bâtie sur un terrain sablonneux. Si ma prairie dégénère comme celles de mes voisins venus de l'extérieur, je redeviendrai un pauvre pasteur comme jadis.

– Combien de moutons peut nourrir ta prairie ?

– Une année de pluie abondante, répondit Bat après avoir fermé l'enceinte, elle peut en faire vivre deux mille. Mais en cas de sécheresse, pas plus d'un millier. On manque de pluie depuis quatre ans. La terre n'a pas été bien trempée.

– Mais ton troupeau est trop important alors ! lança Chen Zhen.

– Tu veux dire que j'ai négligé la capacité de ma prairie, n'est-ce pas ? demanda Bat. Les gens qui font paître ici leurs bêtes sont tous des pasteurs de l'ancienne équipe de Gasma. Ils ont été formés par mon père. Ils connaissent la prairie et savent comment la ménager. Mes moutons sont nombreux, mais je garde la moitié d'entre eux six mois seulement. J'en vendrai deux mille avant l'arrivée de la neige, c'est-à-dire mille quatre cents moutons nés au printemps et à peu près six cents vieilles chèvres et brebis. Il ne me reste donc que l'autre moitié qui passera l'hiver grâce à l'herbe de ma prairie. Comme cela ne suffit pas, j'achèterai du fourrage avec l'argent de la vente. Ainsi, je n'aurai plus de souci pour l'hiver. D'ailleurs, vers la fin de l'été, j'emmène les moutons dans la montagne au pâturage libre et je les ramène à l'automne. À cause de la sécheresse, il n'y a pas beaucoup de moustiques dans la montagne, ce qui permet aux moutons d'engraisser un peu.

Retourné au salon, Bat continua :

– Les pasteurs de notre équipe suivent toujours la tradition des Mongols. On élève davantage de moutons quand les herbes s'annoncent bonnes. On en réduit le nombre dans le cas contraire. L'élevage suit le pas de Tengger le Ciel éternel et l'état de la prairie ; il ne se laisse pas guider par la cupidité. Les gens venus de l'extérieur ignorent les règles de la steppe : quand leur prairie devient aride, ils conduisent leurs troupeaux dans la nôtre. C'est un vol intolérable ! Mais parmi les Mongols il y a aussi des voyous et des ivrognes ! Ils vendent leur part de bétail pour boire. Finalement, leurs femmes quittent la maison en laissant les enfants inoccupés. Faute de mieux, ils louent leur prairie à d'autres et mangent le bail, qui est de l'ordre de dix ou vingt mille yuans par an.

– Il y a donc des preneurs ? demanda Chen Zhen.

– Des gens de l'extérieur, dit Bat indigné. Ils ont vécu dans la région mi-agricole mi-pastorale et ils ne pensent nullement à limiter le bétail. Dans une prairie bonne pour cinq cents moutons, ils en élèvent deux mille, voire trois mille. Au bout de quelques années, leur prairie est pelée. Ils vendent les moutons et rompent le bail, puis ils quittent le lieu pour se faire commerçants.

L'explication de Bat redonna un semblant de confiance à Chen Zhen. Au moins la prospérité de cette famille et de sa steppe semblait assurée. Il dit :

– Je suis content de voir que vous vivez dans l'aisance et le bonheur.

– Méfie-toi, répliqua Gasma en secouant la tête. Quand l'ensemble de la steppe va à sa ruine, impossible pour nous de sauvegarder notre petite prairie. Tengger refuse d'envoyer de la pluie, la steppe est frappée de sécheresse depuis des années. Notre prairie s'appauvrit de plus en plus. J'ai sur les bras quatre enfants qui vont à l'école. Je dois mettre de côté une petite somme pour construire de nouvelles maisons quand les enfants se marieront, pour les dépenses médicales, et pour nous prémunir contre les grandes calamités. Mais la jeunesse d'aujourd'hui ne pense qu'au présent et se laisse tenter par le luxe. Tout à l'heure ils ont vu ta Cherokee, et maintenant ils veulent que Bayar en achète une aussi. Ce que je crains le plus, c'est que, quand les gens de ma génération ne seront plus de ce monde, les jeunes oublient la tradition de la steppe. Ils ne penseront qu'à élever un grand nombre de moutons et à acheter une belle voiture, une belle maison, de beaux vêtements. Notre steppe n'arrive pas à nourrir les enfants qui sont sans cesse plus nombreux. Ces deux dernières années, les étudiants qui avaient raté l'examen d'admission à l'université sont retournés dans la steppe. Ils deviennent bergers, et quand ils prendront femme, ils auront leur part de terre et de bétail. Ainsi la prairie se subdivisera en petites parcelles, et le troupeau, en petits groupes. Mais la steppe ne s'élargira pas. Elle se rétrécira, au contraire, et disparaîtra sous les maisons qu'on bâtit.

Bayar était à l'extérieur, occupé à égorger et vider un mouton. Sa femme – une jeune Mongole pleine de vie – entra avec une grande cuvette fumante, remplie de viande avec les os. Chen Zhen et Yang Ke disposèrent sur la table les conserves et les aliments emballés sous vide. Des klaxons retentirent dehors. Tout le clan de Gasma arrivait, les uns en jeep, les autres à moto. Le salon fut rempli en un instant. Dans le brouhaha général on s'embrassait, on se serrait la main. Chen Zhen et Yang Ke étaient entourés, bousculés, assaillis de questions, chancelant sous les bourrades amicales, criant et riant aux éclats. Lamjav hurlait les yeux grands ouverts, la barbiche frémissante :

– Toi, pourquoi n'as-tu pas épousé Sarantsetseg pour l'emmener à Pékin ? Pour te racheter, tu me prêteras ta Cherokee toute une journée. Je voudrais m'asseoir au volant de cette belle voiture.

– D'accord, mais soyons francs. Si je n'ai pas osé l'épouser, c'est ta faute ! Tu prétendais que j'étais un agneau... et que Sarantsetseg était une belle et jeune louve. Tu disais que j'étais indigne d'elle. Quant à la voiture, tu l'auras demain... mais à une seule condition : tu resteras sobre toute la journée !

Lamjav avala une bonne rasade à même le goulot et dit :

– Peu m'importe que tu n'aies pas épousé Sarantsetseg. Mais j'aurais dû te donner ma sœur Ulan ! Comme ça, nous aurions bénéficié de l'aide d'un grand avocat de Pékin en cas de procès ! Ces années-ci, beaucoup de gens travaillent à la destruction de la steppe. Ils creusent partout, à la recherche de minerais, de sorte que nos prairies sont criblées de trous. Ce qu'il nous faut, c'est une loi qui protège la steppe et des avocats qui assurent son application.

Il avala une autre rasade et cria :

– Chose promise, chose due : la voiture est à moi pour demain ! Passe-moi la clé !

De vieux amis vinrent tour à tour pour emprunter la Cherokee : Shartseren, Sanja, et d'autres. L'alcool aidant, Yang Ke devenait prodigieusement généreux :

– Bon ! Sans problème ! Venez me trouver si jamais vous avez une affaire juridique à Pékin.

S'éleva alors un chant de libation que tout le monde reprit à l'unisson. Pour finir, on entama une ritournelle du célèbre chanteur mongol Tengge'er. C'était une chanson lente, puissante et poignante avec ces « Ou » qui traînaient, comme des hurlements de loup : « Ici... Ou, se trouvent... Ou, les Mongols... Ou ! Les gens... Ou, qui aiment... Ou, leur pays... natal... » Les amis, émus, chantèrent jusqu'à l'aube.

Chen Zhen et Yang Ke étaient venus passer trois jours dans la steppe de leur jeunesse. Durant leur séjour, ils furent invités à déjeuner chez les uns, à dîner chez les autres, anciens du pâturage ou nouvelles connaissances. Les gens de la génération de Bilig étaient tous morts. Les écoliers à qui Yang Ke avait enseigné après avoir été berger formaient maintenant l'épine dorsale d'Olon Bulag. À grand renfort d'alcool et de viande, Chen Zhen et Yang Ke virent leur tension artérielle s'élever. Heureusement, la culture maraîchère s'étant généralisée dans la contrée, on leur servit de belles salades qui leur permirent d'équilibrer ces excès. Comme on faisait bombance dans toutes les familles, le travail du pâturage s'en ressentait, mais chacun avait pris l'habitude de compter sur les employés pour faire paître les troupeaux.

La Cherokee bleue fut transformée en voiture auto-école et en moyen de transport pour ramasser les bouteilles d'alcool ou ramener les amis qui habitaient loin. Le terrain devant la maison de Bat prit l'allure d'un parc de stationnement public. Presque tous les pasteurs se déplaçaient désormais à moto ou en jeep; rares étaient ceux qui allaient à pied ou à cheval. Les habitants regrettaient devoir abandonner les voitures pour les chevaux, les jours de grande neige. Des quatre troupeaux que possédait la brigade, il n'en restait plus qu'un, et encore le nombre de ses chevaux était-il réduit de moitié. «Les loups disparus, les chevaux sont devenus paresseux, leur dit Bat. Ils ne sont plus rapides comme avant et leur taille diminue. On n'en veut plus, des chevaux d'Olon Bulag!»

Chen Zhen et Yang Ke passèrent une bonne partie de leur dernière journée à récupérer de ces éprouvantes agapes. Mais la nuit venue, ils se remirent à parler avec Bat et Gasma de tout ce qu'ils avaient vécu. La famille de la steppe, enfin reconstituée, sur laquelle planait l'ombre des disparus, se raconta son histoire.

Le lendemain matin, Chen Zhen et Yang Ke se levèrent tôt et partirent ensemble en direction de la colline du Roc noir.

LISTE DES PRINCIPAUX PERSONNAGES

Bao Shungui, délégué militaire
Bat, fils aîné de Bilig, chef de la milice de la brigade
    de production
Bayar, fils de Bat et Gasma
Behee, gardien de chevaux
Bilig, vieux chasseur
Chen Zen, jeune instruit devenu berger
Dorj, bouvier, comptable de la brigade de production
Gao Jianzhong, jeune instruit devenu bouvier
Gasma, femme de Bat
Lamjav, chasseur
Shartseren, ami de Bat
Ulzii, directeur de la ferme de Tserendorj
Yang Ke, jeune instruit devenu berger
Zhang Jiyuan, jeune instruit devenu gardien de chevaux

Vincent GORGUES, Laurent JACQUES,
  Vladimir et le Premier ministre
Capucine GRABY, Muriel ROY-PRÊTET, *Le Sexe fort*
Chen GUIDI, Wu CHUNTAO, *Les Paysans chinois aujourd'hui*
Denis HUISMAN, *La Rage de communiquer*
Jean-Philippe IMMARIGEON, *American parano*
  Sarko, l'Américain
Éric KESLASSY, Alexis ROSENBAUM *Mémoires vives*
Roselyne KOSKAS, Guy SCHWARTZ, *Le Pouvoir misogyne*
Jean-Claude LASANTÉ, Bernard LALANNE,
  Attention, chasseur de têtes
Martine LEFEUVRE-DÉOTTE, *Les Campeurs de la République*
Emmanuel LEMIEUX, *Le Krach des élites*
Carlos LISCANO, *L'Impunité des bourreaux*
François MOUREAU *Le Nouveau Prolétariat intellectuel*
Christian OYARBIDE, *Mon boss, ses trucs et ses tics*
Thierry PAQUOT, *Éloge du luxe*
  Petit manifeste pour une écologie existentielle
Jean-Marc et Yidir PLANTADE, *La Face cachée de la Chine*
Jean POULIT, *Le Territoire des hommes*
Jacqueline DE ROMILLY, *Actualité de la démocratie athénienne*
Philippe ROSÉ, *Indian connection*
Frédéric ROUX, *Hyperman*
Ignacy SACHS, *La Troisième Rive*
Philippe SASSIER, Jean BOTHOREL, *La Grande Distribution*
Lucile SCHMID *L'Égalité en danger ?*
Robert SCHNEIDER, *Le Gâchis*
Pierre SERVENT, *La Trahison des médias*
Nathan SHARANSKY, *Défense de la démocratie*
Frédéric TEULON, *La France aux mains des fils et filles de…*
Daniel TEYSSEIRE, *La France singulière*
Didier TOUSSAINT, *L'Inconscient de la FNAC*
Donald TRUMP, *Comment devenir riche*
Guy VALLANCIEN, *La Santé n'est pas un droit*
François DE WITT, *Appauvrissez-vous !*

···SAGIM·CANALE···

Achevé d'imprimer en février 2008
sur rotative Variquik
à Courtry (77181)